KB187179

EMILY BRONTË

Wuthering Heights

옮긴이 이신

영미권 도서 번역가. 원저자의 문체와 의도를 최대한 살리면서 한국 독자들이 편하게 읽을 수 있는 번역을 추구한다. 옮긴 책으로는 『오만과 편견』, 『모든 순간의 클래식』, 『두 사람 다 죽는다』, 『열기구가 사라졌다』 등이 있다.

EMILY BRONTË

Wuthering Heights

폭풍의 언덕

에밀리 브론테 | 이신 옮김

시시때때로 폭풍우가 들이치는 음산하고도 황량한 저택, 워더링 하이츠에서 일어나는 사건들은 기묘하고도 매력적이라 위험하다는 걸 알면서도 관음의 욕구를 불러일으킨다.

소설의 주인공 히스클리프는 그 어떤 작품 속 인물과 비교해도 뒤지지 않는 독보적인 야만성과 비정함으로 똘똘 뭉친 인물이다. 그럼에도 불구하고 히스클리프의 마지막을 목격하는 순간, 내 마음속에 슬픔이 솟구쳤던 이유는 무엇일까. 한 인물이 일생 동안 느낀 수많은 감정이 나의 가슴을 관통하는 듯한 느낌이 들자 참담함을 능가하는 연민의 감정이 나를 장악했다.

또 다른 주인공 캐서린은 자기감정에 충실하며 어떤

상황에서도 자신의 '목소리'를 내는 여성이다. 다소 일관적이지 않고 자주 신경증적인 면모를 드러내지만 자신의 감정을 숨기거나, 돌려 말하지 않는다. 자신의 사랑을 지키기 위해 전력을 다하는 강인함, 파멸을 마다하지 않으며 영혼을 불사르는 이 여성의 힘은 어디서 기인한 것일까. 얼핏 광인과 구별되지 않는 강력하고도 정열적인 캐서린의 사랑은 히스클리프의 생애를 사로잡는다.

자신에게서 캐서린을 앗아간 신분 체계, 완고한 인간들과 그들의 가문, 그리고 초라한 자신의 생을 원망하며 오로지 복수를 위해서만 살아가는 히스클리프는 오랜 세월 악행을 일삼는다. 이 흉악하고 오만불손하며 미개한 인물이 지키고자 했던 유일한 기준이자 목표를 가늠

하자면 그의 사투가 측은하게 느껴지기까지 한다. 끝이 없을 것만 같던 히스클리프의 발악은 연인의 부름 앞에 초월적인 형태로 막을 내린다.

나는 소설을 읽으며 사랑은 무자비한 것이고, 불가해한 것이며 천박하고 상스러우며 순수한 것이라는 진리를 깨닫게 되었다.

에밀리 브론테는 어떻게 이렇게까지 연약하고 남루한 인간의 내면을 낱낱이 보여줄 수 있었던 것일까. 고작서른 살에 요절한 작가의 유일한 소설이라는 사실에 전율을 느끼지 않을 수 없다. 에밀리 브론테는 『폭풍의 언덕』에서 자신만의 방식으로 인간 내면의 극한을 그려내었고, 인간의 수많은 가능성을 보여주었다. 그리고 나는 간악한 인간에게 현혹되는 경험과 광적이고 야만적인 감정이 지극한 사랑으로 느껴지는 경험을 동시에 하게 되었다.

소설가 백온유

(『페퍼민트』, 『경우 없는 세계』 저자)

CONTENTS

Wuthering Heights

제1권

Wuthering Heights

　1801년. 방금 집주인 댁에 다녀왔다. 그는 앞으로 내가 신경 써야 할 유일한 이웃이다. 참으로 아름다운 동네가 아닌가! 잉글랜드 땅을 샅샅이 뒤졌다 해도 세속의 번잡함에서 이토록 완벽하게 동떨어진 곳을 찾아낼 수는 없었으리라. 사람 싫어하는 이들에게는 다시없는 천국이다. 히스클리프 씨와 나는 이 적막강산을 나누어 갖기에 제격인 한 쌍이고. 거참 대단한 위인이더군! 말을 탄 내가 다가가자 그의 검은 눈동자는 의심을 가득 담은 채 눈썹 아래로 움츠러들고, 내가 이름을 밝히자 그의 손가락은 잔뜩 경계하며 조끼 안을 더 깊이 파고들었다. 그 모습에 내 마음이 얼마나 훈훈해졌는지 그는 짐작도 못 했을 것이다.

　"히스클리프 씨?"

　그는 대답 대신 고개를 한 번 끄덕했다.

　"이번에 세를 든 록우드라고 합니다. 도착하자마자 서둘러 달려왔습니다. 제가 스러시크로스 그레인지*를 빌리겠다고 끈질기게 청을 넣는 바람에 혹 폐가 되지는 않았는지요? 어제 듣기로는 원래 따로 생각하신 계획이 있다고……."

　그는 발끈하며 내 말을 잘랐다.

---

* Thrushcross Grange, '지빠귀가 지나다니는 대농장 저택'이라는 뜻.

"스러시크로스 그레인지는 내 소유요. 할 수 있다면 어느 누구도 내게 폐를 끼치게 두지 않소. 들어오쇼!"

이를 악물고 '들어오쇼!'라고 내뱉으니 마치 '썩 꺼지쇼!'처럼 들렸다. 심지어 그가 기대선 대문조차, 들어오란 말과 달리 꿈쩍도 하지 않았다. 나는 오히려 그래서 들어가기로 마음먹었던 것 같다. 무뚝뚝하기가 나보다도 더한 사내에게 흥미를 느꼈던 것이다.

내가 탄 말이 가슴으로 울타리 대문을 밀어대는 것을 보고서야 그는 손을 끄집어내 대문짝 사슬을 풀어주고는, 뚱하니 앞장서서 자갈길을 걸어가다가 안뜰에 이르자 크게 외쳤다.

"조지프, 록우드 씨의 말을 데려다 놓게. 포도주 좀 가져오고."

한 명에게 여러 가지를 지시하는 걸 보니 자연히 이런 생각이 들었다.

'하인이라곤 조지프라는 자가 전부인가 보군. 당연히 길바닥 돌 틈새로 잡초가 자라고 산울타리는 소들이나 뜯어 먹게 내버려 둘 수밖에.'

조지프는 나이 지긋한 노인 아니, 그냥 상늙은이였다. 정정하고 몸도 다부졌지만 나이가 아주 많아 보였다.

"아이고 주여!"

그는 내게서 말을 넘겨받으며 상당히 못마땅한 투로 중얼거렸다. 한데 내내 내 얼굴을 쳐다보며 어찌나 인상을 쓰던지. 난 이 늙은이가 저녁 먹은 걸 소화시켜 주십사 신의 도움을 구하는 것일 뿐 이자의 경건한 절규는 예기치 않은 불청객의 방문과 무관하겠거니 하고 너그러이 헤아렸다.

히스클리프 씨 거처의 택호는 '워더링 하이츠Wuthering Heights'다. '워더링'이란 대기의 난동을 가리키는 이 지방 방언으로, 폭풍이 휘몰아치는 날씨에 고스란히 노출된 이 집의 위치를 반영한다. 여기서 살다 보면 과연 사시사철 맑고 상쾌한 바람은 실컷 쐬겠다. 집 가장자리에 난 전나무 몇 그루는 제대로 자라지 못한 채 심하게 휘었고 가시나무 덤불도 햇볕을 구걸하듯 앙상한 가지를 온통 한 방향으로 뻗었으니, 이 언덕배기에 부는 북풍의 위력은 누구라도 짐작할 만하다. 그래도 설계한 자가 선견지명이 있었던지 집을 튼튼하게 지었다. 창들은 좁게 내어 벽 안으로 깊숙이 위치하게 했고 벽 모퉁이는 바람에 깎이지 않게 큼직큼직한 돌출석을 박아놓았다.

현관 앞에서 잠시 발걸음이 멎었다. 집 정면을 가득 채운 기괴한 조각들에 시선을 뺏긴 탓이다. 특히 현관문 주변은 괴수들과 알몸의 사내아이들을 난잡하게 새겨놓았는데, 그 허물어져 가는 조각들 가운데 '1500년'이라는 연도와 '헤어튼 언쇼'라는 이름이 눈에 띄었다. 독특한 현관 장식에 대해 몇 마디 감상을 전하면서 내친김에 이 집의 내력을 짧게 들려주십사 청해볼까 싶었지만, 문간에 선 불퉁스러운 집주인 눈치가 냉큼 들어올 게 아니면 썩 꺼지라는 투였고 나 역시 집 안을 둘러보기도 전에 그의 조바심을 자극할 생각은 없었다.

한 걸음 들어서자 현관홀이나 복도도 없이 곧장 거실이었다. 이곳에서는 이런 공간을 특이하게도 '하우스'라고 부른다. 보통은 부엌과 응접실을 겸하는데, 워더링 하이츠는 부엌을 다른 공간에다 밀어 넣었나 보다. 어쨌든 사람들 두런거리는 소리와 부엌세간들 달그락대는 소리가 안쪽에서 어렴풋이 들려왔으며, 정작 이곳 거실의 큼지막한 벽난로 부근에는 굽거나 삶거나 찌거나 한 흔적이 전혀 없었고, 벽에도 반짝이는 구리 냄비나 양철 체 따위가 걸려 있지 않았다. 사실 한쪽 벽에서 찬란한 빛과 열을 반사하는 것은 천장까지 닿는 거대한 참나무 찬장에 줄줄이 쌓인 어마어마한 수의 백랍 접시와 군데군데 놓인 은주전자, 맥주잔 들이었다. 천장엔 반자가 없어 골조가 고스란히 드러났다. 귀리 빵과 소고기, 양고기, 훈제 돼지고기 따위를 얹어 천장에 매달아 놓은 나무 판에 천장 일부가 가려졌을 뿐이다. 벽난로 선반에는 요란하게 색칠한 차통 세 개가 놓여 있고, 그 위 벽면에는 잡다한 구식 엽총 여러 자루와 마상총 두어 자루가 걸려 있었다. 바닥은 매끄럽고 하얀 돌로 돼 있었으며, 초록색으로 칠한 투박한 모양의 등받이 높은 의자가 여럿, 어두컴컴한 구석에 놓인 육중한 검은색 의자도 한두 개 보였다.

찬장 아래 아치형으로 뚫린 공간에는 커다란 적갈색 암컷 포인터가 낑낑대는 강아지 떼에 둘러싸인 채 누워 있었고, 다른 개들도 쉴 곳을 찾아 어슬렁거렸다.

이런 방에 이런 가구와 분위기는, 반바지와 각반 차림이 어울릴 법한 고지식한 얼굴과 억센 팔다리를 가진 검소한 북부 농부가 사는 곳이라면 전혀 별나달 게 없었다. 정찬 후 적당한 시간을 골라 반경 5~6마일 이내인 이 산동네의 어느 집을 가봐도 거품 이는 맥주잔이 놓인 탁자 옆 안락의자에 그런 사내가 앉아 있는 모습을 볼 수 있다. 그러나 히스클리프 씨는 자기 거처나 생활양식과 묘한 대조를 이룬다. 용모는 검은 피부의 집시인데 옷차림과 행동거지는 신사다. 신사라고는 하지만 시골 유지 수준으로 행색이 너저분한데, 그렇게 겉치레에 소홀해도 어쩐지 허술해 보이지 않는 건 자세가 곧고 잘생겨서다. 아마 뚱한 성격도 한몫할 텐데, 혹자는 그런 그를 다소 거만하다고 여길지 모르나 나는 그렇지 않다고 본다. 그의 무뚝뚝함은 서로 온정을 나누고 감정을 드러내는 것에 대한 반감에서 비롯되었음을 나는 본능적으로 알고 공감한다. 그는 사랑하든 미워하든 아무도 모르게 할 것이고, 그런 감정을 되돌려받는 것은 말하자면 주제넘은 짓이라 여길 것이다……. 아니다, 섣불리 넘겨짚지 말자. 나 자신의 속성을 함부로 그에게 갖다 붙일 뻔했다. 히스클리프 씨가 장차 알고 지낼 사람을 만나도 한사코 거리를 두는 까닭은 내 경우와 전혀 다를지도 모른다. 나 같은 인간은 되도록 흔치 않아야 세상에 이롭다. 친애하는 모친께서는 나더러 안락한 가정을 꾸릴 생각일랑 꿈에도 하지 말라고 누차 이르셨는데, 바로 지난여름 과연 내겐 그런 삶을 누릴 자격이 없다는 사실이 완벽하게 증명되었다.

　날씨 화창한 해변에서 한 달을 보내던 중 더없이 매력적인 여인을 만나 정신없이 빠져들었다. 나를 거들떠보지도 않는 그녀는 내 눈에 영락없는 여신이었다. 단 한 번도 내 사랑을 말로 표현한 적 없으나 표정도 하나의 언어인지라, 내가 제정신이 아님은 천하의 바보라도 짐작할 수 있었을 것이다. 마침내 그녀도 내 마음을 알아챘고, 비로소 나를 — 인간이 상상할 수 있는 가장 다정한 눈길로 — 바라봐 주었다. 그래서 내가 어찌했냐고? 부끄러운 마음으로 고백하건대, 달팽이처럼 내 안으로 싸늘하게 움츠러들었다. 그녀의 눈길을 받는 족족 나는 더 냉랭하게 더 서먹하게 물러서기만 하니, 아무 죄 없는 그녀는 가엾게도 결국 자신의 감을 의심하게 되었고, 자신이 잘못 처신했다는 생각에 당혹감을 이기지 못하고 자기 엄마를 설득해 떠나고 말았다.

　이렇듯 기질적으로 별난 구석이 있기에 나는 일부러 무정하게 군다는 평판을 얻었는데, 이 얼마나 가당찮은 평판인지 오직 나만 알 수 있다.

나는 집주인이 가는 방향 맞은편, 벽난로 좌대 끄트머리에 걸터앉고서 정적이나 메울 겸 어미 개를 쓰다듬어 보려 했다. 어미 개가 새끼들을 놔두고 내 종아리를 노리 듯 슬금슬금 다가오는데, 말려 올라간 입술 사이로 흰 이빨을 드러내고 침을 질질 흘리는 것이 뭐든 물어뜯을 기세였다.

내가 쓰다듬자 녀석은 목구멍으로 길게 그르렁 소리를 냈다.

"개는 내버려 두시오."

히스클리프 씨도 개와 합심이라도 한 듯 을러메더니 보란 듯이 개를 발로 걷어찼다.

"저것도 그런 손길이 낯설 거요. 애완용이 아니니까."

그러고는 옆문으로 성큼성큼 걸어가 다시 한번 소리쳤다.

"조지프!"

지하실 안쪽에서 조지프가 뭐라 대꾸하는 소리가 들렸지만 올라오겠다는 말은 아닌 것 같았다. 하여 주인이 직접 그리로 내려가고, 내 앞에는 사나운 암캐 한 마리와 음침한 털북숭이 양치기 개 두 마리만 남아 함께 내 일거수일투족을 빈틈없이 감시했다.

딱히 개들의 송곳니와 접촉할 뜻은 없었으므로 난 가만히 앉아 있었다. 하지만 아무렴 저것들이 무언의 조롱을 알아보기나 하랴 싶어 그만 눈을 찡긋하거나 인상을

EMILY BRONTË

쓰는 재미에 빠져들고 말았는데, 내 면상의 어떤 면이 심히 거슬렸는지 느닷없이 암놈이 벌컥 성을 내며 내 무릎으로 와락 달려들었다. 난 화들짝 그것을 밀쳐내고 얼른 식탁으로 막았다. 하나 벌통을 쑤신 꼴이었다. 이제껏 어디 숨어 있었는지 모를, 몸집도 연령도 다양한 네발 마귀 여섯이 일제히 튀어나와 결집했으니 말이다. 어쩐지 놈들은 유독 내 발꿈치와 외투 자락을 공격하려 들었다. 나는 개중 덩치 큰 놈들을 부지깽이로 막아내어 최대한의 효율을 꾀하는 한편, 평화의 회복을 위해 목청 높여 가내 병력 지원을 요청하지 아니할 수 없었다.

　히스클리프 씨와 하인은 속 터지게 느긋했다. 개들이 떼로 덤비고 짖는 통에 난롯가가 온통 아수라장인데도 보아하니 그치들은 평소보다 단 1초도 서두르지 않았다.

　다행히 부엌 쪽 지원군이 신속히 움직여 주었다. 앞치마를 매단 옷에 소매는 걷어붙인 육덕 좋은 아낙네 한 명이 두 뺨을 벌겋게 물들인 채 프라이팬을 휘두르며 들이닥쳐서는 그 무기와 혀를 신통하게 사용해 마법처럼 소동을 잠재웠으니, 뒤늦게 현장에 나타난 집주인이 목격한 것이라곤 그녀 혼자 거센 바람을 맞고 난 바다처럼 씩씩대는 모습뿐이었다.

　"대체 웬 소란이오?"

　그가 내게 물었다. 이런 푸대접을 받고 보니 날 쳐다보는 그의 눈길조차 견디기 어려웠다.

하여 투덜거렸다.

"그러게 이게 웬 소란일까요! 귀신 들린 돼지 떼도 이댁 짐승들보단 순하겠소. 차라리 손님을 호랑이 굴에 처넣지!"

그는 내 앞에 술병을 놓고 넘어진 식탁을 제자리에 세우며 대꾸했다.

"가만있는 사람한테 덤벼들지는 않겠지. 개가 집 지키는 게 잘못은 아니잖소. 한잔하시겠소?"

"됐소이다."

"물리진 않았소?"

"내가 물렸으면 문 놈도 무사하진 않았을 거요."

히스클리프 씨는 굳은 표정을 풀고 피식 웃었다.

"이런, 이런, 록우드 씨께서 당황하셨군그래. 자, 포도주 좀 드시오. 이 집에 손님 드는 일이 워낙 드물다 보니, 내 인정하리다, 나나 내 개들이나 손님 맞는 법을 잘 몰라요. 그럼, 록우드 씨의 건강을 위해!"

난 고개 숙여 응하고 답례로 그의 건강을 빌며 건배했다. 그깟 똥개들한테 당한 일 때문에 골을 내며 앉아 있는 건 미련한 짓이라는 생각이 고개 들기도 했거니와, 가만 보니 이 양반이 이 상황을 재미있어하는 눈치인지라 더는 나를 희생해 그에게 재미를 안겨주고 싶지 않았다.

줄곧 저 할 말만 짧게 뱉는 식으로 통명스럽게 굴던 그였지만, 신중히 따져보니 멀쩡한 세입자의 기분을 상하게 해서 좋을 게 없다는 생각에 미쳤는지, 태도를 약간 바꿔 딴에는 내 관심사이리라 여긴 화제 즉 현재 내 은거지의 장단점을 들어 대화를 유도했다.

그는 우리가 화제 삼은 것들에 대한 지식이 상당했다. 그와의 대화에 고무된 나머지 나는 그 집을 나서기 전, 내일 또 찾아뵙겠노라고 자청할 정도였다.

그는 나의 재방문을 바라지 않는 기색이 역력했다. 그래도 난 갈 셈이다. 그에 비하면 내가 무척이나 사교적인 사람으로 느껴지니 그저 놀라울 따름이다.

02

어제 오후부터 안개가 끼고 쌀쌀해졌다. 히스*와 진흙탕을 헤치고 워더링 하이츠로 가는 대신 그냥 서재 난롯가에서 시간을 보낼까 싶기도 했다. 한데 정찬을 마치고 올라갔더니(참고로 내 정찬 시간은 12시에서 1시 사이인데, 이 집에 딸린 하녀장 아주머니가 5시에 정찬을 들겠다는 내 요청을 알아먹지 못했거나 알아도 모른 체한 탓이다), 그러니까 그저 빈둥댈 요량으로 계단을 올라 서재에 들어섰더니, 바닥엔 온통 빗자루와 석탄 통

---

* heath, 작은 종 모양 꽃이 무리 지어 피는 소관목으로 이 소설의 배경인 영국 요크셔의 황야에 많이 자생하며, 히스클리프(heathcliff)라는 이름도 '히스 꽃이 피는 절벽'이라는 뜻이다.

이 널브러진 가운데 하녀 애 하나가 엎드려 앉아 재를 덮어 불씨를 꺼뜨린답시고 지독한 먼지를 피우고 있는 게 아닌가. 이 광경에 나는 그대로 돌아 나왔다. 모자를 챙겨 쓰고서 4마일을 걸은 끝에 히스클리프 씨네 대문 앞에 이르렀고, 때마침 곧 눈보라가 휘몰아칠 듯 깃털 같은 눈발이 날리기 시작했다.

그 황량한 언덕배기 땅은 된서리를 맞아 딱딱하게 얼어붙었고, 차디찬 바람에 팔다리가 덜덜 떨렸다. 내가 사슬을 풀 수는 없어서 대문을 뛰어넘어 들어갔다. 볼품없이 퍼진 구스베리 덤불 옆 자갈길을 따라 내달려 손마디가 얼얼해지도록 현관문을 두드렸지만 안에서 개들이 짖어댈 뿐 문은 열리지 않았다.

난 속으로 울부짖었다.

'치사한 인간들 같으니! 사람을 이리 문전박대하니 외톨이로 살다 죽어도 싸지! 나라면 적어도 대낮에 문을 걸어 잠그지는 않겠다. 알 게 뭐냐, 내 반드시 들어가고야 만다!'

그렇게 작심하고서 문고리를 움켜잡고 마구 흔들었다. 그러자 헛간에 난 둥근 창문으로 조지프가 오만상을 지은 채 머리를 내밀더니 외쳤다.

"거 머시키라? 쥔 나리는 저짝 축사에 있을 거인데. 할 말 있거든 헛간을 삥 돌아 가보라요."

나도 덩달아 소리쳤다.

"안에서 문 열어줄 사람은 안 계시오?"

"마님뿐일 거인데. 날 저물도록 그라 난리를 치대도 안 열어줄 기라."

"왜요? 저기, 마님께 내가 누군지 전해주실 순 없겠소, 어, 조지프?"

"어데! 내사 알 바 아이지."

그는 투덜대며 머리를 도로 넣었다.

눈발이 차츰 굵어졌다. 다시 한번 흔들어보려고 문고리를 잡았는데, 외투도 걸치지 않은 채 쇠스랑을 걸머진 청년 하나가 뒷마당 쪽에서 나타났다. 그는 따라오라고 손짓하더니 빨래터를 가로질러 석탄 창고와 물 펌프, 비둘기 우리가 있는 길을 걸어갔다. 이윽고 우리는 널찍하고 따뜻하며 쾌적한 실내로 들어섰다. 어제 내가 들어갔던 바로 그곳이었다. 석탄과 토탄과 장작을 같이 때서 활활 타오르는 벽난로 불빛이 아늑하게 주변을 비추고, 저녁거리가 푸짐하게 차려진 식탁 가에 반갑게도 그 '마님'이 있었다. 워더링 하이츠의 안주인이라니, 나로선 존재부터가 금시초문인 인물이었다. 난 고개 숙여 인사를 건넨 뒤 잠자코 기다렸다. 어디든 앉으라고 권할 줄 알았건만, 그녀는 의자 등받이에 등을 기대며 나를 쳐다볼 뿐 미동도 없고 말도 없었다.

해서 내가 운을 뗐다.

"악천후로군요! 그나저나 히스클리프 부인, 이 댁 하

인들은 통 엉덩이를 떼지 않으니 바닥이 다 닳겠습니다
그려. 부르느라 아주 애를 먹었어요!"

그녀는 묵묵부답이었다. 내가 바라보자 그녀도 나를
빤히 보았다. 좌우지간 그 쌀쌀맞고 무시하는 눈빛을 계
속 받고 있자니 심히 당혹스럽고 불쾌했다.

청년이 거칠게 말했다.

"앉으쇼. 금방 올 거요."

난 시키는 대로 앉아 헛기침을 하고는 그 악랄한 똥개
주노를 불렀다. 그래도 나와 두 번째 만남이랍시고 녀석
은 황송하게도 꼬리 끝을 움직여 알은체를 해주었다.

난 다시 부인에게 말을 붙였다.

"고놈 참 예쁘네! 새끼들은 딴 데로 보내실 셈인가요,
부인?"

"내 것도 아닌데요."

이 상냥한 안주인의 대꾸는 퉁명스럽기가 히스클리
프보다도 더했다.

"아하, 부인께서 예뻐하시는 건 저놈들이로군요!"

내가 고양이 비슷한 것들이 한데 뭉쳐서 이룬 쿠션인
지 뭔지를 돌아보며 말하자 그녀는 가소롭다는 듯 비꼬
았다.

"별걸 다 예뻐하라네."

하필 그것은 죽은 토끼 무더기였다. 난 다시 한번 헛기
침을 하고서, 날이 궂다는 얘기를 또 꺼내며 의자를 벽난

EMILY BRONTË

로 쪽으로 당겼다.

"그러게 집에 계셨어야죠."

그녀는 핀잔을 놓으며 일어나 벽난로 선반의 차통 쪽으로 손을 뻗었다. 앉아 있을 때는 그림자가 져서 거의 안 보이더니 이제야 그녀의 몸과 얼굴이 비교적 잘 보였다. 그녀는 호리호리했고, 소녀티가 날 만큼 젊어 보였다. 실로 감탄을 부르는 미모였다. 그렇게 아름다운 얼굴을 내 눈에 담기는 난생처음이었다. 오목조목한 이목구비, 몹시도 흰 피부, 고운 목덜미로 흘러내리는 담황빛 아니 금빛 곱슬머리. 그리고 두 눈은, 다정한 빛을 띠었다면 누구라도 속절없이 매료되었을 것이나, 그런 눈매에 도무지 어울리지 않게 오로지 경멸과 절망 사이를 헤매는 듯한 감정만을 드러낼 뿐이어서, 감정에 취약한 내 성향을 생각하면 차라리 다행스러웠다.

그녀의 손이 차통에 닿을 듯 닿지 않기에 내가 도와주려고 나섰더니, 그녀는 마치 수전노가 금화를 세다가 누군가 돕겠다고 하면 질색하고 마다하듯이 나를 막아서며 쏘아붙였다.

"그냥 두세요. 나 혼자 할 수 있으니까."

난 황급히 대답했다.

"죄송합니다."

그녀는 단정한 검은색 드레스에 앞치마를 덧대어 매고 찻잎을 한 숟갈 떠서 주전자에 넣으려다 대뜸 내게 물었다.

"차를 권하던가요?"

"한잔 마시고 싶네요."

내가 대답하자 그녀는 재차 물었다.

"누가 권했냐고요."

난 선웃음을 지으며 대답했다.

"아뇨. 부인께서 권해주셔야지요."

그녀는 찻잎이고 숟가락이고 다 내팽개치고는 부루퉁하게 도로 의자에 앉더니 울음보가 터지기 직전의 어린아이처럼 이맛살을 찌푸리고 붉은 아랫입술을 삐죽 내밀었다.

그사이에 남루한 상의를 걸치고 온 청년은 난롯불 앞에 떡하니 서서 그야말로 철천지원수를 대하는 눈빛으로 나를 흘겨 내려다보았다. 나는 그가 하인인지 아닌지 헷갈리기 시작했다. 옷차림도 말투도 천하기 짝이 없는 게 히스클리프 부부와 같은 기품은 눈을 씻고 봐도 없었다. 숱 많은 갈색 곱슬머리는 전혀 손질하지 않은 채 헝클어졌고 수염은 덥수룩하게 뺨까지 뒤덮었으며 손은 막일꾼처럼 거무튀튀하게 그을었다. 한데 행동거지는 불손하리만치 거리낌이 없었고 안주인 마님을 시중드는 하인의 성실한 면모 또한 찾으려야 찾아볼 수 없었다. 그의 신분을 확실히 밝혀줄 증거가 없으니 그 특이한 언행일랑 신경을 끊는 게 상책이리라 여겨졌고, 그로부터

5분 뒤 히스클리프가 들어온지라 난 거북한 상황에서 다소나마 놓여날 수 있었다.

하여 짐짓 쾌활하게 외쳤다.

"접니다, 히스클리프 씨, 약속대로 이리 왔어요! 한데 날씨 때문에 아무래도 반 시간은 머물러야 할 듯싶습니다. 물론 집주인께서 허락해 주실 수 있어야겠지만요."

그는 옷에 허옇게 붙은 눈을 탁탁 털어내며 대꾸했다.

"반 시간? 하필이면 눈보라가 한창일 때를 골라서 나다니겠다는 거요? 황무지에서 행방불명될 위험이 있다는 걸 모르시오? 이 근방 지리에 익숙한 사람들도 이런 날 저녁엔 길을 잃고 헤매기 일쑤요. 더구나 당장은 날이 갤 기미도 보이지 않소이다."

"길잡이 노릇 할 사내를 하나 이 댁에서 붙여주시면 오늘 밤은 그레인지에서 묵게 하고 아침에 돌려보내 드리겠습니다. 어째, 한 명 내어주실 수 있을까요?"

"아니, 그럴 수 없소."

"아이고, 그런가요! 음, 그렇다면 제힘을 믿고 알아서 가는 수밖에 없겠군요."

"허, 참!"

그때, 줄곧 나만 잡아먹을 듯 노려보던 남루한 상의의 청년이 돌연 젊은 안주인에게로 시선을 옮겨 재우치듯 물었다.

"차 안 끼리나?"

그녀는 히스클리프에게 호소했다.

"쟤도 마셔요?"

"상이나 차려, 어?"

대답이 어찌나 우악스럽던지 난 흠칫 놀라고 말았다. 순 악질의 본성이 말투에서 드러났다. 다시는 히스클리프를 대단한 위인이라 치켜세우고 싶지 않아졌다.

상이 차려지자 그가 날 불렀다.

"자, 이리로 당겨 앉으쇼."

그리하여 모두, 꾀죄죄한 청년까지 모두가 식탁에 둘러앉아 묵묵히 먹고 마셨다.

난 생각했다. 이 자리에 먹구름을 몰고 온 장본인이 나라면 그걸 걷어내려는 노력 또한 나의 몫이렷다. 아무렴 이 사람들이 허구한 날 이리 침울하고 조용하게만 앉았을까. 아무리 막돼먹은 인물들이라 해도 모두가 하나같이 날이면 날마다 우거지상으로 지낼 리 없다.

차 한 잔을 비운 나는 다음 잔을 채우는 김에 입을 열었다.

"참 이상하지요, 관행이 취향과 관념의 틀이 되기도 하니 말입니다. 무릇 히스클리프 씨처럼 세상을 완전히 등진 삶은 조금도 행복하지 않으리라 여기는 게 인지상정이겠지요. 하나 제가 감히 아뢰건대, 이렇듯 가족이 함께 있고 또, 아리따운 부인께서 집안과 부군의 마음을 다스리시니……."

"아리따운 부인?"

그가 끼어들더니 악마 같은 냉소를 띠고서 내처 물었다.

"대체 어디에 있소이까? 그 아리따운 부인이?"

"히스클리프 부인 말입니다. 그쪽의 아내분이요."

"흠, 그렇군. 아, 그럼 내 처의 혼이 수호천사 노릇을 한다는 거요? 육신은 사라졌어도 혼이 남아 워더링 하이츠를 지키고 보살핀다?"

이거 단단히 실수했구나 싶어 사태를 수습하려 머리를 굴렸다. 부부라기엔 나이 차가 너무 크다는 걸 진즉 알아챘어야 했다. 한쪽은 마흔 살 언저리로, 정신력 말짱한 이 나이대의 사내는 여간해서는 젊은 아가씨가 자기와 사랑에 빠져 혼인하리라는 망상을 품지 않는다. 그런 꿈은 노년에나 위안 삼아 꿀 뿐이다. 한편 다른 쪽은 채 열일곱 살도 안 돼 보였다.

그때 퍼뜩 이런 생각이 머리를 스쳤다.

'바로 이놈이, 차를 사발로 마시고 씻지도 않은 손으로 빵을 뜯어 먹는 이 촌놈이 남편인가 보군. 당연히 히스클리프 2세일 테고. 그럼 저 여자는 산 채로 여기에 묻힌 꼴이군. 더 나은 남편감이 있다는 걸 알지 못한 탓에 이 구저분한 촌뜨기한테 몸을 의탁한 게야! 안타까운지고. 그러니 조심해야겠어. 나 때문에 저 여자가 자기 선택을 후회하게 되면 곤란하잖아.'

마지막 부분은 어쩌면 자만에 빠진 생각 같겠지만, 실은 그렇지 않았다. 내 옆에 앉은 녀석이 풍기는 인상은 거의 역겨울 정도였다. 반면에 나는, 그간 겪어봐서 아는데 그럭저럭 여심을 끌 만했다.

"여기 있는 히스클리프 부인은 내 며느리요."

히스클리프가 내 추측에 쐐기를 박았다. 그러면서 그녀 쪽을 힐끔 돌아봤는데, 이상하게도 그 표정에 증오가 서려 있었다. 그의 얼굴 근육이 온통 뒤틀려 다른 사람들과 달리 표정으로 내면의 언어를 대신하길 거부하는 게 아니라면, 그것은 분명 증오의 표정이었다.

"아하, 역시, 이제 알겠습니다. 바로 이쪽이 저 인정 많은 여인의 사랑을 받는 부군이시군요."

나는 내 옆자리 청년을 향해 말했는데, 이는 아까보다 더한 실수였다. 청년은 얼굴이 시뻘게지더니 당장이라도 후려칠 기세로 주먹을 움켜쥐었다. 하지만 이내 정신을 다잡는 듯했고, 가슴속 격랑을 상스러운 욕지거리로 가라앉혔는데, 그래도 내가 있어 큰소리를 내지는 않는 눈치라 나는 삼가 모르는 체하였다.

집주인이 말했다.

"짐작이 번번이 빗나가는구려! 아쉽게도 우리 둘 다 댁이 말하는 여인의 부군이 아니오. 저 여자의 짝은 죽었소이다. 아까 말했듯 내 며느리니 내 아들과 혼인했었겠지."

EMILY BRONTË

"그럼 여기 이 청년은……."

"내 아들이 아니지, 물론!"

히스클리프는 자길 저 짐승의 아비로 보다니 농담도 지나치다는 듯 다시 조소를 날렸다.

청년은 이를 갈며 말했다.

"내 이름은 헤어턴 언쇼라. 그리고 충고하는데, 언쇼를 무시허지 마쇼!"

"무시한 적 없소."

대답은 그렇게 했지만, 꼴에 자존심을 내세우는 게 내심 우스웠다.

그는 오래도록 내게서 시선을 떼지 않았다. 한동안은 나도 그 시선을 맞받았지만, 이대로는 그의 따귀를 갈기려 들거나 웃음보가 터질 것만 같아서 먼저 눈길을 돌렸다. 이 화기애애한 가족 틈에서 난 하릴없이 위화감을 느끼기 시작했다. 울적한 마음에 짓눌려 육신의 안락조차 무색해진지라, 나는 이 집구석에 세 번째로 발을 들이는 일에는 신중해지자고 다짐했다.

먹는 일은 끝났고 아무도 담소 한마디 뱉지 않아, 나는 창가로 가서 날씨를 살폈다.

창밖 풍경마저 날 서럽게 했다. 평소보다 일찍 어둠이 깔린 데다 사나운 돌풍과 빽빽한 눈발이 휘몰아치는 통에 어디가 하늘이고 어디가 언덕인지도 모를 지경이었다.

절로 탄식이 나왔다.

"이제 길잡이 없이 집에 가기는 다 틀렸네. 길은 눈에 덮여 사라졌을 테고, 길이 있다 한들 한 발짝 앞도 보이지 않겠어."

"헤어턴, 양 떼를 축사에 넣어놔. 밤새 밖에 뒀다간 눈에 묻히겠어. 문간에 판자 하나 세워두고."

딴소리나 하는 히스클리프 때문에 짜증이 솟구쳐 나는 대놓고 물었다.

"저는 어떡할까요?"

대답이 없었다. 뒤돌아봤더니, 조지프가 개밥 담긴 들통을 들고서 들어오던 참이었고, 히스클리프 부인은 차 통을 선반에 되돌려놓다가 떨어뜨린 성냥 뭉치를 난롯불 가까이에 대고 태우며 심심풀이를 하고 있었다. 들통을 내려놓은 조지프가 못마땅한 눈초리로 방 안을 휘둘러보더니 갈라진 목소리로 호통을 쳤다.

"마카 한테로 나갔는디 우째 니만 그라고 서서 농땡이를 부리쌌니? 하기사 니까진 것한테 이러 말은 해 머이 할 기가. 제 버리디기 개 몬 준다 안 하나. 고마 네 어마이 따라 싸게 악마인데로나 뜰어지라이!"

잠깐 나를 향한 열변인 줄 알고 적잖이 화가 치밀어서, 그 노인네를 문밖으로 걷어찰 작정으로 몇 걸음 다가갔다. 하지만 히스클리프 부인의 대꾸로 오해가 풀렸다.

"가증스러운 위선자 같으니! 툭하면 그렇게 악마를 들

먹이다 오히려 본인이 끌려갈 게 두렵지도 않아? 경고하는데, 자꾸 나 자극하면 내가 악마한테 특별히 영감을 잡아가라고 빌 거야. 잠깐, 이거 봐, 조지프."

그녀는 선반에서 검고 두툼한 책을 한 권 꺼내며 이어 말했다.

"내 '흑마술' 실력이 얼마나 늘었는지 보여주겠어. 머잖아 통달할 거야. 붉은 소는 어쩌다 그냥 죽은 게 아니야. 영감의 신경통도, 설마 그저 신의 뜻일까?"

노인은 씨근대며 외쳤다.

"오, 사악한지고! 주여, 즈네를 악에서 구하십소!"

"천만에! 그 주님도 영감 같은 무뢰한은 진즉 내쳤거든? 당장 꺼져, 크게 혼쭐나기 전에! 밀랍과 진흙으로 영감을 본뜬 인형을 만들 거야! 내가 정한 선을 넘는 인간은 누구든지…… 무슨 꼴을 당할지 굳이 말하진 않겠지만, 두고 보라고! 냉큼 나가, 꼴도 보기 싫으니까!"

귀여운 마녀가 아름다운 두 눈에 짐짓 악의를 담아 보내자, 조지프는 진실로 겁에 질려서는 주님을 부르고 "사악한지고"를 되뇌며 부리나케 사라졌다.

내가 보기엔 그녀가 단지 심심해서 으스스한 장난을 친 것뿐이었다. 이제 우리 둘만 남았겠다, 난 그녀가 내 고민거리에 관심을 갖게끔 통사정하기 시작했다.

"히스클리프 부인, 부인께서는 이리 실례를 무릅쓸 수밖에 없는 제 사정을 헤아려주시겠지요. 그도 그럴 것이,

부인의 용모로 미루어 틀림없이 마음씨도 고울 거라는 확신이 들거든요. 제가 집으로 가는 길을 알 수 있게 표지가 될 만한 지점들을 짚어주시겠습니까? 부인께서 런던 가는 길을 모르시듯 저도 제집 가는 길을 전연 모르겠습니다!"

"왔던 길로 돌아가세요."

그녀는 초를 한 자루 들고 의자에 편히 앉아 그 두툼한 책을 펼치고서 덧붙였다.

"짧으나마 제가 드릴 수 있는 가장 합당한 조언이랍니다."

"그러다 혹 제가 어느 늪이나 눈구덩이에서 시체로 발견되었다는 소식이라도 들리면 부인께서는 양심의 가책을 느끼시게 되지 않을까요?"

"어째서요? 어차피 전 동행해 드릴 수 없는데요. 집 울타리까지도 못 나가게 하는걸요."

"부인께서 동행하시다뇨! 이런 밤엔 현관 문밖까지 배웅해 달라 청하기도 송구스럽습니다. 데려다주십사는 게 아니라 다만 길을 일러주십사 하는 겁니다. 아니면 히스클리프 씨를 설득해 저에게 길잡이를 붙여주셔도 좋고요."

"누구를요? 이 집엔 그 사람이랑 나, 언쇼, 질라, 조지프뿐이에요. 이 중에 누굴 길잡이로 붙여달라는 거죠?"

"농장일 하는 젊은이들은 없습니까?"

"없어요, 이 다섯이 다예요."

"그렇다면 어쩔 수 없이 오늘은 묵어가야겠군요."

"그건 집주인하고 얘기해 보세요. 제가 관여할 일이 아니니까."

"오늘을 교훈 삼아 두 번 다시 이 근방 언덕길을 함부로 나다니지 않길 바라오."

부엌 문간에서 히스클리프의 준엄한 목소리가 울려왔다.

"묵어가겠다고 하셨는데, 내 집에는 손님방이 없소이다. 정 묵겠다면 헤어턴이나 조지프 침대를 같이 쓰셔야겠소."

"전 여기 의자에서 자도 됩니다."

"아니, 안 되오! 부자든 가난뱅이든 남은 남이니까. 내가 지키고 있지 않을 때 낯선 이가 집 안을 멋대로 돌아다니게 둘 수는 없소!"

몹쓸 인간, 이리도 무례하게 나오다니. 그가 안긴 모욕감에 내 인내심은 바닥을 쳤다. 난 심히 불쾌한 심경을 표하며 그를 밀치고 급히 밖으로 나섰다가 그만 언쇼와 부딪치고 말았다. 너무 캄캄해 좀처럼 보이지 않는 출구를 찾아 헤매는 동안, 이 집 사람들 간의 예의를 새삼스레 확인하게 하는 대화를 들었다.

처음에는 청년이 날 도우려는 것 같았다.

"내가 농원까정 같이 가지 뭐."

그러자 그의 주인인지 뭔지 좌우지간 모종의 관계에 있는 인간이 소리쳤다.

"아예 지옥까지 따라가지그래? 그럼 말들은 누가 돌봐, 어?"

"사람 목숨이 달렸는데 말들이야 하룻저녁쯤 내버려둬도 되잖아요. 누구든 가긴 해야죠."

의외로 히스클리프 부인이 인정을 내비치는 말을 우물거리자 이번엔 헤어턴이 쏘아붙였다.

"네가 얻다 대고 이래라저래라냐? 저이 목숨이 아깝거든 그 입 닥치라."

그녀도 앙칼지게 맞받아쳤다.

"저이 귀신이 널 따라다니길 빌겠어. 그레인지가 허물어져 내릴 때까지 다시는 세입자가 나타나지 않길 바라!"

"저, 저, 말본때가리 즘 들어보라. 저이들헌티 저주를 퍼대는구마이"

조지프가 중얼거렸다. 그는 마침 내 발길이 향하던 곳에, 부르면 들리는 거리에서 등불을 밝히고 앉아 소젖을 짜고 있었다. 난 다짜고짜 그 등불을 잡아채고는 내일 돌려주겠다고 외치며 가장 가까운 샛문으로 내달렸다.

"쥔님, 나리요, 저늠이 등불을 훔쳐 갑소!"

늙은이는 다급히 소리치며 날 쫓아왔다.

"어이, 내셔야! 어이, 개! 어이, 울프야! 저늠 잡어, 저

EMILY BRONTË

늠 잡어라이!"

샛문을 여는 순간, 털북숭이 괴물 두 마리가 목덜미를 덮쳐 날 쓰러뜨렸고 등불도 꺼졌다. 거기다 히스클리프와 헤어턴이 껄껄대고 웃어젖히는 통에 내 분노와 굴욕감은 절정에 올랐다.

다행히 개들은 나를 산 채로 잡아먹기보다 기지개를 켜고 하품하며 꼬리를 흔들어대는 게 더 좋은 모양이었다. 그렇다고 섣불리 움직였다간 또 무슨 봉변을 당할지 몰라, 난 놈들의 악독한 주인들이 날 넘겨받으러 올 때까지 그대로 엎어져 있을 수밖에 없었다.

그렇게 모자도 쓰지 못한 채 치를 떨며 두 악당을 향해 날 보내주라고, 1분만 더 지체해도 네놈들은 무사하지 못하리라고 으름장을 놓으면서, 살짝 리어왕 식으로 한없이 깊은 원한에 겨워 몇 차례 보복의 위협을 두서없이 늘어놓았다.*

어찌나 흥분했던지 코피가 철철 흐르기까지 했는데, 히스클리프는 계속 웃어대기만 하고 나는 계속 악을 써댔다. 나보다 이성적이고 집주인보다 인자한 한 사람이 지척에 있지 않았더라면 이 장면이 어떻게 끝맺었을지 모를 일이다. 그 사람은 바로 풍채 좋은 가정부 질라였다. 바깥이 하도 소란스러우니 무슨 일인가 싶어 나온 것

* 셰익스피어의 「리어왕」 2막 4장 279~282행. "내 너희 둘 모두에게 복수할 테다/ 세상이 온통 - 내 복수는 그러하리라 -/ 어떻게 할지 아직은 모르나, 필시 그것으로/ 온 땅이 경악하리라!"

이다. 그녀는 주인댁의 누군가가 나에게 손찌검을 한 줄로 여겼고, 감히 주인을 나무랄 수는 없으니 그 대신 젊은 무뢰한에게 대고 언성을 높였다.

"아니, 언쇼 씨! 뒷감당을 어찌하려고 이러나 몰라! 우리 집 문간에서 살인낼 셈이우? 역시 이놈의 집구석은 나랑 안 맞는다니까. 이 가엾은 양반 좀 봐, 숨넘어가겠네! 쉬이, 쉿! 댁도 그만하고…… 들어갑시다, 치료해 줄테니. 자, 자, 가만히 있어요."

가만히 있으라면서 그녀는 별안간 얼음물 한 됫박을 내 목덜미에 끼얹고는 날 부엌으로 끌고 갔다. 히스클리프 씨도 따라왔는데, 어쩌다 잠시 유쾌했던 그는 이제 온데간데없고 평소의 뚱한 모습으로 돌아와 있었다.

나는 메스껍고 어지러워 까무러칠 지경이었으므로, 부득불 이 집에서 묵을 수밖에 없었다. 그는 나에게 브랜디를 한잔 가져다주라고 질라에게 이른 뒤 안쪽 방으로자러 들어갔다. 그녀는 주인이 시킨 대로 하고서 내 안타까운 사정을 위로했으며, 내가 어느 정도 기운을 차리자 잠자리로 데려가 주었다.

03

위층으로 앞장서 가면서 질라는 나더러 촛불을 숨기고 아무 소리도 내지 말라고 당부했다. 내가 묵을 방에 주인장이 이상한 망상을 품고 있어 원래는 아무도 재우지 않는다는 것이었다.

난 까닭을 물었다.

그녀는 모른다고 했다. 자기는 여기 들어와 산 지 한두 해밖에 안 됐으며, 이 집구석에 해괴한 일이 하도 많다보니 일일이 호기심이 생길 틈도 없다고 했다.

내 경우는 너무 얼떨떨한 상태라 더 궁금해할 경황이 없었으므로, 그저 방문을 잠근 뒤 침대를 찾아 방 안을 둘러보았다. 가구라곤 의자 하나, 옷장 하나, 윗부분에 마차 창과 비슷한 격자 구멍이 뚫린 큼지막한 참나무 장롱이 전부였다.

장롱 가까이 다가가 안을 들여다보니, 그것은 식구 수대로 독방이 필요하지 않게끔 편리하게 설계한 특이한 형태의 구식 침상이었다. 실상 그 자체로 하나의 작은 밀실이었으며, 안쪽의 창턱은 탁자로 쓰게 돼 있었다.

벽면을 이루는 미닫이문을 열고서 초를 가지고 들어가 문을 도로 닫았더니, 과연 히스클리프나 다른 누구의 눈길도 닿지 않을 듯하였다.

창턱에 초를 올려놓고 보니 곰팡이가 허옇게 핀 책 몇

권이 한구석에 쌓여 있고 창턱 표면은 온통 칠을 긁어 새긴 글씨들로 뒤덮여 있었다. 그런데 그 글씨라는 게 크기와 필체가 다양할 뿐 전부 하나의 이름이었다. 주로 '캐서린 언쇼'였고, 여기저기 '캐서린 히스클리프'가 섞여 있었으며, 몇 군데 '캐서린 린턴'도 눈에 띄었다.

맥없이 창문에 머리를 기댄 채 캐서린 언쇼 또는 히스클리프 또는 린턴의 철자를 눈으로 더듬다가 스르륵 눈이 감겼다. 그러나 5분이나 지났을까, 어둠 속에서 흰빛의 글씨들이 유령처럼 생생하게 나타나더니 이내 무수한 '캐서린'이 허공을 휘젓고 돌아다녔다. 너무나 성가신 그 환영을 없애려 정신을 차리고 보니, 촛불 심지가 낡은 책 쪽으로 기울어져 있고 송아지 가죽 타는 냄새가 진동했다.

급히 촛불은 껐는데, 춥기도 하고 메스꺼움도 좀처럼 가시지 않아 영 편치가 않았다. 나는 일어나 앉아 불에 그슬린 두꺼운 책을 무릎에 놓고 펼쳤다. 아주 작은 활자로 찍은 성서였고 지독한 곰팡내가 났다. 표지 안쪽에 '캐서린 언쇼의 책'이라는 표시와 약 25년 전 날짜가 적혀 있었다.

그 책을 덮고 다른 책들도 하나하나 전부 들춰보았다. 캐서린의 책들은 엄선된 것이었고 닳은 정도로 보아 손을 꽤 많이 탄 듯했지만, 꼭 읽는 용도로만 쓰인 건 아니었다. 어느 장이고 간에 인쇄공이 남긴 여백이란 여백은 죄다 어떤 감상이나 해설을 적은 — 어쨌든 그렇게 보이는 — 펜글씨로 빼곡히 채워져 있었다.

각기 따로 쓴 문장들도 있었고 정기적으로 쓴 일기 형식의 글도 있었는데, 어린아이가 서툰 손으로 끼적인 것 같았다. 어느 빈 페이지 상단에 내 친구 조지프를 묘사한 그림이 있는 걸 처음 봤을 때는 마치 보물을 발견한 기분이었다. 저속하긴 해도 특징을 절묘하게 잡은 나름 수작이어서, 보는 즐거움이 상당했다.

그 즉시 미지의 캐서린을 향한 흥미가 일었고, 그길로 나는 그녀가 남긴 빛바랜 상형문자들을 해독하기 시작했다.

그림 아래로 글이 이어졌다.

'끔찍한 일요일! 아버지가 돌아오셨으면 좋겠다. 힌들리는 역겨운 인간이다. 아버지 대신인 척하면서 히스클리프를 못살게 군다. H랑 나는 반항할 거다. 오늘 저녁 그 반항의 첫발을 뗐다.

온종일 비가 억수같이 쏟아져서 교회에 갈 수 없었는데, 조지프가 그럼 다락방에 모여서 예배를 봐야 한다고 우겼다. 힌들리랑 새언니는 히스클리프랑 나랑 그 불쌍한 머슴아이한테 기도서를 챙겨 올라가라 이르고서 정작 자기들은 아래층에서 편안하게 난롯불을 쬐었다(둘이서 무슨 짓을 했는지 몰라도 성경 읽기가 아니었다는 건 내가 장담한다). 우리는 옥수수 포대에 나란히 앉아 오들오들 떨며 신음했다. 아무렴 조지프도 춥겠지, 자기가 추워서라도 설교를 짧게 끝내겠지, 라고 생각했지만 웬걸! 예배는 정확히 세 시간 만에 끝났다. 그런데도 내 오라비라는 인간은 다락에서 내려오는 우리를 보자마자 얼굴을 구기면서 "뭐야, 벌써 끝났어?"라고 외쳤다.

예전엔 일요일 저녁마다 아주 시끄럽게 굴지만 않으면 얼마든지 놀아도 됐는데, 이제는 킥킥 웃는 소리만 내도 구석으로 쫓겨난다!

폭군은 말한다.

"이 집에 가장이 있다는 걸 잊었나 봐? 내 성질 건드리는 놈부터 박살을 내주겠어! 다들 얌전히, 조용히 지내라고. 아, 뭐야! 방금 네놈이었지? 여보, 프랜시스, 오면서 저놈 머리채를 뽑아버려. 저놈이 손가락으로 딱 소릴 냈어."

프랜시스는 냉큼 H의 머리칼을 홱 잡아당기고선 남편에게로 가 그의 무릎 위에 폴짝 올라탔다. 그러더니 둘이서 족히 한 시간은 아기처럼 쪽쪽대면서 헛소리를 주고받는데, 어찌나 꼴불견인지 우리가 다 창피했다.

우리는 찬장 밑 아치 안으로 기어들어 나름대로 아늑한 자리를 만들었다. 내가 우리 덧옷을 연결해서 아치 다리에다 커튼처럼 걸자마자, 마구간에 있던 조지프가 하필 딱 들어왔다. 그는 내가 만든 커튼을 잡아 뜯더니 내

따귀를 때리고 꽥꽥거렸다.

"쥔 으르신 묻은 지 을매나 됐니. 주일이 다 지나지 않 았고 안즉 주님 말씸이 귀에 쟁쟁한데 이기 뭔 짓다구리 야! 챙피시룹다! 바로 앉어라, 몬된 시키들! 책을 볼라치 믄 이래 좋은 책이 쎄비맀다. 단디이 앉어서 늬들 영혼을 생캐보라이!"

그러면서 우리에게 나무토막 같은 책을 한 권씩 떠안 기고, 먼 벽난로의 침침한 불빛에 글이 비치도록 자세를 억지로 고치게 했다.

난 도저히 참을 수 없었다. 그 거무칙칙한 책 뒤표지를 잡고, 좋은 책은 딱 질색이라고 선언하면서 개집에다 던 져버렸다.

히스클리프도 자기가 받은 책을 개집으로 차 넣었다.

그러자 한바탕 난리가 났다!

우리의 늙은 사제가 소리쳤다.

"힌들리 나리! 쥔님요, 일루 와보소. 캐시 아씨가 『구 원의 투구』 뒷장을 째뿔고 히스클리프가 『파멸에 이르 는 넓은 길』 1권을 발로 차버맀대요! 이딴 짓다구리를 가마이 두다니 씩겁단장할 노릇이구마. 아이고! 예즌 쥔 으르신 같었시맨 망질로 다스랬을 긴데……. 인자는 안 기시니 원."

난롯가 낙원에 있던 힌들리가 냅다 달려와 우리 중 한 명의 먹살과 다른 한 명의 팔을 붙잡고 안쪽 부엌방으로 끌고 와 내동댕이쳤다. 조지프는 틀림없이 악마가 우리를 잡으러 올 거라고 장담했다. 그 말을 들으니 어찌나 마음이 놓이던지. 우린 각자 편한 구석을 찾아 악마의 강림을 기다렸다.

난 선반에서 이 책과 잉크 병을 챙기고 하우스 쪽 문을 살짝 열어 빛이 들게 한 뒤 20분째 이것을 쓰고 있다. 하지만 참을성 없는 내 동지는 외양간 하녀의 망토를 슬쩍해서 뒤집어쓴 채로 벌판을 뛰어다니자고 졸라댄다. 생각해 보니 재미있을 것 같다. 심술쟁이 영감이 와서 우리가 없는 걸 보고는 자기 예언대로 이루어진 줄로 믿을지도 모른다. 밖에서 비를 맞는대도 여기보다 더 축축하고 춥지는 않겠지.'

캐서린은 히스클리프가 하자는 대로 했나 보다. 다음 문장부터 화제가 바뀌는데, 이번엔 눈물겨운 내용이었다.

'힌들리 때문에 이렇게나 울게 될 줄은 꿈에도 몰랐다! 베개에 눕지도 못할 만큼 머리가 아픈데 아직도 눈물이 그치질 않는다. 불쌍한 히스클리프! 힌들리는 그 애가 뜨내기라며 이제 우리랑 같이 앉지도 말고 같이 먹지도 말라고 한다. 심지어 나랑 같이 놀지도 말라면서, 자기 명을 어기면 그 앨 내쫓겠다고 협박한다.

안 그래도 아버지가 H를 너무 풀어줬다며 비난해 대더니(제까짓 게 감히?), 이제는 H에게 제 분수를 알게 해주겠다고 큰소리친다.'

어둑하니 펼쳐진 책장 위로 꾸벅꾸벅 졸기 시작하면서 내 눈길은 손 글씨에서 활자로 옮겨 갔다. 붉은 장식체로 박힌 제목이 보였다. 「일곱 번을 일흔 번*, 그리고 일흔한 번째의 첫 번째. 기머든 서프 교회에서 행한 자베스 브랜더럼 목사의 설교」였다. 비몽사몽간에 나는 자베스 브랜더럼의 설교 내용을 이리저리 추측해 보다가 다시 침대에 쓰러져 까무룩 잠이 들었다.

아아, 상한 차와 상한 기분 탓이렷다! 내가 그토록 끔찍한 밤을 보내야 했던 이유가 달리 무엇이겠는가? 난생처음 괴로움을 알게 된 이래 그날 밤에 견줄 만한 괴로움은 내 기억에 전무후무하다.

여기가 어딘지 의식에서 사라질 즈음 꿈을 꾸기 시작했다. 아침인 것 같았고, 나는 조지프를 길잡이로 대동하고 집으로 가는 길이었다. 몇 미터 두께로 쌓인 눈을 휘적휘적 헤치며 나아가야 했는데, 왜 순례 지팡이를 챙겨 오지 않았느냐는 동행의 끊임없는 타박이 날 더 지치게 했다. 이게 없으면 절대 집으로 들어갈 수 없다면서 그는

---

* 「마태복음」 18장 21~22절. '그때에 베드로가 나아와 이르되 주여 형제가 내게 죄를 범하면 몇 번이나 용서하여 주리이까 일곱 번까지 하오리이까/ 예수께서 이르시되 네게 이르노니 일곱 번뿐 아니라 일곱 번을 일흔 번까지라도 할지니라.'

묵직하고 기다란 몽둥이를 자랑하듯 휘둘러 보였으니, 아마도 그걸 순례 지팡이라 부르는 모양이었다.

그런데 문득, 내 집에 내가 들어간다는데 그런 무기가 필요하다니 얼토당토않은 소리라는 생각이 들었다. 뒤이어 또 다른 생각이 머리를 스쳤다. 난 집에 가는 게 아니라 성경 구절 '일곱 번을 일흔 번'에 관한 그 유명한 자베스 브랜더럼의 설교를 들으러 가는 길이었다. 조지프인지 그 목사인지 나인지가 '일흔한 번째의 첫 번째' 죄를 지었고, 이제 죄인은 모두의 구경거리가 되어 파문당할 운명이었다.

우리는 교회에 도착했다. 현실에서 내가 산책 중에 두어 번 지나쳤던 곳이었다. 교회는 두 언덕 사이 골짜기의 낮게 솟은 지대에 있는데, 근처의 늪에서 뿜어져 나오는 토탄 습기가 그곳에 묻힌 몇 안 되는 시체의 방부제 역할을 톡톡히 한다고 한다. 지붕은 아직 온전하지만, 성직자 봉급이라야 연 20파운드에 불과하고 방 두 칸짜리 사택마저 조만간 한 칸짜리로 줄어들 판인 데다, 이곳 사람들은 목사가 굶어 죽는대도 자기네 주머닛돈은 한 푼도 성직록에 보태지 않는다는 소문이 파다하니, 실제로 여기서 성직을 맡겠다고 나설 이는 아무도 없다. 하지만 내 꿈에서는 예배당을 가득 채운 회중이 자베스의 설교를 경청하고 있었다. 그런데 맙소사, 그 설교란 게 참! 자그마치 '490부'로 이뤄진 데다 각각이 일반의 설교 하나와 같고 각각이 다른 죄를 논하는 것이었다! 대체 어디를 뒤져 그런 죄들을 찾아냈는지 모르겠으나, 그는 그 구절을 자의적으로 해석하였고 우리가 때마다 다른 죄를 범해야 한다고 여기는 듯했다.

게다가 하나같이 기상천외한, 그야말로 내 상상을 초월하는 기이한 죄들이었다.

아, 얼마나 지겹던지. 몸을 비틀고 하품하고 꾸벅거리다 퍼뜩 정신을 차리고! 내 몸을 꼬집고 찔렀다가, 눈을 비볐다가, 벌떡 일어났다 다시 앉았다가, 조지프를 쿡 찌르고선 저 설교가 '언젠가' 끝나거든 알려달라 하고!

난 속절없이 전부 들어야만 했으며…… 드디어 그의 설교가 '일흔한 번째의 첫 번째'에 이르렀다. 그 결정적인 순간에, 불현듯 어떤 영감이 내게 내렸다. 나는 자리를 박차고 일어나, 기독교인이 용서하지 않아도 되는 죄를 지은 자는 바로 자베스 브랜더럼이라고 언명했다.

"목사 양반! 나는 사방이 벽인 이곳에 앉아, 당신이 늘 어놓은 490가지 담화를 내리 인내하고 용서했소. 일곱 번을 일흔 번, 나는 모자를 챙겨 나가려 했으나 일곱 번을 일흔 번, 당신이 가당찮게도 날 도로 앉혔소. 491번은 도를 넘은 거요. 나와 같은 순교자 여러분, 저자를 벌하십시오! 저자를 끌어내어 형체가 사라지도록 짓밟아줍시다! '자기 처소도 다시 그를 알지 못하리이다!'"*

* 「욥기」 7장 10절.

자베스는 근엄한 얼굴로 잠시 침묵했다가, 푹신한 등받이에 몸을 기대며 우렁차게 외쳤다.

"그대야말로 죄인이로다! 일곱 번을 일흔 번, 너는 얼굴을 잔뜩 일그러뜨리며 하품했고 일곱 번을 일흔 번, 나는 내 영혼과 상의했다. 아, 이것이 인간의 약함이니 이 또한 용서받을 수 있기를! '일흔한 번째의 첫 번째'가 지금이다. 형제들이여, '기록한 판결대로 저자에게 시행할지로다! 이런 영광은 주의 모든 성도에게 있도다!'"*

그 말이 떨어지자 회중이 일제히 순례 지팡이를 치켜들고서 나에게 달려들었고, 방어할 무기가 없었던 나는 가장 가까이서 가장 맹렬히 공격해 오는 조지프의 지팡이를 뺏으려 드잡이를 시작했다. 많은 사람이 한꺼번에 몰려들면서 몽둥이 여러 채가 서로 엇갈렸고 나를 겨냥한 주먹들이 애먼 머리통들을 후려쳤다. 모든 이의 손이 제 이웃을 때리니 이내 예배당은 투덕투덕 치고받는 소리로 가득 찼다. 그 와중에 혼자만 가만있을 수는 없었는지 브랜더럼은 쉴 새 없이 주먹으로 연단을 내려치는 열의를 보였는데, 난 그 소리에 귀가 얼얼하여 그만 잠에서 깼고, 이루 말할 수 없는 안도감이 밀려왔다.

한데 무엇이었나? 내 꿈자리를 아수라장으로 만들고는 자베스가 내는 소리인 양 날 깨운 것은? 그저, 몰아치는 돌풍에 전나무 가지가 창살에 닿으면서 마른 열매들

* 「시편」149편 9절.

EMILY BRONTË

이 창유리에 덜걱덜걱 부딪히는 소리였다!

불안한 마음에 잠시 귀를 기울여 소리의 정체를 확인한 뒤 돌아누워 졸다가 또다시 꿈을 꾸었는데, 심지어 아까 꾼 것보다도 더 불쾌한 꿈이었다.

이번에는 내가 참나무 벽장 안에 누워 있다는 걸 잊지 않았고 거센 바람과 눈보라가 휘몰아치는 소리도 똑똑히 들었다. 아울러 전나무 가지가 내는 소리도 끊이지 않았는데, 바깥바람이 워낙 드센지라 으레 그러려니 하면서도 나는 그 소리가 참을 수 없도록 귀에 거슬려서 가능하면 없애야겠다고 마음먹었다. 해서 생각 끝에 일어나 앉아 여닫이창 걸쇠를 풀어보려 했지만, 걸쇠 고리가 땜질로 고정돼 있었다. 깨어 있을 때 봤었는데 잠결에 잊은 것이다.

"어떻게든 멈춰야겠어!"

난 중얼거리며, 주먹으로 창유리를 깨고 바깥으로 팔을 뻗었다. 그 성가신 가지를 붙잡을 셈이었는데 정작 내 손아귀에 들어온 것은 얼음장처럼 차가운 고사리손이었다! 무시무시한 악몽의 공포가 엄습했다. 난 얼른 팔을 당겼지만 작은 손이 한사코 매달리면서 더없이 애절하게 흐느끼는 음성까지 들려왔다.

"들어갈래…….들어가게 해줘!"

난 팔을 빼내려 안간힘을 쓰면서 물었다.

"누구시오?"

"캐서린 린턴."

대답하는 음성이 오들오들 떨렸다(왜 하필 '린턴'이었을까? 내가 읽은 글자로 치면 '언쇼'가 스무 배는 많았는데).

"이제야 집을 찾았네. 벌판에서 길을 잃었어!"

가냘픈 음성과 함께, 창문 너머에서 이쪽을 바라보는 아이의 얼굴이 흐릿하게 보였다. 공포에 질린 나머지 나는 잔인해지고 말았다. 아무리 뿌리쳐도 소용없겠기에, 아이의 손목을 도리어 끌어당겨 깨진 유리에 대고 마구 문질렀다. 피가 낭자하게 흘러 침구를 흠뻑 적시는데도 아이는 "들어가게 해줘!"라고 울부짖으며 내 손에 악착같이 매달렸다. 정말이지 무서워서 미쳐버릴 것 같았다.

이윽고 내가 말했다.

"어떡하라고! 일단 날 놔줘야 널 들어오게 하든지 말든지 하지!"

비로소 아이가 손아귀 힘을 풀었고, 나는 잽싸게 손을 거두어들인 뒤 허둥지둥 책을 쌓아 창에 난 구멍을 막고서 비탄 어린 호소가 들리지 않게 두 귀를 틀어막았다.

그렇게 버틴 지 15분을 넘긴 듯하여 슬며시 귀에서 손을 뗐으나, 그때까지도 구슬픈 울음소리는 여전하였다!

난 소리쳤다.

"썩 물러가라! 난 널 들이지 않을 것이야. 20년을 빌어도 어림없다!"

"20년이야, 20년. 난 20년을 떠돌았어!"

한탄하는 음성에 이어 약하게 외벽을 긁는 소리가 났고, 마치 누가 뒤에서 툭툭 치는 것처럼 책 더미가 앞으로 조금씩 밀려 나왔다.

벌떡 일어나려 했지만 몸이 움직이지 않아, 난 혼비백산한 채 비명만 내질렀다.

당혹스럽게도, 비명을 지른 건 꿈속의 일이 아니었다. 다급한 발소리가 다가오더니 누군가 방문을 벌컥 열어젖히면서 벽장 꼭대기 격자 구멍으로 어스레한 빛이 비쳐들었다. 난 여전히 떨리는 몸으로 이마의 땀을 훔치며 앉았다. 침입자는 망설여지는 듯 혼잣말을 중얼거렸다.

결국 그는 들릴 듯 말 듯, 딱히 대답을 기대하지는 않는 투로 물었다.

"여기 누구 있소?"

아무래도 내 존재를 밝히는 편이 최선일 듯싶었다. 히스클리프의 목소리를 모르지 않거니와, 이대로 침묵하다가는 그가 방 안을 더 뒤져볼 것 같아 저어되었다.

이러한 심산으로 몸을 돌려 벽장 문을 열었는데…… 그런 결과로 벌어진 일을 나는 오래도록 잊지 못할 것이다.

히스클리프가 바지에 셔츠 바람으로 문가에 서 있었다. 초를 든 손가락으로 촛농이 흘러내렸고 얼굴은 그의 등 뒤 벽만큼이나 창백했다. 미닫이문이 열리는 순간의 삐걱 소리에 그는 감전이라도 당한 듯 소스라쳤다. 그 결에 놓친 초가 몇 자나 날아가 나동그라졌지만, 너무나 놀란 나머지 그는 초를 도로 줍는 데도 한참이 걸렸다.

더는 그가 그렇게 겁먹은 모습을 내보이는 굴욕에 시달리지 않게, 내가 나섰다.

"접니다, 이 댁 손님이요. 자다가 무서운 악몽을 꾸는 바람에 그만 비명을 질렀군요. 성가시게 해서 죄송합니다."

"오, 젠장, 록우드 씨로군! 당신 같은 작자는 그냥……."

집주인은 말을 하다 말고 초를 의자에 내려놓았다. 손이 너무 떨려 제대로 들고 있을 수 없었던 탓이다. 손톱이 손바닥을 파고들도록 주먹을 틀어쥐고 턱뼈 경련을 가라앉히려 이를 악문 채 그는 이어 말했다.

"한데 누가 당신을 이 방에 들였소? 누구였소? 내 이놈을 당장 이 집에서 내쫓아 버려야지!"

나는 침상에서 내려와 급히 옷가지를 챙겨 걸치며 대꾸했다.

"이 댁 하인 질라였습니다. 쫓아내든 말든 히스클리프 씨 마음대로 하십시오. 그 여잔 쫓겨나도 싸요. 아마 이 방에 유령이 있다는 증거를 하나 더 잡으려고 날 이용했겠지요. 아무렴요, 유령과 마귀가 들끓더이다! 여긴 아무도 얼씬 못 하게 걸어 잠가야 합니다, 아시겠어요? 귀신 소굴에서 눈 붙이게 해준다고 고마워할 이가 어딨겠습니까!"

"그게 대체 무슨 소리요? 그리고 지금 뭐 하시오? 기왕

EMILY BRONTË

들어왔으니 편히 누워 마저 주무시오. 하지만 제발! 그 끔찍한 소음은 두 번 다시 내지 마시오. 목에 칼이 들어온 게 아닌 한 어떤 변명도 통할 수 없소!"

"만일 그 악령이 창을 넘어왔으면 날 목 졸라 죽였을 겁니다! 댁네 조상들의 환대에 또 시달릴 생각은 없소이다. 자베스 브랜더럼은 댁의 외가 쪽 친척 아니었습니까? 그리고 캐서린 린턴인지 언쇼인지 뭔지, 좌우지간 그 요사스러운 계집아이는…… 분명 마귀에 씌었겠지요! 제 입으로 20년을 이승에서 떠돌았다고 하던데, 보나 마나 살아생전 지은 죄가 있어 그런 벌을 받는 겁니다!"

한데 말하는 도중에, 책에서 본 히스클리프라는 이름과 캐서린이라는 이름의 관계가 떠올랐다. 미처 잠이 덜 깨어 까맣게 잊었다가 뒤늦게 생각난 것이다. 내 경솔함에 얼굴이 홧홧했지만 그 이상은 당황한 티를 내지 않고 얼른 말을 덧붙였다.

"실은 제가 잠들기 전에……."

여기서 다시 한번 말을 끊었다. '저 오래된 책들을 읽었노라'고 털어놓을 참이었는데 그러면 내가 거기 인쇄된 내용뿐 아니라 펜으로 적힌 내용까지 알고 있다는 사실을 밝히는 셈이어서, 이렇게 바꿔 이야기했다.

"저기 창턱에 새겨진 이름을 찬찬히 봤습니다. 단조로운 일을 해서 잠을 청할 요량이었어요, 이를테면 숫자 세기처럼……."

"그딴 얘길 나한테 하는 저의가 뭐요!"

히스클리프가 버럭 호통을 쳤다.

"어떻게…… 어떻게 감히, 내 집에서! 세상에! 미쳤군, 미쳐 돌았으니 저리 지껄이는 게야!"

그는 분을 이기지 못하고 제 이마를 쳤다.

나는 화를 내야 할지 해명해야 할지 알 수가 없었지만, 너무 큰 충격을 받은 듯한 그의 모습이 안쓰러워 그냥 꿈 얘기를 했다. '캐서린 린턴'이란 전에는 듣도 보도 못한 이름이었지만 여기서 반복해 읽다 보니 내 의식이 통제를 벗어나자 그 이름의 인상이 사람의 형상으로 나타난 모양이라고 설명했다.

내 얘기를 들으며 히스클리프는 비척비척 벽장으로 다가가더니 끝내 안으로 들어가 침상에 올라앉았다. 그의 모습은 벽장 벽에 거의 가려졌지만, 불규칙하게 이어지다 이따금 멎기도 하는 숨소리로 미루건대 격하게 밀려드는 감정을 막아내려 사투를 벌이고 있는 듯했다.

그의 갈등이 내게도 들린다는 걸 알리고 싶지는 않았기에 나는 계속해서 부산하게 옷매무새를 다듬고 시계를 들여다보고 밤이 길다는 둥 독백을 늘어놓았다.

"아직 3시도 안 됐군! 최소한 6시는 된 줄 알았는데. 시간이 멈추기라도 한 건가. 분명 8시에 다들 자리 들어 갔을 터인데!"

"겨울에는 항상 9시에 취침, 4시에 기상이오."

주인장이 신음을 삼키며 말했다. 그의 팔 그림자를 보아하니 눈물을 훔치는 것 같았다.

그는 이어 말했다.

"록우드 씨는 내 방에 가 있어도 좋소. 워낙 이른 때라 아래층으로 내려가 봤자 방해만 될 거요. 나는 댁이 애처럼 울부짖는 통에 잠이 다 달아났소이다."

난 대답했다.

"피장파장입니다. 전 마당을 좀 걷다가 날이 밝거든 떠나겠습니다. 이 불청객을 다시 맞을 걱정일랑 접어두십시오. 이제 저는 시골에서고 도시에서고 간에 사교를 즐기고픈 마음을 싹 고쳐먹었습니다. 분별 있는 이라면 벗은 자기 자신으로 족함을 알아야겠지요."

"더할 나위 없는 벗이지!"

히스클리프는 그렇게 중얼거리고서 나에게 일렀다.

"저 초를 가지고 어디로든 마음대로 가시오. 나도 곧 함께하겠소. 하지만 마당엔 개들을 풀어놨으니 나가지 마시오. 하우스는 주노가 보초를 서고 있고……. 아니면…… 아니오, 댁이 돌아다녀도 될 데라곤 계단이나 통로뿐이구려. 어쨌거나 여기서는 나가주시오! 내 2분 내로 따라가리다."

순순히 그 방에서 나오긴 했는데, 좁은 복도가 어디로 통하는지 몰라 멀거니 서 있다가 본의 아니게 집주인의 미신적인 면을 목격하게 되었다. 참으로 괴이한 광경이었다. 이제껏 보였던 그의 이성적인 모습은 다 거짓이었나 싶을 정도였다.

그는 침상에 올라 걸쇠를 비틀어 풀고는 창문을 당겨 열면서, 가눌 길 없는 격정에 울음을 터뜨렸다.

"들어와! 어서! 캐시, 제발 들어와. 오 제발……. 한 번만 더! 오! 내 사랑 그대, 이번엔 내 말을 들어줘! 캐서린, 제발!"

유령은 유령답게 변덕을 부려 제 존재를 한사코 드러내지 않았으나, 눈보라와 바람이 창문으로 휘돌아 들어와 내 손에 들린 촛불마저 꺼뜨렸다.

이 광란과 더불어 솟구치는 슬픔에 사로잡힌 그의 모습은 너무나도 괴로워 보였다. 절로 연민이 일었고, 그가 어리석다는 생각조차 사라졌다. 나는 이만 발걸음을 옮겼다. 그걸 전부 들은 것이 조금 화가 나기도 했고 터무니없는 악몽을 괜히 입에 올렸다는 사실에 심란하기도 했다. 다만 내 꿈 얘기가 '왜' 그에게 그리도 극심한 고통을 안겼는지는 도무지 모를 일이었다.

살금살금 계단을 내려가 도착한 곳은 부엌방이었다. 화덕에 한데 긁어모은 불씨가 있어 초에 다시 불을 붙일 수 있었다.

움직이는 것이라곤 얼룩무늬 회색 고양이 한 마리뿐이었는데, 재에서 기어 나와 나를 맞으며 야옹 하고 귀찮

EMILY BRONTË

은 티를 냈다.

원호 모양의 장의자 두 개가 난롯가를 에워싸듯 놓여 있었다. 난 그중 하나에 드러누웠고 늙은 암고양이가 나머지 하나에 올랐다. 둘 다 나른하게 졸고 있는데 우리의 은신처에 침입자가 나타났다. 조지프가 천장에 난 구멍을 통과하는 나무 사다리를 타고 내려온 것이다. 아마 그 구멍 위가 그의 다락방이었나 보다.

그는 화덕 가로대 사이로 일렁이는 작은 촛불을 떨떠름하게 쳐다보더니 고양이를 밀쳐내고 자기가 그 자리에 앉아 파이프에 담뱃잎을 쑤셔 넣기 시작했다. 자신의 성소에 내가 있는 것을 차마 입에 담기조차 싫은 몰염치로 여기는 게 분명했다. 그는 묵묵히 파이프를 입에 물고는 팔짱을 낀 채 연기를 내뿜었다.

나는 그가 실컷 호사를 즐기도록 잠자코 있었다. 마지막 한 모금을 빨아들이고 깊디깊은 한숨과 연기를 토해 낸 뒤 그는 일어나 나갔다. 들어올 때나 나갈 때나 엄숙한 태도였다.

그다음에 들어오는 발소리는 좀 더 힘 있고 가벼웠다. 이번에는 '좋은 아침입니다'라고 인사말을 건네려 했는데, 입을 벌렸다가는 곧 다물고 말았다. 헤어턴 언쇼가 기도라도 읊는 것처럼 낮은 소리로 중얼거리고 있었는데, 가만 보니 눈을 치울 가래나 삽을 찾아 한구석을 뒤지면서 손에 닿는 물건마다 욕을 하는 것이었다. 그는 콧

구멍을 벌리면서 장의자 등받이 너머를 힐끔 건너다봤지만, 나나 내 동료 고양이와도 인사를 나눌 생각은 없어 보였다.

눈 치울 채비를 하는 걸 보니 이제 밖으로 나가도 되나 보다 하고 짐작한 나는 그를 따라나설 셈으로 딱딱한 장의자에서 내려왔다. 그는 이를 눈치채고 삽 끝으로 안쪽 문을 가리키며 뭐라 웅얼거렸는데 자리를 옮기고 싶거든 저리로 가라는 뜻인 것 같았다.

그 문은 곧장 하우스로 통했다. 여자들이 벌써 일어나 나와 있었다. 질라는 거대한 풀무로 난롯불을 피워 올리는 중이었고 히스클리프 부인은 벽난로 좌대에 꿇어앉아 책을 읽고 있었다.

그녀는 불기운을 막느라 손을 눈 옆에 올린 채 독서에 심취한 모습이었다. 불티로 자길 뒤덮을 셈이냐며 하인을 꾸짖거나 이따금 자기 얼굴에 코를 비벼대는 개를 밀어낼 때를 제외하고는 책에서 눈을 떼지 않았다.

뜻밖에도 거기에 히스클리프도 있었다. 그는 나를 등진 채 난롯가에 서 있었다. 방금 그에게 한바탕 수모를 당한 직후였는지, 불쌍한 질라는 하던 일을 때때로 중단하고 앞치마 자락을 쥐어뜯으며 분에 겨운 신음과 한숨을 토하곤 했다.

"그리고 너, 이 쓸모없는 X년!"

내가 들어서는 순간에 마침 그는 분노의 화살을 며느

리에게로 돌리면서, 본디 오리나 양처럼 무해한 동물을
가리키지만 사람에게 쓰면 욕설이 되어 글에서는 보통
X로 표기하는 호칭을 썼다.

"또 그 쓸데없는 마술서를 붙들고 있는 게냐? 남들은
다 제 밥벌이를 하는데 네년은 내 등골을 빼먹고 살지!
그놈의 쓰레기는 당장 치우고 네 할 일을 찾아. 언제나
눈앞에서 알짱대며 날 괴롭히는 죗값을 하란 말이야, 알
아들어? 망할 계집 같으니!"

젊은 미망인은 책을 탁 덮고 의자 위로 던졌다.

"쓰레기는 치우지요, 싫다고 해봤자 소용없을 테니.
하지만 일은 안 할래요. 아무리 당신이 혀가 빠지도록 욕
을 한대도 난 내키지 않는 일은 절대로 하지 않아요!"

히스클리프가 손을 쳐들자, 상대방은 그 손의 무게를
익히 아는 듯 안전한 거리로 후다닥 피했다.

나는 개와 고양이의 싸움을 구경하며 즐길 생각이 없
었으므로, 방금의 말다툼 같은 건 전연 모르고 그저 벽난
로의 온기를 쬐고 싶은 마음만 간절한 척 활기차게 앞으
로 걸어갔다. 양쪽 모두 피차 더 이상의 적대를 보류하
는 정도의 예의는 있었다. 히스클리프는 주먹을 쓰지 않
은 채 주머니에 넣었고, 히스클리프 부인은 입술을 옹송
그리고서 멀찌감치 자리를 잡은 뒤 내가 있는 동안 조각
상처럼 꿈쩍도 하지 않음으로써 자신이 뱉은 말을 지켜
냈다.

내가 오래 머문 것은 아니다. 나는 그들과 함께하는 아침 식사를 사양하고 동이 트자마자 탈출할 기회를 잡았다. 어느새 대기는 맑게 개어 고요했고 형체 없는 얼음처럼 차가웠다.

대문에 이르기도 전에 집주인이 날 불러 세우더니 황야 건너까지 데려다주겠다고 했다. 나로선 듣던 중 반가운 소리였다. 언덕 너머가 온통 넘실대는 흰 바다였기 때문이다. 눈에 보이는 굴곡 그대로 오르막길이거나 내리막길이라는 보장이 없었다. 눈으로 메워진 구덩이만 해도 부지기수였고, 내가 전날 걸어오면서 머릿속 지도에 그려놓았던 채석장 폐기물 둔덕도 송두리째 자취를 감춘 뒤였다.

전날 나는 길 한쪽에 6~7야드 간격으로 박힌 길쭉한 돌들을 눈여겨봐 두었었다. 황야 끝까지 일렬로 늘어선 그 돌들은 어두울 때나 지금처럼 눈이 쌓여 길 양쪽의 깊은 늪과 비교적 단단한 땅을 분간할 수 없을 때 길잡이 역할을 하도록 회칠을 하여 세워놓은 것이었다. 그러나 막상 길잡이 돌들의 흔적은 모조리 사라지고 여기저기 흙투성이 점들이 삐죽 솟아 있을 뿐이어서, 나는 맞는 길이라 생각하고 걸어가는데 내 동행은 수시로 내게 오른쪽이나 왼쪽으로 꺾으라고 일러주어야 했다.

가는 내내 대화는 거의 오가지 않았다. 그는 스러시크로스 사유지 어귀에서 우뚝 멈춰 서더니 여기서부터는

길을 잘못 들 리 없다고 했고, 피차 간단한 목례로 작별
인사를 대신했다. 관리인 숙소가 아직 비어 있었으므로
나는 온전히 나의 재량에 기대어 길을 더듬어 나아갔다.

사유지 입구에서 저택까지의 거리는 2마일인데 나
는 숲속을 헤매기도 하고 목까지 눈밭에 빠지기도 하며
족히 4마일은 걸었던 것 같다. 그 고생이란 오직 겪어본
사람만이 이해할 수 있으리라. 어쨌든 내가 겨우겨우 집
에 들어가자 시계가 12시 종을 울렸으니, 워더링 하이츠
에서 보통 다니는 길로 1마일당 딱 한 시간씩 걸린 셈이
었다.

셋집에 딸린 하녀장과 나머지 하인들이 한달음에 달
려와 나를 맞이하면서, 내가 돌아올 거란 기대를 접었었
다며 수선을 떨어댔다. 다들 내가 간밤에 죽은 줄로 알
고 어떻게 내 유해를 찾아 나설지 궁리하던 차였다는 것
이다.

이제 내가 돌아온 걸 보았으니 조용히들 하라 이르고
서, 나는 심장까지 얼어버린 몸뚱이를 이끌고 위층으로
올라가 마른 옷으로 갈아입고 체온을 회복할 요량으로
30~40분을 이리저리 거닐다가 새끼 고양이처럼 비실
대며 서재로 기어들었다. 하인이 나를 위해 따뜻하게 난
롯불을 피워놓고 김이 모락모락 오르는 커피도 가져다
주었지만, 난 너무나 고단한 나머지 그 안락함을 즐길 기
운조차 없었다.

04

인간이란 경솔하고 변덕스럽기가 갈대와도 같으니! 사람들과의 교제를 일절 끊겠노라 작심하였고 마침내 교제란 걸 하려야 할 수 없는 곳을 찾아낸 행운에 감사하던 내가, 어찌나 나약한 놈인지 저녁 어스름이 깔릴 때까지 울적함과 외로움에 허덕이다 결국엔 백기를 들고야 말았으니, 저녁거리를 가져온 딘 부인에게 나는 이곳 생활에 필요한 정보를 얻고자 한다는 핑계를 대며 내가 먹는 동안 곁에 있어달라고 청했다. 그녀가 수다쟁이여서 이런저런 이야기로 내게 활기를 안겨주든지 단잠을 재워주기를 진심으로 바라는 마음이었다.

내가 운을 뗐다.

"여기서 꽤 오래 사셨다고요. 16년이라고 하셨던가?"

"18년이요. 마님이 시집오시면서 절 데려오셨고, 마님 돌아가신 뒤에는 주인님께서 절 하녀장으로 계속 두셨지요."

"그렇군요."

그러고는 대화가 끊어졌다. 자기 일이 아니면 말을 아끼는 사람인가, 하녀장의 사정은 내 관심사가 아닌데, 하는 생각에 나는 내심 초조해졌다.

하지만 무릎에 주먹을 얹고서 불그레한 얼굴에 상념의 그늘을 드리운 채 잠시 말없이 있던 그녀가 불쑥 탄식

EMILY BRONTË

을 뱉었다.

"아, 그때 이후로 시대가 참 많이도 변했네요!"

"예, 그동안 많은 변화를 몸소 겪으셨을 테고요, 그렇죠?"

"암요, 괴로운 일도 많았죠."

난 생각했다.

'옳거니, 이제 주인집 얘기를 꺼내봐야겠어! 말문을 트기에 좋은 화제잖아. 그 어여쁜 미망인의 사연도 궁금하고. 이 고장 출신인가? 아냐, 외지인일 거야. 무뚝뚝한 토박이들이 친인척으로 인정하길 꺼리는.'

하여 나는 딘 부인에게 히스클리프가 왜 스러시크로스 그레인지를 세놓고 군이 위치로나 거처로도 여기보다 훨씬 못한 곳에 사는지 넌지시 물었다.

"혹 이곳 관리비를 감당할 형편이 안돼서 그런가?"

"안 되긴요! 얼마나 부자인데요. 재산이 얼마나 되는지 아무도 모를뿐더러 해마다 늘기까지 하는걸요. 예, 그래요, 여기보다 더 좋은 집에서도 얼마든지 살 수 있지요. 그런데 워낙에…… 구두쇠라서요. 설령 여기로 옮겨올 생각이 있었다 해도 괜찮은 세입자가 나타났다는 소식을 들은 이상 몇백 더 벌 기회를 놓칠 위인이 아녀요. 세상천지에 혈혈단신이 그렇게 돈을 탐하다니 참 별일이지요!"

"아드님을 두셨던 것 같던데?"

"예, 하나 있었죠. 지금은 죽었어요."

"그럼 그 젊은 여인, 그러니까 히스클리프 부인은 돌아가신 그분의 아내였고?"

"예."

"히스클리프 부인은 어디 출신이던가요?"

"어디긴요, 제가 모시던 주인 어르신의 따님인데요. 혼인 전 이름은 캐서린 린턴이었죠. 그 불쌍한 것을 내가 업어 키웠는데! 사실 전 히스클리프 씨가 여기로 와 살길 바랐어요. 그럼 제가 다시 아씨 곁에 있어 드릴 수 있으니까요."

"뭐, 캐서린 린턴?"

나는 깜짝 놀라 외쳤지만 잠깐 생각해 보니 그녀가 유령 캐서린일 리는 없었기에 아무렇지 않은 척 대화를 이어갔다.

"그렇다면 이전에 여기 사시던 분의 성이 린턴인가 보죠?"

"예, 맞아요."

"한데 언쇼, 헤어턴 언쇼는 누굽니까? 히스클리프 씨와 함께 살던데. 친척인가?"

"아뇨. 그이는 돌아가신 린턴 마님의 조카예요."

"그럼 젊은 미망인의 사촌이군."

"예, 아씨의 남편도 사촌이었고요. 헤어턴은 외사촌, 남편은 고종사촌. 히스클리프가 린턴 주인님의 누이동생과 혼인했거든요."

"워더링 하이츠 현관 위쪽에 '언쇼'가 새겨져 있던데, 유서 깊은 가문인가요?"

"아주 오래된 가문이지요. 헤어턴은 언쇼가의 마지막 자손이고 우리 캐시 아씨는…… 그러니까 린턴가의 마지막 자손이에요. 워더링 하이츠에 다녀오셨어요? 주제 넘은 질문이겠지만, 저희 아씨가 어찌 지내시는지 여쭤도 될까요?"

"히스클리프 부인 말입니까? 아주 건강해 보였고, 상당한 미인이시더군요. 한데 그리 행복해 보이지는 않았어요."

"아유, 내 그럴 줄 알았다니까! 그럼 그 댁 주인은 어떻게 보셨어요?"

"사람이 좀 거칠더이다. 원래 성격이 그런가?"

"거칠기는 톱날 같고 딱딱하기는 차돌 같지요! 그런 자는 멀리할수록 좋아요."

"필시 살면서 여러 곡절을 겪다 보니 그리됐겠지요. 그 양반 과거에 대해 좀 아시오?"

"뻐꾸기가 따로 없답니다. 제가 속속들이 알지요. 어디에서 태어났는지, 부모가 누군지, 애초에 돈이 얼마나 있었는지는 모르지만요. 헤어턴은 솜털도 안 난 새끼 종다리가 둥지에서 밀려나듯 모든 걸 빼앗겼어요. 그 아이가 무슨 짓을 당했는지 이 교구 사람들은 암암리에 다 안답니다. 본인만 몰라요!"

"저기, 딘 부인, 그 집안 얘기를 좀 더 들려주면 참 고맙겠는데. 오늘은 누워도 통 잠이 오지 않을 듯하니 한 시간쯤 앉아서 이야기를 들으면 좋겠다 싶소."

"암요, 당연히 해드려야죠! 후딱 바느질감만 챙겨 와서, 원하시는 만큼 여기 있을게요. 한데 감기에 걸리셨네요. 자꾸 떠시던데, 한기가 가시게 뜨끈한 죽이라도 한술 뜨셔야겠어요."

제 직분에 충실한 여인은 분주히 나갔고 나는 불가로 더 가까이 웅크렸다. 머리만 뜨겁고 몸은 으슬으슬 추웠다. 게다가 흥분이 온 신경과 뇌를 타고 흘러 정신이 멍청하도록 혼미했다. 그래서 불편했다는 건 아니고, 다만 오늘과 어제의 일들이 심각한 결과로 이어질까 봐 조금 걱정스러웠으며 실은 지금도 불안하다.

얼마 후 딘 부인은 김이 오르는 죽사발과 바느질감 바구니를 들고서 돌아와 죽사발을 난로 옆 선반에 올려놓고 의자를 당겨 앉았다. 내가 말동무 삼기 좋은 사람임을 알게 되어 기쁜 기색이 역력했다.

내가 더 청할 것도 없이 그녀는 곧바로 이야기를 시작했다.

여기로 오기 전에는 쭉 워더링 하이츠에서 살았어요. 제 어미가 헤어턴의 아버지였던 힌들리 언쇼 씨의 보모였거든요. 저도 그 댁 아이들과 함께 놀았고요. 잔심부름도 하고, 건초 작업도 거들고, 누구든 날 부르면 바로 일손을 보탤 수 있게 주로 농장에서 어슬렁거렸지요.

어느 화창한 여름날, 제 기억엔 막 가을걷이를 시작할 무렵이었는데, 당시 주인이셨던 언쇼 어르신이 여행용 옷차림으로 내려오셨어요. 조지프한테 그날 할 일을 이른 다음 어르신은 한데 앉아 죽을 먹고 있던 힌들리 도련님과 캐시 아씨와 저를 돌아보며 말씀하셨어요.

"자, 잘생긴 내 아들, 아버지는 오늘 리버풀로 간다. 뭘 사다주랴? 갖고 싶은 걸 말해봐. 한데 작은 걸 골라야 한다, 내 걸어서 다녀와야 하니까. 자그마치 60마일이야. 여간 먼 거리가 아니지!"

힌들리 도련님은 바이올린을 사달라고 했어요. 다음 차례인 캐시 아씨는 채찍을 골랐죠. 여섯 살이 채 안 되었을 때인데도 마구간 말 중에 못 타는 말이 없었거든요.

어르신은 저까지 챙기셨답니다. 다소 엄하실 때도 있었지만 원체 인정 많은 분이셨어요. 제게는 사과와 배를 한 주머니 가져다주겠다고 약속하시고서, 어르신은 아이들에게 입맞춤한 뒤 떠나셨어요.

어르신이 안 계신 사흘이 얼마나 길게 느껴지던지요. 캐시 아씨는 아버지가 언제 돌아오시느냐고 틈만 나면 물었어요. 사흘째 되던 날 주인마님은 오후쯤이면 어르신이 돌아와 저녁을 드실 거라면서 식사 시간을 미루고 또 미루셨는데, 아무리 기다려도 아무 기별이 없었고 수시로 대문까지 달려가 살피던 아이들도 결국엔 지쳐버렸지요. 어둠이 짙어지자 마님은 아이들을 재우려 했지만 아이들은 자지 않고 기다리게 해달라며 애걸복걸했어요. 그렇게 시간이 흘러 밤 11시쯤, 문빗장이 조용히 들리더니 어르신이 들어오셨어요. 의자에 털썩 퍼질러 앉더니 허허 웃다가 끙끙 앓다가 하시면서, 죽도록 피곤하니 아무도 가까이 오지 말라고 하셨어요. 삼왕국*을 다 준대도 두 번 다시 그렇게는 못 걷겠다면서요.

"막판에는 정말이지 딱 죽겠더라고!"

그러면서 어르신은 둘둘 말아 품에 안고 온 외투를 펼쳐 보이셨어요.

"여기 보오, 부인. 내 평생 이렇게나 기진맥진하기는 처음인데, 다 이놈 때문이라오. 하지만 신의 선물로 여기고 받아들여야겠소. 비록 악마한테서 온 것처럼 시커멓기는 하지만."

모두 어르신 주위로 모여들었죠. 전 캐시 아씨 뒤에서 엿봤는데, 아주 꾀죄죄한 검은 머리 사내아이가 있더라고요. 걸음도 말도 뗐을 만큼은 큰 아이였죠. 아니, 얼굴을 봐서는 우리 아씨보다 손위인 것 같았어요. 한데 바닥에 세워놨더니 그저 빤히 주위를 둘러보면서 도통 알아듣지 못할 소리만 자꾸 웅얼대지 뭐예요. 전 식겁했고,

---

* 잉글랜드, 웨일스, 스코틀랜드.

주인마님은 당장 그것을 문밖으로 내던질 태세였죠. 정말로 길길이 뛰셨어요. 먹이고 부양할 자식들이 없는 것도 아닌데 어쩌자고 저 집시 새끼를 집 안에 들일 맘을 먹었느냐, 저걸 거둬서 어쩔 작정이냐, 미쳤냐며 마구 따지셨죠.

주인 어르신은 자초지종을 설명하려 애쓰셨어요. 하지만 어르신은 그야말로 초주검이 된 상태였고 마님도 줄기차게 원망을 퍼붓는 와중이어서, 제가 알아들은 것은 겨우 이 정도였답니다. 리버풀 길거리에 나앉아 굶주리는 아이를 우연히 발견했는데 벙어리나 다름없더라, 하여 아이를 주워서 주인을 수소문했지만 뉘 집 아이인지 아는 이가 아무도 없었다, 돈도 시간도 빠듯한데 거기서 헛되이 쓰느니 일단 아이를 집으로 데려오는 게 낫겠다 싶었다, 애초에 못 봤으면 모를까 이왕 눈에 띈 아이를 그냥 내버려 두고 올 수는 없었다…….

뭐, 결국 마님이 투덜투덜하다가 분을 삭이면서 그 일은 마무리되었죠. 언쇼 어르신은 저더러 그것을 씻기고 깨끗한 옷으로 갈아입힌 다음 아이들과 함께 재우라고 하셨어요.

도련님과 아씨는 잠자코 보고 듣기만 하다가, 분위기가 조용해지자마자 어르신의 주머니를 뒤지기 시작했어요. 아버지가 약속했던 선물을 찾으려는 것이었지요. 힌들리 도련님은 그때 열네 살이었는데, 아버지 외투 안에서 박살 난 바이올린 조각들을 꺼내어 보고는 훌쩍훌쩍 울더라고요. 한편 캐시 아씨는 아버지가 생면부지의 아이를 챙기느라 딸아이의 채찍을 잃어버렸다는 걸 알고는 이를 갈며 그 아이한테 침을 퉤 뱉었죠. 그걸 본 어르신은 딸아이에게 바른 예의를 가르쳐야겠다며 철썩 소리가 나도록 손찌검을 내리셨고요.

도련님과 아씨는 그것과 한 침대를 쓰기는커녕 방에도 들어오지 못하게 했어요. 저 또한 분별없는 철부지였던지라, 그것을 층계참에 데려다 놓고는 밤사이에 저절로 사라져 버리길 바랐지요. 우연이었는지 목소리를 따라간 것인지 그것은 언쇼 어르신 방까지 기어갔고, 방에서 나오던 어르신이 그것을 발견하셨어요. 그것이 어쩌다 거기까지 갔는지 캐물으시니 저는 이실직고할 수밖에 없었는데, 비겁하고 매정하다는 이유로 워더링 하이츠에서 쫓겨났답니다.

이렇게 히스클리프는 처음 그 댁에 발을 들였어요. 전 완전히 쫓겨난 건 아니라고 생각해 며칠 뒤 돌아갔는데, 이제는 다들 그 애를 '히스클리프'라고 부르더군요. 어릴 적에 죽은 그 댁 아드님 이름이었죠. 그때부터 히스클리프가 그의 성이자 이름이 된 거예요.

캐시 아씨와는 꽤 친해졌더라고요. 하지만 힌들리 도련님은 그 애를 미워했고 솔직히 저도 그랬어요. 그래서 도련님과 함께 그 애를 못살게 굴고 부끄러운 짓을 많이

EMILY BRONTË

했죠. 그게 나쁜 줄 알 만큼 제가 철이 든 것도 아니었고, 마님은 그 애가 부당하게 당하는 장면을 보아도 절대 제 지하거나 그 앨 편들어 주지 않으셨으니까요.

계속되는 구박에 단련돼서인지 그 애는 표정이 없고 참을성이 많았어요. 힌들리에게 얻어맞아도 눈 하나 깜짝하거나 눈물 한 방울 흘리지 않았고, 저에게 꼬집혀도 잠깐 숨을 삼키고 눈을 부릅뜰 뿐이었죠. 자기는 어쩌다 다친 것이지 다른 누가 잘못한 게 아니라는 듯이요.

애가 그렇게 당하기만 하다 보니, 당신 아들의 만행을 알게 된 언쇼 어르신은 불같이 화를 내셨어요. 아비 없는 불쌍한 아이를 괴롭힌다며 노발대발하셨죠. 어르신은 히스클리프를 이상하리만치 감싸고도셨어요. 그 애가 하는 말이라면 덮어놓고 믿으셨고(실제로 그 애는 말수가 극히 적은 데다 입을 열면 대개 사실만을 말했으니까요), 말 안 듣는 말썽쟁이 캐시보다 훨씬 더 예뻐하셨을 정도였죠.

이렇듯 히스클리프는 처음부터 집안에 불화를 일으켰어요. 그로부터 2년이 채 못 되어 주인마님께서 돌아가셨는데, 힌들리 도련님은 진즉부터 언쇼 어르신을 자기편이 아닌 압제자로 여겼고 히스클리프는 아버지의 애정과 장자의 특권을 가로챈 원수로 여기던 터라, 자기가 입은 피해를 곱씹으며 원한을 키워갔답니다.

저도 한동안은 동조했지만, 아이들이 홍역에 걸려 제가 병시중에다 집안 살림까지 떠맡게 되면서 생각을 고쳐먹었어요. 히스클리프는 생명이 위태로울 지경이었는데 가장 심하게 앓는 동안에는 절 계속 곁에 붙잡아 두려고 하더라고요. 제가 잘해준다고 느꼈나 봅니다. 저야 마지못해 하는 일인 것을 그 애는 몰랐겠지요. 그래도 이거 하나는 짚고 넘어가야 할 게, 세상에 그렇게 얌전히 병치레하는 아이는 처음 봤어요. 그동안 그 앨 왜 그렇게 미워했을까 하는 생각이 들 정도로 다른 애들하고는 영 딴판이었지요. 주인댁 오누이는 절 아주 들들 볶아댔는데 그 애만은 순한 양처럼 불평 한마디 않더라고요. 그 애가 성가시게 굴지 않은 건 온순해서가 아니라 독해서였지만요.

그 애는 병을 이겨냈어요. 의사는 제 덕에 그 애가 살았다며 잘 돌보았다고 칭찬해 주셨답니다. 전 우쭐해졌고, 그런 칭찬을 받게 된 것이 그 애를 간호한 덕분이니만큼 그 애를 향한 미움도 누그러졌어요. 그렇게 힌들리 도련님은 마지막 아군을 잃게 되셨지요. 그렇지만 도무지 히스클리프에게 정이 가지는 않았어요. 주인 어르신이 그 뚱한 사내아이를 왜 그토록 애지중지하시는지 의아할 때도 많았고요. 돌이켜 보면 녀석은 어르신의 은혜에 고마워하는 기미조차 보인 적이 없거든요. 그렇다고 은인에게 불손했다는 건 아니고, 단순히 무신경했어요. 하지만 자기가 어르신의 마음을 사로잡았다는 사실을 정확히 알고 있었고, 자기가 말만 하면 이 집 사람들을 좌지우지할 수 있다는 것도 의식하고 있었죠.

한번은 이런 일이 있었네요. 언쇼 어르신이 교구 장터에서 망아지 두 마리를 사 와서는 사내애들에게 한 마리씩 주셨어요. 히스클리프가 더 실한 놈을 골랐는데 얼마 안 가 그놈이 절름발이가 된 거예요. 그걸 알게 된 히스클리프가 힌들리 도련님한테 말했어요.

"네 말이랑 내 거랑 바꿔. 내 거는 싫어. 안 바꿔주면 네 아버지한테 네가 이번 주에 날 세 번 때렸다고 일러바칠 거야. 어깨까지 멍든 팔도 보여주고."

도련님은 혀를 쏙 내밀고 히스클리프의 뺨을 철썩 때렸어요. 히스클리프는 문 쪽으로 달아나면서도(그때 둘은 마구간에 있었지요) 고집을 꺾지 않더군요.

"당장 바꾸는 게 좋을걸. 어차피 넌 바꿀 수밖에 없어. 내가 지금 맞은 것까지 고하면 넌 이자까지 붙여서 혼날 테니까."

"꺼져, 개새끼야!"

힌들리가 버럭 소리치면서 감자와 건초의 무게를 다는 데 쓰이는 저울추를 던질 듯이 위협했지만 히스클리프는 꼿꼿하게 서서 대꾸했어요.

"던져봐, 아버지가 돌아가시면 날 쫓아내겠다고 큰소리친 것도 일러바치지 뭐. 두고 보자고. 너야말로 당장 이 집에서 쫓겨나지 않을까?"

힌들리는 기어이 저울추를 던져 히스클리프의 가슴

팍에 맞혔어요. 히스클리프는 풀썩 쓰러졌지만 금세 비틀비틀 일어서더군요. 숨도 제대로 못 쉬고 얼굴은 퍼렇게 질려 있었죠. 제가 막아서지 않았다면 그길로 주인 어르신께로 달려가 몸 상태를 보여주고 자길 그렇게 만든 범인을 귀띔함으로써 완벽하게 복수했을 거예요.

결국 힌들리 도련님이 항복했어요.

"그래, 내 망아지 네가 가져, 이 집시 새끼야! 타다가 모가지나 부러져라. 저놈 가져가서 뒈져버리라고, 이 거지 도둑놈아! 그냥 우리 아버지한테서 간이고 쓸개고 다 빼먹어. 그러고 나야 네 정체가 마귀 새끼인 게 탄로 나겠지. 자, 가져가. 네 대갈통이 저놈 말발굽에 걷어차이길 빈다!"

히스클리프는 이미 그 망아지를 풀어 자기 칸으로 옮기는 중이었어요. 말을 맺으면서 도련님은 때마침 망아지 궁둥이 쪽에 있던 히스클리프를 밀쳐 넘어뜨리더니 자기 바람대로 되었는지 확인해 보지도 않고 냅다 줄행랑을 놓았답니다.

한편 히스클리프는, 그 어린것이 아무 일 없었다는 듯 일어나서 원래 하려던 일을 마저 하더라고요. 그걸 보노라니 참, 기가 찰 노릇이었죠. 안장을 갈고 이것저것 다 마치고서 건초 더미에 앉았는데, 아까 떠밀리면서 생긴 현기증을 가라앉힌 다음 집으로 들어갈 셈이었던 거예요.

멍든 건 망아지 탓으로 돌리자는 제 말에도 순순히 따랐어요. 원하던 걸 얻었으니 이야기야 어떻게 전해지든 상관없다는 거였죠. 이런 일을 숱하게 겪으면서도 좀처럼 불만을 내비치지 않았기 때문에, 저는 정말 녀석에게 앙심 같은 건 없는 줄 알았어요. 앞으로 얘기하겠지만, 제가 깜빡 속았지 뭐예요.

05

세월이 지나면서 언쇼 어르신이 급격히 쇠약해지셨어요. 늘 기운 넘치고 건강한 분이셨는데 갑자기 기력을 잃더니 급기야 난롯가를 벗어날 수 없는 처지가 되고부터는 아주 딱하도록 성미가 고약해지셨지요. 걸핏하면 신경질을 부리셨고, 당신의 권위가 조금이라도 무시당한다고 느껴지면 자지러질 듯이 역정을 내셨답니다.

특히 어르신께서 각별히 아끼시는 아이를 누가 부려먹거나 업신여기기라도 할라치면 그야말로 난리를 피우셨어요. 히스클리프에게 해될 말 한마디라도 들릴세라 전전긍긍하시는 게, 당신께서 총애하시기 때문에 그 애를 모두가 미워하고 해코지할 기회만 노린다는 생각이 머릿속에 박혀버린 것 같았어요.

오히려 녀석에겐 안된 일이었죠. 저희 중 그나마 싹싹

한 이들이 주인님의 심기를 어지럽히지 않으려고 그분의 편애를 거들었는데, 그럼으로써 아이의 오만과 음험한 성미를 한껏 키운 꼴이었으니까요. 그래도 어느 정도 어르신의 비위를 맞춰드릴 필요는 있었어요. 두 번인가 세 번, 어르신이 계신 자리에서 힌들리 도련님이 대놓고 히스클리프를 멸시해 아버지의 화를 돋운 적이 있는데요, 어르신은 지팡이로 아들을 때리려 했지만 여의치 않자 분에 겨워 부들부들 떠시더라고요.

마침내 부목사님이(그때는 이 교구에 부목사가 있었답니다. 성직록으로는 생활이 안 되어 린턴가와 언쇼가의 아이들을 가르치고 교회 땅뙈기에 농사도 지어 겨우 먹고살았지요.) 힌들리 도련님을 대학에 보내라고 권유하셨고 언쇼 어르신도 동의하셨어요. 하지만 이렇게 말씀하신 걸 보면 딱히 내키지는 않으셨던 것 같아요.

"힌들리는 쓸모없는 녀석이라 어디 간들 잘될 턱이 없는데."

정말이지 저는 이제야 우리도 평화롭게 살겠구나 하고 기대했어요. 좋은 일을 하셨는데 도리어 마음고생에 시달리셔야 했던 주인 어르신을 생각하면 가슴이 아팠답니다. 저는 어르신께서 가정불화로 인해 늙고 병드신 거라 믿었고 어르신도 그렇게 여기셨을 거예요. 아닌 게 아니라 몸도 마음도 나날이 쇠약해지던 시기였으니까요.

캐시 아씨와 하인 조지프, 그 둘만 아니었으면 그래도 다들 그럭저럭 살 만했을 텐데 말이죠. 나리도 저쪽 집에서 조지프 영감을 보셨을 거예요. 필시 아직도 그 모양일 테지만 그때도 그치는 세상에 혼자만 도덕군자인 양 아주 진절머리가 나게 사람을 들볶아 댔어요. 성경을 뒤져서 자기한테 유리한 내용을 긁어모으고 주위 사람들에겐 천벌받는다는 악담을 퍼붓는, 한마디로 바리새인 같은 인간이었죠. 한데 독실한 신자입네 설교를 일삼는 꼴이 용케 언쇼 어르신에겐 대단히 신통한 재주로 비쳤으니, 어르신 기력이 쇠할수록 그 밉살맞은 하인의 입김이 세졌답니다.

어르신 영혼이 걱정된다는 둥 아이들을 엄히 다스려야 한다는 둥 갖가지 잔소리로 어르신을 얼마나 괴롭혔는지 몰라요. 힌들리를 무뢰한으로 여기시게 부추기는가 하면, 밤이면 밤마다 투덜투덜 히스클리프와 캐서린 험담을 늘어놓으면서도, 어르신이 히스클리프에게 약하다는 사실을 잊지 않고 노상 캐서린이 제일 문제라는 식으로 떠들었지요.

확실히 아씨는, 이제껏 저도 그런 아이는 또 본 적이 없을 정도로 유별났어요. 하루에도 쉰 번 넘게 저희 모두를 분통 터지게 했답니다. 아씨가 아래층으로 내려오는 순간부터 잠자리에 드는 순간까지 저희는 단 1분도 마음을 놓을 수 없었죠. 언제나 기운이 넘쳐서는 쉴 새 없이 재잘대고 노래하고 웃으면서 저희한테도 그 장단에 맞추라고 성화였으니까요. 실로 천방지축 말괄량이였지만…… 이 근방에서 제일 예쁜 눈과 제일 사랑스러운 미소와 제일 날랜 발을 가진 아이였고, 어쨌든 분명 악의는 없었을 거예요. 자기 때문에 누가 정말 울기라도 하면 꼭 곁에 붙어서 덩달아 울고 말았거든요. 원래 울던 쪽이 울음을 그치고 도리어 아씨를 달래야 했을 정도였죠.

캐시 아씨는 히스클리프를 심하게 좋아했어요. 아씨에게 가장 큰 벌은 그 애와 떼어놓는 거였답니다. 하지만 바로 그 애 때문에 저희보다도 더 많이 혼나셨더랬죠.

소꿉놀이할 때 아씨는 어린 마님 노릇 하길 즐겼어요. 동무들을 함부로 때리면서 이것저것 시키곤 했지요. 저한테도 그랬지만, 전 손찌검이나 하대를 참고 받아줄 사람이 아님을 똑똑히 알려주었답니다.

언쇼 어르신은, 그전에도 늘 아들딸에게 엄격하셨지만, 이제는 아이들의 장난을 통 받아주지 않으셨어요. 한편 캐서린 아씨도 딴에는 왜 아버지가 병약해진 뒤로 전에 없이 걸핏하면 역정을 내시는지 통 이해하지 못했고요.

아버지의 잦은 꾸중에 아씨는 되레 못된 장난기가 발동해 일부러 재미 삼아 아버지 화를 돋우곤 했어요. 모두가 한꺼번에 잔소리를 쏟아낼 때가 아씨에겐 가장 신나는 순간이었답니다. 뻔뻔하고 당돌한 얼굴로 꼬박꼬박 말대꾸하며 대들 기회였으니까요. 그러다 천벌받는다는 조지프의 저주를 조롱거리로 만드는가 하면, 절 골탕 먹이기도 했고, 아버지가 제일 싫어하는 짓을 굳이 골라 하기도 했지요. 그러니까, 버젓이 히스클리프를 괄시하듯 굴었답니다. 어르신은 모르셨지만 사실 아씨는 그런 시늉만 한 거였어요. 히스클리프는 자기한테 잘해주는 어르신보다 못되게 구는 아씨 말을 더 잘 듣는다, 아씨가 시키면 뭐든지 따르지만 어르신이 시키면 자기 내킬 때만 따른다는 걸 보여주려고 말이에요.

그렇게 온종일 할 수 있는 나쁜 짓은 다 해놓고서 밤이 되면 때때로 귀엽게 어리광을 부리며 낮 동안의 잘못을 상쇄하려고 했어요.

하지만 어르신에겐 통하지 않았죠.

"아서라, 캐시. 아버지는 널 사랑해 줄 수 없다. 넌 네 오라비만도 못해. 가라, 아이야. 가서 기도로써 하느님께 용서를 빌어. 나도 그렇지만 네 어머니도 애초에 너 같은 걸 낳아 기른 것이 한스러울 게야!"

아씨는 울었어요. 하지만 그런 말을 듣고 우는 것도 한두 번이지, 어르신께서 번번이 밀어내시니 이내 아씨도 무뎌질 수밖에요. 나중에는 아버지께 잘못했다 빌면서 용서를 구하라고 제가 이르면 아씨는 깔깔 웃기까지 했어요.

하지만 마침내 언쇼 어르신께서 이승의 온갖 시름을

내려놓으시는 때가 왔습니다. 10월의 어느 저녁, 어르신은 벽난로 앞 당신의 의자에서 조용히 숨을 거두셨어요.

집 바깥에 거센 바람이 휘몰아치며 굴뚝에서 횡횡 소리가 났어요. 바람 소리가 폭풍처럼 사납고 요란했지만 춥지는 않았지요. 어르신과 아이들, 저희 하인들까지 모두 한자리에 있었어요(그때는 하인들도 하루 일을 마치고 나서는 대개 하우스에서 시간을 보냈거든요). 저는 벽난로와 조금 떨어진 데서 뜨개질에 열중했고 조지프는 식탁 가에 앉아 성경책을 읽었어요. 캐시 아씨는 몸이 아파서 가만히 아버지 무릎에 기대앉아 있었고 히스클리프는 아씨 무릎을 베고 바닥에 누워 있었지요.

주인 어르신께서 선잠에 빠지기 전에 아씨의 고운 머리칼을 쓰다듬으며 — 드물게나마 이렇게 아씨가 얌전할 때면 어르신도 기꺼워하셨지요 — 하신 말씀이 생각나네요.

"캐시야, 어째서 넌 늘 착한 아이로 지내지 못하는 게냐?"

그러자 아씨는 고개를 들고 웃으며 받아쳤어요.

"아버지는 어째서 늘 다정한 어른으로 지내질 못하셔요?"

하지만 아버지 얼굴에 또 노기가 서리자 아씨는 얼른 그분 손에 입 맞추고는 자장가를 불러드리겠다면서 아주 나직이 노래하기 시작했어요. 얼마 후 어르신 손이 아씨 손에서 미끄러지듯 스르륵 떨어지고 고개도 앞으로 푹 꺾였어요. 전 어르신이 깨실세라 아씨에게 조용히, 가만히 있으라고 일렀지요. 족히 30분은 모두 쥐 죽은 듯 아무 소리도 내지 않았는데, 하루치 성경 읽기를 끝마친 조지프가 벌떡 일어나더니 주인 나리를 깨워서 기도 후에 다시 주무시게 해야 한다는 거예요. 그치가 어르신을 부르며 다가가 어깨에 손을 얹었지만 어르신은 꿈쩍도 하지 않으셨어요. 그치는 촛불을 가져가 어르신을 살폈지요.

조지프가 촛불을 내려놓았고, 순간 저는 뭔가 잘못됐음을 직감했어요. 해서 양손으로 두 아이의 팔을 하나씩 붙잡고 속삭였지요. 이만 올라가서 떠들지 말고 자라, 오늘 밤 기도는 너희끼리 해야겠다, 어르신은 할 일이 있으시다, 라고요.

"먼저 아버지한테 안녕히 주무시라고 인사부터 할래"라면서 캐서린 아씨는 누가 말릴 틈도 없이 어르신 목을 덥석 끌어안았어요. 그 가엾은 것, 아버지를 영영 잃은 걸 곧바로 알아차리고는 울부짖더라고요.

"아아, 돌아가셨어, 히스클리프! 아버지가 돌아가셨다고!"

그러고는 두 아이가 애끓도록 목 놓아 울었어요.

저도 함께 대성통곡했지요. 하지만 조지프는 어르신께서 천국에 가셨는데 왜 그리들 아우성이냐고 하더군요.

그 인간은 저더러 망토를 걸치고 기머턴으로 달려가 의사와 목사를 모셔오라고 했어요. 저는 이제 와 의사고 목사고 무슨 소용인가 싶었지만, 어쨌든 다녀왔어요. 비바람을 뚫고 가서 의사를 데려왔지요. 목사는 다음 날 아침에 오기로 했고요.

상황 설명을 조지프에게 맡기고 저는 아이들 방으로 달려갔어요. 살짝 열린 문틈으로 들여다봤더니, 자정이 넘었는데 둘 다 눕지도 않았더라고요. 그래도 이제는 어느 정도 진정한 상태여서 제가 달래줄 필요는 없었어요. 그 어린 영혼들이 저라면 떠올리지도 못했을 기특한 상상을 나누며 서로를 위로하고 있지 뭐예요. 천진한 아이들이 이야기로 그리는 천국의 모습은 세상에 그 어떤 목사가 묘사한 것보다도 아름다웠어요. 두 아이의 이야기를 눈물지으며 듣노라니, 우리 모두 무사히 그곳에서 쉴 수 있으면 좋겠다는 소망이 절로 생깁디다.

06

장례를 치르러 힌들리 도련님이 돌아왔어요. 한데 저희도 깜짝 놀라고 동네 사람들도 여기저기서 수군수군했던 게, 글쎄 부인을 데려왔지 뭐예요.

그 부인이 어떤 여자인지 어디 출신인지 저희에게 일절 알려주지 않았는데 아마 재산도 집안도 보잘것없는 여자이니 그때껏 아버지께 혼인 사실을 알리지 않았겠지요.

안주인입네 유세를 떨며 사람들을 괴롭히는 부류는 아니었어요. 처음 그 집 문간을 넘은 순간부터 눈에 보이는 모든 것이 마음에 들고 주위에서 벌어지는 모든 일이 기쁜 듯했죠. 단, 장례식 준비와 조문객들은 예외였어요.

장례 기간에 하는 행동을 보고는 솔직히 좀 모자란 여자인가 싶었어요. 아이들 상복을 챙겨 입혀야 했던 저를 무작정 잡아끌고 자기 방으로 들어가서는 털썩 주저앉아 손깍지를 끼고 벌벌 떨며 몇 번이고 묻는 거예요.

"다들 아직 안 갔어?"

그러더니 안절부절못하며 자기는 검은 옷만 보면 이러저러하게 된다고 하소연하다가, 난데없이 흠칫흠칫 바들바들, 급기야 훌쩍이기까지 하는 거 있죠. 왜 그러냐고 물으니, 자기도 모르겠다, 다만 죽는 게 너무나 무섭다데요!

그렇다고 곧 죽을 사람처럼 보이지도 않았는데 말이에요. 저만큼이나 오래 살 것 같았죠. 너무 마른 편이긴 했지만 젊고 생기발랄하고 눈도 다이아몬드처럼 반짝였으니까요. 물론 계단을 오를 때마다 몹시 숨차한다든가 아주 작은 소리에도 놀라 파르르 떤다든가 때로는 기침을 곤란하리만치 심하게 하는 모습이 눈에 띄기는 했는데, 전 그게 무슨 전조 증상인지 까맣게 몰랐을뿐더러 딱히 가엾다는 생각도 들지 않았어요. 저희는요, 록우드 나리, 대체로 외지인에게 곁을 내주지 않는답니다. 그쪽에서 먼저 굽히고 들어와야죠.

언쇼가의 젊은 주인은 객지 생활 3년 동안 퍽 많이 변했더군요. 몸도 여위고 낯빛도 해쓱하고 말투나 옷차림도 몰라보게 달라졌어요. 돌아온 그날 바로 조지프와 저에게 분부하길 이제부터 하우스는 자기가 써야겠으니 저희는 뒤쪽 부엌방을 쓰라고 했어요. 원래는 비어 있던 작은 방에 카펫을 깔고 도배도 해서 응접실로 쓸 셈이었지만, 부인이 하우스의 흰 바닥과 거대한 벽난로, 백랍 접시와 장식장과 개집, 거기다 주로 머무는 공간이 널찍한 것까지 마음에 쏙 든다고 하니, 주인님도 따로 방을 꾸밀 필요는 없겠다고 생각해 당초의 계획을 접은 거예요.

새댁 마님은 시누이가 생긴 것도 너무 기쁘다면서, 처음에는 캐서린 아씨에게 조잘대고 뽀뽀하고 같이 쏘다니기도 하고 선물도 잔뜩 주었어요. 하지만 마냥 좋던 마음은 금세 시들해졌고, 부인의 까탈이 늘면서 주인님의 폭압이 시작되었어요. 히스클리프가 싫다는 부인의 말 몇 마디에 주인님의 묵은 원한도 고스란히 되살아났지요. 해서 히스클리프를 자기들과 한자리에 있지 못하게 하고 하인들 있는 데로 쫓아냈어요. 부목사에게 배우던 공부도 그만두고 바깥일이나 하라면서 여느 농장 일꾼 부리듯 고된 일을 시켰지요.

처음에는 히스클리프도 그런 수모를 잘 견뎌냈어요. 캐시 아씨가 배운 것을 그 애에게 가르쳐주고 밖에서 함께 일하거나 놀기도 했으니까요. 둘 다 야만인처럼 막돼먹게 자랄 판이었어요. 젊은 주인님은 두 아이가 자기 눈에 띄지만 않으면 행실이 어떻고 무슨 짓을 하고 간에 전혀 상관하지 않았거든요. 주일마다 교회에 가는지 마는지도 관심 없다가, 걔들이 예배를 빼먹으면 조지프와 부목사에게서 어찌 그리 무심하냐고 한 소리 듣게 되니, 그제야 하인들을 시켜 히스클리프를 매질하고 캐서린은 정찬이나 저녁을 굶길 생각을 했지요.

그래도 두 아이는 아침에 몰래 빠져나가 온종일 황야를 쏘다니기 일쑤였답니다. 그것이 그 애들에겐 가장 큰 낙이었으니 후환 따위야 그저 웃어넘길 일에 지나지 않았지요. 부목사가 캐서린 아씨에게 질리도록 많은 암기 숙제를 내주고 조지프가 팔이 아프도록 히스클리프를 때려도, 둘이 다시 만나는 순간, 최소한 둘이서 못된 복수를 모의하는 순간, 다른 건 모두 잊었어요. 날로 무모해지는 아이들을 보면서도 저는 그 의지할 데 없는 아이들 마음에 아직 남아 있던 미미한 신뢰마저 잃을까 봐 쓴소리 한마디 못 하고 혼자 눈물을 흘리곤 했답니다.

어느 일요일 저녁, 두 아이가 어쩌다 거슬리는 소리를 냈던가 어쨌던가, 아무튼 별것 아닌 일로 거실에서 쫓겨났어요. 한데 저녁때가 되어 부르려고 보니 애들이 어디에도 없는 거예요.

저희가 집 아래층 위층을 샅샅이 뒤지고 마당과 마구간까지 살폈지만 아이들은 그림자도 보이지 않았어요. 결국 잔뜩 화가 난 힌들리 나리가 문을 전부 닫아걸고 그날 밤 아무도 두 아이를 집에 들이지 말라고 엄명을 내렸지요.

다들 잠자리에 들었는데 저는 너무 걱정돼서 눕지도 못하고, 해서 비가 오는데도 창밖으로 목을 빼고 귀를 기울였어요. 주인님이 뭐라 했건 전 아이들이 돌아오면 문을 열어줄 작정이었죠.

얼마 후 드디어 길을 걸어오는 발소리가 들리고 이어서 대문 틈으로 등불 빛이 비쳐들더군요.

아이들이 문을 두드려 주인님을 깨울세라 전 부리나케 숄을 덮어쓰고 달려갔어요. 그런데 히스클리프가 혼자 있었어요. 그 애뿐인 걸 알고 가슴이 철렁하더라고요.

전 급히 다그쳐 물었어요.

"캐서린 아씨는 어디 계셔? 무슨 사고가 난 건 아니지?"

"스러시크로스 그레인지에 있어. 나도 같이 있으려고 했는데 거기 사람들이 예의가 없어. 나한테는 자고 가란

EMILY BRONTË

말을 안 하더라고."

"아휴, 된통 혼나겠네! 아예 쫓겨나야 속이 시원하겠지, 응? 대관절 뭘 하며 싸돌아다니다 스러시크로스 그레인지까지 간 거야?"

"젖은 옷부터 좀 벗자. 그리고 다 말해줄게, 넬리."

전 주인님이 깨지 않게 조심하라고 신신당부하고서, 아이가 옷을 벗는 동안 촛불을 들고 기다렸어요. 히스클리프가 이어 말했어요.

"캐시랑 나랑 빨래터에서 도망 나가 그냥 막 돌아다녔는데, 언뜻 그레인지 불빛이 보이더라? 그래서 한번 가서 보고 싶어졌어. 궁금하더라고. 린턴 집안도 부모는 눈알이 익도록 난롯불을 쬐면서 먹고 마시며 웃고 떠드는데 애들은 추운 구석으로 쫓겨나 오들오들 떨며 벌서는지 말이야. 어떨 것 같아? 그 집 애들도 설교 책을 읽을까? 하인한테 교리 문제를 받고 제대로 대답 못 하면 성서에 나오는 이름들을 세로로 한 단씩 통째로 외워야 할까?"

"아니겠지. 분명 착한 애들일 테니 애당초 너희처럼 벌받을 짓을 하지 않겠지."

"같잖은 훈계는 됐어, 넬리. 알지도 못하면서! 우린 요 언덕 꼭대기부터 농원까지 쉬지 않고 달렸어. 캐서린이 한참 뒤처졌지. 걘 맨발이었거든. 걔 신발은 내일 늪에 가서 찾아봐. 우린 산울타리가 벌어진 데로 기어들어 가서 더듬더듬 길을 찾아 응접실 창문 밑 화단까지 갔어. 불빛은 거기서 나오는 거였어. 아직 덧창도 닫지 않고 커튼도 반만 쳐놓았더라고. 디딤돌을 딛고 서서 창턱에 매달리니까 안이 보였어. 와, 멋지더라! 카펫도 진홍색, 의자랑 탁자 덮개도 진홍색, 천장은 새하얀색에 테두리는 금색이고, 천장 한복판에 은사슬로 드리운 촛대에는 유리구슬들이 빗방울처럼 달려서 작은 촛불들이랑 같이 반짝거렸어. 린턴네 어른들은 없고 에드거랑 개 누이랑 둘이서 방을 몽땅 차지하고 있었어. 당연히 행복해야 하잖아? 우리 같으면 천국이 따로 없다고 생각했을 거야! 근데 말이야, 넬리가 말한 그 착한 애들이 뭘 하고 있었는지 알아? 이사벨라는 — 열한 살, 그러니까 캐시보다 한 살 아래라던데 — 저쪽 끝에 드러누워서 바락바락 악을 쓰고 있었어. 마귀할멈이 빨갛게 달군 바늘로 걔 마구 찔러대기라도 하는 것처럼. 에드거는 벽난로 옆에 서서 훌쩍거리고만 있고, 탁자 위엔 강아지 한 마리가 쪼그려 앉아서는 앞발을 바들바들 떨면서 깽깽대더라고. 서로 탓하는 소리를 듣자니까, 강아지를 양쪽에서 잡아당기다가 둘로 찢을 뻔했나 봐. 바보들 같으니! 그게 재밌다고? 따뜻한 털 뭉치 하나 서로 갖겠다고 싸우다가 이도 저도 안 되니까 이번엔 서로 갖기 싫다고 울며불며하는 꼴이라니. 그 응석받이들 놀음에 우린 웃음을 터뜨렸어. 진짜 한심하잖아! 언제가 됐건 캐서린이 갖고 싶어 하는 걸 내가 뺏으려 들 것 같아? 우리가 언제 방 이쪽저쪽으로 갈라져 뒹굴면서 소리 지르고 질질 짜는 게 재밌다고 할까? 골백번을 다시 태어나도 난 여기서 이렇게 살면 살았지 스러시크로스 그레인지에서 에드거 린턴으로 살지는 않을 거야! 조지프를 지붕 꼭대기에서 밀어버리고 집 앞면을 힌들리의 피로 칠갑하게 해준대도!"

전 그쯤에서 끼어들었어요.

"쉿, 그만! 히스클리프, 어쩌다 캐서린 아씨만 거기 남았는지나 어서 얘기해 봐."

"우리가 웃었다고 했지? 그 소리를 들은 린턴 애들이 동시에 쏜살같이 문 쪽으로 달려 나갔어. 잠시 조용하더니 냅다 울부짖더라. '으악, 엄마, 엄마! 아악, 아빠! 아, 엄마, 이리 와봐! 오, 아빠, 으악!' 대충 그렇게, 그야말로 소리소리 지르고 난리였어. 우린 걔들을 더 겁주려고 일부러 섬뜩한 소리를 냈다가, 누가 빗장을 열길래 얼른 튀어야겠다 싶어 창턱에서 떨어졌지. 내가 캐시 손을 잡고 들입다 뛰려고 하는데, 갑자기 걔가 풀썩 엎어지는 거야.

걔가 속삭였어. '뛰어, 히스클리프, 도망쳐! 불도그를 풀었어. 놈이 날 물었다고!'

그 마귀 새끼가 캐시 발목을 물었어, 넬리. 살벌하게 콧김 뿜는 소리가 들리더라. 그런데도 캐시는 악 소리 한 번 내지 않았어. 천만에! 미친 소의 뿔에 찔렸대도 비명을 지르는 건 수치라고 여길 애인걸. 대신 내가 고함을 내질렀지. 이 세상에 그 어떤 마귀라도 절멸할 만큼 고래고래 욕을 퍼부으면서, 돌멩이를 집어 놈의 아가리에 처넣고 목구멍에다 박아버릴 셈으로 힘껏 쑤셔 밀었어. 급기야 짐승 같은 하인 놈이 등불을 들고 와서는 '꽉 물어, 스컬커, 꽉 물고 있어!'라고 외치지 뭐야.

근데 스컬커가 뭘 물었는지 알아채고서는 태도가 바뀌더라. 개 목을 졸라 캐시한테서 떼어내더라고. 개 아가리에서 커다란 보랏빛 혀가 반 자나 늘어지고 축 처진 입가로 피 섞인 침이 질질 흘렀어.

하인 놈이 캐시를 안아 들었어. 애가 맛이 갔더라고. 하지만 장담하는데, 걘 무서워서가 아니라 아파서 그랬던 거야. 그놈이 캐시를 데리고 들어가길래 나도 주절주절 저주와 복수를 다짐하면서 따라갔지.

현관에서 린턴이 외쳤어. '뭘 잡았나, 로버트?'

'스컬커가 계집애를 하나 잡았네요. 여기 사내놈도 하나 있고요.' 놈은 날 꽉 붙잡고서 이어 말했어. '작정하고 온 것 같아요! 보나 마나 도적 떼가 보낸 게지요. 창문으로 들어와 숨어 있다가 다들 잠든 뒤에 패거리가 오면 문을 열어줘서 우릴 간단히 죽일 셈이었겠죠. 닥쳐라, 이놈아! 도둑놈 새끼가 주둥이도 험하게 놀리는구나! 네놈은 이 길로 교수형 감이야. 린턴 나리, 총을 거두지 마십쇼.'

그 바보 영감도 맞장구를 놓더라. '암, 물론이야, 로버트. 어제 소작료 들어온 걸 불한당패가 알고서 머리를 굴렸군그래. 올 테면 오라지, 내 제대로 맞아줄 테니. 거기, 존, 문에 사슬을 채우게나. 제니는 스컬커한테 물 좀 가져다주고. 이놈들이 감히 치안 판사 댁을 치려 들어? 그것도 주일에? 건방진 것도 정도가 있지! 아, 여보 메리, 이것 좀 봐요! 겁낼 것 없소. 한갓 사내아이야. 한데 인상 쓰는 낯바닥은 영락없이 악당이로군. 이놈 천성이 얼굴만 아니라 행실로도 나타나기 전에 당장 목을 매달아 버리는 게 나라에도 이롭지 않겠소?'

영감이 날 샹들리에 아래로 끌고 오자, 린턴 부인은 안경을 콧등에 걸치더니 기겁을 하며 두 손을 쳐들었어. 겁쟁이 애들도 슬금슬금 다가왔고, 이사벨라가 혀짤배기 소리로 이렇게 말했어. '아이 무서라! 지하실에 가둬요, 아빠. 내가 길들인 꿩을 훔쳐 간 점쟁이 아들이랑 똑같이 생겼어. 그치, 오빠?'

그 집 사람들이 나를 뜯어보는 사이에 캐시가 정신을 차렸어. 이사벨라가 하는 말을 듣고선 막 웃더라. 호기심 어린 눈길로 한참을 쳐다보던 에드거 린턴이 그제야 걜 알아봤어. 교회에서 우릴 봤겠지. 다른 데선 마주칠 일이 없잖아.

걔가 자기 어머니한테 귓속말을 했어. '쟤, 언쇼 양이야! 근데 저거 봐, 스컬커한테 물렸어. 발에서 피가 철철 나잖아!'

부인이 놀라 외쳤어. '언쇼 양이라고? 말도 안 돼! 언쇼 댁 아씨가 집시 아이랑 같이 다닐 리 없잖아! 하기는 얘, 저 아이 옷차림을 보니 상중인 것도 같고…… 어머, 맞네! 한데 평생 발을 절게 생겼어!'

줄곧 나만 노려보던 린턴 영감도 비로소 캐서린을 돌아보며 큰소리쳤어. '무심한 오라비를 둔 죄지! 실더스(부목사요, 나리)한테서 들었어. 언쇼 녀석은 누이가 이교도로 자라든 말든 통 관심이 없다는 게야. 한데 이놈은 누구지? 언쇼 양이 어디서 이런 놈을 동무라고 얻었을꼬? 오호라! 돌아가신 그 댁 어르신이 리버풀에서 이상한 걸 주워 왔다더니 바로 이놈이로군! 동인도 뱃놈 아니면 미국이나 스페인에서 떠내려온 놈이겠지.'

린턴 부인이 말했어. '좌우지간 불길한 놈이네요. 점잖은 집에 들일 애가 아니에요. 이놈 말하는 거 들었죠, 린턴? 끔찍해요, 우리 애들도 다 들었을 텐데!'

그러니 내가 또 욕을 안 하고 배겨? 화내지 마, 넬리. 아무튼 그랬더니 로버트 놈한테 날 쫓아내라고 시키더라. 난 캐시 없이는 안 간다고 버텼는데 그놈이 날 마당으로 끌고 나가 손에 등불을 억지로 들리더니 내가 한 짓을 언쇼 씨에게 고해바치겠다며 을러대고는 당장 꺼지라면서 문을 다시 걸어 잠갔어.

아직 커튼 한 귀퉁이가 걷어 올려 묶인 채여서 아까 그 자리로 돌아가 안을 엿봤어. 캐서린이 집에 가고 싶다는

데도 그놈들이 붙잡고 있는 거면 내가 그 커다란 유리창을 산산이 깨부숴서라도 데려올 생각이었지.

걘 소파에 얌전히 앉아 있었어. 집에서 나오는 길에 슬쩍한 외양간 하녀의 회색 망토를 걸친 채였는데, 그걸 린턴 부인이 벗기면서 고개를 절레절레 흔들었어. 뭐라 뭐라 하는 게, 캐시를 타이르는 것 같았어. 걘 아씨라서 나랑은 다르게 대접받더라. 하녀가 대야에다 더운물을 받아 와 발을 씻겨주고, 린턴 씨는 니거스*를 타주고, 이사벨라는 개 무릎에다 비스킷 한 접시를 몽땅 쏟아주고, 에드거는 좀 떨어진 데서 입을 헤벌리고 섰고. 나중에는 개의 고운 머리칼을 말려서 빗겨주고, 엄청나게 큰 슬리퍼를 갖다 주고, 걔가 앉은 의자를 난롯가로 밀어주었어. 난 캐시가 강아지와 스컬커에게 과자를 나눠주고는 받아먹는 스컬커의 코를 꼬집으면서 한껏 즐거워하는 것까지 보고 그 집을 나왔어. 흐리멍덩하던 그 집 사람들 눈동자에 얼핏 생기가 일더라. 그야 그들 눈에 비친 캐시의 매혹적인 얼굴 때문이겠지. 다들 캐시한테 홀딱 반한 눈치였어. 걘 그 사람들하곤 비교가 안 되잖아. 세상 사람 모두와 견준대도 한없이 우월하지. 안 그래, 넬리?"

전 이불을 덮어주고 촛불을 끄면서 말했어요.

"생각보다 큰 사달이 나겠어. 너 이제 정말 큰일 났다, 히스클리프. 두고 봐, 힌들리 나리가 아주 끝장을 보려

---

* negus. 포트와인에 레몬, 설탕, 향료, 더운물을 섞어 따끈하게 마시는 음료.

들걸?"

한데 으름장이나 놓으려고 던진 말이 씨가 되었나 봐요. 두 아이의 불운한 모험은 주인님을 격분케 했죠. 게다가 이튿날 린턴 씨가 문제를 바로잡겠답시고 직접 찾아와 집안 단속에 관해 일장 훈계를 늘어놓으니, 이를 계기로 주인님은 새삼스럽게 주변을 돌아보게 되었답니다.

히스클리프는 흠씬 얻어맞지는 않았지만 앞으로 캐서린 아씨에게 한마디라도 건네는 즉시 쫓겨난다는 처분을 받았고, 아씨는 돌아오는 대로 올케가 적절히 근신시키되 어차피 강요는 통할 리 없으니 대신에 회유책을 쓰기로 하였지요.

07

캐시 아씨는 스러시크로스 그레인지에서 다섯 주를 보내고 크리스마스 직전에 돌아왔어요. 그즈음 발목은 말끔히 나았고 태도도 훨씬 좋아졌더라고요. 그동안 새댁 마님이 자주 찾아가 시누이 버릇 고치기 작전에 착수했거든요. 예쁜 옷과 칭찬으로 자존심을 세워주는 식이어서 캐시 아씨에게도 흔쾌히 먹혀들었죠. 그러니까 맨머리로 폴짝폴짝 뛰어 들어와 모두를 숨 막히게 껴안아야 할 왈가닥 소녀는 온데간데없고, 탱글탱글한 갈색 고수머리에 깃털 꽂은 수달피 모자를 쓰고 치렁치렁한 승마용 아비*까지 떨쳐입은 고상한 숙녀가 멋진 검정 조랑말을 타고 나타난 거예요. 아비 치맛자락이 어찌나 긴지 두 손으로 들어 올리고 사뿐사뿐 걸을 수밖에 없겠더라고요.

힌들리 나리가 누이를 말 등에서 번쩍 들어 내려주며 기쁘게 외쳤어요.

"이야, 캐시 너, 제법 미인이구나! 못 알아볼 뻔했다. 이제 어엿한 숙녀 같아. 이사벨라 린턴은 비교도 안 되겠어, 그렇지 프랜시스?"

부인이 답했어요.

"이사벨라는 타고난 미인이 못 되니까요. 하지만 아가씨도 명심할 게, 여기서 다시 천방지축으로 돌아가면 안 돼요. 엘렌, 캐서린 아씨가 옷을 갈아입게 도와드려. 아니, 아가씨, 가만있어요. 머리 다 망가지겠네. 모자 끈은 내가 풀어줄게요."

아비는 제가 벗겨주었어요. 멋들어진 격자무늬 비단 드레스와 흰 바지, 반들반들한 구두가 눈부시게 드러나더군요. 개들이 반기며 뛰어오르자 아씨도 눈을 빛내며 반색했지만 호화찬란한 옷을 더럽힐까 봐 차마 쓰다듬어주진 못하더라고요.

* habit, 17~18세기 영국의 여성 승마복으로 외투, 조끼, 치마가 한 벌을 이룬다.

아씨는 제게 살짝 입맞춤하고서 — 크리스마스 케이크를 만드느라 밀가루 범벅인 저를 껴안는 건 아니 될 일이었지요 — 히스클리프를 찾아 두리번거렸어요. 주인님과 마님은 바짝 긴장한 채 두 아이의 만남을 주시했지요. 단짝인 둘을 떼어놓겠다는 자기네 바람이 과연 이루어질지 아닐지 그 만남을 통해 어느 정도 가늠할 수 있으리라 여긴 거예요.

　히스클리프는 통 보이질 않았어요. 전에도 그 애나 다른 사람들이나 서로 무관심했지만, 캐서린 아씨가 집을 비운 뒤로는 그 정도가 열 배는 심해졌더랬죠.

　녀석을 불러 더럽다고 나무라며 일주일에 한 번은 씻으라 채근하는 친절이나마 베푸는 이도 저 말곤 아무도 없었어요. 사실 그 나이에 비눗물 좋아하는 아이는 흔치 않잖아요. 그러니 석 달간 진창과 흙구덩이를 뒹군 옷이나 헝클어지고 엉겨 붙은 머리칼은 말할 것도 없고, 얼굴이며 손에도 온통 더께가 앉아 말도 못 하게 지저분했지요. 으레 자기처럼 머리가 산발인 단짝을 기다렸는데 예상과 달리 광채 나는 우아한 아가씨가 나타났으니, 그 애 딴에는 등받이 높은 나무의자 뒤로 숨어버릴 수밖에요.

　"히스클리프는 어디 갔어?"

　아씨가 장갑을 벗으며 물었어요. 그동안 아무 일도 않고 실내에서만 생활했는지 손이 새하얘졌더라고요.

　"히스클리프, 나와도 돼. 다른 하인들처럼 너도 와서

EMILY BRONTË

캐서린 아씨께 인사해야지."

힌들리 나리가 그 애를 불렀어요. 히스클리프의 곤경이 고소했고, 녀석이 더럽고 추한 부랑아 꼴로 마지못해 모습을 드러내는 장면을 볼 생각에 신이 났던 게지요.

숨은 동무를 발견한 캐시 아씨가 한달음에 달려가 그 애를 얼싸안고서 순식간에 뺨에 일고여덟 번 입을 맞추다 멈칫하고 물러서더니 웃음을 터뜨렸어요.

"야, 원래 이렇게 시꺼멓고 심통 난 얼굴이었어? 어쩜…… 어쩜 이렇게 웃기고 무섭니! 아냐, 내가 에드거랑 이사벨라 얼굴에 익숙해져서 그렇지 뭐. 이봐, 히스클리프, 그새 날 잊은 거야?"

아씨가 그렇게 물은 이유가 있었어요. 수치심과 자존심이 히스클리프의 얼굴에 이중의 그늘을 드리우고 입도 뻥긋하지 못하게 했으니까요.

힌들리 나리가 거들먹대며 말했어요.

"악수해라, 히스클리프. 어쩌다 한 번이니 그쯤은 허락하마."

마침내 히스클리프도 겨우 말문이 터졌어요.

"안 해. 감히 누굴 비웃으려 들어? 싫어, 절대 못 참아!"

그러고는 어딘가로 가버리려 했지만 캐시 아씨가 붙잡았어요.

"비웃은 거 아니야. 그냥 웃음이 저절로 나왔어. 히스클리프, 악수라도 해! 왜 골을 내고 그래? 난 네가 이상해 보여서 그런 것뿐인데. 세수하고 빗질하면 멀쩡해질걸? 근데 지금은 너무 더럽다!"

아씨는 자신이 부여잡은 꼬질꼬질한 손을 잠시 보다가 불현듯 자기 옷을 살폈어요. 그 애 옷에 닿아 자기 옷도 때가 탔을까 걱정스러웠겠죠.

아씨의 시선을 좇던 히스클리프가 손을 홱 뺐어요.

"그러게 왜 만져! 더럽건 말건 내 맘이지. 난 더러운 게 좋아. 더럽게 살 거라고."

그길로 그 애는 뛰쳐나갔어요. 주인님과 마님은 재미있어했고 아씨는 자못 속상해했지요. 어째서 그 애가 자기 말에 그렇게나 부아를 내는지 이해할 수 없었던 거겠죠.

저는 새사람이 되어 돌아오신 아씨의 시중을 들어드리고 쿠키를 오븐에 넣고 크리스마스이브이니만큼 하우스와 부엌에 불을 활활 지펴 밝고 훈훈하게 만든 다음, 혼자 앉아 캐럴을 부르며 기분을 내기로 했어요. 제가 흥얼대는 즐거운 곡들을 유행가라 치부하는 조지프의 참견은 가뿐히 무시했지요.

그 인간은 진즉 기도하러 들어갔고, 주인님 내외는 린턴 댁의 호의에 대한 답례로 아이들에게 주려고 사다놓은 갖가지 화려한 잡동사니들로 아씨의 관심을 끌고 있었어요.

언쇼 내외의 초대로 이튿날 린턴 댁 아이들이 워더링

하이츠에 오기로 했는데 한 가지 조건이 있었어요. 린턴 부인이 신신당부하길 '막돼먹은 욕쟁이 소년'이 자기네 귀염둥이들 곁에 얼씬도 못 하게 해달라고 했지요.

그리하여 저는 계속 혼자 있었답니다. 익어가는 음식에서 진하게 풍겨오는 향신료 향을 맡으며, 저는 반짝반짝한 부엌세간, 호랑가시나무 가지로 장식한 벽시계, 저녁 식사 때 멀드 에일*을 채워 내갈 수 있도록 쟁반에 가지런히 놓아둔 은제 맥주잔들, 무엇보다도 제가 특별히 공들여 쓸고 닦아 얼룩 하나 없이 깨끗한 바닥을 흐뭇하게 감상했지요.

마음속으로 그 하나하나에 알맞은 갈채를 보내주다가 문득, 돌아가신 언쇼 어르신 생각이 나더라고요. 제가 이렇게 정돈해 놓으면 어르신께서 들어와 저더러 밝고 바지런한 처자라며 크리스마스 선물로 1실링을 손에 쥐여주시곤 했거든요. 어르신께서 히스클리프를 참 아끼셨고 당신이 죽어 없어지면 아무도 그 애를 돌보지 않을 거라며 염려하셨던 기억도 떠올랐지요. 생각을 하자니 그 가여운 녀석의 현재 처지가 자연히 그려지면서, 이제 노래는 고사하고 울고 싶은 심정이 되더군요. 하지만 곧이어 깨달았습니다. 가엾다고 눈물만 뿌리느니 잘못된 것을 얼마간이라도 고치려는 노력이 필요하다는 것을요. 해서 자리를 털고 일어나 그 아이를 찾으러 마당으로

---

* mulled ale, 에일 맥주에 설탕, 달걀, 향료를 넣어 데운 음료.

나갔어요.

멀리 갈 것도 없었습니다. 마구간에 있더군요. 늘 하던 대로 말들 먹이를 주고 새로 온 조랑말의 반지르르한 털을 빗기고 있었어요.

제가 말했어요.

"빨리 끝내, 히스클리프! 부엌이 참 아늑하고 좋아. 조지프도 방으로 올라갔고. 얼른 끝내고, 캐시 아씨가 나오기 전에 네 몸단장 좀 하자. 자러 들어가기 전까지 아씨랑 단둘이 난롯가를 차지하고 오래오래 이야기 나눌 수 있게."

녀석은 제 쪽으로 고개 한번 돌리지 않고 자기 하던 일만 계속했어요.

"와라⋯⋯. 올 거지? 둘이 하나씩 먹을 수 있는 쿠키도 있어. 금방 다 구워져. 그리고 널 갖춰 입히는 데만 반 시간은 걸리겠는데."

5분쯤 기다렸지만 대답이 없기에 저 혼자 돌아왔고⋯⋯ 캐서린 아씨는 오라비 내외와 함께 저녁을 들었지요. 조지프와 저는 한쪽의 잔소리와 다른 한쪽의 대거리질을 양념 삼아 서먹한 식사를 함께했고요. 히스클리프 몫의 쿠키와 치즈는 요정들 요깃거리인 양 밤새 식탁에 놓여 있었어요. 녀석은 기어이 9시까지 내리 일하고서 말없이 뚱하니 자기 방으로 가버리더군요.

캐시 아씨는 늦게까지 하우스에 남아 있었어요. 새 동

EMILY BRONTË

무들 맞이할 준비로 시킬 일이 산더미였거든요. 오랜 동무를 만나려고 부엌에도 한 번 들어왔는데 그 애가 이미 없는 걸 보고는 걘 대체 왜 그러냐고 묻고서 도로 나갔어요.

히스클리프는 아침 일찍 일어났어요. 여전히 뚱한 얼굴이었는데, 휴일이라 일은 못 하고 황야로 휙 나가버리더니 식구들이 교회로 출발한 다음에야 다시 나타나더군요. 끼니도 거르고 생각을 많이 해서인지 기분은 좀 풀린 듯했어요. 웬일인지 한동안 제 주변을 맴돌다가 어느 순간 용기를 끌어모아 불쑥 외치더라고요.

"넬리, 나 좀 단정해 보이게 해줘. 이제 착해질게."

"진작 좀 그러지, 히스클리프! 아씨가 너 때문에 얼마나 속상해하는지 알아? 괜히 돌아왔네, 하고 후회하고 있을걸? 아씨가 너보다 관심을 받는다고 시기하는 것 같잖아."

녀석은 아씨를 '시기한다'는 말이 무슨 뜻인지 모르는 눈치였지만 아씨가 속상해한다는 말은 분명히 알아들었어요. 아주 심각한 얼굴로 이렇게 물었으니까요.

"걔가 속상하대?"

"오늘 아침에도 울었어. 네가 벌써 나가고 없다는 얘기를 듣고."

"쳇, 나는 간밤에도 울었어. 울 이유는 내가 더 많다고."

"아무렴, 네가 오만한 심장과 주린 배를 안고 자러 간 이유가 있었겠지. 오만한 사람들은 없는 슬픔도 만들어 내니까. 어쨌든 성질부린 게 미안하면, 아씨가 돌아오는 대로 꼭 사과해. 먼저 다가가서 입맞춤 인사를 하고, 그 다음엔…… 무슨 말을 할지는 네가 제일 잘 알겠지. 단 진심을 담은 말이어야 해. 근사한 옷을 입었다고 낯설게 대하지도 말고. 자, 난 정찬 준비를 해야 하지만 짬을 내서 널 봐줄게. 그러면 에드거 린턴도 네 옆에선 곱상한 인형처럼 보일 거야. 그 도련님이야 원래 계집애같이 생기기도 했고. 네가 더 어리지만 키도 더 크고 어깨도 두 배는 넓을걸? 눈 깜짝할 사이에 그 샌님을 때려눕힐 수도 있을 거야. 네가 생각해도 그렇지?"

히스클리프의 얼굴이 순간 환해졌다가 금세 다시 흐려졌어요. 녀석이 한숨까지 내쉽디다.

"그렇지만 넬리, 스무 번을 때려눕힌들 개가 못나지거나 내가 잘나지는 건 아니잖아. 나도 금발에 하얀 피부면 좋겠어. 나도 잘 빼입고 점잖게 굴고 싶어. 그 자식처럼 부잣집에서 태어났으면 좋았을 텐데!"

전 받아 말했지요.

"그래서 걸핏하면 질질 짜면서 엄마를 찾고, 촌뜨기 머슴애가 앞에서 주먹을 올리기만 해도 벌벌 떨고, 비라도 뿌리는 날엔 온종일 집에만 틀어박혀 있으려고? 얘, 히스클리프, '나 못났소' 하고 자랑하니? 여기 유리문 앞에 서봐, 어떻게 돼야 좋은 건지 알려줄게. 미간에 진 두 줄 주름, 보여? 짙은 눈썹도 봐, 중간이 활등처럼 솟지 못하고 내려앉았지? 그 아래 쑥 들어간 검은 마귀 한 쌍은? 당당하게 창문을 열어젖히는 법 없이 악마의 첩자처럼 거기 도사린 채 번뜩이잖아? 요 험상궂은 주름이 펴지면 좋겠다, 자신 있게 눈꺼풀을 치떴으면 좋겠다, 요 마귀들이 당당하고 순수한 천사들로 바뀌면 좋겠다고 생각하면서 연습해 봐. 아무도 아무것도 의심하지 않고, 확실한 적이 아닌 한 모두를 벗으로 보는 눈을 길러봐. 심보 사나운 똥개 같은 표정도 삼가도록 해. 자긴 걷어차여도 싼 놈인 양 굴면서, 정작 발길질한 사람만이 아니라 온 세상을 미워하는 그런 표정일랑 거두라고."

"그러니까 결국엔 에드거 린턴처럼 파란 눈에 반반한 이마이길 빌라는 얘기네. 나도 그게 소원이라니까? 그렇지만 빈다고 되는 게 아니잖아."

"심보를 곱게 쓰면 얼굴도 고와진단다, 이놈아. 너처럼 새까만 흑인이라도 말이야. 심보를 밉게 쓰면 아무리 고운 얼굴도 못난이보다 못난 밉상이 되고. 자, 이제 씻기랑 머리 빗질이랑 골부림도 다 마쳤겠다⋯⋯ 어때, 제법 잘생겨 보이지 않니? 내가 보기엔 썩 잘생겼는데. 변장한 왕자래도 믿겠는걸. 누가 알겠니? 네 아버지는 중국 황제고 어머니는 인도 여왕이라서 둘 중 한 명의 일주일 수입으로 워더링 하이츠랑 스러시크로스 그레인지까지 한꺼번에 사들일 수 있을지? 넌 사악한 뱃놈들한테 납치당해서 잉글랜드로 끌려온 거야. 내가 너라면 태생이 고귀하다고 여기겠어. 이 몸이 어떤 몸인데 하는 생각이 일개 농장주의 탄압쯤은 거뜬히 버텨낼 용기와 긍지를 안겨줄 테니까!"

그렇게 저는 계속 떠들었지요. 히스클리프도 점점 인상을 펴고 기분 좋은 표정을 짓기 시작했어요. 그러다 갑자기 밖이 소란스러워져 저희 대화는 중단됐고, 곧 한길에서 마당으로 들어오는 마차 소리에 히스클리프는 창가로 전 문간으로 달려갔어요. 망토와 모피로 꽁꽁 싸맨 린턴 댁 오누이가 가족 마차에서 내리고 언쇼 일가는 각자 말에서 내렸어요(겨울에는 교회 다녀올 때 종종 말을 이용했죠). 캐서린 아씨가 두 아이의 손을 하나씩 잡고 하우스로 안내하여 벽난로 앞에 앉히자 아이들의 하얀 얼굴이 금세 발그레해졌어요.

제가 히스클리프를 떠밀며 얼른 가서 살가운 모습을 보여주라 했더니 녀석도 선뜻 나서데요. 하지만 운도 참 없지, 녀석이 부엌문을 여는 순간에 하필 반대편에서 문을 여는 힌들리 나리와 딱 마주친 거예요. 히스클리프가 멀끔한 데다 기분도 좋아 보이는 게 언짢았는지 아니면 린턴 부인과의 약속을 지키려고 그랬는지, 나리는 그 애를 홱 밀쳐내고서 화를 내며 조지프를 불러 일렀어요.

"저놈 치워. 식사 끝날 때까지 다락방에서 못 내려오

게 해. 잠시만 부엌에 혼자 둬도 타르트를 손가락으로 파먹고 과일까지 훔쳐 먹을 놈이야."

전 나서지 않을 수 없었어요.

"아니에요, 나리. 아무것도 손대지 않아요, 그럴 애가 아니에요. 그리고 이 아이도 저희와 마찬가지로 제 몫의 별식 맛을 봐야지요."

하지만 주인님은 막무가내였어요.

"내 주먹맛이나 보라지. 날 저물기 전에 아래층에서 내 눈에 띄기만 해. 꺼져라, 뜨내기 새끼! 이게 뭐야! 꼴에 멋 부리셨네? 가만있자, 우리 멋쟁이 머리채나 잡아보자. 저 배배 꼬인 걸 당기면 좀 길어지려나?"

"이미 충분히 긴데."

문틈으로 엿보던 린턴 도련님이 끼어들었어요.

"저러면 머리가 아프지 않나. 눈까지 덮은 게 꼭 망아지 갈기 같네!"

물론 악의 없이 뱉은 말이었지요. 하지만 히스클리프는 그때도 이미 린턴 도련님을 연적으로 미워했던 것 같은데, 그런 상대가 그리 주제넘게 나오니 그 과격한 성미에 어디 참아줄 재간이 있나요. 녀석은 무작정 손에 닿는 대로 뜨거운 사과 소스 그릇을 집어서는 입방정을 떤 소년의 얼굴과 목에 들입다 내던졌어요. 소년이 울음을 터뜨리자 이사벨라와 캐서린 아씨가 급히 달려왔고요.

언쇼 나리가 즉시로 죄인을 잡아채어 자기 방으로 끌

고 가더니 시뻘게진 얼굴로 씩씩대며 돌아왔어요. 필시 혹독한 처방으로 격분을 달랬겠지요. 전 행주로 다소 거칠게 에드거 도련님의 코와 입을 닦아주며, 쓸데없이 참견하니 이런 꼴을 당한 거라고 핀잔했어요. 도련님의 누이는 집에 가겠다며 울기 시작했고 캐시 아씨는 마냥 난처하여 얼굴을 붉힌 채 서 있었어요.

아씨가 린턴 도련님을 나무랐어요.

"말을 걸지 말았어야지! 안 그래도 심통 났던데. 넌 모처럼 놀러 왔는데 다 망쳤고, 갠 이제 매를 맞게 생겼어. 난 걔가 매 맞는 게 싫단 말이야! 식사도 못 하겠어. 대체 왜 개한테 말을 건 거야, 에드거?"

"안 걸었어. 개하고는 한마디도 안 하기로 엄마랑 약속했단 말이야. 나, 개한테 말한 거 아니야."

도련님은 울먹이며 항변하는 한편 제 손길을 피하며 주머니에서 케임브릭 손수건을 꺼내어 아직 묻은 소스를 마저 닦아냈어요.

캐서린 아씨가 한심하다는 듯 대꾸했어요.

"그럼 울지나 마. 누가 널 죽이는 것도 아니잖아. 더는 소란 피우지 말자, 우리 오빠 금방 오니까…… 조용! 이사벨라, 너도 뚝! 너는 누가 건드리기라도 했니?"

그때 힌들리 나리가 부산스레 들어오며 호쾌하게 소리쳤어요.

"자, 자, 애들아, 모두 착석! 그 짐승 같은 놈 덕분에 나는 열이 적당히 올랐다. 다음번에는, 에드거 군, 주먹을 쓰게나. 식욕이 부쩍 돋을 게야!"

향긋하고 먹음직스러운 음식이 차려진 광경에 어린 손님들은 평정을 되찾았습니다. 마차로 덜컹대며 달려 오느라 허기진 배를 채우며 쉽게도 기분을 풀었지요. 실상 누가 다친 건 아니었으니까요.

주인님은 접시 가득 고기를 썰어주고 안주인 마님은 재미있는 이야기로 분위기를 띄웠어요. 저는 마님 뒤에서 식사 시중을 들었는데, 캐서린 아씨가 눈에 눈물 한 방울 비치지도 않은 채 태연하게 거위 날개를 자르기 시작하는 걸 보니 참 야속하더라고요. 속으로 이런 생각도 했답니다.

'무정하기도 하지. 오랜 소꿉동무가 심한 고초를 겪는데도 이리 가뿐히 떨쳐내다니. 이렇게나 이기적인 줄은 몰랐는데.'

아씨는 고기 한 점을 입으로 가져가다가 도로 내려놓았어요. 이내 벌게진 뺨을 타고 눈물이 흘렀고요. 아씨는 감정을 들키지 않으려고 포크를 슬쩍 바닥에 떨어뜨린 뒤 허겁지겁 식탁보 밑으로 들어갔어요. 역시 아씨는 무정하지 않았어요. 아씨는 온종일 연옥에 있었던 거예요. 어떻게든 혼자서 히스클리프를 찾아갈 기회를 엿보느라 애간장이 다 타버렸지요. 제가 남몰래 먹을 것을 가져다주려고 찾아보다가 알게 됐는데, 힌들리 나리가 히스클리프를 가둬놓았더라고요.

저녁에는 춤을 추었어요. 이사벨라 린턴의 춤 상대가 없으니 이만 그 애를 풀어달라고 캐시 아씨가 사정했지만 오라비는 끄떡도 않고 저더러 빈자리를 채우라고 했어요.

다들 신나게 춤을 추며 우울한 기분을 날려 보냈고 곧 기머턴 악단이 와서 한층 흥을 돋웠지요. 트럼펫, 트롬본, 클라리넷, 바순, 프렌치호른, 베이스비올에 가수들까지 총 열다섯 명이 매해 크리스마스에 명문가를 돌며 공연하고 사례금을 받는데, 이 악단의 연주와 노래는 가히 최고의 향응으로 통했답니다.

준비된 캐럴들을 듣고 나서 몇몇 가곡과 무반주 중창곡도 신청했어요. 새댁 마님이 음악을 아주 좋아해서 저희도 덩달아 실컷 들었지요.

캐서린 아씨도 음악을 좋아했는데 그날은 계단 꼭대기가 명당이라며 컴컴한 계단 위로 향하길래 저도 슬그머니 따라가 봤어요. 금방 하우스 문이 닫히더라고요. 사람이 꽉 들어찬 하우스에서 두 사람 없어진 것쯤은 아무도 눈치채지 못했겠죠. 아씨는 계단 꼭대기를 그대로 지나쳐 가더니 다락 층까지 올라가 거기 갇혀 있는 히스클리프를 불렀어요. 녀석은 대답하기조차 거부하며 버티더군요. 하지만 아씨 고집도 만만치 않았지요. 한참 만에 드디어, 판자벽을 사이에 두고 대화가 오가기 시작했어요.

전 그 가여운 두 아이가 오붓이 이야기를 나눌 수 있게 두었다가, 노래가 막바지에 이르러 곧 가수들에게 다과를 내야겠구나 싶을 때쯤에 아씨에게 알리려고 사다리를 올랐어요.

한데 아씨가 보이지는 않고 목소리만 들리더라고요. 글쎄 요 원숭이가 이쪽 채광창을 넘어 나가서는 지붕을 타고 저쪽 채광창으로 들어가 히스클리프랑 같이 있었던 거예요. 아씨를 구슬려 도로 나오게 하느라 제가 얼마나 애를 먹었는지 몰라요.

아씨가 나올 때 히스클리프도 함께 나왔어요. 아씨는 녀석을 부엌에 데려가 달라며 저를 졸랐어요. 제 부엌 동료 조지프는 본인이 쾌히 '악마 찬송가'라 일컫는 음악 소리를 듣지 않으려고 이웃집에 가 있었거든요.

전 너희의 속임수를 거들 생각이 추호도 없다, 다만 죄수가 전날 정찬 이후로 쫄쫄 굶었으니 이번 한 번만은 힌들리 나리를 속여도 눈감아 주겠다고 말했지요.

히스클리프가 내려왔습니다. 제가 벽난로 앞에 걸상을 놓고 맛있는 음식을 잔뜩 차려주었는데 그 애는 속이 메스껍다며 거의 먹질 못하더라고요. 잘 먹이고 싶었지만 헛수고였지요. 녀석은 무릎에 팔꿈치를 괴고 손바닥으로 턱을 받친 채 말없이 상념에 잠겼어요. 무슨 생각을 그리 골똘히 하느냐고 물었더니 사뭇 비장하게 답하더군요.

"힌들리한테 복수할 방법을 찾는 중이야. 끝끝내 복수할 수만 있다면 얼마나 오래 걸리든 상관없어. 나보다 놈이 먼저 죽지나 말아야 할 텐데!"

"그럼 못써, 히스클리프! 악인을 벌하는 건 하느님이 하시는 일이야. 우린 용서를 배워야 해."

"싫어, 내 복수를 하느님한테 양보하진 않을 테야. 제일 좋은 방법을 알 수만 있다면! 날 그냥 내버려 둬, 계획을 세워야 하니까. 복수를 생각하는 동안에는 아픈 줄도 모르겠어."

한데 록우드 나리, 이런 이야기는 재미없으시죠? 제가 깜빡했네요. 어쩌자고 이렇게까지 수다를 늘어놓았나 몰라, 죽도 다 식었고 나리는 졸고 계시는데! 나리께서 들으셔야 할 히스클리프 얘기라면 대여섯 마디로 끝내 드릴 수 있었을 것을.

그렇게 하녀장은 스스로 이야기를 중단하고 일어나 바느질감을 주섬주섬 치우기 시작했지만 내 몸뚱이는 도저히 난롯가를 떠날 수 없을 것만 같았을뿐더러 전혀 졸리지도 않았다.

난 다급히 외쳤다.

"앉아요, 딘 부인. 딱 30분만 더 앉아 있어요. 느긋하게 이야기를 풀어가길 잘하신 겁니다. 내가 좋아하는 방식

이거든. 하니 똑같은 식으로 마저 들려줘요. 정도의 차이
는 있을지언정 말씀하신 인물들이 전부 흥미롭소이다."

"시계가 11시를 치는데요."

"상관없소. 나는 보통 자정 전에는 잠자리에 들지 않
으니까. 아침 10시까지 누워 있는 사람이 자러 들어가기
엔 1시나 2시도 충분히 이른 시각이지."

"10시까지 누워 계시면 안 되지요. 오전의 한창때는
다 지나간 뒤인데요. 10시까지 그날 일의 절반을 해놓지
않으면 나머지 반도 못 끝내기 십상이랍니다."

"그래도요, 딘 부인, 다시 의자를 끌어와요. 내일은 오
후까지 늘어지게 자려고요. 내 진단이지만 아무래도 지
독한 감기에 걸린 것 같거든."

"오진이길 빕니다요, 나리. 그럼 3년쯤 건너뛰고 그후
를 말씀드려야겠네요. 그동안 새댁 마님이⋯⋯."

"아니, 아니, 건너뛰면 안 돼요! 저⋯⋯ 이런 심경을 아
시려나? 방에 혼자 앉았는데 눈앞에서 고양이가 새끼를
핥아주고 있어서 그 과정을 유심히 보노라니 어미가 새
끼 한쪽 귀를 핥지 않고 넘어간 것에 화가 치미는?"

"글쎄요, 끔찍이도 심심한가 보네요."

"천만에, 오히려 피곤하리만치 신이 난 상태지. 지금
내 심경이 그러하니 세세하게 이어가 줘요. 지하 감옥에
갇힌 사람이 집에서 흔히 보던 거미보다 그곳에서 만난
거미를 더 특별히 여기듯이 내게는 도시 사람들보다 이

곳 사람들이 더 가치 있어요. 물론 오로지 보는 이의 처지로만 말미암아 무언가에 더 끌린다는 건 아니오. 실상 이곳 사람들이 더 성실하게, 더 자기답게 살아가니까. 표면적인 변화나 허울뿐인 것들에는 덜 신경 쓰고. 난 원래 어떠한 사랑도 1년을 넘길 수 없다고 철석같이 믿었던 사람인데 여기서라면 평생을 가는 사랑도 가능할 것 같아. 시골은 배고픈 사람이 한 가지 요리를 놓고 집중해서 참맛을 음미하는 격인 반면 도시는 프랑스 요리사들이 차린 식탁에 앉는 격이랄까. 주린 배를 채우기야 매한가지겠지만 요리 하나하나에 할애하는 관심과 기억은 미미할 뿐이지."

"에? 알고 보면 여기 사람이나 다른 데 사는 사람이나 다 똑같아요."

딘 부인이 좀처럼 수긍하지 못하는 듯하여 내가 설명했다.

"실례지만 우리 딘 부인 자체가 그 주장을 보기 좋게 반박할 증거인걸요. 몇 가지 사소한 면에서 시골티가 나기는 하지만, 부인한테서는 내가 하인 계층의 특징이라 여겨온 면모를 찾아볼 수 없단 말이오. 확실히 대개의 하인보다 훨씬 생각이 많고 깊은 것 같아요. 아무래도 허투루 삶을 허비할 기회가 드물다 보니 자연히 깊이 사유하는 능력이 길러졌겠지요."

딘 부인은 웃었다.

"확실히 저는 착실하고 이성적인 편이라고 자부합니다만, 산 구석에 살면서 1년 내내 고만고만한 얼굴과 고만고만한 일상만 접했기 때문은 아니랍니다. 고단한 삶에서 지혜를 배웠고 또, 아마 록우드 나리께서 생각하시는 것보다 책도 많이 읽었을 거예요. 이 서재에 제가 들여다보지 않은 책이 없고, 개중 건질 게 하나도 없는 책은 없었어요. 저기 꽂힌 그리스어, 라틴어 책과 저쪽에 프랑스어 책은 못 읽지만 그래도 구별은 할 줄 알고요. 가난한 집 딸로서 이 이상은 바랄 수 없지요.

어쨌거나 미주알고주알 이야기해야 할 것 같으면 당장 이어가야겠네요. 하면 3년을 건너뛰는 대신 이듬해 여름으로 넘어갈게요. 1778년 여름, 그러니까 약 23년 전이네요."

08

6월의 어느 화창한 아침, 제 손으로 기른 첫 아기이자 오랜 언쇼 가문의 마지막 자손이 태어났습니다.

저희는 먼 들밭에서 부지런히 건초 일을 하고 있었는데, 늘 아침거리를 가져다주던 하녀 애가 평소보다 한 시간이나 일찍 초원을 건너 샛길을 달려오며 저를 부르더군요.

아이가 헐떡이며 말했어요.

"아, 얼라가 엄청나다! 그리 잘난 사나아는 세상없을 기라! 한데 의사 영감이 마님은 곧 죽는다 카데. 벌써 몇 달째 폐병을 앓았다 안 하나. 힌들리 나리한테 하는 말을 듣자니 인자 손쓸 방도가 없으니 겨울까지도 몬 버틸 거란다. 퍼딱 집에 가보라. 넬리 언니가 유모라이. 설탕이랑 우유랑 멕이고 밤낮으로 보살피고. 언니는 좋겠다. 마님 없어지문 얼라는 완전히 언니 거 아이니!"

전 쇠스랑을 내던지고 보닛 끈을 매며 물었습니다.

"마님이 위중하시다고?"

"그런가 보드라. 한데 배짱을 대는 기라. 얼라가 다 클 때꺼정 살 것처럼 말한다. 너무 기뻐서 정신이 나갔다. 얼라가 좀 예뻐야지! 나라믄 절대루 안 죽는다. 의사야 뭐라 카든 얼라만 보믄 다 낫겠구마. 내사 참말루 뿔딱지가 났다 아이가. 아처 아지매가 그 천사를 안고 하우스로 내려와서 컨 나리한테 보여줬거든? 나리 얼굴이 막 환해지는 참에 그 의사 영감탱이가 튀어나와서는 이리 씨불이는 기라. '언쇼, 자네 안댁이 여태 살아서 이 아들을 낳아준 걸 천운으로 알게. 자네 안댁을 처음 봤을 때도 내 판단엔 머잖아 갈 사람이었어. 그리고 지금 같아서는 솔직히, 아마 겨울을 넘기지 못할 걸세. 공연히 애쓰지도 너무 마음 졸이지도 말게나. 어쩔 수 없는 일이야. 그러게 자네가 말이야, 이리 서둘러 떠날 처자를 고르질 말았어야지!'"

"그래서 주인님은 뭐라시던?"

"욕했겠지. 내사 그짝 신겡 쓸 게를이 없었다, 얼라 얼굴 보기 바빠서."

하녀 애는 다시 아기 생김새를 묘사하며 황홀해했어요. 그 애 못지않게 흥분한 저도 아기를 보려고 집까지 한달음에 달려갔지요. 다만 힌들리를 생각하면 몹시 딱했답니다. 그이가 마음에 품을 수 있는 우상은 단둘, 즉 아내와 자기 자신뿐이었어요. 그 둘을 맹목적으로 아끼고 그중 하나를 흠모하는 사람인데 그 상실감을 어찌 견뎌낼지 저로서는 상상할 수 없었어요.

저희가 워더링 하이츠에 도착했을 때 힌들리 나리는 현관문 앞에 서 있었어요. 제가 지나가면서 아기는 어떠냐고 물었더니 나리는 활짝 웃으며 "금방이라도 뛰어다닐 것 같아, 넬!" 하고 대답했어요.

전 용기를 내어 내처 물었어요.

"마님은요? 의사 선생님 말씀으론……."

나리는 돌연 얼굴을 붉히며 제 말을 잘랐어요.

"빌어먹을 돌팔이가! 프랜시스는 아무 문제 없어. 딱 일주일만 지나면 완쾌할 거야. 위층에 가보려고? 프랜시스한테, 말하지 않는다고 약속하면 내가 올라간다고 전해줘. 당최 입 다물 생각을 않길래 두고 나와버렸거든. 말을 하면 안 되는데……. 케네스 영감이 절대 안정을 취하라 했다고 전해."

전 그대로 전했어요. 마님은 꽤 들떠 보였고 대답도 발랄하게 하더군요.

"나 거의 한마디도 안 했어, 엘렌. 그이 혼자 두 번이나 울면서 뛰쳐나가더라니까? 그래, 아무 말 안 하겠다고 약속한다고 전해줘. 근데 놀리지 않는다는 약속은 못해!"

가련하기도 하지! 마님은 세상을 뜨기 일주일 전까지도 줄곧 그 명랑한 마음을 잃지 않았답니다. 힌들리 나리는 아내의 몸 상태가 하루하루 좋아지고 있다고 끈덕지게, 아니 포악스럽게 우겼지요. 의사인 케네스 씨가 이 단계에선 약도 소용없으니 괜히 치료비를 더 쓰지 말라고 했을 때는 이렇게 맞받아치더군요.

"괜한 짓인 거 알고 있소. 집사람은 말짱하거든. 당신 치료 따위 필요 없으니 더는 오지도 마시오! 폐병에 걸린 적도 없어. 열이 좀 난 거지. 그나마도 내렸고. 이제 맥박도 나랑 비슷하고 뺨이 나보다 뜨겁지도 않은걸."

나리는 아내에게도 똑같이 말했고 아내는 믿는 듯했어요. 하지만 어느 날 밤, 남편 어깨에 기대어 누워 있던 마님이 내일이면 일어나 앉을 수 있을 것 같다고 말하다가 갑자기 ― 아주 미약하게 ― 콜록거렸어요. 나리는 아내를 팔로 안아 일으켰지요. 마님은 남편 목을 끌어안은 채 낯빛이 변하더니 그대로 돌아가시고 말았답니다.

하녀 애가 예견한 대로 젖먹이 헤어턴은 제가 도맡아 키우게 되었어요. 언쇼 나리는 아들에 관한 한 그저 건강해 보이고 우는 소리가 들리지 않으면 만족했어요. 하지만 자기 자신에 관해서는 자포자기하더군요. 나리의 애도는 통곡하고 한탄하는 식이 아니었어요. 울거나 비는 대신 욕하고 뻗댔지요. 하느님과 인간을 저주하며 함부로 방탕하게 지냈어요.

하인들은 주인의 폭압과 악행을 오래 견뎌내지 못해서 결국엔 조지프와 저 둘만 남았답니다. 전 제게 맡겨진 아기를 차마 두고 갈 수 없었고 또, 아시다시피 힌들리와 오누이처럼 함께 자란 사이인지라 생판 남보다는 너그럽게 봐줄 수 있었지요.

조지프는 소작인들과 일꾼들을 괴롭히려고 남았겠죠. 꾸짖을 악이 넘쳐나는 곳에 있는 것이 그 작자의 소명이었으니까요.

주인의 나쁜 버릇과 불량한 벗들은 캐서린과 히스클리프에게 적잖은 영향을 끼쳤습니다. 특히 히스클리프가 당한 학대는 가히 성자라도 악마로 변하게 할 만한 것이었지요. 정말이지 그 무렵 그 아이는 사악한 무언가에 씐 것만 같았어요. 구제 불능으로 타락해 가는 힌들리를 보며 희희낙락했고, 날로 더 눈에 띄게 음침하고 표독스러워졌으니까요.

지옥이 따로 없었던 그때의 집안 꼴을 어찌 말로 다 할까요. 부목사도 발길을 끊었고 결국에는 점잖은 사람치고 우리를 가까이하는 이가 없었으니까요. 에드거 린턴이 캐시 아씨를 만나러 오곤 했던 게 예외일 수 있겠네요. 열다섯 살이 된 아씨는 이 일대의 여왕이었답니다. 적수가 없었어요. 그래서인지 이제는 대놓고 안하무인으로 굴지 뭐예요! 실은요, 제가 아씨를 좋아했던 건 아씨가 아주 어렸을 때뿐이었어요. 그 거만한 콧대를 눌러주려다 아씨 화를 돋운 적도 한두 번이 아니었지요. 그래도 절 싫어하지는 않았어요. 아씨의 오랜 정은 놀랍도록 한결같아서, 히스클리프를 향한 애정까지도 변함없이 간직했지요. 모든 면에서 우월한 린턴 도련님조차 좀처럼 아씨 마음에 그만큼 깊이 각인되지는 못했답니다.

그 린턴 도련님이, 돌아가신 이 집 전 주인님이에요. 저기 벽난로 위에 걸린 것이 그분 초상화고요. 원래는 내외분 초상화가 나란히 걸려 있었는데 나중에 부인 것은 치웠어요. 그것도 있었으면 어떻게 생긴 분이었는지 나리께서 보실 수 있었을 텐데. 저것은 잘 보이세요?

딘 부인이 촛불을 들자, 부드러운 이목구비가 눈에 들어왔다. 언덕 집의 젊은 미망인과 꽤 닮았지만, 표정에 애수와 정감이 어려 있었다. 관자놀이께에서 살짝 말려 올라간 기름한 금발, 크고 진지한 눈, 지나치다 싶게 우아한 자세. 저런 인물이라면 캐서린 언쇼가 소꿉동무를 잊을 수 있었다는 게 신기한 일은 아니었다. 오히려 저 인물이, 외모에 어울리는 정신을 소유했다면, 내가 생각하는 캐서린 언쇼를 좋아할 수 있었다는 사실이 신기할 따름이었다.

난 하녀장에게 말했다.

"썩 보기 좋은 초상화로군요. 실물과 비슷한가?"

"예, 활력 넘칠 때 모습이 더 보기 좋았지만요. 저건 평상시 표정이에요. 대체로 활기가 없는 편이셨죠."

린턴 댁에서 다섯 주를 보낸 뒤로 캐서린 아씨는 그 댁과 계속 왕래했어요. 그들과 함께 있는 동안에는 구태여 거친 면을 드러낼 일이 없었을뿐더러 예의 바른 사람들에게 무례를 범하는 것을 부끄럽게 여기는 분별은 있었기에, 아씨는 자신도 모르는 사이에 영리하고 살가운 처신으로 린턴 내외분의 환심과 이사벨라의 동경 그리고 그 오라비의 마음과 영혼을 거머쥐었지요. 원체 야심만만한 아이였던지라 뜻밖에 자신이 얻은 것들에 뿌듯해했고, 딱히 누굴 속이려고 한 건 아니지만 점점 이중인격자가 되어갔지요.

히스클리프가 '상스러운 깡패 녀석'이자 '짐승만도 못한 놈'으로 통하는 자리에서는 그 애처럼 행동하지 않으려 조심했지만, 집에서는 예의를 지켜봤자 비웃음만 살뿐이고 경거망동 본능을 자제해 봤자 인정도 칭찬도 돌아오지 않으니 별로 조심하려 들지 않더군요.

소심한 에드거 도런님이 워더링 하이츠를 공공연히 방문하는 일은 드물었어요. 악명 높은 언쇼가 주인과 마주치는 게 무서웠던 게지요. 하지만 왔다 하면 언제나 깍듯한 대접을 받았답니다. 주인님도 그이가 왜 오는지 알고 있었기 때문에 불쾌감을 안길 일은 하지 않으려 노력했고, 점잔을 지키지 못할 것 같으면 아예 자리를 피했어요. 한데 제 생각에 캐서린 아씨는 에드거 도런님의 방문을 꺼렸던 것 같아요. 가식을 모르고 교태를 부릴 줄도 모르는 데다 무엇보다 자신의 두 벗이 서로 맞닥뜨리는 일만은 어떻게든 피하고 싶었겠지요. 다 함께 있는 자리에서 히스클리프가 린턴을 욕하면 당사자가 없을 때처럼 얼추 맞장구쳐 줄 수 없고, 린턴이 히스클리프에 대한 혐오와 반감을 표하면 눈앞에서 소꿉동무가 폄하당해도 아무렇지 않다는 듯 무심히 듣고 넘길 수 없는 노릇이었으니까요.

아씨는 어쩔 줄 모르고 속앓이하면서도 제가 놀릴까봐 애써 감추려 했어요. 하지만 제 눈을 속일 수는 없었지요. 전 아씨를 실컷 비웃어줬답니다. 그런 제 심보가 고약하다 여기실 수도 있지만, 그때는 아씨가 하도 거만하게 굴어서 도저히 불쌍하게 봐줄 수가 없었어요. 제 딴에는 아씨도 곤란을 겪어봐야 겸손해지겠거니 한 거죠.

결국 아씨는 하릴없이 저에게 난처한 속내를 털어놓

있어요. 상담을 청할 사람이라곤 저밖에 없었거든요.

어느 날 오후 힌들리 나리가 외출한 틈을 타서 히스클리프는 일을 쉬기로 마음먹었어요. 갓 열여섯 살이 되었을 때였던가. 녀석은 얼굴이 못생기거나 머리가 나쁜 것도 아닌데 안팎으로 왠지 고약한 인상을 풍겼어요. 지금은 그런 흔적조차 남아 있지 않지만요.

우선 그 무렵의 히스클리프는 예전에 받았던 교육의 덕을 전부 상실한 뒤였어요. 한때 마음에 지녔던 지식욕과 책이나 배움에 대한 애정은 일찍부터 늦게까지 이어지는 고된 노동에 자리를 내준 지 오래였지요. 언쇼 어르신의 총애가 심어주었던 어릴 적의 우월감도 사라졌고요. 공부에 있어 캐서린 아씨와 대등해지려고 오랫동안 애썼지만 결국 사무치는 후회를 묵묵히 삼키며 단념해야 했어요. 단, 단념할 때는 철저하더군요. 부득불 이전 수준보다 낮아질 수밖에 없음을 깨달은 이상, 위로는 단한 걸음도 놓으려 들지 않았어요. 겉모습까지 정신의 퇴보에 맞춰 변하더라고요. 걸음걸이는 구부정해지고 눈빛은 비열해졌죠. 타고난 내성적 성향이 극단으로 부풀어서는 매사 뚱하고 심하게 사람을 피하는 게 거의 등신이나 다름없었고, 몇 되지도 않는 지인들 마음에 존중보다 혐오를 불러일으키면서 이상한 쾌감을 느끼는 것 같았어요.

물론 한가할 때마다 여전히 캐서린 아씨와 시간을 보

냈지만, 이제는 아씨를 향한 마음을 말로 표현하길 삼갔고, 아씨가 다정하게 어루만지기라도 하면 그 아낌없는 애정에 보답할 길이 없다는 걸 의식한 듯 화난 기색으로 몸을 뺐어요. 앞서 말씀드린 그날, 히스클리프가 오늘 일을 제치겠다고 알리러 하우스로 들어왔어요. 마침 제가 캐시 아씨의 옷단장을 거들고 있었지요. 아씨는 에드거 도련님을 맞이할 채비를 하던 중이었거든요. 히스클리프 녀석이 농땡이 부릴 셈인 줄은 모르고 집이 온통 자기 차지라고만 생각해 에드거 도련님에게 오라비가 외출했다고 어찌어찌 기별을 넣어둔 거예요.

히스클리프가 물었어요.

"캐시, 오후에 바빠? 어디 가?"

"아니. 비 오잖아."

"그런데 비단옷은 왜 입었어? 누가 오는 건 아니지?"

아씨는 얼버무렸어요.

"글쎄, 난 모르겠네. 근데 히스클리프 넌 왜 여기 있어? 정찬 때가 한 시간이나 지났는데. 진즉 들에 나갔어야 되는 거 아냐?"

"힌들리가 자주 집을 비우는 것도 아니잖아. 오늘은 일 그만할래. 너랑 놀 거야."

"아유, 조지프가 일러바칠걸? 그냥 나가보지그래?"

"조지프는 석회 실으러 페니스톤 절벽 저쪽으로 갔어. 컴컴해져야 일이 끝나니까 절대 모를 거야."

EMILY BRONTË

말하면서 녀석은 슬렁슬렁 난롯가로 가 앉았어요. 캐서린 아씨는 이맛살을 찌푸린 채 잠시 상황을 가늠해 보는 듯했어요. 곧 들이닥칠 손님들을 맞으려면 방해꾼을 치워야만 했지요.

아씨는 1분쯤 궁리한 끝에 입을 열었어요.

"이사벨라랑 에드거 린턴이 오늘 오후에 온다고 했는데, 비가 내리니까 아마 안 올 거야. 하지만 올지도 몰라. 그러면 네가 괜히 야단맞을 수도 있어."

녀석은 고집을 피웠어요.

"엘렌 시켜서 넌 바쁘다고 전해. 설마 날 쫓아내고 그 한심하고 유치한 것들이랑 놀겠다는 거야? 가끔 걔들 때문에 따질 말이 목구멍까지 올라오는데…… 아냐, 관두자."

"걔들이 뭘 어쨌다고?"

아씨는 난감한 얼굴로 녀석을 빤히 쳐다보다 느닷없이 고개를 휙 틀며 저에게 신경질을 부렸어요.

"아이, 넬리! 빗질한답시고 컬을 다 풀어놨잖아! 됐어, 그냥 둬. 야, 히스클리프, 무슨 말이 목구멍까지 올라온다는 거야?"

"별거 아냐. 근데 저 벽에 있는 달력을 봐."

녀석은 창가 벽에 걸린 액자를 가리키며 이어 말했어요.

"십자는 네가 린턴네 애들이랑 저녁 시간을 보낸 날

이고 점은 나랑 보낸 날이야. 보여? 내가 매일매일 표시했어."

아씨는 샐쭉하니 대꾸했죠.

"그래, 보인다. 아주 바보 같네. 누가 신경이나 쓴다니? 뭐 하러 저랬어?"

"내가 신경 쓴다는 걸 보여주려고."

녀석의 말에 아씨는 점점 짜증이 치미는 듯 쏘아붙였어요.

"내가 늘 너하고만 붙어 있어야 하니? 그러면 나한테 뭐가 좋은데? 네가 무슨 얘길 들려주는데? 입이 있어도 벙어리 시늉이고 뭘 해도 갓난아기 꼴인데 내가 재미있겠니?"

히스클리프는 버럭 소리쳤어요.

"진작 말하지 그랬어, 캐시? 여태 내가 말이 너무 없다거나 나랑 같이 있는 게 싫다고 한 적 없잖아!"

아씨는 나직이 투덜거렸죠.

"아무것도 모르고 아무 말도 하지 않는 사람이랑은 같이 있어도 같이 있는 게 아니지."

상대는 벌떡 일어섰지만 더는 감정을 토로할 시간이 없었어요. 돌바닥을 딛는 말발굽 소리가 들려오더니 린턴 도련님이 문을 똑똑 두드렸거든요. 그이는 뜻밖의 부름에 희색이 만면한 채로 들어왔어요.

한 명이 들어오고 다른 한 명은 나가는 순간, 틀림없이 캐서린 아씨는 두 동무의 격차를 실감했을 거예요. 눈앞의 풍경이 황량하고 험한 탄광촌에서 아름답고 비옥한 계곡으로 바뀌는 것 같았겠지요. 외양만이 아니라 목소리와 인사말도 정반대였어요. 린턴 도련님은 목소리도 자분자분했고 말투도 이곳 사람들처럼 거칠기보다 록우드 나리처럼 부드러웠지요.

"내가 너무 일찍 왔나?"

도련님이 저를 흘깃 건너다보며 말했어요. 전 장식장 끄트머리에서 접시를 닦고 서랍을 정리하던 중이었거든요.

아씨가 대답했어요.

"아니야. 넬리, 거기서 뭐 해?"

"일하잖아요, 아씨."

전 대꾸했지요. (린턴이 혼자 찾아오거든 단둘이 있게 두지 말라는 힌들리 나리의 지시가 있었거든요.)

아씨는 내 뒤로 와서 쌀쌀맞게 속삭였어요.

"냉큼 행주 챙겨 나가. 손님 있는 자리에서 하인이 쓸고 닦고 하는 거 아니야!"

전 부러 목소리를 높였어요.

"주인님이 안 계신 지금이 마침맞은 기회인걸요! 여기 계실 때 제가 이러면 정신 사납다며 질색하시니까. 에드거 도련님은 괜찮다고 하실걸요."

"나도 싫어, 정신 사나워서."

아씨는 손님이 말할 틈을 주지 않고 절 을러멨어요. 실은 히스클리프와 말다툼한 후로 계속 심란했던 거죠.

"죄송하네요, 캐서린 아씨."

이게 제 대답이었어요. 그러고서 저는 하던 일을 부지런히 계속했지요.

에드거가 보지 못할 줄 알았는지 아씨는 제 손에서 행주를 빼앗더니 제 팔을 꼬집어 한참을 독하게 비틀지 뭐예요.

아까도 말씀드렸지만 전 아씨를 그다지 좋아하지 않았어요. 이따금 그 허영을 납작하게 눌러주면서 고소해하기도 했고요. 게다가 꼬집힌 데가 너무 아프더라고요. 해서 꿇은 자세에서 발딱 일어나 냅다 고함을 쳤어요.

"아니, 아씨, 이게 무슨 짓이에요! 제가 뭘 잘못했다고 꼬집어요? 제가 그냥 참고 넘길 줄 알아요?"

"난 건드리지도 않았어, 이 거짓말쟁이야!"

아씨는 소리쳤어요. 또 꼬집고 싶어 손가락이 근질댔을 거예요. 분노로 귓불이 새빨개지더군요. 감정을 숨길 줄 모르는지라 화가 나면 언제나 얼굴이 새빨개졌지요.

"그럼 이건 뭐죠?"

전 반박하며, 시퍼렇게 멍든 자국을 증거로 내보였어요.

아씨는 발을 쿵 구르고 잠시 머뭇거리더니, 안에서 치미는 못된 성미를 이기지 못하고 기어이 제 뺨을 철썩 갈

기고 말았죠. 어찌나 얼얼한지 두 눈에 눈물이 차오를 정
도였어요.

"캐서린, 맙소사! 캐서린!"

린턴 도련님이 말리러 나섰어요. 자신의 우상이 거짓
말과 폭행이라는 이중의 잘못을 저질렀으니 이만저만
한 충격이 아니었겠지요.

"당장 나가, 엘렌!"

아씨는 온몸을 부들부들 떨며 다시 한번 말했어요.

어디고 절 졸졸 따라다니던 어린 헤어턴이 그때도 근
처 바닥에 앉아 있다가, 제 눈물을 보고서 덩달아 울기
시작했어요. 훌쩍거리며 "캐시 고모 나빠" 하고 찡찡대
는 바람에 불행히도 아씨의 분풀이 상대가 되었답니다.
아씨가 아이의 어깨를 붙들고 마구 흔들어 아이 얼굴이
흙빛으로 변하자 에드거 도련님이 그저 아이를 구할 요
량으로 아씨의 두 손을 잡았어요. 아씨가 한 손을 비틀어
뺀 다음 순간, 도련님은 깜짝 놀랄 수밖에 없었지요. 그
손바닥이, 결단코 장난으로 치부할 수 없는 방식으로 단
숨에 도련님 뺨을 후려쳤거든요.

그이는 소스라치며 물러섰습니다. 전 헤어턴을 안아
들고 부엌으로 갔어요. 두 사람의 갈등이 어떤 결말을 맞
을지 궁금해서 문은 열어두었고요.

모욕을 당한 손님은 허옇게 질린 채 입술을 떨며 모자
를 놓아둔 곳으로 가더군요.

전 혼자 중얼거렸지요.

"그렇지, 그래야지! 알아봤거든 냉큼 사라져라! 아씨의 본색을 엿보게 해준 것도 친절이란다."

캐서린이 문 앞을 막아서며 물었습니다.

"어디 가는 거야?"

도련님이 옆으로 비켜 지나가려 하자 아씨는 다급히 외쳤어요.

"가지 마!"

도련님은 가라앉은 목소리로 대답했어요.

"가야겠어. 갈 거야!"

아씨는 문고리를 움켜쥐고 억지를 부렸어요.

"못 가. 아직은 안 돼, 에드거 린턴. 앉아. 그렇게 화난 채로 가버리면 안 되지. 그러면 내가 밤새 괴로울 텐데, 너 때문에 괴로워하긴 싫단 말이야!"

"너 같으면 이렇게 얻어맞고서도 그냥 있을 수 있어?"

아씨는 말문이 막혔지요.

도련님이 내처 말했습니다.

"난 이제 네가 무섭고 부끄러워. 다시는 여기 오지 않을 거야!"

아씨는 눈에 눈물을 머금더니 이내 눈꺼풀을 깜빡였어요.

"게다가 넌 일부러 거짓말을 했어!"

도련님의 말에 아씨는 다시 말문이 터져 항변했어요.

"아니야! 그냥 어쩌다 보니 일이……. 좋아, 갈 테면 가. 가버리라고! 이제부터 난 울 거야. 울다 쓰러질 테야!"

그러고는 바닥에 철퍼덕 주저앉아 의자에 얼굴을 묻고 정말 서럽게 흐느끼기 시작했어요.

에드거 도련님은 마당까지는 결연히 나가더니 거기서 망설이더군요. 제가 그이 마음을 다잡아주기로 마음먹고 크게 외쳤지요.

"아씨는 못 말리는 고집쟁이예요, 도련님. 성질 고약하기가 떼쟁이 아이 같다고요. 얼른 말에 오르셔요. 당장 돌아가시지 않으면, 아씨는 순전히 저희 마음 아프라고 몸져누울 겁니다요."

그 물러터진 양반이 창문을 곁눈질하더이다. 차마 발길이 떨어지지 않았나 봐요. 고양이가 죽이다 만 생쥐나 먹다 만 새를 두고 떠나지 못하는 것처럼요.

전 깨달았지요. 아, 저이를 구하기는 다 틀렸구나. 어쩌겠어, 제 발로 비운의 길을 걷겠다는데!

아니나 다를까, 그이는 불현듯 몸을 돌리더니 하우스로 다시 들어가 등 뒤로 문을 닫았어요. 얼마 후 언쇼 나리가 엉망으로 취해 들어와서 당장에라도 온 집 안이 발칵 뒤집힐 판이라(만취한 나리는 난동을 피우기 일쑤였으니까요) 제가 부리나케 하우스로 알리러 갔더니, 두 젊은이는 그새 화해했을 뿐 아니라 부쩍 더 가까워졌더라고요. 다툼이 젊은 남녀의 어색함을 무너뜨린 덕에 둘은 우정이라는 가면을 벗어던지고 서로의 연정을 확인한 거예요.

힌들리 나리가 돌아왔다는 소식에 린턴 도련님은 급히 말 있는 데로 달려갔고 캐서린 아씨는 자기 방으로 올라갔어요. 전 허겁지겁 헤어턴을 숨기고 주인님 엽총에서 총알을 빼놓았지요. 술김에 흥분한 나리는 총을 만지작거리길 좋아했는데, 그럴 때 누가 자칫 거슬리거나 심지어 지나치게 주의를 끌기만 해도 목숨이 위험했거든요. 그래서 총알을 빼놔야겠다는 생각이 든 겁니다. 행여 주인님이 기어이 방아쇠를 당기더라도 누가 다치는 일은 없어야지요.

09

주인님은 듣기만 해도 무시무시한 욕설을 고래고래 퍼부으며 들어오다가, 자기 아들을 제가 부엌 찬장에 밀어 넣는 장면을 목격했어요. 헤어턴은 아비가 들짐승처럼 좋다고 덤벼들 때나 미친놈처럼 화를 낼 때나 한결같이 당연한 공포를 느꼈습니다. 귀엽다 할 때는 포옹과 입맞춤에 숨이 막혀 죽을 지경이고, 화를 낼 때는 불 속에 던져지거나 벽에 내동댕이쳐질 위험이 있었으니까요. 하여 그 불쌍한 어린것은 제가 어디에 데려다 놓든지 쥐 죽은 듯 가만히 있었답니다.

힌들리 나리는 개 목덜미를 잡아채듯 제 목덜미 거죽을 잡아당겼어요.

"그렇지, 드디어 잡았다! 맹세코 네놈들이 저 아이를 죽이려고 작당을 한 게야! 어째 애가 통 안 보이더라니, 이제야 내 그 까닭을 알았어. 하지만 내 사탄의 힘을 빌려 넬리 네년의 목구멍에 식칼을 박아줄 테다! 웃을 일이 아니야. 방금 내가 케네스를 블랙호스 늪에 거꾸로 처박아 놓고 왔거든. 하나 죽이나 둘 죽이나 매한가지지. 네놈 중에 몇은 죽여놔야 내 속이 편해지겠어!"

"식칼은 사양할래요, 힌들리 나리. 훈제 청어를 썰던 칼이라. 차라리 총을 쏴주시지요."

"차라리 지옥에나 떨어져! 그래, 내가 보내주마. 잉글랜드에 가장이 집안 단속하는 걸 금지하는 법은 없는데, 이놈의 내 집안 꼴이 말이 아니야! 이년, 입 벌려."

그이가 식칼을 집더니 그 끝을 제 잇새로 찔러 넣었어요. 한데 저는요, 주인의 괴벽이 그다지 겁나지 않았단 말이죠. 전 침을 퉤 뱉고서 맛이 비려 도저히 못 먹겠다고 버텼답니다.

주인은 절 놓아주며 말했어요.

"이런! 저 흉측한 어린놈은 헤어턴이 아니로군. 내가 잘못 봤어, 넬리. 저놈이 헤어턴이라면 아비를 보고 달려와 맞아주진 못할망정 요괴라도 만난 양 빽빽댄 벌로 산 채로 살가죽을 벗겨야 마땅하지. 어이, 이상한 새끼, 이리 오너라! 내 너에게 맘씨 좋고 잘 속는 아비 구워삶는 법을 가르쳐주마. 한데 이놈, 귀 끝을 자르면 더 잘생겨 보일 것 같지 않아? 그러면 개는 더 사나워지는데. 난 뭐가 사나워야 좋더라. 가위 좀 가져와 봐. 사납고 깔끔한 게 좋지! 게다가 그건 지독한 가식이야. 귀 따위를 애지중지하는 건 돼먹지 않은 허세라고. 귀가 없어도 우린 충분히 개자식인걸. 쉿, 야, 쉿! 어, 그래, 이거 내 새끼 맞네! 조용, 눈물도 뚝 하자. 아이고 예쁘다, 뽀뽀하자. 뭐? 안 해? 뽀뽀해, 헤어턴! 망할 자식, 뽀뽀하라니까! 제기랄, 내가 이런 괴물 새끼를 곱게 키워줄 것 같아? 내 기필코 이 새끼 모가지를 부러뜨릴 테다.”

그동안 가엾은 헤어턴은 아버지 품에서 울며불며 기를 쓰며 버둥거렸고, 아버지가 자기를 안고서 위층으로 올라가 난간 위로 번쩍 들어 올렸을 때는 두 배로 크게 비명을 내질렀지요. 저는 아이가 식겁해 경기라도 일으키면 어떡하냐고 소리 지르며 아이를 구하러 달려갔어요.

제가 위층에 이르렀을 때 흔들리는 손에 무엇이 들렸는지도 잊은 듯 난간 위로 상체를 내민 채 아래층 소리에 귀를 기울이고 있었어요.

“누구지?”

누군가 계단 쪽으로 다가오는 발소리가 들렸거든요.

히스클리프라는 걸 알아차린 저는 오지 말라고 신호할 셈으로 역시 난간 밖으로 몸을 내밀었어요. 한데 제가 눈을 떼는 순간 헤어턴이 별안간 몸을 뒤틀었고 무의식중에 느슨해진 아버지 손아귀를 빠져나가 아래로 곤두박질하는 게 아니겠어요?

공포의 전율을 경험할 새도 없이 우리는 어린것이 무사하다는 걸 알았어요. 그 아찔한 순간에 때마침 난간 바로 밑에 도착한 히스클리프가 떨어지는 아이를 엉겁결에 받은 거예요. 녀석은 아이를 세워놓고서 누가 이런 사고를 쳤는지 알아보려고 위를 올려다봤어요.

어제 5실링에 팔아버린 행운의 복권이 오늘 5천 파운드에 당첨된 사실을 알게 된 수전노라도 위층 난간의 힌들리 언쇼를 본 히스클리프처럼 허망한 표정을 지을 수는 없었을 거예요. 복수를 벼르던 자신이 도리어 그 복수를 방해하는 도구가 된 데 대한 지고의 통한이 말보다 더 뚜렷하게 그 표정에 드러났지요. 어두웠더라면 아마 헤어턴의 머리통을 계단에 내려쳐 박살을 내서 실수를 만회하려 했을 거예요. 한데 모두가 훤히 그 구명 장면을 목격했단 말이죠. 즉시로 제가 달려 내려가 제 책임인 소중한 아이를 품에 안기도 했고요.

힌들리는 술이 깨고 겸연쩍은지 뭉그적대며 내려와서는 공연히 절 탓했어요.

"네 잘못이야, 엘렌. 애를 안 보이는 데다 치워놨어야지. 내 손에 있거든 냉큼 데려갔어야지! 어디, 애는 괜찮고?"

전 버럭 소리쳤어요.

"괜찮냐고요? 죽지 않음 바보가 될 판이에요! 아이고! 애를 아버지가 이리 막 대하는데 왜 아이 어머니가 무덤에서 벌떡 일어나지 않나 몰라. 야만인도 자기 혈육한테 이런 짓은 하지 않아요!"

그 인간이 아이를 만져보려 하더군요. 아이는 제 품에 있다는 걸 알고서 울음을 그친 터였는데, 아버지 손길이 닿자마자 아까보다 더 크게 악을 쓰며 자지러질 듯이 몸부림을 쳤어요.

"가만히 좀 둬요! 애가 싫어하잖아요! 다들 나리를 싫어한다고요! 참말이에요! 참 단란한 집구석이에요. 꼴좋은 게 나리한테 딱 어울립니다그려!"

이 말귀 못 알아먹는 작자가 그새 도로 기가 살아서는 껄껄 웃더군요.

"내 꼴은 더 좋아질 거야, 넬리. 일단 넌 애 데리고 나가봐. 그리고 네놈도 들어, 히스클리프! 너도 썩 꺼져. 내 손에도 귀에도 안 닿는 데로……. 내 오늘 밤 널 죽이진 않겠다. 뭐, 내가 이놈의 집구석에 불이라도 놓으면 또 모르지. 한데 어쩐지 그쪽으로 마음이 기우는걸."

말하면서 그치는 장식장에서 1파인트짜리 브랜디 병을 꺼내어 커다란 잔에 콸콸 부었어요.

전 사정하며 말려봤지요.

"아유, 안 돼요! 나리, 제발 말 좀 들읍시다. 본인 몸이야 어찌 되든 상관없다손 쳐도, 이 운수 사나운 아이를 건사할 생각은 해야죠!"

"누가 건사하든 나보다 잘할 게야."

"나리 영혼을 건사하시라고요!"

제가 팩 쏘아붙이며 술잔을 빼앗으려 들자 그 인간은 불경한 소리를 지껄였어요.

"난 됐어! 내 영혼 따위 기꺼이 지옥 불에 내던져 그 창조주라는 놈을 혼쭐내 주겠어. 자, 내 영혼의 건강한 지옥 생활을 위하여!"

독주를 들이켜고서 그치는 다들 썩 나가라고 재우쳤어요. 말끝에다 욕설을 길게 덧붙였는데 하도 끔찍해서 차마 제 입으로 옮기기도 기억을 되짚기도 싫네요.

문이 닫히자 이번에는 히스클리프가 혼잣말로 맞받아 구시렁댔어요.

"저리 술독에 빠져도 뒈지질 못하는 한심한 새끼! 저는 뒈지려고 용을 쓰는데 그놈의 몸뚱이가 받쳐줘야 말이지. 케네스 영감이 자기 암말을 걸고 장담하데, 저놈이 기머턴 이편에서 제일 오래 살 놈이라고. 운 좋게 희귀한 사고라도 당하지 않는 한 백발이 성성하도록 죄짓고 살다 무덤에 갈 거라고."

전 부엌으로 들어가 제 어린양을 달래어 재우려 앉았

어요. 히스클리프는 헛간으로 나간 줄 알았는데 나중에 알고 보니 아니었어요. 부엌방 끄트머리 나무의자 뒤쪽, 화덕에서 먼 벽을 향해 놓인 장의자에 누워 잠자코 있었더라고요.

전 무릎에 헤어턴을 누이고 살살 어르며 흥얼흥얼 자장가를 불렀어요.

깊은 밤에 얼라가 울고,
땅 밑 무덤서 어미가 듣고,

내내 자기 방에서 바깥의 소란을 듣고만 있던 캐시 아씨가 그제야 부엌 문틈으로 머리를 디밀고 속삭였어요.

"혼자야, 넬리?"

"그런데요, 아씨."

아씨가 들어와 화덕 쪽으로 다가왔어요. 할 말이 있나 보다 싶어 제가 올려다봤지요. 불안하고 초조한 표정이더군요. 뭔가 말할 것처럼 입술을 떼고 숨을 들이켰지만 정작 뱉은 것은 한숨뿐이었어요.

전 다시 노래를 흥얼거렸어요. 그날 아씨에게 당한 수모를 아직 잊지 않았으니까요.

아씨는 제 노래를 끊으며 물었어요.

"히스클리프는 어디 있어?"

"마구간에서 일하겠죠."

녀석은 아니라고 하지 않았어요. 깜빡 졸고 있었나 봐요.

다시 한번 긴 침묵이 흘렀어요. 그사이 눈물 한두 방울이 아씨 뺨을 타고 흘러 바닥으로 똑똑 떨어지데요.

전 자문했지요. 설마 미안한 건가? 별일이 다 있군그래. 아니, 그럼 할 말이나 후딱 할 것이지. 내가 거들어주나 봐라!

오산이었어요. 암요, 캐서린 언쇼가 자기 말고 다른 사람의 곤욕에 마음을 쓸 리 없지요.

마침내 아씨가 한탄했어요.

"아, 어떡하지? 나 너무 불행해!"

전 퉁명스레 대꾸했죠.

"거참 딱하네요. 행복하기 어려워서 어쩐대요. 신경 써주는 사람은 그렇게 많고 신경 쓸 일은 그렇게 적은데 당사자는 도통 만족할 줄을 모르니!"

"넬리, 비밀 지켜줄 테야?"

아씨는 다짜고짜로 물었어요. 옆에 꿇어앉아 제 얼굴을 올려다보는 아씨의 귀여운 눈빛은 아무리 화낼 이유가 차고 넘치는 사람이라도 도저히 화낼 수 없게 만드는 그런 것이었어요.

전 조금 누그러진 말투로 되물었지요.

"지킬 만한 비밀이에요?"

"응, 너무 괴로워서 털어놓지 않고는 못 견디겠어! 어쩌면 좋을지 모르겠어. 오늘 에드거 린턴이 나한테 청혼했고, 난 답을 줬어. 자, 승낙했는지 거절했는지는 차차 말해줄 테니까, 내가 뭐라 답했어야 하는지 넬리가 먼저 얘기해 줘."

"어머나 아씨, 그걸 제가 어찌 알아요? 하기야 오늘 오후 도련님 계신 자리에서 아씨가 보인 추태를 생각하면 거절하는 쪽이 현명하리라 사료됩니다만. 그런 꼴을 보고도 청혼했으니 보나 마나 대책 없이 어리석거나 무모한 사내겠지요."

"그런 식으로 나오면 나도 더는 말 안 할래."

아씨는 뾰로통해져서 일어서더니 곧이어 말했어요.

"승낙했어, 넬리. 그러니까 빨리 말해봐. 내가 잘한 거야, 잘못한 거야?"

"승낙했다면서요! 그래놓고 이제 와 왈가왈부해서 뭐 하려고요? 이미 약속한 걸 무를 수도 없는데."

"내가 잘했는지 아닌지나 말해. 얼른!"

아씨는 왈칵 짜증을 내며 다그쳤어요. 손바닥을 비비며 오만상을 썼지요.

전 짐짓 점잔을 빼며 말했어요.

"그 질문에 옳게 답하자면 먼저 고려할 것이 많아요. 첫째, 아씨는 에드거 도련님을 사랑합니까?"

"말이라고 해? 당연히 사랑하지."

그때부터 저는 사랑의 교리문답을 이어갔습니다. 스

물두 살 계집에게 그 정도 자격은 있었지요.

"왜 그이를 사랑합니까, 캐시 양?"

"뭔 헛소리야. 사랑하면 그만이지."

"그럴 리가요. 이유를 말씀하셔야 합니다."

"음, 잘생겼잖아. 같이 있으면 기분 좋고."

"틀렸어요!"가 제 평가였습니다.

"그리고 그이는 젊고 쾌활하니까."

"역시 틀렸습니다."

"그리고 날 사랑하니까."

"그나마 좀 낫네요, 계속해 봐요."

"그리고 그이는 부자가 될 거니까. 난 동네에서 제일 가는 부인이 되어 좋고, 그런 남편을 둔 게 자랑스러울 테니까."

"최악이에요! 자 그럼, 그이를 얼마나 사랑하는지요?"

"남들 다 사랑하는 만큼이지. 유치해, 넬리."

"전혀요. 대답하세요."

"그이 발밑의 땅, 그이 머리 위의 하늘, 그이 손이 닿는 모든 것과 그이 입에서 나오는 모든 말을 사랑해. 그이 표정 하나하나, 행동 하나하나, 그이 자체, 이 전부를 사랑한다고. 이제 됐어?"

"그러니까 왜요?"

"관둬. 사람 놀리기나 하고. 정말 못돼 처먹었어! 나한 텐 이게 장난이 아니란 말이야!"

아씨는 팩 토라지며 불 쪽으로 얼굴을 돌렸어요.

"절대로 놀리는 거 아닙니다, 캐서린 아씨. 에드거 도련님을 사랑하는 이유가 그이가 잘생기고 젊고 쾌활하고 부자고 또 아씨를 사랑해서라고요? 한데 마지막 이유는 그야말로 부질없어요. 그렇지 않아도 아씨는 그이를 사랑했을 것이고, 그렇다 해도 앞의 네 가지 이유가 없었다면 아씨는 그이를 사랑하지 않았을 테니까요."

"맞아, 사랑하지 않았을 거야. 그저 동정했겠지. 못생긴 촌뜨기였으면 오히려 싫어했을걸?"

"하지만 잘생기고 돈 많고 젊은 사내가 세상에 어디하나뿐입니까? 그이보다 더 잘생기고 돈도 더 많은 사내가 있을 수도 있는데. 그들을 사랑하지 못할 까닭은 무어죠?"

"그런 남자가 있다 한들 내 주변에 없잖아. 내 평생 에드거 같은 남자는 만난 적이 없어."

"조만간 만날지도 모르죠. 그이도 평생토록 잘생기고 젊을 수는 없어요. 평생 부자이리란 법도 없고요."

"지금은 그렇잖아. 난 현재를 얘기하는 거야. 이치에 맞는 얘길 하라고, 넬리."

"그렇다면 답이 나왔네요. 오로지 현재만 본다면, 린턴 도련님과 혼인하셔요."

"넬리 허락을 구하는 게 아니야. 혼인은 할 거야. 다만 그게 잘하는 짓인지 아닌지를 얘기해 달라니까 왜 자꾸

딴소리야?"

"더없이 잘하는 짓이죠, 현재만 생각하며 혼인하는 게 으레 잘하는 짓이라면. 그럼 이제는 아씨가 왜 그렇게 불행한지나 들어봅시다. 아씨 오라버니는 기뻐할 테고…… 저쪽 어르신들도 반대하시진 않을 것 같고. 아씨는 어수선하고 편치도 않은 집구석을 벗어나 부유하고 번듯한 집안으로 시집가는 거고. 아씨가 도련님을 사랑하고 도련님도 아씨를 사랑하고. 모든 게 순조롭고 쉬워 보이는데요. 뭐 하나 걸리는 구석이 없잖아요?"

"여기! 그리고 여기!"

아씨는 한 손으로 이마를 짚고 다른 한 손으로 가슴을 치면서 대답했어요.

"어느 쪽이건 간에 영혼 있는 데가 걸린다고. 내 영혼과 심장이, 내가 틀렸다는 확신에 차 있단 말이야!"

"거 참 희한한 얘길 다 하시네! 전 못 알아듣겠어요."

"이게 내 비밀이야. 설명해 볼 테니까 놀리지나 마. 명확하게 설명할 순 없지만 내 심정이 어떤지를 얘기해 볼게."

아씨는 다시 제 옆에 앉았어요. 표정이 점점 슬프면서도 어두워지고, 맞잡은 손을 바들바들 떨기까지 했어요.

몇 분쯤 그렇게 생각에 빠져 있더니 불쑥 묻더라고요.

"넬리는 괴상한 꿈 꿔본 적 있어?"

"예, 가끔 꿔요."

"나도 그래. 깨고 나서도 줄곧 머리에 남아서 생각까지 바뀌버리는 그런 꿈들을 꾸거든. 맹물에 포도주가 섞이듯 그런 꿈들이 내 안에 퍼지고 퍼져서 결국엔 내가 품은 생각의 색깔이 달라지는 거야. 이것도 그런 꿈이야. 말해줄게. 근데 무슨 얘기가 나와도 웃으면 안 돼, 조심해 줘."

전 펄쩍 뛰었어요.

"아이고! 하지 마요, 아씨! 속 시끄럽게 유령이니 환영이니 불러내지 않아도 충분히 음산한 집구석이잖아요. 자, 자, 기운 내시고, 아씨답게 명랑해집시다! 우리 헤어턴 좀 봐요! 얘가 꾸는 꿈은 조금도 우울하지 않은가 봐요. 자면서 웃는 게 어찌나 귀여운지!"

"그래, 얘 아버지가 혼자서 욕하는 건 또 얼마나 귀엽겠니! 넬리는 그 인간이 꼭 얘만 했을 때, 이렇게 통통하고 어리고 순진무구했을 때를 기억할 테니까 말이야. 좌우지간 넬리, 내 얘기 꼭 들어줘야 해. 길게 안 할게. 오늘 밤은 명랑할 기운도 없어."

전 다급히 거듭 마다했어요.

"싫어요, 안 들을래요!"

지금도 그렇지만 그때도 전 꿈에 관한 미신을 갖고 있었거든요. 게다가 아씨 표정에 전에 없이 음울한 기운이 서려 있어서, 혹 무서운 재앙을 예감케 하는 불길한 이야기를 듣게 될까 봐 두렵더라고요.

아씨는 신경질을 내면서도 더 밀어붙이지는 않았어요. 한데 딴 얘기를 꺼내는 것 같더니 이내 또 이러는 거예요.

"있잖아, 넬리, 난 천국에 가면 죽도록 비참할 것 같아."

"그야 아씨는 그곳에 어울리지 않으니까요. 죄인한테 천국이 편할 리 있나요."

"그런 게 아니야. 한번은 내가 천국에 있는 꿈을 꿨는데……."

저는 다시 아씨 말을 가로막았어요.

"아씨 꿈 얘기는 듣기 싫다고요! 전 이만 가서 잘래요."

제가 정말 일어나려 하자 아씨는 웃으며 절 붙잡아 앉혔어요.

"이건 별거 아냐. 그저, 천국은 내가 살 곳이 아닌 것 같더라는 얘기지. 그래서 내가 지상으로 돌아오려고 억장이 무너지도록 울었더니, 천사들이 몹시 노여워하며 날 집어다 워더링 언덕배기 히스 밭 한복판으로 내던져 줘서 이번엔 기뻐 울다가 꿈에서 깼어. 이거면 다른 꿈 얘기가 아니어도 내 비밀이 설명될 거야. 나로서는 에드거 린턴과 혼인하는 일이 천국에 가는 것과 같아. 그러면 안 되는 거라고. 저기 저 사악한 인간이 히스클리프를 비천한 신세로 끌어내리지만 않았어도 난 이런 혼인은 할 생각조차 안 했을 거야. 그렇다고 지금 상태로 히스클리프랑 혼인하면 내 격이 떨어지고. 그러니까 내가 걜 얼마나 사랑하는지 걔는 절대 알면 안 돼. 걔가 잘생겨서가 아니야, 넬리. 나보다 더 나 자신이기 때문에 사랑하는 거야. 무엇으로 만들어졌건 간에 걔와 나의 영혼은 같아. 린턴의 영혼과는 다르지. 번개와 달빛만큼, 불과 서리만큼 달라."

아씨가 말을 맺기 전에 전 히스클리프가 거기 있었다는 걸 알게 됐어요. 인기척이 나서 돌아봤더니 녀석이 장의자에서 일어나 슬그머니 빠져나가더라고요. 자기랑 혼인하면 격이 떨어진다는 대목까지 듣고서 그냥 나가버린 거예요.

바닥에 앉아 있던 아씨는 높은 의자 등받이에 시야가 가린 탓에 녀석이 있는 것도 나가는 것도 보지 못했고요. 하지만 전 흠칫 놀라 "쉿!" 하며 아씨 입을 막았지요.

"왜?" 하고 물으며 아씨도 불안한 기색으로 주위를 살폈어요.

때마침 길 쪽에서 조지프의 수레 소리가 들려오기에 전 냉큼 둘러댔어요.

"조지프가 돌아왔네요. 히스클리프도 같이 왔을 거예요. 벌써 문 앞까지 왔을지도 몰라요."

"뭐, 문밖까지 들리진 않았겠지! 헤어턴은 내가 볼 테니 넬리는 저녁상이나 차려. 다 되거든 불러, 같이 먹게.

히스클리프는 아무것도 모르겠지? 아무리 양심에 찔려도 난 그렇게만 믿고 싶네. 모를 거야, 그치? 걘 사랑이 뭔지도 모르잖아!"

"아무렴 아씨가 아는 것을 녀석인들 모를까요. 한데 녀석이 아는 사랑이 하필 아씨라면, 세상에 그보다 더 불행한 이는 없을 거예요! 아씨가 린턴 부인이 되는 날로 녀석은 벗도 잃고 사랑도 잃고 전부 잃어요! 생각이나 해봤어요? 아씨는 그 이별을 어찌 견디며, 녀석은 세상천지에 외톨이 신세를 어찌 견딜까요? 왜냐면요, 아씨……."

아씨는 발끈해 외쳤어요.

"외톨이 신세라니! 이별이라니! 감히 누가 우릴 갈라놓아? 그랬다간 밀로의 최후*를 맞이할 텐데! 내가 살아 있는 한엔 어림없어, 엘렌. 내가 히스클리프를 등지겠노라 할 날보다 이 세상 린턴이라곤 죄 씨가 말라버리는 날이 먼저일걸? 난 그럴 생각이 없거든, 결단코 그럴 뜻이 없거든! 그런 대가를 치르면서까지 린턴 부인이 되지는 않을 거거든! 걔는 평생토록 나한테 중한 사람이야. 지금껏 그랬고 앞으로도 마찬가지야. 에드거가 반감을 버려야만 해. 정 싫거든 참기라도 해야지. 걜 향한 내 진심을 알게 되면, 그래, 그인 그리해 줄 것이야. 이제 보니 넬

---

* 기원전 6세기 크로톤 출신의 전설적인 레슬링 선수로, 맨손으로 나무줄기를 쪼개려다 손이 끼여 늑대 떼에 잡아먹혔다고 전해진다.

리, 날 이기적인 년으로 여기는구나? 근데 이런 생각은 안 들어? 히스클리프랑 나랑 혼인하면 둘 다 거지밖에 더 되겠어? 하지만 내가 린턴이랑 혼인하면, 히스클리프가 천대받지 않게 도와줄 수 있어. 내 오라비 힘이 닿지 않는 곳에서 살게 할 거야."

제가 물었어요.

"남편 돈으로 말이죠, 아씨? 아씨 생각처럼 그이가 그리 호락호락하지는 않을걸요. 그리고 제가 시시비비를 판단할 입장은 못 되지만요, 린턴가 도련님의 부인이 되겠다고 마음먹은 동기랍시고 아씨가 여태 댄 것 중에 전 이번 것이 최악이라고 봐요."

아씨는 반박했어요.

"아니야. 오히려 최고지! 다른 것들은 내 기분 내키는 대로 말한 장점이고 에드거도 흡족해할 만한 것이었어. 하지만 이건 에드거와 나 자신에 대한 내 감정을 저절로 이해하는 사람을 위한 거야. 뭐랄까, 넬리든 어느 누구든, 자기를 넘어서는 자기가 존재한다고 또는 존재해야 한다고 느끼잖아. 여기 이 몸뚱이에 담긴 내용물이 내 존재의 전부라면 내가 태어난 게 무슨 소용이야? 내 세상의 중대한 비극들은 히스클리프가 겪는 비극들이었어. 나도 처음부터 낱낱이 보고 느꼈지. 내 삶의 중대한 생각은 그 애 자체야. 만일 다른 모든 게 소멸하고 그 애만 남는다면 난 그래도 계속 존재할 수 있어. 만일 다른 모든 게 남고 그 애만 사라진다면 이 우주는 지극히 낯설어질 거야. 내가 그 일부라는 느낌이 없겠지. 린턴을 향한 내 사랑은 숲속 나뭇잎 같아서, 겨울이 되면 나무들이 변모하듯 시간이 흐르면 그 사랑은 변하리란 걸 난 잘 알고 있어. 히스클리프를 향한 사랑은 나무들 아래 영원한 바위와 같아. 눈에 보이는 행복의 근원은 아니어도, 필연적인 거라고. 넬리, 내가 곧 히스클리프야! 그 애는 언제나, 언제까지나 내 마음속에 있어. 고작 내게 기쁨을 주는 존재가 아니라, 나 그 자체로 내 안에 있단 말이야. 나 자신이 항상 내게 기쁨만 안기는 건 아니잖아. 그러니 우리가 헤어진다는 말은 두 번 다시 하지 마. 그건 있을 수 없는 일이고, 또⋯⋯."

아씨는 말을 끊고 제 옷자락에 얼굴을 파묻더군요. 하지만 전 억지로 옷자락을 잡아 뺐어요. 그 터무니없는 장광설을 당최 참아줄 수 있어야지요!

"그 말 같지도 않은 말을 들으면서 제 깜냥에 뭐 하나라도 헤아려지는 게 있다면, 아씨는 혼인에 따르는 의무를 전연 모르는 모양입니다. 그게 아니라면 악랄하고 파렴치한 계집인 게죠. 더는 비밀을 운운하며 절 괴롭히지 말아요. 비밀 지키겠다는 약조도 안 할 거예요."

"이 비밀은 지켜줄 거지?"

아씨가 간절히 물었지만 제 대답은 똑같았어요.

"아뇨, 약조 못 합니다."

아씨는 떼를 쓸 기세였지만 조지프가 들어오는 바람에 대화 자체가 끝나버렸어요. 아씨는 구석 자리로 옮겨 앉아 헤어턴을 돌봤고 저는 저녁 식사 준비를 했지요.

식사 준비가 끝나자 누가 주인님에게 저녁거리를 가져다줄 것이냐를 두고 저와 조지프가 다투기 시작했어요. 음식이 거의 식도록 결론을 내지 못하다가, 결국 주인님이 저녁상을 내오라 할 때까지 놔두기로 합의했답니다. 얼마간 혼자 있었던 힌들리 근처로 가는 건 특히나 겁나는 일이었거든요.

"한데 우째 이놈의 식충이는 이때까정 안 온다니? 들밭서 멀 허고 자빠진나? 게글러터진 놈의 자슥!"

조지프 영감이 히스클리프를 찾아 두리번거리기에 제가 나섰어요.

"내가 불러올게요. 틀림없이 헛간에 있을 거예요."

그길로 나가서 녀석을 불렀지만 대답이 없었어요. 돌아오자마자 전 캐서린 아씨한테, 아까 녀석이 아씨 얘기를 웬만큼 들어버린 것 같다, 개 신세를 망쳤다며 아씨가 오라비를 탓하던 순간에 녀석이 부엌에서 나가더라, 하고 귀띔했어요.

아씨는 깜짝 놀라 벌떡 일어나더니 헤어턴을 의자에 던지다시피 내려놓고 직접 동무를 찾으러 뛰쳐나갔어요. 자기가 왜 그리 허둥대는지, 자기 얘기가 그 애에게 어떻게 들렸을지 생각해 볼 겨를도 없었지요.

한참이 지나도 아씨가 돌아오지 않아서 조지프는 더 기다리지 말자더군요. 자기가 올리는 지루한 식전 기도를 듣지 않으려고 둘이서 일부러 늑장을 부리는 거라면서요. 교활한 영감탱이, "몬 할 짓이 없는 후레자슥들"이라고 욕을 합디다. 그날 밤 조지프는 평소 15분에 걸쳐 행하는 식전 기도에다 두 아이를 위한 특별 기도를 추가한 데 이어 또 무슨 기도를 덧붙일 참이었는데, 그때 아씨가 달려 들어오더니 다급히 조지프더러 대문 밖으로 나가보라고 했어요. 히스클리프가 어디 있든지 당장 찾아서 데려오라고요.

"걔한테 할 말이 있어서 그래. 자러 들어가기 전에 꼭 해야겠어. 대문이 열려 있던데, 어디 멀리 나갔나 봐. 축사 지붕에 올라가서 목청이 터져라 불렀는데도 대답이 없어."

조지프는 일단 싫다고 했지만 아씨가 정색하고 닦달을 해대니 하릴없이 결국 모자를 챙겨 쓰고 구시렁대며 나갔어요.

그동안 캐서린 아씨는 이리저리 서성이며 하소연했어요.

"어디 있는지 모르겠네! 대체 걘 어디로 간 거야! 내가 뭐라고 했지, 넬리? 생각이 안 나. 아까 내가 기분 나쁘게 굴어서 화가 났나? 어떡해! 말해줘, 내가 무슨 말을 했기에 걔 맘이 상했을까? 돌아와야 할 텐데. 정말 와야 하는데!"

저 역시 마음이 편치 않았지만 짐짓 큰소리를 쳤지요.

"별일도 아니고만 왜 이리 난리예요! 하이고, 걱정도 팔자라더니! 히스클리프가 달밤에 벌판을 배회하든 우리랑 말하기 싫어서 건초 다락에 누워 있든 그리 안달복달할 일은 아니잖아요. 보나 마나 건초 다락으로 기어 올라갔을 거예요. 제가 찾아서 끌고 올 테니 두고 봐요!"

제가 다시 한번 찾아 나섰지만 헛수고였고, 조지프도 혼자 돌아왔답니다.

그치는 돌아오자마자 불평을 늘어놓았어요.

"이늠의 자슥, 갈수록 못씨먹겠다! 대문을 팬하니 열어놓아서리 아씨 조랑말이 옥시기밭 두 이랑을 밟아 뭉기고 초지로 내재깄다 아이니! 날 밝으믄 쥔 나리가 펄펄 뛸 기라. 암만, 기래야지. 기리 겡솔하고 씰모없는 늠을 한량없이 봐주믄 쓰나! 나리가 암만 너구룹다 해도 그늠을 운제까지고 봐주진 않을 기라. 두고 보믄 마카 안다! 팬히 그 냥반 돈치게 하믄 절대루 아이 돼!"

EMILY BRONTË

아씨가 영감의 말을 잘랐어요.

"됐고 영감탱이, 히스클리프는 찾았어? 내가 시킨 대로 잘 찾아봤어?"

"차라리 말 새끼를 찾어보라 카소. 그기 맞는 기라. 갠데 말이고 사램이고 이런 밤에는 몬 찾는다 안 하요. 굴뚝매름 컴컴하구마이! 그래구 히스클리프 그늠이 어데,

나가 쉬파람 분다고 싸게 올 늠이오? 아씨가 부르믄 또 모를까!"

과연 여름철 저녁치고 무척이나 어두웠습니다. 먹구름을 보아하니 곧 천둥이 칠 듯하여 전 다들 집 안에서 기다리는 편이 낫겠다고 했어요. 비가 오면 분명 녀석도 별수 없이 제 발로 집에 돌아올 거라고요.

하지만 어떻게 해도 캐서린 아씨를 진정시킬 수는 없었어요. 아씨는 한시도 가만있지 못하고 노심초사하며 이리저리 서성이고 대문과 현관을 왔다 갔다 하다가 끝내는 한길과 가까운 담장 안쪽에 자리를 잡더라고요. 제 성화나 우르릉 울리는 천둥이나 막 쏟아지기 시작한 굵은 빗방울도 아랑곳하지 꿋꿋하게 버티고 서서 이따금 녀석의 이름을 외쳐 부르고 귀를 기울이고 하더니 급기야 울음을 터뜨리지 뭐예요. 아씨가 북받쳐 울 적에는 헤어턴이나 세상 어떤 어린애도 저리 가라 할 정도였지요.

모두 깨어 있던 자정 무렵, 폭풍우가 맹렬한 기세로 불어닥치며 온 집을 뒤흔들었어요. 사나운 돌풍이 휘몰아치는 동시에 천둥이 꽝 울리면서 건물 모퉁이에 있던 나무 한 그루가 쪼개졌고, 큰 가지가 지붕으로 떨어지면서 굴뚝의 동쪽 일부가 무너져 벽돌 파편과 검댕이 부엌 화덕 안으로 우수수 쏟아졌어요.

우린 집 한복판에 벼락이 떨어진 줄 알았죠. 조지프는 냅다 무릎을 꿇고 엎드리더니, 주여, 이스라엘 족장 노아와 롯*을 기억하시어 옛날에 그리하셨듯이 신을 섬기지 않는 자를 치시되 의인은 살려주소서, 하고 빌더군요. 제게도 그것은 필시 우리에게 내린 심판이리라는 느낌이었어요. 제 머릿속에 요나**는 언쇼 나리였기 때문에, 전 그이가 아직 살아 있는지 확인하고자 방문 손잡이를 흔들어보았답니다. 분명히 들리는 나리의 욕지거리에, 조지프는 자기 같은 성자와 주인 같은 죄인을 확실히 구분해 주십사고 한층 더 요란하게 아우성치며 기도를 올렸어요. 하지만 일대 소동은 20분 만에 지나갔고 우리 모두 무사했어요. 다만 보닛도 숄도 없이 한사코 밖에 서 있었던 캐시 아씨는 머리고 옷이고 함빡 젖었지요.

마침내 집에 들어온 아씨는 젖은 몸 그대로 나무의자에 등받이를 보는 방향으로 누워 두 손바닥에 얼굴을 묻었어요.

전 아씨 어깨에 손을 얹고 타박을 놓았어요.

"아유, 아씨! 죽고 싶어 환장했어요? 지금이 몇 시인지 알아요? 12시 반이에요. 자, 얼른 자러 갑시다! 그 바보 녀석을 더 기다려봤자 소용없어요. 기머턴에 갔겠죠, 오늘 밤은 거기서 묵을 테고. 우리가 이리 늦게까지 자길

EMILY BRONTË

---

* 「베드로후서」 2장 5~7절, '옛 세상을 용서하지 아니하시고 오직 의를 전파하는 노아와 그 일곱 식구를 보존하시고 경건하지 아니한 자들의 세상에 홍수를 내리셨으며/ 소돔과 고모라 성을 멸망하기로 정하여 재가 되게 하사 후세에 경건하지 아니할 자들에게 본을 삼으셨으며/ 무법한 자들의 음란한 행실로 말미암아 고통당하는 의로운 롯을 건지셨으니.'
** 「구약성서」의 인물로, 하느님의 명을 거역하고 배를 타고 도망치다 큰 폭풍우를 만나 바다에 내던져진다.

기다리는 줄은 모를 거예요. 끽해야 힌들리 나리만 깨어 있을 거라 생각하고, 나리가 문을 열까 봐 안 오는 거라고요."

조지프가 끼어들었어요.

"아이다, 아이야, 기머턴은 무신! 재없이 늪 구뎅이에 빠진 기라. 하늘이 노한 까탄이 있갔지. 고마 아씨도 조심하소, 다음 채례인지도 모리니까. 만사에 하느님께 감사할진저! 무릇 씨레기 가운치서 '부르심을 입은 자들에게는 모든 것이 합력하여 선을 이루느니라.'* 성경책에 다 있다이."

그러고는 성서 내용을 몇 구절 더 주워섬기며 몇 장 몇 절인지까지 일러주더군요.

저는 아씨에게 이만 일어나 젖은 옷을 갈아입으라고 애걸했지만 이 고집불통이 들은 체도 안 하지 뭐예요. 해서 조지프가 뭐라 떠들건 말건, 아씨가 오들오들 떨건 말건, 저는 주위 사람들도 모두 잠든 양 곤히 자는 헤어턴을 데리고 자러 들어갔어요.

잠시 조지프의 성경 읽는 소리가 들렸어요. 이후에 사다리를 타고 느릿느릿 올라가는 기척까지 듣고서 저도 곯아떨어졌지요.

이튿날 아침, 평소보다 조금 늦게 내려갔는데, 덧창 틈새로 비쳐드는 햇빛이 여태 화덕 앞에 있던 캐서린 아씨

* 「로마서」 8장 28절.

를 비추더군요. 하우스 문도 살짝 열려 있었고 열린 창을 통해 빛이 들어와서, 진즉 나와 화덕 옆에 선 힌들리 나리의 초췌하고 졸린 얼굴도 알아볼 수 있었어요.

제가 부엌에 들어섰을 때 나리는 아씨에게 말하고 있었어요.

"어디 아프냐, 캐시? 물에 빠져 죽은 개새끼 꼴이야. 왜 그리 핼쑥하니 축 처져 있어?"

아씨는 마지못해 답했어요.

"비를 맞았어. 추워서 그래. 그뿐이야."

전 주인님이 그런대로 제정신인 걸 보고 소리쳤지요.

"아이고, 말도 마세요! 엊저녁에 비를 쫄딱 맞고선 밤 새워 저러고 앉았답니다. 제가 통사정을 해도 꼼짝을 않지 뭐예요."

언쇼 나리는 놀란 눈으로 우릴 응시했어요.

"밤을 새웠어? 왜? 설마 천둥이 무서워서는 아닐 테고. 그게 벌써 몇 시간 전인데."

아씨도 저도 히스클리프가 없어졌다는 얘기는 가능한 한 숨기고 싶었어요. 저는 아씨가 어째서 밤을 새웠는지 모른다고 답했고 아씨도 아무 말 않더라고요.

상쾌하고 시원한 아침이었어요. 창문을 열어젖히자마자 향긋한 뜰 내음이 부엌을 가득 채웠지요. 하지만 캐서린 아씨는 역정을 냈어요.

"엘렌, 창문 닫아. 얼어 죽겠어!"

그러고는 이를 딱딱 부딪치며 다 꺼져가는 화덕 불 쪽으로 몸을 더 웅크리는 거예요.

힌들리 나리가 아씨 손목을 잡았어요.

"병이 났구먼. 그래서 잠을 못 잔 게야. 제기랄! 이 집 구석에 더 이상의 우환은 사양인데. 아니, 비는 왜 맞고 난리야?"

저와 아씨가 머뭇거리는 틈에 조지프가 이때다 하고 그 간특한 혀를 놀려댑디다.

"노상 사내들 꽁무이만 쫓예댕기잖애요! 지가 쥔 나리믄요, 귀인이고 천것이고 할 것 읎이 그 낯짝 앞서 대문짝을 쾅 닫어글갔소! 나리만 안 기신다 카믄 그 린턴가 자슥이 괭이매루 실그마이 게들어온다 안 하요. 하믄 저 깨잘난 넬리 양이 요 부엌에 앉아 망을 보고, 그래다 나리가 이짝 문으로 들어오믄 그치는 저짝 문으로 내재는 기라요. 갠데 그기 다가 아이라, 대단하신 우리 아씨께서는 따치로 통정을 하러 가신대요! 자정 넘은 오밤중에 그 추잡시런 집시 새끼 히스클리프 늠하구 들판에 숨어 노닥기리니, 거 참말로 잘하는 짓이지요! 나가 눈뜬장님인 줄 알지? 아이야, 아이고말고! 린턴 그늠아가 들라닥 날라닥하는 거이 내사 다 봤다 아이가. 그래고 (이번엔 저를 겨냥하며) 네 이년, 아무짝에 쓸모읎는 요망한 년! 한길에서 쥔 나리 말발굽 소리가 들릴라치믄 냉큼 하우스로 튀어 들어가는 거이 내 모를 줄 알았나?"

캐서린 아씨가 소리쳤어요.

"닥쳐, 이 쥐새끼 같은 영감탱이! 감히 내 앞에서 건방을 떨어? 에드거 린턴은 어제 우연히 들른 거야, 오빠. 그이한테 가라고 한 것도 나야. 그때 오빠 상태로는 그이를 만나기 싫을 게 뻔하니까."

아씨의 오라비가 맞받았어요.

"거짓말이잖아, 캐시. 애가 왜 이리 멍청한지! 일단 린턴은 신경 쓸 것 없고, 말해봐라. 어젯밤 히스클리프랑 같이 있었냐? 이제 바른대로 고해. 그놈 다칠 걱정은 안 해도 된다. 언제나 눈엣가시지만 놈한테 신세 진 지 얼마 안 됐으니 양심상 모가지를 부러뜨리진 않을 것 같거든. 그러려면 당장 오늘 아침부로 놈을 내쫓아 버려야지. 놈이 없어지고 나면 너희가 정신 바짝 차려야 할 거야. 내 성질을 전부 너희가 받아내야 하거든."

캐서린 아씨는 서럽게 울먹이며 대답했어요.

"어젯밤엔 히스클리프 코빼기도 못 봤어. 걜 내보내면 나도 같이 나갈 거야. 하지만 쫓아낼 기회가 없을걸? 이미 떠나버린 것 같아."

이제 아씨는 슬픔을 가누지 못하고 오열하기 시작했어요. 뭐라 더 말했지만 전혀 알아들을 수 없었지요.

힌들리는 누이에게 조롱과 욕설을 실컷 퍼붓고서, 당장 방으로 꺼지지 않으면 진짜 통곡할 이유를 만들어주겠다고 을러댔어요. 제가 아씨를 끌고 올라갔는데 방에 들어서자 아씨가 어쩌나 발광을 하던지, 저로선 평생 못 잊을 광경이었어요. 이러다 아씨가 정말 실성할 것만 같아 덜컥 겁이 난 저는 조지프에게 의사를 불러와 달라고 사정했답니다.

알고 보면 그때 섬망이 시작된 거예요. 케네스 씨는 아씨를 보자마자 위중하다고 진단했지요. 열병이었어요.

케네스 씨는 사혈을 한 뒤 저에게 당부하길 환자에게 유청과 미음만 먹이고 아래층이나 창밖으로 몸을 던지지 않게 잘 지켜보라고 했어요. 그러고서 가버렸지요. 집과 집 사이의 거리가 보통 2~3마일인 동네에서 왕진을 다니느라 어지간히 바쁜 몸이었거든요.

제가 온순한 간병인이었다고는 할 수 없겠고 조지프와 주인님이라고 더 나을 것이 없었던 데다가, 우리의 환자도 세상 어느 환자 못지않게 똥고집을 부려대고 피곤하게 굴었지만, 어쨌거나 병세는 점차 호전되었어요.

그동안 린턴 부인이 친히 여러 차례 방문하여 잘못된 것들을 바로잡아 주고, 우리 모두를 질책하면서 갖가지 지시를 내려주었답니다. 그뿐 아니라 아씨가 회복기에 접어들자 굳이 스러시크로스 그레인지로 데려가겠다고도 했어요. 우리야 짐을 덜게 되어 고마울 따름이었지요. 하지만 안타깝게도 부인으로서는 그런 친절을 베푼 것이 천추의 한으로 남았을 거예요. 본인과 남편 모두 열병이 옮아 며칠 사이에 세상을 뜨고 말았으니까요.

우리 아씨는 전보다도 더 건방지고 까탈스럽고 방자해져서 돌아왔어요. 히스클리프는 천둥 치고 폭풍우 불던 그날 저녁 이후 소식조차 없었고요. 하루는 아씨한테 하도 화딱지가 나서 그만 녀석이 사라진 건 아씨 탓이라고 말해버렸어요(사실이 그러한 것은 아씨도 잘 알고 있었지요). 그때부터 몇 달 동안 아씨는 일개 하인에게 명령하는 식이 아니면 저와 한마디도 나누지 않더군요. 아씨가 상종하지 않기는 조지프도 마찬가지였어요. 그치는 할 말 못 할 말 거르는 법이 없는 데다 여전히 아씨를 어린애 취급하며 훈계하려 들었으니까요. 아씨는 스스로 어른이자 우리의 안주인이라 여겼고, 병치레를 갓 벗어난 만큼 살뜰한 배려를 받아야 한다고 생각했어요. 더구나 의사도 아씨심기를 거슬렀다가는 큰 사달이 날 수 있다며 뜻대로 하게 두라고 했으니, 아씨는 누가 됐든 감히 자기를 거역하는 이라면 살인자나 다름없다고 보았답니다.

오라비며 그의 벗들과도 거리를 두었어요. 케네스 씨의 소견도 있었거니와 아씨가 화를 내다 금방이라도 발작할 기미를 보인 일이 자주 있었기 때문에, 힌들리도 누이의 요구는 뭐든지 들어주었고 그 불같은 성미를 자극할 만한 일은 대체로 피했어요. 솔직히 지나치다 싶게 누이의 변덕을 받아주더군요. 한데 애정이 아닌 자존심 때문이었죠. 누이의 혼인으로 린턴가와 사돈 맺기라는 가문의 영광을 이루길 진심으로 바랐지요. 오라비를 귀찮게 하지만 않으면 그 인간의 묵인하에 아씨는 얼마든지 우리를 노예처럼 짓밟아도 됐어요!

에드거 린턴 도련님은 얼빠진 사랑꾼이었어요. 그런 사람이야 이전이나 이후에도 수두룩하겠지마는, 캐서린 아씨의 손을 잡고 기머턴 예배당으로 들어가던 날, 그이는 자신이 세상에서 가장 행복한 사내라고 믿어 의심치 않았답니다. 부친상을 입고 3년이 지난 후의 일이었지요.

저는 아씨를 따라 이 집으로 오게 되었습니다. 워더링 하이츠를 떠날 마음은 전혀 없었지만요. 헤어턴이 거의 다섯 살이 되어 제가 글자를 가르쳐주기 시작한 참이었어요. 우리는 헤어지는 게 너무나 슬펐지만, 캐서린 아씨의 눈물이 더 강력했지요. 전 가지 않겠다고 했고 아씨의 애원에도 흔들리지 않았는데 아씨가 남편과 오라비에게 눈물로 호소한 거예요. 아씨의 남편은 저에게 후한 봉급을 제안했고 오라비는 저에게 짐을 싸라고 명령하더군요. 안주인이 없는 집에 여자는 필요 없다, 헤어턴은 앞으로 부목사가 맡아 가르칠 거라면서요. 해서 제게 남은 선택은 단 하나, 시키는 대로 하는 수밖에요. 사람다운 사람은 죄 내쫓는 걸 보니 한시라도 빨리 망하고 싶은 모양이라고 주인에게 한 소리 해주고, 헤어턴에게는 뽀뽀와 작별 인사를 건넸어요. 그날 이후 헤어턴은 저와 생판 남이 돼버렸지요. 생각하면 참 기막힌 일인데 지금은 그 애 머릿속에서 엘렌 딘의 기억이 모조리 사라진 것 같아요. 제겐 그 애가, 그 애에겐 제가 세상 누구보다 소중한 사람이었다는 사실을 어쩜 까맣게 잊은 거예요!

이 시점에서 무심코 벽난로 위 시계를 흘깃 쳐다본 하녀장은 시곗바늘이 1시 반을 가리키는 걸 보고 화들짝 놀랐다. 그녀는 잠시도 더 있으려 하지 않았고, 실은 나도 그 뒷이야기는 나중에 마저 듣고 싶은 마음이었다. 그녀가 가고 난 뒤에도 나는 한두 시간 더 생각에 잠겨 있었다. 머리와 팔다리가 쑤시고 뻐근하지만 이제 나도 의지를 발휘해 자러 가야겠다.

10

은둔 생활의 시작이 이리도 멋질 수가! 넉 주에 걸친 통증과 불면과 와병이라니! 아, 매서운 바람과 스산한 북녘 하늘, 다닐 수 없는 길들과 꾸물대는 시골 의사들도! 참, 사람 얼굴 한번 구경하기도 하늘의 별 따기라지! 여기에 화룡점정, 봄이 올 때까지 문밖출입은 기대하지 말라는 케네스 씨의 무시무시한 선고!

방금 히스클리프 씨가 문병차 다녀갔다. 이레 전쯤에는 뇌조 한 쌍을 보내주었다. 올해 사냥철 끝물에 마지막으로 잡은 놈들이렷다. 에이, 나쁜 놈! 내가 이리 몸져눕게 된 데는 그의 책임도 없지 않은 터, 정말이지 당신 탓이라고 쏘아붙이고픈 마음이 굴뚝같았다. 하나 어쩌랴! 꼬박 한 시간 동안 환자 곁을 지키고 앉아 알약과 물약, 사혈용 고약이나 거머리 얘기가 아닌 다른 화제로 말벗이 되어준 자비로운 사내에게 내 어찌 싫은 소리를 할 수 있었겠는가?

그래도 지금은 병세가 꽤 수그러들었다. 아직 기력이 달려 책을 읽을 수는 없지만, 뭔가 재미있는 일을 즐기는 것은 가능할 듯하다. 딘 부인을 불러다 지난 이야기를 이어서 해달라고 하면 어떨까? 들은 데까지 주요 사건들은 기억이 난다. 그래, 남자 주인공이 사라져 3년 동안 소식도 없었지. 여자 주인공은 혼인을 하였고. 종을 쳐야겠다. 내가 유쾌하게 말하는 걸 보면 딘 부인도 기뻐할 것이야.

딘 부인이 오더니 약병부터 확인했다.

"약 자실 시간은 20분 뒤인데요."

"치워요, 치워. 내가 부른 까닭은……."

"의사 선생님 말씀이 가루약은 그만 자시라 하던데."

"그야 기꺼이! 거, 말 좀 합시다. 이리 와 앉아요. 그놈의 약병들은 내버려 두고 주머니에서 뜨개질감이나 꺼내봐요. 그래, 그러면 되겠소. 자, 이제 히스클리프 얘기를 마저 해주시오. 저번에 얘기하다 만 대목부터 현재까지. 그이는 대륙에서 학업을 마치고 신사가 되어 돌아왔나? 아니면 대학에서 장학생 자리를 꿰찼나? 혹은 미국으로 건너가 자길 길러준 동포들의 피를 뿌린 공으로 훈장이라도 받았나? 그도 아니면 그저, 잉글랜드에서 노상강도나 마차털이 따위로 빠르게 한몫 잡았을까?"

"조금씩 다 했는지도 모르지요, 록우드 나리. 하나 제가 확실하게 아는 건 없네요. 그때도 말씀드렸지만 전 그이가 어떻게 돈을 벌었는지도 모르고, 그렇게 야만스럽고 무식했던 녀석이 무슨 수로 지금처럼 번듯한 인간이 되었는지도 몰라요. 실례지만, 나리께 지루하지 않고 무리가 되지 않는다면, 이야기는 제 식으로 이어갈게요. 어째, 오늘 아침 몸 상태는 어떠세요? 좀 나은 것 같으셔요?"

"상당히."

"다행이네요."

전 캐서린 아씨와 함께 스러시크로스 그레인지로 왔어요. 의외로 아씨는 훌륭히 처신하더군요. 제 예상은 완전히 빗나갔지만 어쨌거나 다행이었지요. 아씨는 남편을 과하다 싶도록 좋아하는 것처럼 보였고, 시누이에게도 아낌없이 애정 표현을 했어요. 하기야 새 식구가 편히 지낼 수 있도록 린턴 남매가 세심하게 신경을 쓰기도 했지요. 가시나무가 인동덩굴 쪽으로 휘지 않고 인동덩굴이 가시나무를 휘감는 격이었달까요. 서로 굽히는 게 아니라, 한쪽은 꼿꼿이 서 있고 다른 한쪽이 굽히고 들어간 거예요. 싫은 소리 한번 안 하고 살갑게 챙겨주는데 누군들 심술을 부리고 화를 낼 수 있겠어요?

가만 보니 에드거 나리는 아내 비위를 거스르는 것을 깊이 두려워하는 듯했어요. 아내에게는 숨겼지만, 행여 안주인의 고압적인 명령에 제가 쏴붙이듯 말대꾸하는 걸 듣거나 다른 하인이 싫은 내색을 하는 걸 보면, 자기 일로는 표정 한번 굳히는 법 없는 양반이 인상을 찌푸리며 불편한 심기를 내비쳤답니다. 그분은 저의 맹랑한 태도를 여러 번 엄히 꾸짖으셨어요. 안사람이 짜증 내는 모습을 보는 것이 칼에 찔리는 것보다 더 아프다면서요.

착한 주인을 속상하게 하지 않으려고 저도 성질을 좀 죽였지요. 폭발을 일으키는 불씨가 없었기에 반년 정도는 화약이 모래처럼 잠잠했고요. 한데 캐서린 아씨가 침울해지고 말이 없어지는 시기가 이따금 있었어요. 그럴 때마다 아씨의 남편은, 중병을 앓기 전에는 아내가 한 번도 우울해한 적 없으니 병의 후유증으로 체질이 바뀐 모양이라 여기고 그저 묵묵히 지지해 주었어요. 주인아씨 얼굴에 다시 햇살이 비치면 남편도 환한 얼굴로 반기었답니다. 진실로 부부는 나날이 깊어가는 행복을 누렸다고 해도 과언이 아닐 거예요.

하나 행복은 영원하지 않았어요. 음, 결국에는 누구나

자기 자신을 위할 수밖에 없으니까요. 유순하고 관대한 사람이 위세 부리는 사람보다 정당하게 이기적일 뿐이지요. 피차 나의 이해(利害)가 상대의 주된 관심사에서 밀려났다고 느끼게 되면서 린턴 부부의 행복도 끝나고 말았습니다.

감미로운 9월 저녁, 저는 정원에서 사과를 한 바구니 따가지고 들어가는 길이었어요. 이미 땅거미가 내려앉고 높다란 안뜰 담장 위로 달이 솟아 울퉁불퉁한 건물 벽면에 어렴풋한 그림자를 무수히 드리웠지요. 전 부엌으로 통하는 문 앞 계단에 무거운 짐을 내려놓고 잠시 쉬면서 향긋한 공기를 좀 더 들이마셨어요. 그렇게 부엌문을 등지고 앉아 달을 보고 있는데, 등 뒤에서 누군가 저를 부르는 거예요.

"넬리, 넬리 맞아?"

낮고 굵은 목소리, 낯선 억양이었어요. 한데 제 이름을 발음하는 투가 어쩐지 귀에 익더라고요. 문은 다 닫혀 있었고 계단으로 오는 동안 아무도 못 봤던 터라, 저는 겁먹은 채 뒤를 돌아봤어요.

문 앞에서 뭔가가 움직였어요. 조금 다가가서 보니 검은 옷에 검은 얼굴, 검은 머리의 키 큰 사내였어요. 직접 열고 들어갈 것처럼 문에 어깨를 대고 걸쇠에 손가락을 걸쳤더라고요.

'누구지? 언쇼 나리? 에이, 아냐! 목소리가 전혀 다

른걸.'

제가 계속 쳐다보기만 하자 그이가 다시 말하더군요.

"한 시간이나 기다렸어. 주위가 온통 쥐 죽은 듯 조용해서 들어갈 엄두가 안 나더라고. 나 몰라보겠어? 봐, 처음 보는 사람은 아닐걸!"

한 줄기 달빛이 그이의 얼굴을 비추었어요. 핏기 없는 뺨은 검은 구레나룻에 반쯤 덮여 있고 찌푸린 눈썹 아래 깊이 박힌 두 눈이 특이했어요. 제가 기억하는 눈이었지요.

"뭐!"

전 너무 놀라 두 손을 번쩍 쳐들며 외마디 소리를 냈어요. 혹 유령을 보고 있는 게 아닌가 싶었거든요.

"뭐야! 돌아왔어? 정말 너야? 너 맞아?"

"맞아, 히스클리프야."

그이는 저에게서 눈을 떼고 창문들을 흘깃 올려다보며 대답했어요. 스무 개쯤 되는 창문들이 달빛을 반사했지만 안에서 새어 나오는 빛은 없었지요.

"다들 집 안에 있나? 걘 어딨어? 넬리, 반가운 표정이 아니군! 그렇게 불안해할 것 없어. 걔 여기 있어? 말해! 개한테…… 이 집 안주인한테 할 말이 있어. 한마디면 돼. 가서 전해. 기머턴에서 온 사람이 만나고 싶어 한다고."

"아씨가 어떻게 받아들이실까? 어찌하실까? 나도 이

리 얼떨떨한데…… 아씨는 놀라다 못해 정신 줄을 놓으실 게야! 네가 정말 히스클리프라고? 한데 변했네! 아니, 대관절 이게 무슨 일이라니. 그동안 군인으로 지냈던 거야?"

제가 갈팡질팡하자 그이는 조급해하며 재촉했어요.

"가서 내 말이나 좀 전해줘. 안 그러면 난 지옥에서 지내게 돼!"

그이가 걸쇠를 열었고 전 들어갔어요. 하지만 린턴 부부가 있는 응접실 앞까지 가서는 차마 들어가지 못하고 망설였지요.

마침내 저는 촛불을 켤지 여쭙는 것을 구실로 삼기로 작심하고 문을 열었어요.

부부가 함께 창가에 앉아 있었어요. 활짝 열어놓은 창문으로 나무가 우거진 정원과 녹음 짙은 농원과 그 너머로 한 자락 안개가 산마루 근처로 굽이치며 피어오르는 기머턴 골짜기까지 한눈에 내다보였어요(나리도 봐서 아시려나요. 예배당을 지나 조금만 더 가면, 늪지에서 흘러나오는 도랑물이 그 골짜기 굽이를 따라 흐르는 계곡물과 합쳐지거든요). 은빛 안개 위로 워더링 하이츠가 솟아 있었지만, 우리의 옛집은 능선 너머 약간 낮은 지점에 있어 그 방에선 보이지 않았어요.

방도 거기 있는 사람들도 그들이 바라보는 풍경도, 경이로울 정도로 평온해 보였어요. 심부름을 하기가 영 내키지 않더라고요. 해서 촛불을 가져올지 여쭙고는 그냥 돌아 나가려다, 어리석은 충동을 못 이기고 되돌아 웅얼거렸어요.

"기머턴에서 온 이가 아씨를 뵙길 청하네요."

린턴 부인이 물었어요.

"무슨 볼일로?"

"그건 물어보지 않았고요."

"음, 커튼을 닫아줘, 넬리. 차도 내와. 난 금방 돌아올 테니."

주인아씨가 나간 뒤 에드거 나리가 별생각 없이 누구냐고 물었어요.

"아씨가 예상치 못하셨을 사람이에요. 히스클리프라고…… 기억하셔요? 언쇼 댁에 살았던 자인데."

"뭐? 그 집시…… 막일하던 놈? 캐서린한테 왜 그 얘길 하지 않았어?"

"쉿! 그이를 그런 식으로 부르시면 안 돼요, 나리. 아씨가 들으면 서운해하신다고요. 그이가 사라졌을 때 얼마나 상심하셨는지 몰라요. 돌아온 걸 보면 무척 기뻐하실 거예요."

린턴 나리는 방 반대편, 마당이 내다보이는 창가로 걸어가 창문을 열고 상체를 내밀었어요. 그 아래에 두 사람이 있었던지, 급히 외치시더군요.

"거기 서 있지 말고 올라와요, 여보! 손님이 계시거든 모시고 와요."

곧 걸쇠 소리가 찰카닥 들리더니 캐서린 아씨가 숨이 턱에 닿도록 정신없이 계단을 뛰어 올라왔어요. 너무 흥분한 탓인지 기쁜 내색을 할 경황도 없었나 봐요. 사실 얼굴만 봐서는 무슨 끔찍한 변고라도 당한 것 같았죠.

아씨는 헉헉대며 두 팔로 남편의 목을 끌어안았어요.

"오, 에드거, 에드거! 오, 여보! 히스클리프가 돌아왔어요. 정말 돌아왔어!"

그러고는 껴안은 팔을 힘주어 조였어요.

남편 쪽은 거북한 듯 나무랐어요.

"어허, 이런, 그렇다고 내 목을 조르면 쓰나! 뭐 그리 대단한 귀인이 납시었다고. 이리 광분할 것까진 없잖소!"

아씨는 기쁨의 강도를 조금 억누르며 대답했어요.

"당신이 그이를 좋아하지 않았다는 건 알아. 그래도 날 봐서, 이제는 사이좋게 지내야 해요. 올라오라고 할까요?"

"여기로? 이 응접실로 들인다고?"

"여기가 아니면요?"

남편은 짜증 어린 얼굴로 그자에게는 부엌이 더 어울리지 않겠느냐고 했어요.

주인아씨는 묘한 표정으로 남편을 쳐다보았지요. 그이의 까탈에 화도 나고 우습기도 한 모양이었어요.

잠시 후 아씨가 이어 말했어요.

"아뇨, 내가 부엌에서 손님을 맞을 수는 없지요. 엘렌, 여기에 상을 두 개 차려. 하나는 지체 높은 주인 나리와 이사벨라 양을 위한 자리, 또 하나는 천한 히스클리프와 내가 앉을 자리. 그럼 되겠죠, 여보? 아니면 어디 다른 데 난롯불을 지펴야 할까요? 어디든 말씀만 하세요. 난 일단 내려가서 손님을 붙들어 둘 테니. 아이, 너무 기쁜데 진짜가 아니면 어떡하지!"

아씨가 다시 뛰어 내려갈 참인데 에드거 나리가 붙잡았어요. 그러고는 제게 지시했지요.

"자네가 데려오게. 그리고 캐서린, 반가워하는 건 괜찮지만 바보같이 굴진 말아요. 당신이 도망간 하인을 친오라비인 양 맞이하는 광경을 온 집안 식솔들한테 보여줄 필요는 없지."

제가 내려갔더니 히스클리프는 초대받을 것을 예상한 듯 현관 밖에서 기다리고 있었어요. 말을 주고받을 것도 없이 저를 따라 들어오더군요. 전 그이를 주인 나리와 안주인 마님이 계신 곳으로 안내했어요. 부부의 얼굴이 상기한 것이 그새 격한 대화를 나눈 티가 났지요. 하지만 오랜 벗이 문간에 나타나자 부인의 얼굴은 또 다른 감정으로 달아올랐어요. 한달음에 다가가 두 손을 부여잡고 남편 앞으로 데려가더니, 버티려는 남편 손을 잡아 억지로 그이 손에 쥐여주었어요.

난롯불과 촛불 빛에 훤히 드러난 히스클리프의 변한

모습을 본 순간, 저는 처음 재회했을 때보다도 더 놀랐답니다. 그동안 훤칠하고 탄탄하고 체격 좋은 사내로 자랐더라고요. 그이 옆에서 우리 주인님은 그저 말라깽이 소년에 지나지 않아 보였지요. 히스클리프의 곧은 자세는 그간 군 생활을 했으리라 짐작케 했어요. 표정과 이목구비 윤곽은 린턴 나리보다 훨씬 나이 든 인상을 풍겼고요. 비천했던 예전의 흔적이 전혀 남아 있지 않은 지적인 얼굴이었어요. 내려앉은 눈썹과 음침하게 이글거리는 눈동자에 아직 덜 교화된 야만성이 도사리고 있었지만 딱히 눈에 띄는 정도는 아니었어요. 심지어 태도에서는 위엄마저 느껴지더군요. 뻣뻣하니 세련미는 없어도, 거친 면모는 이제 거의 찾아볼 수 없었어요.

주인님도 놀라기는 저와 마찬가지 혹은 그 이상이었어요. 방금도 '막일하던 놈'이라 일컬었던 자를 이제 어떻게 불러야 할지 몰라 한동안 입을 떼지 못하더라고요. 히스클리프는 상대의 가냘픈 손을 놓고 가만히 서서 차갑게 쳐다보기만 했어요. 먼저 말을 건넬 생각은 없어 보였지요.

이윽고 린턴 나리가 입을 열었어요.

"앉으시오. 린턴 부인이 옛정을 생각해 나더러 그쪽을 성심성의껏 맞이하라더이다. 집사람이 기뻐할 일이 생긴다면야 물론 나도 고맙지요."

히스클리프가 대답했어요.

"나도 그렇소이다. 특히 그 일에 내가 한몫한 경우라면 말이오. 한두 시간 기꺼이 머물도록 하겠소."

그가 캐서린 아씨를 마주 보는 자리에 앉자 주인아씨는 눈을 떼면 또 사라질세라 그에게 시선을 고정했어요. 히스클리프는 대체로 눈을 내리깐 채 어쩌다 한 번씩 아씨를 흘끔 올려다볼 뿐이었고요. 하지만 눈이 마주칠 때마다 아씨가 숨김없이 뿜어내는 기쁨을 한껏 흡수하며 점점 대담해져서는 자기도 똑같이 기쁜 빛을 내비치는 거예요.

기쁨을 나누는 데 너무 열중한 나머지 두 사람은 이 얼마나 어색한 상황인지도 알아차리지 못했어요. 에드거 나리는 그렇지 않았지요. 순전히 속이 타서 낯빛이 창백해지더군요. 급기야 자기 아내가 자리에서 일어나 식탁 건너편 히스클리프에게로 가서 다시 한번 두 손을 덥석 맞잡고 정신 나간 사람처럼 웃어대자, 나리의 불쾌감은 정점에 이르렀지요.

아씨는 신이 나서 떠들었어요.

"내일이면 이게 다 꿈만 같겠지! 널 다시 보았고 만졌고 이야기했다는 게 도무지 믿기지 않을 거야. 그래도 그렇지, 못됐어, 히스클리프! 이런 환대는 가당치 않은데. 갑자기 사라져서는 3년 동안 연락 한 번을 안 하고, 내 생각은 아예 안 한 거지!"

그는 주절주절 대꾸했어요.

"네가 내 생각한 것보다 내가 좀 더 했을걸? 캐시, 네가 혼인했다는 소식을 얼마 전에야 들었어. 저기 뜰에서 기다리는 동안 이런 계획을 세웠지. 일단 네 얼굴만 잠깐 보자 — 아마 놀라서 빤히 쳐다보다 반가운 척하겠지 — 그다음엔 힌들리한테 진 빚을 갚아주고, 법에 앞서 나 자신을 처형하자. 한데 네가 정말 반겨줘서, 아까 한 생각들은 다 사라졌어. 그러니까 다음번이라고 다르게 대하기만 해! 아니다, 네가 나한테 또다시 떠날 이유를 안길 리 없지. 나한테 진짜 미안했을 거야, 그렇지? 암, 당연히 미안해야지. 네 목소리를 마지막으로 들은 뒤로 죽을 고생을 하며 살았다고. 넌 날 용서해야 해. 지금껏 오직 너만 생각하며 버텨왔으니까!"

그때 린턴 나리가 끼어들었어요. 평상시 말투와 적당한 예의를 유지하려 무진 애를 쓰더군요.

"캐서린, 다 같이 식어빠진 차를 마실 게 아니라면 이만 자리로 돌아오오. 히스클리프 씨는 오늘 밤 어디서 묵건 간에 갈 길이 멀지 않겠소. 나도 갈증이 나는구려."

아씨는 찻주전자가 놓인 자리 앞에 섰어요. 이사벨라 아씨도 불려 왔고요. 저는 두 분이 앉도록 차례로 의자를 밀어주고 물러 나왔어요.

다과 시간은 10분도 채 안 되어 끝났어요. 캐서린 아씨는 아예 잔을 채우지도 않았더라고요. 하기야 먹거나 마시는 데 관심을 둘 상황이 아니었으니까요. 에드거 나리는 받침 접시에 차를 따랐지만 겨우 한 모금을 다 넘기지도 못했어요.

한 시간이 지나자 그날 저녁만큼은 손님이 시간을 더 끌지 않고 일어섰어요. 배웅하는 길에 전 그에게 기머턴으로 가느냐고 물었어요.

"아니, 워더링 하이츠로 가. 오늘 아침에 찾아갔을 때 언쇼가 그러라고 했어."

언쇼 그 인간이 히스클리프를 초대했다니! 아니, 히스클리프가 언쇼를 찾아갔다니! 그가 가고 난 뒤 저는 그 사실을 골똘히 곱씹었어요. 대체 무슨 꿍꿍이지? 신사의 가면을 쓰고 돌아와 악행을 저지를 셈인가? 어쩐지 그가 돌아오지 않는 편이 나았으리라는 예감이 가슴 밑바닥에서 고개 들더군요.

자정 무렵 전 풋잠에서 깨어날 수밖에 없었어요. 린턴 부인이 제 방으로 살그머니 들어와 침대 옆에 앉아서 제 머리카락을 당겼거든요.

절 깨워놓고는 사과랍시고 이러더군요.

"잠이 안 와, 엘렌. 그리고 이렇게 행복한 기분을 함께 해 줄 사람이 필요해! 에드거는 토라졌어. 자기는 관심 없는 일로 내가 기뻐하는 게 기분 나쁜 거지. 말하기 싫다면서 한심한 소리만 해. 몸도 안 좋고 졸린데 말 시킨다며 나더러 잔인하고 이기적이라지 뭐야. 하여간 조금만 거슬리면 아프다는 핑계를 댄다니까! 히스클리프 칭찬 몇 마디 했더니, 머리가 아픈지 질투로 배가 아픈지, 글쎄 우는 거 있지. 그래서 그냥 일어나 나와버렸어."

"나리한테 히스클리프 칭찬은 뭐 하러 해요? 소싯적부터 서로 반목하던 사이인데. 히스클리프도 나리 칭찬을 들으면 똑같이 싫어할걸요. 인지상정이라고요. 나리 앞에서 그이 얘긴 하지 말아요, 둘을 싸움 붙일 게 아니면."

물론 아씨는 제 말을 들으려 하지 않았지요.

"하지만 그건 나약한 걸 티 내는 꼴 아니야? 난 질투하지 않아. 이사벨라가 눈부신 금발에 새하얀 피부고, 우아한 요조숙녀고, 집안사람들 전부가 걜 좋아해도 난 전혀 속상하지 않다고. 하다못해 넬리도 나랑 걔랑 어쩌다 다툴 때마다 무조건 개 편을 들잖아. 그러면 난 그저 팔불출 어머니처럼 양보하지. 우리 아가씨, 하며 떠받들고 아양을 떨어서 기분을 풀어주는 거야. 시누이올케 사이가 좋은 걸 보면 에드거가 좋아하고, 그이가 좋아하면 나도 좋거든. 하지만 오누이가 어쩜 그리 똑같은지. 응석받이로 자라서는 세상이 자기들 본위로 만들어진 줄 안다니까. 내가 비위를 맞춰주고는 있지만, 그 둘은 한번 단단히 혼쭐이 나봐야 정신들 차릴 것 같아."

"착각도 유분수지요, 린턴 부인. 외려 두 분이 아씨 비위를 맞춰주시는 거예요. 안 그랬다간 뒷감당을 어찌하셔야 하는지 제가 모르는 것도 아니고! 아씨가 원하

는 걸 전부 미리 헤아리는 게 그분들 일이니 아씨도 그
분들의 지나가는 변덕쯤은 너그럽게 받아줄 수 있는 거
라고요. 하지만 양쪽이 똑같이 중하게 여기는 문제에 부
딪히면 결국엔 대립할지도 몰라요. 아씨 말마따나 나약
한 그분들도, 그때는 아씨 못지않게 완강해지실 수 있다
고요!"

"그때는 피차 죽기 살기로 싸우겠고. 그렇지, 넬리?"

아씨는 받아 말하며 웃음을 터뜨렸어요.

"아냐, 그럴 리 없어! 린턴이 날 얼마나 사랑하는데. 난
믿어, 설사 내가 그이를 죽인대도 그이는 앙갚음할 생각
조차 하지 않을 거야."

전 그토록 사랑해 주시는 분이니만큼 더더욱 소중히
여겨야 한다고 충고했어요.

"그야 물론이지. 하지만 별것도 아닌 일로 꼭 그렇게
징징대야 하는 건 아니잖아. 애도 아니고 말이야. 내가
이제 히스클리프는 누가 봐도 번듯한 신사이니 나라에
서 제일가는 신사라도 개의 벗이 되는 걸 명예로 여길 거
라고 말했기로서니 그게 질질 짤 일이야? 아니, 오히려
자기가 나한테 그렇게 말해주고 함께 기뻐해 줬어야지.
그이는 그한테 서먹하게 굴면 안 돼. 좋아해 주면 더 좋
고. 히스클리프도 그이한테 반감이 있을 법한데, 그런 것
치고 그는 확실히 훌륭하게 처신했잖아!"

전 물었어요.

"히스클리프가 워더링 하이츠에 가는 건 어찌 생각하세요? 보기에는 완전히 딴사람이 된 것 같아요. 드디어 하느님을 섬기기로 한 건가. 사방의 원수들에게 친교의 손을 내밀잖아요!"

"그가 설명하더라. 나도 그게 의아했거든. 넬리가 아직 거기 사는 줄 알고 내 소식을 물으러 갔었대. 조지프한테 얘길 듣고 힌들리가 나와서는 그동안 어떻게 지냈느냐느니 뭘 해서 먹고살았느냐느니 캐묻더니 마지막엔 들어오라고 했대. 안에서 몇 명이 모여 카드놀이를 하고 있어서 히스클리프도 꼈대. 오빠가 그한테 좀 잃었고, 그런데 그의 주머니 사정이 넉넉한 걸 알았고, 그래서 저녁에 또 들르라고 하길래 그도 그러겠다고 했대. 힌들리는 무턱대고 아무하고나 어울리잖아. 자기가 야비하게 해코지한 사람을 믿으면 안 되는 이유를 생각하기도 귀찮은 게지. 근데 히스클리프가 예전에 자길 박해한 인간을 다시 상종하는 건, 어디까지나 여기 그레인지에 걸어서 오갈 수 있는 곳에 자리 잡고 싶고 우리가 함께 살던 집에 애착이 있기도 하고 또, 나도 그가 기머턴보다는 거기에 있어야 찾아가 만날 기회가 더 많을 거라고 생각해서래. 하이츠에 방을 얻게 해주면 세를 후하게 쳐줄 셈이라더라. 우리 오라버니야 돈이 탐나서 냉큼 방을 내주겠지. 그 인간 욕심이 어디 가겠어? 한 손으로 쥔 것을 다른 손으로 날려버리기는 하지만."

"젊은이가 살기에 퍽도 좋은 집이겠네요! 아씨는 뒷일이 염려스럽지도 않으세요?"

"내 동무라면 전혀. 심지 굳은 사람이니까 그가 위험할 일은 없어. 힌들리가 살짝 걱정이긴 한데 정신적으로야 이미 최악이니 더 나빠질 수도 없고 육체적으로 해가 될 일은 내가 막을 거야. 오늘 저녁 일로 난 하느님과도 인간과도 화해했어! 이제껏 신의 섭리에 분노하며 반항심만 키웠는데……. 아, 정말이지 난 너무나 쓰라린 고통을 견뎌왔어, 넬리! 내가 얼마나 괴로웠는지 알면 에드거 그 인간도 한가하게 토라지기나 해서 내 해방감에 그늘을 드리운 걸 창피하게 여길걸? 다 자기를 생각해서 나 혼자 괴로워한 줄은 모르겠지. 내가 수시로 느끼는 번민을 표현했더라면 그이도 나만큼이나 간절히 그 고통이 덜어지길 소원했을 텐데. 하지만 다 지난 일이야. 그이의 어리석음을 대갚음하진 않겠어. 앞으로는 무슨 일이든 참아낼 수 있어! 세상에서 제일 비천한 것이 내 뺨을 때려도 난 다른 쪽 뺨을 내어줄 뿐 아니라 맞을 만큼 화를 돋운 걸 용서해 달라 청하기도 할 거야. 그럼 그 증거로, 일단 가서 에드거랑 화해해야겠다. 잘 자, 넬리! 난 정말 천사라니까!"

그렇게 주인아씨는 자가도취한 상태로 나갔어요. 이튿날 아침에 보니 아씨의 결단이 명백히 성공을 거두었더군요. 린턴 나리는 더 이상 불편한 심사를 드러내지 않았고(캐서린 아씨의 활력이 넘치는 탓에 나리의 기분은 여전히 가라앉은 듯 보였지만), 아씨가 오후에 시누이를 데리고 워더링 하이츠에 다녀오겠다고 해도 감히 반대하지 못하더라고요. 이에 아씨가 절정의 살가움과 지극한 애정으로 보답하면서, 며칠간은 온 집이 낙원이었어요. 주인도 하인들도 무시로 쏟아지는 햇볕의 수혜자였답니다.

히스클리프는 — 앞으로 히스클리프 씨라고 해야겠네요 — 처음에는 스러시크로스 그레인지에 방문할 자유를 신중하게 사용했어요. 자신의 침범을 주인이 어느 선까지 용인하는지 가늠해 보는 눈치였지요. 캐서린 아씨도 그를 맞을 때 기쁜 내색을 절제하는 편이 현명하겠다고 판단한 듯했고요. 그렇게 시나브로 그는 린턴 댁에 당연히 드나드는 손님 자격을 굳혔습니다.

소년 시절에 유별났던 과묵함을 거의 그대로 간직한 덕분에 히스클리프 씨는 당황스럽도록 노골적인 감정 표현을 억누를 수 있었을 거예요. 비로소 우리 주인 나리의 불안감도 잠잠해지나 싶었는데, 이후 새로운 상황이 파생하면서 그분은 한동안 또 다른 문제로 속을 끓여야 했어요.

그분의 새로운 근심거리란, 누이가 그 마뜩잖은 손님에게 별안간 걷잡을 수 없이 이끌리게 된 예기치 않은 불행이었어요. 당시 작은아씨는 열여덟 살 꽃다운 아가씨였지요. 어리광기는 남아 있었지만, 눈치도 야무지고 감수성도 야무지고 심사가 틀어지면 성깔도 야무지게 부렸어요. 누이를 애틋하게 사랑하는 오라비로서는 이 기상천외한 취향에 경악할 수밖에요. 출신도 모르는 자와 맺어져 가문의 격이 떨어진다거나, 상속인이 될 아들이 태어나지 않을 경우 집안 재산이 그런 자의 손에 넘어간다는 사실은 제쳐두고라도, 린턴 나리는 히스클리프의 기질을 간파할 정도의 분별이 있었고, 비록 외양은 달라졌으나 내면은 변할 수 없으며 변하지 않았음을 알고 있었어요. 바로 그 내면이 두려웠던 겁니다. 혐오스러웠던 거예요. 그런 내면을 지닌 자에게 이사벨라를 맡긴다는 건 지레 생각하기조차 꺼려지는 일이었지요.

누이의 연정이 상대의 구애 없이 홀로 싹텄고 상대의 감응을 이끌어내지도 못했다는 사실을 알았다면 오라비는 더더욱 기겁했겠지요. 누이의 감정을 처음 알았을 때, 나리는 히스클리프가 계획적으로 누이에게 접근한 탓이라고 단정했거든요.

이사벨라 아씨가 무언가에 안달하고 연연한다는 건 진즉부터 모두가 알고 있었습니다. 부쩍 신경질을 내고 사람들을 들볶는가 하면, 자꾸만 올케에게 톡톡대고 속을 긁어 주인아씨의 얼마 안 되는 참을성까지 바닥낼 판이었지요. 우리는 작은아씨 몸이 안 좋은가 보다 하고 어느 정도는 이해했어요. 하루하루 수척해지는 게 눈에 보일 정도였으니까요. 그런데 하루는 작은아씨가 유난히도 까탈을 부리는 거예요. 아침상도 물리더니, 하인들이 자기 말을 귓등으로 넘긴다는 둥 이 집에서 자기가 무시 당하는데 안주인은 가만있고 에드거는 신경도 안 쓴다 는 둥 문을 죄 열어놔서 자기가 감기에 걸렸다는 둥 우리 가 자길 골탕 먹이려고 일부러 응접실 난롯불을 꺼뜨렸 다는 둥, 그 밖에도 별의별 같잖은 트집을 백 가지는 더 잡으며 불평을 늘어놓지 뭐예요. 린턴 부인은 단호히 시 누이에게 방에 가서 누우라고 하고는 의사를 불러오겠 다는 협박을 섞어 매섭게 꾸짖었어요.

케네스 씨 이름이 나오자마자 이사벨라 아씨는, 건강 엔 아무 문제 없고 다만 새언니가 너무해서 기분이 나쁜 거라고 외쳤어요.

안주인은 시누이의 터무니없는 주장에 기막혀하며 맞받아쳤지요.

"나보고 너무하다니, 어떻게 그런 말을 해? 우리 아가 씨, 못됐네! 실성이라도 한 거야? 말해봐, 내가 언제 너무 했는데?"

이사벨라 아씨는 울먹이며 대답했어요.

"어제. 그리고 지금!"

"어제? 어제 언제?"

"같이 황야를 산책할 때요. 나더러 알아서 돌아다니 라고 했잖아요. 언니는 히스클리프 씨랑 천천히 걷겠다 면서!"

EMILY BRONTË

캐서린 아씨는 실소하더군요.

"그게 아가씨한테는 너무한 거였어? 아가씨가 귀찮다는 얘기는 아니었어. 같이 있어도 상관없었는데. 내 딴에는 아가씨가 히스클리프 얘기를 지루해할 것 같았거든."

이사벨라 아씨는 눈물을 흘렸지요.

"오, 아니지. 언니는 내가 거기 있고 싶어 하는 걸 알아서 일부러 보낸 거야!"

"이 아가씨, 제정신 아니지?"

린턴 부인은 절 보며 묻고는 다시 시누이에게 말했어요.

"우리가 나눈 이야기를 빠짐없이 다시 읊어줄게, 이사벨라. 혹시라도 재미있었을 것 같았던 내용이 나오면 바로 일러줘."

"무슨 얘기든지 난 듣고 싶었어. 같이 있고 싶었는데……."

시누이가 말을 얼버무리는 걸 눈치챈 캐서린 아씨가 의아한 듯 물었어요.

"나랑?"

이사벨라 아씨가 쏘아붙였지요.

"그분이요! 그러니까 이제 나만 따돌릴 생각 마요! 언니는 여물통 속 개*야. 남이 사랑받는 꼴을 못 보지!"

---

* 여물을 먹지 못하는 개가 여물통에 들어앉아, 여물을 먹으러 온 소들을 쫓아낸다는 내용의 이솝우화에서 나온 은유.

린턴 부인은 깜짝 놀라 언성을 높였어요.

"원숭이 새끼도 아니고 왜 이리 함부로 까불지? 이딴 바보 같은 수작에 내가 넘어갈 것 같아? 아가씨가 히스클리프의 관심을 바랄 리 없잖아. 아니, 그런 자한테 호감을 갖는 것조차 불가능하지! 내가 잘못 들었나 봐, 그렇지 아가씨?"

사랑에 눈이 먼 아가씨가 대꾸했어요.

"아니, 잘못 들은 게 아니에요. 난 그분을 사랑해. 언니가 우리 오라버니를 사랑하는 것보다 내가 더 사랑한다고. 언니만 비켜주면 그분도 날 사랑하게 될 거야!"

"그렇다면 난 왕국을 준대도 아가씨가 되지 않을 거야!"

주인아씨는 힘주어 단언했어요. 진심인 듯했지요.

"넬리, 이 아가씨 정신 차리게 나 좀 도와줘. 히스클리프가 어떤 자인지 넬리도 알잖아. 그는 투박하고 교양도 없는 미개한 인간, 가시금작화와 바위뿐인 삭막한 황무지야. 그에게 아가씨 마음을 주라고 권하느니 차라리 한겨울 숲에 어린 카나리아를 놓아주겠어! 아가씨는 그를 몰라. 몰라도 너무 몰라서, 단지 그래서 그런 얼토당토않은 꿈을 꾸는 거야. 제발, 그 험상궂은 겉모습 속에 인정과 호의가 숨어 있다는 상상은 하지 마! 그는 다이아몬드 원석도 아니고 진주를 품은 조개도 아니야. 사납고 무자비한 늑대지. 난 그에게 '원수를 해치는 건 옹졸하고 잔인한 짓이니 아무개는 내버려 둬'라고 하지 않아. '아무개가 잘못되는 걸 내가 원치 않으니 그자는 내버려 둬'라고 하지. 그는 말이야, 아가씨를 귀찮은 짐으로 여기게 되면 참새 알처럼 가뿐히 깨뜨려 버릴 인간이야. 내가 아는데 그는 린턴을 사랑할 수 없어. 아가씨의 재산과 유산을 노리고 혼인할 수는 있지만. 탐욕이 그에게 뿌리내리고 떨쳐낼 수 없는 죄로 자라고 있는 게 내 눈엔 다 보이거든. 한데 나는 그의 친우란 말이지. 그저 그런 벗이 아니라, 만일 그가 정말 아가씨를 낚아챌 셈이라면 아마 난 아가씨가 덫에 걸려드는 걸 입 닫고 지켜볼 수밖에 없는 그런 정도의 친우라고."

작은아씨는 분노에 찬 눈으로 올케를 노려보았어요.

"어쩜! 어쩜 그렇게! 친우 좋아하시네! 언니는 스무 명의 원수만도 못해!"

"하! 내 말을 믿지 않으시겠다? 내가 한 말은 사악한 이기심의 발로다?"

"말해 뭐 해. 그래서 내가 아주 치가 떨려!"

"좋아! 정 고집을 피울 거면 알아서 해보시든가. 난 할 만큼 했으니 이제 아가씨의 오만과 불손에 져드릴게."

린턴 부인이 방을 나서자 시누이는 울며 하소연했어요.

"저이가 저렇게 이기적이니 내가 괴로울 수밖에! 다, 전부 다 거슬려. 새언니는 내 유일한 위안을 망쳐버렸어. 하지만 거짓말이지? 새언니가 거짓말한 거지? 히스클리프 씨는 악한이 아니야. 고결한 영혼, 진실한 영혼을 지녔어. 그러니 새언니를 잊지 않은 거 아니겠어?"

전 말했어요.

"단념하셔요, 아씨. 그자는 불행을 몰고 오는 흉조예요. 아씨 배필감이 아니라고요. 표현이 세긴 했지만 마님 말씀이 틀렸다고는 할 수 없어요. 저나 다른 누구보다도 마님이 그의 본심을 잘 아시고, 그를 실제보다 나쁘게 말할 리 없으니까요. 정직한 사람은 자기가 한 일을 숨기지 않아요. 그는 어떻게 살아왔죠? 어떻게 부자가 됐을까요? 어째서 워더링 하이츠에, 자신이 혐오하는 자의 집에 묵는 거죠? 그를 집에 들인 뒤 언쇼 씨가 갈수록 망가진다네요. 허구한 날 같이 밤을 새우는데, 언쇼 씨는 땅을 담보로 돈을 빌려다 노름하고 술 마시는 것 말고는 아무것도 안 한대요. 불과 일주일 전에 들은 이야기랍니다. 기머턴에서 조지프 영감을 만났거든요. 영감이 말하길 '넬리, 조만간 집에 검시관이 올 판이라. 한 늠이 소 잡듯지 몸뎅이에 칼을 꼬질라 카는 걸 다른 늠이 말리쿠다 손구락이 짱길 뻔했다 안 하나. 기래, 쥔장이지, 사후의 심판을 받겠다구 그 엠벵을 해싼 늠이. 심판관들이 안 무삽대. 바울이구 베드로구 요한이구 마태구 간에 하나도 겁 안 난다 카드라. 기냥 성자님덜 앞에 그 뻔뻔시런 낯짝을 딜에대고 싶어 환장한 기지! 그래구 히스클리프 그 늠 말이여, 하이간 그늠도 여간내기가 아이라. 악마의 농에 최고로 파안대소하는 늠이라이. 그늠이 그레인지로 가가, 우리 집서 을매나 신멩내기루 사는지 이야기 않드나? 들어보라. 해 질 녘에 일나가 노름판에 술판에, 담날 해가 중천일 때까정 덧문도 안 열고 촛불을 밝혜놓는다. 그래구 나믄 팔푼이 쥔장이 욕사바리를 퍼대믄서 처자러 가는데, 즘잖은 사램이믄 듣기도 남새시러가 귓구녕을 틀어막아야 해. 그래문 그 숭악한 하숙인 늠은 노름판서 딴 돈을 세구서 한술 뜨구 한숨 자구, 그래구 이웃집에 마실 가가 넘의 마누라랑 노닥기리는 기야. 그늠 자슥이 캐서린한테 이래 씨부릴 기라. 늬 아부지 금덩이가 내 개투머니로 술술 들어온다, 늬 아부지 아들내미는 파멸의 길로 가 뛰댕기니 내사 앞질러 가가 대문을 활짝 열어줄란다!' 자, 아씨, 조지프 그치가요, 악랄한 늙은이지만 거짓말은 안 하거든요. 영감 말이 사실이라면 아씨도 절대 그런 자를 남편 삼고 싶지 않으실 거예요. 그렇잖아요?"

작은아씨의 대답은 이러했지요.

"엘렌도 한패였구나! 그따위 비방이 나한테 먹힐 줄 알고? 이 세상에 행복이란 없다고 믿으라니 이 무슨 고약한 심보야!"

그대로 두었다면 이사벨라 아씨가 이 환상을 버렸을지 계속 간직했을지 그건 저도 모르겠습니다. 아씨도 제대로 따져볼 겨를이 없었거든요. 바로 다음 날, 린턴 나리가 옆 마을에서 열리는 재판 참석차 출타하셨는데 히스클리프가 이를 알고 평소보다 일찍 찾아왔더군요.

주인아씨와 작은아씨는 서재에 있었어요. 어느 쪽도 입을 열지 않는 냉랭한 분위기였지요. 이사벨라 아씨는 내내 숨겨온 속마음을 한순간 욱해서 경솔하게 내보인 것에 혼자 안절부절못했고, 캐서린 아씨는 생각하면 할수록 시누이가 괘씸해서 여차하면 다시 한번 그 건방짐을 비웃어주되 본인은 도저히 웃을 수 없게 해주겠노라 벼르고 있었겠지요.

주인아씨는 창문 너머로 히스클리프를 보고 슬며시 웃더군요. 벽난로를 소제하던 제 눈은 안주인의 입술에 떠오른 심술궂은 미소를 틀림없이 보았답니다. 작은아씨는 상념에 빠졌는지 책에 빠졌는지, 문이 열릴 때까지도 거기에 있었어요. 할 수만 있었다면 기꺼이 나갔을 텐데 그만 때를 놓치고 말았지요.

주인아씨가 의자를 난롯가로 끌어오며 유쾌하게 외쳤어요.

"들어와, 마침 잘됐네! 여기 두 사람 사이의 냉기를 녹여줄 제삼자가 절실하던 차에 우리 둘 다 적임자로 꼽을 그 사람이 딱 와주었지 뭐야. 히스클리프, 자랑스럽게도 드디어 나보다 더 널 사랑하는 사람을 소개할 수 있게 되었어. 누군지 알면 너도 어깨가 으쓱해질걸? 에이, 넬리는 아니니까 그쪽 쳐다볼 것 없어! 가여운 우리 아가씨께서 너의 아름다운 육신과 정신에 대한 생각만으로

도 가슴이 미어지신다네. 네 마음에 따라 에드거의 매제
가 될 수도 있겠어! 아니, 안 돼, 이사벨라, 어딜 도망가
려고."

당황한 아가씨가 분연히 일어나자 캐서린 아씨는 짐
짓 장난스럽게 붙잡으며 내처 말했어요.

"히스클리프 널 두고 우리가 고양이들처럼 싸웠다니
까. 한데 널 향한 존경과 헌신을 내세우는 데서 내가 지
고 말았어. 게다가 내 경쟁자를 자처하는 우리 아가씨 말
씀이, 내가 점잖게 비켜주기만 하면 자기가 네 마음에 사
랑의 화살을 쏘아 영원히 자기 것으로 만들고 내 기억은
영원한 망각 속으로 보내버리겠대!"

"새언니!"

시누이는 올케가 부여잡은 손을 아등바등 뿌리치려
하는 것조차 수치스럽다는 듯 애써 도도하게 굴더군요.

"아무리 농담이라도 진실을 고수하고 중상모략은 삼
가주면 고맙겠어요! 히스클리프 씨, 부디 친구분께 절
놓으라고 말씀해 주세요. 히스클리프 씨와 제가 그리 친
하지는 않다는 걸 이분이 잊으셨나 봐요. 새언니는 재미
로 이러지만 저는 형언할 수 없이 고통스럽네요."

손님은 묵묵부답으로 자리에 앉을 뿐 상대가 어떤 감
정을 품었든 전혀 무관심한 표정이었어요. 그러자 이사
벨라 아씨는 올케를 돌아보며 제발 놔달라고 진지하게
귓속말로 사정했지요.

린턴 부인은 큰 소리로 대꾸했어요.

"절대 안 되지! 난 여물통 개라는 소린 두 번 다시 듣기 싫거든. 우리 아가씨는 꼭 여기 있어요. 자 그럼! 히스클리프, 기분 좋은 소식을 들었으니 기쁜 내색 좀 하지? 이사벨라 양이 널 사랑하는 마음에 비하면 에드거가 날 사랑하는 마음은 아무것도 아니라는데. 본인 입에서 나온 말이야. 분명히 그런 식으로 얘기했다고. 그렇지, 엘렌? 우리 아가씨, 엊그제 산책 다녀온 뒤로 슬프고 분해서 곡기도 끊으셨어. 글쎄 내가, 너랑 아가씨랑 같이 있는 꼴을 못 보고 자기를 따돌렸다는 거야."

히스클리프는 두 여인 쪽으로 의자를 틀었어요.

"그건 거짓말 같은걸. 어쨌든 지금은 나와 함께 있는 게 퍽 싫은 모양인데!"

그러면서 화제의 대상을 뚫어져라 보더군요. 생경하고 징그러운 벌레, 이를테면 인도 지네 같은 것을 보는 눈빛이었어요. 혐오스러운데도 호기심이 앞서 계속 쳐다보는 그런 눈빛 말이에요.

아씨가 그걸 어찌 견디겠어요. 딱하게도 얼굴이 붉으락푸르락, 속눈썹에 눈물까지 맺힌 채로, 자신의 팔을 붙든 시누이의 억센 손을 그 가녀린 손가락으로 풀어보려 안간힘을 쓰더라고요. 하지만 손가락 하나 간신히 떼어내면 곧바로 다른 손가락이 죄어드는 식이라 이대로는 절대 놓여날 수 없다는 걸 알고서는, 손톱을 쓰기 시작했어요. 아씨를 붙들어 맨 오랏줄은 이내 빨간 초승달 무늬로 뒤덮였지요.

비로소 린턴 부인이 손을 떼고 탈탈 털며 소리쳤어요.

"여기 암호랑이가 있었네! 제발 썩 사라져! 그 여우 같은 낯짝일랑 감추고! 어리석기도 하지, 너의 '그분' 앞에서 발톱을 세우다니. 머리가 그렇게 안 돌아가니? 그분이 어떤 결론에 이를까? 이거 봐, 히스클리프! 저 손톱들이 진정 사람 잡을 무기야. 너도 조심해, 까딱하다 눈알 할퀼라."

작은아씨가 나가고 문이 닫히자 히스클리프는 잔인하게 대답했어요.

"나를 해칠 손톱 같으면 몽땅 뽑아버리고 말지. 한데 그런 식으로 저 여자를 놀려댄 저의가 뭐냐, 캐시? 아까 한 말도 진담이 아니지?"

"맹세코 진담이야. 벌써 몇 주째 너 때문에 애를 태웠나 보던데. 오늘 아침엔 입에 침이 마르도록 네 칭찬을 하길래, 그 불타는 연정을 식혀줄 요량으로 내가 네 단점을 있는 그대로 얘기해 줬더니, 들입다 악담을 퍼붓지 뭐야. 하지만 더는 신경 쓸 것 없어. 하도 건방지게 굴어서 벌을 좀 주려 한 것뿐이니까. 이래 봬도 내가 우리 아가씨를 꽤 좋아하거든, 히스클리프? 네가 홀랑 집어삼키게 두진 않을 거야."

"나 역시 그다지 구미가 당기지 않고. 송장 파먹는 귀신 취향이라도 되면 또 모를까. 저 감상적인 밀랍인형 낯짝하고 둘이서 살림이라도 차리면 금방 이상한 소문이 돌 거야. 대체로는 하루나 이틀꼴로 그 허여멀건 얼굴이 무지개색으로 물들고 푸른 눈은 시커멓게 멍이 든다는 얘기겠지. 꼴 보기 싫게 오라비 눈이랑 판박이야."

캐서린 아씨가 반박했어요.

"매력이 넘치는 눈이지! 비둘기…… 아니 천사의 눈이라고!"

잠시 침묵이 흐른 뒤 그가 묻더군요.

"그 처자가 오라비의 상속인이지, 아마?"

"그렇게 생각하면 내가 서운하지. 하늘이시여, 남자 조카가 대여섯은 태어나서 고모의 상속권이 없어지게 하옵소서! 일단 그 화제는 머리에서 지워줘. 넌 이웃의 재산을 너무 탐내는 경향이 있단 말이야. 네 이웃의 재산이 내 것이란 걸 명심해."

"그게 만일 내 소유라 해도 역시 네 것임엔 변함이 없는데. 하지만 이사벨라 린턴이 좀 모자랄지언정 아무렴 미치지는 않았겠지. 요컨대 그 문제는 네 조언대로 덮어두자고."

과연 두 사람은 더 이상 그 일을 거론하지 않았어요. 아마 캐서린 아씨는 머리에서도 지워버렸을 거예요. 하나 제가 확신하건대 다른 한 명은 그날 저녁에도 몇 번이고 그 문제를 떠올렸답니다. 린턴 부인이 잠시 자리를 비울 때마다 그자는 미소를 띠고서, 아니 히죽거리면서 속으로 뭔가 흉계를 꾸미는 모습이었거든요.

저는 그의 움직임을 주시하기로 마음먹었지요. 제 마음은 언제나 주인아씨보다 주인 나리 편이었어요. 제 생각에 나리는 어질고 듬직하며 지조 있는 분이셨으니까요. 아씨는 — 꼭 정반대라고는 할 수 없어도 — 자기 자신에게 너무 너그럽다고나 할까, 그래서 아씨의 도리가 못 미더울뿐더러 아씨의 감정에 공감하기는 더더욱 어려웠지요. 저는 무슨 일이든 일어나 히스클리프 씨가 조용히 떠나고 워더링 하이츠와 그레인지 두 집이 모두 예전으로 돌아갈 수 있기를 바랐어요. 그자의 방문은 저에겐 계속되는 악몽이었고 제 짐작에 주인 나리에게도 그러할 것 같았거든요. 그자가 하이츠에 살고 있다는 사실에 이루 말할 수 없는 압박감을 느끼셨을 거예요. 제가 보기엔 길 잃은 양이 하느님께 버림받고 홀로 악의 소굴을 헤매자, 사악한 마귀가 때가 되면 달려들어 죽이려고 양 우리 앞을 배회하며 기다리는 것만 같았답니다.

11

홀로 이런 생각에 잠겨 있노라면 때로는 공포감이 엄습해 당장 하이츠의 상황을 눈으로 확인해 보고자 보닛

을 쓰고 집을 나서기도 했어요. 힌들리에 대한 흉흉한 소
문을 당사자에게 알려주는 것이 제 의무라고 스스로 양
심을 다잡았다가도, 이미 악습에 물들 대로 물들어 버린
그에게 내가 무슨 도움이 될 것이며 그가 내 말을 곧이곧
대로 믿기나 하겠느냐는 생각이 곧이어 들면서 그 음산
한 집에 다시 발을 들이기가 망설여지더라고요.

딱 한 번, 기머턴 가던 길에 잠시 방향을 틀어 옛집 대
문을 지나간 적이 있어요. 방금까지 이야기한 그즈음의
일이었지요. 청명하고 쌀쌀한 오후, 땅은 헐벗고 길은 딱
딱하게 말라 있었어요.

마찻길에서 왼편 황야로 갈라지는 길목에 울퉁불퉁
한 사암 기둥이 하나 있어요. 북쪽 면에 W. H., 동쪽 면에
G., 남서쪽 면에 T. G.가 새겨져 있고요. 각 면이 워더링
하이츠, 기머턴, 스러시크로스 그레인지 방향을 가리키
는 이정표지요.

그날 오후 그 길을 가다 돌기둥 앞에 이르렀는데, 잿빛
꼭대기가 햇빛에 노랗게 물든 것이 마치 여름날을 연상
케 했어요. 왠지 모르게 울컥, 어린 시절의 감회가 솟구
치더라고요. 거긴 20년 전 힌들리와 제가 즐겨 놀았던
장소였어요.

전 비바람에 깎인 그 돌기둥을 오랫동안 바라보았지
요. 허리를 굽히고 살펴보니 하단부의 움푹한 구멍에 여
전히 달팽이 껍데기며 조약돌이 가득 들어 있었어요. 더

빨리 썩는 것들과 함께 그것들을 거기에 모아두는 게 우리의 놀이였거든요. 마치 그 순간에도 어릴 적 동무가 마른 풀밭에 앉아 있는 것만 같았어요. 한껏 수그린 검고 네모진 머리도, 돌조각으로 흙을 퍼내는 조막손도 눈에 선했지요.

저도 모르게 탄식이 나왔어요.

"불쌍한 힌들리!"

그러다 흠칫 놀라고 말았습니다. 그 아이가 고개를 들고 절 똑바로 쳐다보는 것을, 제 상상이 아닌 육신의 눈으로 얼핏 보았다고 착각한 거예요! 물론 그 환영은 눈 깜짝할 사이에 사라졌지만, 즉시 저는 하이츠로 가보고 싶은 충동에 휩싸였어요. 더욱이 미신이 그 충동을 따르라고 부채질했지요. 그이가 죽었나 봐! 아니면 곧 죽으려나 봐! 이건 죽음의 징조인지도 몰라! 하는 생각에 사로잡혀서요.

옛집이 가까워질수록 제 가슴은 요동쳤고, 집이 시야에 들어온 순간엔 팔다리가 덜덜 떨려왔어요. 허깨비가 절 앞질러 가서는 대문 틈으로 이쪽을 내다보고 있지 뭐예요. 문빗장에 발간 얼굴을 대고 선, 헝클어진 머리에 갈색 눈동자인 소년을 처음 보았을 때는 정말 그런 줄로만 알았어요. 한데 다시 보니 아니었어요. 그 아이는 분명 헤어턴, 저의 소중한 헤어턴이었어요. 그러고 보니 열 달 전에 절 떠나보낸 이래 많이 달라지지도 않았더라고요.

저의 어리석은 두려움은 순식간에 사라졌지요.

"어머나 세상에, 아가! 헤어턴, 나 넬리야! 네 유모 넬리."

아이는 제 팔이 닿지 않을 데로 물러나 큼지막한 돌멩이를 주워 올리더군요.

아이의 기억에 넬리가 살아 있더라도 내가 그 넬리인 것은 알아보지 못하는구나 싶어서, 저는 이어 말했어요.

"헤어턴, 난 네 아버지를 뵈러 왔단다."

아이는 무기를 쳐들고 던지려 했어요. 제가 말로 달래 보려 했지만 아이의 손은 멈추지 않았고 돌멩이는 제 보닛을 툭 치고 떨어졌어요. 그러자 아직 발음도 제대로 못 하는 그 작은 입술에서 온갖 욕이 줄줄 쏟아지데요. 뜻을 알건 모르건 간에 군데군데 능숙하게 강세도 주고, 그 앳된 얼굴을 일그러뜨려 가며 소름 끼치도록 악의에 찬 표정까지 짓는 거예요.

저야 화가 나기보다는 마음이 아팠지요. 눈물이 나려는 걸 꾹 참고 주머니에서 오렌지를 꺼내 아이에게 내밀었어요. 아이는 머뭇머뭇하다 제 손에서 그걸 홱 낚아채더군요. 제가 약만 올리고 정작 주지는 않을 줄로 알았나 봐요.

전 하나 더 꺼내 보이고는 아이 손이 닿지 않게 높이 들었어요.

"누가 그렇게 멋진 말을 가르쳐주셨니, 아가? 부목사님?"

"부목사도 네년도 다 뒈져버려! 그거나 내놔."

"어디서 배웠는지 말해줘야 이것도 먹을 수 있어. 누가 가르쳐주셨어?"

"악마 아빠."가 아이의 대답이었어요.

"그럼 아빠한테서 뭘 배우니?"

아이는 풀쩍 뛰며 과일을 뺏으려 했어요. 전 더 높이 쳐들고 다시 물었지요.

"아빠가 너한테 뭘 가르쳐주셔?"

"암것도. 거치적거리지 말라고만 해. 아빠는 나 꼴 보기 싫대. 내가 자기한테 욕하니까."

"아! 악마가 아빠한테 욕하라고 가르쳐줬구나?"

제가 은근히 떠보자 아이는 대답을 끌며 말을 바꿨어요.

"어어…… 아니."

"그럼 누굴까?"

"히스클리프."

전 아이에게 히스클리프가 좋으냐고 물었어요.

"어!"

아이가 그를 왜 좋아하는지 알고 싶었는데, 들은 건 겨우 이 정도였어요.

"몰라, 아빠가 나 혼내면 아저씨가 복수해 줘. 아빠가 나 욕하니까 아저씨도 아빠 욕해. 아저씨는 암거나 내 맘 대로 하래."

"부목사님이 읽기랑 쓰기랑 가르쳐주시지 않아?"

"아니, 부목사가 집에 들어오면 그길로 이빨을 몽땅 뽑아서 목구멍에다 쑬어 넣을 거야. 히스클리프가 약속 했어!"

저는 아이 손에 오렌지를 쥐여주면서, 네 아버지한테 할 얘기가 있으니 넬리 딘이라는 여자가 대문 앞에서 기다린다는 말을 가서 전하라고 일렀어요.

아이는 마당에 난 길을 따라 올라 집으로 들어갔어요. 하지만 힌들리 대신 히스클리프가 현관문을 열고 나오지 뭐예요. 전 곧장 돌아서서 한길로 달아났어요. 악귀를 불러내기라도 한 듯 섬뜩한 느낌에, 돌기둥이 있는 데까지 쉬지 않고 힘껏 내달렸지요.

이 일이 이사벨라 아씨의 연정 사건과 크게 연관이 있는 건 아니에요. 다만 제가 앞으로 더더욱 주의를 기울여 경계해야겠다고 굳게 마음먹은 계기였지요. 설령 주인 아씨의 행복에 훼방을 놓아 집안에 풍파를 일으키는 한이 있더라도, 전 그런 악영향이 그레인지에까지 퍼지지 않게끔 최선을 다할 작정이었답니다.

다음번에 히스클리프가 왔을 때 작은아씨는 안뜰에서 비둘기 모이를 주고 있었어요. 사흘간 올케와 한마디도 섞지 않았지만, 조바심치며 불평하던 버릇도 사라져서 실상 저희는 퍽 편했지요.

제가 알기로 그때까지 히스클리프는 린턴 양에게 불필요한 인사말 한번 건넨 적이 없었어요. 한데 그날은 아씨를 보자마자 일단 조심스레 집 정면을 쓱 살피더군요. 부엌 창가에 있던 저는 얼른 몸을 숨겼어요. 곧 그는 포장된 길을 가로질러 아씨에게로 가서는 무슨 말인가 건넸어요. 아씨는 당황하며 자리를 피하려 했는데 그가 아씨 팔을 붙잡았어요. 답하기 곤란한 질문을 받았는지 아씨는 한사코 그를 외면했어요. 한데 그 무뢰한이 또 한번 집 쪽을 흘깃하더니 아무도 보지 않는 줄 알고 무턱대고 아씨를 껴안는 게 아니겠어요?

제가 냅다 소리쳤지요.

"유다! 배신자! 거기다 위선자이기까지 하네, 응? 아주 계획적인 사기꾼이야!"

"누군데 그래, 넬리?"

바로 뒤에서 캐서린 아씨의 목소리가 들렸어요. 바깥의 두 사람에게 정신이 팔린 나머지 전 누가 들어오는 기척도 못 느꼈던 거예요.

전 열불을 내며 대답했지요.

"아씨의 벗이라는 작자요! 저기 저 음흉한 파렴치한이요. 아, 방금 우릴 봤나 봐요. 이제 들어오네! 아씨한테는 이사벨라 아씨가 그리 싫다고 해놓고 뒤에서 저런 수작질을 하다 들킨 마당에 어디 그럴싸한 변명거리를 떠올릴 재주는 있으려나 몰라!"

린턴 부인도 시누이가 그의 품에서 빠져나가 정원으로 뛰어 들어가는 장면을 목격했고, 1분 후 히스클리프가 문을 열었어요.

저는 울분에 차서 몇 마디 쏘아붙이지 않을 수 없었는데, 캐서린 아씨는 화를 내며 저에게 입 닥치라고, 자꾸 그 건방진 혀로 주제넘은 소리를 지껄이면 부엌에서 내쫓겠다고 엄포를 놓았어요.

"누가 들으면 넬리가 안주인인 줄 알겠어! 한번 제대로 경을 쳐야 분수를 알겠지, 응? 히스클리프, 이게 무슨 짓이야! 내가 이사벨라 건드리지 말라고 했잖아! 손님 대접 받기도 싫증 났니? 린턴이 너한테만 빗장을 걸어 잠갔으면 좋겠어? 그게 아니면 제발 내 말 들어!"

그러자 그 겉도 속도 시커먼 악한이 뭐랬는지 아세요? 정말이지 역겨웠어요.

"빗장을 걸어 잠가? 큰일 날 소리! 앞으로도 쭉 얌전히 참는 편이 좋을걸! 그러잖아도 놈을 천국으로 보내고 싶어서 내가 날이면 날마다 미칠 지경이거든!"

캐서린 아씨는 안쪽 문을 닫으며 말했어요.

"그만! 나 긁지 마. 왜 내 당부를 무시했어? 설마 아가씨가 먼저 꼬리 치기라도 했니?"

그가 거칠게 대꾸했어요.

"그게 너랑 무슨 상관이지? 저 여자가 원하면 난 키스

EMILY BRONTË

할 권리가 있어. 넌 반대할 권리가 없고. 내가 네 남편도 아니고, 네가 질투할 일은 아닐 텐데!"

"질투하는 게 아니야. 조심하는 거지. 인상 펴, 나 노려보지 말고! 이사벨라가 좋으면 혼인해. 하지만 정말 좋아해? 솔직히 말해봐, 히스클리프! 이거 봐, 대답 안 하잖아. 좋아하지 않는 거야."

제가 한마디 거들었지요.

"하물며 누이동생이 저런 작자랑 혼인하는 걸 린턴 나리께서 허락이나 하실까요?"

"허락하게 될 거야."

아씨는 장담했어요.

히스클리프가 말했어요.

"그런 수고는 넣어둬도 돼. 그가 허락하든 말든 내가 한다면 하는 거야. 그리고 캐서린 너도, 말 나온 김에 내 몇 마디 일러두지. 잘 들어. 네가 날 악랄하게, 간악무도하게 다룬다는 걸 알아. 알아듣겠냐? 내가 모르는 줄 알고 내심 우쭐대고 있다면, 다정한 말 따위로 날 달랠 수 있다고 여긴다면, 넌 그야말로 바보 천치야. 내가 복수하지 않고 가만히 당하기만 할 것 같나 봐? 천만에, 그 반대라는 걸 조만간 확실히 깨닫게 해주겠어! 어쨌거나 네 시누이의 비밀을 알려준 건 고맙다. 맹세코 실컷 이용해 먹을 테니 넌 잠자코 구경이나 해!"

린턴 부인은 경악하며 외쳤어요.

"이런 면까지 있는 줄은 또 몰랐네! 내가 널 간악무도하게 다뤘으니 복수를 하시겠다? 어쩔 셈이냐, 이 배은 망덕한 놈아! 간악무도라니, 내가 뭘 어쨌다고?"

히스클리프는 한풀 꺾인 말투로 대꾸했어요.

"너한테 복수하지는 않아. 그건 계획에 없어. 폭군이 노예를 학대해도 노예는 폭군에게 반항하지 않는 법. 자기보다도 못한 놈들에게 분풀이를 할 뿐이지. 네가 재미로 날 죽도록 괴롭히는 건 얼마든지 환영이야. 단, 나도 마찬가지로 조금쯤 재미를 보게 내버려 두란 말이야. 가능하면 날 모욕하는 것도 삼가고. 내 궁전을 무너뜨렸으면서 선심 쓰듯 오두막 하나 지어주고 뿌듯해하지 마. 정녕 내가 이사벨라와 혼인하길 바라는 거야? 그게 네 진심이라면 내 손으로 내 목을 그어버리겠어!"

"하, 내가 질투하지 않는 게 문제였네, 그치? 좋아, 너한테 신붓감을 소개하는 일은 두 번 다시 없을 거야. 길 잃은 영혼을 사탄에게 갖다 바치는 꼴이지. 불행을 안기는 데서 행복을 느끼는 네가 사탄과 다를 게 무어야? 네가 친히 증명하고 있네. 네가 와서 심통이 났던 에드거도 겨우 마음을 풀었겠다. 이제야 나도 마음 편히 평화롭게 지낼 참인데, 넌 우리가 평온무사한 게 아니꼬우니 기어이 분란을 일으켜야겠다는 식이잖아. 할 테면 해봐, 히스클리프. 에드거랑 한판 붙어. 그이 누이도 꼬시고. 그거야말로 나한테 복수하는 가장 효과적인 방법일 테니까."

그길로 대화가 끊어졌습니다. 린턴 부인은 상기하고 침울한 얼굴로 화덕 가에 앉았어요. 자신을 섬기던 인간이 갈수록 제 고집을 세우는데 달랠 수도 말릴 수도 없었으니까요. 그는 팔짱을 낀 채 좌대에 서서 사악한 생각들을 곱씹더군요. 그들을 그 상태로 두고 전 주인님에게로 갔어요. 안 그래도 나리는 아래층으로 내려간 아내가 돌아오지 않아 무슨 일인가 궁금해하던 차였지요.

제가 들어서자 나리가 물었어요.

"엘렌, 주인아씨 봤어?"

"예, 부엌에 계세요. 히스클리프 씨 때문에 몹시 화가 나셨네요. 정말이지, 그자가 이 집에 드나드는 걸 이제는 달리 생각해 보셔야 한다고 봐요. 너무 점잖게만 대해줘도 해로운 법이에요. 벌써 일이 이 지경에 이르렀는걸요."

저는 안뜰에서 일어난 일과 그로 인한 말다툼을 제 선에서 가능한 한 그대로 전했습니다. 린턴 부인에게 썩 불리한 이야기는 아니라고 생각했어요. 나중에 아씨가 손님 편을 들어 스스로 일을 꼬지만 않는다면 말이에요.

린턴 나리는 끝까지 듣기조차 힘겨워하셨어요. 얼마간 아내를 원망하는 마음도 없지 않은 눈치였던 게, 첫마디부터 이러시더라고요.

"도저히 못 참겠군! 그런 자를 벗 삼은 것도 모자라 나한테도 교제를 강요하다니 이 무슨 망신이야! 엘렌, 하인 중에 장정 둘만 데려와. 더는 캐서린이 그 막돼먹은 상놈과 실랑이하게 두지 않겠어. 집사람 비위 맞추기도 이만큼 했으면 됐지.”

나리는 아래층으로 내려가 하인들에게 복도에서 대기하라 이른 뒤 부엌으로 들어갔어요. 저도 따라 들어갔고요. 두 사람은 그새 또 말다툼을 하고 있더군요. 어쨌든 린턴 부인은 새로이 기세를 올려 몰아붙이는 중이었고, 창가로 자리를 옮긴 히스클리프는 상대의 기세에 다소 기가 눌린 듯 고개를 떨군 채였어요.

주인장을 먼저 본 히스클리프가 급히 아씨에게 손짓했고, 아씨도 그 신호의 의미를 알아채자마자 돌연 입을 다물었지요.

린턴 나리가 아내에게 말했습니다.

“어찌 이러오? 저런 작자의 막말을 듣고도 자리를 박차고 나가지 않는 건 대체 어느 나라 예법이랍니까? 저 자의 평소 말버릇이 그러하니 당신은 아무렇지 않은 모양이지. 당신이 저자의 천박함에 길들여졌다 해서 나 역시 그러할 줄로 알았나 보오!”

“설마 숨어서 엿듣고 있었어요?”

굳이 남편을 도발할 셈으로 따져 묻는 투였어요. 당신이 짜증 내든 말든 나는 관심도 없고 거리낄 것도 없다는 뜻을 전한 거죠.

전자의 말에 눈썹을 치떴던 히스클리프는 후자의 한마디에 코웃음을 날리더군요. 린턴 나리의 주의를 끌고

자 일부러 그런 것 같았어요.

소기의 목적은 이루었지요. 하나 나리는 분통을 터뜨리는 모습을 보여 그를 즐겁게 할 마음이 추호도 없었습니다.

그저 나직이 말했지요.

"내 이제껏 그쪽을 용인한 것은, 그쪽이 비열하고 천한 인물임을 알지 못해서가 아니라, 그런 성품을 지니게 된 게 그쪽 잘못만은 아니라고 생각해서였소. 캐서린이 그쪽과의 친분을 유지하고 싶어 하기에 묵인한 것이기도 하고. 하나 어리석은 짓이었소. 그쪽의 존재는 가장 고결한 이도 오염시킬 정신의 독이오. 이러한 이유로, 또한 사태의 악화를 방지하고자, 나는 오늘 이 시간부로 그쪽의 이 집 출입을 금하는 바요. 아울러 엄중히 경고하건대 즉시 나가주시오. 3분 이상 지체하면 강제로 끌어내겠소."

히스클리프는 말하는 이의 신장과 체격을 비웃음 가득한 눈초리로 재보더군요.

"캐시, 너의 새끼 양이 황소인 양 협박을 하네! 내 주먹을 들이받다 골통이 깨질 판이야. 아이고! 린턴 씨, 그쪽이 한주먹감도 못 되어 나야말로 아쉬워 죽겠소이다!"

주인님은 복도 쪽을 흘깃하고서 저에게 눈짓했어요. 몸소 부딪치는 위험을 무릅쓸 생각은 없었던 거예요.

전 눈치껏 문 쪽으로 갔어요. 한데 린턴 부인이 뭔가를 낌새채고 다가오더니, 문을 열고 밖의 하인들을 부르려하는 저를 잡아당기면서 문을 쾅 닫고 잠가버렸어요.

남편이 경악한 표정을 짓자 부인은 싸늘하게 말했어요.

"정정당당도 하셔라! 들이받을 용기가 없으면 사과하든지 얻어맞든지 해요. 그 같잖은 객기라도 고치게. 아니, 열쇠 뺏을 생각 마요, 차라리 삼켜버릴 테야! 기껏 잘해줬더니 둘 다 이리도 멋들어지게 보답을 하네! 한쪽은 천성이 나약하고 한쪽은 고약한 걸 한없이 받아준 끝에 감사는커녕 지독히도 어리석은 배은망덕의 두 표본을 얻다니! 에드거, 난 당신과 당신의 것들을 지켜주려던 것뿐이에요. 그런 날 감히 나쁘게 보다니, 히스클리프한테 두들겨 맞다 못해 토해도 싸!"

그렇게 주인님 속을 뒤집는 데는 구태여 주먹질도 필요 없었어요. 나리가 캐서린 아씨 손에서 열쇠를 비틀어 빼려 했는데 아씨는 열쇠를 난롯불 한가운데로 던져버렸거든요. 나리는 신경질적으로 몸을 부들부들 떨더니 얼굴에서도 핏기가 싹 사라졌어요. 죽을힘을 다해도 격하게 치미는 감정을 막을 수 없었나 봐요. 비통함과 굴욕감에 완전히 압도되어 그만 의자 등받이에 기대앉아 두 손으로 얼굴을 감싸더군요.

린턴 부인이 소리쳤어요.

"원, 세상에! 옛날 같았으면 이 수법으로 기사 작위도 받으셨겠네! 우리가 졌어요! 항복이라고요! 히스클리프는 당신한테 손가락 하나 대지 않을 거예요. 생쥐 떼와 싸우라고 왕이 군대를 보내지는 않지. 기운 내요! 다칠일 없으니까! 이제 보니 당신은 새끼 양이 아니라 젖먹이 토끼였네요."

부인의 친구도 비아냥댔어요.

"젖내 나는 겁쟁이랑 행복하길 빈다, 캐시! 네 취향도 참 대단해. 저렇게 침 흘리고 벌벌 떠는 물건이 나보다 좋다는 거 아니야! 주먹질이 안 되면 발길질은 되려나? 그래야 속이 후련하겠는데. 아니, 저거 우는 거야? 아니면 무서워서 기절하기 직전인가?"

그자가 다가가 린턴 나리가 앉은 의자를 밀었어요. 그냥 멀찍이 떨어져 있을 것이지. 주인님이 잽싸게 일어나 그자의 목젖에 한 방 제대로 날렸거든요. 덜 건장한 사내였다면 나가떨어졌을 거예요.

히스클리프는 잠시 숨이 막혔지요. 그가 캑캑대는 사이에 린턴 나리는 부엌 뒷문으로 빠져나가 안뜰을 거쳐 집 현관으로 갔어요.

캐서린 아씨가 야단을 쳤어요.

"거봐! 기어이 다시는 여기 못 오게 됐잖아. 자, 달아나야 해. 그이가 쌍권총에 대여섯 사람은 대동하고 돌아올 거야. 정말 우리 얘길 엿들었으면 결단코 널 용서하지 않을 거야. 나한테 정말 너무한다, 히스클리프! 어쨌든 가,

얼른! 나한테는 너보다 에드거가 궁지에 몰리는 편이 차라리 나아."

그자는 되레 더 큰소리를 치더군요.

"아직도 목구멍이 화끈거리는데 내가 이대로 갈 것 같아? 절대로 안 가! 그 자식 갈비뼈를 썩은 개암 껍데기처럼 으스러뜨리기 전엔 저 문간을 넘지 않겠어! 지금 때려눕히지 못하면 언젠가 죽여버릴 거야. 하니 그놈 목숨이 중하거든 날 말리지 마!"

아씨 대신 제가 나섰어요. 거짓말을 좀 보탰지요.

"주인님은 오시지 않아. 마부랑 정원사 둘이 오는 중이야. 저들한테 붙잡혀 한길로 끌려나가고 싶은 건 아니지? 셋이 다 몽둥이를 들었다고. 저들이 지시대로 하는지 어쩌는지 아마 주인님이 응접실 창으로 지켜보고 계실걸?"

과연 정원사들과 마부가 오고 있었지만 실은 린턴 나리도 함께였어요. 벌써 안뜰까지 왔더라고요. 히스클리프는 졸개 셋과의 괜한 몸싸움은 피하기로 생각을 바꾸고 부지깽이를 집어 안쪽 문 자물쇠를 부쉈어요. 그들이 당도했을 때 그자는 이미 달아난 뒤였지요.

흥분을 가라앉히지 못한 주인아씨는 저에게 위층으로 같이 올라가 달라고 하더군요. 이 사달이 나는 데 제가 한몫했다는 걸 아씨는 모르고 있었고 저도 아씨가 끝까지 모르기만을 바랄 따름이었어요.

아씨는 소파에 몸을 던지며 한탄했어요.

"미치겠어, 넬리! 쇠망치 천 개가 머리를 내리치는 것 같아! 이사벨라한테 내 눈에 띄지 말라고 전해. 이 난리가 다 걔 때문이잖아. 걔든 누구든 간에 지금 내 화를 돋우면 나 정말 돌아버릴 거야. 그리고 넬리, 오늘 밤에 에드거를 다시 보게 되거든 내가 몸져누울 판이라고 말해 줘. 진짜 큰 병이라도 났으면 좋겠네. 그이 때문에 내가 얼마나 놀라고 괴로웠는데! 그이도 한번 나 때문에 식겁해 봐야지. 게다가 그이가 여기 와서 악담이나 불만을 줄줄이 늘어놓을 수도 있고 그러면 난 필시 맞받아칠 텐데, 그러다 결국 어떻게 될지 누가 알겠어! 내 말대로 해 줄 거지, 넬리? 이번에 내가 잘못한 건 하나도 없다는 거 넬리도 알잖아. 그이는 대체 뭐에 씌었길래 생전 안 하던 염탐질을 했다니? 넬리가 나가고 나서 히스클리프가 도를 넘는 얘길 지껄였어. 하지만 이사벨라 일은 내가 금방 걔 마음을 돌려놓을 수 있었는데. 나머지는 다 별 얘기도 아니었고. 이제 다 틀어졌어. 마귀한테 홀리기라도 했는지 갑자기 자기 험담을 듣고 싶어 안달 난 그 바보 때문에! 우리 얘길 엿듣지만 않았어도 제풀에 열받을 일은 없었을 것을. 내가 목이 쉬도록 히스클리프를 야단쳤는데 그이가 들이닥쳐 어처구니없게 나를 몰아세울 때는, 정말이지 둘이 서로 뭔 짓을 하건 신경도 쓰기 싫더라. 더욱이 그 장면이 어떤 식으로 막을 내리든 모두가 서로를 등질 수밖에 없고 언제 다시 원래대로 돌아올지도 미지수니까! 히스클리프를 벗으로 둘 수 없다면, 에드거가 계속 치사하게 질투나 해댄다면, 내가 아주 속절없이 무너지는 꼴을 보여서 두 인간도 속절없이 무너지게 해주겠어. 극한까지 몰리는 경우에는 이 방법으로 뭐든지 단숨에 끝장낼 수 있거든! 하지만 실낱같은 희망마저 사라졌을 때에나 써먹을 방법이지. 그런 식으로 린턴을 놀라게 하긴 싫어. 이제껏 내 신경을 긁지 않으려고 조심했잖아. 그런 자세를 버렸다간 큰일 난다고 넬리가 단단히 일러줘. 내 성미 잘못 건드렸다간 광분해 날뛰는 꼴을 보게 될 거라고 말이야. 아이참, 그렇게 냉담한 표정 대신 날 걱정하는 척이라도 좀 해주면 안 돼?"

딴에는 진지하게 말하는데 제가 무덤덤하게 듣고만 있으니 아씨 입장에서야 약이 바짝 오를 만도 했지요. 하지만 언제 발광할지 미리 계획할 수 있는 사람이라면 막상 발광한 상태에서도 웬만큼은 자제력을 발휘할 수 있으리란 게 제 생각이었어요. 그리고 아씨와 달리 저는 주인님이 '식겁하길' 바라지 않았거든요. 그분의 골칫거리를 늘려서 아씨의 이기심을 채워주기도 싫었고요.

하여 저는 응접실 쪽으로 가는 주인님과 마주쳤을 때도 아무 말도 전하지 않았어요. 다만 부부 싸움이 재개되려나 싶어 실례를 무릅쓰고 되돌아가 귀를 기울였지요.

남편 쪽이 먼저 운을 뗐어요. 노기 띤 목소리가 아니라

EMILY BRONTË

몹시 슬프고 허탈한 말투였어요.

"그냥 있어요, 캐서린. 내가 곧 나갈 테니. 다투자고 온 것도 아니고 화해하자고 온 것도 아니오. 그저 묻고 싶은 게 있어서. 오늘 그런 일이 있었는데도 당신은 계속해서 그 작자와……."

아내는 발을 동동거리며 남편 말을 잘랐어요.

"아, 제발! 제발, 그 얘기는 이제 좀 그만하자고요! 당신 피는 너무 차가워서 어떻게 해도 뜨거워지지 않아. 피가 아니라 얼음물이야. 하지만 내 피는 뜨겁거든. 그렇게 차가운 모습을 보면 부글부글 끓어올라."

린턴 나리는 물러서지 않았어요.

"내가 나가길 바란다면 질문에 대답해요. 대답해야만 하오. 그렇게 욱하는 버릇도 이제 겁나지 않아. 당신도 마음만 먹으면 누구 못지않게 냉정해질 수 있다는 걸 알았거든. 지금 이후로 히스클리프를 버리겠소, 아니면 나를 버리겠소? 나의 벗인 동시에 그자의 벗이길 자처하는 건 불가능하오. 당신이 어느 쪽인지 내 반드시 알아야겠소."

캐서린 아씨는 격분해 소리쳤어요.

"난 반드시 혼자 있어야겠어요! 혼자 있겠어! 제대로 서지도 못하는 거 안 보여요? 에드거 당신…… 당신은 나가!"

아씨는 세차게 종을 흔들어댔고 급기야 종이 쨍 소리

를 내며 깨졌어요. 제가 일부러 꾸물대다 들어갔거든요. 그토록 분별없이 지독한 생떼를 부리는 데야, 하물며 성자라도 화가 치밀 법했다고요! 소파에 누운 채 팔걸이에 머리를 찧고 이를 득득 갈아대는데, 저러다 이가 몽땅 가루가 되는 것 아닌가 싶을 정도였어요!

뒤늦게 밀려온 가책과 두려움에 휩싸인 채 멀거니 서서 아씨를 보고 있던 린턴 나리가 저에게 물을 가져오라고 했어요. 아씨는 숨이 막혀 말을 할 수 없는 상태였고요.

전 유리잔 가득 물을 담아 왔지만 아씨 입을 벌릴 수 없어 얼굴에다 뿌렸어요. 한데 잠깐 사이에 아씨 얼굴이 시체처럼 창백한 납빛으로 변하면서 눈이 뒤집히고 몸도 뻣뻣해지지 뭐예요.

린턴 나리는 겁에 질려 넋이 나간 모습이었지요.

저도 내심 두려움이 앞섰지만 나리가 이대로 항복할세라 침착하게 속삭였어요.

"아무 일 없으니 걱정하지 마셔요."

나리는 진저리를 치며 말했어요.

"입술에 피가 맺혔는데!"

"괜찮다니까요!"

전 딱 잘라 말하고, 나리가 오기 전에 아씨가 여차하면 발광하는 모습을 보여주겠다고 별렀다는 걸 고해바쳤어요.

EMILY BRONTË

한데 제가 목소리 낮추는 걸 깜빡한 거예요. 제 얘기를 아씨가 들었는지 벌떡 일어나더라고요. 머리칼이 어깨 위로 흩날리고 눈은 번뜩이고 목과 팔 근육이 기괴하게 불거졌어요. 저는 최소한 뼈마디 몇 군데는 부러질 각오를 했는데, 아씨는 그저 잠시 주위를 노려보다 냅다 뛰쳐나갔어요.

　따라가 보라는 주인님 분부대로 아씨 방 앞까지 갔지만, 아씨는 제가 들어가지 못하게 방문을 잠가버렸어요.

　이튿날 아침 아씨가 내려오지 않아서 제가 아침상을 올려다드릴까 여쭈러 갔어요.

　"됐어!"라고 아씨는 야멸치게 대꾸하더군요.

　정찬과 차 시간 때도 마찬가지, 그다음 날도 똑같은 질문과 대답이 반복되었지요.

　한편 린턴 나리는 주로 서재에 머물렀고 아내가 어디서 뭘 하는지는 묻지 않았어요. 이사벨라 아씨와는 한 시간에 걸쳐 이야기를 나누었더랬지요. 나리는 히스클리프의 수작질이 응당 누이의 경악과 혐오를 유발했다는 단서를 얻으려 애써보았으나, 정작 당사자는 속을 알 수 없는 어정쩡한 대답으로 일관하니, 별수 없이 심문을 탐탁찮게 마쳐야 했어요. 다만 대화 끝에 나리는 정녕 네가 미쳐 돌아서 그자의 무가치한 구애를 부추긴다면 오누이의 연을 끊겠노라는 경고를 엄숙히 덧붙였답니다.

12

이사벨라 아씨는 언제나 말없이, 대체로 눈물지으며 스러시크로스 숲과 정원을 배회했습니다. 그 오라비는 책 한 권 펴보지도 않으면서 서재에 틀어박혀 지내는 것이, 아내가 잘못을 뉘우치고 제 발로 찾아와 용서를 빌며 화해를 청하리라 막연히 기대하다 지쳐버린 모양이었고요. 한편 그 아내는 끼니때마다 남편이 자신의 부재에 목이 멜 지경이며 언제든지 달려와 발치에 엎드리고 싶지만 오로지 자존심 때문에 그러지 못하는 것이라 여기고 끈질기게 단식을 고집했어요. 그동안에도 저는 집안 살림의 의무를 다했지요. 그레인지에 분별 있는 영혼이라곤 오직 하나, 제 육신에 깃들어 있는 영혼뿐이라고 믿으면서요.

전 작은아씨를 위로하거나 주인아씨를 타이르는 낭비를 삼갔고, 아내 목소리를 들을 수 없으니 이름만이라도 듣고 싶어 하는 주인님의 한숨도 모르는 체했어요.

일절 참견하지 말자, 저들이 내킬 때 날 찾게 하자고 작정을 하긴 했으나, 정말이지 몸서리나게 더딘 과정이었답니다. 그래도 다행스럽게 드디어 희망의 빛이 희미하게나마 비치는 듯했는데 그나마도 잠시뿐이었지요.

사흘째 되던 날 린턴 부인이 방문을 열었어요. 물주전자와 물병까지 비었으니 다시 채울 물을 가져오고, 자긴

EMILY BRONTË

곧 죽을 것 같으니 미음이나 한 사발 끓여 오라고 하더군요. 죽겠다는 소리는 보나 마나 남편 귀에 들어가라고 뱉은 것이었겠죠. 하나 아씨 말을 믿지 않았던 저는 아무에게도 알리지 않았고, 미음 대신 버터 없이 구운 빵과 차를 챙겨 갔어요.

아씨는 아주 열심히 먹고 마셨어요. 그리고서는 주먹을 쥐고 신음하며 다시 베개로 쓰러지는 거예요.

"아, 난 죽을 거야. 아무도 날 신경 쓰지 않잖아. 먹지 말 걸 그랬어."

그러더니 한참 만에 또 혼자 중얼거리더군요.

"아냐, 안 죽어. 누구 좋으라고? 그이는 날 조금도 사랑하지 않아. 날 그리워하지도 않겠지!"

아씨 얼굴이 섬뜩하도록 창백하고 말투며 몸짓도 이상하게 과장돼 보였지만 전 애써 천연덕스럽게 물었어요.

"방금 뭐 시키셨어요, 아씨?"

아씨는 수척한 얼굴로 늘어졌던 엉킨 머리칼을 쓸어 넘기며 대답했어요.

"그 무정한 인간은 뭘 하고 있어? 혼수 상태야? 아님, 죽기라도 했나?"

"아니요. 린턴 나리를 말씀하시는 거라면, 그런대로 건강하신 것 같아요. 서재에 너무 오래 계시는 감이 있지만, 달리 어울릴 사람이 없으니 책을 벗 삼아 지내시는 거죠."

아씨의 진짜 상태를 알았더라면 그런 말은 하지 않았을 텐데, 그때 저는 아씨가 병자인 척 연기한다는 생각을 떨칠 수 없었거든요.

아씨는 어이없다는 듯 소리쳤어요

"책을 벗 삼아? 내가 다 죽어가는데! 내 무덤이 코앞인데! 맙소사! 내가 어떤 지경인지나 알고 그런대?"

그러면서 맞은편 벽면의 거울을 빤히 들여다보았어요.

"저게 캐서린 린턴이라고? 그이는 내가 심통이 난 줄아는구나……. 그래서 꾀병이겠거니 하는 거야. 넬리가 그이한테 내 상태가 진정 심각하다고 고해주면 안 될까? 지금이라도 그이 마음을 알아내는 대로 양단간에 하나를 택할래. 이대로 굶어 죽든지 — 그나마 그이한테 인정이란 게 없으면 내가 그런다고 해서 벌이 되지도 않겠지만 — 아님 다시 기운을 차리고 이 나라를 뜰 거야. 넬리, 정녕 그래? 신중히 대답해. 정녕 그이는 내 목숨이 안중에 없는 거야?"

"아유, 아씨, 주인님은 아씨가 제정신이 아닌 걸 모르신다고요. 하물며 굶어 죽어버리겠다고 작정할 줄이야 어찌 아시겠어요? 당연히 염려치 않으시죠."

"그래? 그럼 넬리가 내 대신 알려주면 안 돼? 그이가 믿게 잘 얘기해 봐. 누가 시켜서가 아니라, 넬리가 보니까 틀림없이 내가 굶어 죽게 생겼더라고 가서 전하란 말이야!"

"아니, 그새 잊으셨나 보네요, 아씨. 오늘 저녁에 맛있게 요기했잖아요. 내일이면 그 효과가 나타날걸요."

"그이가 내 뒤를 따를 거란 확신만 있으면 난 당장이라도 자결하겠어! 지난 사흘간 밤새 눈 한번 못 붙였는걸. 아아, 얼마나 시달렸던지! 내내 유령에 쫓기는 것만 같았어, 넬리! 이제 보니 넬리도 내가 싫은가 봐. 거참 이상해! 다들 서로 못 잡아먹어 안달이어도 나를 사랑하지 않을 수는 없다고 생각했거든. 한데 단 몇 시간 만에 모두 내게서 등을 돌렸단 말이지. 확실히 변했어, 이 집 사람들이. 그 냉담한 얼굴들에 둘러싸인 채 죽음을 맞는다면 얼마나 처량할까! 이사벨라는 새언니가 죽는 걸 지켜보자니 너무 무섭고 끔찍해서 방에 들어와 보기조차 꺼릴 거야. 에드거는 근엄하게 곁에 서 있다가 다 끝난 걸 확인한 다음 집안에 평안을 되찾아 준 하느님께 감사 기도를 올리고 다시 책을 벗 삼으러 가겠지! 내가 다 죽어가는데 책이라니, 대체 어떤 감정을 지닌 인간이기에?"

제가 그런 인상을 심어준 셈이지만, 린턴 나리가 체념하고 달관한 듯하다는 점이 아씨로서는 견딜 수 없었던 모양입니다. 몸을 엎치락뒤치락, 심란한 심사가 광기로 번져 베개를 물어뜯기까지 하더니, 돌연 열불을 내며 벌떡 일어나 저에게 창문을 열라고 하더군요. 한겨울 북동풍이 매섭게 부는지라 전 안 된다고 했지요.

아씨의 얼굴에 스치는 표정과 기분 변화에 전 덜컥 불안해졌습니다. 전에 아씨가 크게 앓았던 일과 아씨 심기를 거스르지 말라던 의사의 경고도 떠올랐고요.

1분 전까지도 죽겠다고 길길이 뛰던 아씨는, 제가 거역한 것은 개의치도 않고 어느새 한 팔을 짚고 누워 딴청을 피우고 있었어요. 아까 베개를 이로 뜯어놓은 데서 깃털을 뽑아 종류별로 늘어놓지 뭐예요. 그새 정신이 딴 데로 샌 것이지요.

아씨는 혼잣말인지 아닌지 모를 말을 주절거렸어요.

"저건 칠면조, 이건 들오리, 또 이건 비둘기. 아, 베개에 비둘기 깃털이 있었구나. 이러니 내가 죽지도 못했지!* 누울 때 잊지 말고 바닥에 버리자. 이건 붉은뇌조, 그리고…… 이건 물떼새. 깃털 천 개가 섞여 있어도 한눈에 골라낼 수 있지. 예쁜 새야, 황야 한복판에서 우리 머리 위를 맴돌던. 둥지로 돌아가고 싶어 했어. 산등성이로 구름이 내려앉으니 곧 비가 올 것을 예감했겠지. 이 깃털은 벌판에서 주운 거야. 물떼새를 쏘지는 않았어. 겨울에 둥지를 봤거든. 조그만 해골이 소복이 쌓여 있더라. 히스클리프가 덫을 놓아서 부모 새가 올 수 없었던 거야. 난 개한테 앞으로 물떼새를 쏘지 않겠다는 다짐을 받았고, 걘 쏘지 않았어. 그래, 여기 또 있네! 개가 내 물떼새를 쏘았

* 침구에 비둘기 깃털이 있으면 사람이 죽어도 영혼이 떠나지 못한다는 미신이 있었다.

을까, 넬리? 그중에 붉은 깃털이 있어? 좀 보자."

"어린애 장난질은 그만둬요!"

전 쏘아붙이며 베개를 빼앗아 구멍 난 부위가 아래로 가게 뒤집어 놓았어요. 아씨가 깃털을 한 움큼씩 빼내고 있었거든요.

"바로 눕고 눈 감아요. 정신이 혼미한가 봐요. 이거 야 단났네! 깃털이 눈발처럼 날리잖아!"

전 여기저기 흩날리는 깃털을 모으려고 부산스럽게 움직여야 했어요.

아씨는 꿈꾸듯 이어 말했어요.

"넬리한테서 나이 든 여인이 보여. 머리는 백발이고 어깨도 굽었어. 이 침대는 페니스톤 절벽 아래에 있는 요 정 동굴이고, 넬리는 우리 암송아지들을 해칠 돌촉을 모 으고 있어. 한데 내가 근처에 있으니까 그저 양털을 줍는 척하는 거지. 뭐, 50년 후에 그럴 거란 얘기야. 지금은 그 렇지 않다는 거 알아. 내 정신은 또렷해. 넬리가 잘못 알 았어. 내가 지금 혼미하다면 넬리가 정말 꼬부랑 노파고 여기가 정말 페니스톤 절벽 아래라고 믿었겠지. 하지만 지금은 밤이고, 탁자에 촛불 두 자루가 켜져 있어서 저 검은 장롱이 흑요석처럼 빛나잖아."

"검은 장롱이라뇨? 장롱이 어딨어요? 잠꼬대를 하는 군요!"

"벽에 붙어 있잖아, 늘 있던 대로. 한데 이상하긴 하다…… 저기 웬 얼굴이 보여!"

"이 방에는 장롱이 없어요. 있었던 적도 없잖아요."

아무래도 아씨를 잘 지켜봐야겠다는 생각이 들어서 전 다시 자리에 앉아 침대 커튼을 걷어 올렸어요.

아씨는 열심히 거울을 바라보며 묻더군요.

"저 얼굴 안 보여?"

거울에 비친 아씨 얼굴이라고 아무리 설명해도 믿질 않아서, 저는 그만 일어나 숄로 거울을 덮어버렸어요.

아씨는 불안해하며 계속 우겼어요.

"그래도 저 안에 있는걸! 게다가 움직여! 누구지? 넬리가 가고 나서 저게 나오면 어떡해? 오 넬리, 방에 유령이 있어! 혼자 있기 무서워!"

아씨가 몸을 부르르 떨면서도 한사코 거울을 보려고 하기에 전 아씨 손을 부여잡고 진정하시라고 애원했어요.

"방엔 우리밖에 없어요. 저건 아씨였다고요. 아까는 알고 있었으면서!"

"나라고? 헉, 시계가 12시를 치네! 그럼 사실이구나. 정말 끔찍해!"

아씨는 이불자락을 움켜쥐고 끌어 올려 눈을 덮었어요. 전 나리를 불러올 셈으로 슬금슬금 문 쪽으로 향했지요. 하지만 날카로운 외마디 비명에 부리나케 돌아왔어요. 거울에서 숄이 떨어진 거예요.

전 울부짖었어요.

"아니, 대체 왜 이래요! 아씨야말로 겁쟁이였네! 정신
차려요! 그냥 유리예요. 거울이라고요, 아씨. 저건 거울
에 비친 아씨잖아요. 옆에 저도 있고요."

아씨는 덜덜 떨며 정신없이 절 꼭 붙들었어요. 공포에
질렸던 표정이 차츰 풀어지더니, 창백했던 얼굴이 이번
엔 창피해서 벌겋게 달아오르더군요.

아씨는 한숨을 쉬었어요.

"오, 이런! 집을 착각했네. 워더링 하이츠의 내 방인 줄
알았어. 기운이 없으니 머리까지 이상해져서 나도 모르
게 비명을 질렀나 봐. 아무 말 말고 내 옆에 있어줘. 잠들
기 겁나. 자꾸 무서운 꿈을 꾸니까."

"푹 자고 나면 괜찮아질 거예요, 아씨. 이 고생을 했으
니 이제 굶어서 죽을 생각은 안 하시겠죠."

아씨는 두 손을 맞잡고 비틀어대며 씁쓸하게 한탄을
이어갔어요.

"아아, 이게 예전 집 내 침대면 얼마나 좋을까! 창밖의
전나무 가지를 흔들며 휭휭 부는 바람…… 그 바람을 맞
고 싶어. 저 벌판으로 곧장 불어오니까…… 한 번만 들이
마시게 해줘!"

저는 아씨를 진정시키려고 잠깐 창문을 열었다가 찬
바람이 훅 밀려들어 도로 닫고 제자리로 돌아왔어요.

이제 아씨는 가만히 누워 하염없이 눈물을 흘리더군

요. 몸이 허할 대로 허해져 마음을 추스를 기운도 없었겠지요. 성미가 불같던 우리 캐서린 아씨가 그만 울보 어린애가 돼버린 거예요!

갑자기 아씨가 기운을 차리며 물었어요.

"내가 여기 틀어박힌 지 얼마나 됐어?"

"그때가 월요일 저녁이었고 지금은 목요일 밤, 아니 금요일 새벽이네요."

제 대답에 아씨는 놀란 듯 외쳤어요.

"뭐? 지난주 아니었어? 고작 그것밖에 안 됐다고?"

"냉수와 못된 심보만 가지고 충분히 오래 버틴걸요."

아씨는 믿을 수 없다는 듯 중얼거렸어요.

"흠, 지긋지긋하게 긴 시간을 지나온 것 같은데. 분명 그보단 더 됐을 텐데……. 그 둘이 싸운 뒤 내가 응접실에 있었던 기억이 나. 에드거가 잔인하게 몰아붙였고, 난 악에 받친 채 이 방으로 달려왔고…… 문을 닫아걸자마자 눈앞이 캄캄해지면서 바닥에 쓰러졌어……. 에드거가 계속 괴롭히면 난 분명 발작이든 발광이든 할 것만 같았는데 그걸 설명할 수가 없었어! 혀도 머리도 내 뜻대로 움직여 주질 않았거든. 그이도 내 고통이 어느 정도인지 짐작할 수 없었겠지. 그이가 없는 곳, 그이 목소리가 들리지 않는 곳으로 피해야겠다는 생각만 겨우 하는 정도였는걸. 뭐가 보이고 들릴 만큼 정신이 들었을 때는 동이 틀 무렵이었어. 넬리, 그때 내가 무슨 생각을 했는지 말해줄게. 그 후로도 자꾸자꾸 같은 생각이 떠올라서 이러다 정말 미치는 거 아닌가 싶었다니까. 저 탁자 다리에 머리를 대고 누운 채 눈을 뜨니 네모난 잿빛 창이 흐릿하게 보였고, 난 내가 누운 자리가 옛집의 참나무 벽장 침상인 줄 알았어. 한데 너무너무 슬퍼서 가슴이 미어지더라고. 갓 깨어난 참이라 영문을 모르겠어서 왜 그렇게 슬픈지 곰곰이 기억을 더듬었는데, 이상하게도 지난 7년의 삶이 몽땅 지워진 거 있지! 그 세월이 아예 없었던 것처럼 정말이지 아무것도 기억나지 않았어. 나는 아이였고 아버지 장례를 치른 직후였어. 그리고 내가 슬펐던 까닭은 힌들리가 나랑 히스클리프를 강제로 떼어놓았기 때문이었어. 난생처음 혼자 누워 밤새도록 울다가 쓸쓸한 선잠에서 깬 거야. 미닫이문을 열려고 손을 들었는데 글쎄 탁자 상판이 만져지잖아. 어리둥절해서 이번엔 바닥을 더듬다가 불현듯이 기억이 되살아났어. 그러자 어마어마한 절망감이 밀려들면서 좀 전의 슬픔마저 집어삼켰어. 왜 그렇게 한없이 비참한 기분이 들었나 몰라. 분명 일시적인 정신 착란이었을 거야. 비참할 이유는 딱히 없었으니까. 하지만 상상해 봐, 열두 살인 내가 하이츠와, 그때까지 알던 모든 것과, 당시 나의 전부였던 히스클리프와도 생이별을 하고 졸지에 린턴 부인, 스러시크로스 그레인지의 안주인, 낯선 이의 아내가 되어버린 거야. 내 세상이었던 곳에서 쫓겨나고 버림받은 채 살아가야 하는 거라고. 그렇게 상상해 보면 넬리도 그때 나를 끌어내린 심연을 조금은 헤아릴 수 있을지도! 그래, 그렇게 고개를 저어도 말이야, 넬리도 내가 이성을 잃도록 거들었잖아! 넬리가 에드거를 말렸어야 해. 그렇잖아, 날 가만히 놔두라고 했어야지! 아아, 몸이 불덩이 같아! 바깥을 쏘다니고 싶어! 아이 때로 돌아갔으면 좋겠어. 야만스럽도록 강인하고 자유로웠던…… 상처 입어도 한바탕 웃고 말지 미칠 듯이 화를 내지는 않았던 그때로! 어쩌다 내가 이렇게 변했지? 왜 말 몇 마디에도 피가 거꾸로 솟을까? 그 언덕 히스 밭에 들어서기만 하면 나를 되찾을 수 있을 텐데! 다시 창을 열어줘. 활짝 열어 매두라고. 얼른 열라는데 왜 가만있어?"

전 대꾸했죠.

"아씨 감기 걸려 죽는 꼴은 못 보겠어서요."

아씨도 퉁명스럽게 맞받았어요.

"내가 사는 꼴을 못 보겠다는 거로군. 좋아, 그래도 아직 몸을 가눌 수는 있으니 내가 직접 열지 뭐."

미처 막을 겨를도 없이 아씨는 침대를 빠져나갔어요. 비틀대며 방을 가로질러 가서는 창문을 열어젖히고 몸을 한껏 내밀더군요. 어깨를 엘 듯한 칼바람도 아랑곳하지 않았어요.

전 돌아오라고 애걸복걸하다 못해 억지로 아씨를 창가에서 끌어내려고도 해봤습니다. 하지만 제정신이 아

닌 사람의 고집은 제 힘으로는 도저히 당해낼 수 없더라
고요(이어진 행동과 헛소리로 아씨가 정신 착란에 빠진 걸 확실히 알았죠).

달도 없는 밤이어서 바깥은 온통 안개 같은 어둠에 덮여 있었어요. 먼 집이든 가까운 집이든 전부 한참 전에 불을 껐을 터, 과연 빛 한 줄기 새어 나오지 않았지요. 게다가 여기서 워더링 하이츠의 불빛은 원래 보이지 않는데…… 아씨는 옛집의 불빛이 보인다고 우기지 뭐예요.

"봐! 저기 내 방에 촛불이 켜져 있어. 창문 앞 나무들이 휘청휘청하네……. 저기 또 촛불을 밝힌 데는 조지프의 다락방……. 조지프는 늦게까지 자지 않아, 그치? 날 기다리는 거야. 내가 돌아온 다음에 대문을 잠그려고……. 근데 한참은 더 기다려야겠네. 길은 험하고 마음까지 슬프니. 심지어 기머턴 교회를 지나야 하잖아! 같이 있으면 유령도 무섭지 않았어. 교회 묘지로 들어가 유령들을 불러내 보라며 서로를 부추기곤 했지……. 하지만 히스클리프, 지금 해보라면 할 수 있겠어? 네가 오면 내가 붙잡아야지. 나 혼자 거기 누워 있지는 않을 거야. 나를 땅속 깊이 파묻고 그 위에 교회를 얹어준대도, 네가 올 때까지 난 편히 잠들지 못할 거야. 절대 잠들지 않을 테야!"

아씨는 잠시 말을 끊었다가 묘한 미소를 지으면서 이어 말했어요.

"생각해 보겠대…… 나더러 자기 쪽으로 오라는데? 그럼 길을 찾아주든가! 교회 묘지를 지나는 길 말고…….

아유, 느려터졌네! 투덜대지 마, 넌 항상 내 뒤를 따라왔 잖아!"

정신 나간 사람과 옥신각신해 봐야 아무 소용 없다는 생각에 저는 아씨를 붙든 채 몸에 둘러줄 만한 것을 집을 요량으로 주위를 둘러보았어요. 열린 창가에 아씨 혼자 두기는 영 불안했으니까요. 한데 바로 그때, 문손잡이가 덜거덕거리는 거예요. 정말이지 놀라 기절할 뻔했다니 까요. 린턴 나리가 들어오더군요. 서재에서 나와 복도를 지나다가 말소리가 들려서, 그 야심한 시각에 무슨 일인 가 하는 호기심 또는 두려움에 이끌린 게지요.

눈앞에 맞닥뜨린 광경과 방 안에 감도는 싸늘한 공기 에 나리의 입술이 달싹이는 걸 보고 제가 선수를 쳤습 니다.

"아이고 나리! 우리 아씨께서 병이 났는데 저를 상당 히 애먹이시네요. 제가 어떻게 해도 통 듣질 않으시니 이 만 잠자리에 드시라고 제발 나리께서 잘 타일러 주셔요. 노여움은 잊으시고요. 아씨 외고집을 누가 당할까요!"

나리는 서둘러 다가왔어요.

"캐서린이 아프다고? 창문 닫아, 엘렌! 캐서린! 도 대체……."

나리는 돌연 입을 다물었어요. 린턴 부인의 초췌한 모 습에 말문이 막힌 채 경악한 얼굴로 그녀와 저를 번갈아 쳐다볼 뿐이었죠.

제가 나서서 설명했어요.

"방에서 내내 속앓이를 하셨나 봐요. 거의 아무것도 안 드시고 어디가 불편하다는 말씀도 없으셨어요. 오늘 저녁까지 아무도 방에 들이지 않으셨거든요. 저희도 아씨 상태를 알지 못했던지라 나리께 알려드릴 수 없었어요. 하지만 별일은 아니에요."

말을 뱉으면서도 어설프게 변명하는 느낌이었어요. 역시 주인님도 인상을 쓰면서 저를 엄히 꾸짖었지요.

"별일 아니구먼그래, 엘렌 딘? 이걸 내가 여태 몰라야 했던 까닭을 더 명확히 밝히지 못할까!"

그러고는 아내를 품에 안고 괴롭게 바라보더군요.

처음에 아씨는 남편을 알아보지 못하는 눈치였어요. 그 멍한 정신에 남편은 안중에 들어오지도 않았던 것이지요. 그래도 아예 정신 줄을 놓은 건 아니어서, 물끄러미 창밖 어둠만 응시하던 눈을 돌려 남편을 보았고 차츰 초점을 맞추다 마침내 자길 안은 이를 알아보았습니다.

아씨는 단박에 노기를 띠며 쏘아붙였어요.

"하! 오셨어요, 에드거 린턴 씨? 원치 않을 때는 꼭 나타나고 원할 때는 절대 나타나지 않으시지! 이제 이 집에 곡소리가 넘쳐날 듯한데…… 두고 봐요…… 아무리 그래도 저기 저 좁디좁은 집으로 가는 날 막을 수는 없어. 나의 안식처, 봄이 가기 전에 내가 가야 할 곳! 바로 저기야. 예배당 지붕 아래 린턴가 납골당이 아니라, 명심해요, 야외의 묘석 아래가 내 자리야. 당신은 당신네 조상들과 함께 있든지 나한테 오든지 마음대로 해요!"

"캐서린, 도대체 어떻게 된 거요? 이제 나는 당신한테 아무것도 아니오? 정녕 당신이 사랑하는 자는 그 망할 히스……."

린턴 부인이 남편의 말을 막았어요.

"쉿! 그만, 더 말하지 마! 그 이름을 입에 담기만 해, 그 순간 난 창밖으로 뛰어내려 다 끝장내버릴 테니! 지금 당신이 안은 몸은 당신 것이라 해도 좋아. 하지만 당신이 또다시 내게 손대기 전에 내 영혼은 저 언덕 꼭대기에 가 있을 거야. 난 당신을 원하지 않아, 에드거. 당신을 원하던 때는 지나갔어……. 당신은 다시 책이나 보러 가요. 당신한테 위안거리가 있어서 다행이야, 이제 내게서 얻을 것은 없으니까."

제가 끼어들었어요.

"아씨는 정신이 오락가락하세요. 저녁 내내 헛소리를 하시네요. 조용히 안정을 취하게 하고 제대로 간호하면 제정신을 차리실 거예요……. 이제부터 아씨 기분을 거스르지 않도록 정말 조심해야겠어요."

린턴 나리가 대답했습니다.

"이제 자네 충고는 듣고 싶지 않아. 주인아씨 성격을 알면서 나를 부추겨 괴롭히게 했지. 지난 사흘간 이 사람 상태에 대해 내게 일언반구도 없었고! 어찌 그리 무심해! 몇 달을 앓아도 이렇게까지 변할 수는 없잖나!"

너무 억울했어요. 지독하게 고집을 피운 사람은 따로 있는데 왜 제가 야단을 맞습니까! 해서 항변했지요.

"주인아씨가 황소고집에 제멋대로인 건 알고 있었는데 나리께서 아씨의 고약한 성미를 북돋고자 하시는 줄은 몰랐네요! 아씨 비위를 맞추기 위해 히스클리프 씨를 눈감아 줘야 하는 줄도 몰랐고요. 전 충직한 하인의 의무를 다하느라 나리께 사실대로 고한 겁니다. 그래서 충직한 하인은 이런 보상을 받는군요! 잘 알았습니다, 이번 일을 교훈 삼아 앞으로 조심하도록 하지요. 다음번에는 나리께서 직접 알아내셔요!"

"다음번에 내게 고자질하면 자넨 일을 그만둬야 할 게야, 엘렌 딘."

"그러니까 나리께서는 차라리 귀를 막으시겠다는 것이죠? 히스클리프가 와서 이사벨라 아씨를 유혹해도 괜찮고, 나리가 안 계신 틈에 주인아씨 마음을 흔들어놓기로 작정하고 때마다 찾아와도 좋다?"

혼란한 와중에도 캐서린 아씨는 나리와 저의 대화를 알아듣고 일말의 정신이 들었나 봅니다. 저간의 사정을 눈치채고 격분해 악을 쓰더군요.

"아! 넬리가 배신자였네. 넬리가 나의 숨은 원수였어. 사악한 년! 과연 네년이 우릴 해칠 돌촉을 찾고 있구나! 이거 봐요, 저년을 뉘우치게 해줄 테야! 울며불며 잘못

했다 빌게 하겠어!"

눈썹 아래로 분노에 찬 광기가 번뜩였습니다. 아씨는 남편 품에서 빠져나오려 필사적으로 몸부림을 쳤어요. 사태를 지체할 뜻이 없었던 저는 제 임의로 의사를 불러 오기로 마음먹고 방에서 나왔습니다.

마당을 지나 대문을 나서려는데, 담벼락에 박힌 말고삐 고리 아래로 뭔가 허연 덩어리가 보였어요. 흔들흔들 움직이는데 확실히 바람에 나부끼는 건 아닌 듯싶었지요. 아무래도 저세상 것을 보았다는 생각이 두고두고 뇌리에 남을 것 같아, 갈 길이 바빴지만 굳이 그리로 가서 살폈어요.

눈보다 손으로 확인한 그것의 정체는 절 혼비백산하게 했답니다. 이사벨라 아씨의 애완견 패니가 손수건에 매인 채 숨이 넘어가기 직전이었어요.

얼른 개를 풀어 마당에 놓아주었습니다. 작은아씨가 자러 올라갈 때 녀석이 따라가는 걸 봤는데 말이죠. 녀석이 어떻게 거기까지 나왔는지, 어떤 못된 인간이 그런 짓을 저질렀는지 너무나 의아했어요.

고리에 감긴 매듭을 푸는 동안, 근방에서 멀어져 가는 말발굽 소리가 언뜻언뜻 들렸어요. 하지만 워낙 많은 일로 머리가 터질 지경이라 새벽 2시에 그런 데서 울리는 이상한 말발굽 소리까지 신경 쓸 여력은 없었지요.

의사 댁 앞길로 올라가던 중, 마침 한동네의 환자를 보려고 집을 나서던 케네스 씨와 마주쳤어요. 제가 캐서린 아씨의 증세를 얘기했더니 그는 곧장 발길을 돌려 저와 동행했지요.

케네스 씨는 솔직하고 거침없는 양반이었어요. 지난번처럼 이번에도 캐서린이 의사의 지시를 무시한다면 더는 가망이 없을 듯하다고 잘라 말하더라고요.

"넬리 딘, 아무래도 병이 재발한 원인이 따로 있는 것 같단 말이야. 그레인지에 무슨 일이 있지 않았나? 이쪽에서 들리는 얘기가 있거든. 캐서린처럼 튼튼하고 혈기 왕성한 여인은 하찮은 일로 병이 나지 않아. 그런 부류는 병이 나서도 안 되고. 열병이니 뭐니 이겨내게끔 치료하기가 여간 어려운 게 아니야. 그래, 이번엔 어쩌다 발병했지?"

"주인님께서 알려드릴 거예요. 한데 선생님도 언쇼가의 극단적인 성미를 잘 아시겠지만, 그중에서도 저희 아씨가 으뜸 아닙니까. 제가 이 정도는 말씀드려도 될 것 같네요. 발단은 말다툼이었어요. 화가 나서 펄펄 뛰던 중에 일종의 발작이 일어났다네요. 어쨌든 아씨 말에 따르자면요. 아씨는 잔뜩 흥분한 상태에서 방으로 뛰어 들어가 문을 잠가버렸거든요. 그 후로 식사도 마다했고요. 지금은 헛소리를 늘어놓거나 멍하니 있거나 오락가락하네요. 곁에 누가 있는지는 알아보지만, 머릿속에 온갖 이상한 생각과 환각이 가득 들어찼어요."

케네스 씨가 미심쩍게 물었어요.

"린턴 씨는 슬퍼할까?"

"슬퍼하다뿐인가요? 뭔 일이라도 나면 가슴이 무너질 거예요! 필요 이상으로 나리를 겁주지 마세요."

"흠, 내 조심하라 일렀잖나. 내 경고를 무시했으니 그 결과를 감수해야겠지! 요즘 들어 히스클리프 씨와 가깝게 지내지 않았던가?"

"히스클리프가 자주 찾아와요. 하지만 그자가 어렸을 적에 아씨와 알던 사이라는 점을 내세워 드나드는 거지, 주인님은 그자를 반기지 않으세요. 그나마 지금은 그자의 출입을 금했고요. 가당찮게 저희 작은아씨를 넘보고 수작을 걸었거든요. 아마 다시는 그레인지에 발을 들이지 못할 거예요."

"하면 린턴 양도 그이를 냉대한다는 건가?"

전 그 이야기를 하는 게 내키지 않아 대충 둘러댔어요.

"작은아씨는 저한테 속마음을 털어놓지 않으세요."

케네스 씨는 고개를 젓더군요.

"이런, 앙큼한 아가씨 같으니. 비밀을 혼자 품었구먼! 하나 참으로 어리숙해. 내 믿을 만한 사람한테 들었는데, 지난밤에 — 정말 아름다운 밤이었지! — 린턴 양과 히스클리프가 그레인지 뒤편 숲속을 두 시간 넘게 거닐었다더군. 그자가 그녀에게 집에 들어가지 말고 자기 말에 올라 함께 떠나자고 졸랐다지 뭔가! 내 소식통에 의하면 그녀는 미리 준비를 해서 다음번 만날 때 그러기로 굳게 약속하고서야 겨우 그자를 보냈다는데, 그게 언제일지는 못 들었다지만, 좌우지간 린턴 씨에게 예의 주시하라 이르시게나!"

이 소식에 제 마음은 새로운 근심으로 가득 찼지요. 전 케네스 씨를 뒤로하고 거의 내내 달려서 집으로 돌아왔어요. 이사벨라 아씨의 강아지가 아직도 마당에서 깽깽대고 있더라고요. 제가 부러 문을 열고 기다렸는데도 녀석은 현관 쪽으로 오지 않고 쿵쿵대며 풀밭을 돌아다닐 뿐이었어요. 제가 붙잡아 안고 들어오지 않았다면 아예 한길로 나가버렸을 거예요.

이사벨라 아씨 방문을 연 순간 제 우려는 현실이 돼버렸어요. 방이 비어 있었지요. 제가 몇 시간만 일찍 들여다봤어도 아씨는 올케의 병을 알았을 것이고 그게 발목을 잡아 경솔한 행동을 망설였을 수도 있었을 텐데요. 하지만 이미 엎질러진 물이었지요. 당장 뒤쫓으면 가까스로 따라잡을 가능성도 없지는 않았습니다. 하나 제가 뒤쫓을 수는 없고, 그렇다고 식솔들을 깨워 소란을 일으킬 수도 없고, 무엇보다 주인님께 알릴 엄두가 나지 않았어요. 당장의 사태에도 혼이 쏙 빠진 판국에 두 번째 비보까지 감당할 정신이 어딨겠어요!

저로선 별 도리 없이 그저 입을 봉하고 일이 되어가는 대로 두는 수밖에요. 그때 케네스 씨가 도착했고, 저는 착잡한 표정을 숨기지 못한 채 나리께 고하러 갔습니다.

캐서린 아씨는 괴로운 표정으로 잠들어 있었어요. 남편이 아내의 광분을 용케 달래놓았더군요. 이제는 갖가지 감정을 고스란히 표출하는 아내 얼굴의 명암과 표정 변화를 머리맡에서 면밀히 굽어보고 있었어요.

진찰을 마친 의사는 철저히 고요한 환경을 유지하면 환자가 무난히 회복할 거라고 남편에게 희망적인 소견을 전했어요. 제게는 사실 환자의 목숨보다 영구적인 정신 이상이 치명적인 위협이라고 귀띔하더군요.

저는 그날 밤을 뜬눈으로 지새웠고 린턴 나리도 마찬가지였어요. 저나 나리나 아예 자러 갈 생각조차 하지 않았지요. 하인들도 모두 평소보다 훨씬 일찍 일어나 발소리가 나지 않게 살금살금 다니면서 각자 일을 하다 서로 마주치면 귓속말을 주고받았어요. 이사벨라 아씨만 나오지 않았지요. 하인들이 작은아씨는 참 곤히도 잔다고 수군거리기 시작했어요. 주인님도 작은아씨는 일어났느냐고 물으며 누이가 나오길 초조하게 기다렸고요. 누이가 올케의 안부에 관심조차 보이지 않는 게 서운한 눈치였지요.

전 제게 아씨를 불러오라 시킬까 봐 속으로 떨었지만 다행히 아씨의 야반도주를 최초로 알려야 하는 곤란은 면했습니다. 아침 일찍 기머턴에 심부름을 갔던 하녀 애 하나가 입을 떡 벌린 채 헐레벌떡 위층 방으로 뛰어 들어와 외쳤어요.

"아이고, 일났네, 일났어! 담엔 또 먼 일이 날라나 몰러! 나리, 쥔 나리, 우리 작은아씨가요…….”

"시끄러워!"

전 그 애의 철없는 호들갑에 화를 내며 다급히 말을 막았어요.

린턴 나리가 물었지요.

"작게 말해, 메리. 무슨 일이냐? 작은아씨가 뭐?"

하녀 애는 숨을 몰아쉬며 대답했어요.

"안 기세요, 떠나싰대요! 그 히스클리프 씨가 델코 달아났대요!"

나리는 벌떡 일어나며 소리쳤어요.

"그럴 리가! 말도 안 돼, 어디서 무슨 소리를 들었기에 그런 망발을! 엘렌 딘, 가서 이사벨라를 찾아봐. 믿을 수가 없군. 그럴 리 없잖아."

그러면서 하녀 애를 문 쪽으로 데려가더니 어째서 그런 말을 하는 것이냐고 다시 다그쳤어요.

그 애는 쭈뼛대며 대답했어요.

"그기요, 우유 배달하는 아를 길에서 만났는데요, 그 레인지에 난리가 나지 않았냐고 문데요. 지는 마님 펜찮으신 거 얘기하는갑다 하고 맞다 했지요. 그랬더니 그늠아가 '하믄 누가 잡으러 갔겠제?' 하는 기라요. 지가 멀뚱멀뚱 치다보니까, 야가 암것도 모르네 함서 갸가 다 말해주드라고요. 자정 좀 지났을 때 기머턴에서 2마일쯤 떨어진 대장간에 신사 숙녀 한 쌍이 와서 말굽에 편자를 박고 갔다고요! 대장간 딸아가 일나서 뭔가 허고 내다봤는데 단박에 알아보겠드래요. 남자는 틀림없이 히스클리프였대요. 허기사 그 얼굴을 누군들 못 알아볼까요. 그 남자가 자기 아버지 손에 품삯으로 1파운드 금화를 쥐여주드래요. 아가씨는 망토로 얼굴을 가렸는데, 물 한 모금 달래서 마실 때 망토가 흘러내려서 그 딸아가 아가씨 얼굴을 똑똑히 봤대요. 둘이 말에 올랐고, 히스클리프가 고삐 둘을 다 잡고서 같이 떠났대요. 마을 반대 방향 그 험한 길로 급히 말을 몰아 가드래요. 대장간 딸아가 아버지한테는 암 소리도 않다가 오늘 아침 기머턴에 소문을 퍼뜨렸다데요."

하녀 애 말대로임을 뻔히 알면서도 전 달려 나가 이사벨라 아씨 방을 들여다보고 돌아왔어요. 다시 침대 머리맡에 앉아 있던 린턴 나리가 눈을 들었고, 제 황망한 표정의 의미를 읽고서는 한마디 지시나 말씀도 없이 시선을 떨구었어요.

제가 여쭈었어요.

"쫓아가서 아씨를 데려올 방도를 찾아봐야겠죠? 어찌할까요?"

나리가 대답했어요.

"제 발로 나갔어. 나가는 게 좋으면 나가야지. 더는 이사벨라 일로 날 성가시게 하지 말게. 지금부터 그 애는 내게 이름뿐인 누이야. 내가 그 애를 저버린 게 아니라 그 애가 날 저버린 게야."

그 문제에 관해 린턴 나리가 한 말은 그것이 전부였습니다. 더 이상 아무것도 묻지 않았고 어떤 식으로도 누이를 언급하지 않았어요. 다만 어디가 됐든 그녀의 새 거처를 알게 되거든 집에 있는 그녀의 물건을 다 그리로 보내라고 제게 지시하셨지요.

13

도망간 두 사람은 두 달 동안 행방이 묘연했습니다. 그 두 달 사이, 린턴 부인은 뇌염에 걸려 사경을 헤매다 살아났고요. 에드거 나리는 외동아이를 간호하는 어머니보다도 더 헌신적으로 아내를 돌봤습니다. 밤낮으로 병상을 지키며 환자의 신경 쇠약과 정신적 동요로 인한 온갖 고생을 감내했지요. 케네스 씨는 한 생명을 무덤에서 건져낸 대가로 장차 끊임없는 우환을 떠안게 될 것이라 예고했지만 — 사실 나리의 건강과 체력을 희생해 기껏해야 폐인의 목숨이나 부지한 셈이지요 — 나리는 아내가 최악의 고비를 넘겼다는 진단에 그저 한없이 감사하고 기뻐했답니다. 몇 시간이고 곁에 앉아 아내의 상태를 살폈고, 몸이 차츰 회복되는 기미가 보이자 곧 정신도 균형을 되찾아 온전히 예전의 아내로 돌아오리라는 착각 속에서 미래를 낙관했어요.

캐서린 아씨가 병을 이겨내고 처음 방에서 나온 날은 이듬해 3월 초하루였습니다. 아침에 린턴 나리가 아내의 베개에 샛노란 크로커스 한 움큼을 놓아두었더랬지요. 잠에서 깨어 꽃을 본 아씨의 눈에 실로 오랜만에 기쁜 빛이 어리더군요. 아씨는 즐겁게 눈을 반짝이며 꽃을 그러모아 쥐었습니다.

"하이츠에서 제일 먼저 피는 꽃이에요! 이 꽃을 보면 부드러운 봄바람과 따스한 햇살, 녹아내리는 눈이 덩달아 떠올라요. 에드거, 이제 남풍이 불지 않나요? 눈은 거의 다 녹았겠지요?"

"이 아래쪽은 다 녹았다오! 황야 지대를 통틀어 흰 눈을 찾으려야 두 군데뿐이더이다. 하늘은 푸르고 종달새가 지저귀고 개울도 시내도 그득하게 흐르는구려. 캐서린, 지난봄 이맘때 나는 당신을 이 집에 들이는 게 소원이었소. 지금 내 소원은 당신이 저 언덕길을 1~2마일쯤 걷는 거요. 산들바람이 향긋하니 당신에게 약이 될 듯하오."

"단 한 번으로 그치고 말겠지요! 당신은 날 버린 채 가버리고 난 영원히 거기 남겠죠. 내년 봄에도 당신의 소원은 날 이 집에 들이는 것이겠네요. 지난날을 돌아보며 오늘이 행복했다고 생각할 거야."

나리가 더없이 다정한 손길로 아내를 어루만지며 더없이 달콤한 말로 기분을 달래주려 애썼지만, 아씨는 텅 빈 눈으로 꽃을 바라볼 뿐이었어요. 아씨 눈썹에 눈물이 맺히더니 뺨을 타고 무심히 흘러내렸어요.

그 무렵 아씨 몸 상태는 정말 많이 좋아졌거든요. 우리는 아씨가 그렇게 침울한 건 오랫동안 한 곳에 갇혀 지낸 탓이고 장소를 옮기면 한결 나아질 거라 여겼어요.

주인님이 제게 여러 주 방치됐던 응접실에 불을 지피고 볕이 잘 드는 창가에 안락의자를 놓아두라고 지시한 뒤 아씨를 데리고 내려왔어요. 아씨는 아늑한 온기를 즐기며 한참을 앉아 있었고, 과연 주위를 둘러보는 얼굴에 생기가 돌더군요. 눈에 익은 광경이긴 해도 어쨌든 지긋지긋한 병실에서의 음울한 생각을 떠올리게 하는 물건은 없었으니까요. 저녁이 되자 아씨는 기력이 달려 힘들어했어요. 한데도 한사코 방으로 돌아가려 하지 않는 거예요. 하는 수 없이 저는 다른 방이 준비될 때까지 아씨가 응접실 소파에서 주무실 수 있게 해드렸어요.

계단을 오르내리는 것도 기력이 필요한 일이라, 우리는 응접실과 같은 층에 있는 이 방, 지금 록우드 나리가 쓰시는 이 방을 아씨 침실로 꾸몄습니다. 얼마 안 가 아씨는 남편의 부축을 받으며 응접실과 침실을 오갈 정도의 기력을 찾았고요.

이제는 저도 아, 이렇게나 지극정성으로 보살피니 아씨가 깨끗이 나을 수도 있겠구나, 하는 생각이 들더라고요. 아씨의 회복을 기원해야 했던 또 다른 이유가 있었습니다. 아씨의 생명에 또 하나의 생명이 달려 있었거든요. 우리는 곧 상속자가 태어나 린턴 나리에게 기쁨을 안기고 나리의 땅이 이방인의 손에 넘어가는 사태를 막으리라는 희망을 품었답니다.

이사벨라 아씨 얘기를 짚고 넘어가야겠네요. 집을 나가고 약 6주 후에 아씨는 오라비 앞으로 짤막한 편지를 보내 히스클리프와 혼인했다는 소식을 알려왔어요. 건조하고 차가운 느낌을 주는 편지였지만 마지막에는 애매한 사과, 좋게 기억해 달라는 부탁, 부디 이해해 달라는 간청이 연필로 깨알같이 적혀 있었어요. '내 일로 오라버니는 속상했겠지만 그때는 나도 내 마음을 어쩔 수 없었고 일을 저질러버린 이상 이제 나는 돌이킬 힘이 없다'고요.

제가 알기로 린턴 나리는 답장하지 않았어요. 그로부터 2주 후 제 앞으로 장문의 편지가 왔는데 신혼여행을 갓 마친 신부가 쓴 것이라기엔 내용이 참 이상했어요. 아직 간직하고 있으니 읽어드릴게요. 살아 있을 적에 소중한 사람이었다면 그 사람의 유품도 소중하지요.

이제 읽습니다.

엘렌에게,

어젯밤 워더링 하이츠에 도착해서야 새언니가 병이 나서 아직도 많이 아프다는 소식을 들었어. 새언니한테는 편지 하면 안 될 것 같고, 오라버니는 답장이 없는 걸 보니 너무 화가 났거나 너무 심란한가 봐. 그래도 나는 꼭 편지를 써 야겠는데, 이제 받을 사람은 엘렌뿐이더라.

오라버니한테 이 말을 전해줘. 내가 세상을 다 바쳐서라도 오라버니 얼굴을 다시 보고 싶어 한다고. 스러시크로스 그 레인지를 떠난 지 24시간 만에 내 마음은 그곳으로 돌아갔 으며 지금 이 순간도 그곳에 있다고. 내 마음은 오라버니와 새언니를 향한 애정으로 가득 차 있다고! 하지만 내 몸은 마음처럼 돌아갈 수 없으니 — (이 문장에 밑줄을 쳤어요) 날 기다 릴 필요는 없어. 두 사람이 어떤 결론을 내려도 좋지만, 내 가 돌아가지 않는 건 내 의지가 약하거나 애정이 없어서가 아니라는 점만은 분명히 해줘.

이하의 내용은 엘렌한테만 하는 얘기야. 물어볼 게 두 가지 있어. 첫째는,

여기 살면서 어떻게 인간 본연의 공감 능력을 잃지 않을 수 있었어? 주위 사람들한테서는 내가 느끼는 것과 같은 감 정을 당최 찾아볼 수가 없는데 말이야.

내가 지대한 관심을 갖고 묻는 두 번째 질문은 이거야.

히스클리프 씨가 사람이야? 사람이라면, 미쳤나? 사람이

아니라면, 악마? 이런 질문을 하는 이유는 밝히지 않겠어. 하지만 내가 대체 무엇과 혼인한 것인지 알고 있다면 부디 이리로 와서 설명 좀 해줘. 반드시, 속히 와줘야 해, 엘렌. 답장은 하지 말고 오되 오라버니한테서 얘기든 편지든 뭐든지 받아 왔으면 해.

자, 나의 새 보금자리가 되리라고 믿었던 이곳 하이츠에서 내가 어떤 대우를 받는지 들려줄게. 이건 여담에 지나지 않는데, 일단 집 자체가 편하게 살 만한 곳이 아니야. 하지만 뭔가 불편해서 아쉬운 순간을 제외하면 그런 건 생각지도 않지. 외적인 불편이 내 불행의 전부고 나머지는 그저 잔인한 꿈이라면 난 기뻐 웃으며 춤출 거야!

황야 지대로 들어섰을 때는 그레인지 뒤편으로 해가 넘어가는 중이어서 6시쯤 됐겠다고 생각했어. 나의 동행은 거기서 반 시간을 머무르면서 농원과 정원들, 아마 본채까지도 최대한 자세히 살펴보더라. 그러고 가느라 날이 완전히 저문 뒤에야 그 농가 안뜰에 도착해 말에서 내렸지. 엘렌의 옛 동료인 조지프가 촛불을 들고 나와 우릴 맞이했어. 명성에 걸맞게 대단히 깍듯하시더군. 다짜고짜 촛불을 내 얼굴 높이로 올리더니 독살스럽게 눈을 흘기며 아랫입술을 삐죽 내밀고 돌아섰어.

그런 뒤 우리가 타고 온 말 두 필을 마구간에 끌어다 놓고 나와서는 여기가 오래된 성이라도 되는 양 바깥 대문을 걸어 잠그더라고.

히스클리프는 그와 얘기하느라 밖에 남았고 난 부엌으로
— 아니, 더럽고 어수선한 굴속으로 들어갔어. 엘렌은 모
르겠지만, 엘렌이 맡아 관리하던 그 부엌은 이제 없어. 완
전히 딴곳이 돼버렸지.

화덕 근처에 꼬마 악당이 서 있었어. 팔다리는 튼튼하고 옷
차림은 꾀죄죄한데 눈빛과 입매가 어쩐지 캐서린 언니를
닮았더라고.

속으로 생각했지. '얘가 오라버니의 처조카구나. 나한테도
조카뻘이네. 악수를 해야겠다, 그리고 — 그래 — 뽀뽀도
해야지. 처음에 잘 사귀어두면 좋잖아.'

난 다가가서 녀석의 통통한 주먹을 잡으려고 손을 내밀며
인사를 건넸어.

"안녕, 꼬마 도련님?"

걔가 뭐라 뭐라 대꾸했는데 난 못 알아들었어.

"우리 친구 할까, 헤어턴?" 하고 내가 다시 한번 대화를 시
도했지.

그런 끈기를 보인 답례로 난 외마디 욕설 그리고 당장 '꺼
지지' 않으면 스로틀러를 풀어 물게 하겠다는 위협을 받
았어.

꼬마 놈이 낮은 소리로 "어이, 스로틀러, 야!" 하고 구석에
서 자던 잡종 불도그를 깨우더니 "자, 이제 꺼지시지?"라
며 짐짓 거들먹거리는 거야.

내 목숨은 소중하니 시키는 대로 하는 수밖에. 부엌문 밖으

로 나와 다른 사람들이 오길 기다렸어. 히스클리프 씨는 코빼기도 보이질 않고, 조지프는 내가 마구간까지 따라가 같이 안으로 들어가 달라고 했더니 날 노려보며 혼잣말을 구시렁거리다가 콧등에 주름을 잡고 이러는 거 있지.

"허이고, 귀부인 납시었구만! 시상 워떤 기독교인이 그른 헷소릴 들어봤다니? 어데서 마님 행세고! 머라 씨부리싸는지 내사 우찌 아나."

그 무례한 태도가 심히 역겨웠지만 귀머거리인가 싶어 큰 소리로 다시 말했어.

"나를 집 안으로 데리고 들어가라고!"

"내는 아이 돼! 바쁘다 아이가."

그러고는 하던 일을 이어서 하는데, 내내 주걱턱을 우물거리면서 경멸 가득한 표정으로 내 옷과 얼굴을 살피더라(옷은 지나치게 고급스러웠지만, 얼굴은 그치를 더없이 흡족게 할 만큼 슬펐을 거야).

마당을 돌아 쪽문을 지나고 또 다른 문까지 가서 이번엔 좀 더 예의 바른 하인이 나오길 바라며 문을 두드렸어.

마음 졸이며 잠시 기다렸더니 키 크고 깡마른 사내가 문을 열었어. 네커치프도 매지 않고 행색이 너저분했지. 어깨를 덮는 텁수룩한 머리에 가려 얼굴도 잘 안 보였어. 한데 그자의 눈도 어딘지 새언니와 닮았더라고. 다만 새언니 눈에서 아름다움을 싹 제거한, 유령 캐서린의 눈이었어.

사내가 음침하게 물었어.

"여긴 무슨 볼일이오? 누구요?"

EMILY BRONTË

난 대답했지.

"예전에는 이사벨라 린턴이었어요. 전에 절 보셨을 텐데요. 얼마 전에 히스클리프 씨와 혼인했고, 그이가 이리로 데려왔어요. 언쇼 씨가 허락하셨겠지요."

돌연 그 은둔자의 눈이 굶주린 늑대처럼 번뜩였어.

"하면 놈이 돌아왔군?"

"예 — 방금 도착했어요. 한데 그이는 부엌문 밖에 있더니 사라졌네요. 전 부엌으로 들어갔는데 경비병 놀이에 푹 빠진 이 댁 아드님이 불도그를 이용해 절 내쫓더군요."

"잘됐어, 빌어먹을 놈이 약속을 지켰군그래."

내 집주인 될 사람은 이를 갈면서 히스클리프를 찾으려고 내 어깨너머 어둠 속을 살폈어. 혼잣말로 욕을 실컷 뇌까리더니, 그 '마귀 새끼'가 사기를 치면 가만두지 않겠노라며 갖은 으름장을 늘어놓는 거야.

그 문을 두드린 걸 후회했어. 그자의 욕지거리를 한참 듣다가 이만 슬그머니 자리를 뜨고 싶어졌는데, 실행하기 직전에 그자가 들어오라고 했고, 내가 들어가자 문을 도로 닫아 걸었어.

난롯불을 크게 지펴놨던데 그 넓은 방에 빛이라곤 그 벽난로 불빛뿐이었어. 하얗던 바닥은 온통 재색으로 변해 있었고, 한때는 번쩍번쩍해서 소녀 시절 내 눈길을 사로잡았던 백랍 접시들도 그동안 녹슬고 먼지가 앉아 거무칙칙해졌더라.

하녀를 불러 침실로 안내해 달라고 해도 되느냐고 내가 물었는데 언쇼 씨는 답을 주지 않았어. 양손을 주머니에 넣은 채 이리저리 서성이는 모양새가, 내가 있는 걸 그새 까맣게 잊은 것 같았어. 정신 나간 사람처럼 혼잣속에 골몰한 데다 풍기는 분위기가 너무나 염세적이라 다시 말을 붙일 엄두가 나지 않더라.

엘렌은 익히 짐작하겠지. 차라리 혼자 있는 편이 덜 막막했을 거야. 그런 푸대접을 받으며 난롯가 좌대에 앉아 있자니 유난히도 암담한 기분이 들었어. 4마일 밖에 안락한 내 집이 있고 내가 세상에서 가장 사랑하는 사람들이 있는데, 내게는 그 4마일이 대서양보다도 아득해 결코 건너갈 수 없으니!

나 자신에게 물었어. 나는 어디서 위안을 찾아야 할까? 그러자 — 절대로 오라버니나 새언니한테 말하면 안 돼 — 다른 모든 비애를 압도하는 한 가지가 떠올랐어. 그것은 히스클리프에게 맞서 내 편이 되어줄 수 있는 사람, 내 편이 되고자 하는 사람이 아무도 없다는 절망감이었어!

워더링 하이츠를 기꺼이 피신처로 삼고자 했던 건 그이와 단둘이 살지 않아도 된다는 기대 때문이었어. 하지만 그이는 이 집 사람들을 잘 알고 있었고, 함께 살더라도 간섭받지 않으리란 것까지 알고 있었던 거야.

거기 앉아 서글픈 생각에 잠겨 있다 보니 시계가 8시를 치고 9시를 쳤어. 그때까지도 언쇼 씨는 말 한마디 없이 고개를 푹 숙인 채 서성이면서 이따금 신음하거나 쓰라린 절규를 토할 뿐이었어.

난 집에서 여자 목소리가 나지 않나 하고 귀를 바짝 세웠어. 그런 와중에도 미칠 듯한 후회와 불길한 예감에 사로잡혔고 급기야는 걷잡을 수 없이 한숨을 토하며 흐느끼고 말았어.

나는 내가 소리를 낸 줄도 몰랐는데, 하염없이 걷던 언쇼 씨가 어느새 방 저쪽에 우뚝 멈춰 서서 새삼스레 놀란 눈으로 나를 빤히 쳐다보고 있더라고. 그가 다시 나한테 관심을 보인 틈을 타서 얼른 외쳤지.

"먼 길을 오느라 피곤해서 이만 자야겠어요! 하녀는 어디에 있나요? 하녀가 나타나질 않으니 어디 있는지라도 알려주세요!"

"하녀는 없소. 자기 일은 자기가 해야지!"

"그럼 전 어디서 자요?"

난 울먹였어. 피로와 비참함에 짓눌린 나머지 체면 차릴 여유가 없었거든.

"조지프가 히스클리프 방으로 안내할 거요. 저 문을 열어보쇼. 영감이 거기 있으니까."

그의 말대로 문을 열려고 하는데, 갑자기 그가 날 붙잡더니 아주 기이한 어조로 덧붙이길 —

"문을 단단히 잠그고 빗장을 질러놓으시길. 명심하시오!"

"알았어요! 한데 왜요, 언쇼 씨?"

난 물었어. 굳이 문을 닫아걸고 히스클리프와 한 방에 있을 생각을 하니 영 달갑지 않았거든.

"이걸 보시오!"라면서 그는 조끼에서 특이하게 생긴 권총을 꺼내 보였어. 용수철 장치가 달린 쌍날칼이 총신에 붙어 있었어.

"절망한 사내에겐 대단한 유혹이야, 그렇지 않소? 매일 밤 이걸 가지고 올라가 놈의 방 문고리를 돌려보거든. 문이 열리는 날로 그놈은 끝장이오! 참아야 하는 이유를 백 가지로 헤아려놓고서도 1분 뒤엔 놈의 방문 앞에 서 있단 말이지. 악마가 날 부추기는 게야, 놈을 죽여 내 계획을 망치려고. 그쪽은 사랑을 위해 그 악마와 힘껏 싸워보시오. 때가 되면 하늘의 천사가 모조리 나서도 놈을 구할 수는 없을 거요!"

난 무기를 유심히 들여다봤어. 문득 섬뜩한 생각이 스치더라. 이런 무기를 지니고 있으면 얼마나 든든할까! 그자 손에서 그것을 빼내어 잡고 칼날을 만져봤어. 한순간 드러난 내 표정에 언쇼 씨는 사뭇 놀란 듯했어. 겁이 아니라 탐을 내는 표정이었으니까. 그는 얼른 권총을 낚아채고는 칼을 접어 도로 조끼 속에 숨겼어.

"놈한테 말해도 상관없소. 조심하라 이르고, 잘 지켜주구려. 아, 우리 사이를 아는 모양이오. 놈의 목숨이 위험하다는데도 놀라지 않는군."

"히스클리프가 무슨 짓을 했나요? 대체 언쇼 씨에게 무슨 잘못을 했기에 이토록 끔찍이 증오하는 거죠? 그냥 이 집에서 나가라고 하는 편이 현명하지 않을까요?"

언쇼 씨가 버럭 고함을 쳤어.

"안 돼! 이 집을 나가겠다고 하는 순간 놈은 죽은 목숨이야. 하니 여기서 나가자고 놈을 꼬드겼다간 당신도 살인자 꼴 나는 거야! 나더러 되찾을 가망도 없이 몽땅 잃으라고? 헤어런더러 거지가 되라고? 오, 빌어먹을! 내 반드시 되찾겠어. 내 돈을 되찾고 놈의 돈도, 그다음엔 목숨까지 빼앗겠어. 영혼은 지옥에 던져주지! 그런 손님을 맞으면 지옥도 지금보다 열 배는 어두워질걸!"

엘렌, 옛 주인의 버릇을 누구이 내게 얘기했지. 과연 그자는 미치광이나 다름없어. 적어도 어젯밤엔 그랬어. 그자 근처에 있자니 소름이 끼쳐서, 차라리 그 본데없이 심술궂은 하인이 낫구나 싶더라니까.

그자가 또다시 침울하게 서성이기 시작했어. 난 빗장을 올리고 부엌으로 빠져나왔지.

조지프가 화덕 불 쪽으로 허리를 굽히고 거기 걸린 커다란 냄비를 들여다보고 있었어. 그의 옆에 놓인 의자에 귀리가루가 담긴 나무 사발이 있었고. 냄비 안이 끓기 시작하자 조지프가 사발에 손을 넣으려 하는 거야. 보아하니 그것이 우리의 저녁거리인 듯하고, 난 배가 고프고, 해서 먹을 수 있는 걸 만들어야 한다는 생각에 냅다 소리쳤어.

"내가 죽을 쑬게!"

그러곤 일단 귀리가루 사발을 조지프 손이 닿지 않는 데로 옮겨다 놓고 모자와 승마 아비를 벗었어.

"언쇼 씨가 자기 일은 알아서 하라 하시니 — 그래야지 뭐. 이 집에서 귀부인 행세를 하다간 굶어 죽기 딱 좋겠어."

조지프는 퍼질러 앉아서, 줄무늬 양말을 신은 다리를 무릎에서 발목까지 주무르며 구시렁거렸어.

"아이고 주여! 또 또 머라 시키는갑소. 쥔 나리 둘 괴시는 데두 게우 질이 든 판에 마님까정 상전으로 괴시라니, 인자는 진짜 내도 내재길 때가 된 기라. 이날 이때까정 이 집에 뼈를 묻을라 캤는데 — 아무래두 떠날 날이 머잖았나 봐!"

노인네가 한탄하거나 말거나 난 기세 좋게 요리를 시작했지. 요리가 재미있는 놀이였던 시절이 절로 생각나며 한숨이 나왔지만 기억하지 않으려고 억지로 더 부지런히 움직였어. 지나간 행복을 회상하면 한없이 고통스럽기만 하니까, 옛일의 환영이 눈에 선할 것만 같을 때마다 주걱을 더 빨리 휘젓고 귀리가루를 더 급히 물에 풀었어.

조지프는 내 요리하는 모양을 보면 볼수록 울화가 치밀었나 봐. 결국엔 버럭 야단을 치더라.

"저 보라! 헤어턴 되련님요, 오늘 밤에 귀리죽 먹기는 글렀소. 으른 주먹만 한 덩어리밖에 읎을 기라. 저, 저거 보라이! 와, 아예 사발째 냄비에다 처옇지 않고? 저, 저, 꺼품만 거드머내믄 다 되는 기를. 탕, 탕. 냄비 개바닥이 빠지지 않는 기 용쿠마이!"

그릇에 담고 보니 사실 많이 뭉치긴 했더라. 죽은 넷으로

EMILY BRONTË

나눠 담았고, 갓 짜낸 우유도 1갤런들이 병에 담아 왔는데, 헤어런이 그걸 병째로 움켜잡더니 넓적한 병 입구에 입을 대고 마시면서 줄줄 흘리는 거야.

내가 그러지 말고, 각자 잔에 따라 마셔야 한다고 타일렀어. 남이 입을 댄 불결한 음료는 마실 수 없다고 말이야. 만사 불만인 노인네한테는 그런 내 발언도 심히 불만스러웠겠지. 나만큼 '이 얼라는 머 하나 빠지는 거이 읎고 워디 한군데 병도 읎다'고 거듭 강조하면서, 어째 그리 잘난 척을 해대는지 모르겠다며 혀를 차더라고. 그동안에도 그 젖먹이 악당은 네까짓 게 뭔데 하는 눈빛으로 나를 노려보면서 계속해서 병째 우유를 쭉쭉 빨고 침으로 더럽혔지.

난 말했어.

"난 다른 데서 식사해야겠는데. 이 집에 응접실이라는 데는 없어?"

노인네가 코웃음을 쳤어.

"응접실? 응접실이라! 읎지, 여가 응접실이라 허는 데는 읎어. 우리랑 겸상허기 싫으믄 쥔 나리랑 겸상허고, 쥔 나리가 싫으믄 여서 우리랑 잡수시고."

"그럼 위층으로 가야겠군. 방으로 안내해 줘."

난 내 몫의 죽 그릇을 쟁반에 얹어놓고 직접 나가서 우유를 더 가져왔어.

조지프는 있는 대로 투덜대며 일어나 앞장서 올라갔어. 다락 층까지 올라가서는 지나는 길에 보이는 방문들을 띄엄 띄엄 열고 안을 들여다봤어.

마침내 노인네는 경첩이 헐거워 덜걱대는 판자 문 하나를 홀렁 열어젖히며 말했어.

"방 여 있소. 귀리죽 몇 술 뜨기는 겐찮겠구마. 저짝 구퉁이 곡석 자루서 드시소. 저만 하믄 깨깟해. 곱데곱은 비단옷 베릴까 걱정이믄 손수건 하나 깔고 앉든가."

그 '방'이란 데는 맥아와 곡물 냄새가 코를 찌르는, 일종의 창고였어. 온갖 종류의 포대 자루가 둘레에 쌓여 있고 가운데는 휑하게 비었고.

난 화가 나서 소리를 질렀어.

"아니, 이봐! 여긴 잠을 자는 방이 아니잖아. 침실을 보여달라니까."

그자는 내 말꼬리를 잡고 빈정댔어.

"침시일? 여 있는 침실덜 싹 다 둘레보라. 저거이 내 침실이라이."

그러면서 다른 방을 가리켰어. 그나마 자루에 덮이지 않은 벽면이 군데군데 보이고 한구석에 널찍하고 낮은, 남색 누비이불을 깐 침대가 커튼도 없이 덩그러니 놓인 것만 빼면 아까 본 방과 똑같았어.

난 쏘아붙였어.

"누가 영감 방이 궁금하대? 아무렴 히스클리프 씨 방이 이 꼭대기 층에 있는 건 아니겠지, 그렇잖아?"

조지프는 몰랐던 사실을 발견이라도 한 듯이 외쳤어.

"아이! 히스클리프 나리 방을 찾구 있었소? 잴작에 말을 허지, 그랬으믄 번거룹게 여까정 올 것두 읎이 그 방은 몬 간다 딱 잘라 말했을 거인데. 그 냥반이 방문을 노상 쟁가노니 아문도 몬 드간다 아이가."

나도 비꼬지 않을 수 없었어.

"참 좋은 집이야, 조지프. 사람들도 참 좋고. 이 집구석에 내 운명을 맡기다니, 온 세상 광기가 똘똘 뭉쳐서 내 머릿속에 들어앉았던 게지! 하지만 지금은 그게 문제가 아니고…… 다른 방도 있을 거 아냐. 제발 얼른, 어디든 좀 들어가서 쉬게 해줘!"

이번엔 대꾸가 없더라. 그저 무뚝뚝하게 나무 계단을 터벅터벅 내려가더니 어느 방문 앞에 멈춰 섰어. 그가 굳이 거기서 발길을 멈췄고 방 안의 가구도 고급인 걸 보니 이 집에서 제일 좋은 방이구나 싶었지.

카펫이 — 꽤 좋은 카펫이 깔려 있었지만 더께 때문에 무늬가 안 보였어. 벽난로에 매단 종이 장식은 너덜너덜 찢겨 있고. 멋들어진 침대 틀은 참나무로 짠 것이요, 풍성한 진홍색 침대 커튼도 신식에다 값비싼 천으로 만든 것이었는데, 죄다 험하게 사용한 티가 났어. 짧은 장식 커튼은 고리에서 빠져 밧줄처럼 늘어졌고, 그 고리를 꿴 철제 봉도 한쪽이 휘어 천이 바닥에 질질 끌렸지. 의자도 전부 망가졌는데 개중 몇 개는 아주 못 쓰게 됐더라고. 벽면에도 군데군데 깊이 파인 자국이 있었고.

이 방에라도 들어가 내 방으로 삼자고 애써 각오를 다지고 있는데, 그 바보 같은 안내인이 떡하니 이러는 거야.

"여는 쥔 나리 방이고."

죽은 다 식었고, 입맛도 사라졌고, 내 인내심도 바닥났어. 당장 내가 들어가 쉴 자리를 마련해 놓으라고 닦달을 했지. 독실한 노인네는 주님을 찾기 시작했어.

"그러니까 대체 어데? 하이고 주여, 복을 내리소서! 주여, 용서하소서! 대체 어데로 괴시라고 이 야단이라? 씰모도 읎는 거이 하 성가시룹고 구찮구로! 헤어턴 되련님 방구석 빼고 싹 다 봤다 아이가. 이 집에 자는 방은 인자 더 읎다!"

난 너무 화가 나서 쟁반을 통째로 바닥에 내동댕이치고 계단 꼭대기에 주저앉아 손으로 얼굴을 가린 채 목 놓아 울었어.

조지프가 더 크게 소리쳤어.

"얼씨구! 얼씨구! 잘혔소, 캐시 양! 아주 잘허셨소, 캐시 양! 두고 보라이, 쥔님이 거 깨진 그륵을 밟기래도 하믄, 우린 경을 치는 기라. 거 씰모읎는 거이 사고만 치는구마! 하느님이 내린 귀한 양석을 저 뿔난다구 내패댕이치니, 입때부터 성탄절까정 쫄쫄 굶어야 싸! 하기사 저런 성질머린들을 매나 가겠나. 히스클리프가 저리 이쁜 짓다구리를 가마이 봐줄 기라 생카나? 저 승질 부리는 꼴을 그늠아가 봐야 할 긴데. 꼭 봤음 좋겠구마이."

그렇게 잔소리를 늘어놓으면서 아래층 자기 소굴로 내려

갔어. 노인네가 촛불을 가지고 가버려서 난 어둠 속에 남겨졌지.

이런 한심한 짓을 저질러놓은 뒤에야 반성의 시간이 찾아왔어. 역시 어쩔 수 없겠더라고. 자존심을 죽이고 분노를 억누르는 수밖에. 그리고 내가 저지른 난장판은 내가 수습하는 수밖에.

그때 뜻밖의 지원군이 스로틀러의 모습으로 나타나 주었어. 이제 보니 우리 스컬커의 새끼더라. 그레인지에서 나고 자란 녀석을 우리 아버지가 힌들리 씨한테 선물했던 거야. 녀석이 나를 알아보는 것 같았어. 인사하듯 자기 코를 내 코에 비벼대더니 냉큼 죽을 핥아먹더라. 그동안 나는 계단을 하나하나 손으로 훑어가며 깨진 도기 조각을 주워 모으고 난간에 튄 우유를 손수건으로 닦아냈어.

거의 다 치웠을 때쯤 복도 쪽에서 언쇼 씨의 발소리가 들렸어. 스로틀러는 꼬리를 말고 벽에 바짝 붙었고, 난 가장 가까운 방으로 숨어들었지. 개는 그자를 피하는 데 실패한 것 같아. 계단을 급히 달려 내려가는 소리에 이어 한참을 애처롭게 깨갱대는 소리가 들렸거든. 난 그보단 운이 좋았지. 그자는 나 있던 방을 그대로 지나쳐 자기 방으로 들어가 문을 닫았어.

곧이어 조지프가 헤어턴을 재우려고 같이 올라왔어. 알고 보니 난 헤어턴 방으로 피신했던 거야. 노인네가 날 보자마자 이러더라.

"고마 그 잘난 몸땡이는 하우스로 들가믄 되갔소. 인자 비 왔으니 그짝 몸땡이랑 그 시건방이랑 둘이서 몽땅 차지하소. 금시로 악마가 따라붙어가 셋이 벗하자 할 기라!"

난 기꺼이 그리로 가서는 난롯가 의자에 몸을 던지기 무섭게 졸다가 금세 잠들었어.

곤히 단잠에 빠졌는데 너무 빨리 깰 수밖에 없었어. 히스클리프 씨가 깨웠거든. 들어오자마자 날 깨우고 아주 그이다운 다정한 말투로 여기서 뭐 하냐고 을러대지 뭐야.

난 그렇게 늦게까지 잠자리에 들지 않은 이유를 댔지. 우리 방 열쇠가 당신 주머니에 있어서라고.

'우리'라고 표현한 게 죽을죄였나 봐. 그 방은 우리 방이 아니며 결단코 내 방이 될 수 없다고 잘라 말하더라. 그러고는 또…… 아냐, 그이 말을 옮기진 않겠어. 툭하면 무슨 짓을 하는지 일일이 늘어놓지도 않을래. 하여간 대단한 독창성과 끈기를 발휘해 나한테서 혐오감을 끌어내는 인간이야! 때로는 하도 기가 차서 두려움도 잊을 정도라니까. 아니, 그이가 두렵지 않다는 게 아니야. 호랑이나 독사도 그이만큼 날 공포로 몰아넣진 못할걸. 그이한테서 캐서린 언니가 아프다는 얘길 들었어. 그이는 그게 오라버니 탓이라면서, 오라버니를 손아귀에 넣을 때까지 대신에 나를 괴롭히겠다고 장담했어.

난 정말로 그를 증오해 — 비참해 죽겠어 — 내가 어리석었지! 그레인지 사람들한테는 절대 말하면 안 돼, 입도 뻥

굿하지 마. 엘렌이 오길 날마다 기다릴게. 실망시키지 말아줘!

이사벨라.

14

이 서신을 다 읽자마자 주인님께로 가서 작은아씨가 하이츠에 도착했으며 새언니 소식에 가슴이 아프고 오라버니를 간절히 보고 싶다는 내용의 편지를 저에게 보내왔다고 고했어요. 되도록 조속히 제 편으로 용서의 증표를 보내주었으면 하더라는 얘기도 함께 전했지요.

주인님이 말했어요.

"용서? 용서할 게 없어, 엘렌. 워더링 하이츠에 가고 싶으면 오늘 오후에 다녀와도 좋아. 나는 화나지 않았고 누이를 잃어서 슬플 따름이라고 전해주게. 더구나 그 애가 행복해질 거라곤 생각할 수 없으니 말일세. 하나 내가 그 애를 만나러 가는 건 당치 않아. 우린 영원히 남남이야. 정 날 위해 뭔가 하고 싶거든 저가 남편 삼은 악당을 설득해 이 동네를 떠나라고 하게."

"짧게 몇 줄 정도라도 남기시지 않겠어요?"

제가 넌지시 여쭸지만 주인님은 단호했어요.

"아니, 필요 없네. 히스클리프가 내 가족과 연락할 일이 없는 만큼 내가 그자의 가족과 연락하는 일도 없을 걸세. 절대로!"

주인님의 냉정한 태도에 전 몹시 낙담했답니다. 하이츠로 가는 길 내내 머리를 쥐어짰어요. 에드거 나리가 한 말을 어떻게 옮겨야 이사벨라 아씨에게 조금이라도 다정하게 들릴까, 누이에게 위안이 될 쪽지 몇 줄 적기조차 마다하더라는 얘기를 어떻게 좀 더 부드럽게 전할까 고심했지요.

아마 아씨는 아침부터 절 기다렸을 거예요. 안뜰 텃밭을 지나면서 보니 역시 아씨가 창밖을 살피고 있었어요. 한데 제가 고갯짓을 하자 들킬까 겁난다는 듯 흠칫 물러서더라고요.

저는 노크하지 않고 그냥 들어갔어요. 전에는 쾌적했던 집이 그렇게 적적하고 음산할 수가 없더군요! 솔직히 제가 아씨 입장이었다면요, 최소한 벽난로 좌대의 재를 쓸어내고 탁자 먼지를 훔쳐내는 정도는 했을 거예요. 하지만 아씨는 태만한 주위 분위기에 이미 물들었더라고요. 고운 얼굴은 파리하고 맥없어 보였어요. 머리 컬도 다 풀린 채 몇 가닥은 부스스하게 늘어졌고 나머지는 아무렇게나 틀어 올렸더군요. 옷은 전날 저녁 입고 온 그대로인 것 같았고요.

힌들리 나리는 없었어요. 히스클리프가 탁자 옆에 앉

아 지갑 속 종이들을 뒤적이고 있다가, 제가 나타나자 일어나 제법 친근하게 안부를 묻고 의자를 권했어요.

그곳에서 멀쩡해 보이는 건 그자뿐이었습니다. 전에 없이 멀끔한 모습이었어요. 상황이 그들의 처지를 뒤바꿔 놓아, 모르는 사람이 봤으면 히스클리프가 번듯한 가문에서 태어나 본데 있게 자란 신사요 그 아내는 천하디천한 매춘부라고 여길 만했어요!

아씨는 다급히 제게 다가와 기다리던 편지를 받으려 손을 내밀었어요.

전 고개를 저었지요. 하지만 아씨는 그 뜻을 알아차리지 못했고, 제가 보닛을 놓으러 간 찬장까지 따라와 어서 내놓으라고 속삭였어요.

그런 그녀를 보고 히스클리프가 낌새를 챘지요.

"이사벨라한테 줄 게 있는 모양이군, 넬리. 그냥 줘. 숨길 필요 없어. 우리 사이에 비밀은 없거든."

당장 사실대로 말하는 게 상책이겠더라고요.

"아니, 아무것도 없어요. 주인님께서 당분간 편지나 방문을 기대하지 말라 전하셨어요. 부인, 나리께서 사랑을 보내며 부인의 행복을 기원하신답니다. 부인 일로 비통한 마음이지만 용서하신다고요. 하나 이 시간 이후로 당신의 집안과 이쪽 집안은 연락을 끊어야 한다고 생각하신답니다. 서로 왕래해서 좋을 게 없다시네요."

히스클리프 부인의 입술이 파르르 떨렸어요. 부인은

창가 자리로 돌아갔습니다. 히스클리프가 저와 가까운 난롯가 좌대로 와 서서 캐서린 아씨에 대해 캐묻기 시작했어요.

저는 아씨의 병세를 제 생각에 적정한 선에서 자세히 전했고, 그자는 절 취조하다시피 해 발병과 관련된 사실의 대부분을 알아냈어요.

전 캐서린 아씨가 병을 자초했다고 일축했지요. 그게 사실이었으니까요. 그리고 린턴 나리를 본받아 앞으로 선의로든 악의로든 그분 가족 일에 일절 개입하지 말길 바란다는 당부로 말을 맺었습니다.

"린턴 부인은 이제 겨우 회복기에 접어들었어요. 결코 예전 같아질 수는 없겠지만 목숨은 건졌지요. 우리 아씨를 정말 생각한다면 다시는 아씨 앞에 나타나지 말아요. 아니, 이 동네를 영영 떠나요. 사실 아쉬울 것도 없는 게, 분명히 말하지만 캐서린 린턴과 그쪽의 옛 동무 캐서린 언쇼는 전혀 다른 사람이거든요. 저 새댁 아씨와 나만큼 다르다고요! 외모도 많이 변했지만 성격은 더 변한걸요. 부득불 아씨 곁을 지켜야 하는 그분도 이제부터 예전의 아내에 대한 기억으로, 보편의 인간애와 의무감으로 정을 붙들어 매야 할걸요."

히스클리프는 애써 담담한 척하더군요.

"그럴 수 있어. 넬리의 주인님께서 인간애와 의무감에 기댈 수밖에 없는 건 충분히 가능한 일이야. 하지만 내가 캐서린을 그자의 '의무감'과 '인간애'에 맡겨둘 것 같아? 캐서린에 대한 내 감정과 그자의 감정을 비교할 수 있다고 생각해? 그 애를 만나게 해주겠다고 약속하기 전엔 넬리는 이 집에서 못 나가. 넬리가 동의하든 말든 난 그 앨 볼 거야! 어쩔래?"

"그러면 안 돼요, 히스클리프 씨. 더욱이 나를 통해 아씨를 만나는 일은 절대 없을 거예요. 당신과 우리 주인님이 다시 마주쳤다간 캐서린 아씨는 죽어요!"

"그럴 일 없게끔 넬리가 도와주면 되잖아. 만에 하나 그런 위험이 생기면 ─ 그놈으로 인해 캐서린 삶에 문제가 단 하나라도 더해진다면 ─ 내가 극단적인 방법을 쓴대도 그건 정당한 거야! 넬리, 정말 솔직히 말해줬으면 해. 그놈을 잃으면 캐서린이 많이 괴로울까? 혹여 그럴까 봐 내가 참는 거거든. 자, 놈과 나의 차이를 알겠지? 내가 그놈 자리에 있고 놈이 내 자리에 있다면, 내 삶이 온통 쓰디쓴 원한으로 채워질 만큼 놈을 증오한다 해도 난 놈에게 손끝 하나 대지 않아. 그래, 못 미덥단 표정을 짓는 거야 넬리 맘이지! 나라면, 캐서린이 원하는 한 그자를 못 만나게 하진 않아. 물론 그 애만 괘념치 않으면 즉시 놈의 심장을 찢어발기고 그 피를 마시겠지! 하나 그때까지는 ─ 내 말이 믿기지 않는다면 넬리는 나를 모르는 거야 ─ 그때까지는, 내가 서서히 말라 죽을지언정 놈의 머리털 한 올도 건드리지 않아!"

전 반박했어요.

"그렇다면서, 아씨가 완쾌할 희망을 모조리 꺾어버리는 데는 일말의 거리낌도 없군요. 이제는 당신을 거의 잊은 아씨의 기억을 비집고 들어가 새삼 분란을 일으키고 아씨를 혼란에 빠뜨리겠다는 거잖아요."

"걔가 날 거의 잊었다고? 오, 넬리! 그렇지 않다는 거 알면서! 린턴 생각을 한 번 할 시간에 내 생각은 천 번 하는 애라는 걸 넬리도 나만큼 잘 알잖아! 내 평생 가장 비참했던 시절엔 나도 걔가 날 잊은 줄 알았어. 지난여름 이 동네로 돌아오는 길에도 줄곧 그 생각이 날 따라다니며 괴롭혔지. 하지만 이제 두 번 다시 그런 끔찍한 생각은 하지 않아. 오로지 그 애의 확언만 믿겠어. 혹 그리되면 린턴도 힌들리도 의미 없고 내가 이제껏 꿈꿔온 모든 게 허사야. 나의 앞날에 '죽음'과 '지옥'이라는 두 단어만 남겠지. 캐서린을 잃은 내 삶은 곧 지옥이야.

어리석게도 잠깐은, 캐서린이 에드거의 사랑을 내 사랑보다 중히 여기는 줄로 착각했어. 그 있으나 마나 한 존재가 온 힘을 다해 여든 해를 사랑한들 내 하루치 사랑에도 못 미치는데 말이지. 더욱이 캐서린의 마음속은 내 마음속만큼 깊은데, 그런 캐서린의 마음을 그자가 독차지한다? 바다를 여물통에 담겠다고? 쳇! 걔한테 남편이 소중해 봤자 개나 말보다 나을 것도 없어. 나처럼 사랑받을 무엇이 없잖아. 그게 없는데 뭘 보고 놈을 사랑하겠어?"

별안간 이사벨라 아씨가 분연히 소리쳤어요.

"오라버니와 새언니는 어느 부부 못지않게 서로를 사랑해! 누구도 그따위로 지껄일 권리는 없어. 우리 오라버니를 얕보는 말을 가만히 듣고만 있진 않겠어!"

히스클리프는 가소롭다는 듯 대꾸했어요.

"그 오라비의 누이 사랑 또한 대단해, 그렇지? 놀랍도록 잽싸게 당신을 험한 세상으로 내쫓은 걸 보면."

"오라버니는 내가 겪는 고통을 몰라요. 내가 그런 말은 하지 않았으니까."

"다른 말은 했다는 얘기로군. 편지를 하셨나 봐?"

"혼인했다는 소식을 전하느라 몇 자 적었죠. 당신도 봤잖아."

"그 후에 또 하진 않았고?"

"안 했어요."

제가 끼어들었어요.

"우리 아씨께서 환경이 바뀌고서 얼굴이 너무 상했어요. 틀림없이 누군가의 사랑이 부족한 탓이에요. 누구인지 짐작이 가지만 발설은 삼가야겠지요."

히스클리프가 말했어요.

"아무래도 자기애가 부족한 듯한데. 더럽고 게으른 계집이 돼버렸어! 내 비위 맞추기도 유달리 일찌감치 싫증을 내더군. 믿기 어렵겠지만, 혼인한 바로 다음 날부터 집에 가겠다고 징징대며 울지 뭐야. 하긴 너무 잘나지 않은 편이 이 집에 어울리지. 저 꼴로 나돌아다녀서 날 망신시키지 않게 내가 주의할 거고."

전 받아 말했어요.

"글쎄요, 히스클리프 부인이 보살핌과 시중을 받는 데 익숙한 분이란 걸 생각해야지요. 다들 받들어 모시는 외동딸처럼 자란걸요. 부인 시중을 전담하는 하녀를 한 명 붙여주고 남편도 다정하게 대해줘야 해요. 히스클리프 씨가 에드거 나리를 어떻게 생각하건 간에 부인의 애정이 남다르다는 건 의심할 수 없어요. 그렇잖으면 그 우아하고 안락한 저택과 자기 사람들을 버리고 이런 폐가 같은 집에서 당신과 함께하는 삶이면 족하다 할 리 없잖아요."

"저 여자가 예전의 삶을 버린 건 혼자 망상에 빠져서야. 날 로맨스의 주인공으로 상상하고 나의 기사도적 헌신을 무한히 즐길 기대에 부풀었던 거지. 저 여자는 도무지 이성이란 게 없는 것 같아. 너무 막무가내로 내 성격을 이상화하고 자기가 품은 그 그릇된 인상에 따라 행동하려고만 하잖아. 그래도 드디어 날 제대로 알기 시작했나 봐. 처음엔 툭하면 멍청하게 선웃음 짓거나 우거지상을 해서 내 속을 뒤집어 놓더니 이제는 그러지 않아. 내가 자기나 자기 마음을 어떻게 생각하는지 허심탄회하게 얘기해 줘도 통 못 알아먹던 몰지각은 벗은 듯하고.

EMILY BRONTË

그 아둔한 통찰력으로 내가 자길 사랑하지 않는다는 사실을 깨닫느라 엄청나게 노력한 셈이지 뭐야. 한때는 무슨 짓을 해도 저 여자를 깨우쳐줄 순 없겠다고 생각했다니까! 하긴 아직도 정신을 못 차렸지. 오늘 아침만 해도, 아주 무시무시한 사실을 알려준다는 듯, 실은 내가 자기로 하여금 날 증오하게 하는 데 성공했다고 통고하더라고! 아무렴, 가히 헤라클레스의 과업에 필적할 일이지! 그걸 완수한다면 나야 고맙다고 절이라도 할 판이고! 한데 과연 당신 주장을 믿어도 될까, 이사벨라? 정말 날 증오해? 한나절만 당신을 혼자 내버려 둬도 한숨을 쉬며 내게 와 알랑거리지 않겠어? 저 여자는 넬리 앞에서 내가 자기한테 다정하게 굴어주길 바랐을 거야. 진실이 드러나면 자기 허영심에 상처가 되니까. 한데 난 저쪽의 일방적인 열정을 누가 알든 상관없고, 그에 대해 저 여자한테 거짓말한 적도 없어. 저 여자도 내가 단 한 번이라도 달콤한 속임수로 자길 현혹했다고는 말 못 할걸? 그레인지를 떠나면서 저 여자가 본 내 첫 행태가 자기 개새끼를 목매다는 거였거든? 애원하며 말리길래 내가, 당신 것이라면 하나만 빼고 모조리 목을 매달아 버리는 게 소원이라고 했어. 아마도 저 여자는 그 예외가 자기인 줄로 받아들였나 봐. 한데 잔혹함에는 혐오감을 내비치지 않더군. 소중한 저 몸이 다치지 않는다는 것만 확실하면 되레 잔혹함을 찬양하는 기질을 타고난 게 아닌가 싶어! 그러니 얼마나 터무니없냐고. 순 저능아 아니야? 저리 한심하고 비굴하고 비열한 암캐 년 주제에 어떻게 내가 자길 사랑할 수 있으리란 헛꿈을 꾸냐고! 가서 주인한테 전해, 넬리, 내 인생을 통틀어 저렇게 천해빠진 년은 만나본 적이 없다고. 심지어 린턴이라는 이름까지 더럽히는 년이야. 네년이 어디까지 버티나 보자 하고 내가 갖은 수로 괴롭히는데도 기어이 추잡하게 기고 매달리는 통에, 때로는 나도 하다 하다 더 할 게 떠오르지 않아 맥이 빠지더라니까! 하지만 린턴한테 이 말도 전해. 오라비로서나 치안판사로서도 신경 끄라고 말이야. 난 어디까지나 법의 테두리 안에서만 행동하거든. 지금껏 저 여자가 이혼 청구권을 행사할 빌미도 전혀 주지 않았고. 게다가 우릴 떼어놓은들 저 여자는 고마워하지도 않을걸. 나가고 싶으면 나가도 돼. 괴롭히는 재미보다 옆에 있어서 성가신 게 더 크다고."

저는 말했어요.

"히스클리프 씨, 미친 소리를 지껄이는군요. 필시 부인도 당신이 미쳤다고 여겼겠고, 그래서 여태 참아왔겠죠. 하지만 당신 입으로 허락했으니 이제 부인이 못 나갈 이유가 없네요. 부인, 설마 자진해서 곁에 남겠다고 할 만큼 저자한테 홀린 건 아니지요, 그렇죠?"

"조심해, 엘렌!"

제 말에 답하는 부인의 눈이 분노로 이글거렸어요. 그

EMILY BRONTË

표정을 보니 과연 부인의 증오를 사고자 한 배우자의 노력이 대성공을 거두었음이 확실하더군요.

"저이가 하는 말은 한마디도 믿으면 안 돼. 거짓말하는 마귀나 괴물이지 사람이 아니야! 전에 나가도 된다기에 정말 나가려 해봤지만…… 두 번은 그렇게 못 해! 다만 약속해 줘, 엘렌. 저이가 뱉은 악랄한 말을 오라버니나 새언니한테는 한마디도 하면 안 돼. 저이가 뭐라 떠들건, 에드거 오라버니를 도발해 발악하게 하려는 거야. 오라버니를 쥐고 흔들 목적으로 나랑 혼인했대. 물론 그렇겐 안 될 거야. 먼저 내가 죽고 말지! 제발 저이가 악마 같은 신중함을 잊고 그냥 날 죽이길 바라고 빌 뿐이야! 내가 상상할 수 있는 기쁜 일이라곤 내가 죽거나, 저이가 죽는 걸 보는 것뿐이라고!"

히스클리프가 부인 말을 잘랐어요.

"자…… 일단 그쯤 했으면 됐어. 언젠가 법정에 증인으로 서게 되면 지금 저 여자가 한 말이 떠오를 거야, 넬리. 저 얼굴을 잘 봐. 이제 제법 나랑 잘 어울리잖아. 안 돼, 이사벨라, 지금 당신 꼴로 자기 목숨을 책임지는 건 무리야. 당신의 법적 보호자인 내가 아무리 싫어도 책임지고 감시해야지. 당신은 이만 올라가 봐. 엘렌 딘과 단둘이 할 얘기가 있으니. 그쪽이 아니잖아. 위층으로 가라니까! 아이고, 이쪽이 위층 가는 길이란다, 얘야!"

히스클리프는 부인을 붙잡아 문밖으로 밀쳐버리고

돌아오며 중얼댔어요.

"나한테 연민을 바라? 연민 따위 내겐 없어! 벌레가 꿈 틀댈수록 되레 내장이 터지도록 짓뭉개고 싶어진다고! 도덕이라는 이가 새로 돋을라치면 불어나는 고통에 비례해 더 열심히 악물고 갈아대지!"

"연민이라는 단어가 뭘 뜻하는지는 알아요? 살면서 그런 기미라도 느껴본 적은 있고?"

전 입바른 소리를 쐬붙이며 서둘러 보닛을 집어 들었어요.

하지만 제가 가려 하는 걸 히스클리프가 알아채고 막았어요.

"그거 내려놔! 아직 갈 때가 아니야. 이리 와, 넬리. 난 캐서린을 만나야겠으니까 넬리가 도와줘야 해. 설득이 통하지 않으면 강제로라도 내가 마음먹은 대로, 지체 없이 이루어지게 할 거야. 맹세코 해를 끼칠 생각은 없어. 분란을 일으키기도 싫고, 린턴 씨를 도발하거나 모욕하려는 것도 아니야. 단지 캐서린 상태가 어떤지, 어쩌다 병이 났는지, 본인한테서 직접 듣고 혹 내가 도움 될 만한 일은 없는지 묻고 싶을 뿐이야. 어젯밤 그레인지 정원에서 여섯 시간을 보냈고 오늘 밤에도 가보려 해. 밤마다, 아니 낮에도, 그 집에 들어갈 기회가 생길 때까지 매일같이 찾아갈 거야. 에드거 린턴과 마주치면 주저 없이 그자를 때려눕혀서 내가 있는 동안 잠자코 있을 수밖에

EMILY BRONTË

없게 해놓을 거고…… 하인들이 가로막으면 이 권총들로 위협해 쫓아버릴 거야. 하지만 내가 그들이나 그들 주인을 맞닥뜨리는 사태는 막는 편이 낫지 않겠어? 넬리한테야 식은 죽 먹기잖아! 내가 가서 신호할게. 넬리는 개가 혼자 있을 때를 엿보다 날 남몰래 들여보내 주고 내가 갈 때까지 망을 봐줘. 넬리 양심도 잠잠할 거야. 말썽의 소지를 막는 거니까!"

전 제 고용주의 집에서 그런 배신행위에 동참할 수 없을뿐더러 당신이 자기만족을 위해 린턴 부인의 평안을 깨뜨리는 건 잔인하고 이기적인 짓이라고 나무랐어요.

"흔하디흔한 일에도 아씨는 소스라치게 놀라곤 해요. 극도로 예민한 상태라, 당신이 불쑥 나타나면 분명 충격을 견디지 못할 거야. 하니 고집 피우지 말아요! 당신이 끝까지 단념하지 않겠다면 나로서는 주인님께 당신의 계획을 알릴 수밖에 없어. 그럼 나리께서 집과 집안사람들이 부당한 침입에서 안전하게끔 조치하시겠지!"

히스클리프의 언성이 높아졌어요.

"그렇다면 난 당신이 못 나가게 조치하겠어! 내일 아침까지 워더링 하이츠에 붙잡아 둘 거야. 캐서린이 날 보면 못 견딜 거라고 우기다니, 어디서 그런 멍청한 소리를 해? 나도 걔 놀라게 하긴 싫어. 그러니까 마음의 준비를 할 수 있게 넬리가 미리 언질을 주라고. 내가 가도 좋은지 물어보란 말이야. 걔가 내 이름조차 말하지도 듣지도 않는다고 했지? 나를 언급하는 것 자체가 금기인 집에서 개가 누구한테 내 얘기를 하겠어? 그 애는 그 집 사람들 전부가 남편의 첩자라고 생각할 텐데……. 아아, 당신들 틈에서 캐서린이 지옥살이를 하는 게야! 다른 건 관두고 일단 말을 안 한다니, 그 애 심정이 어떤지 짐작이가. 자주 안절부절못하고 불안해 보인댔지? 그게 평온한 거야? 넬리는 그 애 정신이 불안정하다고 하는데, 그렇게 끔찍한 고립 상태에서야 누군들 온전한 정신을 유지할 수 있겠어? 게다가 그 싱겁고 지질한 작자는 그저 '의무감'과 '인간애'로 부인 곁을 지킨다지! '연민'과 '자비심'으로! 그따위 얄팍한 간호로 그 애가 활력을 되찾길 기대하느니 차라리 참나무를 화분에 심어놓고 무성해지길 바라라 해! 당장 담판을 짓자. 당신은 여기 있고 난 가서 린턴이나 놈의 졸개들과 한판 벌인 다음 캐서린을 만날까? 아님 늘 그랬듯 당신이 내 편이 되어 이번 부탁도 들어줄래? 결정해! 당신이 끝까지 고약한 오기를 부릴 참이면 나 역시 한시라도 여기서 꾸물댈 이유가 없으니까!"

그러니까 록우드 나리, 제가 따지기도 해보고 푸념도 해보고 쉰 번은 딱 잘라 거절했단 말이에요. 한데도 결국엔 그자가 우격다짐으로 제 동의를 얻어냈어요. 전 그자의 편지를 주인아씨께 전달하고, 아씨가 좋다고 하면 린턴 나리가 출타할 때를 그자에게 알려주기로 약조했어요. 언제 어디로 들어오면 되는지 미리 알려주고, 때가 되면 저 역시 그 자리에 있지 않겠으며 다른 하인들도 방해하지 않게 조처해 두기로 했지요.

잘한 일이었을까요, 잘못한 일이었을까요? 별수 없어 그랬다지만 아무래도 잘한 일은 아니었던 것 같아요. 그때 저는 그자의 요구에 응하는 게 또 다른 폭발을 막는 길이라고 생각했어요. 캐서린 아씨의 정신병이 바람직한 쪽으로 한고비 넘기는 계기가 될지도 모른다는 기대를 하기도 했고요. 문득, 저더러 말 옮기고 다니지 말라던 에드거 나리의 호된 질책이 떠오르더군요. 저는 설령 이번 일 또한 신뢰를 저버리는 짓이라는 가혹한 비난을 들어 마땅하다 해도 이번이 정말 마지막이라고 다짐에 다짐을 거듭함으로써 심란한 마음을 애써 가라앉혔답니다.

그럼에도 귀갓길에 나서는 마음은 거기로 갈 때보다도 더 무거웠어요. 그자의 서한을 린턴 부인 손에 쥐여주기로 마음먹기까지도 숱하게 망설였고요.

한데 케네스 씨가 오셨네요. 제가 내려가서 나리 몸 상태가 훨씬 좋아졌다고 전할게요. 제 이야기는 여기 사람들 말로 '우중중'하니, 나머지는 다른 날 아침나절의 심심풀이로 들려드리지요.

과연 우중중하고 암울한 이야기로군! 그 선량한 여인

이 의사를 맞으러 내려갔을 때 나는 이렇게 평가했다. 어쨌든 재밌자고 골라 들을 만한 이야기는 아니었다. 하나 무슨 상관이랴! 입에 쓴 약초와 같은 딘 부인의 이야기에서 나는 몸에 좋은 약효를 뽑아내리라. 그리고 우선은 캐서린 히스클리프의 반짝이는 두 눈에 숨은 매력을 경계하자. 그 젊은 여인에게 내 마음을 빼앗긴 뒤에 그녀가 어머니와 판박이임이 밝혀진다면 내 입장도 참으로 난처해질 것 아닌가!

제2권

Wuthering Heights

01

또 한 주가 지났다. 나의 건강도 봄도 그만큼 가까워졌
도다! 하녀장이 더 중요한 일들로 바쁜 와중에도 짬짬이
들러서 내 이웃의 내력을 전부 들려주었다. 그녀의 이야
기를 되도록 그대로, 단 약간 축약해 옮기겠다. 그녀는
대체로 퍽 훌륭한 이야기꾼이라 내 윤색을 거친들 더 나
아질 듯하지도 않으니.

　이야기는 이렇게 이어진다.

　하이츠에 다녀온 날 저녁, 저는 눈으로 확인할 것도 없
이 히스클리프 씨가 근처에 있다는 걸 알고 있었고, 해서
바깥출입을 삼갔어요. 그자의 편지가 아직 제 주머니에
있었고 더는 협박이나 재촉에 시달리기 싫었거든요.

　주인님이 집을 비운 뒤에나 편지를 전하자고 작심한
터였습니다. 편지를 받고서 캐서린 아씨가 어찌 될지 모
를 일이었으니까요. 결과적으로 편지는 사흘간 아씨에
게 닿지 않았지요. 나흘째 되던 날은 주일로, 모두 교회
에 간 뒤에 전 아씨 방으로 편지를 가져갔어요.

　남자 하인 하나가 집을 지키느라 저와 함께 남아 있었
어요. 보통은 식구들이 예배를 보러 간 사이에 집 출입문
을 모두 잠가두는데, 그날은 날이 무척 따뜻하고 쾌청해
서 제가 활짝 열어놓았어요. 누가 올지 알기에 며칠 전의

EMILY BRONTË

약조를 이행하고자, 그 남자 하인에게 주인아씨께서 오렌지를 몹시 드시고 싶다시니 얼른 마을로 뛰어가 값은 내일 치른다 하고 몇 알 받아 오라고 일렀어요. 하인은 마을로, 전 위층으로 향했지요.

린턴 부인은 헐렁한 흰옷 차림에 가벼운 숄을 걸친 채 여느 때처럼 열린 창가 우묵한 자리에 앉아 있었어요. 숱 많고 길었던 머리칼은 발병 초기에 얼마간 잘라냈고 이제는 빗질만 해서 관자놀이와 목덜미를 자연스럽게 덮는 정도였어요. 제가 히스클리프에게 말했듯 부인의 외모는 사뭇 변했지만, 차분할 때는 그 변화 중에 이 세상 것 같지 않은 아름다움이 깃든 듯했답니다.

번뜩이던 눈빛 대신 꿈꾸는 듯 우수 어린 부드러움이 자리했어요. 아씨의 눈길은 더 이상 주변 사물을 보지 않는 것 같았어요. 항상 저 너머를, 아득히 먼 어딘가 — 어쩌면 세상 너머라 해도 좋을 어딘가를 응시하는 듯했지요. 얼굴에 살이 약간 올라 초췌한 기는 가셨지만 여전히 해쓱한 낯빛과 당시 정신 상태를 반영하는 특유의 표정은 그리된 연유를 아프게 연상시키면서도 어쩐지 심금을 울리는 매력이 있었어요. 그런 그녀를 보노라면, 뚜렷한 회복세에도 불구하고 죽음이 임박했음을 예감하지 않을 수 없었습니다. 저는 늘 그랬는데 아마 누가 보더라도 그런 인상을 받았을 거예요.

아씨 앞 창턱에 책 한 권이 펼쳐진 채 놓여 있었어요.

이따금 불어오는 미풍에 책장이 팔락거렸지요. 린턴 나리가 놓아두셨을 겁니다. 아씨는 독서나 다른 무엇이든지 기분 전환이 될 만한 활동에 전혀 흥미를 보이지 않았으니까요. 나리는 아씨가 예전에 즐겼던 일들에 다시금 관심을 갖게 하려고 몇 시간이고 공을 들였지요.

그 의도를 모르지 않았기에 아씨도 기분이 좀 괜찮을 때는 남편이 애쓰는 걸 차분히 견디어주었어요. 다만 이따금 한숨을 참는 모습으로 지루한 티를 내다가, 끝내는 더없이 애처로운 미소와 입맞춤으로 남편의 수고를 머쓱하게, 그래서 그만두게 만들었어요. 기분이 괜찮지 않을 때는 야멸치게 외면하고 손바닥으로 얼굴을 가려버리거나 심지어 화를 내며 남편을 밀쳐버리기도 했지요. 그러면 나리는 그 어떤 노력도 부질없음을 알고 아내 혼자 있게 배려했어요.

아직 기머턴 예배당 종이 울리고 있었어요. 넘실넘실 흐르는 계곡물 소리도 귓전을 어루만졌고요. 아직 여름 숲의 녹음이 짙어지기 전이어서 들을 수 있는 감미로운 음악이었죠. 나뭇잎이 무성해지면 그레인지에서는 주변 숲의 사락사락 속삭임에 묻혀 계곡물 소리가 들리지 않거든요. 워더링 하이츠에서는 한바탕 눈이 녹거나 장마가 지난 뒤 조용한 날이면 언제나 계곡물 소리가 들려왔으니, 그때 캐서린 아씨가 뭘 생각하거나 들을 정신이 있었다면 아마 졸졸 흐르는 계곡물 소리를 들으며 워더링 하이츠를 떠올리고 있었을 거예요. 하지만 아까 말씀 드렸듯 아씨는 멍하니 먼 데를 바라볼 뿐 눈이나 귀로 이 세상의 것을 인식하는 기색은 찾아볼 수 없었어요.

저는 아씨 무릎에 얹힌 한 손에 살며시 편지를 밀어 넣었어요.

"편지가 왔어요, 아씨. 답을 해야 하니 지금 바로 읽어야 해요. 제가 겉봉을 뜯을까요?"

"그래."

아씨는 눈길도 돌리지 않은 채 대답했어요.

전 봉투를 열었습니다. 짧은 편지였어요.

"자, 읽어보세요."

아씨가 손을 움츠리는 바람에 편지가 떨어졌어요. 전 그것을 다시 아씨 무릎에 올리고 서서 아씨가 내려다볼 마음이 들 때를 기다렸어요. 하지만 좀처럼 아씨 눈길이 편지 쪽을 향할 기미를 보이지 않아 결국 다시 한번 재우쳤지요.

"제가 읽어드려야 할까요, 아씨? 히스클리프 씨가 보낸 건데요."

그러자 아씨는 움찔하면서, 되살아난 기억에 괴로운 빛을 띠더니 어지러운 머릿속을 정리하려 애를 쓰는 거예요. 비로소 편지를 집어 들여다보더군요. 눈길이 서명에 이르자 한숨을 내쉬었어요. 한데 알고 보니 편지 내용을 이해한 게 아니었어요. 제가 답을 달라고 했더니, 그저 그 이름을 가리키고서 애절하게 묻는 듯한 눈빛으로 절 바라보지 뭐예요.

해설이 필요하구나 싶더라고요.

"음, 그 사람이 아씨를 만나고 싶어 해요. 지금쯤 정원에서 제가 가져갈 답을 초조하게 기다리는 중일 거예요."

말을 하는 사이, 창밖 아래 양지바른 풀밭에 누워 있던 큰 개가 짖을 태세로 두 귀를 쫑긋 세웠다가 이내 도로 내리고 꼬리를 흔드는 장면이 눈에 들어왔어요. 누군가 다가왔고 낯선 사람은 아니라는 뜻이었지요.

린턴 부인이 허리를 숙이더니 숨죽이며 귀를 기울였어요. 잠시 후 현관 홀을 가로지르는 발소리가 들리더군요. 문이 버젓이 열려 있으니 히스클리프가 유혹을 이기지 못하고 무작정 들어와 버린 거예요. 필시 제가 약조를 등한시할 줄로 넘겨짚고 자신의 뻔뻔함을 믿기로 했겠지요.

잔뜩 긴장한 얼굴로 캐서린 아씨는 방문을 뚫어져라 응시했어요. 그가 방을 단번에 찾지 못하자 아씨가 손짓으로 제게 그를 데려오라 시켰지만 제가 문까지 가기도 전에 그가 방을 찾아냈고, 한두 걸음에 아씨 곁으로 가 껴안는 것이었어요.

5분쯤은 아무 말도 하지 않고 팔을 풀지도 않은 채, 그렇게 키스를 퍼붓기는 아마 그자로서도 난생처음이 아니었을까 싶어요. 하지만 먼저 입맞춤한 쪽은 캐서린 아씨였습니다. 히스클리프는 너무나 괴로워 차마 아씨 얼굴을 똑바로 보지 못하는 걸 제가 분명히 봤거든요. 제가 그리 생각했듯이, 아씨가 나을 가망은 없음을 — 이제 죽음을 피할 수 없다는 사실을 그자도 첫눈에 알아봤던 거예요.

"오, 캐시! 나의 생명! 내 어찌 견디라고?"

그자가 내뱉은 첫마디였습니다. 절망감을 숨기려 하지도 않았어요.

그러고서야 아씨를 열렬히 바라보더군요. 눈을 어찌나 부릅떴던지 곧 눈물이 고일 것만 같았어요. 하지만 그의 눈은 고뇌에 달아 벌게질 뿐 젖어들지는 않았어요.

"이건 또 뭐지?"

아씨는 갑자기 눈살을 찌푸리며 뒤로 기대앉아 그의 시선을 맞받았어요. 그녀의 기분은 무시로 다른 방향을 가리키는 풍향계처럼 변덕스럽기 짝이 없었지요.

"너랑 에드거가 내 심장을 찢어놓았어, 히스클리프! 그래놓고 둘 다 되레 불쌍한 건 자기들이라는 듯 나한테 와서 한탄을 하네? 천만에, 난 네가 불쌍하지 않아. 넌 날 죽였어. 나를 죽여 네가 살았나 보지. 네 목숨은 참 질겨! 내가 죽고 나서 얼마나 더 사시려고?"

그녀를 안으려고 한쪽 무릎을 꿇었던 히스클리프가 일어서려 하자 아씨는 그의 머리털을 움켜잡고 억지로 앉혔어요.

그리고 쓸쓸하게 이어 말했어요.

"이렇게 널 잡아두고 싶어! 우리 둘 다 죽는 그날까지 이렇게 붙잡아 둘 수만 있다면! 네가 얼마나 괴롭든 난 상관하지 않을 거야. 네 고통 따위 내가 알 바 아니지. 왜 너는 괴로우면 안 돼? 난 괴로운데! 너는 날 잊을 셈이구나? 내가 땅에 묻히면 넌 행복할까? 20년 뒤에 이렇게 말하겠지? '저건 캐서린 언쇼의 무덤이다. 오래전 그녀를 사랑했고, 그녀를 잃어 불행했다. 하나 그것은 과거지사. 그 후로도 사랑한 여인은 많았고, 그녀보다 내 자식들이 더 소중하다. 이승을 떠나는 날, 나는 그녀에게 갈 수 있어 기쁘기보다 아이들을 두고 가야만 하여 슬프리라!' 그렇지, 히스클리프?"

그는 머리를 비틀어 빼고서 이를 갈며 소리쳤어요.

"그만해! 나까지 너처럼 미쳐야겠어?"

냉정한 관객의 눈에 두 사람의 모습은 기이하고 섬뜩했습니다. 육신과 함께 이승의 성격을 버리지 않는다면 캐서린 아씨는 과연 천국도 유배지로 여길 사람이었어요. 그 당시 아씨의 하얀 뺨과 핏기 없는 입술, 번뜩거리는 눈동자엔 맹렬한 복수심이 서려 있었지요. 꽉 움켜쥔 손은 뜯긴 머리털을 쥔 채였고요. 한편 히스클리프는 한 손으로 아씨 팔을 잡은 상태에서 다른 손을 짚고 일어섰는데, 병자의 몸을 다루기에 적합한 섬세함과는 워낙에 담을 쌓은 인물인지라, 그자가 손을 놓을 때 보니 네 개의 손가락 자국이 아씨의 흰 피부에 시퍼런 멍으로 남았더군요.

그는 아씨를 잔인하게 몰아붙였어요.

"악마라도 썬 거야? 다 죽어가면서 어찌 그따위 소릴 해? 그 말들이 내 뇌리에 박혀서, 네가 떠난 뒤에도 영원히 날 갉아먹을 거란 생각이 안 들어? 내가 널 죽였다는 네 말도 거짓인 거 알지? 그리고 캐서린, 내가 내 존재를 기억하는 한 널 잊을 수는 없다는 것도 알잖아! 네가 무덤에서 편히 쉬는 동안 난 지옥 같은 고통에 몸부림치리란 사실만으로 네 지독한 이기심을 채우기엔 부족한가?"

"난 편히 쉴 수 없을 거야."

캐서린 아씨는 신음했어요. 심장이 세차고도 불규칙하게 뛰는 걸 느끼고 새삼 자신의 몸이 얼마나 쇠약해졌는지 상기했겠지요. 과도한 흥분 상태에서는 심장이 눈에 띄고 귀에 들리게 울려댔으니까요.

아씨는 한바탕 발작이 지나간 뒤에야 말을 이을 수 있었어요. 말투는 한결 상냥해졌고요.

"나보다 네가 더 괴롭길 바라진 않아, 히스클리프! 우리가 절대로 헤어지지 않기만을 바랄 뿐이지. 그러니 내가 한 말이 훗날 네 마음을 괴롭히거든, 나 역시 땅속에서 똑같이 괴로워한다는 걸 생각하고 부디 용서해 줘!

이리 와 다시 앉아봐! 넌 평생에 단 한 번도 나한테 해를 끼친 적이 없어. 에이, 그렇게 골난 채로 있으면 아까 나한테 들은 말보다도 더 괴로운 기억으로 남을 텐데! 다시 와주지 않을래? 어서!"

히스클리프는 아씨가 앉은 의자 뒤로 가서 몸을 숙였지만 아씨에게 얼굴이 보일 정도로 숙이지는 않았어요. 그의 얼굴은 감정에 겨워 납빛이 돼 있었지요. 아씨가 고개를 틀자 그는 얼굴을 보이지 않으려고 몸을 홱 돌려 난롯가로 가서는 우리를 등진 채 말없이 서 있었어요.

린턴 부인의 시선은 의아하다는 듯 그를 좇았어요. 그의 몸짓 하나하나가 새로운 감상을 불러일으켰던가 봐요. 한참을 그렇게 지켜본 끝에 아씨는 분하고 실망한 티를 내며 저에게 말했어요.

EMILY BRONTË

"저 봐, 넬리! 날 무덤에서 구해낼 수 있대도 제 고집은 꺾지 않을 인간이라니까! 저러면서 날 사랑한대! 뭐, 아무렴 어때! 저이는 내 히스클리프가 아니야. 난 나의 히스클리프를 사랑할 거고, 그이를 데려갈 거야. 그이는 내 영혼 안에 있으니까."

그리고 생각에 잠긴 채 말을 이어갔어요.

"한데 말이야, 제일 환장하겠는 건 어쨌거나 이 망가진 감옥이야. 지겨워, 여기 갇힌 존재인 게 지긋지긋해. 하루속히 저 영광스런 세상으로 탈출해 언제까지고 거기 머물고 싶을 따름이야. 아픈 마음의 벽에 갇힌 채 눈물 너머로 아련하게 바라보며 간절히 그리기만 하는 게 아니라, 정말로 저기와 하나가 되어 저 안에 있고 싶은 거야. 넬리는 나보다 낫고 행복하다고 생각하지? 건강하고 힘도 넘치니까…… 내가 안쓰러울 거야. 하지만 조만간 처지가 맞바뀔걸? 내가 넬리를 안쓰러워할 거야. 난 그대들 있는 곳과는 비할 바 없이 멀고 높은 곳에 있을 테니까. 근데도 저이는 내 곁에 있지 않을 셈인가 봐!"

아씨는 계속해서 혼자 주절거렸어요.

"이상하네. 내 옆에 있는 게 소원인 줄 알았는데. 야, 히스클리프? 이제는 그만할 때도 됐잖아. 심통 부리지 말고 나한테 와, 히스클리프."

절박한 마음에 아씨는 몸을 일으켜 의자 팔걸이를 짚고 섰어요. 그 절박한 호소에 그도 돌아섰지요. 완전히 체념한 모습이더군요. 기어이 물기를 맺은 채 부릅뜬 두 눈이 아씨를 향해 맹렬하게 이글거렸고, 숨소리가 거칠어지며 가슴이 들썩였어요. 분명 떨어져 있던 두 사람이 어떻게 그 찰나에 거리를 좁혔는지 모르겠지만, 캐서린 아씨가 몸을 던지자 그가 받아 안으며 서로 끌어안았어요. 저래서는 아씨가 살아서 풀려나지 못하겠구나 하는 생각이 들 정도였답니다. 사실 제 눈에는 아씨가 그대로 기절한 듯 보였죠. 그가 가장 가까운 의자에 털썩 앉기에 제가 아씨를 확인하려고 다가갔더니, 그는 아씨를 뺏길세라 허겁지겁 더 당겨 안으며 미친개처럼 저에게 이를

갈아대고 거품까지 물더라고요. 도무지 인간 같지 않았
어요. 말을 한들 알아듣지도 못할 것 같고, 전 어찌할 바
를 몰라 잠자코 물러나 섰어요.

곧 아씨가 움직여서 저도 약간은 안도했지요. 아씨는
한 손을 들어 그의 목덜미를 잡았고 그가 목을 받쳐 올리
자 자기 뺨을 그의 뺨에 댔어요. 그는 그런 아씨를 정신
없이 어루만지며 거칠게 뇌까렸어요.

"이제야 알았다. 네가 얼마나 잔인했는지 ─ 얼마나
잔인하고 가식적이었는지. 왜 나를 멸시했지? 어째서
네 마음을 배신한 거야, 캐시? 나한테서 위로의 말을 듣
길 기대하지 마. 네가 자초한 거야. 네가 널 죽였다고. 그
래, 내게 입맞춤하고 울어. 나한테서 입맞춤과 눈물을 짜
내도 좋아. 이 입맞춤과 눈물이 널 시들게 할 테니. 널 죽
이고 말 테니. 넌 날 사랑했어. 한데 무슨 권리로 날 떠났
지? 무슨 권리로……? 대답해 봐. 린턴을 사랑한다는 그
깟 착각 때문에? 빈곤도 전락도, 죽음도, 신이나 악마가
가할 수 있는 그 무엇도 우릴 갈라놓을 수는 없었어. 하
니 네가 네 의지로 한 일이야. 내가 네 심장을 찢어놓은
게 아니야. 네가 했어. 네가 네 심장을 찢으면서 내 심장
까지 찢어발긴 거야. 내 목숨이 질긴 만큼 고통도 질기
지. 내가 살고 싶을까? 그게 사는 거야? 네가…… 오, 제
길! 너 같으면 네 영혼을 무덤에 묻은 채 살고 싶겠어?"

캐서린 아씨는 흐느끼며 말했어요.

"나 좀 가만히 둬. 그냥 내버려 둬. 내가 잘못했다면 그래서 죽는 거겠지. 그럼 된 거 아냐? 너도 날 버리고 떠났잖아. 하지만 난 널 원망하지 않겠어! 널 용서해. 하니 너도 날 용서해야 해!"

"용서하기도, 너의 두 눈을 보기도, 이 여윈 손을 만지기도 쉽지 않은걸. 다시 키스해 줘, 네 눈을 볼 수 없게 내 입술을 덮어줘! 네가 내게 한 짓은 용서할게. 난 날 죽이는 사람을 사랑하니까…… 하지만 널 죽이는 자는! 내가 어떻게……?"

더 이상의 대화는 없었습니다. 서로의 얼굴에 얼굴을 묻고 서로의 눈물로 눈물을 적시었지요. 좌우지간 둘 다 울었던 것 같아요. 천하의 히스클리프도 이렇게나 큰일에는 울 수 있구나 싶었지요.

한편으로 저는 점점 몹시 불안해졌습니다. 오후가 쏜살같이 흘러갔으니까요. 심부름 보냈던 하인도 돌아왔고, 골짜기 위로 기울어가는 서녘 햇빛을 받으며 기머턴 예배당을 나서는 인파도 제 시야에 잡혔지요.

전 두 사람에게 알렸어요.

"예배가 끝났네요. 반 시간이면 주인님이 돌아오실 거예요."

히스클리프는 신음하듯 욕을 뱉고 캐서린 아씨를 더 세게 껴안았어요. 아씨는 꼼짝도 하지 않았고요.

얼마 지나지 않아 하인 무리가 부엌채로 통하는 대로

를 걸어오는 것이 보였습니다. 린턴 나리도 조금 떨어져 따라왔고요. 나리는 직접 대문을 열고 어슬렁어슬렁 걸어 들어왔어요. 여름날처럼 온화한 오후를 기분 좋게 즐기는 모습이었지요.

전 마음이 급해졌습니다.

"오셨어요. 아이고 제발, 얼른 내려가요! 지금 앞 계단으로 가면 아무와도 마주치지 않을 거예요. 빨리요. 나리가 집 안으로 들어올 때까지 나무들 뒤에 숨어 있어요."

이윽고 히스클리프가 자기를 껴안은 아씨의 팔을 풀려고 하며 말했어요.

"가야 해, 캐시. 하지만 네가 잠들기 전에 다시 올게. 내목숨이 붙어 있는 한 반드시 와. 네 방 창문에서 5미터 이상 벗어나지 않을 거야."

아씨는 나름대로 온 힘을 다해 그를 붙들었어요.

"안 돼, 가지 마. 내가 안 보내."

그는 열심히 아씨를 달래보았어요.

"한 시간만."

"1분도 안 돼."

다급해진 침입자가 다시 사정했어요.

"가야 한다니까. 곧 린턴이 올라올 거야."

그가 일어서면서 빠져나가려 하자 아씨는 헉 소리를 내며 얼른 부여잡고 매달렸고, 얼굴에 실성한 사람의 결연한 표정이 서렸어요.

EMILY BRONTË

그리고 절규했어요.

"싫어! 아니, 안 돼, 가지 마. 이게 마지막이잖아! 에드
거도 우릴 어쩌지 않을 거야. 히스클리프, 난 죽어! 죽는
다고!"

히스클리프는 하릴없이 도로 주저앉으며 큰소리쳤
어요.

"알 게 뭐냐, 바보 자식. 드디어 오는군. 쉿, 내 사랑! 쉿,
진정해, 캐서린! 안 갈게. 이대로 놈의 총에 맞아도 까짓
거, 내 입으로 축복하며 죽어주지."

그러고는 두 사람이 다시 엉겨 붙는 거예요. 그 와중에
계단을 올라오는 주인님 발소리가 들리고······. 아, 이마
에 식은땀이 흐르더라고요. 정말이지 기절초풍할 노릇
이었어요.

저도 이판사판, 열불을 내며 다그쳤어요.

"아니, 미친 사람 헛소리에 맞장구를 치겠다고? 아씨
는 자기가 무슨 말을 하는지도 몰라. 아무리 아씨가 제
앞가림할 정신이 없기로서니, 이렇게 아씨 인생을 망쳐
놓을 셈이야? 일어나! 당장에라도 뿌리칠 수 있잖아. 이
제껏 당신이 한 짓거리 중에서도 이게 제일 악랄해. 우린
끝장이야. 주인님이고 아씨고 하인이고 다 망했어."

전 손을 맞잡고 비틀면서 언성을 높였고 그 소리에 린
턴 나리가 서둘러 달려왔어요. 악에 받칠 대로 받친 와
중에 저는, 마침 아씨 팔과 고개가 축 늘어지는 걸 보고

284

285

진심으로 죽다 살아난 기분이었어요. 이런 생각이 들더 군요.

'까무러쳤든지 죽었든지 둘 중 하나야. 차라리 잘됐어. 부득부득 살아서 주위에 짐이 되고 불행을 퍼뜨리느니 죽는 편이 훨씬 낫지.'

경악과 분노로 허옇게 질린 에드거 나리가 불청객을 향해 덤벼들었어요. 어쩔 작정이었는지는 모르겠어요. 어쩔 기회조차 없었지요. 즉시로 상대가 꼭 죽은 것만 같은 몸뚱이를 나리 품에 떠안겼거든요.

"일단 좀 보시오. 악마가 아니고서야 이 사람을 살리는 게 먼저지. 나랑 볼일은 그다음 일이고!"

그는 응접실로 가서 앉았고 린턴 나리는 저를 불렀어요. 우리가 여러 가지로 손을 써가며 애면글면한 끝에 아씨는 간신히 의식을 되찾았어요. 하지만 정신을 차린 건 아니었지요. 멍하니 한숨과 신음을 토했고 아무도 알아보지 못했어요. 에드거 나리는 아내 걱정에 사로잡힌 나머지 원수 같은 불청객의 존재를 까맣게 잊은 듯했어요. 제가 잊지 않았지요. 틈이 나자마자 그에게로 가 아씨 의식이 돌아왔으니 제발 좀 나가라고 사정했어요. 밤사이 아씨의 경과를 지켜보고 다음 날 아침에 그에게 소식을 전하겠다면서요.

"나가라는 말은 들을게. 하지만 정원에서 기다리겠어. 그러니까 넬리, 내일 아침 약속 꼭 지켜. 낙엽송 숲에 있을 테니 잊지 마! 넬리가 안 나타나면 린턴이 있거나 말 거나 내가 또 쳐들어올 거니까!"

대답을 마친 그는 반쯤 열린 문틈으로 아씨 방 안을 재빨리 살폈어요. 그렇게 제 말이 사실임을 확인시키고서야 그 불길한 존재를 밖으로 몰아낼 수 있었습니다.

02

그날 밤 자정 무렵, 록우드 나리가 워더링 하이츠에서 보신 그 캐서린이 너무나도 작고 여린 칠삭둥이로 태어났어요. 그리고 두 시간 뒤 산모는 세상을 떠났습니다. 그때까지도 의식이 온전히 돌아오지 않은 탓에, 히스클리프가 없다는 것도 모르고 남편도 알아보지 못하는 상태로 눈을 감았답니다.

에드거 나리의 애끓는 애도는 되새기기엔 너무나 가슴 아린 기억입니다. 이후의 변화만 봐도 당시 그분이 얼마나 깊은 슬픔에 빠져들었는지 알 수 있었어요.

솔직히 저는 상속자 없이 홀아비가 되었다는 사실이 그분에게 크나큰 시름을 더한다고 보았어요. 어미 잃은 연약한 갓난아기를 보며 딸인 것을 애석해했지요. 돌아가신 린턴 어르신을 속으로 원망하기도 했어요. 그저 딸 둔 아버지의 당연한 처사였겠지만, 손녀 대신 딸에게 토지가 상속되게 해놓으신 것이 그때의 저로서는 못내 야속하더라고요.

반갑지 않은 아기였어요, 가엾게도! 태어나서 몇 시간 동안은 울다 지쳐 죽었어도 누구 하나 알아채지 못했을 거예요. 그런 만큼 나중에 더 살뜰한 보살핌을 받기는 했지만, 아기의 인생은 시작부터 제 편 하나 없었고…… 어쩌면 마지막도 그러할 듯싶네요.

다음 날 아침, 바깥은 밝고 화창했어요. 차일을 통과해 그윽하게 비쳐드는 햇빛이 고즈넉한 방의 침대와 거기 누운 이들을 부드럽게 찬찬히 어루만져 주는 듯했어요.

에드거 린턴 나리가 베개를 베고 눈을 감은 채 누워 있었어요. 그분의 젊고 준수한 얼굴은 곁에 있는 아씨만큼이나 흡사 죽은 사람의 형상인 데다 거의 미동조차 없었지요. 다만 나리 쪽이 가눌 길 없는 슬픔을 소진하고 잠잠해진 표정이라면 아씨의 표정은 순전한 평안 그 자체였어요. 구김 없는 이마, 감은 두 눈, 은은하게 미소 띤 입술. 천국에 있는 천사도 그렇게 아름다울 수는 없었을 거예요. 저도 그녀가 누리는 무한한 고요를 함께 나누었습니다. 신성한 안식에 든 그 평온한 모습을 바라보던 그때만큼 제 마음이 경건했던 적은 없었어요. 몇 시간 전 아씨가 했던 말을 저도 모르게 되뇌고 있더라고요.

"여기와는 비할 바 없이 멀고 높은 곳이라! 아직 지상에 있든 이제 천국에 있든 이 여인의 영혼은 하느님의 품에 안긴 거야!"

제가 유별난 것인지 모르겠는데, 고인을 모시는 방을 지키는 시간이 거의 항상 행복해요. 넋 나간 듯 통곡하거나 절망에 빠진 누군가와 함께하는 게 아니라면요. 이승이나 지옥이 깨뜨릴 수 없는 안식이 눈에 보이고, 끝이 없고 흠도 없는 내세가 느껴지거든요. 고인들이 들어간 '영원의 세계' — 거기서는 생명이 한없이 이어지고 사랑은 한없이 공명하며 기쁨도 한없이 충만하리라는 확신이 들어요. 캐서린 아씨가 그렇게 복된 해방을 맞이했는데 린턴 나리가 너무나도 서럽게 애도하는 걸 보고 저는 그처럼 헌신적인 사랑 안에도 적잖은 이기심이 포함되었음을 깨달았답니다!

물론 참을성도 없고 제멋대로 살다 간 그녀가 결국 평화로운 안식처에 들어갈 자격이 있는지에 의문을 표하는 이도 있겠지요. 냉정하게 따지고 들자면 역시 그렇지만 그 당시 그녀의 주검 앞에서는 그런 생각이 들지 않았어요. 주검의 평온한 모습은 거기 머물렀던 영혼도 그와 같이 평온함을 보증하는 것 같았거든요.

"한데 과연 그런 사람들도 저세상에서 행복할까요? 저는 그게 무척 궁금해요."

나는 딘 부인의 질문에 어딘지 이단적인 데가 있다는 생각이 들어 대답을 피했다. 그녀도 그냥 이야기를 계속

했다.

"캐서린 린턴의 삶을 돌아보면 거기서 행복할 거라 여길 근거는 없는 것 같아요. 하지만 우리로서는 그녀를 창조주께 맡겨야겠지요."

주인님이 주무시는 것 같아서, 동이 트자마자 방에서 나와 맑고 상쾌한 바깥공기를 쐬었어요. 하인들은 제가 장시간 고인 곁을 지키다가 졸음을 쫓으러 나간 줄로 알았지만, 사실 제 주된 목적은 히스클리프를 만나는 것이었어요. 밤새 낙엽송 숲에 있었다면 집 안에서 일어난 소란이 전혀 들리지 않았을 텐데, 기머턴으로 부고를 전하러 가는 심부름꾼의 말발굽 소리를 들었을지도 모를 일이었습니다. 집 쪽으로 좀 더 가까이 왔다면, 이리저리 분주히 움직이는 불빛과 여닫히는 출입문들을 보고 심상치 않은 낌새를 알아챘겠지요.

그를 찾고 싶었지만 두렵기도 했습니다. 어차피 전해야 할 소식이니 얼른 해치우고픈 마음이 간절하면서도, 그 끔찍한 비보를 '어떻게' 전할지가 막막했어요.

과연 그가 있었습니다. 숲 안쪽으로 몇 미터 더 들어간 곳, 늙은 물푸레나무에 모자도 쓰지 않은 채 기대서 있었어요. 눈튼 가지에 맺혔다 떨어진 이슬에 머리가 흠뻑 젖었더군요. 그 자세로 오랫동안 서 있었던가 봐요. 근처에서 검은지빠귀 한 쌍이 둥지를 짓느라 바빴는데, 그로부터 1미터도 안 되는 거리까지 아무렇지 않게 오가는 걸 보니 그를 통나무쯤으로 여기는 것 같더라고요. 제가 다 가가자 새들은 멀리 날아갔고 그가 눈을 들면서 먼저 운을 뗐어요.

"죽었지! 그걸 몰라서 넬리를 기다린 게 아니야. 손수 건 치워. 내 앞에서 찔끔대지 말라고. 다들 집어치우라고 해! 걘 당신들 눈물 따위 바라지 않아."

제가 눈물을 흘렸던 건 그녀만이 아니라 그를 위해서 이기도 했어요. 남들에게도 자기 자신에게도 연민이라 곤 조금도 느끼지 못하는 사람이 참 딱하게 여겨질 때가 있잖아요. 게다가 그의 얼굴을 보자마자 저는 그가 이미 알고 있다는 걸 눈치챘어요. 눈을 내리깐 채 입술을 달싹 이고 있기에, 애써 슬픔을 가라앉히고 기도를 올리는구 나 하는 멍청한 생각까지 했답니다.

전 울음을 삼키고 뺨을 훔치며 대답했습니다.

"예, 죽었어요! 천국으로 갔어요. 어쩌면 우리도, 모두 가, 그곳에서 함께하겠지요. 응분의 경고를 받아들여 악 을 버리고 선을 좇는다면요!"

히스클리프는 얼핏 코웃음을 치며 물었어요.

"그럼 그녀는 응분의 경고를 받아들였나 보지? 성자 로서 죽었나? 됐고, 있는 그대로 읊어봐. 어떻게 된 거 야? 어떻게……."

그는 그 이름을 말하려 해봤지만 차마 입 밖에 내지 못

했어요. 입을 악다물고 내면의 고통과 소리 없이 싸우는 한편 흔들리지 않는 사나운 눈초리로 저의 동정을 거부하더군요.

마침내 그가 다시 입을 열었어요.

"어떻게 죽었어?"

그렇게 강한 척하더니 결국 나무에 기대더군요. 내면의 사투 끝에 자기도 모르게 손끝을 떨기까지 했으니까요.

'가엾은 놈! 너도 심장과 신경이 있는 인간이었구나! 그걸 왜 그렇게 애써 숨기려고 하니? 아무리 그래도 하느님의 눈을 가릴 수는 없단다! 그리 오기를 부리며 그분을 시험한들 끝내는 그분의 힘에 눌려 굴욕의 눈물을 뿌리고 말 것을!'

이런 생각은 생각으로 묻어두고, 전 그의 물음에 답했습니다.

"어린 양처럼 조용히 떠났어요! 한숨을 들이쉬고 몸을 쭉 펴더군요. 잠자던 아이가 깰 듯하다 도로 잠드는 것처럼. 그리고 5분쯤 있다 손을 대보니 심장이 아주 약하게 한 번 뛰고는 그만 멎어버렸어요!"

"그럼…… 내 얘기는 없었나?"

그가 머뭇거리며 묻더군요. 행여 견디기 힘든 이야기를 듣게 될까 두렵다는 듯이요.

"끝까지 제정신이 돌아오지 않았어요. 당신이 가고 난

뒤로 아무도 알아보지 못했지요. 고운 미소를 띤 채 누워 있었고, 마지막 순간의 의식은 행복했던 어린 시절에 머물렀던 것 같아요. 편안한 꿈을 꾸며 생을 마감했어요. 부디 저세상에서도 기분 좋게 눈뜨길!"

"지옥의 고통 속에서 눈뜨라지!"

그는 벼락같이 성을 내며 발을 쿵 굴렸어요. 별안간 걷잡을 수 없는 격정을 터뜨리며 신음했지요.

"아아, 끝까지 거짓말! 걔가 어디에 있다고? 거긴 아니야. 천국은 개뿔. 죽은 것도 아니야. 어디 있지? 그래! 내가 괴롭건 말건 넌 알 바 아니랬지! 내 딱 한 가지만 빌겠어. 혀가 굳을 때까지 기도하겠어. 내가 살아 있는 한 캐서린 언쇼를 편히 쉴 수 없게 하소서! 내가 널 죽였다고? 그럼 귀신이 돼서 날 찾아와! 살해당한 망자는 자길 죽인 사람을 반드시 찾는다지. 난 믿어 — 유령들이 지상을 떠돌아다닌다는 걸 알아. 나한테 와. 귀신이든 사람이든 어떤 모양으로든 나한테 들러붙어서…… 날 미치게 하라고! 떠나지만 마. 네가 없는 이 나락에 나만 두고 가버리지 마! 오, 제길! 이건 말도 안 돼! 내 생명인 네가 없는데 내가 어떻게 살아! 내 영혼 없이 어찌 사냐고!"

그는 옹이투성이인 나무줄기에 머리를 짓찧었어요. 그러고는 하늘을 올려다보며 울부짖는데, 사람이 아니라 칼과 창에 찔려 죽어가는 한 마리 야수 같았어요.

그러고 보니 나무껍질 여기저기에 피가 튄 자국이 있

고 그의 손과 이마에도 검붉은 얼룩이 있더군요. 제가 목격한 그 광경은 간밤에도 여러 차례 있었던 일의 재탕이었던 겁니다. 측은하다기보단 섬뜩하더라고요. 그렇다고 그를 그냥 둔 채로 돌아서기도 꺼림칙했고요. 하지만 제가 보고 있는 걸 인지할 만큼 정신이 들자마자 그는 꺼지라고 고함을 쳤고, 저는 그렇게 했어요. 제 재주로는 도저히 그를 진정시키거나 위로할 수 없었으니까요!

린턴 부인의 장례식은 사망 후 첫 금요일에 치르기로 정해졌습니다. 그때까지 관은 뚜껑을 덮지 않은 채 향내 나는 나뭇잎과 꽃을 뿌려 넓은 응접실에 놓아두었어요. 린턴 나리는 눈 한번 붙이지 않고 불철주야 그곳을 지켰어요. 그리고 이건 저만 아는 사정인데, 히스클리프도 밤마다 밖에서나마 불침번을 섰지요.

EMILY BRONTË

그와 따로 연락하지는 않았지만 가능하면 들어와 보고 싶어 한다는 건 알고 있었어요. 화요일에 날이 저물고 얼마 있다가 주인님이 피로를 이기지 못하고 두 시간쯤 쉬러 간 사이, 저는 그 방 창문을 하나 열어두었지요. 히스클리프의 끈기에 감동해, 스러져가는 우상의 형상과 마지막 작별 인사를 나눌 기회를 주고 싶었어요.

그는 기회를 놓치지 않고 조심스럽게 잠깐 이용했습니다. 얼마나 조심을 했던지 전혀 기척을 내지 않아서 사실 저는 그가 다녀간 줄도 몰랐는데, 고인의 얼굴 부근 천이 흐트러졌고 은실로 동여맨 옅은 머리 타래가 바닥에 떨어져 있더라고요. 살펴봤더니, 캐서린 아씨가 로켓에 넣어 목에 걸고 다니던 머리 타래였어요. 히스클리프가 고인의 로켓에 원래 들었던 것을 버리고 대신 자신의 검은 머리털을 넣어놓았더군요. 저는 두 타래를 한데 묶어서 로켓에 넣었습니다.

언쇼 씨는 당연히 누이의 장례식에 초대받았는데 이렇다 할 기별도 없이 아예 나타나지 않았습니다. 해서 남편을 제외하고 조문객이라곤 소작인과 하인 들밖에 없었어요. 이사벨라 아씨는 부고조차 받지 못했고요.

캐서린 아씨가 묻힌 장소는 예배당 안에 있는 린턴 가문 묘석 아래도 아니고 밖에 있는 언쇼 가문의 묘지도 아니어서 마을 사람들이 의아하게 여겼어요. 아씨의 주검은 공동묘지 한구석의 푸른 비탈에 묻혔답니다. 토탄흙에 거의 덮일 지경으로 낮은 담장을 타고 황야의 히스며 월귤나무 가지가 넘어오는 곳이지요. 훗날 아씨의 남편도 그곳에 묻혔어요. 하나씩 나란히, 위쪽에 세워진 단순한 비석과 발치에 박힌 평범한 잿빛 돌덩이만이 그곳이 무덤임을 표시하지요.

03

한 달간 이어지던 화창한 날씨가 그 금요일을 마지막으로 끝났습니다. 해가 저물자 날이 궂어지더군요. 남풍이 북동풍으로 바뀌며 먼저 비가 내리더니 이내 진눈깨비에 눈까지 왔어요.

이튿날이 되자 지난 3주 동안 줄곧 여름 날씨였다는 게 믿기지 않을 정도였어요. 앵초와 크로커스는 눈더미에 파묻혔고, 종달새 소리도 들리지 않고, 일찍 돋은 나무 새순들은 찬바람을 맞아 꺼멓게 변했지요. 처량하고 춥고 음울하게, 그날은 정말이지 스멀스멀 기어가듯 시간이 느리게 흐르더군요! 주인님은 방에 틀어박혔어요. 저는 이제 아무도 없는 응접실을 혼자 차지하고 아기를 돌봤습니다. 칭얼대는 인형만 한 아기를 무릎에 뉘어놓고 어르면서, 커튼 없는 창문 밖에 소리 없이 눈송이가 날려와 쌓이는 것을 보고 있었어요. 그때 문이 벌컥 열리더니 누가 헐레벌떡 들어오며 깔깔 웃지 뭐예요!

EMILY BRONTË

순간 놀라기보다 화가 치밀더라고요. 하녀 애인 줄 알고 야단부터 쳤지요.

"무슨 짓이야! 감히 어디서 경망을 떨어? 주인 나리께서 들으시면 뭐라고 하시겠어?"

"미안!"

귀에 익은 목소리였어요.

"근데 오라버니는 지금 자잖아. 웃음이 절로 나오는 걸 어떡해."

그러면서 난롯가로 걸어가 허리에 손을 얹고 숨을 골랐어요.

잠시 후 그녀가 이어 말했어요.

"워더링 하이츠에서부터 내내 뛰어왔어! 날기도 했지만. 몇 번이나 넘어졌는지 셀 수도 없어. 으, 온몸이 쑤시네! 놀라지 마! 숨 좀 돌리고 설명할게. 그리고 부탁 하나만. 나가서 마부한테 날 기머턴까지 태워다주라 이르고, 하인 하나 시켜서 내 옷장에 있는 옷가지 몇 벌 챙겨놓으라고 해줘."

이 뜬금없는 손님은 히스클리프 부인이었습니다. 한데 아무리 봐도 웃음이 절로 나올 처지는 아니었어요. 어깨까지 흘러내린 머리칼에서 덜 녹은 눈과 다 녹은 물이 뚝뚝 떨어졌어요. 유부녀라는 신분보다는 나이에 맞는 소녀풍의 평상복 차림으로, 목둘레가 깊이 파이고 소매가 짧은 원피스만 달랑 걸쳤을 뿐 머리에 쓰거나 목에 두른 건 없었고요. 얇은 비단으로 된 원피스는 젖어서 몸에 착 달라붙었고, 발을 보호하는 것이라곤 얇은 슬리퍼뿐이었지요. 게다가 한쪽 귀 아래에 깊게 베인 상처가 있었는데 추위에 얼었기 망정이지 피가 철철 나게 생겼고, 흰 얼굴은 긁힌 자국에 멍투성이요 몸은 지쳐서 가누지 못할 지경이었어요. 그러니 제가 부인을 찬찬히 살펴본 뒤에도 애초의 놀라움이 그다지 가라앉지 않았다는 걸 짐작하실 수 있겠지요.

"아이고, 아씨! 걸친 것일랑 다 벗고 마른 옷으로 갈아입을 때까지 전 아무 데도 안 가고 아무 얘기도 안 들을래요. 어차피 오늘 밤엔 기머턴에 못 가니까 마부도 필요 없고요."

제 성화에도 그녀는 아랑곳하지 않았어요.

"갈 거야. 걸어가든 타고 가든……. 멀쩡한 옷으로 갈아입는 건 거절하지 않을게. 그리고…… 애고고, 이거 목까지 흘러내리는 거 봐! 불을 쬐니까 욱신욱신하네."

부인은 자기 말대로 다 해주지 않으면 자기 몸에 손도 못 댈 줄 알라고 우겼어요. 제가 마부에게 채비하라 이르고 하녀가 부인의 옷가지를 챙겨 짐을 꾸리기 시작하자 비로소 상처에 붕대를 감고 옷 갈아입는 걸 거들어도 좋다는 허락이 떨어졌지요.

제가 일을 마치자 부인은 찻잔을 앞에 두고 난롯가 안락의자에 앉았어요.

"자, 엘렌, 여기 앞에 앉아봐. 불쌍한 새언니 아기는 딴데로 치우고. 난 보기 싫어! 아까 들어오면서 좀 요란을 떨긴 했지만 그렇다고 내가 새언니 생각을 요만큼도 안했다고 보면 안 돼. 나도 울었어, 비통하게. 암, 울 만한 이유가 있는 그 누구보다도 더 울었을걸. 화해도 못 한채 떠나보냈잖아. 그래서 나 자신을 용서할 수가 없어.

하지만 아무리 그래도, 그놈을 동정할 생각은 없었어. 짐승 같은 자식! 아, 그 부지깽이 좀 줘봐! 이게 내가 지닌 그자의 마지막 물건이야."

그녀는 가운뎃손가락에서 금반지를 빼 바닥에 내팽개쳤어요.

"부숴버려야지!"

심통 부리는 어린애처럼 반지를 두들겨대더니 "그리고 태워버릴 테야!"라면서 학대당한 반지를 집어 불에다 던져버렸어요.

"좋아! 다시 날 잡아가면 하나 더 사내라고 하지 뭐. 오라버니를 못살게 굴려고 날 잡으러 오고도 남을 인간이야. 그 생각이 그자의 사악한 머릿속에 들어앉을까 봐 내가 여기서 지낼 수 없는 거야. 게다가 오라버니도 나한테 그리 친절하진 않았잖아, 그치? 오라버니한테 도와달라고 안 해. 더는 폐를 끼치지도 않을 거야. 달리 어쩔 수가 없어서 잠깐 이리로 피한 거지. 오라버니가 여기 없다기에 올라왔어. 아니었음 부엌에서 한숨 돌리면서 세수하고 몸도 녹이고 엘렌한테 내 짐을 챙겨달라고 해서 바로 떠났을 거야. 어디가 됐든 그 망할 놈의 ― 인간의 탈을 쓴 악귀가 마수를 뻗지 못할 곳으로! 아휴, 어쩌나 광분을 하던지! 만일 붙잡혔으면……! 언쇼가 힘으로 그놈의 상대가 안 돼서 유감이야. 힌들리가 그만큼 셌으면 놈이 거꾸러지는 꼴을 구경해야지 내가 왜 도망을 쳤겠어?"

"아유, 그리 급하게 말하지 마요, 아씨! 얼굴에 싸맨 손수건이 헐거워지면 상처에서 또 피가 흐른다고요. 차도 좀 들고 숨도 좀 쉬고, 웃지 좀 말아요. 집안 분위기가 이렇고 본인 상태가 이 지경인데 지금 웃음이 나와요?"

"반박할 수가 없군. 쟨 왜 이렇게 시끄러워? 줄기차게도 울어대네! 안 들리는 데로 보내, 한 시간만. 더는 머무르지 않을 거니까."

저는 종을 울려 아기를 하인에게 맡긴 다음, 대체 무슨 일이 있었기에 이리 망측한 꼴로 워더링 하이츠에서 도망쳐 나와야 했는지, 여기서 지내지 않을 거라면 어디로 갈 셈인지 물었어요.

그녀가 대답했어요.

"여기서 지내는 게 도리이자 소원이긴 해. 내가 오라버니를 위로하고 조카를 돌봐야 하는 게 맞잖아. 그것도 그렇고, 여기 그레인지가 내 진짜 집이니까. 하지만 장담하는데, 그놈이 가만있지 않을 거야! 내가 살이 찌고 즐겁게 지내는 걸 놈이 두고 보기만 할 것 같아? 우리가 별일 없이 잘 사는 건 생각만 해도 치가 떨려서 그 평안에 독을 타려고 작심하지 않겠어? 이제는, 내가 보이거나 내 소리가 들리기만 해도 심각하게 짜증을 낼 정도로 그놈이 날 싫어하는 게 확실해서 오히려 잘됐어. 저 있는 자리에 내가 나타나면 얼굴 근육이 절로 일그러지면서 싫어 죽겠다는 표정이 되더라고. 나 역시 저를 싫어할 수밖에 없는 합당한 이유를 저가 알아서이기도 하고, 원래 날 혐오해서이기도 하고. 내가 감쪽같이 사라지면 굳이 날 찾으려고 방방곡곡 뒤지고 다니진 않을 게 확실해. 그러니까 난 아주 멀리 떠나야 해. 놈의 손에 죽고 싶었던 애초의 심정은 진즉에 극복했어. 제 손에 저나 죽으라지! 놈이 내 사랑을 완벽하게 없애버린 덕에 나도 마음이 편해졌어. 그래도 지독히 사랑했던 기억이 남아 있고 어쩌면 여전히 사랑할 수 있다는 아주아주 희박한 상상도 해. 만일 그이가…… 아냐, 아니지! 설령 한때 날 마음에 뒀대도 어떻게든 그 악마 같은 본성이 드러났을 거야. 새언니는 취향도 참 특이했지, 놈을 그렇게 잘 알면서 그렇게 소중히 여기다니. 놈은 괴물이야! 세상에서도 내 기억에서도 아주 사라져 버렸음 좋겠어!"

"아서요, 아서! 그자도 사람이에요. 인정을 베풀어보시죠. 세상엔 더 나쁜 놈들도 있어요!"

"사람이 아니라니까? 그놈은 나한테 인정을 요구할 자격이 없어. 내가 마음을 줬더니, 냉큼 받아 고문해 죽이고서 도로 나한테 내팽개쳤다고. 인정도 마음이 있어야 느끼지, 엘렌. 그놈이 내 마음을 죽인 이상 난 인정을 느끼려야 느낄 수도 없고, 이번 일로 놈이 죽는 날까지 괴로워 신음하고 캐서린을 위해 피눈물을 흘린대도 난 인정 따위 베풀지 않을 거야. 싫어!"

이사벨라 아씨는 북받쳐 울먹였지만 속눈썹에 맺힌

눈물을 얼른 훔쳐내고 계속해서 말했어요.

"왜 도망쳐 나왔냐고 물었지? 되든 안 되든 나올 수밖에 없었어. 원한을 능가하는 극단의 분노를 놈한테서 끌어냈거든, 내가. 머리를 치기보다 벌겋게 달군 족집게로 신경을 뽑아낼 작정이면 더 냉정해야 하잖아. 그리 뽐내던 극악의 조심성을 잊을 정도로 격분해서는 진짜 죽일 기세로 폭력을 휘두르더라. 난 내가 그렇게까지 놈의 화를 돋울 수 있다는 데서 쾌감을 느꼈고, 그 쾌감이 내 자기보호 본능을 깨운 덕에 멋지게 탈출했지. 만에 하나 또다시 놈의 손안에 들어가게 되면, 그 대단한 복수 기꺼이 당해주겠어.

있지, 어제 언쇼 씨가 장례식에 갔어야 하잖아. 그러려고 맨정신을 — 그런대로 맨정신을 유지했어. 그러니까, 새벽 6시에 인사불성으로 자러 들어가 정오에 여전히 취한 채로 깨지는 않았다는 얘기야. 한데 그랬더니 죽고 싶을 만큼 우울한 채로 깬 거야. 그런 지경에 춤출 수 없듯 장례식장에 갈 수도 없었지. 해서 대신에 난롯가에 퍼질러 앉아 진인지 브랜디인지를 큰 잔으로 연거푸 들이켜더라.

히스클리프 — 이름만 말해도 몸서리가 나네! — 그놈은 지난 일요일부터 오늘까지 하우스에 코빼기도 비치지 않았어. 천사들이나 지하의 제 동무들이 먹여줬는지 어쨌는지, 좌우간 근 일주일은 우리랑 한 끼도 같이 먹지 않았어. 동틀 녘에나 집에 와 자기 방으로 올라가서는 문을 닫아걸었지. 누가 저랑 같이 있고 싶어 안달이라도 내는 양! 방에 틀어박혀서는 감리교도처럼 줄창 기도만 하더라. 다만 놈의 신은 아무 감각도 없는 먼지와 재였지. 이따금 하느님을 부르는데, 그게 우리의 아버지 하나님인지 지옥의 제 아비인지 희한하게 헷갈리는 거 있지! 대개는 목이 쉬어 더는 목소리가 안 나올 때까지 그렇게 귀한 기도를 하다가 또 나가. 그길로 항상 그레인지로 가는 거야! 왜 오라버니는 순경을 보내 놈을 잡아 처넣지 않았나 몰라! 나도 새언니 일로 슬프긴 했지만, 그 덕에 지긋지긋한 치욕에서 벗어난 요 며칠간은 솔직히 반가운 휴가라도 얻은 기분이었어.

조지프의 끊임없는 잔소리를 울지 않고 들어 넘길 만큼 기운을 차렸고, 하우스를 드나들 때도 겁먹은 도둑처럼 발소리를 죽이지는 않게 됐어. 조지프가 뭐라건 울긴 왜 우냐고 하겠지만, 그 영감이랑 헤어턴은 진짜 같이 있기 싫은 족속이야. 그 '되련님'이나 그놈 따까리인 밉상 노인네랑 같이 있느니 차라리 힌들리가 하는 끔찍한 소리나 듣고 앉아 있는 편이 낫다니까!

히스클리프가 하우스에 있으면 어쩔 수 없이 난 그들이 있는 부엌으로 가거나 눅눅한 빈방에서 굶어야 해. 이번 주처럼 놈이 없을 때는, 하우스 벽난로 옆 한구석에 탁자랑 의자 하나 갖다 놓고 앉아 있지. 언쇼 씨야 어디에 앉든지 내 알 바 아니고, 그자도 내가 어떻게 해놓든지 간섭하지 않아. 요즈음 언쇼 씨는 아무도 건드리지만 않으면 조용한 편이야. 전보다 시무룩하고 우울해하는데 화는 덜 내. 조지프는 그가 회개했대. 주께서 나리의 마음을 움직여 '불 가운데서' 구원하셨다나 뭐라나.* 어딜 봐서 좋게 변했다는 건지 모르겠지만, 나야 상관할 일이 아니지.

어젯밤 나는 아늑한 내 자리에 앉아 거의 자정까지 옛날 책들을 읽었어. 바깥에선 눈보라가 치고 머릿속은 자꾸만 묘지와 새 무덤으로 향하니, 위층으로 올라가면 너무 울적해질 것 같았거든! 눈을 들기만 하면 우울한 묘지 풍경이 선하게 떠오르는 통에 감히 책에서 눈을 뗄 수도 없었어.

힌들리는 머리를 손바닥에 괸 채로 맞은편에 앉아 있었어. 아마 같은 이유로 상념에 빠져 있었겠지. 이성을 잃기 전에 술 마시길 그만두고는 두세 시간을 아무 말도 없이 우두커니 있더라고. 이따금 창문을 흔드는 구슬픈 바람 소리, 석탄이 타닥타닥 타는 소리, 가끔 촛불 심지를 자르는 내 가위질 소리 외엔 온통 괴괴한 적막뿐이었어. 헤어턴과 조지프는 진즉 곯아떨어졌을 테고. 너무너무 슬퍼서 책을 보다가도 한숨이 나오더라. 세상의 기쁨

---

* 「고린도전서」 3장 15절, '누구든지 그 공적이 불타면 해를 받으리니. 그러나 자신은 구원을 받되 불 가운데서 받은 것 같으리라.'

이란 기쁨은 모조리 사라져 다시는 돌아오지 않을 것만
같았거든.

마침내 그 애달픈 정적을 깨는, 부엌문 빗장이 덜거덕
하는 소리가 들렸어. 갑작스런 악천후에 히스클리프가
밤샘을 포기하고 평소보다 일찍 온 거야.

그 문은 잠겨 있었어. 다른 출입구로 가는 놈의 기척이
들렸지. 내가 울컥 치미는 감정을 입 밖에 내며 일어서니
까, 문 쪽을 주시하던 힌들리가 날 돌아보더라.

'5분쯤 밖에 세워둘까 하는데. 그쪽도 반대하진 않
겠지?'

'그럼요, 밤새 세워놔도 돼요. 어서요! 자물쇠를 채우
고 빗장을 질러요!'

언쇼는 하숙인이 문에 닿기 전에 빗장을 걸었어. 그런
뒤 자기 의자를 내 탁자 맞은편에 가져다놓고 앉아 탁자
위로 몸을 기울이며 내 눈을 빤히 들여다보는데, 불타는
증오로 이글대는 그 눈빛은 내 눈에서도 똑같은 증오를
찾는 눈치였어. 그때 그는 살인을 불사하는 자의 눈빛이
었고 기실 그럴 작정이기도 했던지라 나한테서 똑같은
감정을 발견하진 못했을 거야. 그래도 내게 털어놓을 마
음이 들 정도의 뭔가를 보긴 했나 봐.

'당신이나 나나 저기 밖에 있는 사내에게 갚아야 할
큰 빚이 있지! 우리 둘 중 하나가 겁쟁이가 아니라면 힘
을 합해도 좋을 텐데. 그쪽도 오라비처럼 물러터졌나?

한번 제대로 갚아줄 엄두조차 못 내고 끝까지 참아볼 셈이오?'

난 대답했지.

'이제 나도 참는 데는 신물이 나요. 되받지만 않는다면야 복수를 마다할 이유가 없지요. 하지만 배반과 폭력은 양끝에 날이 달린 창이라 적보다 나를 더 깊이 찌르기 십상이거든요.'

'배반이고 폭력이고 당한 대로 갚을 뿐! 히스클리프 부인, 그쪽더러 뭘 하라는 게 아니오. 그저 아무 소리 말고 가만히 앉아 있으라는 거지. 말해보오, 할 수 있겠소? 저 악마의 숨이 끊어지는 걸 보면 분명 당신도 나 못지않게 기쁠 거요. 선수를 치지 않으면 당신이 죽어. 난 파멸이고! 뒈져 마땅한 흉악한 새끼! 벌써 이 집 주인인 양 문을 두들겨대는군! 암말 않겠다고 약속해. 저 시계가 치기 전에 — 1시까지 3분 남았군 — 자유의 몸으로 만들어줄 테니!'

그러더니 전에 내가 엘렌한테 보낸 편지에 썼던 그 무기를 품에서 꺼내 들고는 촛불을 끄려고 하는 거야. 하지만 내가 얼른 초를 낚아채 치우고 그의 팔을 붙잡았어.

'누가 암말 않겠대? 저놈 건드리면 안 돼……. 문이나 닫아걸고 조용히 있으라고!'

그자는 필사적으로 소리쳤어.

'아니! 이미 결심했어. 하늘에 맹세코 해치워 버릴 거

EMILY BRONTË

야! 당신이 사양하는 선의를, 헤어턴을 위한 정의를 실천하겠어! 당신도 날 감싸려고 골머리 썩을 것 없어. 캐서린이 간 마당에…… 지금 당장 내가 내 목을 그은들 슬퍼하거나 창피해할 인간은 이제 아무도 없으니까! 지금이야말로 결판을 낼 때야!'

차라리 곰이랑 맞붙고 미치광이를 설득하지. 남은 길은 하나뿐이었어. 창문으로 가서, 힌들리가 노리는 자에게 닥칠 운명을 경고하는 수밖에.

난 사뭇 의기양양하게 외쳤지.

'오늘 밤엔 딴 데로 피하는 편이 신상에 좋을걸! 당신이 기를 쓰고 들어오려 하면 언쇼 씨가 쏴버릴 생각이라네?'

'문 여는 편이 신상에 좋을걸, 이 —'

그렇게 내 입으로 옮기기도 싫은 고상한 애칭을 퍼부어주더라.

나도 쏘아붙였어.

'그럼 난 이만 빠져줘야겠네. 그렇게 총에 맞고 싶으면 어디 들어와 보시든지! 내 할 일은 다 했으니까!'

말을 마치고 창문을 닫은 다음 난롯가 내 자리로 돌아왔지. 놈의 위기를 걱정하는 척이라도 하기엔 내가 지닌 위선이 턱없이 적어서 말이야.

언쇼는 나에게 미친 듯이 욕을 해댔어. 아직도 저 악한을 사랑하는 게 틀림없다면서, 내 비겁한 처사를 온갖 험담으로 저주했어. 그때 나는 속으로 (절대 양심의 가책 없이) 생각했어. 히스클리프가 이자의 비극을 끝장내준다면 이자에게 참으로 다행이겠고, 이자가 히스클리프를 마땅히 거할 곳으로 보내버린다면 내가 참으로 고맙겠다고! 이런 생각을 음미하며 앉아 있었는데, 마땅히 거할 곳이 따로 있는 그놈 주먹질에 별안간 내 뒤의 여닫이창 한쪽이 떨어져 나오며 곤두박질했고, 그렇게 뚫린 구멍으로 놈이 시커먼 얼굴을 우악스럽게 들이밀지 뭐야. 좁은 창문틀에 어깨가 끼어 더 들어오진 못했어. 나는 무사하겠다 여기고 회심의 미소를 날렸지. 머리고 옷이고 흰 눈에 덮인 채 추위와 분노로 벌어진 놈의 입 속에서 식인종 같은 날카로운 이가 어둠을 뚫고 번득였어.

'이사벨라, 당장 문 열어. 안 그럼 재미없어.'

놈이 그렇게, 조지프 표현을 빌리자면 '왈겨댔'어.

난 대꾸했어.

'살인을 저지를 순 없잖아요. 힌들리 씨가 칼 달린 권총에다 장전까지 해놓고 기다리는데.'

'그럼 가서 부엌문을 열든가.'

'아무렴 힌들리 씨가 나보다 느릴까. 그나저나 한차례 눈도 못 견디다니 당신의 사랑이란 것도 영 시원찮군요. 여름 달이 훤한 동안에는 우릴 발 뻗고 자게 해주더니 겨울 찬바람이 불어닥치기 무섭게 집으로 대피하네요. 히스클리프, 내가 당신이라면 충성스런 개처럼 그녀의 무덤 위에 엎드려 죽을 거야. 캐서린 없는 세상에서 살아 뭐 해, 안 그래요? 나한테는 우리 새언니가 당신 삶의 유일무이한 낙인 것만 같은 인상을 팍팍 풍겼잖아. 그런 그녀를 잃고 어떻게 계속 살 생각을 하는지 모르겠네?'

'거기 있군…… 맞지? 팔만 내뻗으면 맞출 수 있어!'

하면서 갑자기 힌들리가 뚫린 창 쪽으로 돌진했어.

엘렌은 날더러 정말 사악하다고 하겠지. 하지만 엘렌은 사정을 다 아는 게 아니니까 섣불리 단정하지 마! 난 살인을 거들거나 부추기지 않아. 어떠한 이유로도, 설령 그놈이 표적이라 해도……. 하지만 맞아, 놈이 죽길 바랐어, 그래야만 했어. 그래서 놈이 팔을 와락 뻗쳐 언쇼의 손에서 무기를 비틀어 빼앗은 순간, 나는 끔찍이 실망했어. 내 입방정이 낳을 후환이 두려워 안절부절못했지.

화약이 터지면서 칼이 뒤쪽으로 튕겨 나와 언쇼의 팔목에 꽂혔고, 그걸 또 히스클리프가 완력으로 잡아 빼는 바람에 살이 길게 찢어졌어. 놈은 피가 뚝뚝 떨어지는 칼을 자기 호주머니에 쑤셔 넣은 다음, 돌멩이를 주워 창문 중간 틀을 부수고 단숨에 넘어 들어왔어. 상대방은 극심한 통증과 출혈로 의식을 잃고 쓰러졌는데, 동맥인지 대정맥인지에서 피가 분수처럼 뿜어져 나왔어.

그 깡패 놈이, 쓰러진 힌들리를 발로 차고 밟고 하다가 급기야 머리채를 잡고 연거푸 바닥에 짓찧기까지 했어. 그 와중에 조지프를 부르러 가지 못하게 한 손으론 날 단단히 붙잡은 채로 말이야.

상대의 숨통을 완전히 끊어버리고 싶은 걸 참느라 초인적인 자제력을 발휘하셨지 뭐. 어쨌든 놈도 결국 숨이 차서 그만두고, 죽은 듯 축 늘어진 몸뚱이를 의자에 끌어다 놓더라.

그러고는 조금 전 발길질할 때와 다름없는 기세로 침을 뱉고 욕지거리를 하면서 언쇼의 윗도리 소매를 죽 찢어 포악하고 거칠게 상처를 동여맸어.

나는 놈한테서 놓여나자마자 늙은 하인한테로 달려갔어. 내가 허겁지겁 쏟아내는 얘기를 겨우겨우 알아들은 노인네는 한 번에 두 계단씩 헐떡헐떡하며 뛰어 내려왔어.

'이를 으짜믄 좋나, 이? 으째야 쓰나, 이?'

히스클리프가 호통을 쳤어.

'어쩌긴 뭘 어째? 영감 쥔 나리가 미쳤거든. 한 달 안에 뒈지지 않으면 내가 정신병자 수용소에 처넣겠어. 영감은 대체 뭐 하느라 문도 안 열어준 거야? 이빨 빠진 사냥개 같으니! 거기서 멍청히 중얼대며 섰지 말고 이리 와서 이놈이나 봐. 난 간호할 맘 없어. 피나 좀 닦아주고, 촛불 불똥 안 튀게 조심해. 이놈 피는 태반이 브랜디니까!'

공포에 휩싸인 조지프는 두 손을 들어 올리고 하늘을 올려다보며 외쳤어.

'하이고 시상에, 진짜 죽일라 캤나? 나가 살다 살다 벨

EMILY BRONTË

험한 꼴을 다 보네! 주여, 부디……'

히스클리프는 피바다 가운데로 노인네를 떠밀어 꿇어앉히고 걸레를 던져줬어. 노인네는 걸레를 집는 대신 두 손을 모으고 기도를 하더라. 근데 기도하는 말투가 하도 요상해서 내가 그만 웃음소리를 내고 말았어. 그때 내 정신은 무엇에도 충격을 느끼지 않는 상태였거든. 죄인이 막상 교수대에 서면 초연해지듯 실은 나도 그저 될 대로 되라는 심정이었어.

폭군도 내 웃음소리를 들었지.

'오, 네년을 깜빡했군. 너도 같이 닦아. 이번엔 영감탱이랑 짜고 나한테 대항해보지그래, 이 독사 같은 년아! 자, 네년한테 딱 맞는 일이다!'

놈은 날 붙잡고 이가 딱딱 맞부딪도록 흔들어대다가 조지프 옆에 내동댕이쳤어. 조지프는 꿋꿋이 기도를 마치고서 일어나더니, 글쎄 당장 그레인지로 가겠다는 거야. 린턴 나리는 치안판사니 마님 50명을 잃었대도 이 일을 조사해야 한다면서.

영감이 하도 고집을 피우니까, 히스클리프는 전후 사정 설명을 나한테 떠넘겼어. 내가 영감의 질문에 답하는 식으로 요점만 마지못해 전하는 사이, 놈은 곁에 떡하니 버티고 서서는 악에 받쳐 씨근대면서 날 감시했지.

놈이 공격하지 않았다는 걸 납득하기까지 영감도 상당히 애를 먹었어. 특히 내 입에서 이런저런 답을 억지로 짜내야 했으니 말이야. 하지만 곧 언쇼 씨가 그래도 죽지 않았다는 기척을 냈어. 영감이 부리나케 독주를 한 모금 먹이자 금세 몸도 좀 움직이고 의식도 돌아오더라고.

그자가 기절한 사이에 당한 일은 전혀 모른다는 걸 알아채고 히스클리프는 어찌 이 지경으로 술을 퍼마시냐며 도리어 그자를 몰아세우는 거 있지. 이 도를 넘은 술주정은 더 이상 문제 삼지 않을 테니 이만 들어가 처자라고 했어. 그렇게 그럴싸한 충고까지 던지고는 나가버리더라. 그 덕에 나만 살판났지. 힌들리는 난로 좌대에 드러누웠고, 난 그토록 쉽게 곤경을 면한 것을 경이로워하며 내 방으로 향했어.

오늘 아침엔 11시 반쯤 내려갔어. 언쇼 씨는 초주검이 된 병자 꼴로 난롯가에 앉아 있고, 그의 악랄한 숙적도 만만찮게 초췌하고 음침한 몰골로 벽난로 벽에 기대서 있었어. 식탁에 차려진 음식이 다 식도록 둘 다 거들떠보지도 않길래 나 혼자 먹기 시작했지.

맛있게 먹지 않을 이유가 없었어. 조용한 두 사람을 한 번씩 힐끗할 때마다 만족감과 우월감 같은 게 느껴지는데다 내 안의 양심도 조용해서 맘이 편하더라고.

식사를 마친 뒤엔 평소와 달리 난롯가에 자리를 잡는 배짱도 부려보았어. 언쇼가 앉은 데 부근을 어슬렁대다가 그자 옆 한 귀퉁이에 꿇어앉았지.

히스클리프는 내 쪽으론 눈길도 주지 않았어. 해서 난

그 얼굴이 돌로 변하기라도 한 듯 대담하게 눈을 들어 빤히 보았어. 놈의 이마, 한때 내 눈에 참 사내다워 보이더니 이제는 참 사악해 보이는 그 이마는 먹구름이 낀 것처럼 잔뜩 그늘졌고, 흉악한 눈매는 퀭하니 꺼졌고…… 속눈썹도 젖었더라. 밤새 안 자고 울었나 보지. 입술은, 늘 걸치고 다니던 잔인한 냉소를 걷어내고 형언할 수 없는 슬픔을 담은 채 굳게 닫혀 있었지. 다른 사람이 그렇게 슬픈 모습이었다면 난 차마 마주 보기 괴로워 내 눈을 가려버렸을 거야. 한데 그놈이 그러니까 통쾌하더라고. 쓰러진 적을 모욕하는 건 비열한 짓 같지만 나로선 한 방제대로 찌를 기회를 놓칠 수 없었어. 오로지 놈이 약해졌을 때에만 나도 악을 악으로 갚는 재미를 맛볼 수 있으니까."

제가 끼어들었어요.

"아이고 이런, 아씨! 누가 들으면 아씨가 평생 성서 한 번 펴본 적도 없는 줄 알겠어요. 하느님이 원수들을 벌하시면 그것으로 된 거여요. 이미 천벌에 시달리는 자를 인간이 나서서 더 괴롭히다니, 비열하고도 외람된 짓이라고요!"

"일반의 경우라면 나도 그렇게 생각할 거야, 엘렌. 하지만 히스클리프가 아무리 비참해진들 내 손을 거치지 않았다면 난 만족할 수 없는걸. 놈에게 갈 고통이 줄어드는 한이 있더라도 내 손으로 놈에게 고통을 안겨야겠고,

내가 그랬다는 걸 놈이 알았으면 좋겠어. 오, 갚아줄 게 너무 많아! 놈을 용서할 수 있으려면 조건은 단 하나야. 눈은 눈으로, 이는 이로, 고통은 고통으로 당한 만큼 고스란히 갚고 놈을 내 수준으로 끌어내리는 것! 놈이 먼저 해를 입혔으니 먼저 엎드려 용서를 빌게 해야지. 그러면…… 그래, 그러고 나면, 엘렌, 나도 아량이란 걸 보여줄 수 있을지도 몰라. 하지만 불가능하지. 복수할 수 있을 리 없잖아. 그러니 용서도 할 수 없어. 힌들리가 물을 찾길래 내가 한잔 가져다주면서 좀 어떠냐고 물었어.

더 아팠으면 좋겠다고 하더라.

'한데 팔은 그렇다 치고, 삭신이 구석구석 안 아픈 데가 없는 게 마치 요괴 군단과 전쟁이라도 치른 듯하구먼!'

난 냉큼 말했지.

'그야 당연하죠. 캐서린 언니는 오라비 몸이 다칠 일 없게 자기가 중간에서 막는다고 장담했는데…… 어떤 사람들이 언쇼 씨를 해치고 싶어 하지만 자기를 거스르기 두려워 참는다고요. 망자가 무덤을 뛰쳐나올 수 없으니 망정이지, 하마터면 간밤에 언니가 그 참혹한 장면을 목격할 뻔했네요! 어디, 가슴이고 어깨고 온통 멍들고 찢기지 않았어요?'

'모르겠는데. 한데 무슨 소리요? 내가 기절한 틈에 놈이 감히 날 때리기라도 했다는 거요?'

EMILY BRONTË

난 목소리를 낮췄어.

'짓밟고 걷어차고 바닥에 짓찧기도 한걸요. 당신을 물어뜯고 싶어 침까지 질질 흘리던데요. 반인반수 — 아니, 짐승에 가까운 괴물이잖아요.'

언쇼 씨는 나를 따라 눈을 들고 공동의 적인 놈의 얼굴을 살폈어. 놈은 자기 고뇌에 빠져서 주변을 전혀 인식하지 못하는 것 같았어. 그렇게 서 있는 시간이 길어질수록 그 검은 속내가 놈의 표정에 여실히 드러나더라.

'오, 하느님! 단말마의 고통 속에서나마 저놈 목을 졸라 숨통을 끊을 힘을 주신다면 기꺼이 지옥에 가겠나이다!'

안간힘을 쓰며 몸을 일으키려던 성질 급한 사내는 놈과 맞붙어 싸울 힘이 없음을 깨닫고 절망 어린 신음을 토하며 도로 주저앉았어.

내가 이번엔 목소리를 높였지.

'아니죠, 저자 때문에 죽는 언쇼는 한 명으로 충분해요. 히스클리프만 없었어도 당신 누이는 죽지 않았을 거예요. 그레인지에서는 모두가 아는 사실인걸요. 결국, 저자한테서는 사랑보다 미움을 받는 게 낫다는 거죠. 저자가 오기 전에 우리가 얼마나 행복했는지 — 새언니가 얼마나 행복했는지 돌이켜 보면…… 그날이 저주스러울 따름이네요.'

화자의 기세보다 말에 담긴 진실이 히스클리프의 관

심을 끌었던 것 같아. 내 말이 가슴에 맺혔는지 놈의 눈에선 눈물이 줄줄 흘러 잿더미로 떨어지고, 목멘 한숨을 연거푸 쉬더라고.

나는 놈을 똑바로 쳐다보면서 대놓고 비웃어주었어. 두 개의 흐린 지옥 창이 일순 나를 향해 번뜩였어. 하지만 언제나 창밖을 노려보던 악귀가 그 순간만큼은 눈물에 잠겨 어룽어룽하기에 나는 겁도 없이 다시 한번 조소를 날렸어.

'일어나. 내 눈에서 사라져.'

애도에 빠진 놈이 울먹이는 통에 잘 알아듣기 어려웠지만 아마 그런 소리를 했던 것 같아.

내가 대꾸했지.

'미안한 말이지만, 나도 캐서린 언니를 사랑했어요. 언니의 오라버니께서 편찮으시니 언니를 위해 내가 간호를 해야죠. 언니가 세상에 없는 지금, 힌들리 씨에게서 언니가 보이네요. 눈이 똑 닮았어요. 당신이 이분 눈을 후벼 파려 드는 통에 피멍이 들어 그렇지. 눈만이 아니라……'

'일어나, 이 멍청한 년! 밟아 죽인다!'

놈이 버럭하면서 한 발 다가서기에 난 무르춤하며 막는 시늉을 했어.

그리고 여차하면 도망칠 수 있게 자세를 잡고 내처 말했어.

EMILY BRONTË

'한데 우리 새언니가 당신 하나 믿고 히스클리프 부인이라는 같잖고 하찮고 창피한 이름을 갖게 되었으면, 금방 이 꼴이 났을걸! 언니가 당신의 지독한 짓거리를 조용히 참아 넘길 리 없잖아. 증오와 혐오가 존재감을 뽐냈겠지.'

놈과 나 사이에 높다란 의자 등받이와 언쇼의 몸뚱이가 있었잖아. 그래서 놈은 직접 덤벼드는 대신 식탁에 놓인 나이프를 잡아채서 내 머리 쪽으로 날렸어. 칼이 귀밑에 꽂히는 바람에 난 더 하려던 말을 내뱉을 수 없었어. 하지만 칼을 뽑아내고 문 쪽으로 달아나면서 한마디 더 쏘아주었지. 내 악담이 놈의 칼보다 좀 더 깊이 박히길 바라면서 말이야.

마지막으로 힐끗 돌아봤더니, 광분해서 날 쫓아오는 놈을 집주인이 얼싸안아 막으면서 둘이 뒤엉킨 채 벽난로 좌대로 넘어지더라.

부엌을 통과해 달아나는 길에 조지프한테 얼른 주인에게 가보라 이르고, 문가의 의자 등받이에 갓난 강아지들을 달아매던 헤어턴을 밀쳐 넘어뜨리고, 연옥에서 탈출한 복된 영혼이 되어 가파른 길을 뛰고 달리고 날았어. 그러다 그 굽이진 길을 벗어나 둑을 뒹굴다시피 넘기도 하고 질퍽질퍽한 습지를 건너기도 하면서 황야를 가로질러 왔어. 실은 그레인지 불빛을 보고 무작정 이 방향으로만 온 거야. 내가 그 험난한 땅을 영원히 헤매면 헤매지, 더는 단 하룻밤도 워더링 하이츠 지붕 아래서 보내기 싫거든!"

말을 맺은 이사벨라 아씨는 차를 한 모금 마시고 일어서더니 저더러 보닛을 매달라, 아까 제가 가져온 큰 숄을 둘러달라는 거예요. 한 시간만 더 있다 가라는 제 간청은 들은 체도 않고, 의자를 밟고 올라 오라비와 올케 초상화에 입맞춤하고 제게도 같은 식으로 인사한 다음 마차를 타러 내려갔어요. 주인을 다시 만난 패니가 기뻐 왈왈대며 따라가더군요. 그길로 아씨는 떠났고, 두 번 다시 이 동네를 찾지 않았어요. 그래도 상황이 어느 정도 자리를 잡은 뒤에는 우리 주인님과 정기적으로 서신을 주고받았지요.

제가 알기로 이사벨라 아씨는 남부인 런던 근교에 정착했어요. 몇 달 후 거기서 아들을 낳았답니다. 린턴이라 이름 지었는데 원체 허약하고 까탈스러운 아기라고 아씨는 전해왔어요.

하루는 마을에서 우연히 히스클리프를 만났는데, 이사벨라 아씨의 행방을 묻더군요. 전 말해주지 않았어요. 그러자 자긴 급할 것 없다면서, 아씨가 오라비한테로 돌아오지만 않게 주의하라데요. 자기가 그녀를 부양해야 하는 한이 있어도 오라비와 같이 살 수 있게 두진 않겠다는 것이었어요.

전 정보를 주지 않았지만 다른 하인들을 통해 그자는

아씨가 사는 곳과 아이의 존재를 알아냈습니다. 그래도 아씨를 괴롭히지는 않았는데, 그자가 그런 관용을 보인 것은 아씨를 혐오하기 때문이었으니 아씨로서는 되레 고마운 일이었지 싶어요.

그자는 절 보면 종종 갓난아기에 대해 물었어요. 이름을 듣더니 음울한 미소를 띠며 이러더군요.

"내가 그 어린것도 미워하길 바라서 그리 지었나 봐?"

"당신이 그 아이에 대해 아무것도 모르길 바랄걸요."

"하지만 데려올 거야. 내가 그러고 싶을 때 데려올 거니까 미리 알고들 있으라고!"

다행히 아이의 어미는 그날이 오기 전에 세상을 떠났어요. 캐서린 아씨가 죽고서 13년쯤 뒤, 린턴이 열두 살을 조금 넘겼을 때였지요.

이사벨라 아씨가 불쑥 다녀간 다음 날까지도 주인님께 고할 기회가 없었습니다. 주인님이 대화를 피했고 무엇을 논할 상태도 못 되었으니까요. 겨우 기회가 생겨 말씀을 드렸더니, 누이가 남편을 떠난 걸 희소식으로 여기는 눈치였어요. 유순한 천성에 어울리지 않게 유독 히스클리프를 향한 증오만은 맹렬했지요. 증오하는 마음이 워낙 깊고 예민해서, 히스클리프가 보이거나 그자 얘기가 들릴 법한 장소라면 아예 발길을 끊을 정도였어요. 사별의 슬픔에 이런 사정까지 있다 보니 주인님은 완전히 은자로 변해버렸습니다. 치안판사 일을 내던지고, 교회에도 나가지 않고, 볼일이 있건 없건 마을 출입도 일절 삼가고, 절대로 본인의 땅과 숲을 벗어나지 않는 철저한 은둔 생활을 했어요. 예외라면 홀로 황야를 거닐거나 아내의 무덤을 찾는 정도였는데, 그마저 밤중이나 새벽처럼 인적이 드문 시간대를 골랐지요.

하나 우리 주인님처럼 선한 사람이 오래도록 불행하기만 해서야 되겠습니까. 망자에게 유령의 모습으로라도 나타나 달라고 비는 짓 따위, 그분은 하지 않았어요. 시간이 체념을, 흔한 행복보다 달콤한 애수를 불러왔지요. 열렬하면서도 부드러운 사랑으로 캐서린을 추억했고, 그녀가 더 나은 곳으로 갔으리라 믿어 의심치 않으며 그곳을 향한 동경과 희망을 키워갔어요.

아울러 이제는 지상에도 그분이 위안을 얻고 애정을 쏟는 존재가 있었습니다. 말씀드렸듯 처음 며칠 동안은 아내가 남기고 간 핏덩이에게 아무 관심도 없는 것 같았지만, 그 냉담함은 4월의 눈처럼 빠르게 녹아 사라졌지요. 아기는 옹알이를 하고 첫걸음마를 떼기도 전에 그분의 마음을 지배하는 절대 권력을 거머쥐었답니다.

아기의 이름은 캐서린이라 지었는데 주인님은 꼭 줄인 이름으로만 불렀어요. 먼젓번 캐서린은 — 아마 히스클리프가 그렇게 불렀기 때문이겠지만 — 단 한 번도 줄인 이름으로 부르지 않았었는데요. 아기 캐서린은 언제나 캐시였어요. 주인님에게는 죽은 아내와 구별되면서도 연결되는 이름이었지요. 자신의 딸이어서라기보다 그녀의 핏줄이어서 더 애틋한 애정이 솟았던 거예요.

우리 주인님과 힌들리 언쇼가 비교되면서 생각이 많아지더라고요. 피차 엇비슷한 상황에서 두 사람의 처신이 극과 극이었잖아요. 그 까닭에 대한 흡족한 설명을 찾고 싶어 혼잣속으로 끙끙 앓을 지경이었어요. 둘 다 아내를 사랑했고 자식에 대한 애착도 강했는데 어째서 같은 길을 가지 않았는지, 누가 잘했고 못했고를 떠나 당최 알 수가 없더군요. 하지만 제가 곰곰이 따져본바 힌들리는 겉으로나 세 보이지 실상 더 못나고 나약한 인간이었어요. 배가 좌초하자 선장은 직분을 내팽개치고, 선원들은 배를 살리려 노력하기는커녕 난동과 혼란으로 뛰어들고, 하니 불운한 배는 희망을 아주 잃을 수밖에요. 반면에 린턴은 신실한 영혼의 진정한 용기를 보여주었어요. 그분은 하느님을 믿었고 하느님은 그분을 위로하셨지요. 한 사람은 희망했고 한 사람은 절망했어요. 각자 스스로 선택한 운명, 마땅히 감내해야 하는 거예요.

하지만 제 도덕론 강의를 듣고 싶으신 건 아닐 거예요, 록우드 나리. 저 못잖게 이 모든 일을 판단할 능력이 있으실 테죠. 적어도 그렇다고 생각하실 텐데, 어차피 그게 그거 아니겠습니까.

언쇼의 최후는 누구라도 예상했을 법한 식으로 찾아왔습니다. 누이를 앞세우고 자기도 급히, 불과 6개월도 지나지 않아 뒤따라 갔어요. 그레인지에서는 그의 죽기 전 상태에 대한 간단한 설명조차 들을 수 없었습니다. 제가 알게 된 것이라야 장례 준비를 도우러 가는 길에 들은 이야기가 전부였지요. 죽었다는 사실조차 케네스 씨가 린턴 나리에게 부음을 전하러 와서 알았고요.

어느 날 아침 의사 양반이 말을 타고 그레인지 앞마당에 들어서며 절 불렀어요. 너무 이른 시각이라 대번에 전 나쁜 소식이 있구나 하고 직감했어요.

"이봐 넬리, 이제 자네와 내가 애도할 차례야. 이번엔 누가 이승을 빠져나갔을 것 같나?"

전 황급히 되물었어요.

"누가 죽었어요?"

그는 말에서 내려 문 옆에 박힌 고리에 고삐를 걸며 태연하게 대꾸했어요.

"어디 한번 맞혀보게! 일단 앞치마 자락을 집어 올리게나. 필요할 게야."

"설마 히스클리프 씨는 아니죠?"

"뭐? 그자가 죽어도 울어줄 거야? 아냐, 히스클리프는 튼튼한 젊은이인걸. 오늘따라 더 활짝 폈던데…… 방금 보고 오는 길이거든. 마누라가 나간 뒤로 살이 팍팍 오르고 있어."

전 조바심치며 다시 물었어요.

"그러니까 누구예요, 선생님?"

"힌들리 언쇼! 넬리의 옛 동무 힌들리 — 나에겐 고약한 말벗이었지. 내가 감당하기엔 너무 사나워진 지 오래긴 하지만. 거봐! 눈물 날 거라 했지? 그래도 기운 내게! 제 성격대로 고주망태가 돼서 죽었으니까. 불쌍한 녀석. 나도 가슴이 아파. 오랜 벗이 그리운 마음은 어쩔 수가 없구먼. 인간으로서 상상도 할 수 없는 몹쓸 괴벽이 잔뜩 있고 내게 봉변을 치르게 한 적도 여러 번이지만 말이야. 이제 겨우 스물일곱이 될 참이었을 텐데. 그럼 넬리랑 동갑이로군. 둘이 같은 해에 태어났다고 누가 믿겠나!"

고백하자면 제게는 린턴 부인이 죽었을 때보다 이때의 충격이 더 컸어요. 오래된 기억들이 가슴에 사무치더라고요. 케네스 씨에겐 주인님께로 안내할 다른 하인을 찾으시라 부탁하고 저는 현관 앞에 주저앉아 혈육을 잃은 듯이 목 놓아 울었어요.

한데 한 가지 의문을 떨칠 수가 없었어요. '제명에 죽은 걸까?' 이 의문을 풀지 못하면 한이 맺혀 뭘 해도 괴로울 게 뻔했지요. 이런 생각이 하도 끈질기게 머리에 맴돌아서, 저는 워더링 하이츠로 가서 고인에 대한 마지막 예를 거들게 해주십사 허락을 구해보기로 작심했어요. 린턴 나리는 심히 난색을 표했지만, 저는 외톨이로 누워 있는 신세가 얼마나 딱하냐는 열변으로 호소했어요. 제 옛 주인이자 젖 동기이니 린턴 나리와 마찬가지로 제 시중을 받을 자격이 있다고 강조했지요. 게다가 어린 헤어턴은 나리의 처조카인데 더 가까운 친척이 없으니 나리께서 그 아이의 후견인 노릇을 하셔야 하고, 유산은 어떻게 되는지 파악하는 것이며 처남이 남긴 일들을 살피는 것 또한 나리의 의무이자 도리임을 일깨웠어요.

당시 그런 일들을 직접 처리할 만한 경황이 없었던 주인님은 대신에 저에게 당신의 변호사와 상의하라 일렀고, 마침내는 워더링 하이츠에 가는 것도 허락하셨어요. 린턴의 변호사는 언쇼의 변호사이기도 해서 전 마을에 들러 그에게 같이 가자고 했지요. 한데 그는 고개를 젓더니 히스클리프를 건드리지 말라고 충고하더군요. 기실 헤어턴은 거지보다 나을 게 없는 처지라고 단언하면서요.

"그 애 아버지가 빚을 진 채로 죽었소. 전 재산을 저당잡혔으니, 상속인에게 남은 유일한 희망은 채권자의 동정심을 유발해 관대하게 처우하게끔 유도하는 것뿐이오."

하이츠에 도착한 저는 모든 일이 절차대로 진행되고 있는지 보러 왔다고 알렸어요. 그러잖아도 충분히 심란한 차였던 조지프는 제가 온 걸 반기는 눈치였지요. 히스클리프는, 왜 왔는지 모르겠지만 원하면 여기 머무르면서 장례식 준비나 맡아보라고 하더군요.

"정확히 하자면 저 바보 놈의 시체는 식이고 뭐고 집어치우고 그냥 사거리에 갖다 묻어야 해.* 어제 오후 내

EMILY BRONTË

---

* 당시에는 자살한 사람을 사거리에 묻는 관습이 있었다.

가 어쩌다 딱 10분 집을 비웠는데, 그새 저놈이 집 앞뒤
문을 다 닫아걸어 날 못 들어오게 해놓고는, 저 혼자 죽
기로 작정하고 밤새 술을 퍼마셨다고! 아침에 놈이 말처
럼 우렁차게 코를 골길래 문짝을 부수고 들어왔더니, 의
자에 널브러진 꼬락서니가…… 살가죽에 머리가죽까지
벗긴대도 도무지 깰 모양이 아니었어. 내가 케네스 씨를
불러오라 시켰고 케네스 씨가 오긴 했는데, 그 전에 저
짐승 놈이 고깃덩이로 변해버렸어. 이미 죽어서 싸늘하
게 굳었다고. 저놈 살리자고 법석을 떨어봐야 헛짓거리
였다는 거, 영감도 인정하지?"

늙은 하인은 그렇다고 하면서도 내처 구시렁대더라

고요.

"글게 으사를 부르려도 저이가 갔으믄 했는디! 퀀 나
리는 나가 더 잘 보살피드릿을 거인데. 나가 나갈 때만
혀도 살아 기셨거든. 절대루 운명할 기미는 읎었거든!"

저는 제대로 장례를 치러야 한다고 우겼어요. 히스클
리프는 그것도 제 마음대로 하라면서, 단 모든 비용은 자
기 주머니에서 나온다는 점을 명심하라더군요.

그자는 냉정하고 무심한 태도로 일관했어요. 기쁨도
슬픔도 내비치지 않았죠. 굳이 말하자면, 어려운 일을 하
나 성공적으로 완수하고 별다른 감정 없이 만족하는 정
도였달까요. 딱 한 번 희열 비슷한 감정을 드러내긴 했어
요. 집에서 관을 내갈 때 그자는 문상객인 양 따라나서는

위선을 행했는데, 그에 앞서 불쌍한 상주인 헤어턴을 번쩍 들어 올려 탁자에 앉히더니 희한하게 들뜬 얼굴로 중얼거리는 것이었어요.

"자, 요 귀여운 녀석, 이제 네놈은 내 거다! 똑같이 호된 바람을 맞고도 한 나무는 다른 나무처럼 휘지 않고 자라나 어디 두고 보자꾸나!"

아무것도 모르는 어린것은 이 말이 재밌었는지 히스클리프의 구레나룻을 만지작거리고 뺨을 쓰다듬기도 하며 장난을 쳤지만, 그자의 말뜻을 간파한 저는 매섭게 쏘아붙였어요.

"우리 도련님은 나랑 같이 스러시크로스 그레인지로 돌아가야 합니다만. 세상천지가 당신 거래도 헤어턴 도련님만은 당신 것이 아녜요!"

"린턴이 그리 이르던가?"

"당연하죠. 도련님을 데려오라 분부하셨어요."

그러자 그 악당 놈이 이러는 거예요.

"흠. 당장 이 문제로 다툴 건 아니야. 한데 내 손으로 아이를 하나 길러볼 생각이 있단 말이지. 그러니까 주인한테 가서 전해. 이 녀석을 데려가려 들면 대신에 난 내 자식을 데려와야겠다고. 헤어턴을 내어준다고는 장담 못하지만, 내 자식 데려오는 건 기정사실이라고! 잊지 말고 꼭 전해."

그자가 그렇게 나오니 우리로선 속수무책이었어요.

EMILY BRONTË

저는 돌아오자마자 그자의 말을 전했고, 애당초 거의 관심이 없었던 린턴 나리는 별다른 말 없이 이후로는 전혀 관여하지 않았어요. 설령 의지가 있었던들 목적한 바를 이룰 수 있었을 것 같지도 않고요.

하숙인이 워더링 하이츠의 주인 자리를 꿰찼어요. 확실한 소유권을 쥐고 이를 변호사에게 입증했고, 변호사가 이를 린턴 나리에게 공증했거든요. 즉 도박에 미친 언쇼가 가진 땅을 몽땅 저당잡혀 판돈을 빌렸으며 그 저당권자가 히스클리프 본인이라는 것이었죠.

이런 식으로, 지금쯤 동네에서 제일가는 신사가 되었어야 할 헤어턴은 아비의 숙적에게 의탁해 더부살이하는 신세로 전락했습니다. 자기 집에서 품삯도 못 받는 하인으로 사는데, 도움 줄 사람 하나 없는 데다 본인도 부당한 대우를 당하는 줄을 모르는지라 제 권리를 되찾을 수도 없는 처지지요.

04

그 암울한 시기가 지난 후 열두 해 동안은 제 인생에서 가장 행복한 시절이었어요, 라고 딘 부인은 이야기를 이어갔다.

가장 힘든 일은 어린 아씨의 잔병치레였답니다. 유복하든 박복하든 모든 아이가 흔히 겪는 과정이지요.

자주 아픈 것을 제외하면, 생후 여섯 달이 지나면서 아씨는 낙엽송처럼 무럭무럭 자랐고, 린턴 부인의 무덤 위에 두 번째로 히스 꽃이 피기 전에 나름대로 걸음마도 떼고 말도 할 줄 알게 되었답니다.

아씨는 적적한 집에 늘 햇살을 비추는 애교 덩어리였어요. 생김새도 정말 예뻤고요. 언쇼가의 매력적인 검은 눈동자에 린턴가의 흰 살결과 오밀조밀한 이목구비, 옅은 금빛의 곱슬머리를 타고났지요. 막돼먹은 정도는 아니어도 도도한 편이었는데, 또 애정을 표할 때는 지나치리만치 명민하고도 적극적인 모습이었어요. 강렬한 애착을 품을 수 있다는 점에서 모친을 떠올리게 했지만 그렇다고 모친을 닮은 건 아니었어요. 비둘기처럼 유순해질 줄도 알뿐더러 말투는 상냥하고 표정은 잔잔했으니까요. 화를 내도 펄펄 뛰는 법이 없었고 사랑을 해도 격정에 휩싸이는 법이 없었어요. 아씨의 사랑은 그윽하고 다정했지요.

하지만 아셔야 할 게, 아씨에게는 그런 장점들을 덮어버리는 단점들도 있었어요. 건방진 성향이 그중 하나요, 성격이야 둥글건 모났건 간에 응석받이라면 하나같이 갖게 마련인 옹고집도 있었지요. 어쩌다 하인 하나가 자기 기분을 거스르면 어김없이 나오는 말이 "아빠한테 이를 테야!"였고, 아빠가 눈빛으로라도 나무라면 세상이 무너지기라도 한 듯 야단이 났어요. 제 기억에 나리는 아씨에게 모진 말 한번 하신 적 없는데 말이죠.

나리는 딸아이를 직접 가르쳤고 그걸 낙으로 삼았어요. 다행히 아씨는 호기심 많고 총명해서 공부도 곧잘 했지요. 열심히 배우고 진도도 빨라서 스승에게는 가르치는 보람을 안기는 학생이었어요.

열세 살이 될 때까지 아씨는 혼자 스러시크로스 경계를 넘어본 적이 없었어요. 아주 가끔 린턴 나리가 아씨를 데리고 밖으로 1마일 정도 다녀오는 경우는 있었지만 절대로 다른 사람 손에는 맡기지 않았어요. 아씨에게 기머턴은 실체 없는 이름뿐이었고 아씨가 집 외에 다가가거나 들어가 본 건물은 교회가 유일했지요. 워더링 하이츠나 히스클리프는 존재조차 몰랐고요. 실상 아씨는 완전히 갇힌 채 살았는데 정작 본인도 그런 생활에 완전히 만족하는 듯했어요. 때때로 자기 방 창가에서 바깥 풍경을 자세히 뜯어보며 호기심을 내비치기는 했지요.

"엘렌, 난 언제쯤 저기 저 산꼭대기까지 가볼 수 있을까? 산 너머에 뭐가 있는지 궁금해…….. 바다가 있나?"

"아뇨, 캐시 아씨. 산 너머에 똑같은 산들이 또 있을 뿐이에요."

한번은 이렇게 묻더군요.

"저쪽에 금빛 나는 바위들은, 아래에 서면 어떻게 보

일까?"

깎아지른 듯한 페니스톤 절벽이 유독 아씨의 관심을 끌었어요. 특히 저녁 해가 절벽과 산봉우리들을 비추고 그 앞은 온통 그림자로 덮일 때요.

저는 그곳엔 거대한 바위덩어리뿐이고 갈라진 틈에 난쟁이 나무 한 그루 자랄 흙도 없다고 설명했어요.

그러면 아씨는 또 캐묻는 것이었어요.

"그럼 여기는 캄캄해졌는데 왜 저기는 한참 더 환한 거지?"

"그야 여기보다 훨씬 높으니까요. 너무 높고 가팔라서 아씨는 올라갈 수 없어요. 여기보다 먼저 서리가 앉아 겨울 내내 녹지 않죠. 북동쪽에 움푹 들어간 저 그늘진 데는 한여름에도 눈이 안 녹더라고요!"

아씨는 반색을 하며 외쳤어요.

"아, 엘렌은 저기 가봤구나! 그럼 나도 이담에 크면 갈 수 있겠네. 아빠도 가봤어, 엘렌?"

전 급히 얼버무렸어요.

"아빠는요, 힘들게 올라갈 것 없다고 하실걸요. 아씨가 아빠랑 산책하는 황야 쪽이 훨씬 좋아요. 스러시크로스 농원이 세상에서 제일 멋진 곳이고요."

아씨는 혼자 중얼거렸어요.

"하지만 농원은 잘 아는 데고 저기는 모르는 데인걸. 저기 제일 높은 벼랑 위에서 사방을 둘러보면 정말 좋을 거야. 언젠가 내 조랑말 미니를 타고 한번 가봐야지."

게다가 하녀 하나가 거기에 요정 동굴이 있다는 얘길 하는 통에, 아씨는 그곳을 찾는 모험을 실현하고 싶어 안달하게 되었지요. 아씨가 졸라대자 린턴 나리는 더 자라거든 데려가 주겠다고 약속했어요. 하지만 아씨는 달마다 나이를 먹는지, "이제 나, 페니스톤 절벽에 갈 만큼 자랐어요?" 하는 질문을 입에 달고 살더라고요.

절벽으로 올라가는 굽잇길이 워더링 하이츠 부근을 지나게 돼 있어요. 에드거 나리로선 거길 지나기가 꺼림칙했겠지요. 해서 아씨가 듣는 대답은 한결같았어요.

"아직 아니다, 아가. 아직은 아니야."

전에 말씀드렸듯이 히스클리프 부인은 남편을 떠나고 십수 년을 살다 죽었습니다. 허약한 체질이 집안 내력이었지요. 오누이가 모두 이 지방에선 보통인 혈색 좋고 건강한 체질이 아니었어요. 누이 쪽이 어떤 병을 앓다 갔는지 확실치는 않지만, 제 추측에는 오누이가 같은 병으로 죽은 것 같아요. 일종의 열병으로, 처음에는 서서히 열이 오르는데 치료가 불가능하고, 나중엔 급속히 기력을 소모하면서 죽음에 이르는 거예요.

오라비에게 보낸 편지로 그녀는 넉 달째 병을 앓고 있으며 병세를 보건대 가망이 없다고 알려왔습니다. 정리할 일이 많기도 하고, 마지막 작별 인사도 건네고 싶고, 린턴을 무사히 오라비 손에 넘기고자 하니 가능하면 그리로 와달라고 간청했더군요. 그녀는 린턴을 지금껏 자기가 키웠던 것처럼 앞으로 오라버니가 맡아주길 바랐어요. 보나 마나 아이의 아버지는 양육이나 교육의 짐을 부담할 뜻이 없을 것이라면서요.

주인님은 한 치 망설임도 없이 누이의 청에 응했어요. 어지간해서는 집을 나서길 몹시도 꺼리는 양반이 이번에만은 속전속결이더군요. 캐서린 아씨를 제게 맡기면서, 당신이 없는 동안 각별히 보살피고 스러시크로스 밖으로는 절대 데리고 나가지 말라고 신신당부하셨어요. 아씨 혼자 나갈 가능성은 아예 염두에 없었던 겁니다.

주인님은 3주 동안 집을 비우셨어요. 처음 하루 이틀 아씨는 슬퍼하며 서재 한구석에 앉아 시간을 보냈는데, 책을 읽거나 놀지도 않고 그저 조용해서 저로선 성가신 일이 거의 없었어요. 하지만 그 후로는 이따금 심심함을 못 견디고 짜증을 내더라고요. 그렇다고 아래위층을 오르내리며 놀아주기엔 제가 너무 바쁘기도 하고 나이도 먹었고, 해서 아씨 혼자 놀게 할 방법을 찾아냈어요.

아씨를 내보내 농원 안을 탐험하는 놀이를 하게 했지요. 걷든 뛰든 조랑말을 타든 마음대로 돌아다니게 두었다가, 아씨가 돌아오면 실제 한 일과 상상으로 한 모험 이야기를 실컷 하도록 참을성 있게 들어주었어요.

여름 햇볕이 한창인 때였습니다. 혼자 돌아다니는 데 완전히 재미를 붙인 아씨는 아침을 먹자마자 나가 차 마실 시간에나 돌아오기 일쑤였어요. 저녁이면 낮 동안 겪거나 상상한 이야기를 한없이 늘어놓았지요. 저는 아씨가 스러시크로스 밖으로 나갈 거란 염려는 하지 않았어요. 대문들은 보통 잠가두었고 설령 열려 있다 해도 아씨혼자 나갈 엄두를 낼 리 없다고 생각했거든요.

불행히도 제가 한참 잘못 짚었더군요. 어느 날 아침 8시, 캐서린 아씨가 제게 오더니 오늘은 아라비아 상인이 되어 대상을 거느리고 사막을 건널 거라면서 상인과 말 한마리와 낙타 세 마리분의 식량을 넉넉히 싸줘야 한다는거예요. 커다란 사냥개 한 마리와 포인터 한 쌍이 낙타역할을 할 거라고요.

저는 간식거리를 잔뜩 챙겨다 바구니에 넣어 말 안장한쪽에 매달아 주었어요. 아씨는 7월의 햇볕을 막아줄챙 넓은 모자와 망사 베일을 갖추고서 요정처럼 가볍게조랑말에 올랐어요. 말을 급히 몰지 말고 일찍 돌아오라는 제 잔소리를 깔깔 웃어넘기면서 아씨는 말을 빠른 걸음으로 몰아 떠났어요.

한데 요 장난꾸러기가 차 마실 시간이 됐는데도 나타나질 않지 뭐예요. 늙은 사냥개는 쉬고 싶어 돌아왔지만캐시 아씨와 조랑말과 포인터들은 목을 빼고 둘러봐도보이지 않았어요. 저는 이 길 저 길로 사람들을 보내 찾아보다가 결국엔 직접 아씨를 찾아 나섰어요.

한 일꾼이 스러시크로스 땅의 경계를 이루는 농원 울

타리를 손보고 있더군요. 제가 혹시 우리 아씨를 못 보았느냐고 묻자, 봤다고 하더라고요.

"아침에 뵀어요. 개암나무 가지를 하나 꺾어달라기에 꺾어드렸더니, 그 조랑말로 저쪽 산울타리 젤루 낮은 데를 풀쩍 뛰어넘어 바람같이 사라지데요."

이 얘기를 들은 제 심정이 어땠을지 아마 짐작이 되실 겁니다. 즉시로 저는 아씨가 페니스톤 절벽으로 갔구나 하고 직감했지요.

"이 아가씨가 뭐가 되려고!"

저는 이렇게 빽 소리치면서, 수리 중인 울타리 틈새로 빠져나가 곧장 큰길로 향했어요.

내기라도 한 듯 걸음을 재촉하며 몇 마일을 가다가, 어느 굽잇길을 돌자 하이츠가 시야에 들어왔어요. 거기에서도 아씨는 통 보이지 않았고요.

절벽까지는 히스클리프 씨 댁에서도 1마일 반을 더 가야 하고, 그레인지에서는 4마일 거리예요. 아무래도 제 걸음으로는 거기 도착하기도 전에 날이 저물어버릴 것 같았어요.

별 생각이 다 듭디다.

'절벽을 기어오르다 미끄러졌으면 어쩌지? 죽었거나, 어디 뼈라도 부러졌으면?'

정말이지 애가 타서 죽겠더라고요. 하니 서둘러 그 농가를 지나다가 찰리 녀석을 발견한 순간에는 얼마나 반갑고 기쁘던지요. 녀석은 창문 아래에 엎드려 있었어요. 그레인지의 포인터들 중에서도 제일 사나운 놈인데, 보니까 대가리가 붓고 귀에서 피가 흐르더라고요.

쪽문을 열고 들어가 현관문을 마구 두드렸어요. 낯이 익은 여자가 문을 열어주더군요. 기머턴에서 살다가 언쇼 씨가 죽은 뒤 그 집 하녀로 들어간 여자였어요.

"아, 그 댁 꼬마 아씨 찾으러 왔군요! 안심해요. 무사히 여기 계시니까. 주인님이 돌아온 줄 알고 나야말로 식겁했네."

"그럼 주인장은 지금 없다는 거죠?"

전 헐떡이며 물었어요. 급한 걸음에 불안까지 더한 탓에 숨이 잘 쉬어지지 않았어요.

그녀가 대답했어요.

"없어요, 없어. 주인도 없고 조지프도 나갔어요. 한 시간은 더 있어야 돌아오지 싶은데. 들어와서 숨 좀 돌리고 가요."

하여 들어가서 보니, 벽난로 옆에서 저의 길 잃은 어린 양이 자기 어머니가 어릴 적에 사용하던 작은 흔들의자에 앉아 몸을 앞뒤로 흔들흔들하고 있더군요. 모자는 벽에 걸려 있고, 아이는 마치 여기가 제집인 양 웃으며 종알대고, 더할 수 없이 기분이 좋아 보였어요. 아이의 말 상대는 헤어턴으로, 이제 건장하고 튼실한 열여덟 살 젊은이가 돼 있었죠. 대단히 신기하고 놀라운 것을 마주한 얼굴로 우리 아씨를 빤히 바라보고는 있는데, 아씨 입에서 끊임없이 쏟아지는 유창한 발언과 질문은 거의 못 알아듣는 눈치였어요.

저는 반가운 마음을 화난 표정으로 감추고 야단을 쳤어요.

"아주 잘하는 짓입니다요, 아씨! 아빠 돌아오시는 날까지 말 타기는 이게 마지막이에요. 이제 아씨 못 믿어요. 혼자서는 문지방도 못 넘게 할 테야. 요 말썽쟁이 같으니!"

아씨는 발딱 일어나 제 쪽으로 뛰어오며 명랑하게 떠들었어요.

"이야, 엘렌! 오늘 밤에 들려줄 굉장한 얘깃거리가 있는데…… 용케 찾아왔네! 엘렌은 살면서 한 번이라도 여기 와본 적 있어?"

전 엄하게 말했어요.

"모자 써요. 당장 돌아갑시다. 캐시 양, 이러면 제 속이 썩어 문드러집니다. 아씨가 이만저만 잘못한 게 아니라고요! 삐죽대고 울어도 소용없어요. 아씨 찾아 동네방네 헤매고 다니느라 내가 얼마나 고생을 했는데 그런다고 풀리겠어요? 린턴 나리께서 아씨 내보내지 말라고 그렇게 당부하셨는데, 그런데도 이렇게 몰래 빠져나오다니! 이제 보니 순 교활한 새끼 여우였어. 더는 아무도 아씨를 믿어주지 않겠네."

순식간에 속상해진 아씨는 울먹이며 대들었어요.

"내가 뭘 어쨌는데? 아빠가 나한테는 그런 말 안 했어. 그러니까 야단치지 않을 거야. 아빠는 넬리처럼 나한테 못되게 안 해!"

"자, 어서! 리본 매줄게요. 이제 서로 심통 부리지 맙시다. 아이, 창피해라. 열세 살이 아니라 아기 같네!"

마지막은 아씨가 모자를 벗어 던지고 제가 못 잡게 벽난로 쪽으로 달아나길래 한 말이었어요.

하녀가 말하더군요.

"아유, 귀여운 아씨 너무 나무라지 마요, 딘 부인. 우리가 붙든걸요. 아씨는 댁에서 걱정할까 봐 그냥 가려고 하는 걸 헤어턴이 같이 가주겠다고 했고 나도 그러는 편이 낫겠다고 생각했거든. 산길이 험하니까요."

이런 말이 오가는 동안 헤어턴은 끼기 어색한지 주머니에 손을 꽂은 채 가만히 서 있었어요. 난데없이 제가 나타난 게 마뜩잖은 표정이기는 했지만요.

저는 그 하녀 말을 못 들은 척 넘기고 아씨만 다그쳤어요.

"얼마나 더 기다릴까요? 10분이면 캄캄해지겠구먼. 말은 어디다 뒀지요, 캐시 양? 피닉스는 어딨고? 자꾸 꾸물거리면 그냥 두고 갈 테니 마음대로 해요."

"조랑말은 안뜰에 있어. 피닉스는 저기 가둬놨고. 물렸어…… 찰리도 물렸고. 다 말해주려고 했는데, 그렇게 화만 내면 못 들을 줄 알아."

저는 모자를 주워 다시 씌워주려고 다가갔지만, 그 집 사람들이 자기편인 걸 알아챈 아씨는 절 피한답시고 함부로 찧고 까불며 뛰어다니기 시작했어요. 잡힐라치면 한 마리 생쥐처럼 가구 위로 아래로 뒤로 쪼르르 달아나버리니, 쫓아다니는 제 꼴만 우스워졌지요. 헤어턴과 하녀가 웃으니까 아씨도 따라 웃으면서 더더욱 건방지게 구는 것이었어요. 전 머리 꼭대기까지 화가 나서 버럭 고함을 치고 말았어요.

"아아, 캐시 양, 이게 누구네 집인지 알면 당장 나가고 싶을 겁니다!"

아씨가 헤어턴을 돌아보며 물었어요.

"그쪽 아버지 집이잖아, 그치?"

헤어턴이 멋쩍게 얼굴을 붉히며 눈을 내리깔고 답했어요.

"아이다."

자길 빤히 쳐다보는 아씨의 시선을 못 견디더군요. 자기 눈과 꼭 닮은 눈인데도요.

아씨가 다시 물었어요.

"그럼 누구……? 주인댁인가?"

이번엔 다른 이유로 그의 얼굴이 한층 더 벌게지더군요. 그는 중얼중얼 욕을 뇌까리며 고개를 돌려버렸어요.

이 성가신 소녀가 이제는 저를 들볶지 뭐예요.

"저 오빠 주인이 누군데? '우리 집'이니 '우리 식구'니
그러던데. 그래서 이 집 주인 아들인 줄 알았지, 난. 그리
고 날 '아씨'라고 부르지도 않았어. 하인이면 그렇게 불
렀어야 하잖아, 그치?"

이 철딱서니 없는 발언에 헤어턴의 얼굴은 먹구름이
낀 듯 험악해졌죠. 전 가만히 아씨를 붙잡고 흔들어 드디
어 떠날 채비를 하게 하는 데 성공했습니다.

친척지간인 줄을 알 리 없는 아씨는 그레인지 마구간
일꾼에게 하듯 헤어턴에게 지시했어요.

"이제 내 말을 데려와. 그리고 그쪽도 나랑 같이 가자.
요괴 사냥꾼이 나온다는 늪도 보고 싶고, 아까 그쪽이 말
한 '요정 비스무리' 얘기도 듣고 싶으니까. 한데 서둘러
야지! 왜 그러고 섰어? 내 말 데려오라고."

젊은이는 으르렁거렸어요.

"니가 뒈지는 꼴을 보고 말지, 니 하인은 안 한다!"

아씨는 깜짝 놀라 되물었어요.

"뭘 본다고?"

"뒈지라고, 이 건방진 마귀 년아!"

제가 끼어들었어요.

"거봐요, 캐시 양! 참으로 좋은 벗을 사귀셨지요? 어린
숙녀한테 어찌나 고운 말을 쓰는지! 제발 저이랑 입씨름
할 생각도 말아요. 자, 미니는 우리끼리 찾도록 하고, 썩
갑시다."

아씨는 좀처럼 헤어턴에게서 눈을 떼지 못하고 얼떨떨한 채로 물었어요.

"한데 엘렌, 어떻게 감히 나한테 저따위로 말하지? 내가 시키면 저쪽은 해야 되는 거 아니야? 나쁜 놈 같으니, 내 아빠한테 고대로 일러바칠 테야. 나중에 꼭!"

그렇게 위협했는데도 헤어턴이 조금도 겁먹지 않자 아씨는 분해서 눈물을 글썽이더니 애꿎은 하녀에게 딱딱거렸어요.

"그쪽이 데려와, 내 조랑말. 개도 당장 풀어줘!"

하녀가 대꾸하더군요.

"곱게 말해도 돼요, 아씨. 예의를 갖춰서 밑질 일은 없답니다. 저 헤어턴 군은 여기 주인님 아들이 아니라 아씨 사촌이고요, 전 아씨 모시라고 삯 받은 적은 없네요."

캐시 아씨는 코웃음을 쳤어요.

"내 사촌?"

하녀가 다시 한번 확인시켰지요.

"네, 사촌이요."

아씨는 크게 당황해 절 닦달했어요.

"아아, 엘렌! 저 사람들 저런 소리 못 하게 해. 아빠가 내 사촌 데리러 런던으로 갔잖아. 내 사촌은 신사 집안이잖아. 내 사……."

결국 더는 말을 잇지 못하고 울음을 터뜨리더라고요. 그렇게 상스러운 놈과 친척이라는 믿을 수 없는 생각만

EMILY BRONTË

으로도 속에서 천불이 났겠지요.

전 달랠 수밖에요.

"쉿, 뚝! 사촌이 여럿일 수도 있고 별의별 사촌이 다 있을 수도 있는 거예요, 아씨. 그렇다고 나쁠 건 하나도 없어요. 싫은 사촌이고 나쁜 사촌이면 그냥 안 만나면 그만이죠."

"아냐⋯⋯ 저놈은 내 사촌이 아니야, 엘렌!"

생각하자니 새삼 서러움이 북받치는지 아씨는 그 생각에서 도망치듯 제 품으로 뛰어들었어요.

저는 아씨와 하녀가 서로 공연한 사실을 까발렸다 싶어 매우 심란했어요. 린턴이 곧 온다는 말이 보나 마나 하녀 입으로 히스클리프 씨에게 전해질 테고, 캐서린 아씨 쪽에서는 아버지가 돌아오는 대로 그 본데없는 친척에 대해 캐물으려 들 게 확실했으니까요.

하인 취급을 당한 불쾌감에서 벗어난 헤어턴은 아씨의 상심한 모습이 마음에 걸렸던가 봅니다. 조랑말을 문앞에 끌어다 놓고는, 아씨를 달래줄 요량인지 개집에서 귀여운 안짱다리 새끼 테리어를 안아다가 그녀의 손에 놓아주며 별 뜻 없이 한 말이니 뚝! 하라고 하더군요.

아씨는 잠시 통곡을 멈추고 경악과 공포의 눈으로 그를 흘긋 살피더니 또다시 울음을 터뜨렸어요.

그 딱한 녀석을 그렇게나 싫어하는 아씨를 보니 절로 웃음이 나더라고요. 헤어턴은 탄탄하고 균형 잡힌 체격에 잘생긴 얼굴에 옹골차고 건강한 젊은이였지만, 차림 새는 농장에서 일하고 황야에서 어슬렁대며 토끼 따위의 사냥감을 쫓아다니는 일상에 걸맞았어요. 그래도 저는 녀석의 관상에서 제 아비보다 나은 자질들을 품은 내면을 읽었답니다. 좋은 곡식이 묻힌 땅을 가꾸지 않고 둬서 잡초만 무성히 자랐는데, 비옥한 땅임엔 틀림이 없으니 바람직한 환경이 갖춰진다면 풍성한 수확을 거둘 수 있으리라는 생각이었지요. 히스클리프 씨가 헤어턴을 신체적으로 학대하지는 않았다고 알고 있어요. 천성적으로 겁내지 않는 아이에게 완력을 쓸 마음이 들지 않았겠지요. 학대할 맛이 나는 소심하고 예민한 면이 헤어턴에게는 전혀 없다고 판단한 거예요. 히스클리프의 악의는 아이를 짐승으로 만드는 쪽으로 기울었던 것 같아요. 헤어턴은 읽기나 쓰기를 배운 적이 없고, 사육자의 화를 돋우지 않는 한 어떤 고약한 짓을 해도 꾸중 한번 듣지 않았어요. 미덕으로 한 걸음 인도하는 손길이나 악덕으로부터 지켜주는 교훈 한마디 없었던 겁니다. 듣자 하니 조지프 영감도 어린 녀석을 유서 깊은 가문의 종손이랍시고 무조건 추켜세우고 귀애하는 옹색한 편들기로 헤어턴의 퇴락에 크게 한몫했더군요. 캐서린 언쇼와 히스클리프가 어렸을 적에는 그 애들이 하도 '개차반'이라 쥔 나리께서 견디다 못해 술로써 위안을 구할 수밖에 없게 됐다며 애들 탓을 해대더니, 이제는 헤어턴의 잘못을

죄다 그의 재산을 강탈한 히스클리프 탓으로 돌리더라
고요.

헤어턴이 쌍욕을 해도, 아무리 괘씸한 짓을 저질러도
조지프는 바로잡아 주려고 하지 않았어요. 그가 바닥까
지 떨어지는 걸 구경하는 데서 흐뭇함을 느끼는 듯했지
요. 자기는 그가 망가질 대로 망가져 지옥불에 떨어지도
록 관망만 하면서, 그 책임은 반드시 히스클리프가 지게
될 거라고 믿었으니까요. 헤어턴의 피를 히스클리프의
손에서 찾으리라,* 바로 그 생각이 조지프에게는 한없는
위안이었던 거예요.

조지프는 헤어턴에게 가문과 혈통에 대한 자부심을
심은 바 있으니만큼 마음만 먹으면 하이츠의 현 주인을
향한 증오를 심을 수도 있었을 겁니다. 하지만 현 주인에
대한 본인의 두려움이 미신에 맞먹는 지경인지라, 그와
관련된 감정은 끽해야 입속말로 빈정대거나 혼자서 저
주하는 식으로 표현하는 게 고작이었어요.

그 시절 워더링 하이츠 사람들이 어떤 식으로 살았는
지 제가 소상히 안다는 건 아닙니다. 직접 본 건 거의 없
으니 그저 들은 대로 전할 뿐이죠. 마을 사람들은 히스클
리프가 인색하다고, 소작인들에게 잔인하고 가혹한 지
주라고 입을 모았지만, 집 자체는 여자가 살림을 맡으면

* 「에스겔」 33장 8절, '(……) 그 악인은 자기 죄악으로 말미암아 죽으려니와 내가 그의 피를
네 손에서 찾으리라.'

서 예전의 아늑한 모습을 되찾았고, 힌들리가 주인이던 시절에 흔히 벌어졌던 난장판도 자취를 감추었다더라고요. 집주인이 워낙 침울한 성격이라 좋은 사람 나쁜 사람 할 것 없이 아무와도 상종하려 들지 않았으니까요. 하기야 지금도 그렇지만…….

이런, 이야기가 샜네요. 캐시 아씨는 화해를 청하는 테리어 선물을 거절하면서 자기 개 찰리와 피닉스나 내놓으라고 했어요. 녀석들이 머리를 수그린 채 절뚝거리며 왔고, 우리는 사람이고 짐승이고 전부 언짢은 기분으로 그 집을 떠났어요.

아씨는 낮에 있었던 일을 말하기 싫어했지만, 어쨌든 제가 아씨 입에서 겨우 짜낸 일의 전말은 이러했어요. 제 짐작대로 원래 아씨의 목적지는 페니스톤 절벽이었고 그 농가까지는 별일 없이 잘 갔는데, 하필 그때 대문에서 헤어턴이 나왔고, 그를 따라 나온 견공들이 아씨의 일행을 공격했답니다.

맹렬히 맞붙어 싸우는 개들을 주인들이 간신히 떼어놓았고 그 결에 서로 인사까지 나누었다네요. 캐서린 아씨가 헤어턴에게 자기가 누구고 어디로 가는지 밝히며 길 안내를 부탁했고, 결국 그를 꾀어 동행하게 되었대요.

헤어턴이 요정 동굴에 더해 스무 군데나 되는 기이한 장소를 안내하면서 저마다 얽힌 신비한 이야기들을 들려주었나 본데, 면목 없게도 저는 아씨가 본 흥미로운 것들에 대한 이야기를 한마디도 들을 수 없었습니다. 전 아씨 눈 밖에 났으니까요.

하지만 헤어턴은 아씨 마음에 들었던 것 같아요. 물론 아씨가 헤어턴을 하인으로 오인해 그의 기분을 상하게 하고 히스클리프네 하녀가 그를 아씨의 사촌이라 해서 아씨 기분을 상하게 하기 전까지의 일이지만요.

그때 헤어턴이 던진 욕설이 아씨 마음을 제대로 할퀴었더군요. 그레인지에서 아씨는 모두의 '예쁜이'이자 '귀염둥이'요 '공주님'이고 '천사'인데 생전 처음 보는 사람한테 그런 충격적인 욕을 듣다니요! 아씨로선 도저히 이해할 수 없는 일이었지요. 그런 아씨한테서 그 일을 아버지에게 일러바치지 않겠다는 약속을 받아내기란 여간 어려운 일이 아니었어요.

저는 아씨 아버지가 하이츠 사람들을 얼마나 싫어하시는지, 아씨가 거기 간 걸 알면 얼마나 속상해하실지 열심히 설명하기도 했지만, 무엇보다 제가 주인님 분부를 소홀히 했다는 사실이 밝혀지면 주인님이 크게 노하셔서 아마 절 내쫓으실 거라고 강조했어요. 자기 때문에 제가 쫓겨날 수 있다고 하니 못 견디게 괴로웠겠지요. 아씨는 저를 위해 비밀을 약속했고, 지켰습니다. 이러나저러나 참 다정한 아이였어요.

05

검정 테를 두른 편지가 주인님의 귀가 날짜를 알려왔습니다. 이사벨라 아씨가 돌아가신 거예요. 편지로 주인님은 딸에게 상복을 입히고 조카를 위한 방이며 그 밖에 필요한 것들을 준비해 두라고 제게 일렀습니다.

아버지를 맞이할 생각에 캐서린 아씨는 기뻐 날뛰었어요. 아버지가 데려올 '진짜' 사촌은 장점이 셀 수 없이 많을 거라 낙관하며 즐거운 상상에 함빡 빠졌지요.

아버지와 사촌이 오기로 예정된 저녁때가 되었습니다. 이른 아침부터 저 나름의 자잘한 일들을 시키느라 바빴던 캐시 아씨는 이제 새로 지은 검은 드레스를 차려입고 — 딱했지요! 고모가 죽었다는데 딱히 슬픈 줄을 몰랐으니 — 끊임없이 저를 졸라 기어이 스러시크로스 대문까지 같이 마중을 나갔답니다.

나무 그늘 밑 이끼 낀 풀밭의 완만한 오르막과 내리막을 느긋하게 걸으며 아씨는 재잘댔어요.

"린턴은 나보다 겨우 여섯 달 늦게 태어났대. 같이 놀면 얼마나 재미있을까! 이사벨라 고모가 아빠한테 그 애의 예쁜 머리 타래를 보내줬는데, 내 머리보다 밝더라. 빛깔은 더 옅고 굵기는 비슷하고. 내가 작은 유리 상자에 고이 모셔놨지. 그 머리칼 주인을 직접 보고 싶다는 생각도 자주 했는데……. 아이, 좋아! 그리고 아빠, 사랑하고

EMILY BRONTË

사랑하는 아빠도 보고 싶어! 이리 와, 엘렌, 우리 뛰자! 뛰어서 가자!"

제가 침착한 걸음으로 대문까지 가는 동안 아씨는 먼저 뛰어갔다 돌아왔다 다시 뛰어가길 수차례, 그러다가 길가의 비탈진 풀밭에 앉아 차분히 기다려보려고도 했지만 물론 어림없는 일, 정말이지 단 1분도 가만있질 못하더군요.

"왜 이렇게 오래 걸려! 앗, 큰길에 흙먼지가 인다…… 오나 봐! 아니네! 대체 언제 오는 거야? 우리가 조금만 나가보면 안 될까? 반 마일, 엘렌, 딱 반 마일만, 응? 된다고 해주라. 저기 모퉁이 자작나무 숲까지만!"

전 절대 안 된다고 했지요. 그리고 마침내 아씨의 안달복달도 끝이 났습니다. 달려오는 마차가 시야에 들어왔거든요.

마차 창 안의 아빠 얼굴을 보자마자 캐시 아씨는 환성을 지르며 두 손을 내뻗었어요. 아빠도 딸 못지않게 반색하며 부리나케 내렸고요. 오랜만에 재회한 부녀가 다른 사람을 생각할 겨를이 나기까지는 상당한 시간이 필요했답니다.

두 사람이 서로를 어루만지느라 정신이 없는 사이, 저는 린턴 생각이 나서 마차 안을 슬쩍 들여다봤어요. 구석자리에 아이가 잠들어 있는데, 마치 한겨울인 것처럼 따뜻하게 안감에 모피를 댄 망토를 덮었더라고요. 얼굴이 희고 가냘픈 것이 소녀 같은 인상을 풍기는 소년이었어요. 우리 주인님의 동생이라 해도 믿을 만큼 무척 많이 닮았지만, 에드거 린턴에게선 본 적이 없던 병자의 짜증이 표정에 묻어 있었어요.

제가 아이를 보고 있는 걸 발견한 린턴 나리가 다가와 악수를 청하며 아이는 여행으로 피곤할 테니 그대로 자게 두고 문을 닫으라고 했어요.

캐시 아씨도 한번 들여다보고 싶어 했지만 아버지가 어서 가자고 불렀지요. 부녀가 함께 본채로 향하기 시작했고, 저는 얼른 앞질러 가서 하인들을 대기시켰어요.

린턴 나리는 현관 계단 앞에서 걸음을 멈추고 딸에게 일렀어요.

"캐시야, 네 사촌은 너처럼 튼튼하지도 못하고 너처럼 명랑한 성격도 아니야. 게다가 어머니를 잃은 지 얼마 안 됐잖니. 그러니까 당장 그 애랑 놀거나 뛰어다닐 수는 없을 거야. 자꾸 말을 걸어서 귀찮게 하지도 말고. 적어도 오늘 밤은 조용히 있게 두려무나, 알았지?"

"알았어, 알았어요, 아빠. 그래도 얼굴은 보고 싶은걸. 한 번도 안 내다보던데."

마차가 섰고, 잠자는 아이를 외삼촌이 깨워서 안아 내렸어요.

나리는 두 아이의 작은 손을 한데로 모아주며 말했어요.

"얘가 네 사촌 캐시다, 린턴. 벌써 네가 좋다는구나. 이 아이가 슬퍼할 테니 오늘 밤엔 울지 말기로 하자. 기운 내보렴. 여행도 끝났겠다, 이제는 마음껏 쉬면서 즐길 일만 남았어."

이어서 사촌이 인사하자 소년은 움찔하더니, 샘솟는 눈물을 손가락으로 문질러 닦으며 대답했어요.

"그럼 잘래요."

"자, 이리 오세요, 착한 도련님."

전 아이를 안으로 데리고 들어가면서 속삭였어요.

"이러다 아씨까지 울리겠네. 봐요, 도련님 걱정에 아씨도 울상이잖아요!"

정말 사촌이 걱정돼서인지 다른 이유가 있었는지야 모르지만 어쨌든 아씨도 사촌만큼이나 울상이 된 채로 다시 아버지에게 꼭 붙었어요. 곧이어 세 사람은 다과상을 차려놓은 서재로 올라갔어요.

제가 도련님 모자와 망토를 벗겨주고 탁자 옆 의자에 앉혔더니, 득달같이 또 눈물을 쏟는 거예요.

왜 우냐는 외삼촌의 물음에 도련님은 울먹이며 대답했어요.

"의자에는 못 앉아요."

외삼촌은 참을성 있게 말했어요.

"그럼 소파로 가려무나. 차는 엘렌이 가져다줄 거야."

이 병약하고 징징대는 조카를 데려오느라 나리의 여

행길이 얼마나 고단했을지 안 봐도 훤하더라고요.

린턴 도련님은 발을 질질 끌며 소파로 가서 누웠습니다. 캐시 아씨가 발받침과 자기 찻잔을 챙겨 사촌 곁으로 갔어요.

처음에는 얌전히 앉아 있었지만 잠깐뿐이었어요. 사촌동생을 만나면 귀염둥이로 삼겠다고 작정한 터였으니까요. 슬슬 동생의 곱슬머리를 만지작대고 볼에 뽀뽀도 하더니 갓난아기 다루듯 찻잔받침에 차를 조금 따라서 입에 대주기도 했지요. 도련님도 실상 아기나 다름없어서, 좋아하더라고요. 눈물도 그치고 한결 밝아져서 옅은 미소까지 짓더군요.

한동안 지켜보던 나리가 제게 말했어요.

"오, 괜찮겠어, 엘렌. 우리가 데리고 있을 수 있다면 아주 잘 지낼 게야. 제 또래랑 어울리다 보면 기운이 날 테고, 실컷 놀고 싶어서 체력도 키우겠지."

'암요, 우리가 데리고 있을 수만 있다면요!'

전 속으로 생각했어요. 그건 실낱같은 희망에 불과하다는 슬픈 예감이 엄습하더라고요. 생각이 꼬리를 물었어요. 저런 약골이 워더링 하이츠에서, 제 아비와 헤어턴 틈에서 어찌 살꼬? 무엇을 배우고 어떻게 놀꼬.

우리의 우려는 곧 현실이 되었어요. 예상보다 빨랐지요. 차를 다 마신 아이들을 위층으로 데리고 가서 린턴 도련님이 잠드는 것까지 보고 — 도련님이 절 보내주지

EMILY BRONTË

않았거든요 ─ 내려온 참이었어요. 에드거 나리 침실에 갖다놓을 촛불을 붙이느라 현관홀 탁자 옆에 서 있었는데, 부엌에서 하녀 하나가 나와서는 히스클리프 씨네 하인 조지프가 린턴 나리를 만나겠다며 찾아왔다고 알리는 거예요.

순간 간담이 서늘해지더라고요.

"무슨 용건인지 먼저 물어봐야겠어. 남의 집에 찾아오기엔 너무 늦은 시각이잖아. 더구나 나리께선 먼 여행에서 방금 돌아오셨고. 만나주지 않으실 거야."

제가 이렇게 말하는 사이에 조지프는 부엌을 지나 현관홀까지 쳐들어왔어요. 주일용 외출복을 떨쳐입고 더없이 경건한 척 심술 사나운 표정으로, 한 손에는 모자를 다른 손에는 지팡이를 든 채 신발 바닥을 깔개에 문지르더군요.

전 싸늘하게 말했어요.

"안녕하세요, 조지프. 이 밤에 무슨 볼일로 오셨을까요?"

영감은 비키라는 듯 거만하게 손을 내저으며 대꾸했어요.

"볼일은 여 쥔장 린턴 씨헌티 있고."

"주인님은 주무실 참인데요. 긴히 들어야 할 말이 아니면 만나시지 않을 거예요. 거기 앉아서 나한테 말하면 전해드릴게요."

"권장 방이 으데라?"

영감은 닫힌 방문들을 훑어보며 물었어요.

제 중재안이 영 받아들여질 성싶지 않아서, 정말 내키지 않았지만 서재로 올라가 불청객의 방문을 고하고, 일단 돌려보내고 내일 다시 오라 하는 게 좋겠다고 덧붙였어요.

린턴 나리는 저에게 그러라고 할 틈도 없었어요. 영감이 절 바로 뒤쫓아 와 무작정 밀고 들어왔거든요. 두 손을 지팡이 손잡이에 얹으며 책상 건너편에 딱 서서는, 반발을 예상하고 왔다는 듯 기세등등하게 운을 뗐어요.

"히스클리프가 지 새끼 데불고 오라 안 하요. 아 읎으믄 내도 몬 가는 기라."

에드거 린턴은 잠시 침묵했습니다. 얼굴 가득 극도의 서글픔이 서렸어요. 본인도 아이가 가여웠지만, 아들을 향한 이사벨라의 희망과 염려와 간절한 소망, 아이를 부탁하며 그녀가 했던 말들이 떠오르고, 그런데도 부득불 아이를 넘겨주자니 가슴이 미어졌던 겁니다. 어떻게든 피할 방도를 이리저리 궁리했겠지요. 하나 도리가 없었습니다. 아이를 데리고 있고 싶은 의중을 내비치면, 내놓으라는 쪽은 더욱 강압적으로 나올 테니까요. 별수 없이 내줄 수밖에요. 그래도 나리는 자는 아이를 깨워서까지 보내진 않을 셈이었습니다.

나리는 차분히 일렀어요.

"히스클리프 씨한테 전하게. 아들은 내일 아침에 워더 링 하이츠로 간다고. 지금은 잠들었고, 너무 피로한 상태라 거기까지 갈 수 없어. 아이 모친은 아이가 내 보호하에 있길 원했고 또, 아들 건강이 매우 위태롭다는 말도 아울러 전하게나."

조지프는 지팡이로 바닥을 쿵 찍으며 짐짓 목소리에 위엄을 싣더군요.

"어데요! 집어치소! 히스클리프는 모친이고 나리고 알 바 아이고, 무조근 지 새끼를 찾겄다 허니 나가 꼭 데불고 가야긋다 이기라. 인자 알아듣소?"

린턴 나리도 단호하게 응수했어요.

"오늘 밤은 안 된다니까! 썩 물러가게. 가서 자네 주인한테 내 말 그대로 전해. 엘렌, 나가는 길로 안내하게. 나가……!"

나리는 영감의 팔을 잡아 방 밖으로 내쫓고는 문을 닫아버렸어요.

조지프는 슬금슬금 물러나며 소리쳤어요.

"자알 알겄소! 내일은 그이가 직접 쳐들어올 긴데. 어데 그이도 이래 쪼까내보소!"

06

이 위협이 실현되는 사태를 방지하고자 린턴 나리는 제게 아침 일찍 아이를 캐서린 아씨의 조랑말에 태워 집으로 보내주라고 지시했어요. 그리고 덧붙이길,

"잘되든 잘못되든 이제 저 아이는 우리 손을 떠났으니 내 딸아이한테는 아무 얘기도 하지 말게. 앞으로 걔가 사촌을 만나는 일은 없을 게야. 멀지 않은 곳에 산다는 것도 아예 모르는 게 좋아. 근처에 있는 걸 알면 가만히 못 있고 하이츠에 가보고 싶어 안달할 테니까. 캐시한테는 그냥, 아이 아버지가 갑자기 사람을 보내와서 어쩔 수 없이 급히 떠나게 됐다고만 일러두게."

EMILY BRONTË

린턴 도련님은 새벽 5시에 침대에서 일어나기가 몹시도 싫었던 데다, 또 떠날 채비를 해야 한다는 말에 깜짝 놀라며 질색하더군요. 저는 도련님이 아버지인 히스클리프 씨와 얼마간 함께 지내게 될 것이다, 아버지는 아들이 너무나 보고 싶어 그 기쁨을 아들의 여독이 풀린 뒤로 미룰 수 없다더라는 식으로 완곡하게 설명해 주었어요.

도련님은 어리둥절해 외쳤어요.

"아버지? 엄마는 아버지가 있다는 얘기를 한 번도 한 적이 없어. 어디 사시는데? 난 그냥 외삼촌이랑 살고 싶은걸."

제가 대답했어요.

"그레인지에서 조금 떨어진 곳에 사셔요. 저 언덕들 너머인데요, 그리 멀지는 않으니까 도련님이 기력을 차리거든 여기까지 걸어서 올 수도 있을 거예요. 그리고 도련님 집으로 가는 거고, 아버지도 만나고, 잘된 일이잖아요. 어머니를 사랑했던 것처럼 아버지도 사랑하셔야 해요. 그러면 아버지도 사랑해 주실 거예요."

"한데 왜 나는 이제까지 아버지 얘기를 들어본 적이 없지? 엄마랑 아버지는 왜 다른 사람들처럼 같이 살지 않은 거야?"

"아버지는 북쪽에서 일을 하셔야 했거든요. 어머니는 건강 때문에 남쪽에서 지내셔야 했고요."

한데도 아이는 계속 캐묻더라고요.

"그럼 엄마는 왜 나한테 아버지 얘길 안 한 거냐고. 외삼촌 얘기는 자주 했어. 그래서 나도 옛날부터 외삼촌이 좋았단 말이야. 한데 갑자기 아버지를 사랑하라니? 난 모르는 사람인데?"

"아유, 부모를 사랑하지 않는 자식이 어디 있어요? 도련님 어머니는, 그야 도련님이 아버지랑 살고 싶다고 할까 봐 얘길 삼가셨겠죠. 얼른 준비합시다. 이렇게 상쾌한 아침에 일찍 말을 타면 한 시간 더 자는 것보다 훨씬 개운하답니다."

도련님은 물었어요.

"걔도 같이 가? 어제 본 그 여자애."

"이번엔 같이 안 가요."

"외삼촌은?"

"안 가세요. 제가 거기까지 모셔다드릴 거예요."

도련님은 베개로 벌렁 눕더니 멍하니 생각에 잠기더군요.

그러다 불쑥 외치는 거예요.

"외삼촌이 안 가면 나도 안 가. 날 어디로 데려갈지 어떻게 알고?"

아버지를 만나러 간다는데 싫다고 떼를 쓰는 건 못된 아이들이나 하는 짓이라고 타일러 봤지만, 도련님은 옷조차 갈아입지 않겠다고 막무가내로 버텼어요. 그 고집불통을 구슬려 침대에서 나오게 하려고 주인님께 도움을 청해야만 했지요.

잠깐 다녀오는 거라느니 외삼촌과 캐시가 널 보러 가겠다느니 하는 몇 가지 헛된 약속을 듣고서야 도련님은 몸을 일으켰습니다. 마침내 출발해 길을 가는 내내 저도 똑같이 사실무근한 약속들을 지어내어 거듭 들려주었고요.

히스 향을 머금은 맑은 공기와 밝은 햇빛, 조랑말 미니의 순한 구보가 도련님의 실의를 덜어주었습니다. 그러다 보니 도련님도 자기가 살게 될 집과 거기 사람들이 궁금해졌는지 이것저것 열심히 캐묻기 시작했어요.

"워더링 하이츠도 스러시크로스 그레인지처럼 좋은

EMILY BRONTË

곳이야?"

도련님이 골짜기 쪽을 마지막으로 돌아보며 물었어
요. 골짜기에서 피어오르는 옅은 안개가 하늘에 닿으며
뭉게구름을 이루었지요.

전 대답했습니다.

"그렇게 숲이 우거진 건 아니고 그만큼 넓지도 않지
만, 아름다운 경치를 사방으로 감상할 수 있지요. 그쪽
공기가 도련님 건강에는 더 좋을 거예요. 더 상쾌하고 덜
눅눅하거든요. 첫눈에는 집이 좀 낡고 어두워 보일 수 있
는데, 그래도 이 동네에서 두 번째로 좋은 꽤 괜찮은 집
이랍니다. 너른 벌판을 산책하기도 참 좋지요! 헤어턴
언쇼 — 캐시 아씨의 외사촌이니 도련님하고도 친척뻘
이에요 — 그 도련님이 온갖 근사한 장소를 보여줄 거예
요. 날이 좋으면 책을 가지고 나가서 풀밭 우묵한 데를
서재 삼을 수 있고요. 그리고 산책길에 가끔 외삼촌을 만
나서 같이 걸을 수도 있을 거예요. 저쪽 언덕길로 자주
산책하러 가시거든요."

도련님은 또 물었어요.

"내 아버지는 어떻게 생겼어? 외삼촌처럼 젊고 잘생
겼어?"

"도련님 아버지도 젊으시지요. 한데 검은 머리에 검은
눈동자에 더 엄한 인상에, 키도 체격도 외삼촌보다 더 커
요. 아마 처음에는 인자하거나 자상해 보이지 않을 텐데,

그분 성격이 원래 그렇거든요. 그래도 도련님이 솔직하고 살갑게 굴어야 해요. 외삼촌만이 아니라 그 어떤 삼촌을 갖다 대더라도 아버지만큼 도련님을 아낄 수 없어요. 아버지잖아요."

도련님은 잠시 아버지 모습을 그려보는 듯했어요.

"검은 머리에 검은 눈……? 상상이 안 되네. 그럼 난 아버지를 안 닮았겠다. 그렇지?"

"별로 안 닮긴 했지요."

전 이렇게 대답했어요. 속으론 '눈곱만큼도 안 닮았지' 하고 생각하면서, 아이의 하얀 피부와 가녀린 몸을 안타까운 마음으로 뜯어봤어요. 특히 그 크고 나른한 눈은…… 영락없이 자기 어머니의 눈이었어요. 다만 병자의 과민함에 한순간 불꽃이 일 때가 아니면 어머니의 반짝반짝한 생기는 흔적조차 보이지 않았지요.

도련님이 중얼거렸어요.

"단 한 번도 엄마랑 나를 보러 오지 않다니 너무 이상하잖아. 아버지가 날 본 적은 있을까? 있다면 그때 난 갓난아기였을 거야. 아버지 기억이라곤 하나도 없다고!"

전 말했어요.

"저기, 린턴 도련님, 300마일은 아주 먼 거리예요. 어른들의 10년은 도련님이 느끼는 것보다 훨씬 짧고요. 아마 히스클리프 씨는 여름이면 여름마다 이번에는 가봐야지 생각했다가도 마땅히 갈 형편이 못 됐을 거예요. 이제는 너무 늦어버렸고요. 아버지한테는 캐묻지 마세요.
괜히 심란해하시기만 하지."

그때부터 소년은 혼자 생각에 깊이 빠져들었어요. 이
윽고 우리는 농가의 텃밭 쪽 대문 앞에 멈춰 섰고, 저는
집에서 어떤 인상을 받았는지 보려고 도련님의 안색을
살폈어요. 건물 정면의 부조 장식이며 좁은 격자창, 엉성
한 구스베리 덤불과 심하게 휜 전나무들을 열심히 둘러
보더니 고개를 가로젓더군요. 새 거처의 외관이 영 마뜩
잖았던 거죠. 하나 불평을 일단 미뤄두는 분별은 있었어
요. 의외로 내부가 훌륭할 수도 있으니까요.

도련님은 말 등에 탄 채 기다리고 제가 가서 문을 열었
어요. 새벽 6시 반, 식구들이 아침 식사를 갓 마쳤는지 하
녀가 식탁을 치우며 행주질을 하고 있었어요. 조지프는
주인이 앉은 의자 옆에 서서 어떤 절름발이 말 이야기를
하고 있었고, 헤어턴은 건초밭에 나갈 채비를 하고 있었
어요.

저를 본 히스클리프가 외쳤어요.

"왔구나, 넬리! 내가 내려가서 내 것을 직접 거둬 와야
되는 건가 싶었는데. 넬리가 데려왔어, 그렇지? 어디 쓸
만한가 볼까."

그는 일어나 성큼성큼 걸어왔어요. 헤어턴과 조지프
도 궁금한지 입을 헤벌리고서 따라왔고요. 가엾게도 린
턴 도련님은 식겁한 눈으로 세 사람의 얼굴을 번갈아 힐

끔거릴 뿐이었죠.

　조지프가 심각한 얼굴로 아이를 이리저리 뜯어본 후 말했어요.

　"확실하구마이. 그 냥반이 아를 바까쳤소, 나리. 저 아는 그 냥반 딸내미라!"

　히스클리프는 아이가 당황하다 못해 덜덜 떠는 지경이 되도록 뚫어져라 쳐다보다가 돌연 조소를 날리더군요.

　"어이구야! 곱기도 하다! 어찌나 예쁜지 반해버리겠어! 넬리, 그 댁에서 애를 달팽이랑 신 우유로 키운 거 아냐? 에이, 망했어! 기대보다 못하잖아. 심지어 별 기대도 없었다는 걸 악마가 아는데!"

　저는 혼비백산해 바들바들 떨고 있는 아이를 말에서 내리게 한 뒤 데리고 들어갔습니다. 아이는 자기 아버지가 한 말의 뜻을 제대로 이해하지 못했고, 그게 자길 두고 한 말인 줄도 몰랐어요. 험악하고 빈정대는 그 낯선 사내가 아버지인지도 실은 긴가민가했지요. 아이는 커져가는 두려움에 자꾸만 저에게 달라붙었고, 히스클리프 씨가 자리에 앉으면서 "이리 와봐"라고 하자 그만 제 어깨에 얼굴을 파묻고 울기 시작했어요.

　"쯧쯧!"

　히스클리프는 혀를 차더니 한 손으로 아이를 억지로 끌어다 자기 무릎 사이에 끼우고 아이의 턱을 들어 올렸어요.

"울긴 왜 우나? 우린 널 해치지 않는다, 린턴 — 이게 네 이름이라지? 그냥 네 어미를 빼다 박았구나! 이런 울보 겁쟁이 어느 구석에 내 지분이 있단 말이냐!"

그는 아이 모자를 벗기고 숱 많은 담황빛 곱슬머리를 쓸어 넘긴 다음 가느다란 팔과 작은 손가락을 만지작거렸어요. 그사이 아이는 울음을 그치고, 크고 파란 눈을 들어 자기를 살펴보는 자를 저도 살펴보더군요.

아들의 팔다리가 죄 빈약하고 부실한 것을 확인하고 나서 히스클리프가 물었어요.

"너, 나 아냐?"

"아뇨!" 하고 아이는 공포에 질린 멍한 눈으로 대답했어요.

"내 얘기를 듣기는 했을 텐데?"

"아니요."

아이가 다시 대답하자 히스클리프는 되물었어요.

"아니라고? 네 어미는 어째 그 모양이냐? 너한테 내 자식 된 도리를 깨우쳐준 적이 없다니! 하면 내가 알려주마. 넌 내 아들이고, 네 어미는 네가 아비도 모르고 자라게 한 몹쓸 년이었다. 자, 움츠러들 것 없어. 얼굴 붉히지도 말고! 그래도 피까지 희멀겋지는 않은 모양이니 그건 다행이로군. 착한 아들이 돼라. 그럼 나도 잘해주마. 넬리, 피곤하면 앉아서 좀 쉬고, 아니면 이만 돌아가. 여기서 보고 들은 걸 그레인지의 그 하찮은 놈한테 전해야 하잖아? 넬리가 여기서 뭉개고 있으면 이 물건도 마음을 다잡지 못할 테고."

전 대답했습니다.

"그럼…… 아이한테 잘해줘요, 히스클리프 씨. 오래 데리고 살고 싶으면 그래야 할 거예요. 이 넓은 세상에 그쪽이 아는 하나뿐인 혈육이잖아요. 잊지 말아요."

그는 너털웃음을 놓더군요.

"아주 잘해줄 테니 염려는 접어둬! 단 나 말고는 아무도 이놈한테 잘해줘서는 안 돼. 아들내미 사랑을 내가 독차지하지 않고는 못 견디겠단 말이지. 그럼 당장 지금부터 잘해줘야겠군. 조지프! 이 녀석 아침거리 좀 갖다줘. 헤어턴, 이 덜떨어진 놈, 넌 나가서 일해야지."

두 사람이 나가자 저에게 덧붙여 말했어요.

"그래, 넬리. 내 아들은 장차 그레인지 주인이 될 몸이야. 하니 내가 이놈 상속인인 게 확실해지기 전에 이놈이 죽어버리면 안 되거든. 게다가 '내 핏줄'이잖아. 내 후손이 어엿한 지주가 되는 걸 봐야지. 내 자식이 그놈 자식들을 고용해 저들 아버지 땅을 갈게 하는 거야. 오로지 그 통쾌감을 맛보고 싶다는 생각 하나로 내가 이 낑낑대는 강아지 새끼를 참아주는 거라고. 이놈 자체도 한심한데 이놈이 불러내는 기억 때문에 더 싫어! 그래도 그 정도 보상이면 충분하니, 이놈은 나하고 있어도 무탈할 거야. 넬리 주인이 제 자식한테 하듯이 나도 이놈을 잘 보살필 거고. 이놈 쓰라고 위층 방 하나를 멋있게 꾸며놨어. 가정교사가 일주일에 세 번씩 20마일 거리를 와서 이놈이 배우고 싶다는 건 뭐든 가르쳐주게 해놨고. 헤어턴한테도 이놈이 시키는 대로 하라고 일러놨어. 실은 이놈이 제 또래보다 잘났겠거니, 타고난 신사겠거니 하고 쭉 잘난 놈으로 키워보려고 만반의 준비를 해놓았거든? 한데 그런 수고가 아까운 놈이 와서 내가 아주 서운해. 내가 이승에서 바란 복이 있다면 내 새끼가 자랑거리 삼을 만한 놈인 걸 알게 되는 거였는데 이렇게 젖국처럼 희멀건 얼굴에 찔찔대는 등신 새끼라서 말도 못 하게 실망했다고!"

그가 말하는 사이 조지프가 우유죽 한 사발을 들고 돌아와 린턴 도련님 앞에 놓았어요. 도련님은 뜨악한 표정으로 그 밋밋한 음식을 휘휘 저어보더니 이런 건 못 먹는다고 했어요.

보아하니 그 늙은 하인도 주인에 크게 뒤지지 않게 아이를 깔보는 눈치였어요. 다만 히스클리프가 도련님을 깍듯이 모시라는 식으로 아랫사람들에게 분명히 밝힌 탓에, 노인네는 아이에 대한 멸시를 애써 감추어야 했지요.

"몬 먹는다고라?"

아이를 노려보며 되묻더군요. 이어 주인이 들을세라

목소리를 확 낮춰 윽박지르는 것이었어요.

"헤어턴 되련님은 어릴 적에 이것만 먹었어. 되련님헌
티 엔간혔으믄 니도 엔간히 처드시야지!"

린턴 도련님은 이를 악물고 쏘아붙이더군요.

"난 안 먹어! 치워!"

조지프는 팩하니 사발을 잡아채서 우리한테 가져왔
습니다.

사발 쟁반을 히스클리프 코앞에 들이대며 물었어요.

"이 양석이 어데 잘못됐소?"

"잘못될 게 뭐 있어?"

"아니! 까다로운 아드님께서 이딴 거이 못 자시겠다
잖소! 허기사 그기 맞지! 아 에미가 딱 저 짝이었다 안 하
요. 우덜처럼 미천한 것들이 심은 곡석으로 맹근 빵일랑
입에도 안 댈라카는 거이!"

그러자 주인이 벌컥 화를 냈어요.

"내 앞에서 애 어미 얘기 꺼내지 마! 먹을 수 있다는 걸
가져다주면 되잖아. 저놈은 보통 뭘 먹지, 넬리?"

제가 끓인 우유나 차가 좋겠다고 하자 그는 하녀를 시
켜 그런 걸 내오라고 했습니다.

전 생각했어요. 오호라, 아버지의 이기심 덕에 아이가
나름대로 편하게는 지낼 수 있겠군. 저이도 아이 몸이 허
약한 걸 확인했고 웬만큼은 보살펴 줘야 한다는 것도 알
았으니까. 히스클리프가 그렇게 마음먹은 눈치였다고

말씀드리면 에드거 나리도 한결 안심하실 거야.

더 지체할 핑계도 없고 해서, 저는 린턴 도련님이 놀자고 달려드는 양치기 개를 소심하게 쫓아내느라 잠시 정신이 팔린 틈을 타서 살그머니 빠져나왔어요. 하지만 잔뜩 경계하고 있던 도련님은 대번에 알아차렸죠. 제가 문을 닫자마자 안에서 미친 듯이 울부짖는 소리가 들리더라고요.

"가지 마! 여기서 살기 싫어! 나도 갈래!"

뒤이어 빗장이 들렸다가 도로 내려갔어요. 아이가 나오려는 걸 그들이 막은 게지요. 전 미니 등에 올라타 급히 출발했습니다. 그렇게 저의 보호자 역할은 금방 끝나고 말았지요.

07

그날 우리는 어린 캐시 아씨 때문에 아주 혼이 났답니다. 사촌과 놀 생각에 한껏 신이 나서 일어난지라, 사촌이 떠났다는 얘길 듣고는 어찌나 서럽게 울고불고하던지요. 에드거 나리가 곧 다시 데려오겠다는 말로 직접 달래봐야 할 정도였어요. 단 나리는 "데려올 수 있으면"이라는 단서를 붙였지요. 물론 어림없는 일이었고요.

아버지의 약속도 아씨를 진정시키는 데는 역부족이

었지만, 과연 시간이 약이었습니다. 가끔 아버지에게 린턴은 언제 돌아오냐고 묻기는 했어요. 하지만 사촌의 얼굴은 아씨의 기억에서 점점 흐릿해졌고, 나중에 다시 만났을 때는 숫제 알아보지도 못하더라고요.

전 기머턴에 볼일이 있어 갔다가 우연히 워더링 하이츠의 하녀와 마주치면 그 어린 도련님의 안부를 묻고는 했어요. 린턴 도련님도 캐시 아씨처럼 집 안에 갇혀 살다시피 해서 통 보이지 않았거든요. 하녀 얘기를 듣자 하니 도련님은 여전히 약골이며 상당히 성가신 식구인 듯했어요. 히스클리프 씨는 내색하지 않으려 애쓰는데 날이 갈수록 아들이 싫어지기만 하는 모양이라더군요. 아들 목소리만 들려도 질색하고 한 방에서 단 몇 분도 같이 있질 못 한다는 거예요.

부자간에 대화가 오가는 일도 좀처럼 없댔어요. 도련님은 응접실이라 부르는 작은 방에서 가정교사와 공부를 하거나 저녁나절을 보내지 않으면 온종일 침대에 누워 지낸다고요. 기침과 감기야 늘 달고 살고 어딘가 아프지 않은 때가 없다나요.

"살다 살다 그렇게 심약한 인간은 처음 본다니까요. 그렇게 지 몸뚱이 아끼는 인간도 처음이고요. 저녁에 좀만 늦게까지 창을 열어놓으면 득달같이 잔소리가 날아와요. 아휴! 밤바람에 얼어 죽겠네! 자긴 한여름에도 난롯불을 쬐야 한대요. 조지프 영감이 담배를 피우면 자기

한테 독을 뿌린다고 야단이고요. 단것이며 별식이 떨어
지면 큰일 나는 줄 알고, 노상 그놈의 우유, 끝도 없이 우
유를 찾아대요. 나머지 식구들이 한겨울 추위에 손발이
곱아들거나 말거나, 자기는 털망토를 둘둘 말고 난롯가
에 앉아 있어요. 난로 옆 선반에 물이든 뭐든 빵에 곁들
여 홀짝일 걸 얹어놓고 말이죠. 헤어턴이 어쩌다 한 번씩
애가 불쌍해서 놀아주려고 오면 — 헤어턴이 거칠긴 해
도 심성까지 나쁘진 않거든요 — 꼭 하나는 욕을 해대고
또 하나는 울면서 갈라선다니까요. 린턴이 아들만 아니
었으면 우리 주인장은 언쇼가 그 애물단지를 늘씬하게
두들겨 팬대도 아주 좋아라 할 거예요. 애가 얼마나 지
몸뚱이를 챙겨쌓는지 반만 알아채도 내쫓을걸요. 하긴
그래서 애초에 알아채지 않으려고 하지요. 응접실엔 절
대 안 가고, 아들내미가 자기 앞에서 그런 짓거릴 할라치
면 당장 위층으로 쫓아버리니까요."

그 얘기를 듣고 저는, 원래 그런 면이 없지 않았던 히
스클리프의 아들이 정 주는 이 하나 없는 데서 살다 보니
그렇게 이기적이고 밉살맞은 아이가 돼버렸구나 하고
생각했습니다. 그리하여 아이에 대한 제 관심도 사그라
들었고요. 그래도 아이의 운명이 못내 안타깝기는 했지
요. 우리가 데리고 살 수 있었더라면 오죽 좋았을까요.

에드거 나리는 제가 린턴 소식을 알아오길 바라서 은
근히 부추겼어요. 조카에 대한 마음이 지극했기에, 위험

을 무릅쓰고서라도 보고 싶어 했지요. 한번은 저더러 그 집 하녀에게 린턴이 마을로 나오는 일이 없는지 물어보라 했어요.

하녀 말로는 그때까지 딱 두 번 아버지를 따라 말을 타고 나왔는데, 두 번 다 집에 돌아와서는 죽는 시늉을 하며 사나흘을 앓아누웠다는 거예요.

제 기억이 옳다면 그 하녀는 린턴이 들어온 지 2년 만에 그 집을 떠났어요. 이후에 제가 모르는 사람이 새 하녀로 들어가 지금도 그 집에서 살고 있지요.

그레인지의 시간은 예전과 같은 식으로 순조롭게 흘렀고 어느덧 캐시 아씨는 열여섯 살이 되었습니다. 아씨는 생일날에 축하다운 축하를 받아본 일이 없었어요. 아씨의 생일은 곧 예전 안주인의 기일이기도 했으니까요. 매해 그날 아씨의 아버지는 어김없이 혼자 서재에 틀어박혔다가 날이 저물면 기머턴의 공동묘지까지 걸어갔다 왔는데, 자정을 넘기고야 돌아오는 때가 많았어요. 하여 생일날마다 캐시 아씨는 아버지 없이 즐길 거리를 알아서 찾아야 했지요.

3월 20일, 아름다운 봄날이었습니다. 아버지는 진즉 서재로 들어갔고, 아씨는 외출복 차림으로 내려와 저에게 황야 언저리까지 함께 산책을 다녀오자고 하더군요. 아버지께 여쭈었더니 멀리 가지 않고 한 시간 내로 돌아온다면 나가도 좋다고 허락하셨다면서요.

EMILY BRONTË

아씨는 절 재촉했어요.

"그러니까 빨리 나가자, 엘렌! 가보고 싶은 데가 있어. 붉은 뇌조 떼가 사는 곳 말이야. 둥지를 다 지었는지 가서 보고 싶어."

"그러자면 한참 멀리 올라가야 할 텐데요. 붉은 뇌조는 황야 언저리에서 알을 까지 않아요."

"아냐, 그렇게 멀지 않아. 바로 근처까지 아빠랑 가본 적이 있는걸."

군이 더 따질 것 없이 저는 보닛을 쓰고 기분 좋게 길을 나섰습니다. 아씨는 폴짝대며 저만치 앞섰다가 제 옆으로 돌아오고 또 앞서가고 하는 것이 마치 어린 사냥개 같았어요. 처음에는 저도 무척 즐거웠답니다. 여기저기서 지저귀는 종달새들의 노래를 감상하며 따사로운 햇볕을 만끽하고, 저의 귀염둥이이자 기쁨인 아씨의 모습을 흐뭇하게 지켜보았지요. 머리 뒤로 흩날리는 금빛 곱슬머리, 갓 피어난 들장미처럼 곱고 순결하게 발그레한 두 뺨, 그늘 없이 발랄하게 빛을 내는 두 눈……. 그 시절의 캐시 아씨는 행복한 소녀, 천사였어요. 한데 본인은 만족하질 못했으니 안타까운 노릇이죠.

"음, 붉은 뇌조는 어디에 있을까요, 캐시 양? 지금쯤 눈에 띄어야 하는데요. 농원 울타리가 까마득하게 멀어졌다고요."

제가 일러도 아씨의 대답은 계속 같은 식이었어요.

"아, 조금만 — 조금만 더, 엘렌. 저기 작은 언덕을 오르고 저 비탈을 지나면 돼. 엘렌이 건너편에 이를 때쯤이면 내가 새들을 날려 보낸 다음일걸."

하지만 오르고 지날 언덕과 비탈이 어찌나 많던지 결국 저도 슬슬 지치더라고요. 이만 멈추고 돌아가야겠다고 했지요.

아씨가 한참을 앞서가고 있던 탓에 제가 고함을 쳤는데, 못 들었는지 안 들었는지 아씨는 멈칫도 하지 않고 내달렸어요. 하니 저야 따라갈 수밖에요. 이윽고 아씨는 어느 내리막으로 뛰어들어 한동안 보이지 않다가, 제 집보다 워더링 하이츠에 2마일이나 더 가까운 데서 다시 나타났어요. 한데 두 사람에게 붙들렸더라고요. 그중 한 사람은 다름 아닌 히스클리프 씨인 것 같았고요.

아씨가 뇌조 알을 훔치다 걸렸거나, 적어도 둥지를 찾아다니다 잡힌 겁니다.

하이츠는 히스클리프의 땅, 그는 밀렵꾼을 꾸짖고 있었지요.

제가 겨우겨우 다가갔을 때 아씨는 두 손을 내보이며 결백을 주장하는 참이었습니다.

"훔치기는커녕 보지도 못한걸요. 훔칠 생각도 없었어요. 아빠가 이쪽에 뇌조가 많다고 해서 전 알을 구경하러 온 것뿐이라고요."

히스클리프는 심술궂은 미소를 지으며 절 흘낏 보더

군요. 상대가 누군지 잘 안다는 얼굴로요. 그래서 눈에는 적의를 담고, 입으로는 짐짓 '아빠'가 누구냐고 묻는 것이었어요.

아씨가 대답했어요.

"스러시크로스 그레인지의 린턴 씨예요. 절 모르실 줄 알았어요. 안다면 그런 식으로 몰아붙일 리 없지."

"아빠가 되게 훌륭하고 존경받는 분인 줄 아나 봐?"

그가 비꼬자 아씨는 신기하다는 듯 그의 얼굴을 쳐다보며 되물었어요.

"그러는 아저씨는 누구세요? 이 사람은 낯이 익어요. 아저씨 아들이에요?"

아씨가 가리킨 사람은 헤어턴이었습니다. 두 살 더 먹으면서 덩치가 커지고 힘이 세졌을 뿐 멋쩍고 상스러운 건 여전했어요.

제가 끼어들었습니다.

"아씨, 한 시간만 산책한다는 게 벌써 세 시간이 되어가요. 이제 정말 돌아가야 해요."

히스클리프가 절 밀치며 말하더군요.

"아니, 이놈은 내 아들이 아니야. 하지만 아들이 하나 있긴 하지. 그쪽하고도 안면이 있고. 그쪽 보모는 급하다고 서두르지만 내 생각엔 둘 다 잠시 쉬었다 가는 게 좋을 듯싶구먼. 여기 히스 덤불을 돌아서 조금만 걸으면 내 집이거든. 피로를 덜어야 돌아가는 길도 빨라지지. 내 융

숭하게 대접해 주마."

전 아씨에게 귓속말로, 하늘이 두 쪽 나도 이 초대에 응하면 안 된다고 만만부당하다고 했습니다.

아씨는 큰 소리로 반문했어요.

"왜? 난 뛰어다녔더니 피곤한데. 이런 축축한 땅바닥에 앉아 쉴 수는 없잖아. 가보자, 엘렌! 이 아저씨 아드님이랑 나랑 구면이래. 아마 잘못 아셨겠지만. 어딘지도 알 것 같아. 언젠가 페니스톤 절벽에 갔다 돌아오는 길에 들렀던 농가 아닐까?"

"바로 맞혔군그래. 넬리는 닥치고 가만있어. 우리 집에 가는 건 이 아가씨한테 특별한 경험이 될 테니까. 헤어턴, 아가씨를 모시고 먼저 가. 넬리는 나랑 좀 걷자고."

"안 돼, 아씨는 그런 데 안 간다니까."

전 그에게 붙들린 팔을 빼내려 용을 쓰며 소리쳤지만, 정작 아씨는 전속력으로 언덕마루를 돌아 이미 대문 근처까지 갔더라고요. 같이 가기로 돼 있던 헤어턴은 아씨를 집으로 안내하는 시늉도 하지 않았어요. 되레 길 옆으로 비켜서더니 홀연히 사라져 버렸지요.

전 계속해서 따졌어요.

"히스클리프 씨, 정말 이러면 안 돼요. 좋은 뜻으로 이러는 건 아니잖아요. 아씨가 린턴 도련님을 만나면 돌아가는 길로 아버지께 다 말씀드릴 텐데요. 그러면 내가 경을 친다고요."

"난 저 아이한테 린턴을 보여주고 싶은걸. 요 며칠은 좀 봐줄 만하거든. 그놈을 남 앞에 내놓아도 괜찮은 상태일 때는 흔치 않아. 넬리네 아씨야 오늘 만남은 비밀로 하자고 우리가 금방 설득하면 그만이고. 나쁠 것 없잖아?"

"나쁠 게 없긴요. 아씨를 그쪽 집에 들어가게 둔 걸 아씨 아버지가 알면 날 가만두시겠요? 게다가 그쪽이 굳이 아씨를 집 안에 들이려고 하는 데는 뭔가 나쁜 의도가 숨어 있다는 확신이 드네요."

"숨길 생각도 없어. 앞으로 어떻게 될지 전부 알려주지. 사촌인 두 아이가 사랑에 빠져 혼인을 해도 좋겠다 싶어. 난 넬리네 주인장한테 관용을 베푸는 거라고. 물려받을 유산 하나 없는 딸자식이 내 뜻대로 움직여 주기만 하면 린턴이랑 공동 상속자가 되니 대번에 생계가 보장되잖아."

제가 말했어요.

"병약한 린턴 도련님이 언제까지 살지 누가 알아요. 만일 도련님이 사망하면 상속권은 캐서린 아씨한테로 넘어가지요."

그가 대꾸하더군요.

"아니, 그렇게는 안 되지. 유언장엔 그런 내용이 명시돼 있지 않거든. 그놈 재산은 나한테 올 거야. 다만 분란이 없게끔 둘이 혼인을 했으면 좋겠다는 거지. 난 두 아이를 맺어주기로 마음먹었어."

전 맞받았어요.

"난 두 번 다시 우리 아씨를 이 근처로 데려오지 않기로 맘먹었어요."

그렇게 우리도 아씨가 기다리는 대문 앞에 다다랐어요. 저더러 조용히 하라고 나직이 윽박지른 뒤 히스클리프는 우리를 앞질러 가서 현관문을 벌컥 열어젖혔어요. 아씨는 그를 어떻게 봐야 할지 영 헷갈린다는 듯 연방 그를 힐끔거리더군요. 한데 그는 아씨와 눈이 마주칠 때마다 미소를 짓고 아씨에게 말할 때면 목소리도 나긋나긋하지 뭐예요. 어리석게도 저는 아씨 어머니와의 추억이 있는 만큼 그가 아씨를 해코지할 마음을 접었는지도 모른다고 생각했답니다.

린턴 도련님은 벽난로 좌대에 서 있었어요. 벌판을 산책하고 막 돌아왔는지 모자도 벗지 않은 채 조지프에게 마른 신발을 가져오라 채근하고 있더군요.

열여섯 살을 몇 달 앞둔 나이치고 키가 큰 편이었어요. 얼굴은 여전히 곱상했고, 물론 상쾌한 공기와 온화한 햇볕에서 잠시 빌린 생기 덕이었겠지만 눈빛과 표정도 어쨌든 제 기억보다 밝았어요.

히스클리프가 캐서린 아씨를 돌아보며 물었어요.

"자, 저건 누굴까? 맞혀볼래?"

아씨는 아들과 아비를 차례로 살피더니 조심스레 답

했어요.

"아저씨 아들?"

"그래, 맞아. 한데 저놈을 지금 처음 보는 걸까? 잘 생각해 봐! 이런! 기억력이 나쁘구나. 린턴, 네 사촌 기억 안 나냐? 보고 싶다고 그렇게 생떼를 부리더니."

이름을 듣고 아씨는 깜짝 놀라며 반색했어요.

"어머나, 린턴? 저 애가 그 린턴이라고요? 나보다 키도 큰데! 정말 네가 린턴이야?"

소년이 걸어 다가와 그렇다고 답했고 아씨는 열렬한 입맞춤으로 화답했어요. 두 아이는 그동안에 달라진 서로의 모습을 놀라워하며 피차 눈을 떼지 못했답니다.

캐서린 아씨는 자랄 대로 다 자란 터였어요. 날씬하면서도 굴곡진 몸매는 강철처럼 탄탄했고, 건강과 활기가 온몸에 넘쳐 광채를 발했지요. 린턴 도련님은 표정과 동작에 힘이 하나도 없고 몸도 앙상했지만, 기품 있는 태도가 그런 결점을 메워주어 그리 나쁜 인상은 아니었어요.

사촌과 해후의 정담을 실컷 나눈 뒤 아씨는 히스클리프 씨가 있는 문간으로 갔습니다. 그는 거기서 서성이며 집 안팎의 사정을 두루 살피는 척, 실은 안쪽의 일에만 촉각을 곤두세우고 있었지요.

아씨는 손을 뻗으며 새삼스레 인사를 건네는 것이었어요.

"그럼 아저씨가 제 고모부였네요! 절 오해하셨지만,

처음부터 전 고모부가 좋았던 것 같아요. 왜 린턴이랑 같이 그레인지에 오시지 않아요? 내내 이렇게 가까이 살았으면서 한 번도 왕래가 없었다니 이상하잖아요. 무슨 이유라도 있나요?"

"네가 태어나기 전에, 한때는 너무 자주 찾아갔었지. 거기서 — 제기랄! 뽀뽀가 남아돌거든 린턴에게나 해줘라. 나한테 낭비하지 말고."

그러자 캐서린 아씨는 남아도는 뽀뽀를 이제 저에게 퍼부으려고 덤벼들었어요.

"못됐어, 엘렌! 정말 나빴어! 왜 여길 못 오게 막은 거야? 그치만 이제부터 매일 아침 이 길로 산책할 거야. 그래도 되죠, 고모부? 가끔은 아빠랑 같이 와도 되죠? 다 함께 만나면 반갑지 않겠어요?"

"물론이지!"

아씨의 고모부는 흔쾌히 대답했지만, 자주 들르겠다는 두 사람 모두에 대한 깊은 혐오로 얼굴이 절로 찌푸려지는 것까지 억누르긴 어려운 모양이었어요. 애써 표정을 풀고서 그는 아씨를 돌아보며 이어 말했어요.

"한데 가만, 내 생각해 보니 미리 일러주는 게 낫겠다. 린턴 씨는 내게 좋지 않은 편견을 갖고 있어. 평생에 다시없을 만큼 대판 싸웠거든. 기독교인답지 않게 사나운 꼴을 보였지. 네가 여기 왔다고 하면 아버지는 너 혼자 오는 것까지 금지할 게야. 그러니 앞으로 두 번 다시 사촌을 못 만나도 상관없는 게 아니면 절대 말하지 마라. 오고 싶으면 와도 되지만 아버지한테는 비밀이어야 해."

아씨는 금세 시무룩해져서 물었어요.

"두 분이 왜 싸우셨는데요?"

"네 아버지는 내가 너무 가난뱅이라 자기 누이 배필감이 못 된다고 생각했는데 우리가 덜컥 혼인을 해버려서 아주 괘씸했겠지. 자존심이 상했으니 결코 용서하지 않을 게야."

"그건 잘못이잖아요! 언젠가 아빠한테 그렇게 말씀드려야겠어요. 하지만 린턴이랑 저는 두 분 싸움과는 아무 상관도 없는걸요. 그럼 전 오지 않을 테니 린턴을 그레인지로 보내주세요."

그러자 아씨의 사촌이 웅얼대는 거예요.

"너무 먼데. 4마일이나 걸었다간 난 죽어. 그러지 말고, 이따금 캐서린 양이 와줘. 매일 아침 올 것까진 없고 일주일에 한두 번 정도."

소년의 아버지가 아들에게 심히 못마땅한 눈총을 쏘았어요.

그러더니 제게 투덜대더군요.

"넬리, 아무래도 내 노력이 물거품이 되려나 봐. 저 머저리의 '캐서린 양'께서 저놈 값어치를 알아보고 지옥으로 보내버리지 싶어. 하, 이거 참, 저게 헤어턴이었으면……. 그거 알아? 하루에도 스무 번은 헤어턴이 탐난

다니까. 애가 그 모양 그 꼴인데도 말이야. 다른 놈 자식이었으면 내가 진짜 사랑했을 거야. 하지만 저 애가 그 녀석을 사랑할 리는 없지. 저 한심한 놈이 기운 차리고 분발하지 않으면 헤어턴을 경쟁자로 붙여야겠어. 계산대로라면 저건 열여덟까지도 버티기 어려워. 아 망할, 저 멋대가리 없는 놈. 사촌은 쳐다보지도 않고 제 발 말리는데만 여념이 없구먼. 린턴!"

소년이 대답했어요.

"예, 아버지."

"사촌한테 어디 좀 구경시켜 줄 데 없냐? 하다못해 토끼나 족제비 굴이라도? 신발 갈아 신기 전에 사촌하고 나가서 텃밭도 들여다보고 마구간에 가서 네 말도 보여 주고 해봐."

"여기 앉아 있는 게 낫지 않아?"

도련님이 아씨에게 묻더군요. 더는 움직이기 싫은 티가 뚝뚝 묻어나는 말투였어요.

"글쎄."

아씨는 문 쪽으로 아쉬운 눈길을 던졌습니다. 움직이고 싶은 티가 팍팍 나는 표정이었지요.

도련님은 그대로 앉은 채 벽난로 쪽으로 몸을 더 웅크리더군요.

히스클리프가 벌떡 일어나더니 부엌을 지나 마당으로 나가서는 헤어턴을 불러젖혔어요.

EMILY BRONTË

헤어턴이 대답했고, 이내 둘이 함께 들어왔습니다. 젊은이는 씻다가 왔는지 뺨이 반들반들하고 머리칼이 젖어 있었어요.

그때 캐시 아씨가 그 집 하녀에게서 들었던 말을 떠올리고 소리쳤어요.

"아 참, 고모부한테 여쭐래요. 저 사람은 제 사촌이 아니죠, 그죠?"

"사촌 맞는데. 네 어머니의 조카야. 왜, 이 녀석이 마음에 안 드냐?"

아씨는 묘한 표정을 짓더군요.

히스클리프가 내처 말했어요.

"잘생긴 녀석 아니냐?"

그러자 그 깜찍한 것이 까치발을 하고 고모부에게 속닥속닥 귓속말을 하지 뭡니까.

그가 껄껄 웃었고, 헤어턴은 표정이 어두워졌습니다. 제가 보니 헤어턴은 누가 자길 깔보지나 않나 하고 예민하게 굴더라고요. 자신의 열등한 처지를 어렴풋하게나마 의식하는 건 분명했지요. 하지만 그의 주인인지 보호자인지가 이렇게 외쳐 그의 찌푸린 얼굴을 펴주었어요.

"네가 우리 중에 제일 인기가 좋겠구나, 헤어턴! 이 아이 말이 넌 — 뭐랬더라? 아무튼 대단한 찬사였어. 자! 아가씨가 농장을 둘러볼 수 있게 네가 안내해라. 신사답게 굴기 명심하고! 욕지거리도 안 돼. 아가씨가 널 보지 않을 때 빤히 쳐다보지 말고, 아가씨가 널 보면 얼굴을 돌려야 해. 말은 또박또박 천천히 뱉고, 주머니에 손 넣지 말고. 가봐, 최대한 정중히 모시도록 해."

히스클리프는 창밖으로 지나가는 두 사람을 지켜봤습니다. 언쇼는 동행을 숫제 외면한 채 걷더군요. 익숙한 풍경을 마치 외지인 겸 예술인의 시선으로 흥미롭게 관찰하는 듯한 모습이었어요.

캐서린 아씨는 살짝 감탄 어린 눈으로 그를 힐끔 훔쳐봤어요. 그러고는 혼자 재밋거리를 찾는 일로 관심을 돌렸고, 즐겁게 거닐면서 경쾌한 콧노래로 부족한 대화를 메우더라고요.

히스클리프가 말했습니다.

"내가 입단속을 해놔서 저놈, 내내 한마디도 못 할걸! 넬리, 내가 저 나이였을 때 ― 아니, 몇 살 더 어렸을 때였겠군 ― 기억하지? 나도 저렇게 멍청하니, 조지프 표현처럼 '멀떠구니' 같았나?"

"더 했지요. 게다가 뚱하기까지 했으니."

이어서 그는 속생각을 입 밖에 내었어요.

"저 녀석이 내 낙이야! 저놈은 내 기대에 부응했거든. 날 때부터 바보였으면 지금의 반만큼도 재미가 없었을 거야. 한데 바보가 아니란 말이지. 나도 다 겪어봐서 저놈이 어떤 기분인지 속속들이 알아. 이를테면 지금 저놈이 뭣 때문에 괴로운지 정확히 알지. 하지만 그건 앞으로 겨울 괴로움의 시작에 불과해. 저놈은 상스러움과 무지의 수렁에서 절대 벗어날 수 없어. 저놈 아비라는 비열한 작자가 나한테 한 것보다 내가 저놈을 더 단단히, 더 밑바닥으로 끌어내려 놨지. 저놈이 자신의 야수성에 자부심을 가질 정도라니까. 내가 짐승답지 않은 건 죄다 어리석고 나약하니 경멸해 마땅하다고 가르쳤거든. 힌들리가 제 아들을 보면 자랑스러워할 것 같지 않아? 내가 내 아들놈 자랑스러운 거에 맞먹겠지? 이런 차이가 있기는 해. 한 놈은 금덩이인데 길바닥에 까는 돌로나 써먹는 중이고, 한 놈은 양철 조각인데 애써 광을 내서 은그릇 흉내쯤은 내게 만드는 중이랄까. 내 아들은 원래 쓸모라곤 없지만 그렇게 변변찮은 물건이나마 최대한 갈고닦아 끝까지 뽑아먹을 작정이야. 한데 그놈 물건은 애당초 최고급이었다가 특출한 자질을 죄다 잃고 쭉정이만도 못한 놈이 돼버렸잖아. 나야 아쉬울 것 없고, 저 녀석이 아쉬울 건 많은데 나 말곤 아무도 모르지. 무엇보다 재밌는 건, 헤어턴이 날 지독하게 좋아한다는 거야! 그 점에서 내가 힌들리를 제쳤다는 건 넬리도 인정할걸. 죽은 놈이 무덤에서 일어나 나한테 자기 새끼를 망쳤다고 욕하기라도 하면, 저 녀석은 세상에 둘도 없는 벗을 감히 욕하냐고 대들면서 제 아비를 다시 저세상으로 쫓아버릴 거야. 난 또 그걸 재미나게 구경할 테지!"

생각만 해도 즐거운지 히스클리프는 사악하게 큭큭

웃더군요. 제 반응을 기대하는 눈치는 아니었기에 전 대꾸하지 않았고요.

그러는 동안 린턴 도련님이 불편한 기색을 보이기 시작했습니다. 멀찍이 떨어진 데 앉아 있었으니 우리 얘기가 들리진 않았을 테고, 조금 피곤해질 게 싫답시고 캐서린 아씨와 함께할 기회를 마다한 것이 후회되었겠지요.

히스클리프도 아들이 초조하게 창밖을 살피면서 모자로 손을 뻗다 말다 하는 것을 보았어요.

다정한 아버지인 척 그가 외쳤습니다.

"일어나, 이 게으른 녀석아! 너도 따라가 봐야지. 지금 막 모퉁이, 벌통 옆에 있다."

린턴 도련님은 기력을 모아 드디어 난롯가를 벗어났지요. 도련님이 밖으로 나가는 그때, 열린 창문을 통해 캐시 아씨의 목소리가 들려왔어요. 그 무뚝뚝한 안내자에게 문에 새겨진 글귀가 뭐냐고 묻더라고요.

헤어턴은 그 글귀를 물끄러미 쳐다보다가 진짜 바보같이 머리를 벅벅 긁더군요.

"빌어먹을 글씨들이지 뭐. 내는 몬 읽는다."

캐서린 아씨가 놀라 외쳤어요.

"못 읽어? 난 못 읽는 게 아냐. 영어잖아. 근데 저게 왜 저기에 있는지를 알고 싶다는 거지."

린턴 도련님이 킥킥거렸어요. 처음으로 즐거운 표정을 보인 거예요.

도련님이 사촌에게 말했습니다.

"앤 글자를 몰라. 이렇게 덩치 큰 무지렁이가 존재한다는 걸 믿을 수 있겠어?"

캐시 아씨의 표정이 심각해졌어요.

"이 사람 멀쩡한 거 맞아? 좀 모자라거나…… 정상이 아닌가? 내가 두 번을 물었는데 두 번 다 멍청한 표정만 짓더라고. 내 말을 못 알아듣는 것 같아. 솔직히 나도 이 사람 말은 잘 못 알아듣겠어!"

도련님은 또다시 킥킥 웃으며 조롱하듯 헤어턴을 곁눈질했어요. 헤어턴은 무슨 상황인지 잘 모르는 눈치였고요.

"멀쩡하잖아, 언쇼? 단지 게을러 뿐이지. 한데 내 사촌은 네가 저능아인 줄로 아네. 이게 다 네가 그 '책 쪼가리 들이다보기'를 업신여긴 결과란다. 너도 들었지, 캐서린? 얘가 아주 지독한 요크셔 사투리로 말하는 거?"

"아니, 그 옘병할 거이 들이다봐가 뭔 소용이야?"

헤어턴이 곧바로 받아쳤어요. 말대답도 그나마 매일 보는 사람에게 하기가 더 쉬웠겠지요. 그는 뭐라고 더 쏴붙일 태세였는데, 그 순간 소년과 소녀가 동시에 폭소를 터뜨리지 뭐예요. 점잖지 못한 우리 캐시 양은 사촌이 청년의 이상한 말투를 웃음거리로 삼는 것이 재미있었나 봅니다.

린턴 도련님은 계속 놀려댔어요.

"그 문장에서 '옘병할 거이'는 뭔 소용인데? 아빠가 욕하지 말랬는데 역시 넌 입만 열면 욕이 나오는구나. 그럼 신사답게 굴기라도 해봐야지. 어서 해봐!"

"니가 기집아 같기 망정이지, 사내아 같았음 니를 내 당장 때려눕혔을 기다, 당장. 한심한 말라깽이 약골 주제에!"

성난 촌뜨기 무지렁이는 그렇게 응수하며 물러났어요. 분노와 굴욕감에 얼굴이 시뻘겋게 달아올랐더군요. 모욕당한 것은 알겠는데 분풀이할 방법이 궁했으니까요.

저와 마찬가지로 그 대화를 엿들은 히스클리프는 헤어턴이 가는 걸 보고 슬며시 웃었지만 그 직후, 이제 문간에서 시시덕대는 경박한 두 아이를 비상한 혐오의 눈빛으로 노려봤습니다. 소년은 헤어턴의 흠과 흉을 늘어놓거나 헤어턴의 무식함이 돋보이는 일화들을 들려주는 동안만큼은 활기를 찾았고, 소녀는 그 맹랑하고 악의적인 이야기에 마냥 즐거워할 뿐 그런 말본새로 드러나는 못된 심보는 개의치 않았지요. 하지만 저는 린턴 도련님이 안쓰럽기보다 싫어지기 시작했어요. 아들을 하찮게 보는 히스클리프가 어느 정도 이해되더라고요.

오후까지 그 집에 머물렀습니다. 그 전에는 도무지 아씨를 데리고 나올 수 없었어요. 다행히도 주인님은 줄곧 서재에 틀어박혀 계셨던지라 우리가 오래도록 나가 있

EMILY BRONTË

었다는 것도 알지 못했답니다.

돌아오는 길에 저는 그 집 사람들의 인성을 아씨에게 깨우쳐주고자 했어요. 하지만 아씨는 제가 그들에게 편견이 있다고 받아들이더군요.

"아하! 엘렌은 아빠 편이구나. 객관적인 입장이 아닌 거 다 알아. 그러니까 린턴이 아주 먼 데서 산다고 그렇게 몇 년 동안이나 날 속인 거 아니겠어? 나 진짜 엄청나게 화나는데, 지금은 너무 기쁘니까 화를 내진 못하겠다! 하지만 고모부 얘기는 삼가도록 해. '내' 고모부인 거 명심하라고. 아빠한테도 고모부랑 왜 싸웠냐고 한마디 해야겠어."

계속 이런 식이어서, 결국 저도 아씨의 착각을 바로잡아 주려 노력하길 그만두어 버렸어요.

그날 밤 아씨가 아무 말 않았던 건 아버지를 만나지 못했기 때문이었어요. 바로 다음 날 다 들통나서 제가 매우 억울한 처지가 됐는데, 그래도 아예 나쁘기만 한 건 아니었습니다. 지도와 편달의 책임은 저보다 아버지가 맡는 편이 더 효과적이리라 생각했으니까요. 한데 나리는 캐서린 아씨에게 하이츠 사람들과 교제하지 말라는 이유를 제대로 설명해 주지 않았어요. 응석받이로 자란 아씨의 뜻을 꺾으려면 납득할 만한 이유가 반드시 필요했는데 말이지요.

아침 문안 후 아씨가 이야기를 꺼냈습니다.

"아빠! 어제 황야를 걷다가 내가 누굴 만났게요? 앗, 아빠, 흠칫하시네요! 뭔가 찔리는 게 있죠, 그렇죠? 누굴 만났냐면…… 한데 들어봐요, 내가 어떻게 알아냈는지 말씀드릴 거니까. 엘렌도 그래, 아빠랑 한편이었으면서 어쩜, 린턴이 돌아올 거라 기대하다 번번이 실망하는 날 가엾어하는 척!"

아씨는 전날 나가서 어떻게 하였고 어떻게 되었는지 전부 털어놓았어요. 주인님은 여러 차례 절 질책하듯 쏘아보기는 했으나 묵묵히 딸아이의 이야기를 끝까지 들었습니다. 그러고 나서 딸에게 가까이 오라 하고는, 린턴이 근처에 사는 걸 아버지가 왜 너에게 숨겼는지 아느냐, 아무렴 해로울 것도 없는데 괜히 네 즐거움을 막았을 것 같으냐고 물었어요.

아씨가 대답했지요.

"그야 히스클리프 씨가 싫어서 그리하셨겠죠."

주인님이 말했어요.

"캐시 넌 아빠가 네 기분보다 아빠 감정을 더 중시한다고 여기는가 보구나. 아니야, 내가 히스클리프 씨를 싫어해서가 아니라 히스클리프 씨가 날 싫어하기 때문이었어. 그자는 자기가 싫어하는 사람들이 아주 조금만 틈을 보여도 신이 나서 몹쓸 짓을 하고 망치려 드는 사악한 인간이다. 네가 사촌과 교제를 이어가다 보면 그자와 마주칠 수밖에 없다는 걸 아빠는 알고 있었어. 그자는 나를

EMILY BRONTË

미워하니 너 또한 미워할 것이 자명하고. 하니 아빠는 다만 너를 위했을 뿐 다른 뜻 없이 미연에 네가 린턴을 만날 수 없게 한 거야. 네가 좀 더 자라거든 설명해 줄 셈이었는데, 미루지 말 걸 그랬구나!"

캐서린 아씨는 전혀 납득하지 못했어요.

"하지만 히스클리프 씨는 퍽 다정하셨어요, 아빠. 게다가 그분은 우리가 만나는 걸 반대하지 않으시던데요. 나더러 그 집에 오고 싶으면 와도 된다고, 다만 아빠한테는 비밀로 하라셨죠. 예전에 아빠랑 크게 싸우기도 했고, 그분이 이사벨라 고모와 혼인한 걸 아빠가 용서하지 않으신다면서요. 용서 안 하실 거잖아요. 잘못하는 쪽은 아빠예요. 적어도 그분은 우리가, 린턴과 내가 친하게 지내길 바라셔요. 아빠는 아니죠."

딸아이가 고모부의 성품이 사악하다는 말을 믿지 않자, 주인님은 그자가 이사벨라 아씨에게 한 짓과 워더링 하이츠가 그자의 소유로 넘어가게 된 과정을 간략하게 들려주었습니다. 주인님으로선 그 사연을 차마 길게 입에 담기 어려웠겠지요. 말로 내색한 적은 거의 없지만, 린턴 부인이 죽은 뒤로도 여전히 숙적을 향한 공포와 증오가 가슴에 응어리져 있었으니까요. '그자만 아니었더라도 어쩌면 그녀는 아직 살아 있을 터인데!' 하는 원통한 생각이 줄곧 머리를 떠나지 않았던 겁니다. 주인님 눈에 히스클리프는 살인자였어요.

캐시 아씨는 깜짝 놀라더군요. 아씨에게 익숙한 나쁜 짓이란 고작해야 반항이나 억지나 격분 따위, 즉 자기가 홧김에 생각 없이 저질러놓고 하루도 못 지나 후회하곤 하는 사소한 잘못 정도였는데, 수년에 걸쳐 남몰래 복수를 계획하고 아무런 가책 없이 착착 실행하는 그런 음흉한 심보가 인간에 내재할 수 있다니요. 그때까지 책에서도 본 적 없고 상상조차 해본 적 없었던 인간형을 난생처음 접하고 너무나 깊은 인상과 충격을 받은 듯한 아씨의 모습에, 주인님도 더 이상 이야기할 필요는 없겠다고 판단하고 이렇게만 덧붙였어요.

"아가, 이제는 아빠가 왜 그 집과 그 집 식구들을 멀리하라고 하는지 알겠지? 자, 하니 이만 일상으로 돌아가 즐겁게 지내려무나. 그 사람들일랑 다시는 생각지도 말고!"

캐서린 아씨는 아버지께 입맞춤하고서 늘 하던 대로 두어 시간 얌전히 앉아 공부를 했어요. 그다음엔 아버지와 함께 농원을 산책했고, 여느 때와 같은 하루를 보냈지요. 하지만 밤이 되어 아씨가 방으로 들어간 뒤에 제가 옷시중을 들러 갔더니, 아씨가 침대 옆에 꿇어앉아 울고 있지 뭐예요.

전 야단을 쳤어요.

"아이참, 어린애처럼 왜 이러실까! 진짜 비통한 일을 당해봐야 이렇게 하찮은 일로 눈물을 낭비하는 게 창피한 줄 알지. 아씨는 참다운 슬픔의 그림자도 겪어본 적이 없지요. 딱 1분만 상상해 봐요. 만일 주인님도 저도 죽어서 이 세상에 아씨 혼자 남았다면 ― 그럼 기분이 어떨 것 같아요? 그런 불행과 지금 경우를 비교해 보고, 누굴 더 사귀고 싶어 하기보다 지금 곁에 있는 사람들에 감사하라고요."

아씨가 대답했어요.

"내가 서러워서 우는 게 아니야. 그 애 때문이지. 나랑 내일 다시 만나는 줄로 알고 있다가 실망할 거 아냐. 날 기다릴 텐데, 난 못 가잖아!"

"말도 안 되는 소리! 아씨가 그쪽 생각하는 것만큼 그쪽도 아씨 생각을 하는 줄 알아요? 린턴 도련님한테는 헤어턴이 있잖아요. 오후에 잠깐씩 달랑 두 번 만난 친척을 더 이상 못 보게 됐다고 우는 사람은 백에 한 명도 없어요. 도련님도 그냥 그러려니 할걸요. 더는 아씨 생각도 안 할 거고요."

아씨는 벌떡 일어났어요.

"하지만 내가 왜 못 가는지 편지로라도 기별하면 안 될까? 내가 빌려주기로 한 책들도 보내주고. 개 책들은 내 것들만큼 좋지 않거든. 내 책들이 얼마나 재미있는지 얘기했더니 무척 보고 싶어 하더라고. 그 정도는 괜찮지 않을까, 엘렌?"

전 단호하게 대꾸했지요.

"아뇨, 안 되죠, 안 되고말고요! 도련님도 답장을 보낼 테고, 그러다 보면 한도 끝도 없어요. 안 됩니다, 캐서린 양. 아주 연을 딱 끊어야 해요. 아빠가 그걸 바라시잖아요. 저도 그리되는 걸 보고야 말겠어요!"

"하지만 짧은 쪽지 한 장쯤은……?"

아씨가 애원하는 표정으로 한 번 더 절 떠보려 했지만 전 잘라 말했어요.

"그만! 짧은 쪽지고 자시고 아예 시작을 말라니까요. 다 됐고, 이만 주무세요."

그러자 아씨가 아주 사납게 절 쏘아보더군요. 눈빛이 어찌나 고약하던지, 잘 자라는 입맞춤도 해주기 싫더라고요. 저도 몹시 불쾌해져서 이불만 덮어주고는 방을 나와버렸다가, 도중에 아무래도 마음에 걸려 살그머니 돌아갔더니…… 아이고! 그새 아씨가 탁자 앞에 서 있지 뭡니까. 제가 다시 들어가자, 나쁜 짓을 하다 들킨 양 탁자에 놓았던 빈 종이와 손에 들었던 연필을 후다닥 감추는 거예요.

제가 말했지요.

"그건 써서 뭐 하게요? 누가 전해준답니까? 당장 촛불을 꺼야겠네요."

아씨는 촛불에 덮개를 씌우는 제 손등을 찰싹 때리면서 "맘에 안 들어!" 하고 야멸치게 쏘아붙였어요. 제가 도로 나와 방문을 닫자 아주 버릇없게, 약 올라 죽겠다는 듯 빗장을 탁 걸더군요.

아씨는 기어이 편지를 썼고 마을에서 온 우유 배달부 편에 전달까지 했지만 제가 그 사실을 안 것은 한참 뒤의 일이었습니다. 여러 주가 지나면서 아씨도 평정을 되찾은 듯했어요. 한데 이상하게 자꾸만 구석을 찾아 혼자 숨어드는 거예요. 독서 중일 때 제가 갑자기 다가가면 화들짝 놀라며 책을 감출 요량으로 풀썩 엎드리기 일쑤였고요. 책장 사이로 삐죽 나온 낱장의 종이 끄트머리가 제 눈에 띄기도 했지요.

또한 아침 일찍 내려와 뭔가를 기다리듯 부엌 주변을 서성이는 버릇도 생겼어요. 거기다 서재 수납장에 달린 아씨 전용의 작은 서랍을 몇 시간씩 뒤적이기도 했는데, 나갈 때는 꼭 걸어 잠그고 반드시 열쇠를 챙겨 따로 신경써서 간수하는 거예요.

하루는 아씨가 그 서랍을 들여다보는 사이에 저도 슬쩍 엿봤더니, 얼마 전까지 거기 있던 장난감이며 자질구레한 장신구들 대신 착착 접힌 종잇장들이 들어 있더라고요.

전 호기심과 의심이 일어 아씨의 그 비밀스런 보물을 염탐하기로 작심했지요. 하여 밤에 아씨와 주인님이 위층으로 올라가자마자, 제가 가진 집 열쇠를 뒤져 맞는 것을 쉽사리 찾아냈어요. 서랍을 열어 내용물을 앞치마에 몽땅 쏟아내고는 제 방으로 가져와 찬찬히 살펴보았답니다.

짐작이 빗나가지 않았는데도 사뭇 놀랍더군요. 서신이 잔뜩, 전부 린턴 도련님이 아씨의 편지에 답신한 것이었어요. 보아하니 하루가 멀다 하고 보내왔더라고요. 초기의 것들은 수줍고 짤막하더니, 점차 장문의 연서가 되어가지 뭐예요. 물론 쓴 사람의 나이에 걸맞게 한심한 연애편지들이었지만, 군데군데 더 노련한 이의 솜씨를 빌린 티가 나는 표현들이 눈에 띄기도 했어요.

개중에는 열정적이면서도 시시한, 희한하기 짝이 없는 것들도 있었어요. 격정에 취한 듯 시작해 마치 어느 남학생이 실체 없는 상상의 연인에게나 하듯 부자연스럽고 장황하게 끝맺는 식이었지요.

캐시 아씨가 그런 연서들에 만족했는지는 모르겠으나, 제가 보기엔 아무짝에도 쓸모없는 쓰레기 더미에 불과했어요.

알 만큼 알았다 싶을 때까지만 편지들을 들춰본 뒤 전부 손수건에 싸서 따로 치워놓고, 빈 서랍은 다시 잠가두었습니다.

여느 때처럼 아씨가 일찌감치 내려와 부엌으로 들어왔고, 한 소년이 오자 냉큼 문으로 갔어요. 소년이 가져온 통에 외양간 하녀가 우유를 채우는 동안, 아씨는 소년의 호주머니에 뭔가를 찔러넣고 또 뭔가를 꺼내더군요.

전 텃밭을 돌아 나가 배달부 소년이 지나갈 길목에서 기다렸어요. 전령이 신용을 지킨답시고 용감히 싸우다

우유를 쏟기까지 했지만, 전 결국 밀서를 빼돌리는 데 성공했습니다. 썩 꺼지지 않으면 큰일 치를 줄 알라고 소년에게 엄포를 놓고서 저는 담벼락 밑에 남아 캐시 아씨의 연서를 읽었어요. 사촌의 편지보다 간결하고 유려했는데, 아주 귀여우면서 아주 우습더라고요. 전 고개를 가로젓고는 생각에 잠긴 채 집 안으로 들어갔습니다.

그날은 비가 와서 산책을 나갈 수 없었어요. 해서 아씨는 아침 공부를 마친 뒤 자기 서랍에서 낙을 찾으려 했지요. 주인님은 책상에서 책을 읽었고, 창문 커튼 술이 조금 타진 데를 미리 봐뒀던 저는 일부러 거길 꿰매면서 아씨의 거동을 주시했어요.

짹짹대는 새끼들을 두고 잠시 둥지를 떠났다 돌아온 어미새가 텅 비어버린 둥지를 발견하고 절망하여 울부짖으며 퍼덕대는 모습도, 조금 전까지 행복했던 안색이 싹 바뀌며 "아!" 하고 탄식하던 아씨의 모습보다 더 처절할 순 없었을 겁니다. 린턴 나리도 고개를 들었어요.

"왜 그러냐, 아가? 어디 다쳤니?"

그 말투와 표정으로 미루어 아씨는 숨겨둔 보물을 발견한 것이 아버지는 아니라는 걸 알아챘을 거예요.

아씨는 목멘 소리로 간신히 대답했어요.

"아니에요, 아빠. ······엘렌! 엘렌! 위층으로 올라가자. 몸이 안 좋아!"

전 아씨가 시키는 대로, 아씨를 데리고 나왔습니다.

방문을 닫자마자 아씨가 무릎을 꿇고 빌기 시작했어요.

"오, 엘렌! 엘렌이 가져갔지! 제발 돌려줘. 다시는 안 그럴게, 절대로 안 그럴게! 아빠한테는 말하지 말아줘. 아직 말씀 안 드렸지, 엘렌? 안 드렸다고 해줘, 응? 내가 진짜 잘못했어, 근데 다시는 안 그럴 거야!"

저는 침통하고 엄숙한 태도로 아씨에게 일어나라고 했어요.

"그래요, 캐서린 양, 잘못이 도를 넘은 듯하네요. 당연히 창피한 줄 알아야지요! 남아도는 시간에 참으로 훌륭한 쓰레기 뭉치를 공부하더군요. 왜요, 아예 인쇄를 해서 길이길이 남기시지요. 나리께서 보시면 어떻게 생각하실 것 같아요? 아직은 보여드리지 않았지만, 앞으로도 제가 아씨의 그 어처구니없는 비밀을 지켜줄 거라곤 기대하지 말아요! 남사스러워서, 원! 그렇게 터무니없는 글을 주고받다니, 보나 마나 아씨가 주도했겠지. 도련님이야 시작할 생각도 못 했을 게 뻔하니!"

캐시 아씨는 가슴이 찢어질 듯 흐느끼더군요.

"아니야, 내가 먼저 그런 게 아니라고! 그 전에는 한 번도 그 앨 사랑한다는 생각조차……."

전 목소리에 경멸을 가득 담아 소리쳤어요.

"사랑? 사랑이라고요? 내 살다 살다 별소릴 다 듣네! 하면 난 1년에 한 번씩 곡식 사러 오는 방앗간 사람을 사랑한다고 말해도 되겠네요. 참 대단한 사랑이에요! 아씨 평생에 린턴 도련님을 딱 두 번 만났고, 끽해야 네 시간이나 같이 있었나요? 자, 그 유치한 쓰레기 여기 있어요. 서재로 가져갈 테니, 아씨 아버님이 그런 '사랑'에 대해 뭐라 말씀하시는지 들어봅시다."

아씨는 소중한 연서들을 잡아채려 했지만, 제가 머리 위로 높이 쳐들었어요. 그랬더니 아씨는 한층 더 안절부절못하며 차라리 다 태워버리라고, 어떻게 해도 좋으니 아버지께 보여드리지만 말아달라고 미친 듯이 애원하는 거예요. 그게 다 소녀다운 허영으로 보여 저는 혼내줄 마음 못지않게 정말로 웃음이 터질 지경이었답니다. 결국 태도를 어느 정도 누그러뜨리고 이렇게 물었지요.

"제가 이걸 태우기로 하면 아씨도 다시는 편지 같은 거 주고받지 않겠다고 맹세할 거죠? 더는 책도 안 돼요, 이미 보낸 거 알거든요. 머리 타래나 반지, 장난감도 안 돼요."

자존심이 상한 아씨는 창피함도 잊고 외치더군요.

"우린 장난감을 보내진 않아!"

"좌우지간 아무것도 보내지 말라고요, 아씨! 약속하지 않겠다면, 전 이만 가보렵니다."

아씨는 제 치맛자락을 붙잡았어요.

"약속할게, 엘렌! 그것들 불에다 던져, 얼른, 얼른!"

하지만 막상 제가 부지깽이로 벽난로 안을 쑤석여 공

간을 만들려 하자 그 희생을 고스란히 견디기엔 속이 너무나 쓰렸는지 아씨는 다급히 한두 통만 남겨달라고 애걸복걸하더군요.

"한두 통만, 엘렌, 린턴을 위해 간직하게 해줘!"

제가 손수건을 풀어 종잇장을 비스듬히 던지기 시작하자 불길이 화르륵 커지며 굴뚝으로 치솟았어요.

"하나는 간직해야겠다고, 이 잔인한 마녀야!"

아씨는 악을 쓰며 손을 덥석 불구덩이에 넣더니 반쯤 타버린 종이 쪼가리 몇 장을 끄집어냈어요. 그 바람에 손가락을 다 데버렸지요.

"좋아요. 그럼 전 몇 장은 아빠한테 보여드려야겠네요!"

그렇게 큰소리치면서 저는 나머지를 다시 싸가지고 문으로 향했어요.

아씨는 거뭇거뭇한 종잇조각들을 한꺼번에 불 속에 털어 넣고 저에게 번제를 끝마치라는 손짓을 해 보였어요. 제물은 모조리 태워졌고, 저는 재를 휘저은 다음 석탄을 한 삽 떠서 덮었어요. 아씨는 지독한 상처를 안은 채 아무 말 없이 자기 방으로 물러갔지요. 전 주인님께로 내려가 아씨의 어지럼증은 얼추 가라앉았으나 좀 더 누워 있는 편이 좋을 듯하다고 말씀드렸습니다.

아씨는 식사를 걸렀습니다. 하지만 차를 마시러는 나왔어요. 낯빛이 창백하고 눈가도 빨갰지만, 겉보기에는 놀라우리만치 침착해진 모습이더군요.

이튿날 아침. 아씨 대신 제가 쪽지로 답신했습니다. '린턴 아씨께서는 히스클리프 도련님의 서한을 받지 않으실 것이니 더는 보내지 마십시오.' 그리하여 그날 이후 우유 배달 소년은 빈 주머니로 오게 되었지요.

08

여름이 저물고 초가을이 되었습니다. 미카엘 축일이 지났지만 그해는 추수가 늦어져 우리 밭에도 몇 군데는 수확이 덜 되었지요.

린턴 나리와 따님은 추수꾼들이 일하는 들밭을 자주 함께 거닐었어요. 마지막 곡식 단을 옮기던 날에는 저물녘까지 밖에 있었는데 하필 그날 저녁 날씨가 춥고 습해서 나리는 심한 감기에 걸렸고 그게 폐렴으로까지 번지는 바람에 겨우내 거의 바깥출입을 못 하고 집 안에만 갇혀 지내야 했답니다.

같잖은 연애질로 크게 데었던 가여운 캐시 아씨는 그 연애를 포기한 뒤 부쩍 더 울적하고 따분해했어요. 아버지는 딸에게 독서를 줄이고 몸을 더 움직이라고 권했지요. 몸이 편찮은 나리가 아씨와 함께 움직여 줄 수는 없으니 저라도 가능한 한 그 빈자리를 채워줘야 한다고 여겼지만, 그런 의무감만큼 현실이 따라주진 못했어요. 하녀장으로서 할 일이 산더미인지라 낮에 아씨를 따라다닐 짬이라곤 두세 시간뿐인 데다, 아씨로서도 제가 아버지만큼 좋은 벗일 수는 없었으니까요.

10월인가 11월 초인가, 쌀쌀하고 스산한 어느 날 오후였어요. 풀밭과 오솔길에는 젖은 가랑잎들이 바스락대고, 차고 푸른 하늘은 구름에 반쯤 가려져 있었어요. 서녘 하늘에 빠른 속도로 켜켜이 쌓이는 짙은 먹구름이 곧 큰비를 뿌릴 것만 같았고요. 소나기가 올 날씨이니 오늘 산책은 포기하자고 아씨에게 얘기했지요. 그래도 나가겠다더군요. 하는 수 없이 저도 망토를 두르고 우산을 챙겨 아씨를 따라나섰습니다. 농원 후문으로 이어지는 길이었어요. 아씨가 우울할 때마다 찾는 산책로였는데, 주인님 건강이 악화하고부터 아씨는 한결같이 우울했지요. 에드거 나리가 스스로 아프다고 한 적은 없었지만 갈수록 말수가 적어지고 표정도 어두워져 저도 아씨도 나리의 병세를 짐작하고 있었거든요.

아씨는 수심에 잠긴 채 걷기만 했어요. 이제는 달려가지도 폴짝폴짝 뛰지도 않았어요. 바람이 매서워 한바탕 내달리고 싶어졌을 법도 한데 말이지요. 가끔 손을 올려 뺨을 훔치는 아씨 모습이 제 시야 언저리에 걸리기도 했어요.

저는 달리 아씨의 주의를 환기할 만한 게 있을까 하고

주위를 둘러봤어요. 길 한쪽은 높다랗고 험한 비탈로, 개암나무들이며 잘 못 자란 참나무들이 뿌리를 거지반 드러낸 채 위태롭게 서 있었어요. 땅이 푸석푸석한 탓에 강풍을 맞고 거의 수평으로 누워버린 나무들도 있었고요. 여름이면 캐서린 아씨는 그런 나무줄기를 타고 올라 가지에 걸터앉아서는 6미터 높이까지 흔들대며 놀기를 즐겼어요. 전 아씨의 민첩한 몸놀림과 발랄한 동심이 내심 흐뭇했답니다. 그래도 그렇게 높이 올라가는 걸 볼 때마다 응당 야단을 쳐주되, 꼭 내려올 것까진 없다는 걸 알만큼만 다그쳤지요. 정찬 후부터 다과 전까지 아씨는 산들바람이 흔들어주는 요람에 누워 있곤 했습니다. 거기서 하는 일이라곤 어렸을 적에 제가 불러주었던 옛 노래를 흥얼거리거나, 같은 나무에 둥지를 튼 새들이 새끼들에게 먹이를 먹이고 날기 연습을 시키는 걸 구경하거나, 편안히 자리 잡고 생각에 잠긴 듯 꿈을 꾸는 듯 가만히 눈을 감고 있는 게 전부였어요. 그렇게 아씨는 형언할 수 없는 행복을 누렸더랬지요.

제가 뒤틀린 나무의 뿌리 틈새를 가리키며 외쳤어요.

"보세요, 아씨! 아직 여기는 겨울이 아닌가 봐요. 저기 작은 꽃이 피어 있네요. 7월에 저쪽 잔디 계단을 보랏빛 안개처럼 흐드러지게 덮었던 블루벨 중에 마지막 남은 한 송이예요. 올라가서 꺾어다 아빠한테 보여드릴래요?"

아씨는 뿌리 틈에 숨어 외롭게 떨고 있는 꽃송이를 한 동안 물끄러미 바라보다가 이윽고 대답했어요.

"아냐, 그대로 둘래. 근데 저 꽃, 쓸쓸해 보이지 않아?"

"예, 아씨처럼 시들시들하고 맥없어 보이네요. 아씨 얼굴에 핏기가 없어요. 우리, 손잡고 한번 뛰어볼까요? 지금은 아씨가 기운이 없으니 저도 따라 뛸 수 있을 것 같은데."

"싫어."

이번에도 제 제안을 거절하고 아씨는 계속 느리게 거닐었어요. 이따금 걸음을 멈추고 한 뼘의 이끼나 시들어 말라버린 풀포기, 갈색 낙엽 더미에서 돋아나 밝은 주황 빛 갓을 펼친 버섯을 들여다보기도 했고, 더러는 얼굴을 돌리고 손등을 갖다 대더라고요.

전 다가가 아씨 어깨를 감싸 안으며 물었어요.

"사랑하는 우리 캐시 양이 왜 우실까? 울면 못써요, 아빠는 감기에 걸린 것뿐이니까. 더 중한 병이 아닌 걸 감사해야지요."

그랬더니 아씨가 참았던 눈물을 왈칵 쏟으며 목메어 흐느끼는 거예요.

"아아, 더 중한 병이 될 거잖아! 그래서 아빠랑 엘렌이 내 곁을 떠나고 나 혼자 남으면, 그러면 난 어떡해? 엘렌 이 했던 말이 잊히지가 않아. 언제나 귓전에 맴돈다고. 내 삶은 송두리째 뒤바뀔 거야! 아빠랑 엘렌이 죽으면

이 세상이 얼마나 적막할까!"

전 타일렀어요.

"그건 모르는 일이에요. 우리보다 아씨가 먼저 죽을 수도 있죠. 잘못될 걸 지레 걱정하는 건 나빠요. 우리 앞에 하고많은 세월이 있다고 기대하세요. 주인님도 젊으시고 전 튼튼한 데다 아직 마흔다섯이 안 된걸요. 제 어머니는 여든 살에 돌아가셨는데, 가시는 날까지 정정한 할머니셨답니다. 린턴 나리께서는 예순까지 사신다 쳐도 아씨가 여태 살아온 날보다 더 많이 남은 거잖아요. 20년 뒤에나 있을까 말까 한 불행을 벌써부터 애도하는 건 어리석은 일 아닐까요?"

"하지만 이사벨라 고모는 아빠보다도 젊었는데."

아씨는 저를 올려다보며 말했어요. 제가 좀 더 달래주길 은근히 기대하는 눈치였지요.

전 그 기대에 응했습니다.

"이사벨라 고모는 아씨와 저의 간호를 받지 못하셨잖아요. 나리만큼 행복하지도 않으셨고 간절히 살아야 할 이유가 많지도 않으셨어요. 아씨가 신경 쓸 일은 딴 게 아니에요. 아버지를 잘 돌봐드리고, 아버지가 기운 내시게 즐거운 모습을 보여드리고, 아버지께 걱정을 끼칠 만한 일은 일절 삼갈 것 ― 명심해요, 캐서린 양! 아닌 말로, 아씨가 제멋대로 무모하게 굴면 아버지를 무덤으로 등 떠미는 거나 다름없어요. 아씨 아버지가 무덤에 들어갈 날만 기다리는 자의 아들에게 어리석고 허황한 연정을 품어서, 당신께서 적절하다 판단해 교제를 끊게 하신 일로 아씨가 속을 끓인다는 사실을 아시게 되면……."

아씨는 발끈하더군요.

"내가 속을 끓이는 건 오로지 아빠의 병환 때문이야. 아빠 말곤 아무도 아무것도 신경 쓰지 않아. 내가 제정신인 한에는 아빠가 싫어할 행동 하나도 말 한마디도 절대, 절대로, 오, 진짜 절대로 안 할 거야. 난 아빠를 나 자신보다 사랑해, 엘렌. 그걸 어떻게 아냐면 — 내가 밤마다 기도하거든. 아빠보다 내가 오래 살게 해달라고. 아빠가 괴로워하는 것보다 차라리 내가 괴로운 게 나으니까. 이게 바로 내가 나보다 아빠를 더 사랑한다는 증거지."

제가 답했어요.

"말은 좋지만 행동으로도 입증해야지요. 나리께서 쾌차하신 뒤에도 지금 같은 시기에 걱정하면서 한 결심을 잊으면 안 돼요."

이야기를 나누며 걷다 보니 큰길로 통하는 출입문 근처에 다다랐습니다. 아씨는 다시 햇살처럼 밝아져서는 담장 위로 기어올라 걸터앉더니, 바깥 큰길 쪽으로 그늘을 드리우는 찔레나무 가지에 오종종히 달린 새빨간 열매를 따려고 손을 뻗었어요. 낮은 데 맺힌 열매들은 진작에 없어졌지만, 위쪽 가지는 새들이 아니고서야 아씨가 올라앉은 위치에서나 손이 닿았지요.

한데 손을 뻗는 사이에 아씨 모자가 담장 밖으로 떨어졌어요. 아씨는 문이 잠겼으니 담을 타고 내려가 주워 오겠다고 하더군요. 전 떨어지지 않게 조심하라 일렀고, 아씨는 잽싸게 담 너머로 사라졌어요.

하지만 돌아오기가 녹록지 않았어요. 담장 돌은 매끄럽고 돌 틈새도 판판하게 메워져 있는 데다 장미 넝쿨과 블랙베리 덤불까지 방해가 됐거든요. 바보같이 저는 그런 줄을 생각도 못 하고 있었는데, 갑자기 깔깔 웃는 소리에 이어 아씨의 고함 소리가 넘어오는 거예요.

"엘렌! 열쇠 좀 가져와 줘. 아니면 내가 요 담을 따라 문지기 초소까지 달려가야 할 판이야. 이쪽에서는 도저히 못 올라가겠어!"

그제야 아차 싶었죠.

"거기 가만있어요. 주머니에 열쇠 꾸러미가 있으니 금방 찾아서 열어줄게요. 여기 맞는 게 없으면 제가 가요."

신이 난 아씨는 문밖에서 사뿐사뿐 춤을 췄어요. 그동안 저는 큰 열쇠들을 골라 하나씩 꽂아보기 바빴고요. 마지막 하나까지 맞지 않았어요. 해서 최대한 빨리 본체에 갔다 올 셈으로 아씨에겐 여기서 딱 기다리라고 다시 한번 단단히 이른 뒤 서둘러 가려던 차에, 큰길 쪽에서 들려오는 말발굽 소리가 제 발목을 잡더군요. 아씨가 춤추길 멈추었고 이내 말발굽 소리도 멈췄어요.

전 문에 딱 붙어 작게 물었어요.

"누구예요?"

아씨도 불안한 목소리로 작게 답했어요.

"엘렌, 당장 좀 열어줬음 좋겠는데."

그때 굵직한 음성이 쩌렁하니 울렸습니다. (말을 몰고 온 자가 내는 소리였어요.)

"호오, 린턴 양! 이거 반갑구면. 좀 이따가 들어가지그래. 내가 린턴 양한테 뭘 좀 묻고 해명을 들어야겠어서 말이야."

아씨가 대답했어요.

"제가 히스클리프 씨와 대화할 일은 없어요. 아빠가 그쪽은 나쁜 사람이고 아빠랑 저까지 미워한댔어요. 엘렌도 그렇게 말했고요."

그러자 히스클리프가 말하더군요. (역시 그자였어요.)

"그게 무슨 대수라고. 내가 아들내미 미워하지 않나 봐. 그놈 문제로 린턴 양하고 얘길 해야겠다는 거거든. 그렇지! 그렇게 얼굴이 빨개지는 이유가 있지. 두어 달 전 린턴한테 줄기차게 편지를 보내지 않았더냐? 장난질로 연애를 했어, 엉? 둘 다 매질을 당해야 싸! 특히 너, 네가 손위면서 지각없기는 더하던데? 네 편지들이 나한테 있으니, 버르장머리 없이 굴면 네 아비한테 몽땅 보내버릴 테다. 보아하니 넌 재미가 떨어져서 집어치운 모양인데, 맞지? 한데 네가 버린 린턴은 '절망의 구렁텅이'에 빠져버렸다. 갠 진심이었어. 진정 사랑했단 말이다. 말 그대로, 너 때문에 애가 죽어간다. 네 변덕에 그놈 심장이 터질 지경이야. 비유가 아니라 실제가 그래. 헤어턴이 6주 동안이나 실컷 놀려대고 난 더 엄한 방법으로 녀석의 미욱함을 깨우쳐주려 했지만 그놈의 병은 날이면 날마다 깊어만 간다. 네가 바로잡아 주지 않으면 녀석은 여름도 되기 전에 땅에 묻히고 말 게야!"

전 담장 안에서 소리쳤어요.

"가여운 어린애한테 어찌 그런 황당한 거짓말을 해요? 제발 가던 길로 가기나 해요! 어떻게 그런 어쭙잖은 얘길 꾸며낼 수 있담? 캐시 아씨, 제가 돌로 자물쇠를 부술 테니 저 비열한 헛소리는 듣지도 말아요. 아씨도 알 거예요. 잘 알지도 못하는 사람을 사랑해서 죽는 건 불가능하잖아요."

"엿듣는 사람이 있는 걸 몰랐군."

거짓말을 들킨 악한이 중얼거리더니 곧이어 되레 당당히 큰소리치더라고요.

"훌륭하신 딘 부인, 난 부인을 좋아하지만 부인의 그런 이간질은 좋아하지 않소. 당신이야말로 어찌 내가 이 '가여운 어린애'를 미워한다는 황당한 거짓말을 할 수 있지? 당신이 그렇게 소름 끼치는 얘길 지어서 들려주니까 이 애가 무서워서 우리 집 근처에도 못 오는 것 아니오? 캐서린 린턴(바로 이 이름이 내 마음을 녹이는구나), 우리 어여쁜 아가씨, 난 이번 주 내내 집에 없을 예정이니 직접 가

보면 내 말이 사실인지 아닌지 확인할 수 있을 거야. 꼭 그렇게 해줘, 그래야 착하지! 한번 상상해 봐. 네 아버지가 내 입장이고 네가 우리 린턴 입장이라면 어떨 것 같아? 이렇게 아버지가 몸소 찾아와 딸아이를 살려달라 간청하는데 그쪽에선 꿈쩍도 하지 않는다면, 과연 네 눈엔 그 무심한 연인이 어떻게 보일까? 넌 미련하게 이런 우를 범하지 마라. 내 영혼을 걸고 맹세하는데 이대로 두면 녀석은 꼼짝없이 무덤행이다. 걜 살릴 사람은 너밖에 없어!"

드디어 자물쇠가 부서져 제가 부리나케 나갔어요.

히스클리프는 절 사납게 노려보며 다시 강조했어요.

"맹세코 린턴 녀석이 다 죽게 생겼다고. 게다가 슬픔과 절망이 죽음을 재촉하고 있지. 넬리, 정 아가씨를 보내지 않을 셈이면 넬리라도 가서 직접 확인해 봐. 난 다음 주 이맘때까지 집을 비울 거야. 넬리네 주인장도 딸아이가 사촌을 보러 간다는데 설마 반대하기야 하려고."

"들어가요."

전 아씨 팔을 붙잡아 반강제로 끌고 들어왔어요. 심각한 표정으로 거짓된 속내를 감추고 있는 열변가의 얼굴을 아씨가 걱정스레 살피며 꾸물대지 뭐예요.

그자는 말을 문에 더 가까이 대고 허리를 굽혀 끝까지 아씨를 부추겼어요.

"캐서린 양, 솔직히 난 린턴 녀석을 잘 참아주는 편이 못 돼. 헤어턴과 조지프는 나보다 더하고. 녀석 주변에 살가운 사람이라곤 없는 게지. 사람의 온정이라든지 사랑 같은 게 사무치게 그리울 게야. 그놈한텐 너의 다정한 말 한마디가 그 어떤 명약보다 나을 거다. 딘 부인의 매정한 잔소리는 개의치 말고, 너그러운 마음으로 어떻게든 그놈을 좀 만나줘. 걘 밤낮으로 네 생각뿐이다. 네가 기별도 없고 찾아오지도 않으니, 네가 걜 싫어해서 그러는 게 아니라는 설득이 통 먹히질 않아."

전 문을 닫아버리고, 부서진 자물쇠 대신 돌을 굴려다 괴어 문짝이 열리지 않게 했습니다. 그러고는 우산을 펼쳐 저의 아씨를 그 아래로 끌어당겼어요. 휘휘 부는 바람에 몸서리치는 나뭇가지 사이로 빗방울이 떨어지기 시작해 한시도 더 지체할 수 없었지요.

돌아가는 길은 급히 잰걸음을 놓기 바빴기에 히스클리프와 맞닥뜨린 일에 대해 뭐라 얘기할 경황이 없었어요. 하지만 캐서린 아씨의 마음에 드리운 먹구름이 한 겹 더해졌다는 걸 저는 직감했습니다. 표정이 어찌나 슬프던지 마치 딴사람 같았어요. 그자에게서 들은 이야기를 토씨 하나까지 진실로 받아들인 겁니다.

주인님은 우리가 들어가기 전에 쉬러 들어가셨더라고요. 캐시 아씨가 안부를 여쭈러 살그머니 방을 들여다봤는데 주인님은 이미 주무시고 계시더래요. 돌아온 아씨는 제게 서재에서 같이 있어달라고 했어요. 저와 함께 차를 마시고 나서는 바닥 깔개에 눕더니 자긴 피곤하니까 말 걸지 말라더군요.

저는 책을 한 권 골라서 읽는 척했습니다. 제가 책에 열중하는 듯싶자 아씨는 또 소리 없이 울기 시작했어요. 그렇게 우는 게 그 당시 아씨에게는 무엇보다 위안이 되는 모양이었어요. 해서 전 얼마간 그냥 울게 둔 다음 훈계를 시작했어요. 아들에 대한 히스클리프의 주장들을 모조리 비웃고 조롱하면서요. 보나 마나 아씨도 동감할 거라는 생각에 그리했는데 아뿔싸! 제 말재간으로는 그자의 언변이 아씨에게 미친 효력을 상쇄할 수 없었던 거예요. 그자도 바로 그걸 노렸겠지요.

아씨의 대답은 이러했어요.

"엘렌 말이 맞을 수도 있겠지만, 내가 사실을 확인하기 전엔 결코 마음이 놓이지 않을 거야. 그리고 내 의지로 편지를 끊은 게 아니란 걸 린턴한테 알려줘야겠어. 난 변치 않을 거란 걸 믿게 해야 해."

이미 우습게 속아 넘어가 버린 아씨에게 화를 내고 항변한들 무슨 소용이었겠어요? 그날 밤엔 서로 냉랭해진 채로 헤어졌습니다. 하지만 이튿날 저는 고집쟁이 아씨의 조랑말과 나란히 워더링 하이츠로 향하는 길 위에 있었지요. 슬퍼하는 아씨를, 해쓱하니 풀 죽은 얼굴과 초점 잃은 눈을 차마 그냥 보고만 있을 수가 있어야지요. 우릴 맞이하는 린턴의 모습을 보면 히스클리프의 이야기와

EMILY BRONTË

사실이 얼마나 다른지를 확증하게 될지도 모른다는 한 가닥 희망에서 제가 져준 것도 있었고요.

09

밤새 비가 내리더니 아침엔 서리와 안개비로 시야가 온통 부옇더군요. 일시적으로 생긴 물줄기가 고지대에서부터 콸콸 흘러내리며 길 곳곳을 가로막았고요. 발이 완전히 젖어버렸고, 기분도 언짢고 축축 처졌어요. 그때의 온갖 불쾌한 것들을 최대한 불쾌하게 느끼기에 딱 알맞은 기분이었달까요.

농가에 도착한 우리는 히스클리프가 정말 부재중인지 확인하고자 일부러 부엌문으로 들어갔습니다. 전 그자 입에서 나오는 말을 거의 믿지 않았거든요.

불을 활활 피운 화덕 가에 조지프가 혼자 앉아 있었습니다. 표정을 보니 극락이 따로 없더군요. 옆 탁자에 1퀴트짜리 맥주잔 하나와 큼직큼직한 귀리 비스킷을 푸짐하게 차려놓고 입에는 그 짤막한 깜장 파이프를 문 채였어요.

캐서린 아씨는 화덕 쪽으로 쪼르르 달려가 불을 쬐었고 저는 조지프에게 주인이 집에 있느냐고 물었어요.

한참을 기다려도 대답이 없어서, 이 노인네가 그동안

408
\
409

가는귀가 먹었나 싶어 더 크게 재차 물었지요.

했더니 영감이 으르렁, 아니 콧김으로 고함치는 듯한 소리를 내더군요.

"으읂다! 으읂아! 싸게 돌어가라이."

"조지프."

제가 부르는 동시에 하우스 쪽에서도 누군가 짜증스럽게 외치는 소리가 들렸어요.

"몇 번을 불러야 돼? 이제 불씨만 겨우 남았다니까. 조지프! 당장 튀어 와."

영감은 담배 연기를 뻐끔 피워 올리며 눈을 부릅뜨고 화덕 바닥을 노려보더군요. 듣지 않겠다는 선언이었지요. 하녀와 헤어턴은 보이지 않았습니다. 하나는 심부름을 가고 하나는 일하러 나갔겠지요. 우리는 린턴 도련님 목소리를 알아듣고 그리로 들어갔습니다.

한데 소년은 태만한 하인이 드디어 온 줄로 착각했나 봐요.

"아오, 이놈의 영감탱이, 다락방에서 굶어 뒈져야……!"

실수를 알아챈 소년은 입을 다물었고, 소년의 사촌이 한달음에 다가섰어요.

소년은 큼직한 안락의자 팔걸이에 기댔던 머리를 들었습니다.

"아, 린턴 양이었어? 안 돼 ─ 입 맞추지 마. 숨차다고…… 아이참!"

캐서린 아씨가 포옹을 풀고 가히 참회하는 표정으로 조금 물러나 서면서 겨우 숨을 돌린 도련님이 이어 말했어요.

"아빠한테서 린턴 양이 올 거란 얘긴 들었어. 근데 문 좀 닫아줄래? 열어놓고 그냥 들어왔잖아. 게다가 저 ― 저 가증스러운 것들이 불 땔 석탄을 가져올 생각을 안 하잖아. 추워 죽겠는데!"

제가 남은 잉걸을 쑤석여 놓고 나가서 석탄을 한 통 가득 담아 왔습니다. 한데도 병자는 재가 날린다고 투덜대지 뭐예요. 그 못된 성질머리를 꾸짖어주고 싶었지만, 쉴 새 없이 쿨럭대는 데다 열도 있고 아픈 기색이어서 그냥 별말 없이 넘겼어요.

도련님이 찌푸린 얼굴을 겨우 펴자 아씨가 머뭇거리며 속삭였어요.

"저기, 린턴. 나 보니까 반가워? 어떻게, 내가 도움이 될 수 있을까?"

"왜 진작에 오지 않았어? 편지가 아니라 린턴 양이 왔어야지. 길게 답장 쓰느라 지쳐서 죽을 뻔했어. 직접 만나서 대화했더라면 훨씬 좋았을 거야. 이제는 말하는 것도 힘에 부친다고. 기운이 없어서 아무것도 못 하겠어. 아니, 질라는 또 어디 있는 거야! (절 보면서) 그쪽이 부엌에 가서 좀 봐줄래?"

아까 한 일로 고맙단 말 한마디 못 들은 데다 건방진

녀석의 지시에 왔다 갔다 하기도 싫어서 저는 그 자리에서 대답했어요.

"부엌에 조지프 말곤 아무도 없어요."

도련님은 괜히 딴 데를 보며 심통을 부렸어요.

"물 좀 마시고 싶은데. 아빠가 집에 없다고 질라도 툭하면 기머턴으로 놀러 나가고 없어. 괘씸하게! 그러니까 내가 내려올 수밖에. 위층에선 아무리 불러도 다들 들은 척도 안 하니까."

캐서린 아씨가 도련님을 다독여 주려다 망설이는 눈치라 제가 선수를 쳤습니다.

"아버지가 잘해주시나요, 히스클리프 도련님?"

"잘해주냐고? 최소한 아빠 등쌀에 저것들이 눈곱만큼 더 잘해주기는 하지. 몹쓸 것들! 그거 알아, 린턴 양? 그 막돼먹은 헤어턴이 날 비웃어. 정말 싫은 놈이야. 그놈만 아니라 이 집구석에 사는 인간들은 다 싫어. 하나같이 역겨운 족속이라니까."

캐시 아씨가 두리번대며 잠시 돌아다니다 찬장 안의 물병을 발견하고 큰 잔에 물을 따라 가져왔어요. 도련님은 아씨를 시켜 탁자에 병째 놓인 포도주를 한 숟갈 따라 물에 타게 하더군요. 조금 삼키고 나서는 한결 나아졌는지 아씨에게 참으로 친절하다고 칭찬까지 하데요.

"그래, 날 보니까 좋지?"

아씨는 아까 했던 질문을 되풀이하고는, 도련님 얼굴

에 옅은 미소가 어리자 기뻐하는 것이었어요.

　도련님이 대답했어요.

　"그럼, 좋지. 이렇게 고운 목소리를 다 듣고 말이야! 하지만 그간 린턴 양이 와주지 않아서 내가 아주 곤란했어. 아빠가 순전히 나 때문이라면서, 나더러 한심하고 무책임하고 쓸모없는 놈이라잖아. 린턴 양도 날 경멸한댔어. 아빠가 나였으면 지금쯤 그레인지 주인은 린턴 양 아버지가 아니라 자기였을 거라나. 하지만 린턴 양은 날 경멸하지 않……?"

　"캐서린, 또는 캐시라고 불러!"

　우리 아씨가 말을 가로챘어요.

　"널 경멸해? 아냐! 아빠랑 엘렌 다음으로 세상 누구보다 널 사랑하는걸. 히스클리프 씨는 사랑하지 않지만. 그 사람이 돌아오면 난 여기 못 와. 네 아버지, 며칠 더 지나야 돌아오는 거지?"

　"오래도록 집을 비우진 않을 거야. 하지만 곧 사냥철이라 자주 황야로 나가실 테니, 그럴 때 네가 와서 한두 시간 나랑 있어주면 돼. 그러자! 그러겠다고 해줘! 너랑 있으면 내가 짜증 낼 일도 없을 것 같아. 넌 내 성미를 돋우지도 않고 언제나 날 돕고 싶어 하잖아, 그렇지?"

　아씨는 도련님의 길고 부드러운 머리칼을 쓰다듬어 주었어요.

　"당연하지. 아빠만 허락하시면 내 시간의 절반을 너

와 함께 보낼 텐데 — 귀여운 린턴! 네가 내 동생이면 좋겠어!"

소년이 한층 더 밝아져 맞장구쳤어요.

"그러면 너도 날 네 아버지만큼 좋아하겠지? 하지만 아빠가 그러는데, 내 아내가 되면 넌 날 아버지보다 더, 아니 세상에서 제일 사랑할 거래. 난 네가 누이이기보다 아내면 좋겠어!"

아씨는 진지하게 대꾸했어요.

"안 돼! 내가 아빠보다 더 사랑할 사람은 절대 없어. 그리고 간혹 자기 아내를 미워하는 사람은 있어도 형제자매를 미워하는 사람은 없거든. 내 동생이면 우리 집에서 같이 살 테고, 아빠는 나만큼 너도 사랑해 줄 텐데."

린턴 도련님은 세상에 자기 아내를 미워하는 사람은 없다고 반박했어요. 그러자 캐시 아씨는 있다고 우기면서, 딴에는 근거랍시고 바로 네 아버지가 내 고모를 몹시 싫어하지 않았느냐고 지껄이는 거예요.

전 아씨의 경솔한 혀를 멎게 하려 애를 썼어요. 하지만 실패했고, 아씨는 자기가 아는 이야기를 전부 털어놓고야 말았답니다. 이에 잔뜩 화가 난 도련님이 아씨의 이야기는 거짓이라고 단언했어요.

아씨는 도도하게 대꾸했지요.

"아빠가 해주신 얘기야. 아빠는 거짓말하지 않아!"

도련님도 지지 않았습니다.

"'내' 아빠는 네 아빠를 경멸하는걸! 비열한 바보라 던데?"

캐서린 아씨가 다시 맞받았어요.

"네 아빠는 사악한 자야. 너도 감히 그자 말을 옮기다 니 아주 못됐구나. 네 아빠가 사악한 게 맞아. 그러니까 이사벨라 고모가 도망쳤지!"

"도망친 거 아니야! 내 말에 토 달지 마!"

"도망친 거야!"

"뭐, 나도 너한테 해줄 말이 있지. 네 어머니는 네 아버 지를 싫어했대. 어때?"

"아악!"

아씨는 빽 소리를 지르고는, 너무 화가 나서 말을 잇지 못했어요.

도련님이 덧붙였지요.

"그리고 내 아버지를 사랑했다지."

"이 거짓말쟁이가! 이제 네가 싫어!"

아씨는 흥분해 얼굴이 새빨개진 채 씩씩거렸어요.

"정말인데! 사랑했다던데!"

말에 가락을 넣어 흥얼대며 린턴 도련님은 의자에 푹 파묻히듯 깊숙이 앉아 등받이에 머리를 대고, 의자 뒤에 선 상대편 논객이 분에 겨워하는 모습을 느긋하게 즐기 더군요.

제가 나섰습니다.

"그만해요, 히스클리프 도련님! 그것도 도련님 아버지가 지어낸 이야기겠지요."

"아니야. 그쪽은 잠자코 있어! 정말이야, 캐서린. 네 어머니는, 내 아버지를, 사랑했대요! 사랑했대요!"

그만 이성을 잃은 캐시 아씨가 의자를 세게 밀치는 바람에 도련님 몸이 한쪽으로 쏠리며 팔걸이에 부딪혔어요. 즉시로 도련님은 숨넘어갈 듯 기침을 해댔고, 잠시 등등했던 기세도 꺾여버렸지요.

한데 기침이 하도 오래가서 저조차 겁이 나더군요. 도련님의 사촌 쪽은 아무 말도 못 했지만 제풀에 놀라고 식겁해 온 힘을 다해 울어젖혔고요.

전 발작이 잦아들 때까지 도련님을 붙들고 있었어요. 기침이 멎자 도련님은 절 밀어내고서 말없이 고개를 숙였습니다. 캐서린 아씨도 통곡을 그치고 맞은편 의자에 앉아 침울하게 난롯불만 응시했고요.

10분쯤 기다린 뒤 제가 물었습니다.

"이제 좀 어떠셔요, 히스클리프 도련님?"

"쟤도 나처럼 당해봤음 좋겠어. 악독한 것! 헤어턴도 날 건드리진 않아, 단 한 번도 때린 적 없다고. 게다가 오늘은 몸 상태도 괜찮은 편이었는데, 그런데……."

도련님은 말을 맺지 못하고 흐느꼈어요.

"나도 때리진 않았어!"

캐시 아씨가 중얼거리고는 다시금 감정이 북받치는

지 입술을 꼭 깨물더군요.

도련님은 엄청나게 괴로운 사람처럼 한숨을 쉬고 끙 끙댔어요. 그렇게 15분을, 부러 사촌 마음을 후벼 파려 고 그러는 거예요. 사촌이 숨죽여 흐느낄라치면 도련님 은 새삼 더 고통스럽고 애처롭게 신음하더라니까요.

결국 아씨는 견디다 못해 말했어요.

"아프게 해서 미안해, 린턴! 근데 나는 누가 그렇게 살짝 밀었다고 해서 아플 리 없거든. 그래서 네가 그렇게 아플 줄은 꿈에도 몰랐어. 많이 아픈 건 아니지, 그렇지, 린턴? 널 다치게 했다고 생각하면서 돌아가게 하지 말아 줘! 대답해, 말 좀 해봐."

도련님은 웅얼거렸어요.

"그렇겐 못 하지. 너 때문에 난 밤새 이놈의 기침을 하느라 한숨도 못 잘 텐데! 자기가 무슨 짓을 했는지는 알아야지 않겠어? 그래도 넌 발 뺴고 편히 자겠지. 그동안에도 난 괴로워해야 하고 — 곁에는 아무도 없고! 허구한 날 그렇게 끔찍한 밤을 보내는 내 심정을 네가 알기나해?"

그러고선 자기 연민에 겨워 엉엉 울지 뭐예요.

제가 말했습니다.

"허구한 날 끔찍한 밤을 보낸다니, 그럼 우리 아씨가 도련님의 평안을 망친 건 아니겠네요. 아씨가 안 왔어도 마찬가지였을 테니까요. 어쨌거나 아씨가 또다시 도련님한테 폐를 끼칠 일은 없을 거예요. 우리가 가고 나면 아마 도련님도 좀 편해지겠지요."

캐서린 아씨가 애절하게, 도련님 쪽으로 허리를 굽히며 물었어요.

"나 갈까? 내가 가면 좋겠어, 린턴?"

도련님은 아씨를 피해 몸을 수그리며 토라진 말투로 대답했어요.

"이미 저지른 일을 어떻게 바꿔? 날 괴롭혀 열이 오르게 해서 더 나빠지지나 않음 다행이지!"

"그럼, 진짜 갈까?"

"어떻든지 날 내버려 둬. 네가 종알대는 것도 못 견디겠으니까!"

가자고 제가 몇 번을 재우쳐도 아씨는 한참을 지겹도록 뭉그적대더군요. 하지만 사촌이 한사코 쳐다보지도 말을 하지도 않자, 아씨는 드디어 문으로 향했고 저도 뒤따라갔습니다.

그때 외마디 비명이 우릴 붙잡았어요. 의자에서 미끄러진 린턴 도련님이 벽난로 앞 바닥에 쓰러져 온몸을 비틀어대지 뭐예요. 그저 최대한 엄살을 부려 아씨를 괴롭히기로 작심한 응석받이 어린애의 몽니였죠.

하는 짓을 보니 의도가 뻔해서, 그 비위를 맞춰주려는 건 바보짓임을 대번에 알겠더라고요. 제 동행은 몰랐나 봅니다. 깜짝 놀라 달려가 꿇어앉아서는 울고불고 달래고 애원하는 것이었어요. 결국 린턴 도련님의 몸부림도 잦아들었는데, 어디까지나 숨이 차서지 결코 아씨를 심란케 한 게 미안해서가 아니었어요.

제가 말했습니다.

"제가 도련님을 넓은 의자로 옮겨다 드릴 테니 저기서 실컷 뒹굴라 해요. 우린 가야죠. 언제까지고 도련님만 지켜보고 있을 수는 없잖아요. 이제 확인했길 바라요, 캐시 아씨. 아씨가 도련님한테 득이 되는 사람은 아니고요, 도련님 건강 상태도 아씨가 그리워서 이리된 게 아니에요. 자, 됐어요. 이제 갑시다. 자기 생떼를 봐주는 사람이 없으면 도련님도 알아서 가만히 누워 있겠지요!"

아씨가 사촌 머리에 쿠션을 받쳐주고 물을 권했어요. 사촌은 물도 싫다 하고, 쿠션이 아니라 돌덩이나 나무토막을 벤 듯이 머리를 뒤척이더군요.

아씨는 사촌이 좀 더 편하게 기댈 수 있게 쿠션을 이리저리 매만졌습니다.

"안 되겠어, 이건 너무 낮아!"

사촌이 불평하자 아씨는 쿠션을 겹쳐서 받쳐주려고 하나 더 가져왔어요.

"그러면 너무 높아지는데!"

그 성가신 것이 또 툴툴대는 거예요.

아씨는 쩔쩔매며 물었어요.

"그럼 어떻게 해야 해?"

그러자 사촌이 상체를 일으켜 틀면서, 꿇어앉았다시피 의자 옆에 붙어 있던 아씨의 어깨를 베개처럼 베지 뭐예요.

제가 일렀어요.

"안 돼요, 도련님, 그러지 마세요. 쿠션을 베면 될 것을! 아씨는 이미 도련님한테 시간을 너무 많이 썼다고요. 우린 5분 내로 떠날 겁니다."

캐시 아씨가 말했습니다.

"아냐, 아냐, 괜찮아! 얘도 이제 착하게 잘 참는걸. 내가 와서 얘가 더 나빠진 줄로 알고 돌아가면 내가 오늘밤 자기보다 훨씬 더 괴로울 거란 생각이 들었나 봐. 그러면 난 다시는 못 올 테니까. 사실대로 말해줘, 린턴. 나 때문에 네가 다쳤는데 내가 또 오면 안 되는 거잖아."

사촌이 대꾸했어요.

"와서 낫게 해줘야지. 날 다치게 했으니까 꼭 와야지. 너 때문에 다쳤잖아, 아주 심하게. 네가 올 때까지만 해도 난 지금처럼 아프지 않았어. 안 그래?"

"하지만 네가 울고 흥분해서 더 아픈 거지, 전부 내 탓만은 아니잖아. 그래도 우리 절교하진 말자. 너도 실은 그러길 바라지? 가끔 서로 얼굴 보며 지냈으면 좋겠지?"

아씨의 말에 도련님은 괜히 짜증을 냈어요.

"그렇다고 했잖아! 여기 의자에 앉아서 무릎베개해 줘. 엄마가 오후 내내 그렇게 해주곤 했거든. 움직이지 말고 말하지도 말고…… 할 줄 알면 노래는 해줘도 돼. 아님 네가 전에 가르쳐주기로 약속한 길고 재미난 담시* 나 이야기도 괜찮고. 근데 난 담시가 더 좋아. 읊어봐."

캐서린 아씨는 자기가 외우는 가장 긴 담시를 들려주었어요. 둘 다 무척이나 즐거워하더군요. 린턴 도련님은 하나 더, 이어서 또 하나 더 들려달라고 계속해서 졸랐어요. 저의 격한 반대는 깨끗이 묵살당했고요. 둘이 그렇게 시간을 보내는 사이 시계가 12시를 쳤고, 정찬 시간에 맞춰 돌아오는 헤어턴의 기척이 안마당 쪽에서 들려왔습니다.

마지못해 일어서는 아씨의 옷자락을 사촌이 붙잡았어요.

"그럼 내일, 캐서린, 내일도 와줄 거지?"

제가 얼른 답했지요.

"아뇨, 내일도 그다음 날도 안 옵니다."

하지만 아씨가 몸을 숙여 귓속말하자 사촌의 이맛살이 펴졌습니다. 아씨는 저와 다른 답을 준 게지요.

그 집을 나서면서 전 아씨를 다그쳤습니다.

"내일 안 오는 거예요, 아씨. 명심해요! 설마 또 오겠다는 헛꿈을 꾸는 건 아니죠, 그렇죠?"

말없이 빙그레 웃기만 하는 아씨를 보고 제가 이어 말했어요.

---

* 譚詩, 중세 유럽에서 형성된 자유 형식의 짧은 서사시.

"아이고, 내가 잘 감시해야겠네! 후문 자물쇠는 고쳐 놓으라고 할 거예요. 다른 데로는 빠져나갈 길이 없으 니까."

아씨는 웃으며 대꾸했어요.

"담을 넘으면 되지. 그레인지는 감옥이 아니야, 엘렌. 엘렌도 간수가 아니고. 게다가 난 곧 열일곱 살인걸. 어 른이라고. 내가 돌봐주면 확실히 린턴은 빠르게 회복할 거야. 내가 누나잖아. 더 지혜롭고 철도 더 들었고, 그치? 그러니까 내가 살살 구슬리면 갠 내가 시키는 대로 할 거 야. 착하게 굴 때는 꽤 귀엽단 말이야. 친동생이면 내가 진짜 귀여워해 줄 텐데. 서로 친해지고 나면 싸울 일도 없을 거야, 그렇지? 엘렌은 린턴이 마음에 들지 않아?"

전 버럭 소리쳤어요.

"마음에 들 리가요! 그 고약한 성질머리에 골골대는 몸으로 십수 년을 버틴 게 용할 지경인데요! 히스클리프 씨가 어림잡기로 스물까진 못 버틸 거라네요! 정말이지 이번 봄이나 넘길지 의문이에요. 도련님이 언제 숨을 거 두든 그 집 식구들은 별로 허전해하지 않을 거고, 우리로 선 아비가 진즉 데려간 게 전화위복이에요. 친절하게 대 해줄수록 더 까탈을 부리고 이기적으로 굴 녀석이라니 까요! 아씨가 그런 녀석을 남편으로 맞을 기회도 없어서 전 기쁘답니다, 캐서린 양!"

제 열변을 듣는 아씨의 표정이 사뭇 굳어졌어요. 린턴

도련님의 죽음을 제가 너무 함부로 얘기해 감정이 상한 겁니다.

오랜 생각 끝에 아씨는 대답했습니다.

"걘 나보다 어리잖아. 그러니까 제일 오래 살아야지. 그럴 거야— 반드시 나만큼은 오래 살 거야. 처음 북부에 왔을 때보다 건강이 더 나빠지진 않았어, 그건 확실해! 지금은 감기에 걸려서 아픈 것뿐이야. 아빠처럼……. 아빠는 나을 거라면서 린턴 얘기는 왜 그렇게 해?"

제가 외쳤어요.

"아 글쎄, 어쨌든 우리가 고민할 일이 아니라고요. 하니 아씨, 똑똑히 듣고 단단히 새겨요. 전 한 입으로 두말 안 합니다. 저랑 함께든 아니든 다시 워더링 하이츠로 걸음을 했다간 주인님께 고해바칠 겁니다. 주인님 허락이 떨어지지 않는 한 사촌과 다시 친해져서는 안 돼요."

아씨는 샐쭉하니 중얼대더군요.

"이미 다시 친해진걸!"

"그럼 지금이라도 연을 끊어야지요!"

"두고 보자고!"

이렇게 대꾸하고서 아씨가 조랑말을 전속력으로 몰아 가버리는 통에 전 허겁지겁 힘겹게 뒤따라가야 했어요.

우리 둘 다 정찬 시간 전에 집에 도착했습니다. 주인님은 우리가 숲을 거닐다 온 줄로 알았는지 어디 갔었느냐고 묻지 않으셨지요. 전 집에 들어서자마자 축축한 신발과 양말부터 갈아 신었지만, 젖은 채로 하이츠에서 오래 있었던 게 문제였을까요. 다음 날 아침에 몸이 아파 도저히 일어날 수 없더니, 그로부터 3주 동안이나 일도 못 하고 꼼짝없이 앓아누웠어요. 전에 없던 불상사였는데 고맙게도 아직까지 다시 겪은 적은 없답니다.

그 당시 아씨는 마치 천사 같았어요. 절 간호해 주고 외로움을 달래주었지요. 저처럼 노상 움직이는 사람은 꼼짝 못 하고 누워만 지내는 게 영 갑갑하고 지루하거든요. 그래서 말도 못 하게 우울했는데 아씨 덕에 전 불평할 거리가 조금도 없었어요. 아씨는 린턴 나리 방에서 나오면 곧장 저에게 왔습니다. 본인의 즐거움은 뒷전이고 하루를 아버지와 저에게만 썼어요. 식사도 공부도 놀이도 다 제쳐놓고 그렇게 다정다감한 간병인은 다시없을 정도였죠. 과연 아씨는 온정이 넘치는 사람이었어요. 아버지를 그토록 사랑하면서 제게도 그렇게 정성을 쏟았으니까요!

아씨의 하루가 주인님과 저에게만 할애되었다고 말씀드렸지만, 주인님은 일찍 자러 들어갔고 저도 보통 6시 이후로는 시중이 필요치 않았으니, 실상 저녁 시간은 아씨만의 것이었습니다.

애석하게도 저는 다과 시간 후에 아씨 혼자 무엇을 하는지 한 번도 생각해 보지 않았어요. 밤 인사를 하러 제 방에 들른 아씨의 뺨이 상기해 있고 가느다란 손가락이 발개진 것을 자주 보기는 했지만, 전 아씨가 추운 황야에서 말을 달렸으리라곤 상상도 못 하고, 그저 서재 난롯불 열기 탓이려니 하며 무심히 넘겼답니다.

10

꼬박 3주가 지나고서야 방에서 나와 집 안을 돌아다닐 정도가 되었어요. 앉을 수 있게 된 첫날 저녁, 눈이 침침해 캐서린 아씨에게 책을 읽어달라고 부탁했습니다. 주인님은 일찌감치 침실로 들어갔고 서재에 우리 둘만 있었거든요. 아씨는 그러마고 했지만 별로 내키지 않는 눈치였어요. 제가 좋아하는 종류의 책은 읽기 싫은가 싶어, 읽어줄 책은 아씨 마음대로 고르라고 했지요.

아씨는 가장 좋아하는 책을 골라 한 시간쯤 꾸준히 읽어주었는데, 그다음부터는 질문이 잦아졌어요.

"엘렌, 피곤하지 않아? 이제 좀 눕는 게 좋지 않을까? 이렇게 오래 앉아 있다간 병이 도지겠어, 엘렌."

"아뇨, 괜찮아요, 아씨, 안 피곤해요."

저도 계속 대답했지요.

제가 꿈쩍도 하지 않자 아씨는 책 읽기가 지겹다는 티를 내기 위해 다른 수를 냈어요. 하품을 하고 기지개를 켜며 말하더군요.

"나 피곤해."

"그럼 책은 덮고 얘기나 합시다."

하지만 대화하기는 더 싫었나 봐요. 조바심치며 한숨을 쉬고, 8시가 될 때까지 손목시계만 들여다보다가 냉큼 자기 방으로 올라갔어요. 짜증스럽고 부루퉁한 얼굴로 연신 눈두덩을 비벼대기에, 전 아씨가 못 견디게 졸린가 보다 했지요.

이튿날 밤에는 더 초조해 보였고, 세 번째 밤에는 머리가 아프다며 저를 두고 가버리더군요.

이상하다는 생각이 들더라고요. 저는 한동안 혼자 있다가, 아씨 방에 가보기로 했습니다. 이제 좀 나은지 물어보고, 컴컴한 위층에 있지 말고 내려와서 소파에 누우라고 권할 셈이었어요.

캐서린 아씨는 위층에 없었습니다. 아래층에서도 찾을 수 없었어요. 하인들도 하나같이 아씨를 보지 못했다는 거예요. 주인님 방문에도 귀를 대보았습니다만 — 조용하더군요. 전 아씨 방에 들어가 촛불을 끄고 창가에 앉아 기다렸습니다.

달 밝은 밤이었어요. 땅을 뒤덮은 눈이 달빛을 받아 반짝였지요. 어쩌면 아씨는 갑자기 정원을 거닐고 싶어져 나갔을지도 모른다는 생각이 머리를 스쳤고, 과연 농원 울타리 안쪽을 따라 살금살금 움직이는 형체가 보였습니다. 하지만 우리 아씨가 아니었어요. 밝은 데로 나온 사람은 그레인지의 마부 중 하나였습니다.

농원 마찻길을 살피며 한참을 서 있던 그가 뭔가를 포착한 듯 빠른 걸음으로 사라지더니 이내 아씨의 조랑말을 끌고 다시 나타났어요. 그리고 아씨도요. 방금 말에서 내려서는 나란히 걸어오더군요.

마부는 말을 맡아 마구간 방향으로 은밀히 풀밭을 가로질렀어요. 캐시 아씨는 응접실 창문을 넘어 들어와 소리 없이 자기 방으로 숨어들었지요.

살그머니 문을 닫고서 아씨는 눈 묻은 신발을 벗고 모자 끈을 풀었어요. 제가 잠복한 줄은 전연 모른 채 아씨가 외투를 벗어 내려놓을 때, 전 쓱 일어나 모습을 보였습니다. 아씨는 너무 놀라 한순간 돌이 되더군요. 알아듣지 못할 외마디 탄성을 토하고는 그대로 굳어버렸지요.

몸져누운 동안에 아씨에게 받은 감동이 아직 생생한지라 차마 혼을 내지는 못하겠고, 전 그저 질문으로 운을 뗐습니다.

"사랑하는 우리 캐서린 아씨께서 이리 야심한 때에 말까지 타고 어딜 다녀오셨을까요? 그리고 왜 없는 이야기를 지어내어 절 속이려 드셨을까요? 어디 갔었어요? 말해봐요!"

아씨는 우물우물 말을 더듬었어요.

"농원 후문까지 갔다 왔어. 얘기 지어낸 적 없어."

전 다그쳤지요.

"딴 데 다녀온 거 아니고요?"

"아냐."

거의 기어들어 가는 목소리였어요.

전 슬피 한탄했습니다.

"오, 아씨, 잘못한 걸 아는군요. 그게 아니고서야 저한테 거짓말로 둘러댈 이유가 없잖아요. 그래서 정말 서글프네요. 아씨가 일부러 꾸며낸 거짓말을 듣느니 석 달 동안 자리보전하는 편이 낫겠어요!"

아씨는 왈칵 눈물을 쏟으며 달려와 제 목을 끌어안았어요.

"아, 엘렌, 엘렌이 화낼까 봐 너무 무서워. 화내지 않겠다고 약속해 주면 바른대로 다 말할게. 나도 숨기기 싫단 말이야."

우린 창가에 함께 앉았어요. 전 아씨의 비밀이 무엇인지 물론 짐작이 되지만 그게 무엇이든 야단치지 않겠다고 약속했어요. 제 다짐을 듣고서야 아씨는 사실을 털어놓았지요.

"워더링 하이츠에 다녀오는 길이야, 엘렌. 엘렌이 앓기 시작한 날부터 하루도 빠짐없이 갔어. 엘렌이 낫기 전에 사흘, 낫고 나서 이틀은 못 갔지만. 마이클한테 책이랑 그림을 주고 매일 밤 미니를 준비시켜 데려오고 도로 마구간에 갖다놓는 일을 부탁했어. 내가 시킨 일이니까 그이를 혼내면 안 돼, 엘렌. 6시 반쯤 하이츠에 도착해서 보통 8시 반까지 머물다가 말을 빨리 몰아 돌아왔어. 내가 즐겁자고 간 건 아니야. 거기 있는 시간이 내내 고역인 날도 많았어. 가끔, 그러니까 일주일에 한 번 정도나 즐거웠을까. 그때 그 집을 나서기 전에 린턴한테 다음 날 또 오겠다고 약속해 놔서, 처음에는 엘렌을 설득하는 게 큰일이겠구나 생각했어. 한데 다음 날 엘렌이 내려오지 않아서 그 걱정을 덜었지. 그날 오후 마이클이 농원 후문 자물쇠를 새로 채울 때 내가 열쇠를 달라고 하면서 사정을 설명했어. 사촌이 많이 아픈데 그 애가 그레인지로 올 수는 없으니 내가 찾아와 주길 간절히 바란다, 한데 내가 가는 걸 아빠는 반대한다고 말이야. 그러고 나서 조랑말에 대해 협상을 한 거야. 마이클은 책을 좋아하고, 곧 여기 일을 그만두고 혼인할 생각이래. 서재에 있는 책들을 빌려주면 내가 시키는 대로 하겠다는 거야. 내가 그냥 내 책을 주겠다고 했더니 더 좋아하더라.

두 번째 갔을 때 린턴은 기분이 좋아 보였어. 그 집 가정부인 질라가 방을 치우고 불도 피워주고는 조지프는 기도회에 갔고 헤어턴은 개들을 데리고 나갔으니 우리 끼리 하고 싶은 대로 하라더라고. 참, 나중에 들었는데 사실 헤어턴은 우리 숲 꿩을 밀렵하러 갔던 거래.

질라가 따끈한 포도주랑 생강 과자를 가져다줬어. 사람 참 좋더라. 린턴은 안락의자에 난 벽난로 앞 그 조그만 흔들의자에 앉아서 같이 신나게 웃고 떠들었어. 서로 할 말이 어찌나 많던지. 여름에 어딜 가고 무엇을 할지 계획도 세웠는데, 엘렌이 들으면 비웃을 테니까 그건 말 안 할래.

근데 딱 한 번은 싸울 뻔했어. 린턴은 뜨거운 7월의 하루를 가장 기분 좋게 보내는 방법이 아침부터 저녁까지 황야 한복판 히스 밭 비탈에 누워 있는 거래. 벌들이 꿈결처럼 윙윙거리며 꽃밭을 누비고, 종달새가 노래하며 머리 위로 높이 날아오르고, 구름 한 점 없이 푸른 하늘에서 한결같이 햇볕이 내리쬐는 걸 즐기는 거지. 그게 린턴이 생각하는 완벽한 천상의 행복이라는 거야. 내가 꿈꾸는 행복은 서풍이 불고 새하얀 구름들이 하늘을 획획 날아다닐 때 녹음 짙은 나무에 걸터앉아 한들거리는 거였어. 종달새만이 아니라 지빠귀, 굴뚝새, 방울새, 뻐꾸기 들이 사방팔방에서 지저귀고, 멀리 펼쳐진 황야는 시원하게 그늘진 골짜기들로 쪼개지고, 가까이에 무성한 키 큰 풀들은 산들바람에 나부껴 파도처럼 넘실대고, 숲이며 흐르는 물이며 온 세상이 깨어서 기뻐 날뛰는 것 말이야. 걘 만물이 평화에 취해 나른하게 누워 있기를 원했고, 나는 만물이 찬란한 환희 속에서 불꽃처럼 반짝이며 춤추길 바랐어.

네 천국은 빈사 상태라고 했더니, 걔가 받아치길 내 천국은 고주망태라지 뭐야. 나 같으면 네 천국에선 잠들어버릴 거라니까 걔는 또 내 천국에선 숨도 못 쉴 거라면 서 아주 딱딱대며 쏴붙이는 거야. 결국 우리는 적당한 날씨가 되면 두 가지 다 해보기로 한 다음 서로 입맞춤하고 화해했어. 한 시간쯤 가만히 앉아 있다가 너른 방을 둘러보니까 바닥에 카펫도 없고 매끄러운 게 탁자를 치우면 놀기 딱 좋을 것 같더라고. 린턴한테 질라를 불러 도와달라고 하자고 했지. 그리고 다 같이 까막잡기를 하자고 했어. 질라한테 술래를 시키자고 말이야 ― 기억하지? 예전에 엘렌이 자주 술래가 되어 놀아줬잖아. 근데 걔가 까막잡기는 재미없어서 싫다는 거야. 대신에 나랑 공놀이는 해보겠대. 벽장을 뒤져 팽이, 굴렁쇠, 배틀도어* 채, 셔틀콕 같은 오래된 장난감들 틈에서 공 두 개를 찾아냈어. 하나는 C, 또 하나는 H라는 표시가 있더라고. C는 캐서린, H는 걔 성인 히스클리프의 머리글자니까 C는 내가 갖고 H는 걔가 가졌으면 했거든? 근데 H에서 겨가 새어 나와서 린턴이 싫어했어.

내가 계속 이기니까 걘 또 삐쳐가지고 기침을 하면서 의자로 돌아가 앉았어. 그래도 그날 밤엔 기분이 쉽게 풀어져서, 내가 엘렌한테서 배운 예쁜 노래를 두세 곡 불러줬더니 홀딱 반한 눈치였어. 이만 갈 때가 돼서 일어섰는데, 걔가 내일 밤에도 와달라고 하도 사정하는 통에 난 또 약속하고 말았어.

* battledore, 배드민턴의 전신(前身).

미니랑 나는 바람처럼 가볍게 집으로 날아왔고, 난 아침이 올 때까지 워더링 하이츠와 귀엽고 사랑스러운 사촌이 나오는 꿈을 꿨어.

꿈에서 깨고 나서는 슬펐어. 엘렌이 아파서 속상하기도 했고, 내가 그 집에 가는 걸 아빠가 알고 허락해 주시면 얼마나 좋을까 하는 생각에 서글프기도 했고. 하지만다과 시간이 지나고 나니 달빛이 너무 예쁜 거야. 말을달리는 동안엔 울적했던 게 다 날아갔어.

오늘 저녁도 즐겁게 보내야지, 하고 생각했어. 귀여운린턴이 좋아할 거니까 더 기뻤고.

그 집 텃밭에 도착해 빙 돌아서 뒷마당 쪽으로 가려는데, 마침 그 언쇼라는 작자가 나타나 말 고삐를 잡더니나더러 앞문으로 들어가라고 했어. 미니 목덜미를 토닥이면서 예쁜 놈이라고 중얼거리는 게, 내가 말을 걸어줬으면 하는 눈치더라고. 난 말을 가만두라고, 안 그럼 걷어차일 거라고만 말했어.

그자가 예의 그 상스러운 억양으로 대꾸하더라.

'이늠헌티 채이봤자 아프지도 않갔구만.'

그러고는 빙글빙글 웃으면서 미니의 다리를 훑어보는 거야.

한번 맛을 보여줄까도 싶었는데 그자가 냉큼 문을 열러 가버렸어. 빗장을 올리면서 문 위쪽 글귀를 쳐다보더니 멋쩍은데 뿌듯하기도 한 바보 같은 표정으로 이러잖아?

'캐서린 양! 나 인자 저거 읽을 줄 안다.'

난 짐짓 감탄해 주었지.

'대단하네. 어디 읽어봐요. 정말 똑똑해졌나 봐!'

그자는 철자를 하나하나 떠듬대고서 한 음절씩 질질 끌어가며 발음했어.

'헤-어-턴 언-쇼.'

'하면 저 숫자들은요?'

난 격려하듯 소리 높여 물었어. 실은 거기서 턱 막힌 걸 알아챘거든.

'저거는 아직 모른다'가 대답이었지.

'아이, 저능아잖아!'

난 낙제생을 향해 깔깔대고 웃어주었어.

그 바보가, 덩달아 웃어야 하는 건지 뭔지 모르겠다는 듯 입만 벙긋 미소 짓고 눈살은 찌푸린 채로 날 빤히 보더라. 내 웃음의 의미가 유쾌한 친밀감인지 멸시인지 분간이 안 됐던 게지. 당연히 멸시였는데 말이야.

그래서 내가 그자의 혼란을 해결해 줬어. 돌연 정색하면서, 난 린턴을 만나러 왔으니 당신은 비켜줬으면 한다고 딱 부러지게 말했지.

그자는 얼굴이 벌게지더니 — 달빛에 보였어 — 빗장에서 손을 떼고 슬금슬금 물러갔어. 허영이 굴욕으로 막을 내리는 광경이었지. 겨우 자기 이름을 읽을 수 있게 됐다고 린턴만큼 유식해진 줄로 착각했다가, 내 생각은 다르다니까 엄청나게 당황해 버린 거야."

"저기, 잠깐만요, 캐서린 양!"

제가 아씨 말을 잘랐어요.

"야단치려는 건 아닌데요, 아씨가 그렇게 한 건 마음에 안 드네요. 히스클리프 도련님처럼 헤어턴도 아씨 사촌임을 잊지 않았다면, 그런 식으로 대한 게 얼마나 잘못됐는지도 느낄 거예요. 린턴 도련님만큼 유식해지고 싶어 한다는 건 어쨌거나 칭찬해 줄 만한 포부잖아요. 단지 자랑하려고 배운 건 아닐 테고, 보나 마나 그이가 무식하다고 전에 아씨가 창피를 준 일이 있었겠지요. 그래서 설욕도 하고 아씨한테 잘 보이고도 싶었을 거예요. 그렇게 노력하는 사람을 배움이 모자라다고 비웃은 것이야말로 아주 본데없는 짓이었어요. 만약 아씨가 그런 환경에서 자랐다면 과연 그이보다 덜 무식했을까요? 헤어턴도 어렸을 적엔 아씨 못지않게 영민했어요. 그 야비한 히스클리프가 애를 제대로 대우하지 않고 방치한 탓에 이제는 그 애가 멸시를 당해야만 하니 제 마음이 찢어지네요."

제 진지한 반응에 아씨가 놀라더군요.

"어머, 엘렌, 그렇다고 우는 건 아니지, 응? 하지만 더 들어봐. 과연 그자가 나한테 잘 보이려고 ABC를 외웠는지, 그런 짐승을 예의로써 대할 가치가 있는지 엘렌도 알게 될 테니까. 내가 들어가자, 긴 의자에 누워 있던 린턴이 상체를 일으켜 날 맞아주었어.

'오늘 밤엔 몸이 안 좋아, 캐서린. 그러니까 얘기는 너만 하고 난 듣기만 할게. 자, 와서 옆에 앉아. 네가 약속을 지킬 줄 알았어. 오늘도 네가 돌아가기 전에 약속을 받아내야지.'

이제 나도 개가 아플 때 귀찮게 굴면 안 된다는 걸 알고 있었지. 그래서 자분자분 얘기만 하고 뭘 묻지도 않고 어떤 식으로든 개한테 거슬릴 일은 하나도 하지 않았어. 내가 제일 괜찮은 책을 몇 권 챙겨 갔거든. 그중에 하나를 좀 읽어달라길래 그러려고 책을 펼쳤는데, 그때 언쇼가 문을 벌컥 열지 뭐야. 생각할수록 분했나 보지. 곧장 우리한테 와서는 린턴 팔을 붙잡고 의자에서 끌어내잖아.

잔뜩 흥분해서는 마구 소리를 지르는데 얼굴도 부어 보이고 엄청나게 화난 모습이었어.

'니 방으로 꺼지라! 니를 보러 왔다는 이 기집도 데리가라. 니들이 여 있갔다고 내를 내몰 수는 없는 기라! 둘다 썩 꺼지라이!'

우리한테 욕을 하더니, 린턴이 뭐라 대꾸할 틈도 없이 갤 부엌으로 내팽개치다시피 했어. 내가 따라가니까 그놈이 당장 때려눕힐 기세로 주먹을 불끈 쥐는 거야. 순간 식겁해서 책 한 권을 떨어뜨렸는데, 놈은 그걸 내 뒤로

차 넣고 문을 닫아버렸어.

심술궂고 꺼칠한 웃음소리가 들렸어. 돌아봤더니, 화덕 가에 그 밉살맞은 조지프 영감이 서서 앙상한 손을 비비며 오들대고 있더라고.

'되련님이 본때를 뵈줄 줄 알았다이! 훌륭한 총각이라! 지대루 기가 오르는구마이! 저이는 알지 — 암만, 알다마다. 저짝 주인이 누기여야 허는지, 내만쿠로 자알 안다 이기야. 크크크! 우리 되련님이 느덜을 옳게 쪼까낸기라이! 크크크!'

망할 영감탱이가 약 올리거나 말거나 난 린턴에게 물었어.

'이제 우린 어디로 가?'

린턴은 하얗게 질린 채 바들바들 떨고 있었어. 그때의 갠 귀엽게 보이지 않았어, 엘렌. 오, 전혀! 되레 섬뜩했어! 여윈 얼굴이, 커다란 눈이, 미칠 듯한, 무력한 분노로 일그러졌어. 갠 문고리를 잡고 흔들었지만 저쪽에서 잠가놨더라고.

'이 문 안 열면 죽여버릴 거야! 안 열면 죽인다고! 악마 같으니! 악마 새끼! 죽일 거야, 죽여버릴 거야!'

그건 말이라기보다 비명이었어.

조지프가 또 큭큭 웃어댔어.

'저. 보라이, 지 애비라! 딱 지 애비라! 허기사 저늠 아이라 뉘라두 피는 몬 속인다 안 하나. 헤어턴 되련님요,

신경 끄고 — 염려 마소. 야는 되련님헌티 몬 뎀비요!'

내가 린턴 손을 문고리에서 떼어내려고 했다가, 애가
자지러질 듯이 비명을 지르는 통에 그만 손을 놔버렸어.
걘 악을 쓰면서 울다가 숨 막힐 듯 기침을 해대더니, 끝
내는 피를 토하며 쓰러져 버렸어.

겁에 질린 나는 뜰로 달려나가 목이 터져라 질라를 불
렀어. 질라는 헛간 뒤편 외양간에서 소젖을 짜고 있다가
내 소리를 듣고 부리나케 달려와 무슨 일이냐고 물었어.

난 숨이 차서 암말도 못 하고, 다짜고짜 질라를 끌고
들어가 린턴을 찾아다녔어. 자기가 저지른 사달이 어찌
됐나 살피러 왔던 모양인지 언쇼가 그 불쌍한 애를 2층
으로 옮기고 있더라. 질라랑 나도 얼른 따라 올라갔지.
한데 계단 꼭대기에서 그놈이 날 막으면서 난 못 들어가
니 집에나 가라는 거야.

난 네놈이 린턴을 죽였다고, 기필코 들어가겠다고 고
함쳤어.

조지프가 문을 잠그면서 '고만 짓다구릴랑 집어치라'
고 야단을 치고 '니도 야치름 미칠라카나' 하고 묻더라.

난 질라가 다시 나올 때까지 서서 울면서 기다렸어. 질
라가 린턴은 금방 나아질 건데 이렇게 울부짖고 시끄럽
게 굴면 못 견딜 거라면서 날 들다시피 해서 하우스로 데
려갔어.

엘렌, 진짜 난 머리를 쥐어뜯을 판이었어! 우느라 눈

이 퉁퉁 부어서 앞이 안 보일 지경이었어. 엘렌이 그렇게 동정하는 그 악한이 맞은편에 서 있었어. 뻔뻔하게 가끔씩 나더러 '뚝!' 이러거나, 자기 잘못이 아니라고 발뺌하는 거 있지. 그러다 내가 아빠한테 이를 거라고, 그러면 네놈은 감옥에 갇히고 교수형을 당할 거라고 했더니 덜컥 겁이 났는지 흐엉 하고 울지 뭐야. 그래놓고선 겁먹고 동요한 모습을 감추려고 허둥지둥 나가더라니까.

한데 그게 끝이 아니었어. 결국 등 떠밀려 그 집을 나와서는 몇백 미터쯤 갔을까, 느닷없이 길가 그늘에서 그놈이 튀어나오더니 미니를 세우고 날 붙잡는 거야.

'캐서린 양, 내도 무지 슬프다. 그라도 그건 너무 나쁜······.'

날 죽일 셈이구나 싶어서 냅다 채찍으로 그놈을 후려쳤어. 놈은 무시무시한 욕을 갈기면서 나한테서 떨어졌고 난 반 이상 넋이 나간 채로 집까지 내달려 왔어.

그날 밤엔 엘렌한테 잘 자란 인사도 못 했고, 그다음 날엔 워더링 하이츠에 안 갔어. 가고 싶은 맘이 굴뚝같았지만 이상하게 가슴이 뛰더라고. 문득문득, 린턴이 죽었다는 소식을 듣게 될까 봐 무서웠어. 더러는 헤어턴이랑 마주칠 생각에 오싹해지기도 했고.

셋째 날엔 용기를 냈어. 어쨌거나 애가 달아 못 견디겠어서 한번 더 몰래 나갔지. 5시에 나가서 걸어갔어. 그러면 아무한테도 들키지 않고 린턴 방까지 숨어들 수 있을

EMILY BRONTË

줄 알았거든. 하지만 개들이 짖는 바람에 들켜버렸지 뭐야. 질라가 '도련님은 잘 회복 중'이라고 알려주면서 날 맞아들이고는 작지만 깔끔하고 카펫도 깔린 방으로 안내했어. 아담한 소파에 누워서 내가 준 책을 읽고 있는 린턴을 보니 얼마나 기쁘던지! 근데 걔가 말이야, 한 시간이 지나도록 말은커녕 날 거들떠보지도 않았어, 엘렌. 정말이지 성미가 어찌 그 모양인지 몰라. 게다가 진짜 황당하게도 기껏 입을 열고 한다는 소리가 그 소란을 피운 건 나지 헤어턴은 아무 잘못 없다는 거야!

대꾸를 하자니 화내고 따지게만 될 것 같아서 그대로 일어나 방에서 나와버렸어. 그제서야 내 뒤로 들릴락 말락 '캐서린!' 하고 부르더라. 내가 그런 식으로 나올 줄은 몰랐겠지. 하지만 난 돌아가지 않았어. 그다음 날이 내가 두 번째로 집에만 있었던 날이고, 그때는 앞으로 절대 걔 찾아가지 말자고 결심도 했었어.

그런데 걔 소식을 모른 채 잠을 청하고 잠에서 깨는 게 너무나 비참해서, 내 결심은 굳기 전에 증발해 버렸어. 전에는 거길 가는 게 잘못 같더니 이제는 안 가는 게 잘못 같더라고. 마이클이 와서 미니한테 안장을 씌울까 묻길래 '그래'라고 해버렸어. 미니 등에 올라 언덕길을 넘어가면서는 내 의무를 다하는 중이라고 여겼지.

안뜰로 들어가려면 그 집 앞창을 지나야 하니 남몰래 숨어들려고 애쓰는 건 무의미했어.

응접실로 들어서는 날 보고 질라가 '작은 도련님은 하우스에 계세요'라고 알려줬어.

하우스에 언쇼도 있었는데 내가 들어가니까 얼른 나가더라. 린턴은 커다란 안락의자에 앉아 졸고 있었고. 난 벽난로 쪽으로 다가가 심각한 목소리로 말을 꺼냈어. 어느 정도는 진심이었지.

'린턴 너는 날 좋아하지도 않고, 내가 널 괴롭힐 작정으로 온다고 여겨 매번 나 때문에 괴롭다고 하니까, 우리가 만나는 건 이번이 마지막이야. 우리 작별하자. 히스클리프 씨한테도 너는 날 보고 싶지 않으니 더는 이 일로 없는 얘기 지어내지 마시라고 말씀드려.'

걔가 대답했어.

'일단 앉고 모자도 벗어, 캐서린. 넌 나보다 훨씬 행복하니까 나보다 나은 사람이어야지. 아빠가 늘 내 결점을 지적하고 혼내기만 해서 나도 자연히 나 자신을 의심하게 돼. 아빠가 자주 말하듯 내가 정말 아무짝에 쓸모없는 놈인가 싶고, 그럼 심사가 뒤틀리고 속이 쓰려지고 아무나 다 미워져! 난 쓸모없는 놈이 맞아. 성미 고약하고 기운도 없고, 거의 항상 그렇잖아. 그러니까 작별 인사를 하고 싶으면 해도 돼. 너야 귀찮은 놈 하나 치우는 거지 뭐. 다만 캐서린, 이거는 믿어줘. 나도 너처럼 다정하고 친절하고 착한 사람이고 싶어. 그걸 건강이나 행복보다 더 원하고, 할 수만 있다면 기꺼이 그렇게 할 거야. 그

EMILY BRONTË

런 네 고운 마음씨에 내가 널 더 깊이 사랑하게 되었다는 것도 믿어줘. 넌 나 같은 놈한테 과분한 사랑을 보여줬는데, 난 천성이 이 모양이라 줄곧 못난 모습만 보였고 앞으로도 그럴 수밖에 없을 테지. 하지만 후회하고 뉘우치는 중이야. 죽을 때까지 후회하고 뉘우쳐야 할 거야!'

진심이 느껴져서 난 걜 용서하고 싶어졌어. 이러고서 곧바로 또 싸움을 건다 해도 또다시 용서해 줘야지 하는 심정이었어. 우린 화해했지만, 그날은 둘 다 내내 울었어. 전적으로 슬퍼서만은 아니었지만 난 린턴이 그렇게 비뚤어진 심성을 타고난 게 진정 안타까웠어. 언제까지고 걘 자기 곁에 있는 사람들을 불편하게 할 거고 자기 자신도 편할 수 없을 테니까!

그다음 날 걔 아버지가 돌아왔기 때문에 그날 밤 이후로 우리는 늘 그 작은 응접실에서 시간을 보냈어. 첫날 저녁처럼 즐겁고 앞날이 기대됐던 날은 세 번이나 될까, 나머지는 죄 울적하고 괴로웠지. 어느 날은 걔가 제 몸만 챙기며 심술을 부리고, 또 어느 날은 아파서 힘들어하고. 하지만 나는 걔가 아플 때는 물론이고 괜히 까탈을 부릴 때도 화내지 않고 참을 줄 알게 됐어.

히스클리프 씨는 일부러 날 피했어. 마주친 적이 거의 없거든. 지난 일요일엔 내가 평소보다 좀 일찍 갔는데, 그 사람이 전날 밤 일을 가지고 린턴을 호되게 꾸짖는 소리가 들리는 거야. 그 일을 어떻게 알았는지 모르겠어.

몰래 엿듣고 있었던 걸까. 어쨌든 분명 린턴이 짜증 나게 굴기는 했지만, 나 말곤 누구도 상관할 일이 아니잖아. 해서 내가 들어가 히스클리프 씨의 훈계를 중단시키고 그렇게 말했지. 그랬더니 그자가 웃음을 터뜨리고는 내 생각이 그렇다니 다행이라면서 나가더라고. 그때부터 난 린턴한테 못된 말은 작게 하라고 일러.

자, 이제 다 얘기했어, 엘렌. 있잖아, 내가 워더링 하이 츠에 못 가게 되면 두 사람이 불행해질 수밖에 없어. 근데 엘렌만 눈감아 주면 모두가 평온할 수 있잖아. 아빠한테 말 안 할 거지, 그치? 말하면 너무 매정한 짓이 되는걸."

"제가 어찌할지는 내일까지 정하겠습니다, 캐서린 양. 곰곰이 따져봐야 할 문제니까요. 하면 전 이만 나가서 생각을 해볼 테니 아씨는 쉬세요."

전 주인님 앞에서 소리 내어 생각했습니다. 아씨 방에서 주인님 방으로 직행해, 아씨와 사촌이 나눈 대화 내용과 헤어턴에 관한 것만 빼고 전부 고해바쳤어요.

린턴 나리는 저에게 내색한 정도 이상으로 불안하고 심란하셨나 봅니다. 아침이 되어 캐서린 아씨는 제가 신뢰를 배반했으며 자신의 비밀 밤마실이 끝났다는 것을 알게 되었지요.

금지령이 내려지자 아씨는 울고불고 몸부림치고 린턴을 불쌍히 여겨달라 아버지께 애원했지만 허사였습

EMILY BRONTË

니다. 그나마 유일한 위안은 아버지가 린턴에게 편지를 쓰겠다고 약속한 것이었지요. 원하면 언제든 그레인지에 와도 좋으나 앞으로 캐서린을 워더링 하이츠에서 만날 수는 없다고 설명하는 편지를 보내기로 한 겁니다. 당신 조카의 성격과 건강 상태를 아셨다면 아마 주인님은 그 최소한의 위안조차 주지 않아야 한다고 생각했을 텐데요.

11

딘 부인이 말했다.

"이게 지난겨울에 있었던 일이랍니다, 나리. 고작 1년 전이었네요. 열두 달 뒤에 제가 그 집 사람들과 아무 관계도 없는 분께 심심풀이로 이 이야기를 들려드리게 될 줄이야 그 당시엔 생각도 못 했는데요! 하기야 누가 압니까, 나리께서도 언젠가 그 집안과 인연을 맺을지? 계속 독신으로 사는 데 만족하기엔 아직 젊으시고, 어쩐지 전 누구든 캐서린 린턴을 보면 사랑하지 않을 수 없을 것 같거든요. 미소로 넘기시려고요? 한데 제가 아씨 얘길 할 때마다 왜 그렇게 적극적으로 흥미를 보이실까요? 왜 아씨 초상화를 나리 방 벽난로 위에 걸어두라 하셨죠? 그리고 왜……."

난 외쳤다.

"그만하시게, 이 사람아! 나야 그이를 얼마든지 사랑할 수 있다손 쳐도, 아무럼 그이가 나를 사랑하겠나? 전혀 그럴 법하지 않거니와 내 평안을 깨트릴 위험을 감수하면서까지 유혹에 뛰어들 생각도 없다네. 또, 본디 내 집은 여기가 아니거든. 난 붐비는 세상에 속한 사람이라 반드시 그리로 돌아가야 한다네. 계속해 보게. 캐서린이 아버지 명령을 순순히 따랐나?"

"그럼요." 하고 하녀장은 이야기를 이어갔다.

아씨 마음속엔 역시 아버지를 향한 애정이 으뜸이었고 아버지도 화내며 얘기한 게 아니었으니까요. 수많은 위험이 도사린 적진에 자신의 보물을 남겨두고 떠나야 하는 사람의 간곡한 마음을 담아 부드럽게 타일렀어요. 딸아이를 안전한 길로 인도하기 위해 물려줄 수 있는 것이라곤 뇌리에 각인될 조언뿐이었지요.

며칠 후 주인님은 제게 말씀하셨습니다.

"엘렌, 조카 녀석이 편지를 하거나 찾아와 주면 좋겠는데 말이야. 자네는 그 녀석을 어떻게 생각하는지 솔직히 말해주게. 전보다 좀 나아졌나? 개선의 여지가 있어? 어른이 되면 썩 괜찮은 사내일 거라든가?"

전 답했습니다.

"워낙에 허약해 놔서요, 나리. 어른이 될 때까지 살기

EMILY BRONTË

도 어렵지 싶어요. 하지만 확실히 제 아비를 닮지는 않았어요. 만에 하나 캐서린 아씨가 불행히 그 도련님과 혼인하게 된대도, 어리석게 무조건 떠받들지만 않으면 충분히 다룰 수 있을 겁니다. 그래도 나리, 아직 시간은 많으니 좀 더 두고 보면서 그이가 우리 아씨한테 어울리는 짝일지 알아보시지요. 도련님이 성년이 되려면 4년 넘게 남았으니까요."

에드거 나리는 한숨을 쉬더니 창가로 걸어가 기머턴 교회 쪽을 내다보았어요. 안개 낀 오후였지만 2월의 햇빛이 흐릿하게 비쳐, 묘지의 전나무 두 그루와 드문드문 솟은 비석들을 겨우 분간할 수 있었지요.

나리가 독백하듯 말했습니다.

"자주 기도했어. 어서 날 데려가 달라고 말이야. 한데 이제 와서 그런 마음보다 두려움이 앞서는군. 새신랑으로 저 골짜기를 내려오던 그때의 기억이 아무리 좋았던들, 머잖아 몇 달, 아니 아마 몇 주 뒤에 저 길을 거슬러 올라 좁은 구덩이에 홀로 누일 기대만큼 달콤할 순 없으리라 여겼건만! 엘렌, 난 우리 꼬마 캐시가 있어 무척 행복했어. 겨울밤과 여름낮을 지나오는 동안 그 애는 내 곁에 살아 있는 희망이었지. 하지만 저 오래된 교회 아래 묘석들 사이에서 혼자 상념에 잠긴 동안에도 그만큼 행복했어. 길고 긴 6월 저녁 내내 아이 엄마의 초록빛 무덤 위에 누워, 바로 그 자리 땅밑에 묻힐 날을 고대하고 염원했지. 난 캐시에게 무얼 해줄 수 있을까? 어떻게 그 애를 떠나야 하지? 나를 잃은 캐시를 위로할 수만 있다면 린턴이 히스클리프의 자식이든 나한테서 그 애를 빼앗아 가든 난 한순간도 괘념치 않겠어! 히스클리프가 목적을 이루어 내 마지막 축복마저 강탈하는 승리를 거둔대도 난 상관없다고! 하나 린턴이 한갓 아비의 허수아비에 불과한 무가치한 녀석이라면 ─ 그런 녀석에게는 내 딸을 맡길 수 없어! 캐시의 들뜬 기대를 무너뜨린다는 건 가혹한 생각이지만, 견뎌내야지. 그 애를 슬프게 하면서 살다가 외롭게 남겨둔 채 죽어야지. 내 아가! 차라리 그 애를 하느님께 맡기고 나보다 먼저 땅에 묻는 편이 낫겠어!"

제가 대답했어요.

"지금 있는 그대로 하느님께 맡기세요, 나리. 하느님 뜻대로 나리께서 먼저 가신다면 ─ 주여, 부디 그러지 마옵소서 ─ 제가 끝까지 아씨의 벗이자 조언자로 서겠습니다. 캐서린 양은 착한 아가씨라, 일부러 나쁜 길로 갈 염려는 없어요. 제 도리를 다하는 사람은 언제나 결국엔 보상을 받는 법이지요."

봄이 무르익었습니다. 그때까지도 주인님은 원기를 회복하지 못했어요. 다만 딸아이와 함께 농원 산책을 재개한 정도였지요. 경험이 없는 아씨는 그 자체를 회복의 징조로 보았고, 아버지 뺨이 자주 홍조를 띠고 눈빛도 밝아졌으므로 곧 쾌차하시리라 믿어 마지않았답니다.

아씨의 열일곱 번째 생일날, 주인님은 묘지에 가지 않았습니다. 비가 오기에 제가 여쭀어요.

"오늘 밤엔 안 나가실 거지요, 나리?"

이렇게 답하시더군요.

"응, 올해는 미루려고. 좀 더 나중으로."

주인님은 린턴 도련님한테 다시 편지를 보내어 꼭 한 번 만나고 싶다는 의향을 밝혔습니다. 도련님이 남 앞에 나설 만한 상태였다면 틀림없이 그 아버지도 허락했을 거예요. 그럴 형편이 못 되었기에 도련님은 히스클리프 씨의 지시로 답장을 보내왔어요. 아버지가 반대하시므로 그레인지 방문은 어렵겠다고 넌지시 알리면서, 그러나 외삼촌이 친절하게도 자신을 기억해 주어 기쁘며 산책 중에 가끔 만나뵀으면 좋겠고, 자기로서는 이렇게 사촌과 아예 만나지 못하는 상태가 오래가지 않게 해주시길 탄원한다고 적었더군요.

마지막 내용은 단순했고 아마도 본인이 직접 쓴 것 같았어요. 히스클리프도 자기 아들이 캐서린을 만나고 싶다는 부탁만큼은 유려하게 할 수 있다는 걸 알았던 게지요. 그 내용은 이렇게 이어집니다.

'캐서린을 이곳으로 보내달라고 청하는 것은 아닙니다. 하지만 아버지는 제가 그리로 가는 걸 금하시고 외삼촌은 캐서린이 이곳에 오는 걸 금하시니 저는 영영 캐서린을 못 보는 걸까요? 가끔씩 캐서린과 함께 말을 타고 하이츠 쪽으로 오셔서 저희가 외삼촌 계신 자리에서 몇 마디라도 나누게 해주세요! 저희는 이렇게 생이별을 당할 만한 짓을 한 적이 없습니다. 외삼촌도 저에게 화가 나신 건 아니라고, 저를 싫어할 이유가 없다고 하셨잖아요. 친애하는 외삼촌! 부디 내일 저에게 온정 어린 기별을 주세요. 스러시크로스만 아니면 어디든 괜찮으니 외삼촌이 원하시는 곳으로 불러주십시오. 절 한번 만나보시면 제 성품이 아버지와 다르다는 걸 알게 되시리라 믿습니다. 아버지는 절 아들이기보다 외삼촌의 조카라고 하십니다. 비록 전 결점이 많아 캐서린의 벗이 될 자격이 없지만, 캐서린은 양해해 주었으니, 그녀를 위해 외삼촌도 절 너그러이 봐주세요. 제 건강을 물으셨지요. 좀 나아졌습니다. 그러나 모든 희망이 끊어진 채 고독하게 살거나, 이제껏 절 좋아한 적 없고 앞으로도 좋아할 리 없는 사람들과 부대끼며 살아야 할 운명이라면, 제가 어떻게 기운을 내고 건강해질 수 있겠습니까?'

에드거 나리는 조카를 측은하게 여겼지만, 조카의 청을 들어줄 수는 없었습니다. 당신도 기력이 달려 캐서린을 데리고 나갈 수 없었으니까요.

나리는 아마 여름쯤이면 만날 수 있을 듯하다며 그때까지 종종 편지해 주길 바란다고 했습니다. 또한 그런 식구들 틈에서 지내느라 힘든 처지임을 잘 알고 있으니 외삼촌도 편지로 가능한 조언과 위로를 전하겠노라 약조했고요.

린턴 도련님은 외삼촌 말대로 했습니다. 도련님이 알아서 하게 두었다면 모든 서한을 불평과 한탄으로 채워 산통을 깼겠지만, 아비가 줄곧 철저히 감독했어요. 아울러 물론 우리 주인님이 보낸 편지를 한 줄도 빠짐없이 봐야겠다고도 했지요. 그리하여 린턴 도련님은 언제나 자기 본위로 최우선시하는 자신의 고통과 번민을 토로하는 대신, 벗이자 연인인 캐서린을 만나지 못하는 잔인한 현실을 두고 신세타령만 되풀이했답니다. 그리고 린턴 나리가 조만간 만나주셔야 한다며 그러지 않으면 빈말로 자길 속인 줄 알겠다고 점잖게 압박을 주기도 했어요.

이 집에서는 캐시 아씨가 도련님의 강력한 우군이었지요. 그렇게 힘을 합쳐 설득한 끝에 마침내 두 아이는 일주일에 한 번 정도 제 감독하에 그레인지 부근 황야에서 함께 승마나 산책을 해도 된다는 주인님의 허락을 받아냈습니다. 6월이 되었는데도 주인님은 계속 쇠약해지기만 했거든요. 해마다 수입의 일부를 아씨 재산으로 따로 떼어놓기는 했지만, 주인님은 대대로 내려온 이 집을 딸아이가 물려받거나 적어도 빠른 시일 안에 되찾기를 당연히 바랐고, 이를 실현할 유일한 방법은 이 집 상속인과의 혼인이라고 생각했습니다. 하지만 그 상속인의 건강이 당신 못지않게 급격히 악화하고 있다는 건 전혀 몰랐지요. 사실 아무도 몰랐을 거예요. 하이츠로 왕진을 다니는 의사도 없고, 히스클리프 도련님을 봤더니 몸 상태가 어떻더라고 전해줄 사람도 우리 중엔 없었으니까요.

저 역시 이전의 제 예감이 틀렸다는 생각이 들기 시작했어요. 실제로 도련님 건강이 많이 좋아졌으니 스스로 황야에서 말을 타거나 걷겠다는 얘기도 하고 목적을 이루기 위해 그렇게 열심이었겠지 한 것이지요.

죽어가는 자식을 그토록 무지막지하게 학대하는 아버지가 있을 줄은 그 당시엔 정말 상상도 못 했어요. 나중에 알고 보니, 린턴 도련님이 열의 넘쳐 보였던 것은 바로 히스클리프의 강요 때문이었답니다. 아들이 죽으면 자신의 탐욕스럽고 냉혹한 계획이 실패할 것이므로, 위기감을 느낀 그자가 아들을 더욱 혹독하게 몰아붙였던 것이지요.

12

에드거 나리가 두 아이의 간청을 마지못해 승낙하시어 처음으로 캐서린 아씨와 제가 말을 타고 린턴 도련님을 만나러 갔을 때는 어느덧 한여름 절정도 지난 뒤였습니다.

후텁지근한 날이었어요. 비늘구름에 뒤덮인 하늘이 희부윰한 것이, 햇빛은 없었지만 비가 올 날씨도 아니었지요. 사거리 옆 표석에서 만나기로 정해둔 터였는데, 거기에는 웬 양치기 아이가 심부름을 나와 말을 전하는 거예요.

"린턴 되련님은 요 고개 바로 너머 하이츠 쪽에 기신데요, 쬠만 더 와주심 참말로 고맙겠다시네요."

제가 말했어요.

"하면 린턴 도련님이 외삼촌의 첫 번째 주의사항을 잊어버린 게지. 그레인지 땅을 벗어나지 말라셨거든. 우린 여기서 더 갈 수 없으니 당장 가서 그리 전해."

그러자 제 동행이 나섰어요.

"아냐, 걔 있는 데까지 가서 말을 돌리자. 같이 우리 집 방향으로 오면 되잖아."

하지만 막상 도련님이 있는 데까지 가보니 그쪽 집 현관에서 4분의 1마일도 채 안 되는 거리인 데다 도련님이 말을 타고 오지 않아 우리도 말에서 내리고 말들은 풀이나 뜯게 해야 했어요.

도련님은 히스 밭에 누워 우릴 기다리다가, 우리가 몇 미터 앞까지 다가가자 그제야 몸을 일으키더군요. 한데 걸음걸이에 힘이 하나도 없고 낯빛도 너무 창백해서 제가 즉시로 외쳤지요.

"아니, 히스클리프 도련님, 오늘 아침엔 산책을 즐길 상태가 아닌데요! 안색이 말이 아니에요!"

캐서린 아씨도 깜짝 놀라며 애처로운 얼굴로 도련님

을 살폈어요. 아씨 입술에 걸렸던 반가운 탄성이 불안한 탄식으로 바뀌어 나왔고, 오래 기다려온 상봉의 기쁨을 나누는 인사말은 평소보다 몸이 안 좋은 것 아니냐는 걱정스러운 질문으로 바뀌었지요.

"아냐…… 더 나아…… 나은 거야!"

도련님은 숨을 몰아쉬면서, 부들부들 떨리는 몸을 주체하기 힘든 듯 아씨 손을 지팡이 삼아 꼭 부여잡았어요. 게슴츠레한 시선으로 소심하게 아씨를 더듬는데, 전에 그저 나른했던 크고 푸른 눈은 언저리가 퀭해져 초췌하고 황폐해 보이더라고요.

당연히 아씨는 사촌의 말을 믿지 않았습니다.

"더 나빠졌잖아. 마지막으로 봤을 때보다 더 안돼 보이는걸. 더 말랐고, 더……."

사촌이 다급히 아씨 말을 가로막았어요.

"피곤해서 그래. 걷기엔 너무 더우니까 그냥 앉아서 좀 쉬자. 그리고 원래 아침에는 자주 아파. 아빠 말로는 내가 너무 빨리 자라느라 그렇대."

좀처럼 납득할 수 없었지만 캐서린 아씨는 앉았고, 도련님도 아씨 곁에 누웠습니다.

아씨는 애써 명랑하게 말했어요.

"이건 네가 얘기한 낙원 같다. 각자가 가장 좋다고 꼽은 장소에서 가장 좋다고 꼽은 방식으로 같이 하루씩 보내보기로 한 거 기억하지? 여긴 네 이상향에 가까운데

구름이 좀 끼었네. 그래도 보드랍고 잔잔한 구름이라 쨍한 햇빛보다 더 좋은걸. 네가 괜찮으면 다음 주엔 말을 타고 그레인지로 가서 내 낙원에도 있어보자."

린턴 도련님은 기억하지 못하는 듯했어요. 대화를 이어가는 것 자체로도 몹시 버거운 티가 역력했지요. 아씨가 어떤 얘기를 꺼내든 사촌이 통 흥미를 보이지 못하는데다 그 깜냥에 아씨를 재밌게 해주지도 못할 게 뻔하니, 아씨도 실망한 기색을 감출 수 없었어요. 어딘지 모르게 도련님의 외양과 태도가 전반적으로 변했더라고요. 전에는 골을 내다가도 잘 달래주면 금세 좋아하는 식으로 변덕이 죽 끓듯 하더니 이제는 만사 심드렁하니 무관심으로 일관했어요. 관심받고 싶어 안달하고 괴롭히는 어린애 투정은 줄었지만, 자기만 생각하는 고질병 환자의 피해 의식은 심해져서, 위로도 마다하고, 남이 즐거워할라치면 자길 모욕한다 여기는 것이었어요.

도련님이 우리와 함께 있는 시간을 고마워하기는커녕 벌받는 기분으로 견디고 있다는 것을 저는 물론이고 아씨도 알아챘지요. 아씨는 망설일 것 없이 이만 돌아가자고 했어요.

한데 아씨의 그 말이 떨어지기 무섭게 뜻밖에도 린턴 도련님이 무기력에서 깨어나 이상할 정도로 동요하는 거예요. 뭐가 두려운지 하이츠 쪽을 힐끔거리며, 30분만이라도 더 있다 가라고 붙잡더라고요.

캐시 아씨가 말했어요.

"하지만 넌 여기 나와 앉아 있는 것보다 집에 있는 편이 더 편할 것 같은데. 오늘은 내 이야기도 노래도 수다도 너한테 재미를 줄 수 없다는 걸 알겠거든. 여섯 달 사이에 네가 나보다 어른스러워졌나 봐. 내가 즐기는 오락에 이제 넌 별로 흥미가 없잖아. 그런 게 아니라면, 내가 있어서 너도 즐겁다면 기꺼이 더 머물 테지만."

"그냥 편히 좀 더 쉬다 가. 그리고 캐서린, 나 심각하게 아픈 거 아냐. 그런 생각도 말고 어디 가서 말하지도 마. 그저 날이 찌뿌둥하고 더워서 몸이 좀 처지는 것뿐이니까. 네가 오기 전에 나로서는 꽤 많이 걷기도 했고. 외삼촌한테도 난 상당히 건강하다고 말씀드려, 알았지?"

"네가 그렇게 말하더라고는 말씀드릴게. 근데 내가 보기에도 그렇더라고는 말씀드릴 수 없어, 린턴."

아씨는 뻔히 사실이 아닌 것을 사촌이 부득부득 우기는 게 의아한 눈치였어요.

아씨의 얼떨떨한 시선을 피하며 도련님이 말했어요.

"그리고 다음 주 목요일에 여기로 다시 와줘. 외삼촌께는 네가 오는 걸 허락해 주셔서 고맙다고, 내가 진짜 진심으로 감사드린다고 전해줘. 그리고 — 저기, 혹 내 아버지를 만나게 되어 아버지가 나에 대해 묻거든 대답 좀 잘해줘. 내가 줄곧 말도 없이 멍청하게만 굴었다고 생각하시지 않게. 지금처럼 그렇게 슬프고 시무룩한 표정도 짓지 말고. 화내실 거야."

자기한테 화를 낼 거란 말로 알아들은 아씨가 큰소리쳤어요.

"그자야 화내든 말든 내가 무시하면 그만이지."

도련님은 몸서리를 쳤지요.

"나는 그럴 수 없단 말이야. 캐서린, 내 얘길 나쁘게 해서 아버지 화를 돋우면 안 돼. 나한테 무진장 엄하시거든."

제가 물었어요.

"히스클리프 씨가 엄해졌어요, 도련님? 제멋대로 굴게 내버려 두기도 싫증 났대요? 속으로나 미워하더니 이젠 대놓고 미워하나 봐요?"

린턴 도련님이 절 쳐다봤지만 대꾸는 하지 않더군요. 아씨를 옆에 두고 10분쯤 더 앉아 있었는데, 고개를 푹 숙인 채 지쳐서인지 아파서인지 이따금 숨죽여 신음을 토할 뿐 아무 말도 하지 않았어요. 심심해진 캐시 아씨가 근방을 돌아다니며 찾아서 따 온 월귤나무 열매를 저에게 나누어주었습니다. 사촌에게는 주지 않았어요. 더 챙겨줘 봤자 피곤해하고 귀찮아할 뿐이리라고 본 거죠.

이윽고 아씨가 제게 속삭였습니다.

"이제 30분 지났지, 엘렌? 왜 계속 있으라는 건지 모르겠네. 앤 잠들었어. 아빠도 슬슬 우리가 돌아오길 바라실 거야."

제가 답했지요.

"글쎄요, 잠든 도련님을 두고 가버리면 안 되죠. 깰 때까지 진득하게 기다립시다. 집에서는 어서 출발하자고 성화더니, 가여운 린턴 도련님 보고 싶었던 마음이 참 금세도 사라졌네요!"

아씨는 의아해했어요.

"얘는 왜 날 만나고 싶어 했을까? 전에 있는 대로 성질 부리던 애도 지금보다는 나았어. 지금은 애가 이상하잖아. 이렇게 날 만나는 것도, 아버지한테 혼날까 봐 무서워서 울며 겨자 먹기로 하는 것 같아. 히스클리프 씨가 린턴한테 이런 고행을 시키는 까닭이 뭔지 몰라도 난 그자가 좋아할 일은 안 할 거야. 그리고 애 건강이 좋아진 건 기쁘지만 전보다 훨씬 침울해 보이는 데다 나한테도 훨씬 덜 다정해서 서운해."

제가 물었습니다.

"아니, 아씨 생각엔 도련님 건강이 좋아진 것 같아요?"

"응. 전에는 허구한 날 아프다고 야단이었잖아. 아빠한테 전해달란 대로 상당히 건강한 정도까진 아닌데, 어쨌든 전보다 좋아지긴 했겠지."

"제 생각은 다르네요, 캐시 아씨. 아무리 봐도 훨씬 나빠진 것만 같은데요."

바로 그때 린턴 도련님이 소스라치게 놀라며 잠에서 깨더니 누가 자길 불렀느냐고 물었어요.

캐서린 아씨가 대답했어요.

"아니. 꿈에서라면 몰라도. 이런 야외에서, 더구나 아침인데 어떻게 잠들 수 있는지 난 도통 이해를 못 하겠다."

숨을 가쁘게 몰아쉬며 도련님은 우리 위로 험상궂게 튀어나온 언덕배기 바위를 힐끗 올려다봤어요.

"아버지 목소리를 들은 것 같았는데. 정말 아무도 부르지 않은 게 확실해?"

"확실하다니까. 엘렌이랑 내가 네 건강 얘기를 한 것뿐이라고. 근데 린턴, 지난겨울에 헤어졌을 때보다 더 건강해졌다는 거 정말이야? 그렇다 해도 확실히 하나는 ― 날 생각하는 마음은 ― 약해진 듯하지만……. 아무튼 말해봐, 정말 건강해졌어?"

린턴 도련님은 왈칵 눈물을 쏟으며 소리쳤어요.

"정말이야, 정말! 난 건강하다고!"

그리고 상상의 목소리에 여전히 홀려서는 목소리의 주인을 찾아 두리번거리는 것이었어요.

캐시 아씨가 일어섰습니다.

"오늘은 이만 가야겠다. 솔직히 오늘 만남은 아주 실망스러웠지만, 이 얘긴 너 말곤 아무한테도 안 할게. 물론 히스클리프 씨가 무서워서는 아니야!"

린턴 도련님이 목소리를 확 깔았어요.

"쉿! 제발 조용히 해! 아버지 오시잖아."

그러면서 아씨 팔을 붙잡고 늘어지지 뭐예요. 하지만 그자가 온다는 말에 아씨는 다급히 사촌을 뿌리쳤어요. 아씨가 휘파람을 불자 미니가 충직한 개처럼 냉큼 달려왔지요.

아씨는 용수철 튀듯 말안장에 오르며 외쳤어요.

"다음 목요일에 올게. 안녕. 가자, 엘렌!"

그렇게 우리는 린턴 도련님을 두고 떠났습니다. 정작 도련님은 우리가 떠나는 줄도 몰랐던 것 같아요. 곧 아버지가 온다는 생각에 전전긍긍하느라 여념이 없었거든요.

캐서린 아씨의 불쾌감은 집에 도착하기도 전에 물러져 동정과 후회라는 착잡한 감정으로 변했는데, 그 감정에는 린턴의 실제 몸 상태와 집안 환경에 대한 막연하고 불안한 의구심이 다분히 섞여 있었습니다.

다음번에 만나서 더 정확히 판단할 수 있을 테니 일단은 말을 아끼라고 아씨에게 조언하기는 했지만, 내심 저도 의문스럽긴 마찬가지였답니다.

주인님이 이번 만남에 대해 물으셨습니다. 캐시 아씨는 주인님 조카의 감사 인사를 충실히 전달하되 나머지는 완곡히 둘러댔어요. 저 역시 무엇을 숨기고 무엇을 밝힐지 몰라 주인님의 궁금증을 속 시원히 해소해 드릴 수 없었지요.

13

이레가 흐르는 동안 에드거 린턴 나리의 병세는 하루
가 다르게 악화일로를 달렸어요. 단 몇 시간 사이에 몸이
상하는 것이 지난 몇 달에 걸쳐 진행된 병증에 맞먹을 정
도였으니까요.

캐서린 아씨에게는 숨기고 싶었지만 눈치 빠른 아씨
를 속일 수는 없었지요. 아씨는 점차 현실로 다가오는
두려운 가능성을 피부로 느끼고 남몰래 염두에 품었답
니다.

목요일이 돌아왔지만 사촌을 만나러 가겠다는 말을
꺼낼 생각이 없어 보이더군요. 제가 아씨 대신 주인님께
말씀드려 나들이 허락을 받았습니다. 그 무렵 캐시 아씨
의 세상은 아버지가 매일 — 잠깐이나마 앉아 있을 수 있
을 때 — 들르는 서재와 아버지 방이 전부였거든요. 아씨
는 잠시 짬 내기조차 아까워하며 아버지 머리맡이나 곁
에 앉아 있는 데 온 시간을 쏟았고, 병구완과 슬픔으로
얼굴이 핼쑥해졌지요. 주인님은 다른 광경과 다른 사람
을 보는 것이 딸아이에게 유익하리라 여겨 흔쾌히 내보
내셨어요. 이제 당신이 죽어도 아씨가 완전히 외톨이로
남지는 않겠다는 희망에서 위안을 찾았고요.

주인님이 흘린 여러 말들로 짐작건대, 주인님은 조카
가 자신의 외모를 닮은 만큼 성품도 닮았을 거라 믿고 있

었어요. 하기야 편지에는 린턴 도련님의 못난 성격이 거의, 아니 전혀 드러나지 않았으니까요. 저도 그 오해를 바로잡지 않았습니다. 제 마음이 약한 탓이겠지만, 어차피 사실을 고해봐야 주인님은 어찌해 볼 힘도 기회도 없으니 얼마 남지 않은 시간이나마 마음 편히 계시게 두는 편이 낫겠다고 생각했거든요.

우리는 외출을 늦추다 오후에야 집을 나섰습니다. 8월의 황금빛 오후 — 언덕에서 불어오는 바람결에 생기가 충만해, 그 공기로 숨을 쉬면 죽다가도 되살아날 것만 같았어요.

캐서린 아씨의 얼굴은 주위 풍경과 똑같이 그늘과 햇빛이 빠르게 교차했어요. 다만 그늘이 더 오래 머물고 햇빛은 짧게 스쳐 갔지요. 가엾게도 그 여린 마음은 한순간씩 근심을 잊은 것까지 자책하더군요.

전에 정한 자리에서 기다리는 그이가 보였습니다. 아씨는 말에서 내렸는데, 금방 돌아갈 거라며 저더러는 내리지 말고 미니의 고삐를 잡고 있으라는 거예요. 하지만 전 안 된다고, 제가 책임지고 아씨를 데려왔으니 1분도 시야에서 벗어나게 하지 않겠다고 우겼지요. 우리는 함께 히스 비탈을 올랐습니다.

우릴 맞이하는 히스클리프 도련님은 지난번보다 훨씬 활기 있어 보였어요. 한데 기분이 좋다거나 반가워서가 아니라 두려워서 그런 것 같더라고요.

EMILY BRONTË

숨이 찬지 힘겹게 말도 끊었다 이었다 했어요.

"늦었네! 외삼촌이 많이 편찮으시지 않아? 못 오는 줄 알았어."

캐서린 아씨는 인사를 건너뛰고 냅다 쏘아붙였어요.

"왜 이렇게 솔직하지 못해? 날 만나고 싶지 않으면서 왜 그렇다고 말을 못 하냐고! 이상하잖아, 린턴. 두 번이나 날 불러냈는데, 우리 둘 다 괴롭자는 것 말곤 아무 이유도 없는 것 같아."

린턴 도련님은 몸을 떨면서 애원과 창피함이 반반 섞인 표정으로 사촌을 힐끔 쳐다보았지만, 아씨에겐 그런 수수께끼 같은 행동을 참아줄 만한 인내심이 없었어요.

"아빠가 정말 많이 편찮으셔. 그러게 아빠 곁에 있어 드려야 되는 나를 왜 불러내니? 내가 안 오길 바랐으면 굳이 약속 지키지 않아도 된다는 기별을 보냈어야지! 자! 난 설명을 들어야겠어. 놀이고 장난이고 내 마음에선 사라졌어. 이제 네 가식에 맞춰 춤춰줄 여유가 없단 말이야!"

도련님이 웅얼웅얼 대꾸했습니다.

"가식이라니! 뭐가 가식이라는 거야? 제발 캐서린, 그렇게 화난 얼굴 하지 마! 날 경멸하려거든 얼마든지 해. 난 쓸모없고 비겁한 놈이니 아무리 경멸당해도 싸! 하지만 네가 화내기도 아까운 놈이 나야. 하니 나 따위는 경멸의 대상으로 두고 내 아버지를 미워해!"

캐서린 아씨는 흥분해 외쳤어요.

"말도 안 되는 소리! 바보 천치 같으니! 이거 봐, 덜덜 떠는 꼴 하고는! 왜, 내가 때리기라도 할까 봐? 경멸해 달라고 지레 청할 것 없어, 린턴. 네 꼴을 보면 누구라도 저절로 경멸감이 들 테니까. 비켜! 난 집에 가야겠어. 바보같이 널 난롯가에서 끌어내서는 마치 우리가 뭐라도 되는 척 — 아니, 무슨 척이라도 했나? 내 옷자락 놔. 그렇게 기겁하며 운다고 내가 불쌍하게 여겨줄 것 같아? 설사 그런대도, 그런 동정 따윈 네가 물리쳐야지! 엘렌, 이게 얼마나 부끄러운 짓인지 애한테 말 좀 해줘. 일어나, 뱀처럼 비굴하게 기지 마. 그러지 말라고."

눈물범벅인 얼굴에 비통한 표정으로 린턴 도련님이 맥없이 엎어졌거든요. 격렬한 공포로 경련하는 듯한 모습이었어요.

도련님은 흐느꼈습니다.

"으의! 도저히 못 견디겠어! 캐서린, 캐서린, 난 배신자이기도 해. 너한테는 말 못 해! 하지만 네가 가버리면 난 죽은 목숨이야! 제발 캐서린, 내 목숨이 네 손에 달렸어! 날 사랑한다고 했잖아. 정말 그렇다면 너한테도 해되는 일은 아닐 거야. 안 갈 거지, 응? 상냥하고 다정하고 착한 캐서린! 그래, 아마 네가 승낙해 주겠지. 그럼 네 곁에서 죽게는 해줄 거야!"

사촌이 극도로 괴로워하자 아씨는 몸을 구부려 그를

일으켰습니다. 너그럽고 상냥했던 옛 감정이 되살아나 그만 짜증도 잊고 덜컥 걱정이 앞섰던 겁니다.

"내가 뭘 승낙해? 안 가는 거? 이상한 소리 말고 알아 듣게 얘기해, 그래야 들어주지. 네 말이랑 행동이 정반 대라 헷갈린단 말이야! 진정하고, 무엇이 네 마음을 그 토록 짓누르는지 솔직히 다 털어놔 봐. 린턴 네가 날 다 치게 할 리 없어, 그치? 할 수만 있다면 누구도 날 해치지 못하게 막을 거잖아? 난 믿어. 너 자신에 관해서는 겁쟁 이일지라도 넌 둘도 없는 벗을 배신할 정도로 비겁하진 않아."

가냘픈 두 손을 깍지 끼고 소년은 헐떡였습니다.

"하지만 아버지가 가만두지 않겠다고 했어. 난 아버지 가 무서워. 무섭다고! 그러니 말할 수 없어, 난!"

아씨는 안됐지만 한심하다는 듯 말했어요.

"그래, 그럼! 무서우면 말하지 마, 난 겁 안 나니까! 넌 널 지켜, 난 두렵지 않아!"

아씨의 아량에 도련님은 새삼 눈물을 쏟더군요. 꺼이 꺼이 흐느끼며, 자신을 부축하는 아씨 손에 입맞춤했어 요. 그렇지만 비밀을 털어놓을 용기는 끝끝내 끌어내지 못했답니다.

저는 도련님이 숨기는 게 뭘까 곰곰이 생각해 보면서, 그이나 다른 누구의 이득을 위해 아씨가 고통을 겪는 일 은 절대로 없게 하겠노라 굳게 다짐했습니다. 그때 히스

밭에서 부스럭 소리가 들려 고개를 들었더니, 하이츠 언덕을 내려오는 히스클리프 씨가 보이지 뭐예요. 어느새 제법 가까이까지 왔더라고요. 그 정도 거리라면 도련님 우는 소리가 들리고도 남았을 텐데 그 둘은 거들떠보지도 않고 오직 저에게만 쓰는 거의 다정한 말투로 인사를 건네는 거예요. 진심으로 반가운 기색이었는데 저로선 그 저의를 의심할 수밖에 없었지요.

"이렇게 내 집 근처에서 보게 되다니 별일이군그래, 넬리! 그레인지는 요즘 어때? 소식 좀 들려줘. 소문을 듣자니까……."

목소리를 깔고 덧붙이더군요.

"에드거 린턴이 사경을 헤맨다던데. 아마 부풀려진 얘기겠지?"

제가 대답했어요.

"아뇨, 소문대로예요. 곧 돌아가시게 생겼어요. 우리 모두에게 슬픈 일이지만 그분께는 축복이겠지요!"

"그래 얼마나 더 버틸 것 같아?"

"그건 모르죠."

"왜냐면 말이야……."

그제야 그는 두 아이에게 시선을 던졌어요. 둘 다 얼어붙더군요. 린턴 도련님은 감히 몸을 움직이거나 고개도 들지 못했고, 캐서린 아씨도 덩달아 꼼짝할 수가 없었지요.

EMILY BRONTË

그가 이어 말했습니다.

"아무래도 저 녀석이 날 물 먹이기로 작정한 것 같거든. 해서 저놈 외삼촌이 서둘러 먼저 가쳤으면 고맙겠는데…… 어이! 저 개새끼는 언제부터 저러고 자빠져 놀았대? 찡찡대면 어찌 되는지 내 똑똑히 가르쳐줬건만. 린턴 양과 함께일 때 대체로 기운깨나 솟나 보지?"

제가 대꾸했어요.

"기운이 솟아요? 천만에, 무진장 괴로워하는걸요. 보아하니 도련님은 연인과 함께 언덕길을 거닐 게 아니라 당장에라도 자리보전하고 치료를 받아야겠던데요."

히스클리프는 중얼거렸어요.

"의사를 부를 거야, 내일이나 모레쯤. 하지만 먼저……."

이어서 버럭 고함치더군요.

"일어나라, 린턴! 일어나! 땅바닥에서 뒹굴지 말란 말이다! 당장 일어나!"

가늘 길 없는 두려움에 발작이 도져 도련님이 다시 풀썩 엎어졌던 겁니다. 아버지의 눈총 때문이었겠지요. 달리 그런 굴욕적인 모습을 보일 이유가 없었으니까요. 도련님은 아버지 명령에 따르려고 몇 번이고 기를 썼지만, 얼마 없던 기운마저 다 빠져버렸는지 번번이 신음하며 도로 쓰러지고 말더군요.

히스클리프가 손수 아들을 들어다 가파른 풀밭 비탈에 기대앉혔습니다.

그리고 치미는 광포를 억누르듯 윽박질렀습니다.

"이제 화가 나려 한다. 그놈의 하찮은 정신머리조차 제대로 못 다루면…… 이런 망할 자식! 냉큼 안 일어나?"

도련님은 헉헉거렸어요.

"일어날게요, 아버지! 잠시만 기다려주세요. 아님 기절할 것 같아서요! 아버지가 바라시는 대로 했어요. 정말이에요. 캐서린한테 물어보세요. 제가…… 제가 쾌활했다고 할 거예요. 아! 캐서린, 옆에 있어줘. 손 좀 내어줘."

그 아버지가 말했습니다.

"내 손 잡아라. 네놈 발로 서! 그래 됐다. 린턴 양이 팔을 빌려줄 게야…… 그렇지, 린턴 양 좀 봐라. 이놈이 날 이렇게나 겁내니 린턴 양은 내가 악마인 줄 알겠어. 집까지 같이 걸어가 주는 친절을 베풀어주겠나, 린턴 양? 내가 건드리기만 해도 이놈이 덜덜 떨어서 말이야."

캐서린 아씨는 속삭였어요.

"저기, 린턴! 난 워더링 하이츠에 갈 수 없어…… 아빠가 금하신 일인걸…… 아버지가 널 해치지는 않을 텐데 왜 그렇게 무서워해?"

"난 저 집에 다시 못 들어가. 너 없이는 들어갈 수 없어!"

도련님이 말하자 그 아버지가 호통을 쳤어요.

"그만! 우린 캐서린의 효심을 존중해 줘야지. 넬리, 이놈 좀 데리고 들어가 줘. 자네 의견대로 내 지체 없이 의사를 부를 테니."

제가 대답했죠.

"생각 잘했네요. 하지만 난 우리 아씨한테서 떨어지면 안돼요. 그쪽 아드님 챙기는 건 내 소관이 아니고요."

"꼬장꼬장하긴! 그야 나도 알지. 하지만 내가 아기를 꼬집어 비명을 자아내면 넬리의 자비심이 동하겠지. 이리 와, 우리 주인공. 내가 부축해 줄 테니 나랑 같이 들어갈까?"

그는 다시 다가가 마치 체포라도 하듯 아들의 연약한 몸뚱이를 우악스럽게 붙잡으려 했어요. 하지만 도련님은 움찔하더니 사촌에게 매달리며 제발 같이 가달라고 애걸복걸하더라고요. 도저히 거절할 수 없게 그야말로 미친 듯이 들러붙었어요.

제가 아무리 반대해도 아씨를 말릴 수는 없었습니다. 하기야 아씨인들 어떻게 뿌리칠 수 있었겠어요? 무엇 때문에 린턴 도련님이 그런 공포에 휩싸였는지 우리로선 알 길이 없었지만, 공포에 짓눌려 맥을 못 추는 도련님 모습은 조금만 더 어떻게 해도 충격을 못 이겨 넋을 아주 놓아버릴 것만 같았어요.

현관에 도착해 캐서린 아씨가 들어가고 저는 문밖에 서서 아씨가 환자를 의자에 앉힌 뒤 곧바로 나오길 기다렸습니다. 한데 히스클리프가 다짜고짜 절 안으로 떠밀지 뭐예요.

"내 집에 전염병이 돌진 않아, 넬리. 내가 오늘은 손님을 접대하고 싶은 기분이니 일단 앉아. 난 문을 닫아야겠구먼."

그러고는 문을 닫더니 아예 걸어 잠그는 거예요. 전 흠칫 놀랐습니다.

그자가 말했습니다.

"차 한잔 들고 가. 집에는 나밖에 없어. 헤어턴은 소들 꼴 먹이러 나갔고 조지프랑 질라는 놀러 나갔고. 나야 혼자 있는 데도 익숙하지만 가능하면 재미있는 벗들과 함께인 게 낫지. 린턴 양, 저놈 옆에 앉아. 내 선물 하나 주지. 선물이라기엔 변변찮지만 달리 줄 게 없거든. 그래, 린턴을 가지란 뜻이야. 얼씨구, 저년 눈빛 좀 보게! 나도 참 이상하지, 뭐가 날 무서워하는 것 같으면 더 무참히 짓밟고 싶어진단 말이야. 이렇게 법이 엄하고 취향이 점잖은 나라에서 태어나지만 않았어도 내, 하룻저녁 심심풀이로 저 둘을 산 채로 천천히 해부했을 거야."

숨을 크게 들이마시더니 탁자를 쾅 내려치며 혼잣말로 욕을 하더군요.

"제기랄! 저 연놈이 싫어."

"난 당신이 무섭지 않아!"

캐서린 아씨가 소리쳤습니다. 그자 말의 마지막 부분은 미처 못 들은 모양이었어요.

아씨는 성큼성큼 그자 코앞으로 다가갔습니다. 검은 눈동자가 분노와 결의로 번뜩였지요.

"열쇠 이리 줘요. 내놓으라고! 굶어 죽는 한이 있어도 여기선 아무것도 먹거나 마시지 않겠어."

열쇠 쥔 손을 탁자에 얹은 채 앉아 있던 히스클리프가 아씨를 올려다봤어요. 아씨의 대담한 태도에 좀 놀란 듯도 했고, 어쩌면 아씨에게 그런 눈빛과 목소리를 물려준 사람을 떠올렸는지도 모르죠.

그자의 손가락이 무심결에 느슨하게 벌어졌고, 아씨는 그 틈에 열쇠를 빼내려 잽싸게 달려들었어요. 하지만 아씨의 행동에 정신이 번쩍 든 그가 먼저 손을 힘껏 오므렸지요.

"자, 캐서린 린턴, 물러서지 않으면 자넬 패대기칠 거야. 그럼 딘 부인이 미쳐 날뛰겠지."

경고를 무시하고 아씨는 다시 한번 그자의 손을 덮쳤어요.

"우린 갈 거야!"

빽빽 소리치며 아씨는 그자의 무쇠 같은 손가락을 펴려고 안간힘을 썼어요. 손톱으로 찍고 할퀴어도 소용이 없자 급기야 이로 꽉 깨물더라고요.

히스클리프가 절 힐끗 쳐다보았는데, 그 시선에 멈칫하는 바람에 전 막아설 순간을 놓치고 말았어요. 캐서린 아씨는 그자 손에 열중한 나머지 그자의 얼굴을 보지 못했고요. 돌연 그가 문제의 열쇠를 탁자에 둔 채로 손을 폈습니다. 하지만 아씨가 열쇠를 낚아채려는 순간, 그자는 펼쳤던 손으로 아씨 몸을 붙들어 자기 무릎에 앉히고 다른 손으로 아씨의 양쪽 따귀를 무시무시하게 갈겨대는 것이었어요. 그자에게 붙들려 있지 않았다면 아씨는 단 한 방에 그자 말대로 나가떨어졌을 거예요.

이 극악무도한 폭행에 전 격분해 달려들었습니다.

"이 악당 놈! 이 악당 놈아!"

놈은 제 가슴팍을 떠밀쳐 단번에 입을 다물게 했어요. 제가 살집이 두둑한 편이어서 금방 숨이 차거든요. 그런데다 분노까지 더해지니 눈앞이 아뜩하더라고요. 금방이라도 질식하거나 혈관이 터질 것 같아, 전 비틀대며 뒷걸음쳤어요.

극적인 상황은 2분 만에 끝났습니다. 풀려난 캐서린 아씨는 두 손을 관자놀이에 댔는데 귀가 떨어져 나갔는지 아직 붙어 있는지 모르겠다는 표정이었어요. 가엾은 것, 갈대처럼 휘청이는 몸을 망연히 탁자에 기대더군요.

비열한 악당 놈은 바닥에 떨어진 열쇠를 주우려 몸을 숙이며 잔인하게 말했습니다.

"보다시피 난 애들 버르장머리 고치는 법을 잘 알아. 이제 내가 시킨 대로 린턴한테 가. 저기서 실컷 울어라! 내일이면 난 네 시아버지가 될 게야. 며칠 후면 네 유일한 아버지가 되겠지. 그럼 본때를 넘치게 보여주마. 넌 잘 견뎌낼 테고. 넌 약골이 아니니까…… 또 그렇게 못된 눈빛을 하다가 나한테 걸리면, 매일없이 매맛을 보게 될 줄 알아!"

캐시 아씨는 도련님이 아닌 저에게로 달려와 주저앉아서, 홧홧한 뺨을 제 무릎에 대고 엉엉 울었어요. 아씨의 사촌은 큰 의자 구석에 쥐새끼처럼 조용히 웅크리고 앉아 있었지요. 아버지의 본때가 자기 말고 딴 사람에게 떨어져 내심 기뻐하는 것 같더군요.

망연자실한 우리를 보고 히스클리프 씨가 일어나 후딱 차를 끓였습니다. 찻잔과 받침을 여러 벌 차려놓고 한 잔에 차를 따라 저에게 내밀었어요.

"한잔하면서, 상한 비위를 씻어내게. 넬리의 저 맹랑한 귀염둥이와 내 아들놈한테도 한 잔씩 주고. 내가 만들었지만 독을 타진 않았어. 난 나가서 자네들 말을 찾아봐야겠군."

그자가 나가자마자 우린 빠져나갈 궁리부터 했습니다. 출구를 찾아봤지만 부엌문은 밖에서 잠겨 있었고 창문은 아씨의 작은 몸도 통과할 수 없을 만큼 좁았어요.

철저히 감금되었음을 깨달은 저는 악당의 아들을 공략했습니다.

"린턴 도련님, 도련님은 저 악마 같은 아버지가 무슨 속셈인지 알죠? 그게 뭔지 불어요. 안 그럼 그자가 우리 아씨한테 한 것처럼 나도 도련님 따귀를 때려줄 거예요!"

캐서린 아씨도 거들었지요.

"그래 린턴, 말해줘야 해. 난 널 위해 이 집에 들어왔잖아. 설마 배은망덕하게 입 다물 건 아니겠지?"

도련님이 입을 열긴 했어요.

"차 한잔 줘. 목 좀 축이고서 얘기해 줄게. 딘 부인은 비키지? 그렇게 앞에 서서 내려다보면 싫으니까. 아이 캐서린, 눈물이 내 찻잔에 떨어지잖아! 그건 안 마실래. 다른 잔에 따라서 줘."

아씨는 다시 차를 따라 사촌에게 건네고 얼굴을 훔쳤습니다. 전 도련님, 아니 그 같잖은 놈의 태평한 모습이 역겨울 지경이었어요. 어쨌거나 자기는 공포에서 벗어났다 이거잖아요. 황야에서는 죽을 듯이 괴로워하더니 워더링 하이츠로 들어오는 순간 거짓말처럼 태도가 돌변했거든요. 해서 전 짐작했지요. 우릴 거기로 유인하는 데 실패하면 화를 면치 못하리라는 끔찍한 협박에 시달려오다, 일단 뜻대로 되어 당장의 두려움은 사라졌구나 하고요.

차를 조금 홀짝인 뒤에야 실토하더군요.

"아빠는 우리가 혼인하길 바라는데 당장은 네 아빠가 반대하실 걸 알거든. 한데 기다리기만 하다간 내가 먼저 죽어버릴까 봐 우려하는 거지. 그러니까 넌 오늘 밤을 여기서 보내고 아침에 나랑 혼인해야 해. 아빠가 원하는 대로만 해주면 둘 다 내일 집으로 돌아갈 수 있어. 그럼 나도 같이 데려가 줘."

전 소리쳤어요.

"데려가 줘? 이런 한심한 마귀 새끼를? 이 둘이 혼인을 해? 아니, 그자가 미쳤구먼. 아님 우릴 다 바보로 아는 게야. 이렇게 곱고 어린 아가씨가, 건강하고 원기 왕성한 소녀가 네 녀석처럼 오늘내일하며 빌빌대는 원숭이 새끼한테 매여줄 것 같아? 캐서린 린턴은 고사하고 세상 어떤 여자인들 네놈을 남편감으로 여겨줄까! 비겁하게 울며 매달리는 속임수로 우릴 여기로 끌어들이다니, 네놈이 아주 매를 부르는구나. 이제 와서 그런 얼빠진 표정 짓지 마! 야비하게 배신한 것도 모자라 천치 주제에 자만에 빠진 네놈을 붙잡고 마구 흔들어대야 이 속이 좀 풀리려나 싶으니까!"

실제로 살짝 흔들기도 했는데, 그깟 것에 녀석은 또 쿨럭대는 거예요. 아니나 다를까, 앓는 소리를 내고 눈물을 흘리며 징징거렸죠. 캐서린 아씨는 절 나무랐고요.

아씨가 찬찬히 주위를 둘러보며 말했어요.

"밤새 여기 있으라고? 안 돼! 엘렌, 문에다 불을 질러서라도 나가야겠어."

아씨가 즉시 실행할 태세로 움직이자 린턴은 소중한 제 몸뚱이가 상할세라 기겁하며 몸을 일으키더니 무력한 두 팔로 아씨 몸을 부둥켜안고 흐느끼더군요.

"그냥 날 받아주지 않을래? 나 좀 살려줘! 그레인지로 데려가 주면 안 돼? 오! 사랑하는 캐서린! 나만 남겨두고 가지 마! 그건 절대 안 돼! 아버지 말대로 해야 해, 다른 길은 없어!"

아씨가 받아쳤어요.

"난 내 아버지 말대로 해야 해. 얼른 가서 안심시켜 드려야 한다고. 하룻밤을 꼬박! 내가 보이지 않으면 어떻게 생각하시겠어? 벌써부터 노심초사하고 계실 텐데. 때려 부수든 불을 내서든 난 이 집에서 나갈 거야. 조용히 해! 네가 위험에 처한 것도 아니잖아. 하지만 날 막아서면…… 린턴, 난 너보다 아빠를 더 사랑해!"

히스클리프의 분노에 대한 치명적인 공포가 겁쟁이 소년을 다시 동정에 호소하는 달변가로 만들었습니다. 아씨도 도로 마음이 약해지려 했지요. 그래도 반드시 돌아가겠다는 고집은 꺾지 않고 이번엔 아씨 쪽에서, 제발 그 이기적인 고민을 내려놓으라고 간곡히 애원했습니다.

하지만 그러는 사이에 간수가 돌아와 버렸죠.

"너희 말들은 달아나 버렸어. 그리고…… 아니, 린턴! 또 질질 짜는 게냐? 저 애가 널 어떻게 하던? 자자, 그만 낑낑대고 침실로 가. 한두 달만 있어봐라, 인마, 지금 저년한테 당한 수모쯤은 호된 따귀 한 대로 갚아줄 수 있어. 넌 순수한 사랑을 믿는 놈 아니냐? 그것만 있으면 세상에 더 바랄 게 없겠지. 그런 널 저년이 갖는 게야! 하니 이제 잠이나 자! 오늘 밤엔 질라가 없으니 옷은 알아서 갈아입고. 그만! 시끄럽다니까! 네 방 근처로는 내 얼씬도 안 할 테니 겁내지 말고 들어가. 뭐, 어쩌다 네놈이 용케 해냈구나. 나머지는 내가 처리하마."

그자는 문을 열고 아들이 지나갈 수 있게 잡아주었어요. 그 아들이란 놈은 주인이 자길 쓰다듬어주는 척하다 눌러 죽일 셈이라고 의심하는 강아지처럼 슬금슬금 눈치를 살피며 잽싸게 탈출하더군요.

문에는 다시 자물쇠가 채워졌습니다. 저와 아씨가 말없이 서 있는 난롯가로 그자가 걸어왔어요. 그를 보자 아까의 얼얼한 감각이 되살아났는지 아씨는 본능적으로 뺨을 가렸어요. 그렇게 어린애처럼 약한 모습 앞에서는 누구든 굳었던 인상도 펼 수밖에 없을 텐데, 그자는 도리어 인상을 쓰며 나직이 빈정대더군요.

"아, 넌 내가 안 무섭댔지? 그 대단한 용기를 잘도 감추는구나. 아무리 봐도 되게 무서워하는 것 같은데!"

아씨가 대답했어요.

"이제는 무서워요. 제가 여기 있으면 아빠가 무척 심란해하실 테니까요. 저 때문에 아빠가 괴로워하신다면 제가 어떻게 견디겠어요? 아빠는 곧……. 그러니까 아빠는……. 히스클리프 씨, 제발 절 보내주세요! 린턴이랑 혼인할게요, 약속드려요. 아빠도 좋아해 주실 거고, 저도 린턴을 사랑해요. 제가 기꺼이 자진해서 할 일을 왜 억지로 시키려고 하세요?"

전 바락바락 큰소리쳤어요.

"어디 억지로 시켜보라 해요! 고맙게도 이 나라엔 법이란 게 있지요. 아무리 이런 외딴 산골이라도 법은 통해요, 통하고말고요! 내 아들이 이런 짓을 저질렀대도 난 발고할 겁니다. 이건 성직자 면책권도 없는 중죄거든요!"

놈이 발끈하더군요.

"닥쳐! 그 시끄러운 주둥이는 악마한테나 놀려! 누가 넬리 말을 듣고 싶대? 린턴 양, 자네 아버지가 괴로워할 거라니 나로선 듣던 중 반가운 이야기야. 너무 고소해서 잠도 안 오겠어. 그런 경사가 생길 거라 친히 일러주다니, 앞으로 꼬박 24시간을 내 집에 머무르기에 이보다 더 확실한 방법도 없을 거야. 린턴과 혼인하겠다고? 내 자네가 그 약속 꼭 지키게 해주지. 혼인하기 전에 린턴 양은 이 집에서 못 벗어날 거거든."

캐서린 아씨는 비통하게 울부짖었어요.

"그럼 엘렌이라도 보내서 아빠한테 제가 무사하다고 알리게 해주세요! 아님 지금 혼인하게 해줘요. 불쌍한 아빠! 우리가 길을 잃은 줄 아실 거야. 어떡하지, 엘렌?"

"천만에! 네 아비는 네가 병수발에 신물이 나서 바람이나 좀 쐬러 나간 줄로 알 거다. 너도 아비의 금지령을 무시하고 네 스스로 이 집에 걸어 들어온 걸 부인할 수는 없겠지. 하긴 네 나이에 놀고 싶은 거야 당연한 일 아니냐. 병수발이 지치는 일인 것도 당연하고. 너도 그자를, 고작 네 아비 따위를 돌보는 게 지겨웠을 거야. 캐서린, 네가 생을 시작하면서 네 아비의 행복했던 생은 끝난 거다. 아마 네 아비는 네가 세상에 나온 걸 저주했을 게야(적어도 나는 그랬다). 네 아비가 생을 마감하며 널 저주한 다면 그것도 괜찮겠어. 나도 함께 저주해 주마. 난 널 사랑하지 않거든! 당연하지! 실컷 울어라. 보아하니 이제부터는 우는 게 네 주된 소일거리가 되겠구나. 앞으로 넌 많은 걸 잃을 텐데 린턴 놈이 그걸 메워주진 못할 성싶거든. 한데 예지력 뛰어난 네 아비는 그놈이 그리해 주리라 믿는 모양이더라. 네 아비가 보낸 충고와 위로의 편지들을 읽는 재미가 아주 쏠쏠했지. 마지막엔 내 보물더러 자기 보물을 귀중히 다루라고, 혼인하면 다정하게 대하라고 조언하던데. 귀중히 다루고 다정하게 대하라 — 역시 아버지라니까! 한데 린턴은 제 몸 하나 귀중히 다루고 다정하게 대하는 데만도 제 깜냥을 다 쏟아야 한단 말이지. 어설픈 폭군 흉내는 잘 낼 게야. 이빨 뽑히고 발톱 잘린 고양이라면 마릿수가 얼마나 되든 신나게 괴롭히겠지. 내 장담하는데, 린턴 양이 집으로 돌아갈 때쯤이면 그놈이 얼마나 다정한지 아버지한테 제대로 전할 수 있을 거야."

제가 말했어요.

"그건 맞는 말이네. 아들내미 성격을 똑바로 밝혀야

지. 당신하고 닮은 걸 보여주라고요. 그래야 캐시 아씨도 그런 독사 괴물과 혼인하기 전에 생각을 고쳐먹지!"

"이제는 그놈 장점을 찾아서 내세울 마음도 별로 없어. 어차피 린턴 양은 그놈하고 혼인하지 않으면 아비가 죽을 때까지 넬리랑 같이 갇혀 있어야 하거든. 난 너희 둘을 감쪽같이 여기 붙잡아 놓을 수 있어. 혹 못 믿겠거든 이 아가씨한테 약속을 무르라고 해봐. 내 말이 허풍인지 진짜인지 판단할 기회가 생길 테니!"

캐서린 아씨가 말했습니다.

"무르지 않아요. 혼인할 거예요. 혼인을 해야 스러시크로스 그레인지로 돌아갈 수 있다면, 지금 바로 할게요. 히스클리프 씨, 당신은 잔인한 사람이지만 마귀는 아니잖아요. 오로지 악의만으로 제 모든 행복을 돌이킬 수 없게 망가뜨리지는 않겠지요. 아빠는 제가 아빠를 버리고 나온 줄로 오해하실 수도 있는데 제가 가기 전에 아빠가 돌아가시면, 제가 어찌 견디고 살겠어요? 우는 건 그만뒀어요. 대신 이렇게, 고모부 앞에 무릎 꿇을게요. 고모부가 절 봐줄 때까지 일어서지 않고 고모부 얼굴에서 눈을 떼지도 않을 거예요! 안 돼요, 외면하지 마세요! 제발 절 봐주세요! 거슬리는 건 전혀 없을 거예요. 전 고모부를 미워하지 않아요. 맞았다고 화나지도 않았어요. 고모부는 살면서 아무도 사랑해 본 적 없어요? 평생 아무도, 단 한 번도? 아아! 한 번은 절 보셔야지요. 이렇게 비

EMILY BRONTË

참한 꼴을 보면 ─ 가엾게 여기고 동정할 수밖에 없을 텐데요."

히스클리프는 아씨를 포악하게 밀치며 소리쳤습니다.

"그 도마뱀 발가락 같은 거 치우고 저리 비켜, 걷어차이기 전에! 차라리 뱀한테 휘감기고 말지! 대체 어떻게 나한테 알랑거릴 생각을 할 수 있냐? 난 네가 징그럽게 싫다!"

어깨를 움츠리더니, 정말로 소름이 끼치는 듯 몸을 부르르 떨고서 의자를 뒤로 밀더라고요. 제가 벌떡 일어나 한바탕 제대로 퍼부어 주려고 입을 열었지만, 첫 문장도 맺지 못한 채 벙어리가 되고 말았어요. 한마디만 더 지껄이면 저만 딴 방에 가두겠다는 협박 때문이었지요.

어둠이 짙어질 무렵, 텃밭 출입구 쪽에서 웅성거리는 소리가 들려왔습니다. 집주인이 부리나케 나가보더군요. 그자는 촉이 좋았지만 우린 그렇지 못했어요. 2~3분 대화하는 소리가 들리더니 그자 혼자 돌아왔습니다.

"아씨 사촌 헤어턴인 줄 알았는데……. 그이라도 오면 좋으련만! 혹 우리 편을 들어줄지 누가 알아요?"

전 아씨에게 속삭였는데 히스클리프가 대꾸하더군요.

"자네들을 찾으러 그레인지에서 하인 셋을 보냈더군. 덧창을 열고 소리를 질렀어야지. 하지만 분명 저 계집애는 안 그러길 잘했다고 여기고 있을걸. 계속 갇혀 있게 돼서 외려 좋아한다니까."

절호의 기회를 놓친 걸 알게 된 아씨와 저는 가눌 길 없는 슬픔에 목 놓아 울었습니다. 그자는 우리가 통곡하게 두었다가 9시가 되자 이만 부엌을 지나 질라 방으로 올라가라고 했어요. 저는 그렇게 하자고 아씨에게 귓속말했습니다. 질라 방 창문으로 빠져나가거나 다락으로 올라가 들창을 통해 지붕으로 탈출할 수 있을지도 모르니까요.

하지만 위층 창문도 아래층 것만큼 좁았고 다락으로 통하는 구멍도 막혀 있어 우리는 여전히 갇힌 신세였습니다.

둘 다 눕지도 않고 밤을 지새웠어요. 캐서린 아씨는 창가에 붙박인 듯 앉아 날이 밝기를 초조하게 기다렸지요. 수시로 제가 눈 좀 붙이라고 사정했지만 매번 아씨는 깊은 한숨으로만 답할 뿐이었어요.

저는 의자에 앉아 상체를 앞뒤로 흔들며, 여러모로 제 소임을 다하지 못한 것을 심하게 자책했습니다. 제가 모셨던 모든 사람들의 불행 전부가 저에게서 비롯됐다는 생각까지 들더라고요. 물론 사실이 아닌 건 저도 알지요. 하지만 암담했던 그날 밤 저는 모든 게 제 잘못인 것만 같은 기분에 사로잡힌 나머지 히스클리프조차 저보다는 죄가 가볍다고 생각했답니다.

7시 정각에 그자가 와서 린턴 양이 깼느냐고 물었습니다.

EMILY BRONTË

아씨는 냉큼 문가로 달려가 "네"라고 답했고요.

"그럼 나와."

그자는 문을 열고 아씨를 끌어냈습니다.

저도 따라가려고 일어섰지만 그자가 다시 문을 잠가 버리지 뭐예요. 내보내 달라고 소리쳤더니 그자가 대꾸하더군요.

"기다려봐. 이따가 아침 식사를 올려보낼 테니."

전 문을 쾅쾅쾅 두드리고 빗장을 부술 기세로 흔들어 댔습니다. 캐서린 아씨도 저는 왜 나오지 않느냐고 물었지요. 그자는 한 시간 뒤에 풀어줄 거라며 아씨를 데리고 가버렸어요.

두세 시간이 지난 뒤에야 발소리가 들렸습니다. 히스클리프는 아니었어요.

"먹을 걸 좀 가지왔는데. 문 열어보라이!"

얼른 열어보니 헤어턴이 하루치 식량을 넉넉히 가져왔더라고요.

그이가 쟁반을 내 손에 떠안겼습니다.

"받으소!"

전 붙잡으려 해봤지요.

"잠깐만 있다 가요."

"어데요!"

제가 그 짧은 동안에 가능한 온갖 애원을 쏟아냈지만, 헤어턴은 단호히 뿌리치고 가버렸어요.

그렇게 저는 그날 낮에 이어 밤까지, 다음 날에 이어 그다음 날까지도 갇혀 있었답니다. 총 닷새 밤과 나흘 낮을 갇힌 채, 아침마다 헤어턴을 한 번 보는 것 말고는 아무도 만나지 못했어요. 헤어턴은 모범적인 간수였습니다. 그의 정의감이나 동정심을 자극하고자 제가 갖은 수를 써봤지만 그는 귀를 닫고 입도 닫고 뚱한 자세를 고수했어요.

14

EMILY BRONTË

닷새째 오전, 아니 이른 오후에, 다른 발소리가 — 더 가볍고 잰걸음 소리가 — 다가왔어요. 이번엔 발소리 임자가 방 안으로 들어서더군요. 질라였습니다. 진홍색 숄을 두르고 검은색 비단 보닛을 쓰고 버들 바구니를 팔에 걸친 모습이었어요.

그이가 외쳤습니다.

"에구머니나! 딘 부인, 아이고! 기머턴에 소문이 짜해요. 소문 듣고 나도 딘 부인이랑 아가씨가 블랙호스 늪에 빠져 죽은 줄로만 알았지. 한데 우리 주인이 댁네를 데려와서 재워줬다고 하데요! 뭐, 늪 속에 어디 발 디딜 데가 있었나 봐요? 그래 얼마나 오래 빠져 있었어요? 여기 주인이 건져준 거예요? 그래도 그다지 야위지 않았네. 심하게 고생하진 않았나 봐."

제가 대답했죠.

"이 집 주인은 진짜 악질이야! 하지만 꼭 죗값을 치를 테지. 그런 얘기는 뭐 하러 지어냈대요? 어차피 다 까발려질 것을!"

질라가 묻더군요.

"무슨 소리예요? 이 집 주인이 아니라 마을 사람들이 다 그리 말하던데. 댁네가 늪에 빠져 죽었다고 말이에요. 그래 내가 들어오면서 언쇼한테 큰 소리로 말했거든.

'아유, 헤어턴 군, 내가 없는 사이 동네에 변고가 있었네요. 앞길이 창창한 아가씨랑 씩씩한 넬리 딘이 딱해서 어쩐대요!'

멍청히 날 쳐다보데요. 아직 못 들었구나 싶어 내가 들은 대로 얘기해 줬죠.

한데 주인이 가만 듣다가 빙그레 혼자 웃더니 이러는 거예요.

'늪에 빠졌대도 지금은 나왔어, 질라. 실은 넬리 딘이 바로 지금 질라 방에 있는걸. 올라가서 넬리한테 이제 나돌아다녀도 된다고 전해. 여기 열쇠. 늪지 물이 뇌로 들어갔는지 집으로 뛰어가겠다고 난동을 피우는 걸 정신이 돌아올 때까지 내가 붙잡아 놨지. 이제 괜찮아졌으면 얼른 그레인지로 가라고 해. 아가씨는 대지주의 장례식에 늦지 않게 보내준다고 가서 전하라 하고.'"

전 숨이 멎는 줄 알았어요.

"에드거 나리께서 돌아가셨어요? 오! 질라, 질라!"

"아니, 아녜요. 앉아요, 딘 부인. 아직도 상태가 안 좋네. 안 돌아가셨어요. 케네스 씨 말로는 하루쯤 더 버틸 듯하다던데요. 길에서 우연히 만난 김에 내가 물어봤거든요."

앉는 대신 저는 짐을 챙겨 서둘러 내려갔어요. 막는 사람도 잠긴 문도 없더라고요.

하우스로 들어가면서 안을 휘둘러봤지요. 누구든 캐서린 아씨 소식을 전해줄 사람이 있을까 해서요.

햇빛이 가득 비쳐들고 문도 훤히 열려 있었지만 아무도 없는 것 같았어요.

당장 떠날지 아씨를 찾아봐야 할지 망설이고 있는데, 가냘픈 기침 소리가 나서 벽난로 쪽으로 시선을 돌렸어요.

린턴이 큰 의자를 혼자 차지하고 누워, 막대사탕을 빨면서 무심히 제 거동을 눈으로 좇고 있더군요.

우리 둘뿐이니 제가 잡도리하면 저쪽은 겁을 먹고 실토할 거란 생각으로 전 윽박지르듯 물었어요.

"캐서린 아씨는 어디 있어?"

녀석은 아무것도 모른다는 듯 사탕만 빠는 거예요.

전 다시 다그쳤어요.

"집으로 돌아간 거야?"

"아니. 위층에 있어. 걘 못 가. 우리가 안 보내."

녀석의 대구에 전 어이가 없어 소리쳤지요.

"안 보내? 이 바보가! 당장 아씨가 있는 데로 안내해. 안 그럼 악 소리 나게 얻어맞을 줄 알아!"

"그쪽이야말로 그 방에 들어가려다간 아빠한테 악 소리 나게 얻어맞을걸! 아빠가 캐서린한테 물렁하게 굴지 말래. 걘 내 아내인데 날 떠나고 싶어 하다니 괘씸하다고! 아빠가 그랬어. 걘 날 미워하고 내가 죽길 바란대. 내 돈을 가질 셈이라는데 어림도 없지! 집으로 돌아갈 수도 없을걸! 절대로 안 보내줄 거야! 울다가 병이 나든 말든 맘대로 하라지!"

이런 소릴 늘어놓고서 린턴은 다시 사탕을 빨며 잠을 청하듯 눈을 감더군요.

제가 또 타일렀습니다.

"히스클리프 도련님, 지난겨울 캐서린 아씨가 보여준 친절을 죄다 잊은 거예요? 그렇게 아씨를 사랑한다더니! 아씨가 책도 가져다주고, 노래도 불러주고, 도련님을 보려고 허구한 날 눈보라를 뚫고 찾아왔는데! 하루 저녁이라도 못 오게 되면 아씨는 도련님이 실망할 거라며 울었어요. 그때는 도련님도 아씨가 백배 과분하다고 여겼잖아요. 한데 이제는 아버지가 하는 거짓말을 믿다니요. 그자가 도련님과 아씨 둘 다를 증오한다는 걸 알면서! 도련님도 한패가 돼서 덩달아 아씨를 미워하다니요.

보답 한번 기가 막히네요, 안 그래요?"

도련님은 입술을 삐죽이며 입에서 사탕을 뺐어요.

전 내처 말했어요.

"도련님을 미워하는데 워더링 하이츠로 왔겠어요? 생
각을 해봐요! 돈 얘기가 나와서 말인데, 아씨는 도련님
이 유산을 물려받는 것도 몰라요. 그리고 아씨가 아프다
면서요? 한데도 낯선 집 저 위에 혼자 두다니요! 그렇게
방치되어 혼자 앓는 게 어떤 기분인지 아는 사람이 어찌
그래요? 도련님은 병에 시달리는 자신을 불쌍히 여겼고
아씨도 그런 도련님을 안타까워했는데, 막상 아씨가 아
픈 건 딱하지도 않아요? 나는 눈물이 나요, 히스클리프
도련님. 보여요? 나이 먹은 한갓 하녀인데도 아씨가 가
여워 눈물이 난다고요. 도련님은 그렇게 아씨를 사랑하
는 척해놓고, 아씨를 받들어 모셔도 시원찮을 판에, 자기
가 아픈 게 아니라고 눈물 한 방울까지 아끼며 태평하게
거기 누워 있네요. 아! 정말 매정하고 이기적이에요!"

린턴은 볼멘소리로 대꾸했어요.

"걔랑 같이 못 있겠어. 단둘이 있기 싫다고. 어찌나 울
어대는지 견딜 수가 없어. 아버지를 부르겠다고 해도 그
칠 생각을 안 해. 한번은 진짜 불렀어. 아버지가 조용히
안 하면 목을 조르겠다고 해서 겨우 잠잠해졌나 했는데,
아버지가 나가자마자 또 울음을 터뜨리잖아. 내가 잠 좀
자자고 짜증 내고 소리를 질렀는데도 걘 밤새도록 울면

서 징징대더라고."

그 한심한 녀석은 사촌의 정신적 고통에 공감할 능력이 없더군요. 전 다른 걸 물었습니다.

"히스클리프 씨는 나갔어요?"

"안뜰에서 케네스 씨랑 얘기 중이셔. 의사 말이 드디어 외삼촌이 죽는대. 잘됐지 뭐야, 내가 외삼촌 뒤를 이어 그레인지의 주인이 될 테니까. 캐서린은 늘 그레인지가 자기 집이라고 했는데. 자기 집은 무슨! 그레인지는 내 거야. 아빠가 걔가 가진 건 다 내 거랬어. 근사한 책들도 전부 내 거야. 걔가 나더러 방 열쇠를 가져와서 자길 내보내 주면 책은 물론이고 예쁜 새들과 조랑말 미니까지 몽땅 나한테 주겠다고 했거든? 해서 내가 말해줬지. 넌 나한테 줄 게 없다, 어차피 전부 다 내 거다, 라고 말이야. 그랬더니 울면서, 목에 걸고 다니던 작은 금합을 열어 보이며 그걸 가지라는 거야. 안쪽 면에 각각 걔 어머니랑 내 외삼촌 젊었을 적 초상화가 붙어 있었어. 바로 어제 일이야. 내가 그것들도 내 거라고 하면서 뺏으려고 했는데, 그 밉상이 안 뺏기려고 밀치는 바람에 내가 다쳤어. 난 비명을 질렀지. 그러면 걔가 겁먹거든. 아빠 오는 소리가 들리니까 금합을 반으로 쪼개더니 자기 어머니 초상을 나한테 주고 다른 건 숨기더라고. 하지만 아빠가 무슨 일이냐고 물어서 내가 다 말했거든. 아빠는 내 걸 가져가면서 캐서린한테 나머지 하나를 나한테 주랬어.

개가 싫다고 하니까 아빠가 — 아빠가 걜 쓰러뜨리고 반쪽 남은 금합을 줄에서 비틀어 빼서는 마구 짓밟았어."

전 생각한 바가 있어 일부러 계속 말을 시켰습니다.

"그래, 아씨가 맞는 걸 보니 좋던가요?"

"난 못 본 척했어. 아빠가 개나 말을 때릴 때도 — 너무 심하게 때리니까 — 그냥 못 본 척하거든. 그래도 처음엔 좋았어. 날 밀쳤으니 벌받아 싸잖아. 근데 아빠가 나가고 나서 걔가 날 창가로 불러서는 볼 안쪽이 이에 찍혀 찢어진 거랑 입안에 피가 흥건한 걸 보여주는 거야. 그러고는 그림 조각들을 주워 모아 벽 쪽으로 가서 벽을 보고 앉았어. 그때부터 나한테 한마디도 안 했고. 아파서 말을 못 하나 하는 생각도 들어. 그렇게 생각하긴 싫지만! 그 고얀 것이 줄기차게 울어대기만 하지, 얼굴도 창백한 게 제 정신이 아닌 것 같거든. 난 걔가 무서워!"

"도련님이 마음만 먹으면 열쇠를 가져올 수는 있고요?"

"응, 위층에 있어. 근데 지금은 기운이 없어서 못 올라가."

"열쇠가 어느 방에 있는데요?"

"오, 그걸 그쪽한테 말해줄 순 없지! 아빠랑 나만의 비밀이야. 아무도, 헤어턴도 질라도 모르는걸. 됐어! 그쪽 때문에 피곤해졌어. 가, 나가라고!"

녀석은 팔에 얼굴을 묻고 다시 눈을 감아버리는 것이었어요.

이제는 히스클리프 씨와 마주치기 전에 속히 그레인지로 가서 아씨를 구출해 줄 사람을 데려오는 게 상책이겠더라고요.

돌아온 저를 보고 그레인지의 동료 하인들은 뛸 듯이 놀라면서 또 뛸 듯이 기뻐했어요. 주인댁 아씨가 무사하다는 소식에 두세 명이 후딱 올라가 에드거 나리 방문에 대고 소리쳐 고하겠다는 것을 제가 말렸습니다. 그 소식은 제가 직접 알려드리고 싶었거든요.

며칠 사이에 어쩜 그리도 변하셨던지! 죽음을 기다리는 비애와 체념 그 자체의 모습으로 누워 계시더군요. 또한 어찌나 젊어 보이던지요. 실제 나이는 서른아홉이었는데 모르는 사람이라면 최소한 10년은 젊게 봤을 거예요. 딸아이를 떠올렸는지 이름을 중얼거리기도 했어요. 전 주인님 손을 가만히 잡고 속삭였습니다.

"캐서린 아씨가 곧 와요, 나리! 멀쩡히 살아 있답니다. 오늘 밤이면 돌아올 거예요."

나리의 첫 반응에 전 전율하고 말았습니다. 제 얘길 듣고는 상체를 조금 일으켜 방 안을 열심히 두리번거리나 싶더니 이내 다시 털썩 누우며 그대로 졸도해 버리더라고요.

나리의 의식이 돌아오자마자 전 우리가 억지로 워더링 하이츠에 들어가 억류되었던 사정을 말씀드렸습니다. 있는 그대로 고하지는 않고, 히스클리프가 절 강제로 끌고 갔다고 했지요. 린턴에 대한 나쁜 얘기는 되도록 삼 갔고 그 아비의 무자비한 행동도 낱낱이는 옮기지 않았 어요. 이미 차고 넘치는 나리의 고배에 구태여 쓰라린 고 통을 더 얹어드리기는 싫었거든요.

나리는 당신의 원수가 린턴가의 부동산만이 아니라 나리의 사유재산까지 자기 아들, 아니 자기 자신의 것으 로 확보할 속셈임을 직감했습니다. 하지만 어째서 당신 이 죽기까지 기다리지 않았는지는 의문스러워했지요. 당신에 이어 조카도 곧 세상을 하직하리란 사실을 몰랐 으니까요.

어쨌거나 나리는 유언장 내용을 바꾸기로 했습니다. 재산을 직접 물려주어 딸이 관리하게 하는 대신 신탁을 통해 평생 쓸 수 있게 하고, 자녀가 생기면 사후에 그들 에게 물려주도록 하겠다는 것이었지요. 이렇게 조치해 두면 린턴이 죽더라도 아씨의 재산이 히스클리프에게 넘어가는 일은 없을 테니까요.

나리가 지시한 대로 저는 하인 하나를 보내 변호사를 불러오게 하고, 넷을 더 불러 쓸 만한 무기를 들려준 뒤 감금된 아씨를 구출해 데려오라고 보냈습니다. 양쪽 모 두 늦도록 감감무소식이더니, 혼자 갔던 이가 먼저 돌아 왔습니다.

자기가 갔을 때 변호사 그린 씨가 부재중이어서 두 시 간이나 기다렸는데, 그린 씨가 돌아와서는 마을에 중요한 볼일이 있어 곧바로 다시 나가야 하며 스러시크로스 그레인지에는 내일 아침 일찍 방문하겠다고 했다는 거예요.

넷이 갔던 쪽도 허탕을 치고 돌아왔습니다. 캐서린 아씨가 몸져누워 방에서 나올 수 없다더라며 히스클리프가 아씨를 만나지 못하게 했다고요.

저는 바보같이 그따위 거짓말을 곧이들었냐며 그들을 호되게 나무랐고, 주인님께는 전하지도 않았습니다. 날이 밝는 대로 패거리를 이끌고 하이츠로 쳐들어가, 순순히 아씨를 내주지 않으면 말 그대로 다 쓸어버릴 작정이었어요.

아버지에게 딸을 보여주고야 말리라! 전 다짐하고 또 다짐했습니다. 그 악마 놈이 막아서면 그 집 문간에서 놈을 죽이는 한이 있더라도 반드시 아씨를 데려오리라!

다행히 막상 그런 수고와 죄까지 불사할 필요는 없었습니다.

새벽 3시에 물병을 가지러 내려가 물병을 손에 든 채로 현관 홀을 지나는데, 난데없이 탕 하고 문 두드리는 소리가 울려 펄쩍 뛸 만큼 놀랐지요.

얼른 정신을 수습하고 혼잣말을 했습니다.

"아! 그린 씨구나. 그이라면야 뭐……."

다른 하인이 열어주겠거니 하고 다시 걸음을 놓았지만 노크 소리가 또 울리지 뭐예요. 요란하진 않았지만 왠지 급박한 느낌이었어요.

물병을 계단 난간에 올려놓고 제가 직접 그를 맞아주러 얼른 현관으로 갔지요.

바깥에는 한가을 보름달이 휘영청이 떠 있었어요. 변호사가 아니었습니다. 귀엽고 사랑스러운 우리 아씨가 흐느끼며 제 목을 끌어안았어요.

"엘렌! 엘렌! 아빠는 살아 계셔?"

저도 울었지요.

"그럼요, 예, 아씨, 살아 계시고말고요! 하느님 감사합니다, 아씨도 무사히 돌아오셨군요!"

숨넘어갈 듯 헐떡이면서도 아씨는 당장에 위층 아버지 방으로 달려 올라가려 했어요. 하지만 제가 억지로 의자에 앉히고 물을 마시게 한 다음 핼쑥한 얼굴을 씻기고 제 앞치마로 문질러 조금이나마 혈색이 돌게 했습니다. 그러고는 제가 먼저 올라가 아씨가 돌아온 걸 알리겠다고, 아씨는 히스클리프의 아들과 행복하게 살겠다 말씀드리라고 일렀어요. 아씨는 의아하게 절 쳐다봤지만, 제가 거짓말을 권한 이유를 금세 알아차리고는 불평하지 않겠다며 절 안심시켰어요.

도저히 부녀가 상봉하는 자리에 낄 엄두가 나지 않더라고요. 저는 문밖에서 15분을 서 있다가, 들어가서도 침대 근처로는 차마 다가가지 못했어요.

그렇지만 의외로 차분한 분위기더군요. 딸의 절망도

아버지의 기쁨도 침묵을 지켰지요. 딸은 겉으로나마 침착하게 아버지를 안아 받쳤고, 그런 딸을 그윽이 올려다보는 아버지의 부릅뜬 눈에는 환희가 넘실대는 듯했답니다.

그분은 더없이 행복하게 운명하셨어요, 록우드 나리. 그렇게 가셨으니까요. 딸아이의 뺨에 입을 맞추고 속삭이셨지요.

"아빠는 엄마한테 간단다, 아가. 언젠가는 너도 우리 곁으로 오게 될 게야."

그러고는 더 이상 미동도 말도 없었지만 딸을 바라보는 황홀경의 형형한 눈빛만은 그대로였습니다. 그러다 어느 결엔가 맥박이 멎고 영혼이 떠나갔지요. 정확한 사망 시각을 아무도 모를 정도로 그분은 일말의 저항도 없이 죽음을 받아들이셨어요.

눈물이 말라버렸는지 가없는 슬픔에 짓눌려 흐르지 못했는지, 캐서린 아씨는 해가 솟을 때까지 마른 눈으로 그 자리에 앉아 있었어요. 그렇게 정오가 되었지요. 제발 좀 쉬라며 제가 끌어내다시피 하지 않았다면 언제까지고 상념에 잠긴 채 고인 곁을 지켰을 거예요.

아씨를 쉬게 한 건 잘한 일이었어요. 점심때 변호사가 왔는데 이 일과 관련해 진즉에 워더링 하이츠로 불려가서 지시를 받아났더라고요. 히스클리프 씨에게 매수되었기 때문에 우리 주인님의 호출에 바로 응하지 않았던 거예요. 주인님 머릿속에서 그런 세속적인 고민은 딸이 돌아온 뒤 모조리 사라져 괴롭지 않게 가셨으니 다행이라면 다행이었지요.

그린 씨는 집 안의 모든 물건과 사람의 처리를 도맡고 나섰습니다. 우선 저를 제외한 하인 전원에게 해고를 통보했어요. 그리고 위임받은 권한을 내세워 에드거 린턴은 아내 곁이 아니라 예배당 내 린턴가 납골당에 안치돼야 한다고 주장하더군요. 하지만 그와 다른 고인의 유지가 유언장에 담겨 있었고, 저 또한 유언장 내용을 빠짐없이 엄수해야 한다고 목소리 높여 항의했지요.

장례도 급히 치르고 끝냈습니다. 린턴 히스클리프 부인이 된 캐서린 아씨는 부친의 관이 나가는 날까지 시가의 묵인하에 그레인지에 머무를 수 있었어요.

아씨 말로는 괴로워하는 아씨를 보다 못한 린턴이 아씨를 풀어주는 위험을 감수했다더군요. 아씨는 제가 보낸 사람들이 문밖에서 따지는 소리를 들었고 히스클리프가 뭐라 답했는지도 대강 알겠더래요. 그래서 더 절박해졌고요. 제가 떠난 직후 위층 응접실로 옮겨졌던 린턴을 위협해 그의 아비가 다시 올라오기 전에 열쇠를 가져오게 했다네요.

린턴은 잠긴 문을 열고 완전히 닫지 않은 채 도로 잠그는 꾀를 냈답니다. 잘 때가 되자 헤어턴 방에서 자게 해달라고 사정하여 그날 밤에 한해 승낙을 받아냈고요.

캐서린 아씨는 동트기 전에 살그머니 빠져나왔습니다. 문으로 나가면 개들이 깨서 짖을 것 같아 빈방들을 찾아 들어가 창문을 살폈대요. 요행히 아씨 어머니 방이었던 빈방을 발견했고 그 방 격자창으로 쉽사리 빠져나와 창문에 닿을 듯 가까운 전나무를 타고 땅으로 내려왔다더군요. 한편 기껏 가장 티 나지 않을 계책을 짜낸 보람도 없이 린턴은 아씨의 탈출을 방조한 죄로 한바탕 고초를 겪었다지요.

15

장례를 마친 날 저녁, 캐서린 아씨와 저는 서재에 앉아 그분의 죽음에 대한 애도와 사색에 잠겼습니다. 둘 중 하나는 애도를 넘어 절망에 빠졌지요. 간간이 우리는 암울한 장래를 이리저리 추측해 보기도 했어요.

우리 둘 다 현재 캐서린 아씨의 처지로는 적어도 린턴이 살아 있는 동안 함께 그레인지에서 살도록 허락을 받고 저도 가정부로 남게 되는 것이 가장 바람직하리라 생각했어요. 과연 그렇게 상황이 우리한테 유리하게 정리될 리 있을까 싶었지만 그래도 전 기대를 걸어보았답니다. 저의 집과 일을, 무엇보다 아씨를, 사랑하는 아씨를 떠나지 않아도 되리라는 희망으로 조금씩 기운이 나기 시작했지요. 한데 그때, 해고되었지만 아직 집을 떠나지 않았던 하인 하나가 급히 뛰어 들어오더니 '그 악마 같은 히스클리프'가 마당을 질러 오는 중이라며 놈의 면전에 대고 문을 걸어버릴까 하고 묻더라고요.

그러라고 할 정도로 놈에게 화가 나 있었다고는 해도 시간이 턱없이 부족했습니다. 놈은 노크를 하거나 자기 이름을 밝히는 격식조차 생략했어요. 이제 자기가 주인 이랍시고 아무 말 없이 버젓이 들어오는 주인의 특권을 행사한 거예요.

놈은 하인의 목소리를 좇아 곧장 서재로 왔어요. 들어 와서는 손짓으로 하인을 내보낸 뒤 문을 닫더군요.

18년 전 그가 손님으로 들어왔던 바로 그 방이었습니다. 창문으로 비쳐드는 달빛도 창밖에 펼쳐진 가을 풍경 도 그때와 똑같았어요. 촛불을 밝히기 전이었지만 방 안 이 그리 어둡진 않았습니다. 벽에 걸린 초상화 즉 린턴 부인의 눈부신 미모와 그 남편의 기품 있는 얼굴까지 다 보였지요.

히스클리프가 난롯가로 갔습니다. 그의 외양 또한 세 월을 피한 듯하더군요. 거의 예전 모습 그대로였어요. 거 무스름한 얼굴이 다소 꺼칠해지고 표정이 여유로워지 고 몸집이 제법 — 얼추 20파운드쯤? — 불어난 것 말고 는 달라진 데가 없었지요.

아씨는 그를 본 순간 벌떡 일어났어요. 그대로 쌩하니

달아날 셈이었을 겁니다.

그자가 아씨 팔을 붙잡았습니다.

"어딜! 더는 도망칠 생각 마! 어디로 가려고? 널 집으로 데려가려고 왔다. 이제 며느리 노릇을 제대로 하고, 더는 린턴을 부추겨 날 거역하게 하지 마라. 이번 일을 그놈이 거든 걸 알고서 어떻게 벌할지가 난감했거든. 허약하기가 거미줄이라 슬쩍 꼬집기만 해도 거꾸러질 놈 아니냐. 그래도 그놈 얼굴을 보면 마땅한 벌을 받았다는 걸 알 수 있을 게야! 딱 하루, 그제 저녁에 그놈을 데리고 내려와 의자에 앉혀놓았지. 난 그놈을 건드리지도 않았어. 헤어턴도 내보내고 단둘이 그냥 두 시간을 보내고 조지프를 불러 녀석을 다시 올려다놓으라고 했는데, 글쎄 그때부터 그놈이 나만 보면 귀신이라도 나타난 듯 경기를 한단 말이야. 내가 없을 때도 그놈 눈엔 종종 내가 보이는 모양이야. 헤어턴이 그러는데 밤이면 그놈이 시간마다 깨서 비명을 지르고, 널 부르며 날 막아달라고 울부짖는다더라. 하니 네 귀한 짝이 좋든 싫든 넌 그놈한테 가야 해. 이제 그놈은 네 소관이다. 내 그놈한테 쏟던 관심을 몽땅 너한테 양보하마."

제가 나서서 사정해 봤어요.

"캐서린 아씨를 계속 여기서 지내게 하는 건 어때요? 린턴 도련님도 이리로 보내고요. 두 사람 다 싫어하니 떨어져 산들 보고 싶을 일도 없을 테고, 천륜을 모르는 그 이상한 성격에 두 사람은 매일 눈엣가시밖에 더 되겠어요?"

그가 대꾸하더군요.

"그레인지 세입자를 구하는 중이야. 확실히 해두자면, 나도 아들 내외를 곁에 두고 싶다고. 그리고 내가 먹여 살리는데 이 계집도 일을 해서 밥값은 해야지. 린턴이 죽고 나서도 호사스럽게 빈둥대며 살게 할 생각은 없거든. 이제 서둘러 갈 채비나 해. 강제로 끌고 가게 만들지 마라."

캐서린 아씨가 말했습니다.

"가겠어요. 이 세상에서 내가 사랑할 사람은 린턴뿐이니까요. 아무리 당신이 갖은 수로 그 애와 날 이간질해도 우릴 서로 미워하게 만들 수는 없어요! 내 앞에서 걜 해치기만 해요, 어디 날 겁줄 테면 줘보라고요."

"잘난 대변인 납시었군. 한데 그놈을 어떻게 할 만큼 내가 널 좋아하진 않거든. 고통의 맛은 오롯이 네 몫이니 실컷 즐겨봐. 어차피 넌 남편을 증오하게 될 텐데 그건 내가 아니라 상냥한 그놈 마음씨 탓이다. 네 탈주와 그 뒷일로 개 속이 지금 말이 아니거든. 너의 이 고귀한 헌신에 놈이 고마워하리라곤 기대하지 마. 저가 나만큼 힘이 세다면 이렇게도 하고 저렇게도 하겠다며 질라를 상대로 신나게 떠들어대더라. 의향은 있는데 몸이 안 따라주니 힘 대신 머리를 써서 널 괴롭히겠지."

EMILY BRONTË

"걔 천성이 고약한 건 나도 알아요. 당신 아들이잖아요. 다행히 내 천성은 그보다 나으니 받아줄 수 있어요. 그 애가 날 사랑하는 것도 알죠. 그래서 나도 그 애를 사랑하고요. 히스클리프 씨 당신을 사랑할 사람은 아무도 없어요. 아무리 당신이 우릴 비참한 지경에 빠뜨린대도, 우리는 당신이 더 비참하기 때문에 그토록 잔인하게 구는 거란 생각으로 대갚음하겠어요. 당신 정말 비참하잖아, 안 그래요? 악마같이 외롭고 악마같이 시기하고. 아무도 당신을 사랑하지 않아. 당신이 죽을 때 울어줄 이도 하나 없겠지! 나더러 당신이 되라면 곧 죽어도 싫다 할 거야!"

캐서린 아씨는 일종의 음울한 승리감을 내비치며 말했습니다. 기왕 식구가 됐으니 그들의 마음자세를 체화해 원수의 불행에서 기쁨을 찾기로 작심한 듯했어요.

시아비가 말했습니다.

"1분만 더 거기 서 있다간 네가 너인 것부터 싫어지게 해주마. 요망한 년, 얼른 가서 짐이나 챙겨."

아씨는 경멸 가득한 얼굴로 물러갔습니다.

아씨가 없는 사이 저는 이 집 하녀장 자리를 질라에게 양보할 테니 절 하이츠의 가정부로 데려가 달라고 간청했어요. 하지만 그는 단칼에 거절하고 더는 아무 말 말라며 제 입을 다물게 했지요. 그러고 나서야 방 안을 휘 둘러보다 그림들에 시선이 닿았나 봐요. 린턴 부인의 초상을 유심히 들여다보고서 그가 말했어요.

"저건 집에 가져가야겠군. 딱히 필요해서는 아니지만……."

그는 불쑥 벽난로 쪽으로 돌아서더니 뭐랄까, 더 알맞은 단어가 생각나지 않으니 미소라 해야겠네요. 네, 미소를 띠고서 말을 이었어요.

"어제 내가 뭘 했는지 말해주지! 린턴의 묫자리를 파던 묘지기를 시켜 캐시 관에 덮인 흙을 치우게 하고, 관 뚜껑을 열었어. 언젠가 나도 거기 묻혀야지 하고 생각한 적이 있거든. 다시 그 애 얼굴을 봤을 땐…… 여전히 그 얼굴이더라고. 날 거기서 나오게 하느라 묘지기가 아주 애를 먹었지. 한데 공기를 맞으면 변한다길래, 내가 관 한쪽 면을 쳐서 헐겁게 해놓고 도로 덮었어. 린턴 놈쪽 말고! 그 망할 놈의 관은 납땜을 해버렸어야 하는데. 아무튼 묘지기를 매수해서, 내가 거기 묻힐 때 그 애 관의 헐거운 면을 뜯어내고 내 관의 한쪽 면도 빼내라고 일러뒀어. 내 관을 그렇게 만들라고 할 거야. 그리 해놓으면 린턴 놈이 우리한테 온들 누가 누군지 분간도 못 하겠지!"

전 소리쳤어요.

"어찌 그런 사악한 짓을! 히스클리프 씨, 고인의 안식을 방해하다니 부끄럽지도 않던가요?"

"난 아무도 방해하지 않았어, 넬리. 나 자신의 안식을 꾀했을 뿐이지. 이제 내 마음이 훨씬 편해질 테니, 땅에 묻히면 얌전히 거기 머무를 가능성이 그만큼 높아진 거야. 그 애의 안식을 방해했다고? 천만에! 걔가 내 안식을 방해했어. 밤이고 낮이고 18년을 내리, 줄기차게, 가차 없이…… 바로 어제까지도. 그런데 간밤에는 말이야, 비로소 평온했어. 잠든 그 애 곁에서 나도 최후의 잠에 드는 꿈을 꿨어. 심장이 멎고, 그 애의 뺨에 맞닿은 내 뺨은 얼어붙었지."

"만약 고인이 흙으로 변해 있었다거나 그보다도 심하게 상한 모습이었다면, 그럼 과연 어떤 꿈을 꾸었을까요?"

제 질문에 그는 주저 없이 답하더군요.

"그 애와 함께 썩어 문드러지는, 더 행복한 꿈을 꿨겠지! 내가 그런 변화를 두려워할 것 같아? 이미 그렇게 변했을 것을 예상하며 관뚜껑을 열었지만 아직 변화가 시작되지 않아 더 기쁠 따름이야. 훗날 나와 함께할 때까지 기다려주면 좋겠어. 더구나 그 애의 초연한 표정을 내 눈에 또렷이 새기지 않았다면 그 이상한 느낌에서 도무지 헤어날 수 없었을 거야. 그 느낌은 시작부터 기묘했어. 넬리도 알다시피 그 애가 죽은 뒤 난 반미치광이가 돼서 밤낮없이 그 애에게 돌아오라고, 유령이라도 오라고 빌었잖아. 난 진짜 유령이 있다고 믿어. 유령은 이승에 있을 수 있고 분명 우리 인간들과 함께 존재해!

그 애가 묻히던 날에 한차례 눈이 내렸지. 저녁 늦게 묘지로 갔어. 겨울처럼 스산한 바람이 불고…… 주위엔 아무도 없었어. 그 애 남편이라는 바보가 그 늦은 시각에 거기서 얼쩡댈 것 같지는 않았고 다른 사람들이야 거기 올 일도 없었고.

혼자이기도 했고, 지금 그 애와 나 사이를 가로막는 건 2미터도 안 되는 푸슬푸슬한 흙뿐이라는 생각도 들고, 해서 혼잣말을 했지.

'다시 한번 이 두 팔로 저 애를 안을 거야! 저 애 몸이 차가우면 내 살을 에는 이 북풍 때문이고, 저 애가 움직이지 않으면 그저 잠들었다 생각하겠어.'

창고에서 삽을 가져와 온 힘을 다해 땅을 파기 시작했어. 삽 끝이 관을 긁길래 엎드려 손으로 흙을 퍼냈어. 관 뚜껑에 박힌 나사못 주위가 쪼개지기 시작하고 목적을 이룰 참이었는데, 무덤가에서 누군가 이쪽을 굽어보며 내쉬는 한숨 소리가 언뜻 들린 듯했어. 난 중얼거렸지. '이걸 어떻게든 뜯어낼 수만 있다면! 저들이 삽을 들고 우리 둘을 흙으로 덮어주면 좋겠구먼!' 그러고선 더 필사적으로 관뚜껑을 흔들고 비틀었어. 또다시 한숨 소리가, 이번엔 귓전에서 들렸어. 진눈깨비 실은 바람을 날려보내는 따뜻한 숨결을 느낀 것도 같았고. 피와 살이 있는 생명체가 아니란 건 알고 있었어. 하지만 어둠 속에서 누가 다가오면 눈에는 보이지 않아도 기척이 분명히 느껴지듯이 그때 나도, 관 속이 아닌 땅 위에 있는 캐시의 기척을 분명히 느꼈어.

불현듯한 안도감이 심장에서 온몸으로 쫙 퍼졌어. 괴로운 고투를 그만두고 말할 수 없는 위안을 느끼며 돌아섰지. 그 애가 나와 함께 있었어. 무덤을 다시 메우는 동안에도 곁에 있다가 날 집으로 이끌었어. 웃기는 소리로 들리겠지만 — 웃어도 좋아 — 정말 난 집에 가면 그 애를 보게 되리라 확신했단 말이지. 그 애의 존재가 너무나 확실히 느껴져서 말을 건네지 않을 수 없을 정도였거든.

하이츠에 도착해 현관으로 달려갔어. 잠겼더라고. 그래, 기억나, 빌어먹을 언쇼 놈과 내 마누라가 날 못 들어오게 했지. 놈을 숨이 끊어지게 걷어차고 한달음에 위층으로 뛰어 올라 내 방으로, 그 애 방으로 갔지. 조바심치며 방 안을 둘러봤어. 걔가 곁에 있는 게 느껴지는데…… 보일 듯 보일 듯 끝내 보이지 않았어! 그리움에 애가 타서, 한번 스치듯이라도 나타나 달라고 열렬히 애원하느라 내 피땀을 흘렸건만! 단 한 번도 나타나 주지 않았어. 살아생전 자주 그랬듯 악마처럼 날 농락한 거야! 그 후로 쭉, 때로는 더하고 때로는 덜할지언정, 난 그 애의 노리개가 되어 참을 수 없는 고통에 시달렸어! 지옥 같았지……. 온 신경을 팽팽히 긴장시키는 고통이 계속되었단 말이야. 내 신경이 힘줄만큼 질기기 망정이지, 아니면 오래전에 린턴처럼 맥을 못 추고 늘어졌을걸.

헤어턴과 하우스에 있을 때는 문밖으로만 나가면 그 애를 만날 것 같았고, 황야를 거닐 때면 집으로 들어가야 그 애를 만날 것 같았어. 집을 나섰다가도 서둘러 돌아오기 바빴지. 틀림없이 그 애가 하이츠 어딘가에 있을 것만 같았으니까! 그 애가 쓰던 방에서 잠을 청해봐도…… 잠을 이루기는커녕 누워 있을 수도 없었어. 눈을 감는 순간 그 애가 느껴졌거든. 창밖에 있거나, 판자벽 너머를 미끄러지듯 지나가거나, 방 안으로 들어오거나, 심지어 어릴 적에 쓰던 그 베개에 사랑스런 머리를 누이기도 했어. 그러면 난 그 앨 보려고 눈을 떠야만 했지. 하룻밤에도 골백번은 눈을 감았다 떴다 하면서…… 골백번을 실망했다고! 고문이 따로 없었어! 종종 비명에 가까운 신음이 터져 나올 정도였으니, 보나 마나 조지프 영감탱이는 내 안의 양심이 마귀처럼 날뛴다고 믿었을 거야.

이제 그 애를 보고 나니까 마음이 놓여. 약간은. 사람 죽이는 방법치고 희한하기 짝이 없었지. 자그마치 18년에 걸쳐 희망이라는 망령으로 날 현혹하다니, 한 치씩도 아니고 털끝만큼씩 야금야금 숨통을 조이다니!"

히스클리프 씨는 말을 멈추고, 벽난로 안 붉은 잉걸에 시선을 고정한 채 땀 맺힌 이마에 들러붙은 머리칼을 쓸어 넘겼어요. 늘 찌푸린 눈썹이 그때만은 관자놀이께로 벌어져서인지 험악한 인상은 덜하고 고뇌하는 눈빛이 도드라졌지요. 단 하나의 대상에 몰입한 정신적 긴장으로 고통스러워하는 표정이었어요.

그의 말은 저에게 한 것이라기보다 독백에 가까웠고 저도 내내 침묵을 유지했습니다. 그자가 하는 말은 듣고 싶지 않았어요!

잠시 후 그는 다시 초상화를 물끄러미 쳐다보다, 더 잘 들여다보려는 듯 벽에서 내려 소파에 기대놓더군요. 그러는 사이에 캐서린 아씨가 들어와 갈 준비를 마쳤으며 말에 안장을 얹기만 하면 된다고 고했습니다.

"저건 내일 보내."

히스클리프는 제게 이른 뒤 아씨를 돌아보며 말했습니다.

"조랑말은 그냥 둬. 날씨가 궂은 것도 아니고, 워더링 하이츠에서 네가 말을 쓸 일은 없으니까. 어딜 가든 네 발로 걸어 다녀야 할 게다. 그럼 갈까."

저의 귀염둥이 아씨는 제게 속삭였습니다.

"잘 있어, 엘렌! 날 보러 와줘, 엘렌. 잊지 말고 꼭 와줘."

제 뺨에 입맞춤하는 아씨의 입술이 얼음장처럼 차가웠어요.

아씨의 시아비가 말했습니다.

"그런 짓은 삼가게나, 딘 부인! 볼일이 있으면 내가 이리로 올 테니까. 내 집에 염탐꾼은 사절이야!"

그는 며느리에게 앞장서라고 손짓했어요. 아씨가 앞서 나가며 흘끗 뒤돌아보는데, 그 눈빛이 제 가슴을 저미더라고요.

저는 창 너머로 정원을 걸어 내려가는 두 사람을 지켜보았습니다. 캐서린 아씨가 싫다고 하는 게 제 눈에도 보였건만 히스클리프는 굳이 아씨의 팔을 자기 옆구리에 끼다시피 하고 성큼성큼 오솔길로 이끌었어요. 곧 그들은 나무들에 가려 보이지 않게 되었지요.

16

아씨가 떠난 뒤로는 한 번도 보질 못했어요. 제가 하이츠로 찾아가 본 적은 있는데, 아씨를 보러 왔다고 하자 조지프가 문을 붙잡고 버티며 들여보내 주지 않더라고요. 새댁 아씨는 '바쁘고' 쥔장은 출타 중이라면서요. 어떻게들 지내는지 질라가 얘기해 주지 않았다면 누가 죽었고 살았는지조차 알 길이 없었을 거예요.

말하는 투로 보아 질라는 캐서린 아씨가 거만하다고 여겨 좋아하지 않는 눈치였어요. 처음 그 집에 들어갔을 때 아씨가 질라에게 뭔가 도와달라고 부탁했는데, 히스클리프가 자네는 자네 할 일이나 신경 쓰라 하고 며느리에게도 네 일은 스스로 하라고 해서, 자기는 기꺼이 주인 말을 따랐다더군요. 그 여자가 원래 속이 좁고 이기적이에요. 캐서린 아씨는 부탁을 들어주지 않은 질라에게 어린애처럼 심통이 나서는 멸시로 앙갚음했고, 제 정보원이 자기한테 엄청난 잘못이라도 한 듯이 아주 원수처럼 대했던 거죠.

6주 전쯤인가, 그러니까 록우드 나리가 오시기 좀 전에 황야에서 우연히 질라를 만나 꽤 오래 얘길 나눴어요. 그때 질라가 한 얘기를 그대로 옮겨볼게요.

"하이츠에 도착하자마자 린턴 부인은 나랑 조지프한테 인사도 안 하고 위층으로 뛰어 올라가데요. 린턴 방에 틀어박혀서는 아침까지 나오지 않았어요. 주인과 언쇼가 조찬을 드는 중에야 하우스로 들어오더니 부들부들 떨면서 의사를 불러달라고, 사촌이 많이 아프다고 하더라고요.

히스클리프 씨가 대꾸했지요.

'그걸 누가 몰라? 어차피 살려놔 봐야 한 푼 값어치도 못하는 놈이야. 그놈한테는 한 푼도 쓸 생각이 없어!'

새댁은 울먹이더군요.

'하지만 전 어떻게 할지 모르겠어요. 누구든 도와주지 않으면 저 애는 죽고 말 거예요!'

주인은 버럭 성을 냈어요.

'나가! 두 번 다시 내 귀에 그놈 얘기 들리게 하지 마! 그놈이 어찌 되든 이 집에선 아무도 신경 안 쓴다. 정 걱정되거든 네가 간호하고, 아니면 방에다 가둬놓고 나와버려.'

그러자 새댁이 나한테 매달리지 뭐유. 나야 그 지긋지긋한 물건한테 당할 만큼 당했다고 했지요. 우린 각자 할 일이 있고 새댁이 할 일은 그놈 병수발이다, 히스클리프 씨가 그 일은 새댁한테 맡기라고 했다, 이렇게 말해줬어요.

둘이서 어떻게 버텼는지 나도 잘은 몰라요. 그놈은 보나 마나 밤낮으로 앓는 소릴 해대며 말도 못 하게 보챘을 거고, 새댁은 허옇게 뜬 얼굴에 눈도 때꾼한 것이 거의 한숨도 못 잔 티가 나데요. 가끔 부엌에 와서는 안절부절못하며 눈치를 살피는데, 여차하면 도와달라고 애걸할 태세입디다. 한데 난 주인 나리를 거역할 맘이 없었거든. 내 감히 그리는 못 한다우, 딘 부인. 케네스 씨를 부르지 않는 건 잘못이라고 생각했지만 내가 관여할 일이 아니었고요. 충고도 불평도 주제넘은 짓이에요. 남 일에 참견하는 건 딱 질색이라우.

한 번인가 두 번인가, 모두 자러 들어간 뒤 어쩌다 방문을 열었는데, 새댁이 계단 꼭대기에 앉아 울고 있는 거예요. 참견하고 싶어질까 봐 얼른 문을 닫았다우. 솔직히 그때는 정말 불쌍하더라고. 그래도 어떡해, 일자리를 잃을 수는 없잖수!

결국 어느 날 밤, 새댁이 무작정 내 방으로 쳐들어와서는 기절초풍할 소릴 하는 거예요.

'히스클리프 씨한테 아들이 죽는다고 전해. 이번엔 진

EMILY BRONTË

짜 죽어. 당장 일어나 가서 전하라고!'

그러고는 휭 나가버리데요. 그래 벌벌 떨면서 귀를 쫑
긋 세우고 누워 15분쯤 기다렸는데…… 아무 일 없더라
고요. 집 안이 조용했어요.

'새댁이 잘못 알았구먼. 고비는 넘겼나 봐. 괜히 소란
피울 것 없지.'

혼자 중얼거리곤 꾸벅꾸벅 졸기 시작했어요. 하지만
날카롭게 울리는 종소리에 또다시 퍼뜩 깨고 말았지요.
하이츠에 호출 종이라곤 린턴 쓰라고 달아놓은 것 하나
뿐이거든요. 주인이 오더니, 무슨 일인지 알아보고 다시
는 종을 울리지 말라 이르라고 시켰어요.

난 새댁의 말을 전했지요. 주인은 혼자 욕지거리를 하
더니 몇 분 뒤 촛불을 켜 들고서 그들 방으로 가더군요.
나도 따라갔어요. 침대맡에 새댁이 두 손을 무릎에 포개
얹은 채 앉아 있었어요. 히스클리프 씨가 다가가 촛불을
비추며 아들 얼굴을 살피고 만져보고 한 뒤 며느리를 돌
아봤어요.

'자…… 캐서린, 기분이 어떠냐?'

대답이 없자 그가 재차 묻더군요.

'기분이 어떠냐니까, 캐서린?'

'이 애는 안전해졌고 난 자유로워졌으니 기분이 좋아
야 하는데…….'

새댁은 쓸쓸한 심경을 감추지 못한 채 이어 말했어요.

'하도 오랫동안 혼자서 죽음과 사투를 벌인 끝이라, 느껴지는 것도 보이는 것도 죽음뿐이네요. 마치 내가 죽은 것 같아!'

정말 그렇게 보입디다! 그래 내가 포도주를 좀 가져다 줬어요. 종소리, 발소리에 깼던 헤어턴과 조지프가 밖에서 엿듣다가 그때쯤 안으로 들어오네요. 조지프야 귀찮은 녀석이 없어져서 속으로나마 얼씨구나 했을 테고, 헤어턴은 심란해 보이긴 했는데 린턴을 생각하기보다 캐서린을 쳐다보는 데 정신이 팔린 듯했어요. 주인이 헤어턴더러 넌 도울 것 없으니 가서 다시 잠이나 자라고 하데요. 헤어턴을 내보내고 나서는 조지프한테 시신을 자기 방으로 옮기라 하고 나더러는 내 방으로 돌아가라고 해서 그 방엔 히스클리프 부인 혼자 남게 됐지요.

아침이 되자 주인은 새댁한테 식사하러 내려오라고 전하라며 날 올려보냈어요. 새댁은 잠옷 바람이었고 그제야 잠자리에 들었는데 아프다고 하데요. 하기야 아플 만도 했지요. 히스클리프 씨한테 그대로 고했더니 그 양반이 이럽디다.

'그럼 장례 끝날 때까지 내버려 둬. 자네가 이따금 올라가서 필요한 게 있다면 가져다주고, 좀 나아진 것 같거든 바로 나한테 알려.'

질라 얘기에 따르면 캐시 아씨는 보름 동안 위층에만 머물렀다네요. 질라가 매일 두 번씩 들여다봤고, 더 살갑게 대해주고 싶었지만 잘해주려고만 하면 아씨 쪽에서 즉시로 거만하게 거절했답니다.

히스클리프는 딱 한 번, 린턴의 유언장을 보여주러 올라갔대요. 린턴은 자신의 전 재산과 아내 소유였던 동산 일체를 아버지에게 상속했어요. 외삼촌이 죽고 아내도 없었던 일주일 사이에 그 딱한 녀석이 협박인지 회유인지를 당해 그리해 놓은 거예요. 린턴은 미성년자라 토지 소유권에는 직접 개입할 수 없었는데, 히스클리프 씨가 자기 아내와 자신의 권리를 주장해 토지까지 차지해 버렸답니다. 아마 법적으로는, 어쨌든 돈도 자기 사람도 없는 캐서린 아씨가 그의 소유권 행사를 막을 방법은 없을 거예요.

질라가 말했어요.

"그때 한 번을 빼고는, 나 말곤 아무도 그 방에 가보질 않았다우. 누구 하나 새댁에 대해 묻지도 않았고요. 이후 새댁이 처음 하우스로 내려왔던 건 어느 일요일 오후였어요.

그날 정찬거리를 들고 올라갔더니, 추워서 못 견디겠다고 소리를 지르는 거예요. 그래 내가, 주인은 스러시크로스 그레인지에 갈 거고 언쇼랑 나는 새댁이 내려와도 막지 않는다고 말해줬죠. 아니나 달라, 히스클리프 씨를 태우고 떠나는 말발굽 소리가 들리자마자 새댁이 나타나데요. 상복 차림에, 노란 곱슬머리는 퀘이커 교도처럼 귀 뒤로 빗어 넘겼던데 빗질을 잘하진 못했더라고요.

조지프하고 나는 주일마다 예배당에 가는데요(아시다시피 교구 교회에 지금 목사님이 안 계셔서 감리교인지 침례교인지 모르지만 좌우 지간 기머턴에선 그곳을 예배당이라고 부른답니다, 라고 딘 부인이 설명해 주었다), 그날도 조지프는 갔지만 난 집에 있어야겠다는 생각이 듭디다. 젊은이들이란 모름지기 손윗사람이 감독해 줘야 좋은 데다, 헤어턴이 숫기가 영 없긴 해도 품행이 방정한 편은 아니잖수. 그래 그이한테 오늘은 네 사촌이 하우스로 내려올 듯한데 늘 안식일 지키는 걸 보고 자란 사람이니 한자리에서는 총을 만지작댄다든지 하는 자잘한 일거리에 손대지 말라고 일러두었지요.

새댁이 내려올 거라니까 녀석, 얼굴이 벌게지면서 자기 손과 옷을 훑어보데요. 고래기름이며 화약 따위도 눈에 안 띄는 데로 후다닥 치워놓고요. 새댁한테 말동무가 돼줄 셈인데 꼴에 번듯하게는 보이고 싶은 눈치더라고요. 내가 권장 있을 때는 웃는 시늉도 못 하지만 그때야 뭐, 마음 놓고 웃었지요. 원하면 도와주겠다고 하면서, 허둥대는 꼴을 좀 놀려줬더니 금세 부루퉁해져서는 욕을 합디다."

제가 자기의 그런 태도를 못마땅해하는 걸 알아챘는지 질라가 이렇게 덧붙이더군요.

"저기 딘 부인, 딘 부인이 모시던 아씨를 감히 헤어턴 따위가 어찌 넘보겠느냐 싶죠? 틀린 생각은 아닐 거예요. 한데 난 말이에요, 새댁의 그 도도한 콧대를 좀 눌러 줬으면 한다우. 아무리 많이 배웠던들, 고상하게 살았던 들 지금에야 무슨 소용이라고. 딘 부인이나 나만큼 가난 한데. 아니, 우리보다 더 가난할걸요. 내가 장담해. 딘 부인도 저축 좀 하죠? 나도 그 쥐꼬리나마 쬐끔씩 떼서 모으고 있거든."

헤어턴은 질라한테 도움을 받았대요. 질라가 추켜세워 줘서 기분도 좋아졌다네요. 그래 캐서린 아씨가 왔을 때는 전에 모욕당한 일도 거지반 잊어먹고 잘 보이려 애쓰더랍니다.

질라가 말했어요.

"새댁이 걸어 들어오는데, 차갑기가 고드름이요 도도하기는 공주님이더라고요. 내가 냉큼 일어나 맞으며 여기 — 내 자리였던 안락의자에 — 앉으라고 권했는데 웬걸, 공주님께선 아예 거들떠보지도 않습디다. 언쇼도 일어나 사촌한테, 우라지게 추울 텐디 불가로 와 앉으라고 했지요.

'한 달이 넘도록 우라지게 추웠는데, 뭐.'

새댁은 단어에 경멸을 한껏 실어 쏴붙이듯 대꾸하데요. 그러고는 손수 의자를 챙겨 우리하고는 멀찍한 데다 놓는 거예요.

거기 꼼짝 않고 앉았다가, 몸이 좀 녹으니까 두리번두리번하더니 찬장에 책이 좀 있는 걸 보고 벌떡 일어나 가서 꺼내려 하는데, 너무 높아서 손이 안 닿더라고요.

그 모양을 한참 지켜보던 사촌이 마침내 용기를 내서 도와주러 갔지요. 새댁은 치맛자락을 펼쳤고, 사촌은 손에 잡히는 대로 몇 권을 거기다 놔줬어요.

그 녀석 입장에선 큰맘 먹고 나선 셈인데 새댁은 고마워하지도 않았어요. 되레 녀석이 자기 도움을 받아준 사촌한테 감지덕지하는 모양새였다우. 책을 뒤적이는 사촌 뒤에 서서는, 책에 있는 옛날 삽화들 중 인상적인 게 보이면 딴에는 대담하게 고개를 살짝 들이밀며 손가락으로 가리키기까지 했지요. 그러면 새댁은 싫은 티를 내며 새침하게 책장을 휙 넘겨버렸는데, 그래도 녀석은 기죽지 않고 조금 물러나 책 대신 사촌을 보는 걸로 만족했어요.

책을 읽는지 읽을 만한 데를 찾는지 새댁은 고개 한번 들지 않았고, 헤어턴의 눈길은 점차 사촌의 풍성하고 비단결 같은 곱슬머리에 오래 머물더군요. 사촌 얼굴은 그이한테 보이지 않았고 사촌은 그이를 볼 수 없었지요. 아마 헤어턴은 자기가 무슨 짓을 하는지도 몰랐을 텐데, 어린아이가 촛불에 이끌리듯 끝내는 보는 데서 나아가 손을 뻗더군요. 건드리면 새처럼 날아갈세라 한없이 살살, 새댁의 머리칼을 가만히 쓸어내렸죠. 그러니까 새댁이, 목에 칼이라도 들어온 듯 펄쩍 뛰며 뒤돌아보더니 아주 질색을 하며 악을 써대지 뭐유.

'저리 가, 당장! 감히 어딜 만져? 거기 섰지 말고 더 가! 꼴도 보기 싫어! 가까이 오면 다시 위층으로 가버릴 거야.'

헤어턴은 얼이 쏙 빠진 얼굴로 움츠리며 물러섰지요. 그이는 육중한 나무의자에 앉아 꿀 먹은 벙어리가 됐고, 새댁은 다시 책장을 팔락팔락 넘겼어요. 30분을 그러고 있다가 이윽고 언쇼가 슬그머니 오더니 나한테 속삭이데요.

'우리도 듣게 읽어달라고 좀 해봐, 질라. 암것도 안 허고 있자니 좀이 쑤시 죽갔어. 그래구 나가…… 나는, 저이 말하는 거이 들리믄 좋갔는디! 나가 시깄다 허지 말고, 질라가 듣고 싶다고 해.'

그래 내가 냉큼 말했지요.

'헤어턴 군이 저희도 들을 수 있게 읽어달랍니다요, 새댁 아씨. 그러면 참말로 고맙겠다고, 꼭 좀 읽어달라네요.'

새댁이 눈살을 찌푸리더니 눈을 치뜨고서 대답하데요.

'헤어턴 씨, 그리고 당신네 전부, 똑똑히 알아둬. 괜히 친절한 척할 것 없어. 그딴 위선은 내 쪽에서 사절이야! 난 당신네를 경멸해. 당신네 중 누구하고도 말 섞을 일은 없어! 다정한 말 한마디 듣기가, 아니 얼굴이라도 한번 보기가 목숨보다 절실했던 때엔 다들 코빼기도 안 비치더니. 그렇다고 당신네한테 푸념 같은 거 늘어놓을 생각은 없어! 난 추워서 어쩔 수 없이 내려왔을 뿐이지 댁들

즐겁게 해주자고, 같이 어울리자고 온 게 아니거든.'

언쇼가 묻데요.

'나가 멀 우쨌게? 내사 먼 잘못을 했다고?'

'아! 그쪽은 예외야. 그쪽만큼은 한 번도 아쉬웠던 적 없어.'

새댁의 불손한 비아냥에 언쇼는 발끈해 따졌지요.

'허지만 내사 몇 번을 청했다 안 하나. 나가 그짝 대신 밤샘을 하겠다구 히스클리프 아재헌티 몇 번을……'

'닥쳐! 네놈의 역겨운 목소릴 더 듣느니 밖으로든 어디로든 나가버리겠어!'

잘난 마나님 불호령에, 헤어턴은 '그럼 나가 돼지든가!' 하고 툴툴대며 벽에 걸린 총을 꺼내 들었어요. 더이상 안식일이라고 소일거리를 삼갈 이유가 없었던 거예요.

그래 헤어턴이 굳이 더는 말을 가리지도 삼가지도 않으니 새댁도 차라리 위층에 혼자 있는 편이 낫다고 여겼겠지요. 하지만 서리가 내려앉은 뒤로는 자존심이 상해도 어쩔 수 없이 우리가 있는 데로 굽히고 들어오는 때가 잦아집디다. 그래도 다시는 새댁이 내 선량한 성품을 업신여기지 못하게 하려고 내가 단단히 맘을 먹었다우. 그후로는 나도 똑같이 뻣뻣하게 군답니다. 이 집에선 아무도 아씨를 아껴주지 않아요. 좋아하지도 않지요. 저가 자초한 거죠 뭐. 누가 말 한마디 건넬라치면 상대가 누구건

EMILY BRONTË

간에 입부터 삐죽대니, 원. 쥔장한테도 땍땍거리면서, 때
릴 테면 때려보라는 식이에요. 맞을수록 독기를 뿜는다
니까."

질라한테 이 얘길 듣고 처음엔, 이 집 일을 그만두고
오두막이라도 한 채 얻어 캐서린 아씨를 데려다 함께 살
아야겠다고 결심했답니다. 하지만 히스클리프 씨가 아
씨를 놓아줄 리 없지요. 헤어턴을 딴 집에 살게 해줄 거
라 기대할 수 없는 것처럼요. 하니 아씨가 혼인이라도 하
면 모를까, 지금으로선 제가 어떻게 손쓸 방도가 없는 형
편이에요. 아씨의 혼사를 도모할 재주도 제게는 없고요.

그렇게 딘 부인은 이야기를 마쳤다. 의사의 예측과 달
리 난 빠르게 기력을 회복하는 중이니, 1월 둘째 주밖에
안 됐지만 내일이나 모레쯤 말을 타고 워더링 하이츠로
가서 집주인을 만나야겠다. 앞으로 6개월간 런던에서
지내겠다 알리고, 원한다면 10월 이후에 들어올 다른 세
입자를 구해도 좋다고 할 셈이다. 그만큼 난 두 번 다시
여기서 겨울을 날 생각이 없다.

17

어제는 맑고 바람도 없이 매우 쌀쌀했다. 나는 예정대로 워더링 하이츠를 방문했다. 하녀장이 아씨께 전해달라며 쪽지를 내게 맡겼다. 존중받아 마땅한 여인이 곤란한 기색 없이 청하기에 나도 거절하지 않았다.

현관은 열려 있는데 여지없이 대문은 지난번에 갔을 때처럼 굳게 잠겨 있었다. 대문을 두드렸더니 텃밭에 있던 언쇼가 와서 사슬을 풀어주었다. 보기 드물게 잘생긴 촌뜨기다. 이번엔 유심히 뜯어봤는데, 잘난 외모를 최대한 감추려고 애쓰는 건가 싶을 정도다.

히스클리프 씨가 댁에 계시느냐고 물었다. 없는데, 정찬 때에 맞춰 돌아올 거란다. 지금이 11시니까 들어가서 기다리겠다고 했더니, 그가 얼른 연장을 내팽개치고 손님 접대가 아니라 감시견 노릇을 하러 따라붙었다.

언쇼와 함께 집 안으로 들어갔다. 캐서린이 있었는데, 요리에 쓸 야채를 다듬으며 나름대로 쓸모를 다하는 중이었다. 처음 봤을 때보다 뚱하고 맥없는 모습이었다. 손님이 왔어도 보는 둥 마는 둥, 통상적인 예의조차 갖추지 않고 하던 일을 계속하는 건 예전과 마찬가지였다. 내가 목례하며 인사말을 건넸는데 역시나 들은 체도 하지 않았다.

난 생각했다.

'딘 부인 이야기를 들으며 생각했던 것만큼 호감 가는 여인은 아닌걸. 미인은 맞지만 천사는 아니야.'

언쇼가 음식 재료는 부엌으로 치우라고 퉁명스럽게 이르자 캐서린은 "직접 치우시지." 하고 내쏩듯이 대꾸했다. 일을 마치자마자 죄다 밀어버리고 그녀는 창가 의자로 가 앉아 치마폭에 모아 온 순무 껍질에 새나 짐승 모양을 새기기 시작했다.

나는 텃밭 쪽을 내다보는 척 그녀에게 다가가, 헤어턴이 눈치 못 채도록 딴에는 교묘하게 딘 부인의 쪽지를 그녀의 무릎 위에 떨어뜨렸는데…… 정작 그녀가 큰 소리를 냈다.

"뭐예요?"

그러고는 쪽지를 바닥에 내던지는 게 아닌가.

나야 선의로 한 일인데 산통을 깨버린 그녀에게 부아가 나기도 했고, 내가 주는 편지로 오해를 살까 저어되기도 해서, 그냥 실토해 버렸다.

"부인의 오랜 지인, 그레인지 하녀장이 보낸 편지요."

그녀가 반색하며 쪽지를 주우려 했지만 헤어턴이 한발 빨랐다. 먼저 잡아채 조끼 주머니에 넣으며, 우선 히스클리프 씨한테 보여야 한다고 말했다.

그러자 캐서린은 말없이 고개를 돌리더니 살그머니 주머니에서 손수건을 꺼내 눈가로 가져갔고, 그녀의 사촌은 약해지는 마음을 다잡으려 한동안 애를 써보다 결국엔 편지를 도로 꺼내어 최대한 불손하게 그녀의 발치로 휙 던졌다.

캐서린은 쪽지를 주워 열심히 읽고는 자신의 옛집에 지금 사는 사람들과 짐승들에 대해 내게 몇 가지 질문을 하더니, 창 너머 언덕들로 시선을 던지며 독백으로 투덜거렸다.

"미니를 타고 저 아래로 달리고 싶다! 저길 오르고 싶어! 아! 지긋지긋해. 내사 깝깝허다, 헤어턴!"

하품인지 한숨인지를 토하며 앙증맞은 머리를 창틀에 기대고, 우리가 자기를 보는지 어쩌는지 신경 쓰지 않고 알지도 못한 채 그녀는 멍하니 슬픔에 빠져들었다.

나는 얼마간 묵묵히 앉아 있다가 운을 뗐다.

"히스클리프 부인, 저를 못 알아보시나 봅니다. 저는 부인을 제법 친하게 느끼는지라, 부인께서 제게 말을 걸지 않으시는 게 이상하게 여겨지네요. 우리 하녀장은 부인 이야기며 칭찬에 지치는 법이 없답니다. 제가 부인의 근황도 듣지 못하고 답장도 받지 못한 채 돌아가 부인이 편지를 받고 아무 말도 하지 않더라고만 전하면 우리 하녀장이 크게 실망하겠어요!"

그녀는 놀란 기색으로 물었다.

"엘렌이 그쪽을 좋아하나요?"

난 얼른 답했다.

"그럼요, 아주 좋아하지요."

EMILY BRONTË

캐서린이 말했다.

"답장하고 싶은데 종이가 없다고 전해주세요. 찢어 쓸 책 한 권조차 없다고요."

이번엔 내가 놀라 외쳤다.

"책이 없다니! 책 한 권 없이 이런 데서 어떻게 삽니까? 실례를 무릅쓰고 말씀드리자면…… 장서의 규모가 상당한 그레인지에서도 저는 무척 무료한데요. 책마저 빼앗기면 전 버틸 수 없을 겁니다!"

"책이 있을 때는 저도 항상 읽었어요. 히스클리프 씨는 절대 안 읽으니까, 제 책을 몽땅 없앨 생각을 했겠죠. 몇 주째 책이라곤 구경도 못 했네요. 딱 한 번 조지프의 신학 책들을 좀 뒤적거렸더니 그 노인네가 노발대발하더라고요. 또 한번은 헤어턴, 내가 어쩌다 네 방의 비밀 서고를 발견했네? 라틴어 책이랑 그리스어 책, 이야기 책이랑 시집도……. 낯이 익더라. 여기 오면서 내가 가져온 것들이거든. 까치가 은수저를 모으듯 너도 그저 훔치는 재미로 모았지! 책 같은 건 너한텐 있으나 마나잖아. 아니면 네가 읽을 줄 모르니까 남도 못 읽게 하려는 못된 심보로 숨겨놨겠지. 시샘이 나서 히스클리프 씨한테 내 보물들을 빼앗으라고 꼬드겼나 봐? 하지만 대부분 내용을 내 머리에 적어놓고 심장에 인쇄해 놨으니 그것까지 빼앗진 못할걸!"

남몰래 책을 모아둔 사실이 이렇게 까발려지자 언쇼

는 얼굴이 새빨개져서는 분에 겨워 더듬대며 부인했다.

난 그의 편을 들어주고 싶어졌다.

"헤어턴 군은 지식을 쌓고자 하는 겁니다. 부인의 학식을 시샘한다기보다 본뜨려는 거지요. 몇 년 내로 똑똑한 학자가 되겠어요!"

캐서린이 대꾸했다.

"그사이에 제가 바보로 전락하길 바라겠죠! 그래요, 저 인간이 혼자 철자를 외우고 글을 읽어보려 하는 걸 들었지요. 틀리는 솜씨가 아주 제법이더라고요! 헤어턴, 어제 한 것처럼 「셰비 체이스」*를 다시 읊어보지그래? 정말 재밌던데! 나도 다 들었어. 네가 어려운 단어를 찾느라 사전을 넘겨보다가, 설명을 못 읽겠으니까 욕하는 소리!"

젊은이는 무식하다고 조롱당했다가 이제는 무식을 벗으려 한다고 또 조롱당하는 것이 너무나 억울하다 여기는 게 분명했다. 나도 같은 생각인 데다, 오로지 타의에 의해 까막눈으로 자라야 했던 이 청년이 처음으로 글자를 깨우치려 노력했던 일화를 딘 부인한테서 들었던 일도 떠올랐다. 해서 나는 다시 한번 말을 보탰다.

"하지만 히스클리프 부인, 누구나 첫걸음부터 떼야 하고, 문턱에 걸려 비틀대는 과정도 거치기 마련입니다. 그럴 때마다 스승이 도와주지 않고 비웃기만 했다면 우린

* 영국의 옛 담시.

여전히 비틀대고 있겠지요."

그녀가 받아쳤다.

"아니, 누가 저 인간 공부하는 걸 막겠대요? ……하지만 저이가 무슨 권리로 내 것을 차지하고, 지독한 실수와 틀린 발음으로 내 책들을 우스꽝스럽게 만드는 거죠? 산문이든 운문이든 제게는 저마다의 사연으로 하나같이 소중한 책들이라 저 인간 입에 담겨 천하고 더러워지는 게 싫다고요! 더구나 제가 제일 좋아하고 즐겨 읽는 책들을 골랐던데, 다분히 악의적이잖아요!"

헤어턴은 아무 말 없이 가슴만 들썩였다. 격하게 치미는 굴욕감과 분노를 가라앉히기가 쉽지 않은 모양이었다.

난 일어섰다. 그의 창피를 덜어줘야겠다는 신사다운 생각에 문 쪽으로 자리를 옮겨 선 채로 바깥 경치를 이리저리 살폈다.

헤어턴도 뒤이어 일어섰는데, 방에서 나가버리더니 잠시 후 손에 책 대여섯 권을 들고 돌아와 캐서린의 무릎에다 던져 넣으며 소리쳤다.

"가지라! 다시는 듣기도 보기도 싫고, 생캐고 싶지도 않다!"

그녀가 대꾸했다.

"이제는 안 가져! 네 손 탄 게 생각나서 싫어졌어!"

그녀는 분명 자주 읽었을 책 한 권을 펼치고 글을 처음 배우는 사람처럼 더듬더듬 한 대목을 읽더니 웃음을 터뜨리며 던져버렸다.

"이것도 들어봐!"

그러고는 약 올리듯 역시 어눌하게 옛 담시 한 구절을 읊기 시작했다.

그러나 헤어턴도 자존심이 있는지라 계속 당하고만 있지는 않았다. 그녀의 건방진 입을 단속하는 철썩 소리가 들렸는데, 솔직히 너무하다는 생각은 들지 않았다. 세련되진 못해도 예민한 사촌의 감성을 그 못된 여인이 한껏 할퀴어놓았으니, 받은 대로 돌려주어 상처를 상쇄하는 데 쓰일 수 있는 방법은 완력뿐이었을 것이다.

그러고서 그는 책들을 그러모아 난롯불에 던져버렸다. 홧김에 그것들을 제물로 삼는 게 얼마나 괴로운 일인지 표정에 여실히 드러났다. 제물이 타들어 가는 동안 그는 책에서 얻었던 쾌감과 성취감, 앞으로 늘어가리라 기대했던 즐거움을 떠올리는 듯했다. 아울러 나는 그가 왜 남몰래 공부를 시작했는지도 알 것 같았다. 일상이 된 노동과 동물적 재미에 만족하던 그의 삶에 어느 날 캐서린이 나타났다. 그녀의 멸시가 안긴 수치심과 그녀에게 인정받겠다는 욕심이 그로 하여금 보다 높은 목표를 추구하게 한 최초의 자극제였다. 그리하여 자기 향상을 위해 노력하였으나…… 멸시를 면하고 인정을 얻기는커녕 오히려 정반대의 결과를 맞닥뜨린 것이다.

EMILY BRONTË

터진 입술을 빨며, 활활 타는 불꽃을 노려보며 캐서린은 울분을 토했다.

"그래, 너 같은 짐승 놈한테 책의 쓸모란 끽해야 이런 거지!"

그가 사납게 을러멨다.

"니는 닥치야 좋을 긴데!"

흥분한 나머지 그가 말을 잇지 못하고 급히 나가려 하기에, 문간에 있었던 나는 얼른 비켜섰다. 그러나 그가 문밖으로 발을 딛기도 전에 텃밭 둑길을 걸어오던 히스클리프 씨가 그와 마주쳐 어깨를 붙잡으며 물었다.

"무슨 일이야, 인마?"

"아이다, 일 읎다!"

그는 몸을 빼고 슬픔과 분노를 홀로 음미하러 갔다.

히스클리프는 물끄러미 그를 지켜보다 한숨을 쉬더니, 내가 바로 뒤에 있는 줄 모르고 중얼거렸다.

"내가 날 방해하면 이상하겠지! 한데 저놈 얼굴에서 제 아비를 찾으려 해도, 가면 갈수록 그 애가 보인단 말이야! 어째 그렇게까지 닮았냐? 저놈 보는 것도 고역이구먼."

그는 눈길을 떨군 채 침울하게 들어왔다. 그의 얼굴엔 일찍이 본 적 없었던 불안과 근심이 서려 있었고, 몸도 더 여위어 보였다.

그의 며느리는 창밖으로 그가 오는 걸 보자마자 부엌

으로 도망쳐 버린 뒤였고 하우스엔 나와 그 단둘뿐이었다.

내 인사를 받고서 그가 말했다.

"다시 문밖출입을 하시는 걸 보니 다행이올시다, 록우드 씨. 얼마간은 내 이기적인 이유로도 다행이라는 생각이오. 록우드 씨 아니면 이런 외딴 동네에 세입자를 구하기가 녹록지 않을 듯해서. 실은 록우드 씨가 어째서 이런 데로 왔는지 의아하단 생각이 든 적도 여러 번이라오."

"쓸데없는 변덕 탓이겠지요. 그 쓸데없는 변덕 탓에 또 훌쩍 떠나게 됐습니다만……. 전 내주에 런던으로 떠납니다. 그래서 미리 말씀드리려고요. 그레인지 계약 기간을 애초의 12개월에서 더 늘리진 않으려 합니다. 더는 거기서 살지 않을 듯해요."

"오, 그렇구려! 역시 세상을 등지고 사는 데 싫증이 났나 보오? 하지만 집을 비운 만큼 세를 제해달라고 청하러 온 거면, 헛걸음하셨소이다. 내 몫을 받아내는 일에는 누구한테든 가차 없거든."

나는 상당히 기분이 상해 외쳤다.

"세를 깎자고 온 게 아닙니다! 원하시면 당장 셈을 치르지요!"

내가 주머니에서 수표책을 꺼냈지만 그는 태연하게 대꾸했다.

"아니, 됐소. 혹 돌아오지 못하더라도 집에 남긴 물건들로 집세야 충당이 될 거고…… 나도 급할 것 없소. 앉아서 같이 식사나 합시다. 다시 찾아올 염려가 없는 손님이 대체로 환영받을 수 있지요. 캐서린! 식사를 내와. 어디 있는 거야?"

캐서린이 나이프와 포크가 담긴 쟁반을 들고 다시 나타났다.

"넌 조지프랑 먹고, 손님 가실 때까지 나오지 마."

그가 따로 일렀고, 캐서린은 그대로 따랐다. 반항심이 이는 것 같지도 않았다. 촌뜨기며 염세가 들과 부대끼며 살다 보니 비교적 수준 높은 사람을 만나도 알아보지 못하나 보다.

음침하고 무뚝뚝한 히스클리프와 말 한마디 없는 헤어턴 사이에서 그다지 유쾌하지 못한 식사를 하고 일찍 작별을 고했다. 뒷문으로 나가면서 마지막으로 캐서린을 일별하고 조지프 영감을 성가시게 해줄 셈이었지만, 주인장이 헤어턴에게 내 말을 끌어오라 시키고 몸소 현관까지 배웅하는 바람에 뜻대로 할 수 없었다.

말을 타고 길을 내려오며 생각했다.

'저 집에서 살기란 얼마나 암울할까! 착한 보모의 바람대로 린턴 히스클리프 부인과 내가 서로에게 끌려 함께 런던의 시끌벅적한 번화가로 가서 살게 되었다면, 그녀로선 동화보다 낭만적인 일이 실현되는 것이었을 터인데!'

1802년. 올해 9월, 북부에 사는 친구가 자기네 황야에 있는 사냥감을 싹쓸이하자며 날 초대했다. 친구의 집으로 가는 길에 우연찮게도 기머턴에서 15마일이 채 안되는 데를 지나게 되었다. 길가 선술집에서 내 말들 먹일 물을 한 양동이 들고 있던 마부가, 때마침 갓 베어낸 초록빛 귀리를 실은 마차가 지나가는 걸 보고 이렇게 말하는 것이었다.

"저거이 기머턴서 오는 길인갑네! 그 동니 추수가 노상 3주썩 늦으니까."

"기머턴……?"

나도 모르게 되뇌었다. 그 지역에서 살았던 기억은 이미 꿈결처럼 아련해진 터였다.

"아, 거기! 알지! 여기서 거리가 얼마나 되나?"

"쩌게 고갯질로 넘어가믄 14마일인데, 질이 마이 흠해요."

불현듯 나는 스러시크로스 그레인지에 가보고 싶은 충동에 사로잡혔다. 아직 정오가 안 됐고, 아무렴 여관보다야 내 집 지붕 아래서 묵는 편이 낫지 싶었다. 게다가 하루쯤 시간 내기야 어렵지 않으니, 이참에 집주인을 만나 볼일을 마무리하면 다시 그 동네를 찾는 수고를 덜 수 있지 않은가.

잠시 쉬고 나서 나는 하인에게 기머턴 가는 길을 알아보라 일렀고, 세 시간쯤 말들을 혹사한 끝에 겨우 그곳에 도착했다.

하인을 마을에 남겨두고 나 혼자 골짜기를 내려갔다. 우중충했던 교회가 더 우중충해지고 적막했던 묘지도 더 적막해진 느낌이었다. 야생 양 한 마리가 무덤에 돋은 잔풀을 뜯어 먹는 것이 보였다. 맑고 따뜻한 날이었다. 나다니기에는 좀 더웠지만 위로 아래로 펼쳐진 매혹적인 경치를 즐기는 데 방해가 될 정도는 아니었다. 그때가 8월에 조금만 더 가까웠더라면, 분명 나는 그 한적한 경치를 만끽하며 한 달을 흘려보내고 싶은 유혹을 느꼈을 것이다. 언덕들 사이사이에 숨은 협곡들이며 우뚝 솟아 툭 불거진 히스 절벽이며, 겨울에는 황량하기 짝이 없지만 여름에는 이만한 절경이 또 없다.

해 지기 전에 그레인지에 도착해 대문을 두드렸지만, 부엌 굴뚝에서 가늘고 푸른 연기가 피어오르는 것으로 보아 식구들이 모두 일과를 마치고 뒤채로 들어가 있어 대문 쪽 소리를 못 듣는 모양이었다.

말을 몰고 들어가 마당으로 갔다. 현관 앞에 아홉이나 열 살쯤 돼 보이는 소녀가 앉아 뜨개질을 하고 있었고, 웬 노파가 승마 발판에 기대앉아 뭔가 골똘히 생각하는 듯 담배를 피우고 있었다.

난 노파에게 물었다.

"딘 부인은 안에 계시오?"

"딘 마님*요? 읎어요. 여 안 살고 하이츠서 사는데요."

"하면 노부인께서 이 집 하녀장이신가?"

"기래요, 나가 이 집을 지키요."

"음, 난 록우드라고, 여기 주인이오. 내가 묵을 방이 있을까요? 오늘 밤은 여기서 보내려고 하는데."

노파가 깜짝 놀라 외쳤다.

"쥔 나리요? 아이구야, 이래 오시는 줄 누거 알았갔어요? 기별을 하구 오싰어야지! 방이 마카 눅눅허니 몬 쓰지 싶은데. 방이 읎는데 으째야 쓰까이!"

노파가 파이프를 내던지고 허겁지겁 들어가자 아이도 따라 들어갔다. 나도 뒤따라갔고, 곧 노파의 말이 사실임을 알았다. 더구나 내가 난데없이 들이닥치는 바람에 노파는 그야말로 혼비백산한 것 같았다.

나는 노파에게 진정하라 일렀다. 산책을 좀 하고 올 테니 그동안 거실 한구석에 저녁 식탁을 차려놓고 잠잘 방을 마련해 놓으라고, 쓸고 털고 할 것 없이 훈훈한 난롯불과 바짝 마른 이불만 있으면 된다고 했다.

최선을 다하겠다는 의지는 있는 듯했지만, 노파는 난로 소제용 솔을 부지깽이로 착각해 재받이를 쑤석거리는 등 여러 살림도구를 엉뚱한 데다 쓰며 허둥댔다. 그래도 저리 분발하고 있으니 내가 쉴 자리 정도는 마련해 놓

EMILY BRONTË

---

* 엘렌 딘의 지위가 하녀에서 고용주로 바뀌었음을 암시한다.

겠거니 믿고 물러 나왔다.

산책길의 목적지는 워더링 하이츠였다. 마당을 벗어날 즈음 문득 생각나는 게 있어 되돌아갔다.

"하이츠에선 다들 잘 지내시나?"

"야, 그른갑데요!"

노파는 벌건 잉걸이 담긴 철판을 들고 총총히 나가며 대답했다.

딘 부인이 그레인지를 떠난 이유도 물어볼 요량이었지만 그 위태위태한 상황에 노파를 불러 세울 수는 없는 노릇이라 그냥 돌아섰다. 뒤로는 붉게 타며 가라앉는 석양빛을, 앞에는 갓 떠오르는 은은한 달빛을 대동하고 한가로이 거닐었다. 햇빛은 점점 사그라지고 달빛이 점점 밝아오는 사이, 나는 농원을 벗어나 히스클리프 씨네로 갈라지는 돌투성이 오르막길로 접어들었다.

워더링 하이츠가 시야에 들어오기도 전에 해는 완전히 저물고 서녘 능선을 따라 이어지는 어둑한 호박색 빛줄기만 남았지만, 대낮같이 밝은 달빛이 길 위의 돌멩이 하나 풀잎 하나까지 훤히 비추었다.

대문을 타넘거나 두드릴 필요도 없이 손으로 밀자 쉽게 열렸다.

이거 대단한 발전인걸! 하는 생각이 들었다. 곧이어 또 다른 발전이, 이번에는 코로 느껴졌다. 흔한 과일나무들 사이에서 비단향꽃무 향기가 솔솔 풍겨왔다.

문도 창도 열려 있었지만, 탄광촌 가정집이 대개 그렇듯 활활 지펴놓은 불이 벽난로를 붉은빛으로 물들이고 있었다. 눈에 담기는 광경이 아늑하니 몸이 좀 더워도 참을 만한 것이다. 하물며 워더링 하이츠의 하우스는 워낙 널찍해서 열기를 피할 곳도 많다. 그 집 식구들은 창가에서 멀지 않은 곳에 자리를 잡은 터여서, 밖에서도 그들 모습이 보이고 그들 말소리가 들렸다. 하여 나는 일단 멈춰 서서 보고 들었는데, 호기심에 부러움이 섞여들면서 더욱 발길이 떨어지지 않았고, 볼수록 들을수록 부러움이 커졌다.

은방울 구르듯 청아한 목소리가 말했다.

"컨-트러리! 벌써 세 번째 가르쳐준다, 이 바보야! 네 번째는 없어. 다시 해봐. 틀리면 머리카락 당길 거야!"

굵직하면서 나긋나긋한 목소리가 답했다.

"컨트러리, 됐지? 자, 잘 읽었으니까 뽀뽀해 줘!"

"안 돼, 하나도 안 틀리고 정확하게 다 읽는 게 먼저야."

남자가 글을 읽기 시작했다. 점잖은 차림의 젊은이로, 탁자에 책을 펼쳐놓고 그 앞에 앉아 있었다. 잘생긴 얼굴에 환하게 희색이 넘쳤다. 그의 눈길은 진득하게 책장에 붙어 있지 못하고 제 어깨에 얹힌 작고 하얀 손으로 자꾸만 향했는데, 그렇게 주의가 흐트러진 걸 들킬 때마다 그 손이 그의 뺨을 야무지게 찰싹 때려 정신을 차리게 하는 것이었다.

손의 임자는 그의 뒤에 서 있었다. 공부를 감독하려고 허리를 숙이면 구불구불 흘러내린 옅은 금발이 이따금 그의 갈색 머리털과 섞였다. 그녀의 얼굴은 — 그가 볼 수 없어 다행이지, 그녀의 얼굴을 보면서는 그만큼도 착실히 앉아 있지 못했을 것이다. 나는 볼 수 있었고, 어쩌면 내가 거머쥐었을지도 모를 기회를 내던진 것이 억울해 입술을 깨물었다. 이제 나로선 그 매혹적인 미모를 바라보는 일 말고는 아무것도 할 수 없었다.

과제를 마친 학생은 실수가 없지 않았음에도 상을 달라고 졸라 최소한 다섯 번은 뽀뽀를 받았으며, 받은 것에 넘치게 아낌없이 돌려주었다. 그러고서 두 사람은 문 쪽으로 왔고, 들리는 대화 소리로 미루어 함께 황야로 산책을 나갈 참인 듯했다. 그때 나라는 불청객이 눈에 띄었다가는, 입으로는 아닐지언정 속으로나마 헤어턴 언쇼가 나에게 지옥 밑바닥으로 떨어지라고 저주를 퍼부을 것 같아서, 나는 매우 창피하고 원망스러운 기분으로 슬그머니 건물을 돌아 부엌으로 피신했다.

그쪽 출입구도 막혀 있지 않았다. 그리고 문 앞에 나의 옛 말벗 넬리 딘이 앉아 노래를 흥얼대며 바느질을 하고 있었는데, 수시로 문 안쪽에서 운율과는 거리가 먼 경멸과 편협의 야유가 튀어나와 그녀의 노래를 방해했다.

넬리가 뭐라고 했는지, 부엌 안에 있는 자가 대꾸했다.

"자네 노래를 듣느니 아츰부텀 밤까정 욕사바리를 듣고 말지, 에이! 나가 성서만 펼쳤다 하믄 우째 그라고 노래를 불러 마귀며 시상 사악한 죄들을 몽지리 찬양해쌓나! 아이고! 만고에 씰모읎는 년! 허기사 그런 년 하나 또 있지! 두 년들 치매폭서 불쌍한 되련님만 지옥 가기 생긴 기라! 아이고 되련님요!"

그러고는 신음하며 덧붙였다.

"되련님이 홀린 기야, 홀렀구말구! 오 주여, 즈네를 심판하시소! 우릴 다스리는 자들은 법도 정의도 읎나이다!"

넬리가 맞받아쳤다.

"암요, 그런 게 있었음 우린 벌써 불타는 화형대에 올라앉아 있겠지요! 근데 제발, 영감은 교인답게 성서나 읽고 나한테선 신경 꺼줘요. 이건 「요정 애니의 결혼식」이라는 곡이라우. 어여쁜 노래지. 춤추기도 좋고."

딘 부인이 막 노래를 시작하려고 할 때 다가갔더니, 단박에 날 알아보고 벌떡 일어나 소리쳤다.

"세상에, 이게 웬일이야, 록우드 나리! 어떻게 이리 갑자기 돌아오실 생각을 하셨어요? 스러시크로스 그레인지는 폐쇄해 놨는데! 기별이라도 하고 오시지."

"그런대로 묵어갈 만하게 준비해 놓으라 이르고 왔네. 바로 내일 떠나니까. 그나저나 딘 부인은 어쩌다 이리로 옮겨왔나? 그 사연이 궁금하군."

EMILY BRONTË

"록우드 나리가 런던으로 가시고 얼마 후에 질라가 그 만뒀거든요. 히스클리프 씨가 저더러 록우드 나리 돌아 오실 때까지 여기 있으라고 했어요. 아이고, 들어오세 요! 기머턴에서부터 쭉 걸어오신 거예요?"

"그레인지에서부터 걸어왔네. 거기서 내가 묵을 방을 마련하는 동안 나는 집주인하고 일을 마무리하고 싶어 서. 당분간은 또 이런 기회가 없을 것 같거든."

넬리가 날 하우스로 안내하며 물었다.

"무슨 일이신데요? 집주인은 지금 나가고 없어요. 금 방은 안 돌아오지 싶은데."

"집세 문제일세."

"아! 그런 일이라면 히스클리프 부인하고 얘기하셔야 겠네요. 아니, 저랑 하세요. 아씨는 아직 일처리에 서툴 러서 제가 대신하고 있거든요. 달리 사람도 없고."

내가 어리둥절한 표정을 짓자 그녀가 말했다.

"아! 나리는 히스클리프 씨가 죽은 걸 모르시겠네요!"

나는 깜짝 놀라 외쳤다.

"히스클리프 씨가 죽었어? 얼마나 됐나?"

"석 달 됐어요. 일단 앉으세요. 모자는 저 주시고요. 다 얘기해 드릴게요. 잠깐, 아직 식전이시죠?"

"생각 없네. 저쪽 집에 저녁을 준비해 놓으라고 해놨 어. 딘 부인도 앉게. 그자가 죽을 줄은 꿈에도 몰랐는데! 어찌 된 일인지 좀 들려주게나. 한동안 돌아오지 않을 거라고 한 건…… 두 젊은이를 말한 거겠지?"

"예. 저녁마다 늦도록 나다녀서 제가 야단을 치는데…… 제 말을 들어야 말이죠. 집에 묵은 에일 맥주가 있으니 그거라도 한잔하세요. 드시면 좋을 거예요. 피곤해 보이시네."

그녀는 내게 사양할 틈을 주지 않고 부리나케 맥주를 가지러 갔다. 득달같이 조지프가 불평하는 소리가 들렸다.

"나잇살 묵은 아녀자가 사나들 끌어들이는디 추잡시런 소문이 안 나구 배기나? 허다허다 인제는 쥔 나리 지하 창고서 술까정 꺼내다 멕이나! 그이가 살아서 이 꼴을 봤으믄 을매나 남세스러웠을꼬!"

딘 부인은 대꾸도 하지 않았고, 잠시 후 은제 파인트 잔에 맥주를 가득 담아가지고 돌아왔다. 과연 술맛이 꿀맛이라 나는 칭찬을 아끼지 않았다. 이어서 딘 부인이 히스클리프 씨 이야기의 속편을 들려주었다. 그녀의 표현에 따르면 그는 '이상야릇한' 죽음을 맞았다.

나리께서 떠나고 보름도 안 돼서 제게 하이츠로 거처를 옮기라는 지시가 떨어졌어요. 저야 캐서린 아씨를 위해 기쁘게 따랐지요.

처음 아씨를 마주했을 때 전 슬픔과 충격에 휩싸였답니다! 떨어져 사는 동안 너무 많이 변했더라고요. 히스클리프 씨는 왜 마음을 바꿔 절 이리로 불러들였는지 설명하지 않았어요. 그저 제가 필요하고, 캐서린 아씨를 보는 데 지쳤다고만 하더군요. 위층 작은 응접실을 제 거실로 쓰면서 아씨와 함께 있으라고 했어요. 자기는 하루에 한두 번, 그것도 꼭 봐야 할 일이 있을 때나 보면 된다면서요.

캐서린 아씨는 이렇게 지내게 되어 기쁜 것 같았어요. 저는 아씨가 그레인지에서 즐겨 읽던 책이며 좋아했던 물건들을 남몰래 조금씩 날라다놓고는 그럭저럭 안락하게 지낼 수 있겠다고 혼자 뿌듯해했지요.

그 착각은 오래가지 않았답니다. 처음엔 만족하던 캐서린 아씨가 얼마 안 가 짜증이 늘고 싱숭생숭해하더라고요. 우선 아씨에게 허용되는 문밖출입이라야 텃밭을 벗어나지 못하게 돼 있어서, 봄이 다 지나도록 한정된 공간에 갇혀 지내자니 못 견디게 갑갑했겠지요. 게다가 제가 집안일을 돌보느라 자주 곁을 비울 수밖에 없다 보니 아씨는 쓸쓸하다고 투정을 부렸어요. 오죽하면 혼자서 평화롭게 앉아 있기보다 부러 부엌으로 내려와 조지프와 말다툼질을 할 정도였지요.

둘의 언쟁이야 문제 될 게 없었는데, 주인이 하우스에 혼자 있고 싶어 할 때면 헤어턴도 부엌에 있어야 했거든요. 처음에 아씨는 헤어턴이 들어오면 부엌에서 나가거나 조용히 제 일을 거들 뿐 그이를 거들떠보지도 말을 걸지도 않았어요. 헤어턴도 언제나 뚱하고 말이 없었고요. 한데 언젠가부터 아씨가 태도를 바꿔 헤어턴을 가만히 놔두질 못하는 거예요. 자꾸 말을 붙이면서 멍청하다느니 게으르다느니 시비를 걸지 않나, 저렇게 살면서 어떻게 견디는지, 어떻게 저녁 내내 불만 보며 꾸벅꾸벅 졸 수 있는지 모르겠다며 비아냥대질 않나.

한번은 이러더군요.

"쟤는 꼭 개 같아, 그치, 엘렌? 아님 마차 끄는 말? 일하고 먹고 자고, 평생 그게 다야! 머릿속은 텅텅 비어 따분할 거야! 자면서 꿈은 꾸니, 헤어턴? 혹시 꾼다면, 무슨 꿈? 참, 근데 넌 나한테 말을 못 하지!"

그러고서 아씨는 그이를 쳐다봤어요. 하지만 그이는 묵묵부답에 눈길을 맞받지도 않았지요.

아씨는 계속 조잘거렸습니다.

"꿈을 꾸긴 하나 봐, 바로 지금. 주노가 자다가 어깨를 움찔하는 것처럼 방금 쟤가 그랬어. 엘렌이 한번 물어봐."

제가 말했지요.

"자꾸 그렇게 무례하게 굴다가는 헤어턴 군이 주인님한테 고해서 아씨를 위층으로 올려보낼걸요!"

헤어턴이 어깨만 움찔한 게 아니라 주먹을 올릴 태세로 불끈 쥐기도 했거든요.

또 한번은 아씨가 이런 적도 있었어요.

EMILY BRONTË

"내가 부엌에 있으면 헤어턴이 왜 말을 안 하는지 알아. 내가 비웃을까 봐 겁나서야. 엘렌, 어떻게 생각해? 전에 쟤가 혼자서 읽기 공부를 시작했는데, 내가 비웃었더니 책을 태워버리고 공부도 그만뒀어. 바보 아니야?"

제가 반문했습니다.

"아씨가 못됐던 거 아니고요? 어디 대답해 봐요."

"그런 것도 같지만…… 나야 쟤가 그 정도로 바보짓을 할 줄은 몰랐지. 헤어턴, 내가 책을 주면 이제는 받을래? 어디, 한번 줘볼까!"

아씨는 마침 읽고 있던 책을 헤어턴 손에 놓아주었죠. 헤어턴은 그걸 내팽개치면서, 집어치우지 않으면 모가지를 분질러버리겠다고 구시렁대더군요.

"그럼 이 책은 여기 탁자 서랍에 넣어놓고…… 난 이만 자러 가야겠다."

그러고서 아씨는 저이가 책을 건드리는지 어쩌는지 잘 보라고 제게 귓속말로 이른 뒤 나갔어요. 하지만 헤어턴은 그 근처로도 오지 않았고, 이튿날 아침 제게서 그 얘기를 들은 아씨는 몹시 실망했지요. 헤어턴이 늘 부루퉁하고 나태한 것을 안타깝게 여기는 눈치였어요. 그의 자기 향상 의지를 — 너무나 효과적으로 — 꺾어놓고는 못내 양심에 걸렸던가 봅니다.

그래도 아씨는 자기가 초래한 피해를 만회하려고 머리를 짜냈습니다. 제가 다림질 같은, 응접실에서 하기 어렵고 한자리에서 해야 하는 집안일을 하는 동안 아씨는 재미있는 책을 가져와 제게 큰 소리로 읽어주었어요. 헤어턴이 있으면, 흥미진진한 대목에서 읽기를 중단하고 근처에 책을 놓아둔 채로 나갔고요. 이런 일을 여러 번 되풀이했어요. 그러나 헤어턴은 황소고집을 부리며 한사코 미끼를 물지 않더군요. 비 오는 날이면 조지프와 화덕 양옆을 차지하고 앉아 기계처럼 뻐끔뻐끔 담배만 피워댔는데, 노인네는 만일 들렸다면 사악한 헛소리라며 진저리 쳤을 책 낭독 소리를 다행히 귀가 먹어 듣지 못했고, 젊은이는 아씨의 목소리를 애써 무시했어요. 날씨 좋은 저녁이면 청년은 사냥을 하러 나갔고, 그러면 아씨는 하품을 하고 한숨을 쉬고 대화 좀 하자며 절 졸라대다가 제가 무슨 얘기라도 꺼낼라치면 안뜰이나 텃밭으로 뛰쳐나가는 것이었어요. 그러고서 끝내는, 사는 게 지겹다고, 살아서 뭐 하냐고 울면서 한탄하기까지 했지요.

히스클리프 씨는 사람들 대하길 점점 더 꺼리더니 언쇼마저 곁에 못 있게 쫓아내다시피 했습니다. 3월 초에 언쇼가 사고를 당해 며칠을 내리 부엌에서만 지냈던 때가 있었어요. 혼자 사냥을 나갔다가 엽총이 터져서 파편에 팔이 찢겼고, 돌아오는 동안 피를 심하게 흘렸던 거예요. 그리하여 회복할 때까지 부득불 화덕 가에 앉아 안정을 취해야 했지요.

그이가 그렇게 된 것이 캐서린 아씨에겐 잘된 일이었

나 봐요. 어쨌거나 아씨는 위층 자기 방에 있길 부쩍 더 못 견뎌하며, 저를 핑계 삼아 내려오려고 어떻게든 아래 층에서 할 일을 찾아내게 했어요.

부활절 월요일, 조지프는 일찌감치 소 몇 마리를 끌고 기머턴 장에 갔고 저는 오후 내내 부엌에서 세탁물을 손질하고 개느라 바빴습니다. 언쇼는 늘 그렇듯 뚱한 모습으로 화덕 앞에 앉아 있었고요. 우리 철부지 아씨는 심심풀이로 창유리에 낙서를 하면서 숨죽여 노래를 흥얼흥얼하거나 작게 탄성을 내거나, 더러는 짜증과 조바심 섞인 눈길로 사촌 쪽을 힐끔대기도 했어요. 하지만 사촌은 꿋꿋이 줄담배만 피워대며 화덕 불에서 눈길을 떼지 않았지요.

빛이 가려지니 창가에 있지 말라는 제 핀잔에 아씨는 화덕 앞으로 옮겨 앉았어요. 그러고서 저는 다시 제 일에 열중했는데, 곧 이런 말소리가 들리더군요.

"내가 생각을 해봤는데, 너랑 잘 지내고 싶어. 이젠 네가 사촌이라 다행스럽고 좋아. 나한테 너무 성질부리거나 거칠게 굴지만 않으면……."

헤어턴은 대답하지 않았습니다.

"헤어턴, 헤어턴, 헤어턴! 내 말 안 들려?"

아씨가 연거푸 불러대자 사촌은 퉁명스럽게 쏴붙였지요.

"꺼지라, 마!"

"이건 내가 가져갈게!"

아씨는 조심스레 손을 뻗어 그의 입에서 파이프를 쏙 뽑았어요.

헤어턴이 도로 뺏을 틈도 없이 파이프는 분질러져 불 속으로 들어갔지요. 헤어턴은 욕을 하며 다른 파이프를 집어 들었습니다.

아씨가 소리쳤어요.

"담배 좀 그만 피우고 내 말 먼저 들어. 연기가 자꾸 얼굴로 와서 말을 못 하겠잖아."

헤어턴은 사납게 받아쳤고요.

"뒈질래? 내 좀 가마이 냅두라이!"

아씨는 굴하지 않더군요.

"싫어, 그렇게 못 해! 내가 어떡해야 네가 나하고 말을 할지 모르겠어, 넌 내 말을 들어보려고도 안 하니까. 내가 너한테 멍청하다고 하는 건, 아무 뜻 없이 그냥 하는 말이야. 널 깔봐서 그러는 게 아니라고. 아이참, 언제까지고 날 무시할 수는 없잖아, 헤어턴. 우린 사촌이야. 너도 인정할 건 해야지."

헤어턴이 대꾸했습니다.

"내랑 니랑은 아무 사이도 아이라. 드럽게 뻐기쌓든 돼먹잖게 놀리먹든 딴 디로 알아보라이. 내사 몸이구 혼이구 마카 지옥 가믄 갔지, 니까진 것헌티 다시는 곁눈질도 안 한다! 고마 썩 비키라! 당장 꺼지라 안 하나!"

EMILY BRONTË

캐서린 아씨는 얼굴을 일그러뜨리고 입술을 깨물며 창가 자리로 물러나 앉더니 짐짓 콧노래를 흥얼댔는데, 북받치는 울음을 참느라 곡조가 엉망진창이었습니다.

보다 못해 제가 나섰어요.

"사촌끼리 정답게 지내야지요, 헤어턴. 못되게 굴었어도 지금은 저렇게 반성하는데! 헤어턴 군한테도 더없이 좋을 거예요. 아씨랑 벗이 되면 헤어턴 군도 새사람으로 거듭날걸요."

"벗은 개뿔! 저짝은 내를 미워해. 내를 신발 닦는 걸레 미짝만도 몬하게 본다 아이가! 일 읎다, 내사 왕으로 거듭난대두 더는 저짝헌티 잘 뵈보리다 웃음거리가 되지는 안 해."

아씨는 속상한 마음을 더 이상 감추지 못하고 흐느끼며 울부짖었습니다.

"내가 아니라 네가 날 미워하는 거지! 히스클리프 씨처럼 날 미워하잖아. 아니, 네가 더해!"

언쇼가 응수했습니다.

"이기 순 그짓말쟁이 아이가! 하믄 내사 와 니를 펜들다 골백번을 혼났겠나? 갠데두 니는 내를 깔보고 비웃고…… 계속 이래 성가시게 하믄 내사 절루 들이가 니 땜에 성가셔서 부엌에 몬 있겠다 할 기라!"

아씨는 눈물을 훔치며 대답했어요.

"내 편을 들어준 줄은 몰랐어. 그땐 내가 너무 비참해서 모두한테 못되게 굴었고. 하지만 지금은 네가 고맙고, 용서를 빌고 싶어. 또 내가 뭘 하면 될까?"

아씨는 화덕 가로 돌아와 터놓고 손을 내밀었습니다.

헤어턴의 얼굴은 먹구름이 끼듯 그늘을 드리우며 찌푸려졌습니다. 결연히 두 주먹을 불끈 쥔 채 바닥만 노려보더군요.

헤어턴의 그런 완강한 태도는 고집을 굽힐 줄 몰라서지 싫어서가 아니라는 걸 캐서린 아씨는 본능적으로 알았던 것 같아요. 잠시 머뭇거리는 듯하더니 허리를 숙여 그의 뺨에 살포시 입맞춤하지 뭐예요.

요 앙큼한 악동은 내가 못 본 줄 알고 아무 일 없는 듯 새초롬하게 창가로 돌아가 앉더라고요.

제가 못마땅한 표정으로 고개를 젓자 그제야 아씨는 얼굴을 붉히며 소곤댔어요.

"아이참! 그럼 어떡해, 엘렌! 악수를 받아주기는커녕 쳐다보지도 않는데. 내가 널 좋아한다, 사이좋게 지내고 싶다, 이걸 어떻게든 보여줘야 했다고, 난."

그 입맞춤이 헤어턴에게 통했는지 어쨌는지는 모르겠어요. 몇 분간은 표정을 들키지 않으려고 무척 조심하더니, 이윽고 얼굴을 들었을 땐 눈길을 어디에 둘지 몰라 쩔쩔매더라고요.

그동안 캐서린 아씨는 근사한 책 한 권을 흰 종이로 곱게 포장했습니다. 포장한 책에 리본까지 매고 '헤어턴 언쇼 씨에게'라고 적은 뒤 저더러 특사가 되어 선물을 전해 달라 부탁했어요.

"이걸 받으면 내가 제대로 읽는 법을 가르쳐준다고 전해줘. 거절하면, 난 이만 올라가서 다시는 성가시게 하지 않겠다고."

보낸 이의 초조한 시선을 받으며 저는 선물과 말을 전했습니다. 헤어턴이 손을 펴려 하지 않아 무릎에 놓아주었더니 밀쳐내지는 않더군요. 저는 하던 일로 돌아갔습니다. 아씨는 탁자에 엎드려 있다가, 바스락 하고 책 포장 벗기는 소리가 들리자 슬그머니 사촌 옆자리로 가 말없이 앉았습니다. 그의 떨리는 몸과 잔뜩 상기한 얼굴이 제 눈에도 보였어요. 무례하고 거친 헤어턴 언쇼는 온데간데없었지요. 아씨가 눈치를 살피며 뭐라 말 좀 해보라고 속삭이는데도 처음에는 아무런 대꾸도 못 하더라고요.

"날 용서한다고 해줘, 헤어턴, 제발! 그 한마디만 들어도 난 날아갈 듯 행복할 거야."

그는 입속말로 뭐라 뭐라 웅얼거렸어요.

아씨는 미심쩍은 듯 되물었지요.

"그러니까, 나랑 잘 지내보겠다는 거지?"

"어데! 펭생에 니는 날마다 내를 챙피해할 기다. 내를 알믄 알수록 더 챙피시룹다 할 기라. 내사 그거는 몬 참는다."

"그래서, 나랑 친구 안 할 거야?"

아씨는 꿀처럼 달콤한 미소를 띠고 은근슬쩍 바짝 다가앉는 것이었어요.

그러고서 둘이 뭐라고 속닥거리는지는 알아들을 수 없었어요. 하지만 제가 다시 돌아봤을 때, 함께 책을 들여다보는 두 사람의 얼굴이 어찌나 환하던지, 원수지간에 평화조약을 체결하고 동맹 관계로 돌입했음에 틀림없더군요.

두 사람이 보는 책에는 값비싼 그림이 가득했어요. 그림도 좋고 둘이 나란히 앉은 것도 좋은지, 두 젊은이는 조지프가 돌아올 때까지도 그 자리를 떠나지 않았어요. 캐서린 아씨가 헤어턴 언쇼의 어깨에 손을 얹은 채 한 의자에 앉아 있는 광경을 본 그 불쌍한 노인네는 뒤 목을 잡고 쓰러질 판이었지요. 자기가 아끼는 도련님이 그 계집에게 곁을 주었다는 사실에 몹시 당황하고 만 겁니다. 충격이 워낙 컸던지라 그날 밤에는 그 일에 대해 말 한마디 꺼내지도 못 하더라고요. 커다란 성경책을 엄숙하게 탁자에 펼쳐놓고, 낮에 소를 팔아 받은 꼬질꼬질한 지폐를 지갑에서 꺼내 성경책 위에 올려놓으며, 무거운 한숨을 여러 번 길게 내뿜는 것으로만 심경을 드러냈답니다. 이윽고 노인네가 헤어턴을 불렀습니다.

"이거이 퀀 나리께 가지다드리고 거 있아요. 내는 내 방으로 갈라요. 여는 우리헌티 마땅치도 적당치도 않아가…… 우리는 빠지나가서 딴 디럴 찾으야 쓰갔소."

저도 아씨를 불렀습니다.

"이리 와요, 캐서린 양. 우리도 '빠지나가야 쓰갔'어요. 전 다림질 다 했는데, 아씨도 가시죠?"

아씨는 마지못해 일어서며 투덜댔어요.

"8시도 안 됐는데! 헤어턴, 이 책은 화덕 옆 선반에 둘게. 그리고 내일 몇 권 더 챙겨올게."

그러자 조지프가 대꾸하데요.

"거따가 두는 책은 족족 하우스 행이라. 그라믄 다시는 몬 보는 거이야. 허니 알어서 하드라고이."

캐시 아씨는 그랬다간 영감 책들도 무사하진 못할 거라고 으름장을 놓았어요. 그러고는 생긋 웃으며 헤어턴을 지나쳐 가더니 노래를 부르며 위층으로 올라갔지요. 모르긴 해도, 린턴을 만나러 드나들었던 처음 몇 번을 빼면 아마 아씨가 이 집에 와서 그렇게 명랑했던 때는 일찍이 없었지 싶어요.

그렇게 시작된 정분은 빠르게 깊어졌습니다만, 잠깐씩 난관에 부딪히기는 했지요. 소망 하나로 언쇼가 하루아침에 교양인이 되는 것은 아니었고, 우리 아씨라고 현자나 인내의 표본은 아니었으니까요. 그렇지만 두 마음이 같은 곳을 향하고 있었기에 — 한 사람은 사랑하며 인정해 주고자 했고 또 한 사람은 사랑하며 인정받고자 했지요 — 함께 노력해 끝끝내 그곳에 도달했답니다.

그러니까요, 록우드 나리, 히스클리프 부인의 마음을 얻기란 그리 어려운 일이 아니었어요. 하지만 이제는 나리가 나서시지 않아 다행이라고 생각한답니다. 지금 제가장 큰 소원은 그 둘이 맺어지는 거예요. 두 사람이 혼인하는 날에는 세상에 부러울 게 하나도 없을 것 같아요. 영국 땅에서 저보다 행복한 여자는 없겠지요!

19

그 월요일의 다음 날에도 언쇼는 평소 하던 일을 하기에는 아직 무리라 집 울안에 머물렀고, 금세 저는 더 이상 우리 아씨를 종전처럼 끼고 다닐 수 없음을 깨달았습니다.

아씨는 저보다도 먼저 내려가 텃밭으로 나갔어요. 사촌이 거기서 비교적 힘들지 않은 일을 하고 있는 걸 봤던 게지요. 제가 조반 준비를 마치고 그들을 부르러 갔더니, 그새 아씨가 사촌을 설득해서 까치밥나무며 구스베리 덤불을 죄 쳐내고 널찍한 공터를 만들어놨더라고요. 둘은 열심히 그레인지의 화초를 거기다 옮겨 심을 계획을 짜고 있었습니다.

불과 반 시간 만에 초토화가 된 현장을 마주한 저는 경악을 금치 못했습니다. 까막까치밥나무는 특히 조지프가 애지중지 가꾸는 과실수였는데 하필 딱 거기 한복판에다 화단을 만들겠다니요!

전 야단을 쳤어요.

"아이고! 영감이 보면 바로 주인한테 뻔히 고해바칠 텐데! 아니, 둘이서 텃밭을 이리 함부로 파헤쳐 놓고선 어떻게 변명하려고요? 우리 다 날벼락을 맞게 생겼네! 어디 내 말이 틀리나 두고 봐요! 헤어턴 군, 아무리 생각이 없어도 그렇지, 아씨가 시킨다고 무작정 이 지경을 만들어놓으면 어떡해요!"

언쇼는 그제야 당황하더군요.

"조지프 영감이 키우는 나무들인 걸 깜빡했구먼. 갠데 나가 그랬다구 말헐게."

우리는 항상 히스클리프 씨와 함께 식사했습니다. 차를 내고 고기와 빵을 써는 안주인 역할을 대신하느라 저도 꼭 끼어야 했고요. 캐서린 아씨는 보통 제 옆에 앉았는데 그날은 은근슬쩍 헤어턴 쪽으로 가려고 하는 게, 적의를 드러낼 때와 마찬가지로 친의를 표하는 데도 거침이 없겠더라고요.

하우스로 들어가면서 전 아씨에게 귓속말로 당부했습니다.

"자, 명심해요. 사촌하고 너무 많이 말하거나 그쪽만 너무 쳐다보면 안 돼요. 괜히 히스클리프 씨 심기를 거슬렀다간 둘 다 경을 칠 테니."

"알았어."

순순히 대답하더니, 1분 뒤 아씨는 슬금슬금 옆 걸음질로 다가가 그이의 죽 그릇에 앵초꽃을 꽂아주고 앉았더군요.

언쇼야말로 거기서만큼은 감히 사촌에게 말을 걸지도, 그쪽을 쳐다보지도 못 했어요. 그런데도 아씨가 자꾸 지분거리니까 결국 웃음이 터지려는 걸 간신히 틀어막더라고요. 그러길 두 차례, 제가 눈살을 찌푸리자 아씨가 얼른 주인 눈치를 보았습니다. 그의 표정을 보니 우리는 안중에 없고 다른 생각에 깊이 빠진 듯했어요. 아씨도 덩달아 심각해져서는 잠시 진지하게 그를 살폈지요. 하지만 이내 고개를 돌리고 다시 장난질을 시작했고, 기어이 헤어턴의 웃음보를 터뜨렸습니다.

숨죽인 웃음소리긴 했지만 히스클리프 씨가 흠칫했어요. 그의 놀란 눈이 우리를 빠르게 훑었습니다. 그러다 캐서린 아씨와 눈이 마주쳤지요. 아씨의 얼굴에는 그간 익숙해진 긴장과 불안, 그러나 그가 혐오하는 반항기까지 서려 있었습니다.

그가 소리쳤습니다.

"용케도 내 손이 안 닿는 데 앉았군! 대체 무슨 마귀에 씌었기에 번번이 그렇게 악에 받친 눈깔로 째려보는 게야? 눈 깔아! 다시는 나한테 네 존재를 상기시키지 마라. 그 낄낄대는 버릇은 내 단단히 고쳐준 줄 알았더니!"

"내였다."

헤어턴이 중얼거렸습니다.

"뭐라고?"

주인이 다그쳤지만 헤어턴은 그만 입을 다물고 접시만 내려다봤어요.

히스클리프 씨는 잠시 더 그를 보더니 말없이 다시 음식을 씹으며 혼잣속에 잠겼습니다.

식사는 거의 끝나가고 이제 두 사람도 신중을 기해 피차 약간씩 거리를 두고 앉았으니, 저는 이 자리에서 더이상 소란스러운 일은 없겠다고 생각했지요. 한데 그때 조지프가 문간에 나타난 거예요. 떨리는 입술과 노기 충천한 눈을 보아하니 자신의 소중한 나무들이 당한 변고를 알아챈 모양이었습니다.

되새김질하는 소처럼 아래턱을 움직거리는 통에 뭐라고 하는지 알아듣기 어려웠지만, 조지프는 캐시 아씨와 도련님이 그 부근에 있는 걸 보고 나서 현장을 확인한 듯했어요.

"내사 삯이나 챙기가 나갈라요! 60년을 몸 바치 일헌 집이라 참말로 뼈를 묻을라 캤는데! 해서 내 책이랑 물건이랑 마카 다락방에 올리놓구 집안이 조용허게 부엌도 내줄라 캤다 안 하요. 정든 화덕 앞을 내줄라니 맴이 쓰리긴 했지만서도, 그기야 몬 할 것두 읎지 하고 생겼다구요! 갠데 뭐라, 저 기집헌티 내 텃밭 나무까정 뺏기부

렀으니, 아이고! 쿤 나리요, 내사 이기는 참을 수 읎어요! 넘들일랑 워떤지 몰라도 내는 이딴 명에 몬 지요. 내는 익숙지도 않고, 무릇 늙은 몸땡이엔 새룬 짐이 쉬 익지도 않는 법이라. 차라리 한데로 나가가 막일로 입에 풀칠이나 허구 살라요!"

히스클리프 씨가 가로막았지요.

"아니, 이봐, 바보 영감! 짧게 말해! 뭐가 또 불만이야? 넬리하고 싸운 얘기면 그냥 집어치우고. 넬리가 영감을 석탄고에 처박는대도 내 알 바 아니야."

"넬리가 아이라! 넬리가 뭐라꼬 나가 나가겠소. 몬돼먹고 고연 기집이지만 천만다행이라, 사램 혼 빼는 재주는 읎다 안 하요. 사나들이 돌어볼 만치 잘생기지를 않아놨다니까네. 우리 되련님을 홀린 거는 저 무섭고 버리디기읎는 기집이라. 뻔뻔허게 눈웃음을 치구 지분거리쌓는 거이…… 오호통재라이! 내사 심장이 터질라 캐! 내사 그래 잘해주구 그래 갈채주고 다 혔는데, 되련님은 쌍그리 잊어뿔고 텃밭서 젤루 큰 까치밥나무를 몽지리 뽑아버맀다 안 하요!"

여기서 노인네가 울음을 터뜨리지 뭐예요. 딴에는 말도 못 할 피해를 입은 데다 언쇼의 배은망덕이며 위태로운 처지를 생각하니 서러움이 북받쳐 사나이의 자존심도 잊은 것이겠지요.

히스클리프 씨가 물었습니다.

"저 영감탱이가 취했나? 헤어턴, 저 영감이 지금 너 때문에 저 지랄이냐?"

청년이 대답했습니다.

"내가 덤불 두세 뿌리 뽑았다. 갠데 다시 심을 기라."

주인이 또 물었어요.

"그럼 애당초 왜 뽑았는데?"

현명하신 캐서린 아씨의 혀가 끼어들었습니다.

"거기다 꽃을 좀 심고 싶어서요. 야단치려거든 나한테 하세요. 내가 시킨 일이니까."

그녀의 시아버지는 사뭇 놀라더군요.

"대체 누가 네년한테 거기에 손대도 된다더냐?"

그러고는 헤어턴을 돌아보며 내처 다그쳤어요.

"그리고 누가 너더러 이년 말을 들으라던?"

아무 말 못 하는 헤어턴을 대신해 사촌이 나섰습니다.

"내 땅을 모조리 차지했으면서 고작 한두 뙈기 꽃밭 하라고 내주는 걸 아까워하면 안 되죠!"

"건방진 년, 네 땅이라고? 처음부터 네 땅은 없었어!"

"내 돈도 다 가져갔으면서."

아씨는 이글대는 시아비의 시선을 정면으로 맞받으며, 아직 남은 빵 조각을 잘근잘근 씹었어요.

그가 소릴 질렀지요.

"닥쳐! 얼른 다 처먹고 나가!"

한데도 그 무모한 것이 계속 나불대는 거예요.

"게다가 헤어턴 땅이랑 돈까지. 헤어턴이랑 나는 이제 친구예요. 이이한테 당신에 대해 다 말할 테야!"

주인은 한순간 당황한 듯 얼굴이 새파래지더니 극도의 증오심을 담은 눈길로 내내 그녀를 노려보며 일어섰어요.

그녀가 말했어요.

"날 때렸다간, 헤어턴이 당신을 때려줄 거야! 하니 그냥 앉는 게 좋을걸."

히스클리프는 우레와 같은 고함을 내질렀습니다.

"헤어턴이 네년을 끌어내지 않으면 내가 저놈을 때려죽일 거다! 요망한 년 같으니! 네까짓 게 감히 저놈을 꾀어 나를 거스르게 해? 저년 데리고 썩 나가! 안 들려? 당장 끌어내서 부엌에다 던져버려! 엘렌 딘, 한 번만 더 내 눈에 띄게 하면 저년은 죽은 목숨이야!"

헤어턴은 거의 입속말로 그녀에게 이만 나가는 게 좋겠다고 사정을 하더군요.

히스클리프가 매몰차게 소리쳤어요.

"끌어내라니까! 언제까지 쑥닥대기만 할 테냐?"

그러고는 몸소 실행하려 다가가는 것이었어요.

캐서린 아씨가 또 말했어요.

"이제 이이도 당신이 시킨다고 다 하지 않아, 이 악독한 인간아! 심지어 곧 나만큼이나 이이도 당신을 싫어하게 될걸!"

EMILY BRONTË

헤어턴이 나무라는 투로 나직이 말했습니다.

"쉿, 그만! 아재한테 그래 말허믄 몬쓴다. 그만하라이!"

"하지만 저자가 날 때리게 놔두진 않을 거지?"

아씨가 큰소리쳤고 헤어턴은 간곡하게 속삭였어요.

"알았으니까 이리 와!"

이미 늦었습니다. 히스클리프가 먼저 아씨를 붙잡아버렸어요.

"이제 네놈은 비켜! 이 요사스런 마녀가! 이번엔 내 심사가 이년 참아줄 상태가 아닌데 바득바득 긁어놨으렷다. 내 이년을 평생 후회하게 만들어주마!"

그가 아씨의 머리채를 휘어잡았고, 헤어턴은 제발 한번만 봐달라고 애원하며 아씨의 머리채를 풀어주려 애를 썼어요. 히스클리프의 검은 두 눈이 번뜩였어요. 당장에라도 우리 아씨를 갈기갈기 찢을 기세여서 저도 이판사판 구하러 달려들 참이었는데, 돌연 그가 손을 슥 풀더니 머리채를 놓은 대신 팔을 붙들고 캐서린 아씨의 얼굴을 뚫어져라 쳐다보더라고요. 그러다가 한 손으로 자기 눈을 가리고 정신을 가다듬는 듯 잠시 그대로 서 있더니, 다시 한번 아씨를 돌아보며 짐짓 침착하게 말했어요.

"날 화나게 할 일을 피할 줄은 알아야 할 거다. 안 그럼 언젠가 내가 널 진짜로 죽이고 말 게야! 딘 부인이랑 같이 나가서 옆에 딱 붙어 있어. 시건방진 소리일랑 네 보모한테만 씨불이란 말이다. 헤어턴 언쇼? 저놈이 네 얘기 듣다 나한테 걸리면, 저가 알아서 벌어먹게 내쫓아 버릴 테다! 네 사랑이 저놈을 떠돌이 거지로 만들겠구나. 넬리, 이년 데리고 나가. 다 나가! 다들 썩 나가!"

전 아씨를 끌고 나왔습니다. 아씨도 저항하지 않고 기꺼이 탈출했고요. 나머지 한 명도 뒤따라 나왔어요. 히스클리프 씨는 점심때까지 하우스를 독차지했지요.

제가 아씨 점심은 위층으로 들려 보냈는데, 정찬 자리에 며느리가 오지 않자 히스클리프는 저를 보내 그녀를 불러오게 했어요. 그래놓고는 아무와도 말하지 않고 음식도 먹는 둥 마는 둥 하더니, 식사를 마치자마자 저녁이나 돼야 돌아올 거라며 나가버리더군요.

그가 비운 하우스는 갓 서로의 벗이 된 두 젊은이가 차지했습니다. 캐서린 아씨는 자기 시아버지가 헤어턴의 아버지에게 무슨 짓을 했는지 알려주겠다고 했는데 헤어턴이 단호히 막더군요.

히스클리프 아재를 폄하하는 말이라면 한마디도 듣지 않겠다, 설령 그가 악마래도 자기는 무조건 그의 편이다, 그의 험담일랑 꺼내지도 말고 차라리 전처럼 자기를 깔보고 비웃으라는 것이었어요.

아씨는 답답해하며 신경질을 냈지만, 만일 '내가' 네 아버지 험담을 하면 네 심정이 어떻겠냐는 헤어턴의 물음에 더 이상 할 말을 잃었답니다. 그때 아씨는 언쇼가

EMILY BRONTË

주인의 평판을 제 일처럼 여긴다는 걸 깨달았지요. 그는 이성의 힘보다도 강한 유대, 습관으로 벼린 쇠사슬로 주인에게 얽매여 있으므로 그런 관계를 깨뜨리고자 하는 건 가혹한 일임을 아씨도 이해하게 된 거예요.

그때부터 아씨는 히스클리프를 비난하거나 반감을 표하지 않는 성의를 보였고, 제게도 헤어턴과 히스클리프를 이간질하려 했던 게 후회된다고 털어놓았어요. 정말 그 후로 아씨는 헤어턴이 듣는 데서라면 자신의 압제자에 대한 험담을 단 한 음절도 뱉지 않았을 겁니다.

이 사소한 말다툼이 끝나자 두 사람은 다시 단짝이자 선생과 학생이 되어 그렇게 바쁠 수가 없더군요. 일을 마친 뒤 저도 들어가 함께 앉아 있었는데, 두 사람 모습이 어찌나 보기 좋고 흐뭇하던지 시간 가는 줄을 모르겠더라고요. 아시다시피 둘 다 제게는 어느 정도 친자식 같았으니까요. 한 아이는 오래전부터 저의 자랑거리였고, 다른 아이도 이제부터 그만큼 절 흡족하게 하리란 확신을 주었지요. 헤어턴의 정직하고 열정적이며 총명한 천성이 이제껏 그의 안에서 불어난 무지와 퇴행의 구름을 빠르게 몰아낸 데다, 캐서린의 진심 어린 칭찬도 그를 더욱 분발케 하는 자극제가 되었습니다. 마음이 밝아지니 신수도 훤해져 잘생긴 얼굴에 활기와 품위를 더했고요. 페니스톤 절벽으로 탐험 나간 캐서린 아씨를 워더링 하이츠에서 발견한 날 제가 보았던 그 청년과 지금의 그가 같은 사람이라곤 믿기 어려울 정도였어요.

두 사람이 공부하는 모습을 감탄하며 지켜보는 사이, 어느덧 날이 저물고 어둠과 더불어 주인도 돌아왔습니다. 별다른 기척도 없이 현관으로 들이닥친 탓에, 우리가 고개를 들어 그를 보기도 전에 그가 우리 셋이 함께 있는 광경을 보고 말았지요.

저는 뭐, 이보다 더 보기 좋고 이보다 더 무해한 광경이 어딨겠어, 이 둘을 야단치는 건 지독히도 부끄러운 짓이야, 하는 심정이었답니다. 벌건 벽난로 불빛이 두 사람의 귀여운 머리를 비추어 어린애같이 열띤 호기심으로 생기가 넘치는 표정들이 훤히 보였어요. 헤어턴은 스물셋이고 캐서린은 열여덟 살이었는데 각자 새롭게 느끼고 배울 것이 너무 많아서, 냉정하고 시큰둥한 어른의 정서를 체감하거나 드러낼 겨를도 없었거든요.

두 사람은 동시에 눈을 들어 히스클리프를 보았습니다. 아마 나리께서는 눈여겨본 적이 없으실 텐데, 두 사람 눈이 꼭 닮았답니다. 캐서린 언쇼의 눈이지요. 딸 쪽은 눈 외에 어머니를 닮은 데가 별로 없어요. 이마가 넓은 거랑, 콧등의 곡선 탓에 본심과 상관없이 다소 거만해 보이는 것 정도가 비슷했지요. 오히려 헤어턴이 훨씬 더 닮았어요. 볼 때마다 신기하긴 했지만 그 순간엔 유독 빼다 박은 듯해 놀라울 지경이었어요. 평소 하지 않았던 일을 시도하면서 감각이 예리해지고 지성이 깨어났기 때문이겠지요.

바로 그래서 히스클리프 씨도 화를 낼 수 없었던 것 같아요. 잔뜩 열이 받아 씩씩대며 난롯가로 성큼성큼 왔는데, 헤어턴의 얼굴을 보자 순식간에 흥분이 식은 듯했거든요. 아니, 여전히 흥분한 기색이기는 했으니 그 결이 달라졌다고 해야겠네요.

헤어턴 손에 있던 책을 잡아채서 펼쳐진 쪽을 힐끔 보더니 별말 없이 돌려주더군요. 캐서린 아씨에겐 나가라는 손짓으로 그쳤고요. 그녀의 단짝은 아주 잠깐 머뭇거리다 뒤따라갔고, 저도 나가려고 일어섰는데 그가 그냥 있으라 해서 도로 앉았어요.

그는 방금 목격한 광경을 한동안 곱씹어 보다 입을 열었습니다.

"초라한 결말이야, 그렇지? 내 맹렬한 분투가 참으로 우습게 끝나버렸어! 두 집안을 박살 낼 쇠지레와 곡괭이를 구하고 헤라클레스 같은 능력을 갖고자 나 자신을 단련하는데, 막상 만반의 준비를 마치고 힘이 생겼을 때는 어느 집이고 간에 지붕의 돌판 하나 들어낼 의욕조차 사라졌다는 걸 깨닫는 거야! 난 옛 원수들에게 지지 않았어…… 지금이야말로 그 후손들에게 직접 복수하기 알맞은 때지. 얼마든지 할 수 있어. 무엇도 날 막을 수 없고. 한데 다 무슨 소용이지? 난 관심도 없고, 손가락 하나 까딱하기도 귀찮아! 이러니까 마치 내가 관용이라는 멋진 자질을 과시하려고 이제껏 그리 용을 쓴 것처럼 들리는 군. 그건 절대 아니고…… 이제는 그들을 무너뜨리는 게 통쾌한지도 모르겠고, 쓸데없이 누굴 무너뜨리려 하기엔 내가 너무 게을러.

넬리, 이상한 변화가 다가오고 있어. 그 변화는 이미 내게 그늘을 드리웠지. 일상생활에 도무지 관심이 가지 않아……. 먹고 마시는 일조차 까먹는 지경이야. 나한테 또렷한 실체를 유지하는 거라곤 방금 나간 저 둘뿐이야. 바로 저들의 모습이 고통을, 죽을 듯한 고통을 안기거든. 저 계집에 대해서는 입에 담기도 싫어. 생각하고 싶지도 않고…… 그냥 제발 내 눈에 안 보였으면 좋겠어. 눈앞에 있으면 미칠 듯이 화가 날 뿐이니까. 저놈은 다른 식으로 내 속을 들쑤시지. 미친놈 취급당할 게 뻔해서 그렇지 마음 같아선 다시는 안 보고 싶어! 아마 넬리도 내가 미쳐 간다고 생각할걸!"

그는 억지로 미소를 지으며 이어 말했어요.

"……저놈이 일깨우거나 재현하는 지난날의 숱한 기억과 생각을 내가 일일이 늘어놓으려 한다면 말이야. 하지만 넬리라면 어디 가서 내 얘길 옮기진 않겠지. 너무 오랫동안 내 마음을 내 안에만 가뒀더니, 이제는 누군가에게 털어놓고 싶어지는군.

5분 전 헤어턴은 인간이 아니라 내 젊은 시절의 화신 같았어. 녀석을 보니 수많은 감정이 한꺼번에 일어서, 아

EMILY BRONTË

마 말을 했더라도 횡설수설했을 거야.

무엇보다도, 녀석은 놀랄 만큼 캐서린을 닮아서 무섭도록 그 애를 떠올리게 해. 한데 그게 내가 환영에 붙들리는 가장 큰 원인이라고 생각해? 천만에, 사실 녀석의 영향은 가장 미미하지. 내게 그 애와 연관되지 않은 게 있을까? 내가 뭘 본들 그 애를 안 떠올리겠어? 바닥만 내려다봐도 판석마다 그 애의 형상이 보이는데! 모든 구름, 모든 나무에 그 애가 있어. 밤이면 날 에워싼 공기 속에, 낮이면 눈길 닿는 모든 것에 개가 있단 말이야! 지극히 평범한 남자와 여자의 얼굴에서 — 심지어 내 얼굴에서도 — 어딘가 꼭 닮은 데가 나타나 날 조롱해. 온 세상이 한때 그녀가 존재했고 이제 내 곁에 없다는 사실을 기록해 놓은 끔찍한 비망록이야!

그래, 헤어턴의 모습은 내 불멸의 사랑, 내 권리를 지키려는 맹렬한 분투, 나의 영락, 내 자존심, 내 행복, 내 고뇌의 망령이었어…….

이런 얘길 넬리한테 떠들다니 내가 정말 제정신이 아닌가 봐. 다만 이제 넬리도 알았겠지. 내가 언제나 외톨이인 게 싫으면서도 왜 저놈하고 같이 있으면 도움이 되기는커녕 끊임없는 고통이 오히려 더 심해지는지. 사촌끼리 어울려 다니건 말건 개의치 않게 된 데는 그런 이유도 있어. 저들한테 관심을 둘 수 없어, 이제 더는."

전 그의 태도에 불안감이 엄습했습니다.

"한데 히스클리프 씨, 아까 말한 '변화'라는 게 무슨 뜻이에요?"

그가 미치거나 죽을까 봐 걱정한 건 아니었어요. 제가 보기에 그는 상당히 튼튼하고 건강했으니까요. 정신 상태라면, 어릴 적부터 음침했고 희한한 공상을 즐겼으며 세상을 떠난 우상에 대해서는 가히 편집광이라 할 만했지만, 그 외에는 어느 모로나 저와 마찬가지로 멀쩡했답니다.

"변화가 와봐야 알겠지. 지금은 나도 막연히 의식하는 정도에 불과해."

"어디가 크게 아픈 건 아니지요?"

"아냐, 넬리, 아픈 데 없어."

"그럼, 죽을 염려는 없는 거죠?"

"염려라니! 그럴 리가! 죽을 염려도, 예감도, 희망도 없어. 내가 왜? 튼튼한 몸에 절제된 생활에 험한 일을 하는 것도 아니니, 검은 머리가 남아나지 않을 때까지 이승에 매여 있어야겠고, 그리 되겠지⋯⋯. 하지만 계속 이렇게는 못 살겠어! 나 자신한테 숨 쉬라고 일러야 해. 심장한테도 뛰라고 일러야 할 판이야! 마치 뻣뻣한 용수철을 뒤로 젖혀놓은 것 같은 게⋯⋯ 한 가지 생각이 이끈 게 아니면 사소한 행동조차 강제로 해야 하고, 한 가지 개념과 연관된 게 아니면 산 것이든 죽은 것이든 강제로 주목해야 알 수 있으니⋯⋯. 내 소원은 단 하나야. 내 온 존재와 온 기능이 그 소원을 이루길 갈망하지. 너무나 오랫동안 너무나 확고하게 갈망했더니 반드시, 곧 이루리라 믿게 돼버렸어. 소원이 내 존재를 먹어치웠거든. 소원이 이뤄지리란 기대가 날 집어삼킨 거야.

속을 털어놨는데도 그대로군. 하지만 말하지 않았다면 내게서 보이는 기분의 면면을 설명할 수 없었을 텐데 이로써 어느 정도 설명이 됐을지도 모르겠군. 오, 맙소사! 정말 기나긴 싸움이야, 이제 끝을 보고 싶어!"

그는 살벌한 욕을 중얼대면서 방 안을 이리저리 서성이기 시작했습니다. 그가 말한 조지프 영감의 생각처럼 저도 양심이 그의 마음을 생지옥으로 만들었다고 믿는 쪽으로 기울었답니다. 어떻게 끝날지 무척 궁금해지더군요.

일찍이 그는 자신의 심경을 표정으로도 드러낸 적이 거의 없었지만, 의심의 여지없이 그의 마음은 줄곧 그런 상태였습니다. 그때 본인이 직접 그렇다고 말하기도 했고요. 그러나 그의 평소 태도에서 그 사실을 짐작한 사람은 아무도 없었을 겁니다. 록우드 나리가 그를 보셨을 때도 모르셨을 테고요. 제가 이야기하는 그 무렵에도 그의 모습은 똑같았어요. 달라진 점이라면 오래도록 혼자 있는 걸 더 좋아하게 되었고 말수가 전보다도 더 줄었다는 것 정도였지요.

20

그날 저녁 이후 며칠간 히스클리프 씨는 우리와 함께 하는 식사를 피했습니다만, 정식으로 헤어턴과 캐시 아씨에게 추방령을 내리지는 않았습니다. 자기감정에 그렇게 철저히 휘둘리느니 차라리 자기가 나타나지 않는 쪽을 택한 거예요. 하루 한 끼만으로도 충분히 버티는 것 같더군요.

어느 날 밤, 식구들이 모두 잠자리에 든 뒤 그가 계단을 내려가 현관으로 나가는 소리가 들렸습니다. 다시 들어오는 소리는 듣지 못했고, 아침에 확인해 보니 역시 돌아오지 않았더라고요.

때는 4월, 날씨가 감미롭고 온화했습니다. 봄비와 햇볕을 받은 풀들은 한껏 초록빛을 띠었고, 남쪽 담장 근처의 키 작은 사과나무 두 그루엔 꽃이 만발했어요.

아침 식사를 마친 뒤 캐서린 아씨가 저더러 집 끝 쪽의 전나무 아래에 의자를 갖다놓고 거기 앉아 일하라고 졸랐습니다. 그리고 이제 말끔히 나은 헤어턴을 꾀어 땅을 파고 아담한 꽃밭을 꾸미게 하더라고요. 조지프가 불평한 탓에 아씨의 꽃밭은 그 구석으로 옮겨졌지요.

저는 싱그러운 봄 내음과 머리 위의 아름답고 은은한 푸르름을 편안히 만끽했습니다. 그때 꽃밭 가장자리에 심을 앵초 뿌리를 캐러 대문 쪽으로 달려갔던 아씨가 반만 찬 바구니를 들고 돌아와서는 히스클리프 씨가 들어오는 중이라고 알렸어요.

아씨는 얼떨떨한 표정으로 덧붙였습니다.

"근데 나한테 말을 했어."

헤어턴이 물었습니다.

"뭐랬는데?"

"되도록 빨리 꺼지라고. 근데 평소랑 너무 달라 보여서 나도 모르게 잠깐 서서 빤히 쳐다봤어."

"어떻게 달랐길래?"

"글쎄, 거의 밝고 쾌활했달까…… 아니, 거의가 아니라 아주 많이 들떠 보였고, 기뻐서 어쩔 줄 모르는 표정이었어!"

"밤 산책이 즐거웠나 보네요."

대수롭지 않은 듯 말했지만 실은 저도 아씨 못지않게 놀랐답니다. 사실인지 확인해 보고 싶어 조바심이 나더라고요. 주인의 기쁜 표정은 매일 볼 수 있는 광경이 아니니만큼 전 집 안으로 들어갈 핑계를 만들었습니다.

히스클리프는 열린 문 앞에 서 있었습니다. 해쓱한 얼굴에 몸을 떨고 있는데, 두 눈은 기묘하게도 기쁜 빛이 형형해 얼굴이 완전히 달라 보이더군요.

제가 말했습니다.

"조반을 차릴까요? 밤새 돌아다녔으면 꽤 시장할 텐데!"

어딜 다녀왔는지 궁금했지만 대놓고 묻기는 좀 그랬
거든요.

"됐어, 배 안 고파."

그는 절 외면하며 무시하는 투로 대꾸했어요. 그렇게
기분 좋은 이유를 제가 캐물으려 한다고 생각했나 봐요.

전 당혹스러웠지요. 잔소리를 하기에 적당한 때인지
잘 모르겠더라고요.

"잘 시간에 나돌아다니는 건 옳지 않다고 봐요. 어쨌
든 이렇게 습한 철에 그러는 건 현명치 못해요. 잘못하면
독한 감기나 열병에 걸리니…… 지금도 뭔가 문제가 있
어 보이는구먼!"

"못 견딜 문제는 없어. 날 혼자 내버려 두면 기꺼이 견
딜 수 있다고. 귀찮게 굴지 말고 들어가기나 해."

시키는 대로 하는 수밖에요. 그를 지나치면서, 그가 고
양이처럼 밭은 숨을 할딱대는 걸 알아챘습니다. 해서 생
각했죠.

'역시! 한바탕 병치레를 하겠군. 대체 뭘 하다 왔는지
짐작도 못 하겠네.'

그날 정오 그는 우리와 함께하는 정찬 식탁에 앉더니
전에 거른 끼니를 벌충하려는 듯 음식이 수북이 담긴 접
시를 제게서 받아 들었습니다.

아침에 제가 한 말을 염두에 두고서 그가 말했습니다.

"이것 봐, 감기도 열병도 안 걸렸잖아, 넬리. 자네가 준

음식은 내가 잘 먹어줄게."

나이프와 포크를 들고 막 먹으려다 갑자기 식욕이 사라졌나 봐요. 둘 다 내려놓고는 정신없이 창 쪽을 바라보더니 일어나 나가버리지 뭐예요.

우리가 식사하는 동안 그는 내내 텃밭에서 서성였습니다. 언쇼가 왜 식사하지 않는지 물어보겠다며 갔어요. 우리가 어떤 식으로든 그의 비위를 상하게 했다고 여긴 것이지요.

언쇼가 돌아오자 캐서린 아씨가 물었습니다.

"뭐래, 들어온대?"

언쇼가 대답했습니다.

"아니. 갠데 화가 난 건 아이라. 진짜 희한하게 기분 좋아 보이데. 같은 말 두 번 시킨다고 내한테 짜증은 내드라. 니한테로나 가라고, 굳이 딴 사램은 불러 뭐 하냐믄서."

저는 그의 음식 접시가 식지 않게 난로망에다 얹어놨습니다. 그는 한두 시간 뒤 방이 비었을 때 들어왔는데 조금도 진정되지 않은 모습이었어요. 여전히 괴이한 — 예, 참말로 괴이한 — 기쁨이 검은 눈썹 아래서 넘실거렸죠. 여전히 핏기 없는 얼굴에, 이따금 이를 드러내는 것이 어쩌면 미소 같기도 했고요. 온몸을 부들부들 떠는데, 한기가 들거나 기력이 달려서가 아니라, 팽팽히 당긴 줄이 진동하듯, 그저 떤다기보다는 강렬한 전율에 휩싸인 듯했답니다.

무슨 일이냐고 물어봐야겠다는 생각이 듭디다. 제가 아니면 누가 하겠어요? 해서 짐짓 외쳐 물었지요.

"뭐 좋은 소식이라도 들었나 봐요, 히스클리프 씨? 오늘따라 생기가 넘치시네."

"나한테 좋은 소식 올 데가 어딨나. 허기지는데 생기가 돈다니, 앞으로 먹질 말아야겠군그래."

"정찬 음식이 아직 여기 있는데. 좀 먹는 게 어때요?"

"지금은 생각 없어. 이따 저녁이나 들지 뭐. 그나저나 넬리, 제발 부탁인데 헤어턴이랑 그 옆에 있는 애 좀 나한테서 떨어지라고 해줘. 사실 아무도 날 안 건드렸으면 좋겠어. 여기 나 혼자 있고 싶어."

전 또 물었지요.

"이 추방령을 내리는 별다른 이유라도 있을까요? 왜 이렇게 이상하게 구는지 말 좀 해봐요, 히스클리프 씨. 간밤엔 어딜 다녀온 거예요? 괜한 호기심에서 묻는 게 아니라⋯⋯."

그가 피식 웃으며 말을 가로챘어요.

"지극히 괜한 호기심에서 묻는 거구먼. 그래도 까짓거, 대답해 주지. 간밤에 난 지옥 문턱을 밟고 왔어. 오늘은 천국이 보이는 곳에 있지. 지금 내 천국을 눈에 담는 중이야. 1미터도 안 되는 거리에 있거든! 이만 넬리도 가지? 성가시게 캐묻지 않으면 험한 걸 보거나 들을 일도 없을 거야."

전 난로 좌대를 쓸고 식탁을 훔친 다음 전보다 더 혼란한 마음으로 그곳을 나왔습니다.

그는 오후 내내 하우스에 틀어박혀 있었고 아무도 그의 고독을 방해하지 않았어요. 8시 정각, 그가 부르지는 않았지만 저는 촛불과 저녁거리를 가져다줘야겠다고 생각했지요.

그는 열린 창문턱에 기대서 있었는데 밖을 내다보는 건 아니었어요. 고개가 방 안의 어둠을 향해 있었지요. 난롯불은 다 타서 재만 남았고, 흐린 저녁의 후덥지근한 공기가 방 안에 차 있었어요. 그리고 어찌나 고요하던지, 저 아래 기머턴 쪽으로 흘러가는 시냇물 소리가 들리는 것은 물론이고, 자갈 위로 이는 잔물결 소리와 바위틈에서 부서지는 물소리를 구분할 수도 있을 정도였어요.

전 불기 없이 시커먼 벽난로에 못마땅한 탄식을 내뱉고는 창문을 하나씩 닫아나갔고, 이윽고 그가 있는 창문 앞에 이르렀습니다.

그가 꼼짝도 하지 않기에 정신이 들게 할 요량으로 물었어요.

"이 문도 닫아야겠지요?"

바로 그때 그의 얼굴이 불빛에 언뜻 비쳤어요. 아유, 그 순간 제가 얼마나 놀랐는지 이루 말도 못 합니다, 나리! 퀭하니 쑥 들어간 눈하며! 그 섬뜩한 미소, 그리고 송장같이 시퍼런 낯빛하며! 히스클리프 씨가 아니라 요괴를 보는 것 같았어요. 식겁한 나머지 손에 힘이 빠졌지요. 초가 벽 쪽으로 기울면서 심지가 벽에 닿아 불이 꺼졌습니다. 순식간에 어둠이 절 에워쌌어요.

익숙한 목소리가 그제야 대답하더군요.

"그래, 닫아. 저런, 되통스럽긴! 그러게 왜 초를 가로로 들고 섰나? 얼른 가서 새로 가져와."

전 겁에 질린 채로 황망히 나가 조지프를 찾았어요.

"주인님이 촛불을 가져오고 난롯불도 다시 지피래요."

그때는 정말이지 다시 거길 들어갈 엄두가 나지 않더라고요.

조지프가 불붙은 탄을 부삽에 퍼 담아가지고 갔는데, 고대로 갖고 금세 돌아오지 뭐예요. 저녁거리가 담긴 쟁반도 다른 손에다 받쳐 가져왔고요. 히스클리프 씨가 이만 자러 올라갈 거고 식사는 아침으로 미루겠다고 했다는 거예요.

곧이어 그가 계단을 오르는 소리가 들렸습니다. 한데 자기 침실로 가다 말고 그 벽장 침상이 있는 방으로 들어가더군요. 전에 말씀드렸듯이 그 방 창문 폭이 누구나 빠져나갈 만큼은 되지요. 그래 그가 또 한밤중에 몰래 외출할 셈이구나 하는 생각이 스치더라고요.

'송장 파먹는 악귀야, 흡혈귀야?'

EMILY BRONTË

사람 모습을 한 그런 무시무시한 괴물들 이야기를 읽은 적이 있거든요. 하지만 다시, 차분히 되짚어 보았지요. 전 어린아이였던 그를 돌봤고 그가 청년으로 자라기까지 지켜봤으며 그의 전 생애를 얼추 다 알고 있었죠. 그렇게 회상하다 보니 제가 그런 공포감을 허락하는 게 어처구니없게 여겨졌어요.

"한데 그 불길한 것은 대체 어디서 온 거야? 자신을 품어준 선량한 어르신께 재앙을 안긴 그 새까만 아이는……?"

저는 졸면서 잠에 빠져드는 와중에 이런 미신적인 소리를 중얼거렸어요. 반쯤 꿈결로 넘어가서는, 그에게 알맞은 혈통을 이래저래 상상해 보다, 졸기 전에 그랬던 것처럼 그의 생애를 다시 한번 돌이키게 되었지요. 아까와 달리 이번엔 암울한 삶이 제 머릿속에 펼쳐지더니 결국, 그가 죽어 장례를 치르는 장면이 그려졌어요. 지금 기억나는 거라곤 그의 묘비명을 불러주는 일을 제가 떠맡아 골머리를 앓다가 묘지기와 상의하는 장면뿐이네요. 성도 없고 나이도 모르기 때문에 그저 '히스클리프'라는 한 단어를 새기는 데 만족해야 했지요. 이 장면은 현실이 되었답니다. 실제로 그랬어요. 묘지에 가시면 그의 묘비에 정말 그의 이름 그리고 사망한 날짜만 적힌 걸 보시게 될 거예요.

동이 트면서 저도 상식을 되찾았습니다. 일어나서, 눈

이 보이게 되자마자 텃밭으로 나가 그 방 창문 밑에 발자국이 있는지 살펴봤지요. 없었어요.

'안 나갔나 보네. 오늘은 상태가 멀쩡하겠어!'

그렇게 생각하고 평소 하던 대로 아침 식탁을 차리되, 헤어턴과 캐서린 아씨에겐 주인이 늦잠을 자는 듯하니 먼저들 먹으라고 했습니다. 그 둘이 문밖 나무 아래서 먹고 싶다고 해서 작은 탁자를 갖다 놓아주었어요.

그러고서 다시 들어왔더니 히스클리프 씨가 내려와 있더군요. 조지프와 농장 일을 의논하고 있었는데, 지시하는 내용은 명료하고 세세했지만 말이 빠르고 고개를 자꾸 옆으로 돌리는 데다 전날처럼, 아니 외려 더 흥분한 기색이었어요.

조지프가 나가자 그는 늘 앉는 자리에 앉았고 제가 사발에 커피를 따라 가져다주었습니다. 그는 커피를 끌어당기더니 두 팔꿈치를 탁자에 괴고 맞은편 벽을 쳐다보는 거예요. 벽의 한 구역을 살피는 듯 번뜩이는 눈동자가 위아래로 분주히 움직이는데, 얼마나 골몰했던지 30초쯤은 숨도 쉬지 않더라고요.

저는 빵을 밀어 그의 손에 닿게 하면서 부러 크게 말했어요.

"자, 그만하고, 따끈할 때 좀 들어요. 차려놓은 지 한 시간이 다 돼가네."

그는 절 알은척도 하지 않으면서 혼자 소리 없이 웃었

EMILY BRONTE

어요. 차라리 이를 뿌드득 가는 모습이 저런 미소보다는 보기 낫겠다 싶었지요.

전 울부짖었어요.

"히스클리프 씨! 주인님! 제발 좀, 헛것이라도 뵈는 것처럼 그러지 말아요!"

그가 대꾸했어요.

"제발 좀, 시끄럽게 그러지 마. 한번 둘러보고 말해봐, 여기에 우리밖에 없어?"

"그럼요, 당연히 우리밖에 없죠!"가 제 대답이었고요.

그래도 혹시 모른다는 듯 저도 모르게 그의 말대로 방안을 둘러보게 되지 뭐예요.

그는 아침거리를 한 손으로 휙 쓸어 빈 공간을 만들고는 더 잘 볼 수 있게 상체를 숙여 탁자에 기댔어요.

그제야 저는 그가 벽을 살피는 게 아니라는 걸 알아차렸습니다. 그만 따로 놓고 보니, 정확히는 약 2미터 앞에 있는 무언가를 응시하는 것 같았어요. 그게 무엇이든 극한의 쾌감과 극한의 고통을 동시에 안기는 듯했습니다. 어쨌든 괴로워하면서도 황홀해하는 표정이 딱 그런 인상을 풍겼지요.

그 환영이 한 곳에 붙박인 것도 아닌 모양이었어요. 그의 눈길은 지칠 줄 모르고 그것을 뒤쫓았고, 심지어 제게 말하는 동안에도 절대 눈을 떼지 않았습니다.

벌써 여러 끼째 단식 중임을 일깨우려 해봤지만 소용

없었어요. 제가 하도 사정하니 그는 탁자 위를 더듬거나 빵 조각을 잡을 듯 손을 뻗다가도, 뭐에 닿기도 전에 손가락을 오므리고는 뭘 하려던 중이었는지도 잊은 채 탁자에 그대로 놓아두는 것이었어요.

저는 인내심의 표본인 양 지긋이 앉아서, 그를 무아지경에서 끌어내고자 애썼습니다. 마침내 그는 버럭 짜증을 내며 일어나서는, 왜 식사 중에 혼자만의 시간을 갖게 내버려 두질 않느냐며 앞으로 시중들 필요 없으니 음식이나 차려놓고 가라는 거예요.

그렇게 성질을 부리고는 집 밖으로 나가버리데요. 어슬렁어슬렁 텃밭 길로 내려가 대문 밖으로 사라졌어요.

불안하기 짝이 없게 시간은 느릿느릿 기어 어느덧 저녁이 되었습니다. 저는 늦게까지 잠자리에 들지 않았고 잠자리에 들어서도 잠을 이룰 수 없었어요. 그는 자정을 넘기고야 돌아왔는데, 자러 가는 대신 아래층 하우스에 틀어박히더군요. 저는 귀를 쫑긋 세운 채 뒤척이다 결국 옷을 갈아입고 내려갔어요. 오만 가지 억측으로 골치를 썩이며 누워 있는 것도 고역이었으니까요.

안에서 왔다 갔다 하는 히스클리프의 들뜬 발소리가 들렸고, 더러는 신음하듯 깊이 들이켜는 숨소리가 적막을 깼습니다. 또 이따금은 무심코 중얼대기도 하더군요. 제가 유일하게 알아들었던 말은 '캐서린', 연정 또는 고뇌의 격한 표현과 엮인 그 이름뿐이었어요. 마치 곁에 있는 사람에게 들려주는 듯 나직하고 간절한, 영혼 깊숙이에서 끌어낸 진심이 서린 말투였고요.

곧장 그리로 걸어 들어갈 배짱은 없었지만 그를 몽상에서 깨워야겠기에, 부엌 화덕 불로 달려들어 마구 들쑤셔 놓고 요란하게 재를 긁어댔습니다. 그게 예상보다 빨리 그의 주의를 끌었지요. 즉시로 그가 문을 벌컥 열고 말했습니다.

"넬리, 이리 와봐. 아침이 됐나? 촛불 가지고 들어와."

전 대답했지요.

"4시를 치네요. 위층으로 가져갈 촛불이 필요한 거면…… 여기 화덕 불에다 붙이면 돼요."

"아니, 올라가고 싶지 않아. 들어와, 여기 불을 지펴줘. 그리고 이 방에서 무슨 일이든 해."

"우선 탄에 불을 붙여야 그리로 옮기든 말든 하죠."

전 의자와 풀무를 가져오며 대꾸했어요.

그사이 그는 정신 나간 사람처럼 이리저리 배회했어요. 무거운 한숨을 연달아 토하느라 기본적인 숨쉬기를 할 틈이 없더군요.

그가 말했습니다.

"날 밝는 대로 그린을 불러와야겠어. 법적인 문제로 물어볼 게 좀 있어서. 그런 일들은 내가 제대로 생각하고 침착하게 행동할 수 있을 때 처리해 놔야지. 아직 유언장 작성도 안 했고 유산을 어떻게 할지도 결정 못 했다고!

그냥 아무도 못 물려받게 지상에서 깡그리 없앨 수 있으면 좋겠는데."

전 그의 말을 자르고 나섰어요.

"그런 말 말아요, 히스클리프 씨. 유언장은 나중에 만들어도 돼요. 지은 죄가 많으니 뉘우칠 시간도 많겠죠! 히스클리프 씨 신경에 탈이 나리라곤 전혀 생각해 본 일이 없는데…… 지금 보니 어마어마하게 탈이 났네그려. 심지어 거의 전적으로 본인 탓이야. 지난 사흘간 당신이 한 것처럼 살다간 타이탄 같은 거인족이라도 나가떨어지고 말지. 뭐든 좀 먹고 잠도 좀 자요. 왜 그래야 하는지는 거울만 봐도 알 수 있을 거예요. 볼은 움푹하고 눈엔 핏발이 섰어요. 조만간 굶어 죽든지 못 자서 눈이 멀든지 할 사람처럼."

그가 대꾸하더군요.

"못 먹고 못 자는 건 내 탓이 아니야. 절대 일부러 이러는 게 아니라고. 할 수 있게 되는 대로 먹고 자고 다 할 거야. 하지만 지금 넬리가 하는 말은 물에 빠져 허우적대는 사람한테 쉬라고 하는 거나 마찬가지야. 한 팔만 뻗으면 뭍인데! 나는 우선 뭍에 닿아야겠어. 쉬는 건 그다음 일이고. 흠, 그린 씨는 안 불러도 되겠어. 나더러 죄를 뉘우치라고? 지은 죄가 없어서 뉘우칠 것도 없어. 난 말이야, 심히 행복하지만 충분히 행복하진 않아. 영혼의 더없는 행복이 육신을 압살할 지경인데도 그것으론 만족스럽

EMILY BRONTË

지가 않단 말이야."

전 소리쳤어요.

"행복하다고요? 거참 희한한 행복이네! 화 안 내고 들을 것 같으면 내가 더 행복해질 방법을 일러줄 수도 있겠는데요."

"뭔데? 말해봐."

"본인도 알겠지만, 히스클리프 씨는 열세 살 때부터 신앙을 등지고 이기적으로만 살았잖아요. 그 오랜 세월 내내 아마 손에 성경책 한번 들어본 적도 없겠지요. 성경 내용도 다 잊었겠고, 이제는 들춰볼 겨를이 없지요. 하니 어느 교파 목사님이건 간에 한 분 모셔다가 말씀을 들어보는 건 어떨까요? 성경의 가르침과는 멀어도 너무 멀게만 살아온지라 죽기 전에 회개하지 않으면 당신은 천국으로 들어갈 자격이 없다는 걸 제대로 깨우쳐주실 텐데요. 그런다고 해될 것 없지 않겠어요?"

그가 대답했어요.

"화는커녕 고맙구먼, 넬리. 덕분에 내가 어떤 식으로 땅에 묻히고 싶은지 상기했어. 시신은 저녁에 교회 묘지로 날라다줘. 괜찮다면 넬리하고 헤어턴은 따라오면 좋겠어. 특히 묘지기가 두 관을 내 지시대로 해놓는지 꼭 지켜봐! 목사는 없어도 그만이고 추도사도 뭣도 필요 없어! 난 내 천국에 거의 다다랐어. 남들의 천국 따위, 나한텐 의미 없고 탐나지도 않아!"

이 무신론자의 무심한 태도에 경악을 금할 길이 없더군요.

"그렇게 끝까지 금식을 고집하다 굶어 죽으면 교회 묘지에 묻히지도 못할걸요? 그럼 어떡하려고요?"

"그럴 일은 없을 거야. 만에 하나 그렇게 되거든 넬리가 은밀히 손을 써서 거기로 옮겨줘. 이 말대로 안 했다간, 사람이 죽었다고 아주 없어지는 건 아니란 걸 사무치도록 실감하게 될 줄 알아!"

다른 식구들이 깨어 움직이는 기척을 듣자마자 그는 자기 굴로 들어갔고 그제야 전 숨통이 좀 트이는 기분이었습니다. 그러나 오후에 조지프와 헤어턴이 일하러 나간 사이 그가 다시 부엌으로 와서는 넋 나간 얼굴로 제게 하우스에 들어와 앉으라고 하는 거예요. 누가 곁에 있어줬으면 좋겠다고요.

전 거절했습니다. 당신의 이상한 언동이 무서워서 단둘이 말벗할 배짱도 의향도 없다고 솔직히 말했지요.

그는 예의 그 음침한 웃음을 날리더군요.

"내가 마귀라고 믿는군! 번듯한 지붕 아래 살기엔 너무나도 끔찍한 존재!"

그러고선 고개를 틀어 캐서린 아씨를, 거기 있다가 그가 다가오자 제 뒤에 숨은 그녀를 쳐다보며 비꼬듯 말했어요.

"네가 올래, 아가? 잡아먹지 않을게. 아니지! 내 너한테는 악마보다도 심하게 굴었지. 흠, 나랑 같이 있는 걸 꺼리지 않을 사람이 하나 있는데! 거참! 지독한 년이로고. 오, 제기랄! 말도 못 하게 지독해서 살과 피가 있는 인간은 도저히 배겨낼 수가 없다니까. 나조차도 못 당하는걸."

그는 더 이상 누구에게도 같이 있어달라고 하지 않았습니다. 저물녘에 자기 방으로 들어갔는데, 밤부터 다음 날 아침 늦게까지 혼자 신음하고 중얼대는 소리가 끊이지 않더군요. 헤어턴이 안절부절못하며 들어가 보려 했지만 전 그를 케네스 씨에게 보냈어요. 의사가 와서 들여다봐야 할 상황이었으니까요.

케네스 씨가 왔기에 제가 들어가겠다고 고한 뒤 방문을 열려고 했는데, 잠겨 있었어요. 안에서 히스클리프가 다들 뒈지라고 소리치더군요. 자긴 괜찮으니 혼자 있게 두라고요. 해서 의사는 헛걸음만 하고 돌아갔답니다.

그날 저녁부터 비가 많이 왔어요. 동이 틀 때까지 그야말로 억수같이 퍼부었지요. 아침이 되어 집 주위를 산책하다가, 주인 방 창문이 함부로 열렸다 닫혔다 하면서 비가 마구 들이치는 걸 발견했습니다.

그래 생각했지요. 침대에 있지는 않겠지. 저렇게 비가 들이치는데 침대에 있다간 홀딱 젖을 거 아냐! 일어났거나 나갔을 거야. 어쨌거나 이렇게 혼잣속 끓일 것 없이 과감히 올라가서 들여다보자!

여분의 열쇠로 문을 따고 휘둘러봤는데 아무도 없더라고요. 얼른 뛰어 들어가 침상 미닫이문을 열면서 그 안을 살폈어요. 거기에 히스클리프 씨가 있었지요. 천장을 보고 누워 있더군요. 저와 마주친 눈빛이 너무나 날카롭고 사나워서 흠칫 놀랐는데, 다시 보니 미소를 짓는 것도 같았어요.

죽었다는 생각은 못 했어요. 한데 얼굴이며 목이며 비에 흠뻑 젖었고 침대보에서 빗물이 뚝뚝 떨어지는데도 꼼짝을 하지 않는 거예요. 창문이 열렸다 닫혔다 하면서 창턱에 얹힌 손을 쓸어 피부가 까졌는데 피도 나지 않았고요. 그 상처에 손을 대보니 더 이상 의심의 여지가 없었습니다. 뻣뻣하게 굳은 시체였어요!

창문을 닫아걸고, 그의 앞이마를 덮은 길고 검은 머리칼을 빗어준 뒤, 부릅뜬 두 눈을 감겨주려 했습니다. 마치 살아 있고 기뻐 날뛰는 듯한 그 섬뜩한 눈빛을 다른 누가 보기 전에 가능하면 꺼뜨려주고 싶었어요. 그러나 감기지 않더군요. 저의 시도를 비웃는 것만 같았어요. 벌어진 입술과 날카롭고 하얀 이까지 절 비웃지 뭐예요! 또다시 더럭 겁이 나서, 목 놓아 조지프를 불러젖혔어요. 조지프가 비척비척 올라와 한바탕 요란을 떨었지만 시신에 손을 대는 것은 한사코 거부했어요.

그러면서 울부짖데요.

"악마가 저늠 혼을 빼뜨리간 기라! 기왕이믄 송장까정

가지갈 것이지. 내사 알 바 아이라! 크! 으째 송장이 돼서 두 저래 히죽이쌓는 거이 하사악해!"

천벌받을 그 늙은이야말로 능글맞게 히죽거렸어요.

노인네가 침대를 돌며 어깨춤을 출 줄 알았더니, 갑자기 정색하며 꿇어앉아서는 두 손을 쳐들고, 정당한 주인과 유서 깊은 가문이 드디어 권리를 되찾게 되었다며 감사 기도를 올리더군요.

저는 이 엄청난 변고에 망연자실했고, 지난 시절의 기억들이 하릴없이 떠올라 가슴 먹먹한 슬픔에 젖어들었습니다. 하지만 진정으로 몹시 괴로워한 사람은 딱하게도 가장 몹쓸 짓을 당한 헤어턴뿐이었어요. 밤새도록 비통하게 진심으로 흐느끼며 고인의 곁을 지켰지요. 손을 꼭 잡기도 하고 다른 사람들은 떠올리기조차 꺼리는 냉소적이고 잔혹한 얼굴에 입맞춤하기도 하면서요. 벼린 강철처럼 완강하기는 해도 너그러운 마음에서 자연히 우러나는 깊고 강한 슬픔 속에 고인을 애도했답니다.

케네스 씨는 그의 사인을 밝힐 수 없어 난감해했어요. 저는 주인이 사흘간 아무것도 삼키지 않았다는 사실을 숨겼습니다. 곤란한 상황이 생길까 봐 저어되기도 했고, 지금도 저는 그가 일부러 굶었다고는 생각하지 않거든요. 그건 그를 갉아먹은 기이한 병의 증상이지 원인은 아니었어요.

장례는 생전에 그가 원했던 대로 치렀는데, 그 때문에

온 동네가 수군거렸어요. 장례에 참석한 사람은 언쇼와 저, 묘지기 그리고 운구 인부 여섯 명이 전부였답니다.

인부들은 묘소에 관을 내려놓고 바로 돌아갔고 우리는 남아서 관에 흙이 덮이는 것을 지켜보았습니다. 헤어턴은 눈물을 줄줄 흘리며 손수 초록빛 잔디 뗏장을 퍼다가 황토색 흙무덤 위에 입혔어요. 지금은 그 무덤도 이웃한 무덤들만큼 겉면이 고르고 파릇파릇하답니다. 바라건대 그 안에 누운 이도 더불어 고이 잠들겠지요. 그런데요, 동네 이웃들한테 여쭤보면 아시겠지만, 다들 성경에 맹세코 그가 무덤 밖을 배회한다고 믿고 있어요. 교회 부근에서 봤다고도 하고, 황야에서 봤다고도 하고, 심지어 이 집 안에서 봤다는 사람도 있다니까요. 허튼소리라고 생각하시죠? 저도 그렇게 말하고는 있어요. 하지만 부엌 화덕 가의 저 노인네는 그가 죽은 뒤로 비 오는 밤마다 그의 방에서 두 사람의 유령이 창밖을 내다본다고, 자기가 똑똑히 봤다고 하거든요. 한 달쯤 전에는 저도 이상한 일을 겪었고요.

어느 날 저녁, 그레인지로 가는 길이었어요. 천둥이 칠 듯 사위가 어두컴컴했는데, 하이츠 언덕의 그 굽잇길에서 어미 양 한 마리와 새끼 양 두 마리를 앞세운 사내아이와 마주쳤어요. 아이가 꺼이꺼이 울길래, 새끼 양들이 말을 안 들어 몰기가 힘든가 보다 생각했지요.

그래 제가 물었어요.

"우리 꼬마 도련님이 무슨 일로 우실까?"

아이는 흑흑거리며 대답했어요.

"저짝 언덜배기 바우 밑에 히스클리프 씨랑 으떤 애기 씨랑 있어요. 무시와가 몬 지나가겠어요."

제 눈엔 아무것도 안 보였어요. 하지만 양들도 아이도 안 가려고 버텨서, 아이에게 아랫길로 에워가라고 일러 주었지요.

아이가 혼자 황야로 나왔다가 아마 부모나 동무들한 테서 누누이 들었던 유령 얘기가 떠올랐겠고, 그러다 마치 진짜 유령을 본 것처럼 착각했겠지요. 그래도요, 저도 이제는 밤이 어두우면 나가고 싶지 않아요. 이 음산한 집에 혼자 남겨지기도 싫고요. 어쩔 수 없어요, 두 사람이 여길 떠나 그레인지로 옮겨 갈 날만 손꼽아 기다린다니까요!

내가 물었다.

"그래, 두 사람이 그레인지로 이사한다고?"

딘 부인이 대답했다.

"예, 혼례를 치르고 바로요. 날짜는 새해 첫날이랍니다."

"그럼 여기선 누가 살고?"

"글쎄요, 조지프가 여길 관리할 거고, 아마 같이 지낼 아이 한 명쯤 들어오겠죠. 둘이 부엌에서 생활하고 나머지 공간은 폐쇄할 거예요."

"그 유령들이 마음대로 들어와 살게 말이지."

내 얘기에 그녀는 고개를 저었다.

"아니에요, 록우드 나리. 전 고인들이 평화로운 영면에 들었다고 믿어요. 그들 얘기를 가볍게 하는 건 옳지 못하다고 봅니다."

때마침 텃밭 대문이 벌컥 열리고, 산책 나갔던 이들이 들어왔다.

다가오는 그들을 창문을 통해 지켜보며 나는 투덜거렸다.

"저들은 두려운 게 없겠군. 둘이 함께라면 사탄이 군대를 이끌고 온대도 용감히 맞서 싸우겠어."

두 사람은 현관 앞에 멈춰 서서 마지막으로 달을, 보다 정확히는 달빛이 비추는 서로의 얼굴을 바라보았다. 이번에도 그들을 피해야만 한다는 불가항력의 느낌이 엄습했다. 딘 부인의 손에 촌지를 쥐여주고, 내 무례를 나무라는 그녀의 훈계도 귓등으로 넘기며 나는 그들이 현관문을 여는 순간 아슬아슬하게 부엌문을 통과했다. 내가 헐레벌떡 뛰어드는 통에 하마터면 딘 부인이 방탕하다는 조지프의 견해를 확신으로 굳힐 뻔했지만, 자기 발치에서 울린 1파운드 은화의 감미로운 땡그랑 소리로 다행히 그는 나의 점잖은 인품을 알아보았다.

교회 방향으로 둘러 오느라 귀갓길이 길어졌다. 담장 아래서 보니 교회는 불과 일곱 달 사이에 눈에 띄게 황폐해져 있었다. 창유리 없이 시커먼 구멍뿐인 창문이 한두 개가 아니었고, 지붕 윤곽도 가지런하지 않고 여기저기 돌판이 툭툭 불거진 게 다가올 가을 폭풍에 하나둘 떨어져 나갈 듯했다.

황야 옆 비탈에 있는 세 개의 묘비를 금세 찾을 수 있었다. 가운데 묘비는 회색, 반쯤 히스에 묻혀 있었다. 에드거 린턴의 것은 둘레에 잔디뿐이고 밑동에서부터 이끼가 번져 올라오고 있었다. 히스클리프의 것은 아직 벌거숭이였다.

나는 좀 더 머무르며 그 온화한 하늘 아래 무덤 주변을 거닐었다. 히스와 실잔대 사이사이로 팔락대며 날아다니는 나방들을 구경하기도 하고, 풀잎을 스치는 부드러운 바람 소리에 귀를 기울이기도 했다. 그 고요한 땅속에 누운 이들이 고요히 잠들지 못한다니, 어떻게 그런 상상을 할 수 있는지 의아할 따름이었다.

작가 연보

1818년	패트릭 브론테 목사와 마리아 브란웰의 다섯 번째 자녀 에밀리 제인 브론테 출생. 언니: 마리아, 엘리자베스, 샬럿. 오빠: 브란웰. 동생: 앤.
1820년	앤 브론테 출생. 가족이 하워스 교구로 이주.
1821년	어머니 사망.
1824년	언니들이 다니던, 성직자의 딸들을 위한 기숙학교 코완 브릿지 스쿨(샬럿이 『제인 에어』에서 로우드 스쿨로 묘사함)에 에밀리도 입학.
1825년	마리아가 병환으로 귀가 조치. 5월 6일 사망. 5월 31일 엘리자베스가 병환으로 귀가 조치. 이튿날 샬럿과 에밀리도 퇴교. 6월 15일 엘리자베스 사망.
1826년	브란웰이 선물로 받은 장난감 병정들에서 영감을 받아, 생존한 네 아이가 합작으로 '극본'을 씀.
1831년	에밀리와 앤이 함께 '곤달'이라는 가상 세계를 무대로 이야기를 쓰기 시작함.
1835년	에밀리, 로헤드 스쿨에 입학. 향수병에 시달리다 건강 악화로 불과 3개월 만에 하워스로 돌아옴. 언니가 나온 대신 앤이 로헤드로 들어감.

1836년	현존하는 에밀리의 첫 시 '날이 맑을까요, 흐릴까요?'.
1837년	19편의 시를 씀.
1838년	에밀리, 로힐 여학교의 교사로 부임. 또다시 건강 악화.
1839년	집으로 돌아옴. 21편의 시를 씀.
1838~42년	현재까지 소실되지 않은 시의 절반 이상을 이 시기에 씀.
1842년	샬럿과 함께 벨기에 브뤼셀의 에제 여학교로 유학. 이모 엘리자베스 브란웰 사망. 이 소식에 샬럿과 에밀리는 귀향하고, 이후 샬럿은 2학년을 마치러 돌아가지만 에밀리는 고향에 남음. 세 브론테 자매와 사촌 한 명이 엘리자베스 브란웰의 상속인으로서 각각 약 300프랑씩 물려받음.
1844년	에밀리, 자작시들을 두 권의 책으로 엮음. 제목은 『곤달 시』와 『EJB』.
1845년	에밀리와 앤, 3일간 요크 여행. 에밀리가 여행을 목적으로 집을 떠나는 경우는 극히 드물었으며, 이 일을 '우리끼리 다녀온 첫 여행'이라고 서술한 바 있

음. 샬럿이 에밀리의 시들을 발견, 자매들을 설득해
작품집을 내줄 출판사를 찾아보자고 함.

1846년 세 자매가 『커러, 엘리스, 액턴 벨(각각 샬럿, 에밀
리, 앤의 필명)의 시집』을 자비로 출판. 샬럿이 런던
의 출판업자 헨리 콜번에게 '분량과 내용 면에서 각
각 따로 출간하거나 합쳐서 출간해도 좋을 세 편의
이야기(즉 샬럿의 『교수』, 에밀리의 『폭풍의 언덕』,
앤의 『아그네스 그레이』)'를 출간 제의함.

1847년 샬럿의 『교수』는 여러 출판사에서 거절당했으나
『제인 에어』가 출간되어 평단의 호평을 얻음. 이후
에밀리의 『폭풍의 언덕』과 앤의 『아그네스 그레이』
출간.

1848년 9월 오빠 브란웰 사망. 12월 에밀리 사망.

1849년 5월 앤 사망.

1850년 샬럿이 에밀리 특유의 작풍을 유지하되 다소 거친
표현을 다듬어 『폭풍의 언덕』을 새로 편집함.

1854년 샬럿과 아서 니콜스 결혼.

1855년 3월 샬럿 사망.

AWC

EMILY BRONTË
Wuthering Heights

폭풍의 언덕

초판 1쇄 인쇄 2023년 8월 25일
초판 1쇄 발행 2023년 9월 1일

지은이 에밀리 브론테
옮긴이 이신

펴낸이 한선화
책임편집 이미아
디자인 ALL designgroup
홍보 김혜진 | 마케팅 김수진

펴낸곳 앤의서재
출판등록 제2022-000055호
주소 서울 서대문구 연희로 11가길 39, 4층
전화 070-8670-0900 | 팩스 02-6280-0895
이메일 annesstudyroom@naver.com
인스타그램 @annes.library

ISBN 979-11-90710-63-3 04800
ISBN 979-11-90710-33-6 (SET)